HEYNE <

103

Das Buch

Die junge Helene Hagenbusch ist verzweifelt. Sie ist angeklagt, eine Hexe zu sein. Doch niemand kann sie dazu bringen, eine Schuld zu gestehen, die sie nicht auf sich geladen hat. Legt sie ein Geständnis ab, wird sie sterben, legt sie keins ab, wird die grausame Folter sie umbringen. Als die Schmerzen sie schon fast um den Verstand gebracht haben, gelingt ihr mithilfe ihrer Freundin Adelheid die Flucht nach Straßburg. Wer hat Helene beschuldigt? Und warum ist ihr Leben immer noch in Gefahr?

Nach *Die Kammerzofe* legt Karla Weigand nun ihren zweiten historischen Roman über ein ergreifendes Frauenleben vor.

Die Autorin

Karla Weigand wurde 1944 in München geboren. Sie arbeitete zwanzig Jahre lang als Lehrerin, bevor sie sich dem Schreiben zuwandte. Sie lebt mit ihrem Mann in der Nähe von Freiburg.

Lieferbare Titel

Die Kammerzofe

Karla Weigand

Die Hexengräfin

Roman

WILHELM HEYNE VERLAG
MÜNCHEN

»Gewidmet meiner Schwester Johanna. Ich weiß, dass du auf mich stolz wärest.«

Umwelthinweis:
Dieses Buch wurde auf chlor- und säurefreiem Papier gedruckt.

4. Auflage
Vollständige Taschenbuchausgabe 05/2007

Printed in Germany 2007
Umschlagfoto: © Fine Art Photographic Library / Corbis
Umschlaggestaltung: Nele Schütz Design, München
Satz: hanseatenSatz-bremen, Bremen
Druck und Bindung: GGP Media GmbH, Pößneck
ISBN 978-3-453-47079-8

http://www.heyne.de

PROLOG

IM JAHRE 1484 ERLIESS der damalige Heilige Vater, Papst Innozenz VIII., im ersten Jahr seiner päpstlichen Regierung die sogenannte »Hexenbulle«.

Die Strafverfolgung von Personen, »welche vom katholischen Glauben abgefallen waren und sich (angeblich) mit dem Teufel fleischlich vermischten«, mit allerlei Zaubereien Missbrauch trieben und damit ihren Mitmenschen, sowie Tieren und Ackerfrüchten Schaden zufügten, lag dem Oberhaupt der römisch-katholischen Kirche sehr am Herzen.

Er ordnete an, dass »Inquisitoren« solche Hexen und Hexer aufspüren, in Haft nehmen und bestrafen sollten.

Wer sich indes erkühnen sollte, dagegen zu handeln und einen Inquisitor bei seiner heiligen Aufgabe zu behindern versuchte, der musste wissen, dass er damit »den Zorn GOTTES und seiner heiligen Apostel Petrus und Paulus« auf sich laden werde.

Diese Bulle hatte weitreichende Folgen. In den nächsten dreihundert Jahren sollten dem Hexenwahn in Europa Hunderttausende von Unschuldigen zum Opfer fallen …

KAPITEL 1

FERFRIED, GRAF VON RUHFELD, war deprimiert und angewidert zugleich. Er saß in seinem Studierzimmer in einem Eckturm seines Schlosses in der Landvogtei Ortenau und starrte auf das Schreiben, das ihm ein Bote heute Nachmittag gebracht hatte.

Der einundfünfzig Jahre alte Edelmann aus uraltem, süddeutschem Geschlecht anerkannte nur zähneknirschend die Oberherrschaft des Straßburger Bischofs, welcher ein Bruder Kaiser Ferdinands war.

Vor gut einhundert Jahren hatte das folgenschwere Versehen eines Ministerialen Kaiser Maximilians einen von Ferfrieds Vorfahren, – obwohl er zum Grafen aufgestiegen war – dennoch im Status eines landsässigen Adligen und damit als Untertan der Straßburger Bischöfe belassen, zumindest was das Recht zur Aburteilung bei Landesverrat, Ketzerei und Hexerei anbetraf; die niedere Gerichtsbarkeit indessen hatte Herr Ferfried inne.

Sein Ahnherr hatte aus Unachtsamkeit nicht umgehend gegen diese Schlamperei protestiert, und so waren die Folgen bis heute zu spüren: In der Regel war nämlich ein Graf als Angehöriger des Hochadels keinem anderen Herrn unterstellt.

Der Ruhfelder bemühte sich immer mal wieder, die hohen Herren in Wien auf den Irrtum aufmerksam zu machen, aber Wien war weit und die Kanzlisten gar sehr beschäftigte Leute …

Der Graf hatte sich von seinem Kammerdiener Raimund den Abendimbiss sowie eine Kanne mit Wein bringen lassen.

Er brachte es nicht über sich, wie gewohnt, diese Mahlzeit unten im großen Saal in Gesellschaft von Sohn und Tochter und der Schar von Edelfreien, die sein Gefolge bildeten, bei Scherz und munterem Geplauder einzunehmen. Genauso wenig wie er imstande war, über den Inhalt dieses Briefes mit einem seiner Kinder zu sprechen – noch nicht.

Raimund, seit beinahe dreißig Jahren sein treuer Leibdiener, hatte ihm gerade zum zweiten Mal den Silberbecher mit Rotwein gefüllt, und Ferfried setzte den Pokal an. Doch ohne zu trinken stellte er ihn wieder ab und griff erneut nach dem entsetzlichen Schreiben.

Konnte denn wahr sein, was ihm sein langjähriger Freund, der Magdeburger Ratsherr und Naturforscher Otto Guericke, der vom Alter her sein Sohn sein konnte, mitteilte?

»Da ist nichts als Morden, Brennen, Plündern, Peinigen, Prügeln gewesen. Mit den Weibern, Jungfrauen, Töchtern und Mägden aber ist es mit vielen übel abgelaufen; sind teils geschändet, teils zu Konkubinen gehalten worden.«

Ferfried lief es eiskalt über den Rücken.

Es war in der Tat ein Tag gewesen, der die Welt verändert hatte: Am 20. Mai 1631 hatte eine entfesselte Soldateska das protestantische Magdeburg »für die katholische Sache« in Schutt und Asche gelegt. Dabei war es zu einem Massaker gekommen, das Abscheu in Europa auslöste.

Zwanzig Zeitungen, einundvierzig illustrierte Flugblätter und zweihundert Pamphlete würden in der Folgezeit die Schreckensnachricht über alle Länder verbreiten. Das Vorgefallene war so entsetzlich, dass unsere Sprache ein eigenes Verb dafür erfand. »Magdeburgisieren« sollte ab diesem Zeitpunkt zur Metapher des Grauens werden. Jedermann konnte sich ausmalen, dass sich solche Gräueltaten jederzeit und allerorts wiederholen konnten, ja sogar zwangsweise wiederholen mussten, um Rache zu nehmen für dieses himmelschreiende Unrecht.

Graf Ferfried las Guerickes Bericht, der sachlich und scheinbar nahezu emotionslos das Inferno schilderte: Von einem Fluss, vom Blut der Massakrierten gerötet, schrieb er, auf dem haufenweise verkohlte und verstümmelte Leichen trieben, von Straßen, die übersät waren mit Leibern, an denen streunende Hunde ihren Hunger stillten, von einem Feuersturm, dessen lodernde Flammen bis zum Himmel aufstiegen und eine herrliche Stadt verschlangen. Und von Kindern wusste der Ratsherr zu berichten, die sich unter den geschändeten und erschlagenen Körpern ihrer Mütter zu verstecken suchten, und von Frauen, die von betrunkenen, entmenschten Soldaten zu Tode missbraucht worden waren, und schließlich von ganzen Familien, die, wahnsinnig vor Angst geworden, Selbstmord begangen hatten.

Der Erstürmung Magdeburgs, das wusste Graf Ferfried, war eine monatelange Belagerung durch die kaiserlichen Truppen vorausgegangen, denn Magdeburg war die erste Stadt im Reich, die sich mit dem Schwedenkönig Gustav Adolf verbündet hatte, der Deutschland von »der Tyrannei des Katholizismus« hatte befreien wollen.

Dieser Herrscher aus dem Norden mit der breiten Stirn, der kühnen Adlernase und dem intelligenten Blick seiner graublauen Augen, war ein Mann der Tat. Obwohl mit Leib und Seele Soldat, liebte er Musik und Fröhlichkeit ebenso sehr wie den Krieg und die Jagd. Sein Jähzorn war berüchtigt, aber gleichermaßen waren sein Charme, sein Mangel an Furcht, sowie sein außerordentlicher Drang nach Wissen bekannt – ein charismatischer Feldherr.

Im Jahre 1630 hatte er die wohl bedeutendste Entscheidung seines Lebens getroffen: Er war am 26. Juni auf Usedom an der

Peenemündung gelandet. Damit hatte er sich entschieden, den Krieg in das kaiserliche Lager zu tragen. Obwohl er seinen Tod geahnt zu haben schien, glaubte er die Pläne der Habsburger, welche die Herrschaft über die Ostsee anstrebten und damit sein Reich bedrohten, abwehren zu müssen – von der bedrohten Freiheit der protestantischen Staaten einmal ganz abgesehen.

So war Magdeburg zu einem Bollwerk des Protestantismus geworden und hatte sogar der Belagerung durch Albrecht von Wallenstein, des Herzogs von Friedland, getrotzt. Der in den Diensten des Kaisers stehende Feldherr war schließlich mit seinen Truppen abgezogen und hatte die blühende Hansestadt verschont – in dem sicheren Wissen, deren reiche Ressourcen noch einmal nutzen zu können.

Aber der Kaiser wollte die Aufständischen mit aller Macht unterwerfen. Und General Tilly, der Gefolgsmann des Bayernherrschers und Kaiseranhängers Maximilian, hatte gehorcht und zudem die schutzlose Stadt nach der Einnahme seiner brutalen Soldateska zur Plünderung und Schlimmerem freigegeben.

»Sie zerstückelten die Leichname und schnitten den Frauen Brüste und Köpfe ab«, las Ferfried von Ruhfeld angewidert.

Die Magdeburger Hölle erreichte ihren Höhepunkt in einem riesigen Brand, der die Stadt buchstäblich auffraß. Abertausende waren dabei erstickt.

»… sind mit gräulichem, ängstlichem Mordio- und Zetergeschrei viel tausend unschuldige Menschen, Weiber und Kinder kläglich hingemetzelt worden, also dass es mit Worten nicht genugsam kann beschrieben und mit Tränen beweinet werden«, schrieb Graf Ferfrieds Freund Otto Guericke.

Herr Ferfried von Ruhfeld, Katholik und daher Parteigänger

Kaiser Ferdinands II. und Kurfürst Maximilians I. von Bayern, ein Gegner Wallensteins und dezidierter Feind Gustav Adolfs, schauderte, obwohl es Anfang Juni um sieben Uhr abends noch ziemlich warm war.

Die bleiverglasten Fenster seines Gemachs standen weit offen und erlaubten einen ungehinderten Blick ins weite, blühende Ortenauer Land mit seinen fruchtbaren Feldern und Äckern, Obstbäumen und üppigen Weinbergen.

Seit dem Spätmittelalter war die Ortenau in mehrere Landesherrschaften aufgeteilt worden. Ein ausgedehntes Hoheitsgebiet war die Landvogtei Ortenau, wo auf der Burg Ortenberg ein kaiserlicher Landvogt residierte. Daneben gab es noch bischöflich-straßburgische Ämter und irgendwo dazwischen lag die rechtliche Position Graf Ferfried von Ruhfelds. Er reklamierte sowohl seine jahrhundertealten Familienrechte für sich, als auch seine Erhebung in den Grafenstand durch Kaiser Maximilian, die eigentlich eine uneingeschränkte Herrschaft über sein Territorium implizierte, und hoffte, irgendwann doch noch die demütigende Oberhoheit des Straßburger Bischofs loszuwerden.

So weit sein Auge reichte, unterstand zwar alles ihm – aber nur »von des Bischofs von Straßburg Gnaden« –, eine Tatsache, die den Ruhfelder zunehmend erboste. Ferfried war bereits vor Jahren wegen der ungeklärten Rechtslage beim Reichskammergericht in Wetzlar vorstellig geworden. Der Graf von Ruhfeld wollte endlich »reichsunmittelbar« sein, was bedeutete, nur den Kaiser als seinen alleinigen Herrn anzuerkennen. Aber seine Aussichten waren, wie der Edelmann wohl wusste, schlecht. Immerhin war der jetzige Bischof ein Bruder Seiner Majestät des Kaisers …

Eine liebliche Gegend war es, bisher noch verschont vom Großen Krieg – wie lange noch? Man brauchte kein Prophet zu sein, um vorherzusagen, dass der alles verschlingende Dämon Terror seine gewalttätigen Pranken in Kürze auch auf den Süden Deutschlands legen würde. Denn Magdeburg schrie nach blutiger Vergeltung. Wehe dann den Städten und Dörfern, die der Krieg verschlingen würde!

Aus blühenden Landstrichen würden unfruchtbare Wüsteneien, aus geschäftigen Städten leblose Einöden werden. Wo jetzt noch das feiste Vieh in Ställen und auf Weiden stand, würden bald die hungrigen Wölfe umherstreifen auf der Suche nach leichter Beute.

Das konnte, das durfte nicht geschehen! Der Graf erneuerte stumm seinen Schwur …

KAPITEL 2

»BET', KINDLEIN, BET', morgen kommt der Schwed'.«

Dieser Spruch durfte niemals in jenem kleinen Teil des deutschen Reiches Wahrheit werden, für den Graf Ferfried die Verantwortung trug. Mochte er den hochfahrenden Bayernherzog Maximilian und die Methoden eines Feldherrn Tilly auch missbilligen: Beide Männer fochten für den Kaiser und die katholische Liga, zu deren Zielen sich auch der Graf rückhaltlos bekannte.

Er wollte jetzt das Versprechen einlösen, das er – etwas voreilig – vor einem Jahr seinem Beichtvater, dem ältlichen Benediktinerpater Ambrosius Feyerling, gegeben hatte. Damals hatte er als Schwerkranker geschworen, im Falle seiner Genesung die stolze Summe von einhunderttausend Reichstalern dem Kaiser, beziehungsweise dessen Verbündeten, Kurfürst Maximilian, zu zahlen.

Maximilian hatte im Jahre 1623 von Kaiser Ferdinand die dem geächteten Kurfürsten Friedrich von der Pfalz entzogene Kurwürde erhalten, weil der Bayer diesen, den sogenannten »Winterkönig«, bei Wimpfen und Höchst besiegt hatte, obwohl Friedrich von dem Markgrafen von Baden unterstützt worden war.

Damals war Ferfried trotz der Bemühungen des Markgrafen, auf Seiten des Habsburgers geblieben – zum Glück, wie er heute noch überzeugt war. Zwar dauerte der Krieg immer noch an, ja, er weitete sich aus, und niemand konnte sagen, welche Seite am Ende siegreich sein werde, die katholische oder die protestantische. Aber mit seiner, des Ruhfelders, großzügigen Spende konnte der Kurfürst von Bayern ein großes Söldnerheer aufstellen, das für die katholische Liga gegen die feindliche Allianz der protestantischen Union zu Felde ziehen würde. Denn es musste unter allen Umständen vermieden werden, dass der ketzerische Schwedenkönig aus Rache für die Zerstörung Magdeburgs den Süden Deutschlands verwüstete. Und vielleicht konnte er, Ferfried, dadurch verhindern helfen, dass der Kaiser den unerträglichen Emporkömmling Albrecht von Wallenstein erneut zum Generalissimus berief. Auch wenn eine solche Politik nicht gerade förderlich war, die Kriegsgräuel endlich zu beenden.

Pater Ambrosius hatte das Gelöbnis seines adeligen Herrn damals vom Krankenbett aus mit gebührender Skepsis zur Kenntnis genommen. »Woher wollt Ihr bloß die Summe nehmen, Herr?«, hatte er trocken gefragt und damit sogleich den Finger auf die Schwachstelle gelegt: die notorische Geldverlegenheit des Ruhfelders.

Der war zwar weiß Gott nicht arm. Er besaß ein recht ansehnliches Schloss samt Ländereien, leistete sich bequeme Wagen und stolze Pferde, sowie prunkvolle Kleidung und Schmuck. Er feierte aufwändige Feste und frönte ausgiebig mit seinem Gefolge der Jagdleidenschaft. Außerdem sammelte er alle möglichen Kuriositäten, vor allem naturwissenschaftliche Werke von Gelehrten aus aller Herren Länder – dabei hatte er unter anderem die Bekanntschaft Otto Guerickes gemacht, sowie den Astronomen Johannes Kepler kennengelernt –, aber Bargeld war auf Schloss Ruhfeld äußerst knapp.

Wenn seine Kinder, der kluge, tapfere und gut aussehende Sohn Hasso, seine intelligente, gebildete und schöne Tochter Adelheid die »passenden« Ehepartner fänden, dann wären viele Probleme gelöst. Er hoffte, dass beide die richtige Wahl träfen. Denn er war als Ehestifter völlig ungeeignet; hatte er es doch nicht einmal vermocht, für sich selbst – nachdem die Gräfin und Mutter Adelheids und Hassos noch jung gestorben war – eine zweite geeignete Gemahlin zu finden. Obwohl man ihm Kandidatinnen nicht nur aus der Ortenau, sondern aus dem gesamten badischen und schwäbischen, sowie bayerischen Raum präsentiert hatte, war er, wie Pater Ambrosius säuerlich vermerkt hatte, »ohne dass mein Herr Anstalten gemacht hätte, sich wieder in den heiligen Stand der Ehe zu begeben, wie jeder gute Christenmensch es tun sollte«, ledig geblieben. Der immer noch recht ansehnliche und lebensfrohe Witwer behalf sich seitdem mit willfährigen Weibern, zu Deutsch: mit Huren. Ein Umstand, der dem Benediktiner, trotz aller »Weltoffenheit« und bedingungslosen Hingabe an seinen Herrn, gar nicht gefiel.

Nun, die versprochene Summe hatte der Graf nicht zusammenbringen können, und so lag die Erfüllung seines Gelübdes zwangsläufig seit über einem Jahr auf Eis.

Aber jetzt sah die Sache auf einmal anders aus.

Graf Ferfried hatte heimlich von überraschenden Silberfunden in einer der Erzgruben hinter Seebach Kunde erhalten, im Ort Grimmerswald, und zwar von einem Bergwerk mit Namen »Silbergründle«, in Richtung Mummelsee, wo man bereits um das Jahr 1000 Silber gefunden hatte. Die Mine war vor einem Jahrzehnt wegen Unergiebigkeit aufgegeben worden. Recht voreilig, wie sich nun erwies. Man könne den Abbau in Kürze wieder aktivieren, und dann würde er endlich in der Lage sein – wie vor einigen Jahren Albrecht von Wallenstein – den Kaiser zu unterstützen, um Gustav Adolf, diese Pest des Protestantismus, ein für alle Mal aus Deutschland zu vertreiben.

Es war schon schlimm genug, dass sich freie Reichsstädte – wie etwa das stolze, reiche Nürnberg – zu dieser Ketzerreligion bekannten. Und das gesamte Hanauer Land – mit Ausnahme eines einzigen Klosters – war bereits protestantisch, wie auch das Grafengeschlecht derer von Fürstenberg, ganz gegen die Interessen der Habsburger und die der Bischöfe von Straßburg.

Ferfried von Ruhfeld hatte beinahe den ganzen Krug, welcher immerhin zwei Liter fasste, geleert. Dem war es wohl auch zuzuschreiben, dass er bei diesem ganzen wunderbaren Gedankengebäude nicht auf dessen eklatantesten Schönheitsfehler stieß: Die Mine »Silbergründle«, deren Ausbeute er dem Kaiser überlassen wollte, gehörte nicht ihm: Jakob Hagenbusch, der Schultheiß der Ortenaugemeinde Reschenbach, war der Bergwerkseigner.

Hagenbusch war ein reicher Freibauer, dessen Familie früher angeblich der untersten Schicht der Ritterschaft angehört hatte, dem Stand der sogenannten »Edelknechte«. Infolge zahlreicher Fehden mit adeligen Nachbarn verarmt und zur Bedeutungslosigkeit herabgesunken, aber später durch Heirat mit reichen Bauern- und Bürgerstöchtern erneut zu Wohlstand gelangt, hatten die Hagenbuschs zwar ihr Adelsprädikat verloren, aber Jakob Hagenbusch war nach dem Grafen der größte Winzer in der Gegend und besaß ausgedehnte Wälder sowie Erzgruben im Schwarzwald.

Die Straßburger Bischöfe hatten diese Silberfunde zum Zweck der Münzprägung bisher nicht genutzt. Das bedeutete allerdings auch, dass der Silber- und Kupferbergbau im Gegensatz zum Eisenerzabbau, der zu allen Zeiten der bischöflichen Territorialherrschaft blühte, von bischöflicher Seite aus keine tatkräftige Unterstützung erhielt.

Hagenbusch war Vater eines Sohns, Georg, sowie einer reizenden, liebenswürdigen Tochter von achtzehn Jahren mit Namen Helene. Dieses Mädchen, »das Helen«, wie man im Badischen sagte, war die beste Freundin von Ferfrieds stolzer Tochter Adelheid.

»Ich lieb das Helen, als wär's eine Schwester von mir«, sagte Fräulein Adelheid des Öfteren. Die beiden Mädchen – die Grafentochter war ein knappes Jahr älter – steckten seit ihrer Kindheit ständig zusammen, und so kam es, dass Helene, obgleich aus bäuerlich bürgerlichem Stande, nicht nur Lesen, Schreiben und Rechnen gelernt hatte, sondern mit dem adeligen Fräulein gemeinsam in anderen Fächern unterrichtet worden war, wie Latein, Geographie sowie Pflanzenkunde und Religion.

Die jungen Frauen interessierten sich für Heilpflanzen und deren nutzbringende Anwendung, und auch auf zierliche Handarbeiten verstand sich das Helen vortrefflich – »besser als ich es vermag«, erkannte Adelheid neidlos an.

Freilich hatte es nicht an offener wie versteckter Kritik gefehlt, dass ein Bauernkind, noch dazu ein Mädchen, gleich einer jungen Gräfin erzogen worden war. Besonders der Ortsgeistliche, Pfarrer Ingo Hasenauer, hatte ins Feld geführt, dass solches »wider die göttliche Ordnung sei«, aber der Graf hatte darüber bloß gelacht und gemeint: »Ich denk, den Herrgott wird's nicht scheren, ob ein Bauernmädchen zusammen mit meiner

Adelheid Unterricht erhält. Der Liebe Gott hat, mein ich, Wichtigeres zu tun, als sich darum zu bekümmern. Und der Pfarrer ebenfalls …«

Ferfried von Ruhfeld hatte gleich erkannt, was dem geistlichen Herrn in Wahrheit sauer aufstieß: Dass Mädchen überhaupt – und seien es auch Adelige – unterrichtet wurden. Denn Hochwürden selbst stand sein Lebtag lang mit dem Lateinischen auf Kriegsfuß. Wozu musste ein Weibsbild rechnen können und über Geographie Bescheid wissen? Das Finanzielle regele später der Ehemann, und außerdem komme die Frau ja doch nirgendwohin, außer in die Kirche und daheim in die Küche und ins Wochenbett. Und warum solle man sie in Religion unterweisen? Was Weiber wissen mussten, sage ihnen sowieso der Pfarrer. Es reiche völlig aus, wenn sie kochen, spinnen und weben könnten. Und eine Gräfin solle später Kinder gebären, fleißig beten, die Armen speisen und schöne Altardecken sticken.

Allzu große Kenntnisse über Heilmethoden seien ebenfalls verwerflich: Nur zu leicht führe derlei Bildung zu unchristlichem, gefährlichem Geheimwissen und fördere Stolz und Hochmut jener Geschöpfe, die GOTT der HERR in weiser Voraussicht als Dienerinnen der Männer vorgesehen habe.

Graf Ferfried hatte sich damals amüsiert. »Der Pfaffe traut sich nicht, mir direkt ins Gesicht zu sagen, dass er die schulische Unterweisung unserer Töchter für höchst unangemessen hält. Und ich rat ihm auch, dass er sein Maul hält«, hatte er seinem Beichtvater und Berater Ambrosius anvertraut.

Obwohl ein frommer, gottesfürchtiger Mann, war der Graf doch absolut kein »Pfaffenknecht«, und er konnte in seiner Ausdrucksweise recht derb sein. Auf die katholische Kirche als Institution insgesamt ließ er allerdings nichts kommen – für den Papst und den katholischen Kaiser hätte er jederzeit bedenkenlos sein Leben geopfert.

Gleich morgen wollte er mit Jakob Hagenbusch, dem Reschenbacher Schultheiß, ein vertrauliches Wort wegen der Silbermine in Grimmerswald sprechen.

Nicht einen Augenblick lang hatte Ferfried an der Bereitschaft des Mannes gezweifelt, ihm das betreffende Waldstück samt Bergwerk zu überlassen, weil er mit ihm als Nachbar stets gut ausgekommen war.

Natürlich wollte er den Mann angemessen entschädigen. Er dachte an einen hervorragenden Weinberg in bester Lage, auch Pferde und Vieh würde er Helenes Vater anbieten und natürlich obendrein eine gewisse Summe Geldes.

»Niemand soll sagen, dass ein Ruhfelder nicht großzügig wäre«, beschied der Graf seinen Vogt, Anselm von Waldnau.

Der, ein etwas zwiespältiger Charakter, aber nichtsdestotrotz bedingungsloser Parteigänger seines Herrn, stimmte lebhaft zu, während der gräfliche Beichtvater, Pater Ambrosius, bedenklich sein schmales Haupt mit der frisch geschorenen Tonsur schüttelte.

»Richtet Euch darauf ein, Herr, dass der Hagenbusch nicht tauschen mag«, meinte er, aber der Graf und sein Verwalter lachten bloß.

»Da müsste der Jakob schön blöd sein. Außerdem schuldet er mir noch einen Gefallen«, antwortete Ferfried.

»Jawohl, Herr. Nur Euch ist es zu danken, dass seine Tochter, das Helen, nicht wie eine Bauernmagd aufgewachsen ist, sondern wie ein Edelfräulein erzogen wurde«, unterstützte der Vogt Ferfried.

»Das verdankt sie wohl eher dem Dickkopf von unserem Fräulein Adelheid, die ohne das Hagenbusch-Mädchen nicht hat lernen wollen«, gab der Benediktiner trocken zu bedenken, »das hat jeder der verschiedenen Hauslehrer dem gnädigen Herrn bestätigen können. Und ob der Schultheiß so glücklich darüber ist, eine »gebildete« Tochter zu haben, möchte ich bezweifeln. Wahrscheinlich ist sie für die Bauernarbeit längst verdorben – und wie soll ihr Vater dann einen Mann für sie finden?«

»Weiß Gott, meine Adelheid hat sich rundweg geweigert, auch nur ein Buch aufzuschlagen oder eine Zeile zu buchstabieren, ohne dass Helene neben ihr gesessen hätte. Den sturen Schädel hat sie von mir geerbt. Ihre Mutter – GOTT hab sie selig – war ein sanftes, nachgiebiges Weib. Manchmal mache ich mir Sorgen um meine lebhafte, temperamentvolle Tochter. Sie gebärdet sich oft beinahe wie ein Mann. Ja, gelegentlich ist sie gar noch renitenter als ihr Bruder Hasso.«

»Wenn das gnädige Fräulein erst verheiratet ist, wird es diesen Starrsinn ablegen«, beruhigte ihn der Verwalter. »Ihr Ehemann wird ihr schon den Kopf zurechtrücken.«

»Hoffentlich«, brummte Ferfried, »aber bis jetzt ist noch kein Bräutigam in Sicht. Anwärter gibt es zwar genug, aber an jedem hat meine Adelheid etwas auszusetzen.«

»Bei ihrer Schönheit und bei ihrer Bildung braucht sie auch nicht den Erstbesten zu nehmen. Fräulein Adelheid hat nur den besten, mächtigsten, mutigsten und schönsten Helden Europas verdient«, schmeichelte Anselm von Waldnau. Und ausnahmsweise stimmte ihm der Pater zu, denn auch er hatte einen Narren an Ferfrieds Tochter gefressen.

Aber der Graf winkte ab: »Hört mir bloß damit auf, ihr Herren. Wenn's danach ginge, müsste das Mädel den Schwedenkönig Gustav Adolf heiraten. Dem sagt man doch alle diese glänzenden Eigenschaften nach.«

KAPITEL 3

Lange – für seinen Geschmack fast zu lange – hatte das feierliche Hochamt im Münster zu Straßburg gedauert. Mit einer Unzahl brennender Kerzen, üppigen Blumengestecken, Fahnen und Bannern war das mächtige, gotische Gotteshaus geschmückt. Das gen Himmel strebende Gebäude war beinahe überfüllt gewesen.

Aus Anlass des illustren Besuches hatte der Bischof von Straßburg weder Kosten noch Mühen gescheut, um alles für den Empfang des hohen Gastes aufs Allerprächtigste herauszuputzen. Ein Armand-Jean du Plessis, Herzog und Kardinal de Richelieu kam schließlich nicht jeden Tag.

Der Freund des Bischofs und Erste Minister König Ludwigs XIII., von der französischen Majestät mit sämtlichen Regierungsaufgaben betraut, verbrachte derzeit wieder einmal einige Tage in der elsässischen Stadt.

Jetzt, Mitte Juni im Jahr 1631, war Thema Nummer eins aller Diskussionen die Gräuel von Tillys Soldatenmob, den der greise Feldherr auf die wehrlosen Bürger Magdeburgs losgelassen hatte. Bischof Leopold, Erzherzog von Österreich, wusste sich mit seinem hohen Gast einig in der Ablehnung solcher Plünderungen, Brandschatzungen und Vergewaltigungen.

»Ich bin Realist«, sagte Richelieu beim anschließenden Mittagsmahl zu seinem geistlichen Amtsbruder, »und weiß, dass ein gewisses Maß an Plünderungen den Siegern zuweilen durchaus zugestanden werden muss, aber sexuelle Übergriffe auf Kinder und Frauen haben zu unterbleiben – dafür gibt es schließlich in jedem Heer die Trosshuren –, und jeder Kommandeur hat solche Verfehlungen unnachsichtig zu ahnden. Das viehische Vorgehen der Leute von Maximilians General zeigt, dass der alte

Johann Tserclaes von Tilly zu wenig Autorität besaß und seinen Pöbelhaufen nicht mehr unter Kontrolle hatte. Eine sehr bedenkliche Causa, will mir scheinen.«

Und Seine Eminenz, ein Herr mit hagerem, kränklich gelbem Gesicht, legte den sorgfältig abgenagten Knochen einer knusprig gebratenen Gänsekeule auf dem Rand seines Tellers ab. Unauffällig leckte er sich die schlanken, ein wenig gichtigen Finger ab und griff alsdann zum geschliffenen Rotweinpokal aus böhmischem Kristallglas.

Kein Zweifel, der gewiefte Diplomat und Kirchenfürst aus Frankreich, dem Ludwig XIII. völlig freie Hand in der Ausübung sämtlicher Regierungsgeschäfte ließ, war ein Feinschmecker und Genießer – doch er genoss alles nur in Maßen – auch die Liebe, wie man munkelte. Auch sonst jeglicher Übertreibung abhold – es sei denn, es handelte sich um Hugenotten, die er unnachsichtig verfolgte –, hegte er keinerlei Sympathie für einen Mann wie Tilly und für dessen Herrn, den katholischen Eiferer und fanatischen »Hexenverfolger« Maximilian, den Herzog und Kurfürsten von Bayern, erst recht nicht.

»Der Bayer ist ein getreuer Anhänger des Kaisers. Und die Umklammerung Frankreichs durch die Habsburger im Süden durch Spanien und im Osten durch Österreich gefällt mir überhaupt nicht. Ich werde versuchen, diesen Würgegriff zu lösen«, ließ er seinen interessiert lauschenden Gastgeber wissen. Der Franzose sprach erstaunlicherweise ohne jede Scheu, obwohl der Bischof zur Familie dieser lästigen Habsburger gehörte.

Richelieu, dieser so gebrechlich aussehende Herr mit dem dünnen, schwarzen Spitzbart war nicht nur der mächtigste und klügste Mann am Hofe des Bourbonenkönigs, er war auch der gefürchtetste und am meisten gehasste Mann Frankreichs, weil er unnachsichtig jegliche Kritik an der Politik seines Königs ahndete. Der Bischof von Straßburg wusste, dass sein – trotz aller politischen Gegensätze – guter Freund, ein feinmaschiges Agentennetz über ganz Frankreich gelegt hatte und deswegen immer bestens informiert war.

Bischof Leopold, gleichfalls ein gebildeter, nüchterner Mann, aber ein naher Angehöriger des habsburgischen Kaiserhauses, gefielen die beinahe schon aberwitzige Protestantenhatz im Reich Ferdinands, sowie die überall sich ausbreitenden Hexenprozesse keineswegs. Die Notwendigkeit der Ersteren sah er wohl oder übel ein: denn zerfiel die Kirche, zerbrach auch das Reich. Anders waren die grausamen Prozesse gegen »Hexen« und Hexer zu beurteilen. Er fand diese Prozesswut scheinheilig und unerträglich. Denn ihm erschien es eines intelligenten Mannes des 17. Jahrhunderts unwürdig, sich mit einem Machwerk wie dem unsäglichen »Hexenhammer«, einem Leitfaden gegen zauberisches Unwesen, zu befassen.

Leider sahen Papst Urban VIII. und Kaiser Ferdinand II. das ganz anders, und so kam es immer wieder zu schauerlichen Hexenprozessen in seinem Herrschaftsbereich. Er ließ die Gerichte zwar gewähren, wollte persönlich aber nicht mit derartigen Vorgängen behelligt werden.

Selbst die Anhänger Luthers waren für ihn nicht gerade vom Satan besessen. Äußerst lästig erschienen sie ihm, dem barocken Genussmenschen, in ihrer Askese, und oftmals sehr scheinheilig in ihrem vorgeblichen Verzicht auf jede Art der Lebensfreude; wobei er durchaus zugab, dass sie in vielem nicht unrecht hatten. Man sollte sie seiner Meinung nach unbedingt im Auge behalten und nicht allzu sehr »hochkommen« lassen.

»Der Bayer Maximilian hat dem Kaiser, Eurem Herrn, einen wahrhaft schlechten Dienst erwiesen, als er ihn veranlasste, Albrecht von Wallenstein, den Friedländer, als Generalissimus abzusetzen. Tilly ist zu alt, und das Feldherrngenie des Friedländers hat er nie besessen. Unter Wallenstein wäre die Brandschatzung Magdeburgs jedenfalls nicht möglich gewesen«, behauptete Kardinal Richelieu, »obwohl auch dessen Söldner keineswegs Chorknaben sind.«

Er putzte sich mit seiner Serviette sorgfältig die mit Wein benetzten Lippen ab. »Aber uns soll das nur recht sein. Ich darf Euch im Geheimen anvertrauen, verehrter Freund und Bruder in Christo, dass sich Frankreich verpflichten wird, den Feldzug des Schwedenkönigs in Deutschland zu finanzieren.«

Bischof Leopold glaubte erst, sich verhört zu haben. Eben hatte er sein Glas erhoben, um seinem geschätzten Gast zuzutrinken, nun aber setzte er den geschliffenen Pokal behutsam ab.

»Habe ich Euch eben richtig verstanden, lieber Freund und Kardinal? König Ludwig XIII., seine ›Allerkatholischste Majestät‹, will auf einmal die Protestanten unterstützen?«

»Aber ja, geschätzter Bischof! Was hat die Religion damit zu tun? Diese kluge Entscheidung meines Monarchen – hinter welcher ich übrigens mit ganzem Herzen stehe – ist eine rein politische. Der Klammergriff Habsburgs ist für unser teures Frankreich so inakzeptabel, dass es absolut notwendig erscheint, ihn zu lockern und wenn möglich, gänzlich abzuschütteln. Und wer wäre dazu besser geeignet als »der Löwe aus Mitternacht«, der König der Schweden? Es ist an der Zeit, dass endlich jemand dem Kaiser – dieser Kreatur, die aus unerträglichem Hochmut, gepaart mit Ignoranz, Feigheit, Fanatismus, Hinterhältigkeit und Scheinheiligkeit besteht –, seine Grenzen aufzeigt. Ihr mögt mir meine Offenheit verzeihen, mon Ami. Tilly ist alt – zweiundsiebzig – und dazu kränklich, und es ist abzusehen, dass der Kaiser seinen besten Mann, den Wallenstein erneut zum Oberbefehlshaber seiner Truppen machen wird. Umso wichtiger ist es deshalb, dass Gustav Adolf gegen den anmaßenden Habsburger gestärkt wird.«

Natürlich hatte diese Rede den Bischof im ersten Augenblick schockiert. Doch allzu sehr wunderte er sich nicht über eine solche Politik. Frankreichs feindliche Haltung den Habsburgern gegenüber war bekannt. Daran änderte auch die Tatsache nichts, dass die Gemahlin Ludwigs XIII., die Schwester des spanischen Habsburgers Philipps IV. war.

Also beglückwünschte der Bischof von Straßburg spöttisch seinen Gast zu diesem »klugen und wohldurchdachten Plan«. Er zweifelte selbstverständlich keinen Augenblick daran, dass er von Richelieu selbst stammte und nicht vom französischen König, dessen Intelligenz dazu vermutlich nicht reichte: Seine Majestät fertigte bekanntermaßen lieber Stühle an und vergnügte sich mit seinen Favoriten auf der Vogelbeiz, komponierte ein Madrigal oder kochte ein Erbsengericht mit Schinken und gekochten Eiern …

Leopold war sich außerdem seit Langem bewusst, dass sein Freund und geistlicher Bruder keinen Augenblick zögern würde, das Elsass für die französische Krone zu annektieren und bis an den Rhein vorzustoßen – sollte sich der Kaiser in strategischer Hinsicht nur die allerkleinste Blöße geben.

KAPITEL 4

Schon den ganzen Tag hatte Fräulein Adelheid ungeduldig auf ihre Freundin, Helene Hagenbusch, die hübsche Tochter des Schultheiß von Reschenbach, gewartet.

»Wo bleibt sie nur?«, fragte sie mehrmals ihre Vertraute und Zofe Ursula, »das Helen hat mir fest versprochen, mir bei der komplizierten Stickerei an dem Wams für Vater zu helfen. Sie weiß doch, wie ungeschickt ich mich bei derlei Sachen anstelle.«

Adelheids mandelförmige, dunkle Augen – ein Erbteil ihrer verstorbenen Mutter Sybilla – blitzten ärgerlich. Sie wurde zunehmend ungehaltener, je weiter der Tag fortschritt. Die nur ein Jahr ältere Ursula wagte es schließlich, ihrer jungen Herrin, den Vorschlag zu machen, einen Knecht nach Reschenbach zu schicken, um nachzufragen, ob Helene etwa krank geworden sei.

»Ja, ja, natürlich. Warum ist mir das längst nicht selber eingefallen?«, rief Fräulein Adelheid und beauftragte umgehend den Knappen Wilhelm von Kirchhofen, einen hübschen, jungen Burschen aus niedrigem Adel, sofort loszureiten und sich zu erkundigen. Das Wams für Graf Ferfried, das der Vater als Abschiedsgeschenk seiner Tochter zum Treffen mit Kurfürst Maximilian sowie anderen Fürsten und Prälaten in Regensburg mitnehmen sollte, legte die junge Gräfin zur Seite – es war sinnlos: Sie würde das gute Stück nur verderben.

Da war es doch viel klüger, sie arbeitete weiter an ihrem Kräuterbuch und kam damit ihrem ehrgeizigen Ziel, sämtliche Heilpflanzen und -kräuter ihrer Heimat zu zeichnen, und zwar äußerst exakt mit Blättern, Blüten, Stängeln und Wurzeln, sowie deren Anwendung und Wirkungsweise genauestens zu beschreiben.

Damit hatte sich Adelheid eine gewaltige Aufgabe gestellt. Als der Graf ihr davon abriet, hatte sie selbstbewusst geantwortet: »Seit dem Wirken Hildegards von Bingen ist allzu viel Zeit vergangen, Vater. Manche Erkenntnisse sind veraltet oder unterlagen einem Irrtum. Jemand muss das endlich wieder in die Hand nehmen und berichtigen.«

Kaum hatte sich Adelheid gesetzt und wollte damit beginnen,

die bereits vorskizzierten Samen eines Stechapfels mit der Feder in Tusche nachzuziehen, fiel ihr auf, wie groß heute die Unruhe im Schloss war.

Schon seit dem frühen Morgen herrschte ein ständiges Kommen und Gehen in Haus und Hof.

Nicht nur ihr Vater, auch sein dreiundzwanzig Jahre alter Sohn und Erbe, Hasso von Ruhfeld, würden noch heute am frühen Abend nach Regensburg aufbrechen.

Es war Hochsommer und lange hell, deshalb konnten sie eine gute Strecke zu Pferd zurücklegen, ehe die Dunkelheit sie zwang, bei einem befreundeten Adeligen oder in einem Gasthaus Quartier zu nehmen. Beide Männer würden eine ganze Weile dem Schloss in der Ortenau fernbleiben; so war einiges an Reisegepäck mitzunehmen.

Graf Ferfried würde nicht nur mit dem bayerischen Kurfürsten in Regensburg, sondern mit vielen anderen Großen des deutschen Reiches zusammentreffen und musste daher dementsprechend prunkvoll auftreten. Hasso hingegen sollte sich zum ersten Mal bei Verhandlungen mit dem Bankhaus Fugger in Augsburg bewähren.

Jeder Adelige brauchte einen Geldgeber – selbst der Kaiser. Im Reich war außerdem bekannt, dass der durch eine Heirat sehr reich gewordene Albrecht von Wallenstein einen Bankier in den Niederlanden hatte, der dem Friedländer gelegentlich große Summen lieh.

Das teilweise baufällige Schloss Ruhfeld bedurfte dringend einer belebenden Finanzspritze, wollte der Graf nicht Gefahr laufen, dass der nächste Herbststurm ihm das Dach abdeckte.

Ferfried wollte dieses Mal seinem Filius die Verhandlungen mit den Herren Fugger überlassen und hoffte dabei, dass der Junge sich nicht allzu sehr beim Festlegen der Konditionen über den Tisch ziehen ließ.

Der junge Graf war ebenfalls enttäuscht, die hübsche achtzehnjährige, gertenschlanke und strohblonde Helene vor seiner Reise nach Augsburg nicht mehr zu sehen – wenn auch aus ganz anderen Gründen als seine Schwester. Er hatte relativ schnell sein Reisegepäck zusammengestellt. Er würde in Begleitung zweier junger Adeliger – Gero von Wallhausen und Hartwig von Bohlen –, etlicher Knappen sowie sechs Knechten in die Freie Reichsstadt Augsburg reiten. Alle Männer waren bis an die Zähne bewaffnet, denn ohne Eskorte wäre eine Reise äußerst riskant gewesen, weil es nur so von Räubern und Mordbrennern wimmelte. Deserteure zogen marodierend durch die Lande, ebenso vertriebene und heimatlose Gesellen wie etwa Bauern, deren Gehöfte niedergebrannt worden waren. Genügend Gesindel lauerte harmlosen Reisenden auf. Und das waren nicht immer nur arme Teufel.

Der Spruch: »Reiten und rauben, das ist keine Schande, das tun die Besten im ganzen Lande«, zeigte überdeutlich, dass auch Herren von Stand sich nicht schämten, als Strauchdiebe die Gegend unsicher zu machen.

Durch den bereits zu lange währenden Unfrieden waren die Sitten unglaublich verroht und manch ein Überfallener wurde wegen ein paar Pfennigen oder eines Paars lederner Stiefel massakriert.

Das war die Kehrseite dieses Krieges, dessen Sinn manche schon lange anzweifelten, obwohl weiß Gott noch kein Ende abzusehen war. Im Gegenteil: Alles sah danach aus, dass sich die blutigen Auseinandersetzungen nun auch in den bisher verschonten Süden des Reiches ausbreiten würden.

Anschließend würde sich Hasso nach Regensburg aufmachen, um zum Gefolge seines Vaters zu stoßen. Gerüchte wollten wissen, dass sogar der Kaiser selbst erscheinen würde. Aber das glaubte er nicht – hatte der hohe Herr doch erst im vorigen

Jahr dem Allgemeinen Fürstentag, auf welchem man den Wallenstein abgesetzt hatte, die Ehre erwiesen; vermutlich würde er sich dieses Mal durch einen Abgesandten vertreten lassen.

Für Graf Ferfried war eine Reise stets ein aufregendes und kompliziertes Unterfangen. Nie konnte er sich entscheiden, was er mitnehmen wollte. Deshalb brachte er bei den Vorbereitungen seinen Diener Raimund und das gesamte Schlosspersonal jedes Mal zur Verzweiflung.

Da bei einem solchen Treffen jeder der Herren versuchen würde, den anderen an Prunk zu übertreffen, wollte auch Adelheids Vater nur die prachtvollsten Gewänder, die vornehmste Rüstung samt kostbarem Zeremonial-Schwert mit der Klinge aus Toledostahl und den im Griff eingelegten, wertvollen Edelsteinen, sowie die herrlichsten Mäntel, bestickt und gefüttert mit Zobelfellen, mitnehmen – und das mitten im Hochsommer. Und was er an Ketten und Ringen in einer Schmuckschatulle mit sich führte, hätte für ein weiteres Dutzend Vornehme gereicht.

»Vater bräuchte zehn Hälse und fünfzig Finger, um alle die Preziosen anzulegen, die er dabeihat. Und die Anzahl feiner Stiefel und eleganter, leichter Schuhe reicht für mindestens drei Treffen der Großen«, spottete Hasso, als er seine Schwester Adelheid aufsuchte.

»Vater macht einen Wirbel, als wäre der Schwede schon in unser Land einmarschiert«, sagte Adelheid leicht verärgert und verdrehte die Augen, worauf sich ihr Bruder bekreuzigte.

»Da seien GOTT und alle Heiligen vor, Schwester. Wir wollen hoffen, dass Gustav Adolf aufgehalten wird, ehe er den Süden Deutschlands verwüstet. Obwohl ihn viele, die im Geheimen mit dem Protestantismus liebäugeln, mit Freuden begrüßen würden.«

»Unser Schlossvogt wird uns schon beschützen«, meinte

Adelheid etwas spöttisch. Hasso wusste, dass seine Schwester den Verwalter, Anselm von Waldnau, nicht sehr schätzte. Sie empfand den Vierzigjährigen als anmaßend, zugleich aber devot und hinterhältig. Ob der Vogt im Ernstfall in der Lage wäre, das Schloss und seine Bewohner zu schützen, darauf wollte sie es nicht ankommen lassen. Seine Qualitäten als Buchhalter hingegen waren unbestritten; mit Geld konnte er umgehen.

»Auf meinen Vogt lasse ich nichts kommen«, pflegte der Graf vor Standesgenossen mit stolzem Wohlwollen zu betonen.

Unter dem gräflichen Schutz lebte in relativem Frieden auch die vielköpfige Sippe des Kaufmanns und Geldwechslers Herschel Grünbaum. Ferfried fragte nicht danach, ob und wie diese Menschen im Einklang mit ihrer eigenartigen Religion lebten. Hauptsache, der jüdische Kaufmann sorgte dafür, dass die alltäglichen Ausgaben des Schlossherrn gesichert waren. Sein Beichtvater, Pater Ambrosius Feyerling, schwieg wohlweislich dazu.

Herrn Anselms Geiz war sprichwörtlich, er scheute sich auch nicht, seine Herrschaft zuweilen auf halbe Ration zu setzen, wenn es ihm die finanzielle Situation zu erfordern schien. Ferfried vertraute ihm jedenfalls blind. Ob er im Falle eines Angriffs auf die Schlossbewohner allerdings der richtige Mann war, blieb dahingestellt.

KAPITEL 5

»WAS SOLL DAS HEISSEN? Wer hat das Helen fortgeschafft und wohin? Zum Kuckuck, wer hat den Befehl dazu erteilt?«

Gräfin Adelheid war kreideweiß. Sie musste sich unbedingt setzen, so durcheinander war sie von dem wirren Gestammel des Knappen Wilhelm von Kirchhofen. Als der junge Mann ihr vorhin Bericht erstattete, war sie beim ersten Blick auf sein entsetztes Gesicht aufgesprungen und hatte dabei aus Versehen das Tuschefass umgestoßen. Die schwarze Flüssigkeit rann nun über das Blatt mit dem hübsch gezeichneten Stechapfel und verdarb es restlos. Auch das noch.

»Setzt Euch doch, Wilhelm.«

Sie deutete auf eine Bank gegenüber und forderte ihre herbeigeeilte Zofe Ursula auf, dem Jüngling einen Humpen Bier zur Beruhigung einzuschenken. »Trinkt, Wilhelm, das wird Euch guttun, und dann berichtet mir der Reihe nach«, verlangte sie energisch.

Adelheid hatte sich wieder unter Kontrolle. Sicher ist alles halb so wild, beruhigte sie sich. Aber tief in ihrem Herzen ahnte sie, dass etwas Schreckliches geschehen war. Und was sie daraufhin von dem jungen Burschen zu hören bekam, war in der Tat geeignet, sie regelrecht zu verstören.

Am frühen Vormittag waren sechs ungehobelte und dreiste Kerle auf dem Hof des Schultheiß Jakob Hagenbusch erschienen, hatten dessen Ehefrau Walburga unsanft beiseitegeschoben und lautstark nach deren Tochter Helene verlangt.

Hagenbusch selbst hielt sich zu dieser Zeit im Reschenbacher Gemeindeamt auf, wo er sich mit einer lästigen Angelegenheit befassen musste. Denn ein Bauer aus dem Ort hatte, entgegen den Anordnungen des dörflichen Bannwarts, ein bestimmtes

Stück Weg trotz mehrmaliger Aufforderung noch immer nicht instand gesetzt. Der Schultheiß musste ihn heute zur Sache vernehmen und ihm, im Falle eines schuldhaften Versäumnisses eine Strafe von zwei Schillingen aufbrummen. Das Gleiche galt für einen anderen Bauern, der beim letzten Brand im Dorf nicht beim Löschen geholfen hatte.

Hagenbuschs sechsundzwanzig Jahre alter Sohn Georg befand sich an diesem Tag seit den frühen Morgenstunden auf dem Weg in die Freie Reichsstadt Offenburg, wo er vor Gericht als Zeuge in einem Rechtsstreit auszusagen hatte.

Und das Gesinde war mit Ausnahme einer uralten Magd und eines Knechtes, der mit gebrochenem Bein in der Gesindekammer lag, draußen beim Heuen auf den Wiesen.

Helene die lärmende Besucher in der Küche gehört hatte, war dorthin geeilt und wollte sich nach deren Begehr erkundigen. Irritiert sah sie ihre kränkliche Mutter händeringend vor dem gemauerten Herd stehen. Die Bäuerin Walburga war eine scheue, zierliche Person und leicht einzuschüchtern.

Drei der jungen Männer kannte Helene seit ihrer Kindheit, aber ehe sie aufatmen konnte, fiel ihr siedendheiß ein, dass sie allesamt Gehilfen des Henkers, Martin Scheible, waren …

»Was führt ihr euch denn so unchristlich laut auf?«, fragte sie und lachte gezwungen. »Wenn ihr vom Schultheiß etwas wollt, müsst ihr aufs Gemeindeamt gehen. Mein Vater ist nicht zu Hause, das seht ihr doch.« Sie ärgerte sich, weil sich die Knechte so großspurig benahmen und sich in Walburgas Küche aufgepflanzt hatten, als besäßen sie hier das Hausrecht. »GOTT befohlen, Männer!«, hatte Helene dann ziemlich laut gerufen, wie um sich Mut zuzusprechen und dabei abschließend eine Handbewegung gemacht, als wollte sie Hühner verscheuchen.

Die Helene bekannten Burschen schienen sich jetzt etwas zu genieren und zogen sich zur Küchentür zurück, aber die anderen drei lachten bloß. Und weil dieses Lachen so dreckig klang, war Helenes Mutter überzeugt gewesen, dass da etwas ganz und gar nicht stimmte.

So hatte es Walburga jedenfalls dem Edelknecht Wilhelm erzählt. Ehe es sich die Tochter und das Eheweib des Schultheißen versahen, hatten die sechs – die auch Walburga mittlerweile als Helfershelfer des Henkers Scheible, der zugleich Sekretär der Landvogtei Ortenburg war, erkannt hatte – das Helen mit einem mitgebrachten Kälberstrick regelrecht verschnürt, wobei sie nicht zimperlich vorgingen, und einer der Schergen hatte ihr ganz offen und sehr grob an den Busen gefasst. Sie hatten Helene dann quasi wie einen gefällten Baumstamm aus dem Haus geschleppt, über den Hof und auf die Straße, wo ein mit ein paar Strohbündeln gepolsterter Karren bereitstand, in den sie die Tochter des Schultheißen unsanft gesetzt hatten.

Die Burschen, allesamt rohe und ungebildete Kerle, die es genossen, »von Amts wegen« unter den Bewohnern der Gegend Angst und Schrecken zu verbreiten, unterstanden bloß dem Henker. Nur dem Scheible waren sie für ihr Tun verantwortlich, und der hatte ihnen nicht gesagt, dass sie besonders zartfühlend mit dem jungen Weibsbild umgehen sollten.

Die Karre war anschließend von einem müden Gaul nach Ortenberg – einen der Gerichtsorte der Ortenau, neben Achern, Appenweier und Griesheim – gezogen worden.

»Und da haben sie das Fräulein Helene in den ›Hänsele-Turm‹ von Schloss Ortenberg gesteckt«, beendete Wilhelm von Kirchhofen seinen erschreckenden Bericht.

»Weshalb denn, um Christi willen?« Gräfin Adelheid versagte beinahe die Stimme. »Wer hat das veranlasst?«

»Das hat die Walburga auch nicht gewusst – und ihr Mann, der Jakob Hagenbusch, ist noch nicht nach Haus gekommen«, berichtete Wilhelm schulterzuckend. »Die Leute sagen, man habe den Schultheiß in den Räumen des Gemeindeamts festgesetzt, wo er vorläufig unter Bewachung verbleiben müsse.«

Adelheid überlegte fieberhaft.

Es war leider nicht das erste Mal, dass der Hexenverfolgung auch in der Ortenau viele Frauen zum Opfer fielen. Sie hatte sofort gewusst, dass man ihrer Freundin Helene vorwarf, eine »Hexe« zu sein. Das war an der Art ihrer Verschleppung ins Gefängnis ersichtlich.

Eine angebliche Hexe ließ man nie zu Fuß ins Gefängnis gehen: Solange sie den Boden berührte, sei sie imstande – so der Glaube – ihre Häscher zu verzaubern. Daher wurden der Hexerei beschuldigte Frauen immer getragen oder gefahren, um sie ihrer übernatürlichen Kräfte zu berauben.

Aber wer konnte eine derart ungeheuerliche sowie lächerliche Anschuldigung gegen das junge Mädchen erhoben haben? Seit 1628 hatte das unselige Hexenbrennen in der Ortenau aufgehört. Der Widerstand in der Bevölkerung war damals so groß geworden, dass die Kirche für ein Aussetzen der Hexenprozesse plädiert hatte.

Der Bischof von Straßburg höchstpersönlich hatte seine Gerichtspersonen angewiesen, das Vorgehen gegen »zauberische Personen« für eine Weile auszusetzen.

Wollte man jetzt etwa wieder mit diesen unseligen Prozessen beginnen? Sollte ihre unschuldige Freundin das nächste Opfer werden?

Unschuldig waren sie nämlich alle gewesen – das wusste Adelheid mit absoluter Gewissheit. Weder ihr Vater, noch sein Beichtvater, Pater Ambrosius, glaubten an Hexen – obwohl der Mönch sich damit im gefährlichen Widerspruch zur gültigen, kirchlichen Lehrmeinung befand. Jeder übel meinende Eiferer durfte daher eigentlich mit Fug und Recht den Benediktiner als »Hexenmeister« diffamieren.

»Alles Unsinn«, hatte der Benediktiner seinen Schäflein im Schloss gepredigt. »Leider sind sich da die Katholiken und die Protestanten einig. Fast immer sind es alte, arme, auch im Geiste schwache Weiber, die für diesen gottlosen Wahn und die abartigen Phantastereien herhalten müssen, die sich diese hirnkranken Hexenrichter ausgedacht haben.« Allzu laut und gar außerhalb der Schlossmauern wagte Pater Ambrosius allerdings nicht, seine abweichlerische, »ketzerische« Meinung kundzutun. Denn jeder, der diese Überzeugung hinsichtlich der »Hexen« teilte, befand sich in wahrhaft lebensgefährlicher Gegnerschaft zu Kaiser und Papst.

Bei den Protestanten begann erst langsam und zögernd ein Umdenken. So hatte etwa der Schwedenkönig Gustav Adolf jeden Hexenprozess in den von ihm eroberten Gebieten verbieten lassen.

In katholischen Gebieten wagten das nur wenige Landesherren. Beispielsweise gab es im Einflussbereich des idyllisch gelegenen Benediktinerklosters Ettal im Oberbayerischen – woher Pater Ambrosius stammte – keine »Verfolgung zauberischer Frauen«, während außerhalb dieser Abtei die Scheiterhaufen hingegen weiter loderten.

Graf Ferfried hatte nicht zu den Mutigen gehört, die sich gegen diese Gräuel bisher offen aufgelehnt hatten. Obwohl er solche Grausamkeiten verabscheute, hatte er nicht den Mut gehabt, mannhaft dagegen vorzugehen. Wenn selbst der Papst sie doch für rechtens hielt?

Noch wussten nur wenige Gläubige, dass sogar der amtierende Pontifex Maximus selbst ein Glaubenszweifler war. In einigen Jahren würde Urban VIII. nämlich die wenig päpstlichen Worte sprechen: »Wenn es einen Gott gibt, wird Kardinal Richelieu viel zu verantworten haben. Wenn nicht, dann ist er so schlecht nicht dabei gefahren.«

Hasso von Ruhfeld mochte die Feigheit seines Vaters zwar bedauern, aber auch manchmal heftige Diskussionen hatten an dessen Haltung nichts geändert. Blieb zu hoffen, dass der junge Graf in Zukunft wenigstens in seinem kleinen Einflussbereich dem entsetzlichen Unwesen ein Ende bereitete.

Aber hier und jetzt musste dagegen eingeschritten werden. Schließlich ging es ums Helen', ihre »liebe Schwester«. Adelheid beschloss allem Abschiedstrubel zum Trotz, den Grafen damit zu behelligen. Ihr Vater hatte die Pflicht, gegen die ungesetzliche Festnahme ihrer Freundin einzuschreiten.

KAPITEL 6

GRAF FERFRIED REAGIERTE indessen keineswegs so, wie seine Tochter es sich gewünscht hatte. Ganz freundlich hatte er Adelheid angehört, aber ein Eingreifen seinerseits rundweg abgelehnt. Auch als sie ihn massiv bedrängte und sogar ihre Stimme erhob, blieb er überraschend gelassen und ruhig.

Adelheid ahnte, weshalb ihr Vater so gut gelaunt war. Es war ihr nicht verborgen geblieben, dass er nachts wieder einmal Besuch gehabt hatte; Besuch von einer Frau aus dem Volk, einer so genannten »Venusdienerin«, die noch vor Morgengrauen in Begleitung zweier Knechte zu ihrem Schutz den Heimweg angetreten hatte.

Dieses Weib, etwa Mitte dreißig, war schon des Öfteren dem Grafen zu Diensten gewesen. Sie nannte sich »Salome«, war verschwiegen und schien sich reinlich zu halten. Ihre bisherigen Liebhaber waren allesamt »bessere« Herren gewesen, wie das Gesinde auf Schloss Ruhfeld hinter vorgehaltener Hand tuschelte. Seit einiger Zeit schien der Herr von Ruhfeld jedoch ihr einziger »Gönner« zu sein …

Adelheid konnte sich des Gefühls nicht erwehren, dass ihr Vater von Helenes Verhaftung nicht so überrascht war, wie er vorgab. Daher war sie sehr aufgebracht, dass er nicht gewillt schien, deswegen seine Abreise auch nur um Stunden oder einen Tag zu verschieben.

»Vater, Ihr habt alle Zeit der Welt, nach Regensburg zu reisen. Ihr könntet doch vorher noch nach Schloss Ortenberg reiten und die Sache in Ordnung bringen. Ein Wort von Euch würde genügen. So gravierend ist Euer Konflikt mit dem Straßburger Bischof doch nicht. Wir alle kennen Helene und wissen, welch ein frommes und liebenswürdiges Geschöpf sie ist. Sie als »Hexe« einzusperren, kann nur ein Versehen sein. Sie darf nicht in diesem schrecklichen Hänsele-Turm bleiben. Wer weiß, was die Schergen ihr antun werden? Vater, ich bitte Euch! Ich flehe Euch an, unternehmt etwas.«

Der Graf schien zwar von der Betroffenheit seiner Tochter berührt zu sein. Trotzdem blieb seine Miene abweisend. »Liebes Kind, du weißt, wie sehr ich es hasse, irgendwohin zu spät zu kommen. Und als Letzter zu erscheinen, wäre gewissermaßen ein Affront gegen den Kurfürsten. Er ist der beste Freund des Kaisers. Und Ferdinand zu erzürnen, wäre das Schlimmste, was mir widerfahren könnte. Auf die Badener hat Seine Allergnädigste Majestät seit der Entgleisung des Markgrafen sowieso ein besonders scharfes Auge«, erklärte der Graf und spielte damit auf die Tatsache an, dass der Markgraf von Baden seinerzeit den »Winterkönig« genannten Friedrich von der Pfalz gegen den Habsburger unterstützt hatte. »Kaiser Ferdinand ist nach dem Papst die höchste, irdische Instanz, meine Tochter. Ich werde daher in der nächsten halben Stunde aufbrechen – und nichts und niemand kann mich davon abhalten.«

Graf Ferfried sah wohl, dass er seine temperamentvolle Tochter mit dieser schroffen Absage bitter kränkte und enttäuschte. Um sie etwas zu besänftigen, fügte er einlenkend hinzu: »Ich denke auch, dass es sich bei der Einkerkerung deiner Freundin um einen bedauerlichen Missgriff handelt. Aber ich habe so viel Vertrauen in das Gerichtswesen unserer Ortenau, dass man umgehend diesen Irrtum berichtigen wird, wenn sich herausstellt, dass Helene tatsächlich fälschlich in Gewahrsam genommen wurde.«

Adelheid war zornrot angelaufen. Sie war wütend über die herablassende Art ihres Vaters und entgegnete: »Was heißt ›Vertrauen in das Gericht‹, Vater? Vor drei Jahren hat man zuletzt unschuldige Frauen auf den Scheiterhaufen gebracht. Und was meint Ihr mit ›Missgriff‹ und ›fälschlich verhaftet‹? An einen Irrtum glaube ich nicht. Dass ihre gewaltsame Entführung und Inhaftierung unrechtmäßig erfolgt sind, liegt doch wohl auf der Hand: Alle sogenannten Hexen sind schließlich fälschlicherweise verurteilt worden, oder etwa nicht? Weil es solche Hexen gar nicht gibt, wie Ihr selbst stets behauptet habt.«

Unwillkürlich hatten Adelheids große, dunkle Augen nach Pater Ambrosius gesucht, aber sie konnte den hageren Mönch unter den zum Aufbruch bereiten Männern nicht entdecken. Dabei fiel ihr auf, dass sie ihren Bruder Hasso ebenfalls nirgendwo sehen konnte. Schon seit einer Weile schien er sich nicht mehr im Schloss aufzuhalten.

»Vater, so hört doch!«

Adelheid versuchte noch einmal, den Herrn von Ruhfeld umzustimmen, aber dieser hatte ihr bereits den breiten Rücken zugewandt und schritt die marmorne Haupttreppe mit dem kunstvoll in Stein geschnittenen Treppengeländer des stattlichen

Gebäudes hinab, da im Schlosshof längst die Pferde unruhig bereitstanden.

Es waren herrliche Tiere, edle spanische Vollblutrösser, welche lebhaft die Köpfe mit den flatternden Mähnen herumwarfen, mit den feurigen Augen rollten und mit den blank geputzten Hufen stampften und ungeduldig scharrten. Ferfried hatte sich diese Pferde einiges kosten lassen – ohne sich um Waldnaus besorgtes Stirnrunzeln zu scheren.

Etwas abseits im Hof waren einige Knechte dabei, die Lasttiere mit ihren auf den Rücken geschnürten Bündeln, Ballen und Truhen ruhig zu halten.

Graf Ferfried drehte sich jetzt um, und seine Blicke suchten seine schöne, nun recht erboste Tochter Adelheid, die oben auf der Schlosstreppe unter dem spitzbogigen Portal stand und nervös an einer ihrer schwarzen Locken nestelte.

Beim Versuch, die Spannung zu lockern, ließ der Graf ein unechtes Lachen hören und, auf die Pferde deutend, rief er in die Runde: »Sogar die Pferde sind schon ungeduldig. Sie wollen nach Regensburg. Da dürfen wir sie nicht zu lange warten lassen, Tochter, sonst galoppieren sie noch ohne uns los.«

Die Bediensteten und die Herren seiner Begleitung lachten pflichtschuldig.

Aber Adelheid fürchtete, vor lauter Zorn in Tränen auszubrechen. Um nichts Unüberlegtes zu sagen, wofür sie sich anschließend entschuldigen müsste, wandte sie sich rasch um und eilte ins Schloss, hilflos und wütend zugleich. Beinahe wäre sie in der dämmrigen Vorhalle mit Pater Ambrosius zusammengestoßen.

»Verzeiht, Vater«, murmelte Adelheid und wollte sich an ihm vorbeidrücken, aber der ältliche Mönch – vor Kurzem hatte er sein fünfundfünfzigstes Lebensjahr vollendet – blieb stehen und fasste sie am Arm.

»Herr Hasso ist nach Schloss Ortenberg geritten, mein Kind. Er will Helene aus dem Turm holen«, flüsterte er ihr zu.

»GOTT sei gedankt; wenigstens *er* unternimmt etwas, wenn es meinem Vater schon egal ist, was mit dem Helen passiert.«

»Nun, ich denke nicht, dass es Eurem Vater gleichgültig ist: Das hat er gewiss nicht gewollt. Aber freut Euch nicht zu früh. Ich bin sicher, Hasso kann in der Kürze der ihm zur Verfügung stehenden Zeit kaum etwas ausrichten. Da ist eine regelrechte Verschwörung gegen Hagenbuschs Tochter im Gang – so viel habe ich bereits erfahren. Leider weiß ich noch nicht, wer sie angezettelt hat und warum. Die Zeit war viel zu knapp, und jetzt muss ich Euren Vater begleiten.«

»Aber, Pater Ambrosius, was soll ich denn unternehmen? Ich kann doch nicht seelenruhig warten, bis sie das Helen zu Tode gefoltert haben!«, sagte Adelheid fassungslos. Schluchzend warf sie sich dem Benediktinermönch in die Arme.

Sie ging zu ihm regelmäßig zur Beichte, auch wenn sie seit Jahren ein schlechtes Gewissen dabei hatte: Einmal hatte sie den Pater angelogen. Sie hatte es nicht fertiggebracht, ihm ihre »Sünde der Unkeuschheit« anzuvertrauen.

Noch keine sechzehn war sie gewesen, als hoher Besuch auf dem Schloss geweilt hatte, der Herzog von Württemberg mit seinem neunzehnjährigen Sohn. Der Herzog war zu diesem Zeitpunkt Pfandherr der bischöflich-straßburgischen Herrschaft Oberkirch, was bedeutete, dass er über Sasbach, das Acher- und Renchtal das Sagen hatte – ebenfalls ein Recht, das Graf Ferfried überhaupt nicht passte.

Und während sich die älteren Herren über Politik, Religion und die Jagd unterhalten hatten, war der Herzogsspross hinter der noch kindlich-unschuldigen Tochter des Hauses her gewesen.

Er sah gut aus, war freundlich – trotz seiner kaum verborgenen Verachtung für die seiner Meinung nach erbärmlich hausenden Ruhfelder. Er war prächtig gekleidet, viel kostbarer als Adelheid es von ihrem Vater oder Bruder gewohnt war – und sie hatte sich sofort in den jungen, gelangweilten Laffen verliebt. Er faselte ihr etwas von Liebe und den herrlichen Gefühlen vor, die einen durchrannen, wenn man sich den »Wonnen der Venus« hingebe, und sie war so dumm gewesen, darauf hereinzufallen. So hatte sie sich überreden lassen, mit dem geilen Bengel ein unbenütztes Gemach des Schlosses aufzusuchen, wo er sie zuerst mit Küssen willfährig gemacht hatte, sowie mit dem verlogenen Versprechen, bei ihrem Vater um ihre Hand anzuhalten. Daraufhin hatte er ihren kleinen Busen entblößt, dessen rosige Warzen sich unter den streichelnden Händen des bereits erfahrenen jungen Mannes aufrichteten. Ja, die Gefühle, die Adelheid durchschauerten, waren durchaus dazu angetan gewesen, eine Jungfrau nach einem »mehr« dieser Glücksempfindungen verlangen zu lassen. Und als er sein aufgerichtetes Glied an ihrem nackten Oberschenkel rieb, war sie nur zu bereit gewesen, ihre forschenden Finger danach auszustrecken. Wie im Fieber hatte sie sich von dem jungen Mann auf einen Diwan legen und ausziehen lassen, und als er sich mit lustvollem Stöhnen auf sie geworfen und ohne weitere Präliminarien mit einem schmerzhaften Ruck in sie eingedrungen war, hatte sie Entsetzen empfunden.

Sie hatte ihre kostbare Jungfräulichkeit einfach hingegeben, ohne verheiratet oder zumindest verlobt zu sein. Während dieser Gedanke ihr blitzartig durch den Kopf schoss, hoffte sie noch, wenigstens durch unaussprechliche Wonnen für den unersetzlichen Verlust entschädigt zu werden …

Doch nichts dergleichen geschah. Der Sohn des Herzogs nahm sie völlig gefühllos. Er keuchte und stieß zu mit einer Rohheit, die er wahrscheinlich auch den Mägden seines Vaters bezeigte.

Ohne jedes Feingefühl wollte er nur eines: möglichst schnell zur eigenen Befriedigung gelangen. Dass Adelheid vor Schmerzen wimmerte, scherte ihn keineswegs: Das war er schon gewohnt von den Weibern.

Zum Glück dauerte diese Tortur nicht lange. Sofort rollte er sich von ihr herunter, wischte sein nun schlaffes Glied am Saum eines Vorhangs ab, erhob sich wortlos und schloss seine Hosen. Adelheid, wie erstarrt auf dem Bett liegend, blickte ihn mit tränennassen Augen an.

Der arrogante Jüngling, dem heulende Frauenzimmer ein Gräuel waren, sah ungeduldig auf sie hinunter. »Was ist? Willst du nicht aufstehen? Wenn du auf ein zweites Mal wartest, musst du dich noch etwas gedulden. In einer Viertelstunde könnte ich wieder ficken, aber jetzt will ich ausreiten. Vielleicht können wir uns ja heute Abend wieder hier treffen?«

Wie von der Tarantel gestochen war Adelheid daraufhin aufgesprungen, hatte ihre Kleider an sich gerafft und sich im Alkoven angezogen.

Über die Schulter hatte sie dabei den Widerling wütend angefaucht: »Nein, besten Dank. Nach diesem schrecklichen Erlebnis habe ich keine Lust, mich jemals wieder von dir anfassen zu lassen. Nie hätte ich es für möglich gehalten, dass du so ein jämmerlicher Liebhaber bist. Wenn das die Wonnen der Venus gewesen sein sollen, dass mir jetzt das Kreuz und der Bauch wehtun und es zwischen meinen Schenkeln brennt wie Feuer, kann ich gern drauf verzichten, mein Lieber.«

Der Sohn des württembergischen Herzogs hatte erst überrascht, dann schrecklich beleidigt ausgesehen und verkündet: »Sei froh, dass du dein erstes Mal hinter dich gebracht hast. Die Weiber bei mir daheim reißen sich jedenfalls um mich«, fügte er dann angeberisch hinzu.

Da Adelheid ihn keines Wortes mehr gewürdigt hatte, war er,

ebenfalls schweigend, aus dem Gemach geschlichen – und das keineswegs wie sonst, wenn er wieder einmal eine »Eroberung« gemacht hatte, mit vor Stolz geschwellter Brust.

Adelheid von Ruhfeld aber beschloss, niemandem gegenüber etwas von ihrem Abenteuer verlauten zu lassen – nicht einmal dem guten Pater Ambrosius würde sie sich anvertrauen. Was sie getan hatte, war ihr nämlich keineswegs wie eine »Sünde des Fleisches« erschienen – eher wie eine Riesendummheit.

Der Pater schloss das junge Mädchen väterlich in die Arme. »Ja, weint nur, Fräulein«, sagte Ambrosius begütigend und strich ihr beruhigend über das lange, schwarze Haar.

Wenn er an den Obersten Richter Bertold Munzinger, der als Stabträger fungierte und die Anklage vertreten würde, an dessen übereifrige Beisitzer, sowie den brutalen Henker Scheible und seine Schergen dachte, wurde ihm speiübel beim Gedanken an die Perversitäten, die sie der Helene antun würden.

Und das nach Vorschrift und Richtlinien des Teufelsbuches dieser beiden verdammten Dominikaner, die den unsäglichen *Hexenhammer* verfasst hatten, diesen gemeinen Leitfaden aller Scheußlichkeiten und Gräuel, die Menschen hatten ersinnen können, um hilflose andere Menschen zu foltern und in den Wahnsinn zu treiben.

Der Pater kannte diese Verfahren, deren Ablauf stets derselbe war: Anfangs mutiges Leugnen, dann Schmerz und Pein, später ein Aufbäumen und der Widerruf, danach hilfloses sich Fallenlassen, schließlich dumpfes Dahindämmern und geistige Umnachtung vor dem entsetzlichen Ende. Und alles im Namen unseres HERRN JESUS, seiner gebenedeiten Mutter Maria und aller Heiligen, ging es dem Benediktiner durch den Kopf.

»Hört zu, Adelheid, liebes Kind«, versuchte Pater Ambrosius die Aufmerksamkeit der jungen Frau zu wecken. »Das Einzige, was Ihr tun könnt, ist, dass Ihr unablässig Druck auf das sogenannte ›Hexengericht‹ ausübt. Lasst ihnen keine Minute Zeit zum Verschnaufen, begehrt jeden Tag Zutritt zu Eurer Freundin. Verlangt jeden Tag aufs Neue die Freilassung der unschuldigen Helene Hagenbusch. Betont in jedem Satz laut ihre Unschuld, verwerft alle Vorwürfe als boshaft, unrechtmäßig und falsch. Verlangt vor allem, dass man Euch die Ankläger nennt: Besteht darauf, eventuellen Zeugen gegenübergestellt zu werden. Deutet dann mit dem Finger auf sie und schreit laut heraus, dass sie gemeine Lügner und Betrüger seien. Sagt ihnen auf den Kopf zu, dass sie von jemandem für ihre infamen Anschuldigungen bezahlt worden seien. Belästigt unaufhörlich die Behörden mit Eingaben, und klagt selbst die Richter an, wenn es sich als notwendig erweisen sollte. Macht ihnen Angst, edles Fräulein, und droht ihnen mit der Rache Eures Vaters, wenn er zurückkommt. Das gilt vor allem für den Henker, Martin Scheible. Dieser Bursche ist ein ganz übles Subjekt und unvorstellbar grausam: Außerdem hat er sich noch an jedem seiner Opfer bereichert.«

Pater Ambrosius war beinahe außer Atem, so schnell hatte er Adelheid Anweisungen gegeben.

»Und noch etwas: Geht niemals allein und ohne männlichen Schutz zu diesen Leuten: Allzu leicht könntet Ihr verschwinden – und zwar für immer. Lasst Euch stets von mindestens sechs bewaffneten Knechten begleiten. Erstens macht das mächtig Eindruck, und zweitens wird es die Lust, Euch körperlich anzugreifen, beträchtlich mindern. Gegen Euch hat man zwar nichts, aber Euer Vater ist nicht bei allen Leuten beliebt – denkt nur an die Freunde des Markgrafen oder an die heimlichen Anhänger Martin Luthers. Ihr seht, Adelheid, ich rede völlig offen mit Euch, meine Tochter«, war der ältliche Mönch fortgefahren und hatte sich den Schweiß von der Stirn gewischt.

»Hört zu. Noch eines: Lasst Euch nach Möglichkeit vom

Schlossvogt begleiten. Das unterstreicht Eure Macht. Von Waldnau wird davon nicht begeistert sein, aber ich werde ihm noch einiges zuflüstern, und ich denke, er wird sich zähneknirschend dazu bereitfinden. Sonst bekommt er gewaltigen Ärger mit mir, wenn ich zurückkomme. Und wenn alles nichts nützt: Geht nach Straßburg zu Bischof Leopold. Ich weiß, dass der geistliche Herr genauso wenig wie ich an Hexen glaubt. Aber er ist, trotz seiner Intelligenz von Natur aus feige und bequem wie alle Habsburger und wird sich niemals offen gegen den Papst stellen. Aber ich könnte mir vorstellen, dass er sich Eurer Bitte nicht verschließen würde.«

»Diese Neigung, stets dem Weg des geringsten Widerstandes den Vorzug zu geben, teilt er wohl mit den meisten hohen Herren«, hatte Adelheid spöttisch kommentiert.

Der Pater war auf diesen Vorwurf nicht eingegangen und hatte gedacht: Schade, dass der Straßburger die Attraktivität schöner Frauen nicht schätzt – die von jungen Männern angeblich dafür umso mehr ... Vielleicht könnte man ihn damit ein wenig unter Druck setzen?

Aber das war ein zu heikles Thema und einer Jungfrau nicht zuzumuten – eigentlich durfte sie über diese geheimen Dinge gar nicht Bescheid wissen.

Pater Ambrosius steckte seiner jungen Herrin ein noch ziemlich sauberes Taschentuch zu, damit sie sich die Nase putzen konnte. Dankbar schob sie es nach Gebrauch in die Rocktasche ihres festlichen Gewandes aus roter Seide mit dem hohen und feinen, weißen Kragen aus Brüsseler Spitzen.

Zu Ehren ihres abreisenden Vaters hatte sie sich heute besonders herausgeputzt gehabt, aber ihr vom Weinen gerötetes Gesicht und ihre aufgelöste Frisur wollten so gar nicht mehr dazu passen.

Ihre Zofe Ursula erbot sich, die junge Dame wieder präsentabel zu machen, und der Benediktinermönch ging in den Schlosshof hinunter, wo eben ein feierlicher Umtrunk stattfand und die letzten Abschiedsreden gehalten wurden.

»Das ist ja schlimmer, als würde Vater in den Krieg ziehen«, murmelte Adelheid ungehalten, als sie mit Ursula ihrem Schlafgemach zustrebte.

KAPITEL 7

HELENE HATTE GERADE den Verband am Bein des auf seinem Strohsack in der Gesindekammer liegenden Jörgli gewechselt. Und weil die Wunde und der Bruch bereits sauber verheilt waren, sagte das Mädchen, ohne auf das Stöhnen des etwas trägen Knechtes zu achten: »Morgen kannst du wieder schaffen, Jörgli. Das ewige Liegen tut dir gar nicht gut.«

Der Knecht zog zwar ein Gesicht, traute sich aber keine Widerrede zu geben, und sie packte ihre Salbentöpfchen und Binden ein – da hörten beide den Lärm.

»Was ist denn das?«, rief Helene alarmiert. »Man könnte meinen, es wären Besoffene auf den Hof gekommen. So einen Krach zu machen, da hört sich doch alles auf.«

Sie lief aus der Knechtkammer und schnell die Stiegen hinunter in die Küche, woher das Rumoren kam. Zornig riss sie die Tür auf und prallte erschrocken zurück.

Denn nicht weniger als sechs schmutzige und kräftige Burschen tummelten sich in Walburgas Reich. Sie fläzten sich entweder auf der Eckbank unter dem Herrgottswinkel oder auf den Stühlen herum. Helene sah ihre verschüchterte Mutter mitten in der Stube stehen, hilflos die Hände ringend, die blauen Augen ängstlich aufgerissen.

Sollten diese Kerle Übles im Sinn haben, ist mir meine Mutter gewiss keine Hilfe, dachte das junge Mädchen beklommen. Jeder im Dorf wusste, dass die Frau des Schultheißen schwache Nerven hatte und nicht belastbar war. »Wie eine adelige Dame«, spotteten die anderen Weiber in der Gemeinde. Aber es stimmte. Walburga besaß so gar nichts von jener Robustheit und Courage, die zum Überleben der unteren Stände nun einmal nötig waren.

Unwillkürlich hatte sich Helene umgeschaut, aber Jörgli war ihr natürlich nicht gefolgt. Den heutigen »faulen« Tag wollte er noch richtig genießen und sich, wie in den letzten Wochen, sein Essen von der alten, halb blinden Magd Gertrud bringen lassen.

Hagenbuschs Tochter erschien es am besten, möglichst forsch aufzutreten – das schüchterte die Kerle vielleicht ein.

»Was macht ihr für einen unflätigen Lärm? Ihr seid hier nicht im Wirtshaus. Wenn ihr mit dem Heimburger etwas zu bereden habt (Helene benützte einen anderen üblichen Ausdruck für »Schultheiß«), dann müsst ihr zum Gemeindeamt. Hier ist er jedenfalls nicht, wie ihr ja schon gesehen habt.«

Sie verschränkte die Arme vor der Brust und gab sich selbstsicher. Die Kerle glotzten sie überrascht an.

Drei von ihnen kannte sie gut: Es waren junge Burschen in ihrem Alter oder nur um ein weniges älter. Aber, wie ihr zu ihrem heimlichen Entsetzen einfiel, arbeiteten sie alle für den Henker Scheible …

Als sie eine Bewegung machte, als wollte sie lästige Fliegen verscheuchen, fasste sich der eine, ein ihr unbekannter Kerl. Er stand am Herd und hatte in die Pfanne mit den Bratwürsten gelangt, um sich eine dieser fetttriefenden Köstlichkeiten herauszuangeln. Langsam drehte er sich zu der attraktiven Sprecherin um, grinste sie gemein an und grunzte mit vollem Mund, weil er in die Wurst gebissen hatte: »Ja, da schau her. Wen haben wir denn da? Genau das Weibsbild, wegen dem wir den weiten Weg gemacht haben. So ein Glück.« Dann lachte er dröhnend.

Zwei seiner Kumpane fielen in das rohe Gelächter ein und beäugten das ansehnliche, junge Ding mit unverschämten Blicken. Die übrigen drei verhielten sich still. Es schien, als wäre ihnen das Ganze etwas peinlich.

»Was wollt Ihr denn von meinem Helen?«, wagte Walburga zu fragen. Die Sache war ihr gar nicht geheuer und instinktiv fühlte sie, dass ihrer Tochter Gefahr drohte.

»Maul halten, gute Frau. Mit dir haben wir nix zu schaffen, Alte!«, war die rüde Antwort des Burschen am Herd, welcher der Anführer zu sein schien.

»Saukerl, was erlaubst du dir?«, fuhr die junge Frau ihn erbost an. »Meine Mutter willst du beleidigen? Ich werd …«

»Gar nix wirst du, Bauernmensch. Außer ganz brav mit uns mitgehen und uns keine Schwierigkeiten machen. Sonst müssten wir nämlich leider ein wenig Gewalt anwenden. Nur um unseren Auftrag erledigen zu können, natürlich«, sagte der breitschultrige Bursche seelenruhig und biss noch einmal von der Bratwurst ab.

»Jesus Maria, ich wüsste nicht, was ich mit Euch zu schaffen habe. Warum wollt Ihr mich mitnehmen? Ich hab doch niemandem etwas getan.«

Wieder erntete sie rohes Gelächter, und einer der Männer sagte in aller Gemütsruhe: »Das wird sich dann schon bei den peinlichen Verhören vom Scheible herausstellen, wie unschuldig du bist. Aber wenn so viele Zeugen gegen ein Weib aussagen, wie es bei dir der Fall ist, dann ist bestimmt was dran.«

»Welche Zeugen denn? Und Zeugen für was?«

Helenes Stimme klang jetzt schrill vor Angst, und ihre Mutter war mitten in der Küche auf die Knie gesunken und betete laut zur Jungfrau Maria, dass diese »schlechten Gesellen« doch das Haus verlassen möchten.

»Das tun wir Alte, verlass dich drauf. Und zwar mit deinem Hexenbalg.«

Mit einem gemeinen Fluch hatte der Anführer der Bande die Bäuerin zur Seite gestoßen, sodass Walburga jetzt nicht mehr kniete, sondern auf dem Boden lag. Instinktiv wollte Helene ihrer Mutter zu Hilfe eilen, aber da wurde sie schon von zwei, drei Schergen grob gepackt. Sie fesselten ihr die Arme auf dem Rücken, während zwei andere der sich heftig Sträubenden und Kreischenden die Füße mit einem Strick zusammenbanden.

Dem einen Henkersknecht, der dabei geschickt mit seiner Hand unter ihren Rock gefahren war und sie unsittlich zwischen den Beinen berührt hatte, spuckte das Mädchen zielgenau in seine derbe Visage.

Die anderen lachten. Der Bespiene aber – die anderen nannten ihn Fridolin – wischte sich betont gleichmütig den Speichel von der Backe und sagte ganz ruhig: »Das wird dir noch leidtun, Hexenfotze.«

Der Anführer namens Morhart hatte sich nicht an dem Gerangel beteiligt, sondern nur grausam lächelnd zugeschaut. Jetzt verlangte er kalt: »Steckt ihr endlich einen Knebel ins Maul. Sonst plärrt sie uns noch das ganze Dorf zusammen. Ihr Vater, der ehrenwerte Schultheiß, wird noch früh genug erfahren, was mit seiner Tochter, der zauberischen Satansdienerin, passiert ist.«

Ohne dass jemand eingeschritten wäre – die alte Magd Gertrud hatte sich gleich zu Anfang aus der Küche verdrückt und der Jörgli sich wohlweislich gar nicht erst blicken lassen – schleppten die Gehilfen des Henkers Helene Hagenbusch aus der Küche und aus dem Haus. Über den Hof wurde sie von den

Kerlen geschleift und draußen auf der Straße auf einen elenden Schinderkarren gesetzt, der von einem müden Gaul gezogen wurde.

Händeringend, betend und weinend war Walburga ein Stück weit gefolgt, aber schließlich war die arme Frau umgekehrt und hatte sich verstört im Haus eingesperrt. Auf die Idee, ihren Mann zu benachrichtigen, war sie überhaupt nicht gekommen.

Denn wie alle anderen Leute hatte auch sie höllische Angst vor »Scheibles Ministranten«, wie sich die brutalen Burschen selber nannten.

Und so wie Pater Ambrosius vorausgesagt hatte, war es Hasso nicht gelungen, Helene aus dem Kerker des Schlosses von Ortenberg zu befreien. Wie einen dummen Jungen hatte man den Grafensohn vor dem Gefängnis stehen lassen.

Anfangs hatte niemand auf sein Klopfen und Rufen reagiert. Erst als er drohte, mit seiner Streitaxt das hölzerne Tor einzuschlagen, bequemte sich ein Gefängnisaufseher herbei, der dem »edlen, jungen Herrn« unterwürfig mitteilte, dass er leider nur das machen dürfte, was man ihm anschaffte. Er möge es doch am nächsten Tag versuchen, dann seien die »verantwortlichen« Leute da, und der gnädige Herr könne …

Adelheids Bruder war untröstlich und loderte außerdem vor Zorn. Er war nahe daran gewesen, seinem Vater den Gehorsam zu verweigern und nicht nach Augsburg zum Bankhaus Fugger zu reiten.

Mochte sich um die verdammten Kredite kümmern, wer wollte: Das Mädchen war ihm wichtiger. So wie der junge Edelmann sich echauffierte, als er kurz vor dem Wegritt seines Vaters zurückkehrte, war es jedem klar, dass Hasso die hübsche und kluge Helene nicht gleichgültig war.

Graf Ferfried registrierte mit mächtigem, innerem Grollen die Reaktion seines Sohns. Er nahm sich vor, Hasso nach der Reise zur Vernunft zu bringen. Was fiel dem Gimpel bloß ein?

Andere Adelssöhne freiten Gräfinnen und Herzoginnen, gewannen dadurch Macht, Vermögen und Einfluss – und was tat sein alberner Filius? Ließ sich von einem Bauernmädchen die Sinne verwirren – zugegeben von keinem ganz armen, im Gegenteil.

Der alte Graf konnte eine Reihe Adliger aufzählen, die, außer ihrem Titel, weniger ihr Eigen nannten als dieser Hagenbusch, der ihn vor ein paar Tagen so vor den Kopf gestoßen hatte, dass Ferfried jetzt noch ganz schwindlig davon war.

Rundweg abgeschlagen hatte der sture Bauernschädel sein Ansinnen, ihm das verfallene Bergwerk zu überlassen!

Erst hatte sich der Schultheiß lang und breit vom überraschenden Silberfund in Grimmerswald durch einen Sauhirten berichten lassen. Dieser hatte die Gemeindeherde im letzten Herbst in die Wälder am Fuß der Hornisgrinde getrieben, um sie dort Eicheln und Bucheckern fressen zu lassen.

Der Hütejunge hatte beobachtet, dass ein vorwitziger junger Eber in ein Loch im Berg geplumpst und jämmerlich grunzend und quiekend darin verschwunden war.

Bei näherem Hinsehen hatte sich das »Loch« jedoch als eingestürzter und überwucherter Eingang zu einem alten, aufgelassenen Silberbergwerksstollen entpuppt.

Der alarmierte Schweinehirt hatte den Jungen beauftragt, in die schräg nach unten verlaufende Grube zu klettern, wobei er ihn mit einem Seil gesichert hatte.

»Die Sau lebt noch«, schrie der Bub kurze Zeit später nach oben und befestigte den Strick um den Bauch des kleinen Ebers, welchen der Hirte anschließend hochzog. Als er jetzt den Hütejungen in die Höhe hieven wollte, protestierte der Bub.

»Ich seh was«, hatte er aufgeregt gebrüllt, und der Mann oben am Rand der Grube war neugierig geworden.

»Was siehst denn, Bub?«, hatte er hinuntergerufen, sich aber noch eine Weile gedulden müssen, ehe der Jüngere am Seil gezogen hatte.

Als der Junge oben war, hatte er dem Schweinehirten einen schweren Gesteinsbrocken in die Hand gedrückt. Der hatte ihn prüfend vors Gesicht gehalten, ihn ein ums andere Mal umgedreht und dann verblüfft gemurmelt: »Bei Gott, das ist ja Silber.« Und dann verbot er umgehend dem erschrockenen Buben, irgendetwas darüber im Dorf verlauten zu lassen:

»Halt's Maul, Bub, sonst verdresch ich dich, dass dir Hören und Sehen vergeht. Das ist eine Sache, die dich nix angeht.«

Obwohl von der Gemeinde Reschenbach angestellt, war der Schweinehirt mit seinem Fund nicht zu deren Oberhaupt, dem Heimburger Jakob Hagenbusch gegangen – dem dieser Abschnitt des Berges ohnehin gehörte – sondern – wohl um sich wichtig zu machen – war er mit dem Klumpen zum Schloss gelaufen. Dass er damit eine Katastrophe auslöste, konnte er nicht wissen …

Den nicht gerade Wohlriechenden hatte Herr Raimund naserümpfend zum Verwalter, Herrn Anselm von Waldnau, geführt. Der hatte sofort Geld gewittert und seinem Herrn den Floh ins Ohr gesetzt, er müsse sich unbedingt diese angeblich unergiebig gewordene Silbermine aneignen – koste es, was es wolle.

Aber der störrische Bauer hatte den Schlossherrn vor einigen Tagen abschlägig beschieden und war auch bei seinem Nein geblieben. Graf Ferfried war entsprechend wütend geworden. Obwohl sich die beiden Männer zeitlebens gut, ja sogar bestens verstanden hatten und ihre Töchter enge Freundinnen waren, fielen sie nun übereinander her wie Lumpenpack, beschimpften sich aufs Gröbste, wobei sich der Graf durchaus nicht als »feiner Herr« erwies, der Bauer ihm aber seinerseits nichts schuldig blieb.

»Hagenbusch, du Hurensohn, das wirst du noch bereuen!«, war Ferfrieds letztes Wort an seinen Kontrahenten gewesen. Doch der hatte bloß zornig gelacht und gemeint, wenn in der tauben Erzgrube noch was zu finden sei, stünde es ihm zu und keinem anderen.

»Wär ein arg ungleicher und ungerechter Handel, den Ihr mir da zumuten wollt, Graf«, hatte der Schultheiß voller Verachtung gesagt.

So waren beide im Unfrieden auseinandergegangen.

Bei der Zusammenkunft der hohen Herren in Regensburg sollte es um äußerst wichtige Dinge gehen: Ob der Kaiser den abgesetzten Generalissimus Wallenstein bereits nach einem Jahr wieder zum Oberbefehlshaber seiner Truppen berufen solle. Wie man den Schwedenkönig Gustav Adolf aus Deutschland vertreiben, und woher man frische Truppen bekommen könnte.

Anselm von Waldnau hatte dem Grafen bereits vor zwei Wochen versichert: »Lasst mich nur machen, Herr. Ihr bekommt die Rechte an der Mine. Den Hagenbusch krieg ich schon dahin, wo wir ihn haben wollen.«

Und der Graf hatte seinem Verwalter die Hand darauf gegeben, dass er ihn eigenständig schalten und walten lassen wolle.

»Ich brauche das Geld, um mein Gelöbnis halten zu können. Der Kaiser muss imstande sein, selbst ein mächtiges Heer aufzustellen, um den Schwedenkönig, diese protestantische Pest, aus dem Land zu jagen. Dann braucht er den machtgierigen Friedländer nicht wieder als Generalissimus einzusetzen.«

Damit war jede Vorgehensweise seines Verwalters in Graf Ferfrieds Augen sanktioniert. Der gute Zweck heiligte eventuell auch unsaubere Mittel – glaubte wenigstens der Graf, der gar nicht wissen wollte, welche Lawine Herr Anselm womöglich lostrat.

Nur, als er jetzt, kurz vor seinem Aufbruch nach Regensburg, von der skandalösen Inhaftierung Helenes erfuhr, ahnte er einiges. Aber was sollte er tun?

Wer A sagt, muss auch B sagen, dachte der Herr von Ruhfeld und beschloss, die leidige Sache aus seinem Gedächtnis zu verbannen. Doch nun führte sich sein Sohn so unvernünftig auf! Von seiner Tochter mochte er gar nicht reden. Waren denn plötzlich alle verrückt geworden?

Voll Unmut erteilte Graf Ferfried Hasso noch einmal den ausdrücklichen Befehl, sich unverzüglich nach Augsburg auf den Weg zu machen. Der Junge versprach es zähneknirschend.

Doch weil der Vater nicht sicher war, ob sein verliebter Sohn nicht wieder umkehrte, um den Retter seiner Bauerndirne zu spielen, versicherte er ihm, dass er dem Schlossvogt befohlen habe, sich unverzüglich um die Freilassung des Mädchens zu kümmern.

Das beruhigte den jungen Mann einigermaßen – auch Pater Ambrosius redete ihm zu, und seine Schwester schwor ihm, dass sie weder ruhen noch rasten werde, um das arme Helen sofort aus den Klauen dieser Teufel zu befreien.

»Der Aufseher, mit dem ich gesprochen habe, hat erlaubt, der Ärmsten ein paar Sachen ins Gefängnis zu schicken.«

Zum Glück erinnerte er sich noch daran, und seine Schwester veranlasste ihre Lieblingsmagd Ursula sofort, einen großen Korb mit nützlichen Dingen zu packen.

Als die junge Gräfin den Becher hob und ihrem bereits auf seinem prächtigen Pferd sitzenden Vater ein letztes Mal zutrank, hatten sich die Bitterkeit in ihrem Herzen und der Groll gegen Graf Ferfried etwas gelegt.

Das Wams war nun doch nicht fertig geworden, aber sie hatte improvisiert und ihrem Vater eine bereits seit Längerem in ihrer Truhe liegende, bestickte Schärpe zum Geschenk gemacht. Der Graf hatte sie auch sofort angelegt, und seine Tochter freute sich darüber.

»Geht mit GOTT, Herr Vater, und kehrt gesund wieder!«, rief sie dem immer noch stattlichen Mann zu. Er würde unter den vielen anderen Adligen gewiss keine schlechte Figur machen.

Nach Stunden voller Aufregung, Hektik, Ärger, Verbitterung und schließlich doch noch versöhnlichen Tönen waren der Graf und seine Begleiter in die beginnende Dämmerung eines herrlichen, von der Sonne durchglühten Sommertages hineingeritten. Kurz darauf hatte sich auch Hasso auf den Weg gemacht, aber erst, nachdem er noch einmal seiner Schwester Helenes Freilassung ans Herz gelegt hatte. »Ich könnte es nicht ertragen, wenn sie leiden müsste und würde furchtbare Rache an allen nehmen, die dafür verantwortlich sind«, verkündete er laut und deutlich.

Keiner zweifelte an den Worten des jungen Grafen und zukünftigen Herrn Schloss Ruhfelds. Adelheid versprach ihrem Bruder bei ihrer Seligkeit, alles zu unternehmen, um diese Schmach schnell zu beenden.

Sie lief in ihr Zimmer, wo Ursula dabei war, den Korb für Helene mit Leckerbissen, Wein sowie einem warmem Schal, einer Decke und pelzgefütterten Hausschuhen zu packen.

Im »Turm« – das wussten alle – war es auch im Sommer feucht und kühl, besonders des Nachts. Die Gräfin legte noch einen Brief an ihre »herzliebste Schwester« bei, mit aufmunternden Worten und dem Versprechen, sie bereits am nächsten Tag aus ihrer unwürdigen Lage zu befreien.

»Für *eine* Nacht wird das genügen«, meinte sie anschließend und breitete ein Tuch über den Korb. »Bereits morgen wird man meine liebe Freundin entlassen – dafür werde ich sorgen.«

Dann schickte sie die treue Dienerin mit drei gräflichen Knechten als Begleitschutz zum »Hänsele-Turm«.

Adelheid konnte es kaum erwarten zu hören, was Ursula zu berichten hätte. Wie mochte es Helene nach der Gefangennahme ergangen sein?

Es war bereits dunkel, als Ursula ins Schloss zurückkehrte. Als sie erzählte, den Korb samt Inhalt habe man ihr abgenommen, aber mit der Gefangenen habe man sie nicht sprechen lassen, war die junge Gräfin sehr beunruhigt.

»Ja, nicht einmal sehen durfte ich das Fräulein. Ich kann also nicht sagen, ob sie die schönen Sachen überhaupt bekommen hat oder ob die Gefängniswärter sie für sich behalten haben. Den Wein haben sie mit Gewissheit konfisziert. Das versoffene Pack hat jetzt am frühen Abend schon nach Schnaps gerochen. Gut, dass ich nicht allein war. Ich weiß nicht, was sie mit mir gemacht hätten, aber als sie die bewaffneten, jungen Männer gesehen haben, sind sie schnell nüchtern geworden und haben sich ganz scheinheilig um Höflichkeit bemüht – wenigstens der oberste Aufseher.«

Dieser Bericht war geeignet, Adelheids Optimismus empfindlich zu dämpfen: Eine ungute Ahnung sagte ihr, es würde wohl nicht ganz einfach werden, ihre »liebe Schwester« aus den Klauen ihrer Häscher zu befreien.

KAPITEL 8

Früh am nächsten Morgen machte sich Adelheid von Ruhfeld in Begleitung zweier Knechte zum sogenannten »Hänsele-Turm« in Ortenberg auf.

›Zwei Bewaffnete werden genügen‹, dachte Adelheid. Im Lichte des hellen Tages erschienen ihr die Warnungen Vater Ambrosius' arg übertrieben. Sie wollte nicht gleich mit einem ganzen Heer anrücken.

Das hätte ihrem Empfinden nach die Angelegenheit zu sehr aufgebauscht. Sie wollte doch nur einen bedauerlichen Irrtum korrigieren und Helene Hagenbusch mit nach Hause nehmen.

Deshalb unterrichtete sie den Vogt Anselm von Waldnau auch nicht von ihrem Vorhaben.

»Vielleicht hat Jakob seine Tochter schon abgeholt«, sagte sie munter zu Ursula, ehe sie mit ihrer kleinen Eskorte fortritt. Je weiter sich Adelheid aber vom väterlichen Schloss entfernte, desto nachdenklicher und ängstlicher wurde sie. Der aus dem 13. Jahrhundert stammende Hänsele-Turm war ehemals ein Teil der Schlossbefestigung gewesen und diente seit zweihundert Jahren als Kerker, seit etwa fünfzig Jahren speziell für »Hexen«. Dieser massive Bau weckte schlimme Erinnerungen in ihr. Zuletzt hatte er vor drei Jahren als allerletzter Aufenthaltsort zum Scheiterhaufen verurteilter Frauen gedient.

Hier waren die Bedauernswerten den gemeinen Launen und bösartigen Gelüsten des Henkers, Martin Scheible, ausgeliefert gewesen.

Trotz größter Geheimhaltung war durchgesickert, dass dieser Mann im Folterkeller des Hänsele-Turmes mit seinen sechs Knechten eifrig und lustvoll der »peinlichen« Befragung der Delinquentinnen nachgegangen war. Natürlich alles streng nach Vorschrift …

Gerüchten zufolge war der Martin Scheible ein höchst erfindungsreicher Mann, wenn es um neue Methoden des »Torquierens« ging. Mehrere seiner Opfer waren infolge seiner Behandlung wahnsinnig geworden, und zwei Frauen waren vor ihrer Hinrichtung an den Folgen der Folter gestorben. Man behauptete daraufhin, der Teufel, ihr Herr, hätte sie zu sich geholt.

Niemand hätte den Henker damals zur Rechenschaft gezogen. Sollte Adelheid vielleicht besser umkehren und doch eine zahlreichere Begleitmannschaft mitnehmen? Aber ihr Stolz siegte.

Trotzig gab sie ihrem Pferd die Sporen. Wer sollte mir schon etwas antun? Jeder, der es wagen würde, Hand an mich zu legen, hätte mit grausamer Bestrafung durch meinen Vater zu rechnen.

Die kleine Gruppe ritt unbehelligt durch den Burghof von Schloss Ortenberg. Einer der Knechte pochte kräftig mit der behandschuhten Faust ans hölzerne Tor des düsteren Gefängnisses. Da sich nichts rührte und bereits eine kleine Schar von neugierig gaffendem Publikum müßig um die drei Berittenen herumlungerte, erteilte Adelheid dem Mann halblaut den Befehl, doch mit dem Schwertknauf dagegenzudonnern, »um die faule Bande aufzuwecken«.

Der Lärm war in der Tat unüberhörbar und weil der Knecht nicht mit dem Hämmern nachließ, rührte sich endlich etwas.

Im großen, verwitterten Holztor wurde eine kleine Luke geöffnet, und das hässliche Gesicht eines stoppelbärtigen, älteren Gefangenenwärters erschien. Seine vorquellenden Augen musterten unwillig die ungebetenen Besucher. Adelheid blickte angewidert in die unrasierte Visage. Der Mann fragte mit unangenehm krächzender Stimme: »Was macht Ihr bloß für einen Krach, gute Leute? Ihr weckt ja noch die Hex auf.« Dann lachte er meckernd und präsentierte dabei ein lückenhaftes Gebiss.

Der Kreis der Zuschauer hatte sich mittlerweile stark vergrößert. Endlich rührte sich wieder einmal was in dem langweiligen Nest.

Die Gräfin von Ruhfeld musste sich arg zusammennehmen, um dem Wärter nicht ihre Meinung ins ungewaschene Gesicht zu schreien. Was fiel dem Tropf bloß ein, sie mit »gute Leute« zu titulieren?

»Ich weiß nicht, wen ihr alles in eurem Kerker beherbergt. Ich, Gräfin Adelheid von Ruhfeld, will jedenfalls Fräulein Helene Hagenbusch abholen, guter Mann«, rief sie dem immer noch grinsenden Wächter resolut zu. »Aufgrund eines höchst ärgerlichen Irrtums ist die Tochter des Schultheißen Hagenbusch gestern widerrechtlich hierherverschleppt worden – was noch ein gerichtliches Nachspiel haben wird. Und ich werde sie umgehend mit mir nehmen, um das himmelschreiende Unrecht wiedergutzumachen. Wer letztlich den Frevel zu verantworten hat, kann sich auf einiges gefasst machen. Beeil dich jetzt gefälligst und öffne endlich das Tor, Kerl!«

Die innerlich bebende Adelheid hatte mit großem, aber vorgetäuschtem Selbstbewusstsein gesprochen, und zwar so laut, dass jeder sie in der Gasse vor dem Turm verstehen konnte.

Leider war die Mühe umsonst. Der Bursche ließ sich nicht im Geringsten beeindrucken.

»Von einem Irrtum ist mir durchaus nix bekannt, Frau Gräfin«, grunzte er störrisch, »die Hex bleibt da, und das Tor lass ich zu.«

Dann knallte der Wächter den Laden vor der Luke im Tor des Gefängnisses laut krachend zu.

Adelheid blieb beinahe die Luft weg, so empört war sie über das unbotmäßige Benehmen dieses Grobians. Sie überlegte fieberhaft: Soll ich noch einmal gegen das Tor schlagen und Lärm machen lassen? Aber was bringt mir ein erneutes Wortgefecht mit dieser untergeordneten Kreatur? Der Kerl handelt doch nur auf Befehl eines Vorgesetzten. Nichts würde ich gewinnen – außer etwas Spaß und Unterhaltung für das glotzende Publikum.

»Schön, wenn sie es denn durchaus so haben wollen«, rief sie mit Betonung. Um Würde bemüht, wendete die junge Reiterin daraufhin grimmig ihr Pferd, erteilte ihren Begleitern per Handzeichen den Befehl, ihr zu folgen und schlug den Weg zum kaiserlichen Landvogt der Ortenau, Herrn Maximilian Veigt, ein.

Zu jener Zeit beschränkte sich das Herrschaftsgebiet der Landvogtei Ortenau auf vier Gerichtssitze: Achern, Appenweier, Griesheim und Ortenberg. Zu jedem Gericht gehörten wiederum ein Oberster Richter, der den Stab führte, und der somit der höchste herrschaftliche – in diesem Falle bischöfliche – Gerichtsbeamte war, sowie zwölf Richter, die man die »Zwölfer« nannte, sowie ein Gerichtsbote und die zwei »Fürsprecher« der Angeklagten. Wobei die Letzteren äußerst eingeschränkte Machtbefugnisse hatten. Im Wesentlichen beschränkten sie sich darauf, um Gnade für den Delinquenten zu bitten und im Übrigen die Entscheidung in die Hand des Anklägers zu legen.

Dem Ortenauer Landvogt stand es also grundsätzlich zu, anfallende Rechtssachen an sich zu ziehen, um sie vor dem Gericht auf der Burg Ortenberg durch den Obersten Richter und die »Zwölfer« verhandeln zu lassen. Und das tat er immer, sobald es sich um »hohen Frevel und Malefiztaten« handelte. Er befand sich damit völlig im Einklang mit dem Bischof von Straßburg. Der war froh, wenn er nicht persönlich, besonders nicht bei den heiklen Hexenprozessen, behelligt wurde.

Laut erklang das Getrappel der zwölf Pferdehufe auf dem buckligen Pflaster des Städtchens und das Aufsehen, welches das Edelfräulein mit seinen beiden gewappneten Begleitern in Ortenberg erregte, war ein beträchtliches.

Viele Müßiggänger folgten erwartungsvoll den Reitern zum Stadthaus des Landvogts Veigt, das dem Rathaus und der Pfarrkirche gegenüberstand.

Wieder blieb das Klopfen ans Tor zunächst ohne Reaktion. Erst auf wiederholtes Pochen und Rufen reagierte eine beleibte Matrone, wohl die Haushälterin.

»Was soll der Krach?«, rief sie unwillig aus einem Fenster im ersten Stock herunter. Ungnädig musterte die schlampige Person dabei die drei Reiter. Das Weib trug tatsächlich um diese Zeit – es war mittlerweile bereits acht Uhr – noch ihre Nachthaube.

»Ich bedauere es sehr, gute Frau, Euch in Eurer Nachtruhe gestört zu haben«, rief Adelheid spöttisch zur Wirtschafterin hinauf. »Meldet Eurem Herrn, die Gräfin Adelheid von Ruhfeld, aber rasch, bitte sehr.«

»Ich kenne Euch wohl, Frau Gräfin. Aber mein gnädiger Herr, der Vogt, beliebt noch zu ruhen, und ich weiß nicht, ob …«

»Aber *ich* weiß es«, schnitt die junge Edeldame barsch der Wirtschafterin das Wort ab, »und zwar weiß ich, dass ich augenblicklich den Landvogt zu sprechen wünsche – ohne alle Ausflüchte. Was sind das für neue Sitten, um diese Zeit noch in den Federn zu liegen? Marsch, beeilt Euch gefälligst, und lasst mich endlich eintreten und nicht wie eine Bittstellerin vor der Tür stehen, Frau.«

Der herrische Ton brachte endlich die noch verschlafene Haushälterin zur Besinnung. »Ganz wie Ihr wünscht, Frau Gräfin. Sofort, sogleich.«

Hastig schloss sie das Fenster. Und kurz darauf öffnete eine junge Magd die hölzerne geschnitzte Haustür und bat Adelheid und ihre Begleiter höflich einzutreten.

Die junge Dame schaute sich neugierig in der geräumigen Eingangsdiele und nachher in der großen Halle um, die Veigt allem Anschein nach als Besucherzimmer diente. Über einem riesigen Marmorkamin hingen etliche Hirschgeweihe. Der Vogt ging also auf die Jagd – nicht nur auf Menschen, sondern auch auf Wild. Ehe sich Adelheid ein genaueres Bild vom Haus und den finanziellen Verhältnissen des Mannes machen konnte, erschien er selbst.

Es war offensichtlich, dass er vor einigen Minuten noch im Bett gelegen hatte. Sein ganzer Aufzug war etwas derangiert – er schien sich in aller Eile in sein Gewand geworfen zu haben. Sorgfältiges Kämmen und vor allem das Waschen hatte er versäumt, wie Adelheid an dem unangenehm-säuerlichen Körpergeruch des Landvogts erkennen konnte. Sie rümpfte leicht ihr empfindliches Näschen und nickte nur flüchtig, als der Mann eine Verbeugung vor ihr machte.

»Frau Gräfin wünschen?«

Adelheid fiel auf, dass die servile Haltung sowie der unterwürfige Tonfall so gar nicht zu dem versteckt unverschämten Blick passen wollten, den ihr der etwa Mitte vierzig Jahre alte, kaiserliche Beamte zuwarf. Trotzdem bot er der jungen Gräfin und ihren Begleitern eine Erfrischung an, die Adelheid gerne annahm. Die junge Magd servierte diese in Kürze. Die träge Wirtschafterin ließ sich die ganze Zeit über nicht blicken.

»Was sollte gestern diese unglaubliche Inhaftierung der unbescholtenen Jungfer Helene Hagenbusch? Warum hat man meinen Vater, den Grafen, nicht vorher davon in Kenntnis gesetzt? Er hätte dieses Fehlverhalten subalterner Kreaturen natürlich sofort unterbunden. Um diesen ärgerlichen Irrtum zu korrigieren, verlange ich nun die unverzügliche Freilassung besagter Jungfer, die zudem eine gute Freundin von mir ist. Außerdem möchte ich wissen, warum jemand auf den absurden Gedanken verfallen konnte, Helene Hagenbusch hätte es verdient, im Hänsele-Turm eingekerkert zu werden«, sagte Adelheid empört. Den Ausdruck »Hexe« hatte sie dabei wohlweislich vermieden.

»Hm, hm«, räusperte sich der Vogt umständlich, ehe er sich zu einer Erwiderung bequemte. Auf seine höfliche Aufforderung hin hatte sich Adelheid auf einem Diwan niedergelassen; der kaiserliche Beamte saß ihr gegenüber auf einem Stuhl mit hoher Lehne.

»Es tut mir sehr leid, Frau Gräfin«, begann er schleimig, »aber leider vermag ich in diesem Fall überhaupt nichts für Eure Freundin zu tun. Die Causa verhält sich nämlich so«, er leckte sich genüsslich die dicken Lippen, »dass fünf Zeugen gegen die genannte Helene Hagenbusch ausgesagt haben, sie hätten diese bei zauberischem Tun mit eigenen Augen beobachtet. Ferner beschwören sie, dass das Mädchen auch lachend zugegeben habe, eine Hexe zu sein und dass sie über alle einen Schadenszauber aussprechen würde, die etwas gegen sie zu unternehmen gedächten. Wie Ihr Euch sicher denken könnt, war die Obrigkeit in diesem Falle leider gezwungen einzuschreiten.«

Der Vogt verkniff es sich, ein zufriedenes Grinsen zur Schau zu stellen. Maximilian Veigt blieb bei seiner widerwärtigen Maskerade ehrlichen Betroffenseins. »Ich bedauere es unendlich, der Frau Gräfin in diesem Falle nicht gefällig sein zu können«, schloss er seine Rede, erhob sich und knickte in einem tiefen Bückling zusammen.

»Was ist denn das für ein Unsinn? Wer sind diese sogenannten ›Zeugen‹?«, fragte Adelheid aufgebracht. »Den möchte ich sehen, der ehrlichen Gewissens eine solche infame Anschuldigung vorbringen kann«, fügte sie wütend hinzu.

»Und wieder muss ich bedauern, edle Dame«, behauptete mit mühsam unterdrückter Freude der Vogt, »darauf kann und darf ich Euch zu meinem Leidwesen nicht antworten. Das ist Sache des Gerichtes. Wendet Euch dahin – die Herren werden beraten, ob Ihr befugt seid, darüber unterrichtet zu werden. Aber ich denke, der Oberste Richter und Stabträger, Herr Bertold Munzinger, wird Euch gerne Auskunft erteilen, Frau Gräfin.«

Mit boshaftem Lächeln beobachtete der Landvogt Maximilian Veigt die Tochter des Grafen Ferfried. Es war nicht zu übersehen, dass er es genoss, eine von Ruhfeld zu düpieren – hatte ihn in der Vergangenheit der Graf doch des Öfteren seiner Meinung nach schlecht behandelt. Sogar beim Kaiser hatte er ihn schon wegen Inkompetenz und Faulheit angeschwärzt und nur die Fürsprache des Straßburger Bischofs hatte ihn ein paar Mal aus prekären Situationen gerettet …

Adelheid verließ schweigend das Haus des Vogts, vor dessen Tür sich mittlerweile ein mittlerer Volksauflauf gebildet hatte. Einer ihrer Knechte musste ihr tatsächlich den Weg zu ihrem Pferd bahnen, so dicht gedrängt standen mittlerweile die neugierigen Bürger.

Hinter sich hörte Adelheid die Stimme der Haushälterin des Vogts aus einem Fenster im oberen Stockwerk auf die Straße keifen: »Marsch, packt euch, Gesindel! Es hat sich überhaupt nichts Wichtiges ereignet.« Und sie knallte das Fenster wieder zu.

»Nichts Wichtiges«, murmelte die Gräfin wütend, »außer, dass ein unschuldiges Geschöpf im Kerker schmachtet.«

Nach kurzem Überlegen beschloss sie, sofort den Obersten Richter, Bertold Munzinger, aufzusuchen. Von diesem erhoffte sie sich Aufklärung der abstrusen Geschichte und die Nennung dieser angeblichen »Zeugen«.

Adelheid war eine ausdauernde Reiterin, deshalb erreichte

sie schneller als üblich das Anwesen Munzingers. Auch der Richter residierte in einem stattlichen Herrenhaus mit Erkern und Balkonen und einer eleganten, geschwungenen Freitreppe inmitten eines als herrschaftlich zu bezeichnenden Parks.

Munzinger, ein dicklicher Mann Anfang fünfzig, mit schütterem, mausgrauem Haar ließ Adelheid ebenfalls erst einmal eine geraume Weile warten, ehe er sich dazu bereitfand, das adlige Fräulein zu empfangen.

»Mein Mann, der Ehrenwerte Oberste Richter, ist bis über beide Ohren mit den Akten der allerschwierigsten Fälle eingedeckt«, ließ dessen Ehefrau, eine hagere, langnasige und wichtigtuerische Weibsperson, die Gräfin wissen.

Adelheid machte ein hochmütiges Gesicht und übte sich in Geduld, obwohl sie innerlich kochte. Als der Richter dann endlich erschien, wollte auch er sich auf Arbeitsüberlastung hinausreden, aber Adelheids scharfen Augen waren die Krümel vom erst kürzlich genossenen Morgenmahl des Mannes in seinen Mundwinkeln nicht verborgen geblieben.

»Ich bedauere sehr, Euch beim Frühstück gestört zu haben«, sagte sie daher zu ihm. Sollte er ruhig wissen, dass sie nicht so dumm war, ihm seine Ausrede von der vielen Arbeit abzukaufen. »Ich will es kurz machen«, fuhr sie dann fort. »Eure Frau hat mir gesagt, Ihr hättet sehr viel zu tun. Nun wohl, von einem dieser leidigen Fälle vermag ich Euch umgehend zu befreien: Die ›Causa Helene Hagenbusch‹ ist gegenstandslos. Seid versichert, verehrter Richter, dass an den unsinnigen Behauptungen irgendwelcher obskurer Zeugen absolut nichts dran ist. Ich selbst verbürge mich persönlich für die Lauterkeit der genannten Jungfer«, fügte sie energisch hinzu.

KAPITEL 9

Der Oberste Richter zeigte sich sichtlich bemüht, der jungen Dame Auskunft zu erteilen – wie er überhaupt bestrebt schien, sie nicht unnötig zu verärgern. Was Adelheid allerdings von Bertold Munzinger erfuhr, war geeignet, ihr eisige Schauer des Entsetzens über den Rücken laufen zu lassen.

Zwei alte Witfrauen – er zögerte nicht, der jungen Gräfin die Namen mitzuteilen, obgleich das gegen die Vorschrift war, wie er betonte – hatten behauptet, die Jungfer Hagenbusch am Hexentanzplatz am Kandel, einem Berg im Schwarzwald, gesehen zu haben, wo sie mit dem »Bösen« nicht nur getanzt, sondern auch Unzucht getrieben habe.

Eine dritte Frau, die achtundzwanzigjährige Magd des Bauern Klaus Bentele, habe ausgesagt, sie habe das Helen beim »Hagelmachen« beobachtet, außerdem habe sie ihrem Herrn, dem Bentele, zwei gute Milchkühe verhext, sodass die Tiere jetzt keinen Tropfen Milch mehr gäben.

Als vierten Zeugen benannte der Oberrichter einen Störschneider, der beobachtet haben wollte, wie die Tochter des Schultheißen über ein kleines Nachbarskind einen »Zauber« gesprochen habe. Seitdem kränkle das zweijährige Mädchen nachweislich.

Bei dem fünften Zeugen schließlich handelte es sich um den zwanzigjährigen Hannes Leiblein, einen Neffen der ehrenwerten Jungfer Marthe Schnewlin, dem sie angeblich einen lahmen Arm angehext habe.

Adelheid war entsetzt. Wie war dieser Irrsinn möglich? Gleichzeitig erkannte sie, dass sie es wahrscheinlich nie allein schaffen würde, ihre Freundin aus den Klauen dieser vermaledeiten Justiz zu erretten. Dieses Netz war in der Tat sehr fein gesponnen, um den Untergang Helene Hagenbuschs herbeizuführen. Aber weshalb nur?

Die Tatsache, dass die beiden Alten das Helen auf dem Berg Kandel gesehen haben wollten, bewies Adelheid, dass man die zwei Witwen anklagte, selbst dort gewesen zu sein. Also betrachtete man auch sie als »Hexen« und hatte diese irrwitzigen Angaben mit der Folter aus ihnen herausgepresst.

Was nun die Magd betraf, so handelte es sich bei ihrem Herrn um einen reichen Weinbauern und den schärfsten Konkurrenten von Hagenbusch, und Adelheid hätte gewettet, dass der neidische Bentele seine Leibeigene zu der lächerlichen Falschaussage angestiftet hatte.

Und was den Störschneider anging, so wusste Adelheid, dass ihn das Helen kürzlich des elterlichen Hofes verwiesen hatte, als sie ihn dabei erwischte, wie er in einer dunklen Stallecke seine steife Rute in den kleinen Hintern ihres jüngsten Knechtes, des zwölfjährigen, sich verzweifelt wehrenden Jaköble, zu zwängen versucht hatte.

Verlegen und zugleich ein ganz klein wenig amüsiert hatte ihre Freundin ihr das neulich erzählt; die jungen Mädchen hatten sogar ein bisschen darüber gelacht, ohne zu ahnen, dass der rachsüchtige Schneider es wagen würde, zur Obrigkeit zu laufen und gefährliche Lügenmärchen zu verbreiten. Dass das Nachbarskind krank war, hatte gewiss nicht seine Ursache darin, dass das äußerst kinderliebe Helen die Kleine verhext hatte.

Ziemlich heikel war die Sache mit dem Hannes Leiblein. Im Dorf kursierte seit Langem das Gerücht, er sei nicht der Neffe, sondern der Sohn der Marthe Schnewlin, der Köchin Herrn Ingo Hasenauers, des örtlichen Pfarrers. Und ganz Gescheite behaupteten sogar, der geistliche Herr selbst wäre sein Erzeuger … Nun, das musste man dahingestellt sein lassen.

Tatsache war jedoch, dass der junge Bursche schwachsinnig

und sich mit Sicherheit der Tragweite seiner Behauptung gar nicht bewusst war. Wer hatte ihn dazu verleitet?

Bertold Munzinger mochte um den heißen Brei herumreden, wie er mochte, die Gräfin war sicher, von ihm keine Hilfe erwarten zu können. Jahrelang hatte es in der Ortenau keine Verfolgungen unschuldiger Frauen gegeben, doch nun war man gewillt, wieder damit anzufangen.

Der Oberste Richter gab Adelheid ganz im Vertrauen zu verstehen, dass die »Causa« gravierend sei, und er riet ihr, sie solle davon Abstand nehmen, sich für die Beschuldigte einzusetzen. Ja, mit scheinheiliger Besorgnis ließ er sogar durchblicken, es möchte ihr am Ende selbst nicht gut bekommen, mit »so einer Malefizperson« gut Freund zu sein.

Er wisse von mehreren hochgestellten Personen, die man vor ein Hexentribunal habe stellen müssen, flüsterte er ihr am Ende der Unterredung vertraulich zu. Er meine es doch bloß gut mit der Frau Gräfin …

Unter schärfstem Protest hatte die junge Edeldame das Haus dieses Rechtsgelehrten verlassen.

Ihr nächster Weg führte sie zum Schultheiß Jakob Hagenbusch. Er und seine Frau waren schließlich nach der Verhafteten die Hauptleidtragenden dieser Tragödie.

Wie groß war allerdings ihr Entsetzen, als sie das ansehnliche Haus des Dorfoberhauptes verschlossen vorfand. Auch auf ihr Rufen und Klopfen reagierte niemand. Ihre beiden Begleiter hatten sich in der Zwischenzeit in den Ställen und Scheunen des Gehöftes umgesehen. Keine Menschenseele schien da zu sein.

»Seht, Frau Gräfin, ich habe jemanden aufgestöbert«, rief schließlich einer der Ruhfeld'schen Knechte und schob einen mageren, kleinen Buben vor sich her. Der vollkommen eingeschüchterte Hütejunge, das Jaköble, wusste bloß, dass die Schultheißin, »das Walburga«, wie er sie nach Art der Badener nannte, mit »schlimmem Herzweh« darniederläge, während ihr Mann Jakob, der sein Amt vorläufig nicht ausüben dürfe, niemanden zu sprechen wünsche.

»Der Bauer wartet jetzt auf den Georg, der bald aus dem Elsass zurückkommt. Dahin ist er nämlich geritten nach der Gerichtsverhandlung in Offenburg. Mit dem will er sich bereden, was er tun kann, um das Helen wieder heimzuholen.«

»Gütiger Himmel!«, rief Adelheid betroffen. »Das dauert doch viel zu lange. Ich kann meine liebe Schwester nicht tage-, womöglich wochenlang in den Händen von solchen Leuten wie Martin Scheible lassen. Der Mann ist doch in der ganzen Ortenau dafür bekannt, wie gerne er Menschen und vor allem Frauen quält.«

Als vor ein paar Jahren die letzten »Hexenprozesse« ausgestanden waren – die allerletzten, wie vernünftige Personen gehofft hatten –, war es doch genau jener Scheible gewesen, der es laut bedauert hatte, »keines dieser höllischen Luder« mehr aufziehen, brennen, stechen und auf mancherlei andere Art foltern zu dürfen.

Immer deutlicher wurde der jungen Gräfin bewusst, dass es ihr ohne Hilfe von kompetenter Seite niemals gelingen würde, diesen Gordischen Knoten an Irrglauben, Verbohrtheit und Grausamkeit zu durchtrennen.

›Gerade jetzt musste Vater verreisen, und Hasso ist auch nicht da‹, dachte sie verzweifelt. Pater Ambrosius hatte leicht reden. Von wegen »nicht lockerlassen« und »immer nachbohren«. Alle lassen mich auflaufen. Bis jetzt habe ich bloß erreicht, die Namen der Denunzianten zu erfahren. Aber das hilft mir auch nicht weiter. Oder doch?

Sie wurde immer verwirrter. Doch sie richtete sich entschlossen auf, gab ihren beiden Begleitern das Zeichen zum Aufsitzen und sagte zu dem Hütejungen: »Wenn du deinen Herrn siehst oder das Walburga, sag ihnen schöne Grüße von mir, Jaköble. Und richte ihnen aus, dass ich alles unternehmen werde, um ihre Tochter zu befreien.«

»Ja, Frau Gräfin«, antwortete der Junge leise, drehte sich dann um und verschwand wieder in einem der Ställe.

Adelheid von Ruhfeld ritt als Nächstes zum Pfarrer der Gemeinde, Herrn Ingo Hasenauer. Der hochwürdige Herr, der dreiundfünfzigjährige Seelenhirte der Gemeinde Reschenbach, tat überaus salbungsvoll. Nachdem er wortreich sein Bedauern über das Vorgefallene ausgedrückt hatte, kam er endlich zum Kern der Sache: Er redete vom »faulen Apfel«, der in der Lage sei, eine ganze Kiste voll Obst anzustecken und vom »dürren Ast«, welchen man abhauen müsste, um den gesamten Baum zu retten und zu kräftigen.

Adelheid schnappte nach Luft und musste ernstlich an sich halten, um dem Geistlichen nicht ein paar saftige Grobheiten an den Kopf zu werfen. Gerade noch rechtzeitig konnte sie sich bremsen – schließlich wollte sie sich sein Wohlwollen nicht gleich zu Anfang verscherzen, denn sie brauchte seine Hilfe und deshalb überhörte sie seine Bemerkungen.

»Der Oberste Richter hat mir die Namen der Personen verraten, die meine Freundin beschuldigen, und zu meinem großen Erstaunen ist auch der des Neffen Eurer Haushälterin darunter«, sagte sie direkt und blickte dem Pfarrer dabei scharf ins Gesicht.

Hochwürden jedoch zuckte mit keiner Wimper. Er konnte seit jeher die Herrschaften vom Schloss nicht besonders gut leiden und verbarg dies auch nur mit großer Mühe – der Graf und die Seinen standen ihm zu sehr unter dem »laschen« Einfluss dieses Benediktinerpaters Ambrosius.

»Ja, und?«, fragte er nach einer Weile betont desinteressiert.

»Wieso habt Ihr den Jungen nicht davon abgehalten, Herr Pfarrer? Jeder weiß doch, wie es um den Verstand des Hannes bestellt ist – so einer darf doch niemanden beschuldigen. Er versteht nicht einmal, was er damit anrichtet. Und überhaupt: Wieso sollte Helene Hagenbusch die Schuld an seinem lahmen Arm haben? Das ist doch ein Riesenblödsinn«, ereiferte sich Adelheid.

»Der liebe Hannes mag ja zu den einfältigeren Schäflein des HERRN gehören, Frau Gräfin, aber nichtsdestotrotz hat er das Recht, zu sagen, was wahr ist«, entgegnete Pfarrer Hasenauer stur. Und ohne die junge Frau zu Wort kommen zu lassen, fuhr er fort: »Der junge Herr Leiblein kann seinen rechten Arm nicht bewegen, seit ihm das Hagenbusch-Mensch einen Kräuterumschlag gemacht hat. Das ist nun mal die traurige Wahrheit.«

»Wie könnt Ihr nur so etwas behaupten, Hochwürden?«, rief Adelheid empört. »Ihr wisst sehr wohl, dass der Arm des Hannes seit seinem Sturz vom Birnbaum in Eurem Pfarrgarten im letzten Jahr nicht mehr zu gebrauchen ist. Er hat einen komplizierten Bruch erlitten, und der Knochen ist nie mehr richtig zusammengewachsen. Nur gegen die Schmerzen hat ihm Fräulein Helene (sie betonte das ›Fräulein‹) seinerzeit die Kompresse angelegt. Sie hat nie behauptet, seinen Arm wieder gebrauchsfähig machen zu können.«

Mit unechtem Pathos – wobei er sich seinen wabbeligen Bauch rieb – antwortete der geistliche Herr: »Hier scheint mir doch Aussage gegen Aussage zu stehen. Aber beruhigt Euch, edles Fräulein, ich werde für die arme Seele der Beschuldigten beten, und Ihr dürft mir glauben, dass GOTT der HERR es niemals zulassen wird, dass einer Unschuldigen Unrecht widerfährt.«

Inzwischen waren auch die Pfarrersköchin, die dreiundvierzig Jahre alte Marthe Schnewlin, eine ebenso dreiste wie dralle Person, und ihr schwachsinniger Sohn Hannes in der Stube erschienen. Marthe fing umgehend an, scheinheilig zu betonen, wie leid ihr das Mädchen tue, aber man dürfe getrost Vertrauen in die Richter haben, die, wie man wisse, ihr verantwortungsvolles Amt nach bestem Wissen und Gewissen ausübten. Und die ganze Zeit hockte ihr angeblicher Neffe, von dem nicht wenige wissen wollten, er wäre in Wahrheit ihr und des Pfarrers in Unehre gezeugter, leiblicher Sohn, sabbernd dabei und lachte höhnisch.

Nun, für das dumme Lachen konnte er nichts, denn er war in der Tat schwer geistig behindert, aber die Häme schien ihm eingetrichtert worden zu sein.

Auf einmal packte Adelheid ein unbändiger Zorn gegen die beiden selbstgefälligen Erwachsenen und den heimtückischen Idioten. Außer sich vor Wut schrie sie die drei an: »Ihr, Herr Pfarrer, solltet nicht so tun, als stünde die Jungfer Hagenbusch bereits auf dem Scheiterhaufen. Die Gebete für ihre Seele könnt Ihr Euch also sparen. Ich nämlich werde nichts unversucht lassen, das arme Ding den Klauen dieser elenden Verschwörung zu entreißen; ich habe wohl bemerkt, dass üble Mächte dahinterstecken, um das Helen zu verderben. Ich weiß nur noch nicht, weshalb sie das tun. Und Ihr, Frau Marthe«, aufgebracht wandte sich Adelheid der dicklichen Frau zu, die mittlerweile ein ziemlich dummes Gesicht machte, »Ihr solltet nicht vom Gewissen der Richter schwätzen, sondern nach Eurem eigenen fragen und wie Ihr es verantworten könnt, dass Euer schwachsinniger Sohn so einen gefährlichen Unsinn daherreden durfte. Mir ist bekannt, dass der Hannes einmal vom Helen eine saftige Ohrfeige bekommen hat, als er vor ihr seine Hosen heruntergelassen und an sich herumgespielt hat. Deshalb hat er eine Wut auf sie. Und das hat man ausgenützt, um ihn anzustiften, gegen sie auszusagen. Ihr solltet ihm dafür noch extra eine Backpfeife geben und ihm die Ohren lang ziehen.«

Enttäuscht, wütend und traurig war Adelheid von Ruhfeld an

jenem Tag zum Schloss zurückgekehrt. Selbst ihre Zofe Ursula konnte sie nicht aufheitern. Auch ihr war zum Weinen zumute, denn sie hatte das Helen von Herzen gern und befürchtete das Allerschlimmste.

KAPITEL 10

FERFRIED VON RUHFELD und seine Begleiter waren noch nicht sehr weit geritten, als den Herren auffiel, dass der sonst so redselige und allen Späßen aufgeschlossene Graf immer einsilbiger wurde und nicht einmal mehr auf die anzüglichen Scherze seines Freundes, Graf Rüdiger von Hohlfeld, reagierte.

Ritter Moritz von Glarus, der am bescheidensten ausgestattete Edelmann der Gruppe, war es schließlich, der Ferfried unumwunden nach dem Grund seiner gedrückten Stimmung fragte: »Welche Laus ist Euch über die Leber gelaufen, mein Freund? Kaum seid Ihr ein paar Meilen von Eurem Zuhause entfernt, macht Ihr ein Gesicht, als hätte es Euch die Petersilie verhagelt. Was ist los mit Euch?«

Die anderen Herren pflichteten dem Ritter bei und drangen in den Grafen, ihnen doch den Anlass seines Missbehagens zu verraten. Dem Ruhfelder war's peinlich, und er versuchte abzuwiegeln. Aber seine Reisegefährten waren nicht gewillt, ihn so billig davonkommen zu lassen.

»Raus mit der Sprache!«, befahl Ritter Moritz, »wir sind Eure Freunde und haben für alles Verständnis. Ist es womöglich so, dass Ihr eine Liebste zurücklassen musstet und bereits jetzt den Abschiedsschmerz nicht mehr ertragen könnt, haha?«

Die übrigen Reiter lachten ebenfalls, und Ferfried dünkte es am gescheitesten, seine Begleiter bei ihrer irrigen Meinung zu lassen. Ersparte ihm dies doch eine Erklärung, die er nicht geben konnte – und auch gar nicht wollte.

Mit jeder Meile, die sie zurückgelegt hatten, war es dem Grafen deutlicher zu Bewusstsein gekommen, welche Lawine er in Bewegung gesetzt hatte, und niemand schien sie mehr aufhalten zu können.

Jesus, Maria, so hatte er es doch nicht gemeint. Das hatte er nicht gewollt, als er seinem Schlossvogt die Erlaubnis erteilt hatte, dem Hagenbusch »Feuer unterm Arsch« wegen der Silbermine zu machen.

Er, Ferfried, hatte in seiner Naivität geglaubt, sein Verwalter von Waldnau würde »ein paar Leichen ausgraben, die der Schultheiß von Reschenbach garantiert in seinem Keller versteckt hatte«, und ihn so unter Druck zu setzen, damit er freiwillig in den Tausch einwilligte.

Aber er hatte nie gewollt, dass der hübschen Tochter, der Helene, ein Haar gekrümmt würde. Was hatte die junge Frau damit zu tun?

›Das Helen und eine Hex?‹, dachte der Graf. Das war ja zum Lachen. Obwohl, wenn er es sich genauer überdachte, war am Ende doch was Wahres dran. Wieso hatte die Bauerndirne es geschafft, seinem Filius den Kopf zu verdrehen? Wie der Hasso sich aufgeführt hatte, als er von der Verhaftung der Helene Hagenbusch gehört hatte, war schon sehr bezeichnend gewesen: So benahm sich nur ein Liebhaber und nicht der unbeteiligte Bruder einer Freundin.

Wenn sich da nicht nur neues Ungemach zusammenbraute – er hatte schließlich andere Pläne mit seinem Sohn und Erben. Womöglich hatte das Mädchen doch seine zauberischen Künste spielen lassen?

Vollkommener Unsinn, den ich mir da zusammenspinne, schalt er sich gleich darauf. Seit wann hat der Teufel damit zu tun, wenn sich ein junger, gesunder Mann in ein schönes Weib verliebt? Bedarf es da irgendwelcher außerirdischen Mächte?

Höchstens der »Hosenteufel« hat damit etwas zu tun, grinste er dann im Stillen, aber den haben wir Männer schließlich alle zwischen unseren Beinen. Dabei musste er unwillkürlich an Salome und die vergangene Nacht denken …

Dieses Vollblutweib schaffte es doch jedes Mal, ihn, der gewiss kein Jüngling mehr war, so geil zu machen, dass er in einer Nacht regelmäßig mehrere Male die willige Salome bestieg. An Schlaf war da nicht viel zu denken, wenn er diese Venusdienerin und ihre üppigen Brüste unter sich und ihre weichen Schenkel um seinen Hals spürte …

Die Sonne stand nur noch etwa ein paar Handbreit über dem Horizont, aber es war noch sommerlich warm und vor allem hell genug, um noch wenigstens eine Stunde in ansehnlichem Tempo voranzukommen. Längst befand man sich auf württembergisch-herzoglichem Gebiet.

Die Landschaft war lieblich mit ihren sanften Hügeln und saftigen Wiesen, auf denen gut genährte Kühe grasten. Wer nicht Bescheid wusste, wäre niemals auf den Gedanken gekommen, wie gefährdet diese Idylle in Wahrheit war. Der Graf atmete tief die würzige Luft ein. Trotz seines schlechten Gewissens genoss er diesen Ritt.

Zwar war es angenehm im Freien, trotzdem würden die Herren jetzt in einen Gasthof einkehren.

Die meisten Männer aus Ferfrieds Begleitung, vor allem die älteren, begrüßten diese Entscheidung auf das Lebhafteste.

»Warum sich zu Tode hetzen?«, fragte einer der Herren und weil er diese Bemerkung so drollig herausbrachte, lachten die anderen schallend.

»Ist doch wahr«, verteidigte sich Bruno von Steinfeld, ein etwas behäbiger Mann und glitt ächzend aus dem Sattel. »Selbst wenn der Kaiser in Regensburg zugegen sein sollte, kommen wir noch früh genug hin. Was soll also eine unziemliche Hast?« Dann fügte er unter dem lauten Gelächter der anderen hinzu: »Ich habe mich zeit meines Lebens an den Spruch gehalten: ›Geh nicht zu deinem Fürst, wenn du nicht gerufen wirst.‹«

Obwohl die Herren guter Stimmung waren und das Essen und der Wein vorzüglich mundeten, gingen sie recht früh zu Bett.

Immer zwei der Herren mussten sich ein Zimmer teilen. Ferfried hatte sich im oberen Stockwerk ein Gemach mit einer bequemen, extrabreiten Bettstatt geben lassen, welches er mit Pater Ambrosius beziehen würde.

Der Graf lag – mit einer Nachtmütze über den Ohren – bereits in den weichen Pfühlen, als der Benediktiner noch auf dem Boden des Raumes kniete und leise seine Gebete sprach. Gar nicht aufhören mit Beten schien er zu wollen, und Herr Ferfried ermahnte ihn schließlich, doch endlich die Kerze zu löschen und sich in die Federn zu begeben.

»Morgen in aller Herrgottsfrühe wollen wir weiterreiten, Pater. Wenn Ihr dann noch müde seid, kann ich Euch leider nicht helfen«, meinte er und riss seinen Mund zu einem gewaltigen Gähnen auf.

Ambrosius Feyerling, sein Beichtvater und geistlicher Berater seit über zwei Jahrzehnten, schlug abschließend das Kreuz und erhob sich etwas umständlich von den Knien, verschränkte die Arme vor seiner mageren Brust und wanderte im langen, weißen Nachthemd im Zimmer auf und ab.

Als er auch nach einer geraumen Weile immer noch keinerlei Anstalten machte, sich ins Bett zu legen, wurde der Graf ein wenig übellaunig und rief: »Was ist denn los mit Euch, Pater? Wenn Ihr noch einmal auf den Abtritt müsst, so lasst Euch nicht abhalten davon. Aber seid so gut und beeilt Euch ein wenig mit dem Entleeren Eurer Blase; ich will nämlich jetzt schlafen, wenn Ihr nix dagegen habt.«

Aber daraus wurde nichts. Im Gegenteil: Selten noch hatte es eine Nacht gegeben, in welcher der Graf weniger ein Auge zugetan hatte, denn in dieser.

Pater Ambrosius schnitt nämlich das Thema »Helene« und ihre unerklärliche Einkerkerung an und legte damit zielsicher den Finger auf jene Wunde, die dem Grafen selbst seit ein paar Stunden sehr zu schaffen machte.

Zuerst hatte Ferfried es mit Dummstellen versucht, dann hatte er seine Zuflucht zu Ausreden genommen, ehe er schließlich zugab, wohl über das Ziel hinausgeschossen zu sein, als er Anselm von Waldnau zugesichert habe, er könne ganz nach Belieben den Hagenbusch dazu »überreden«, ihm die Schürfrechte an der alten Silbermine zu übertragen.

»Heiliger Gott, da habt Ihr wahrlich geholfen, eine Lawine loszutreten, Herr, wie sie gefährlicher gar nimmer sein könnte«, entsetzte sich der Mönch. »Ich habe schon so etwas läuten hören, dass fünf Zeugen gegen das Mädchen ausgesagt haben, sie hätten es bei ›Hexereien‹ erwischt. Euer Vogt hat jene unseligen Denunzianten anscheinend bestochen, damit sie lügen. Sie werden kaum dazu bereit sein, ihre Angaben zu widerrufen. Sonst würden sie sich selbst verdächtig machen und der Folter und womöglich dem Scheiterhaufen anheimfallen. Damit werdet Ihr, Herr, persönlich die Pechfackel an den Holzstoß halten, auf dem das arme Ding als Häuflein Asche zurückbleiben wird.«

»Sagt so was nicht, um Himmels willen, Pater!«

Ganz weiß war der Graf geworden und die anfängliche Lust zu friedlichem Schlummer war ihm gründlich vergangen. Was hatte er da bloß, wenn auch ungewollt, angerichtet? Wenn er an Adelheid dachte, die mit zärtlicher Liebe an dem Mädchen hing, wurde ihm schlecht, und Hasso, der offenbar in die Tochter des Schultheißen verliebt war, könnte er überhaupt nicht mehr in die Augen schauen.

»Ich flehe Euch an, Pater, lasst Euch etwas einfallen, wie wir uns aus dieser misslichen Lage befreien können. Es muss einen Weg geben, wieder zurückzurudern. Der Helene Hagenbusch darf kein Haar gekrümmt werden: Ich habe die Kleine doch auch gern. Sie ist die beste Freundin meiner Adelheid.«

»Ha, von wegen ›kein Haar gekrümmt‹ werden – wissen wir denn, ob man der Kleinen nicht bereits die Arme ausgerenkt und die Beine gebrochen hat? Wenn der Scheible, dieser Unmensch, sie in den Fingern hat, ist sie sowieso verloren. Drei Jahre lang durfte der jetzt bloß ›normale‹ Übeltäter drangsalieren. Aber kriegt er wieder die Gelegenheit, sich an einer schönen Jungfrau zu vergreifen, bedeutet das gleichsam das Paradies auf Erden für dieses Scheusal, Herr.«

Stundenlang hatten die beiden Männer darüber debattiert, wie man es anstellen konnte, die Hagenbusch-Tochter unbeschadet aus den Klauen der Justiz zu befreien. Die Kerze war längst heruntergebrannt, als der Benediktiner sagte: »Das Schlimmste ist, Herr, dass wir uns nicht anmerken lassen dürfen, dass wir nichts von dem ganzen Hexenunfug halten. Sonst geht's uns selbst noch an den Kragen. Papst und Kirche verteidigen die Verfolgung sogenannter Hexen und zauberischer Weiber, und wer behauptet, es gebe sie nicht, der ist ein Ketzer. Und solchen geht's bekanntlich schlecht. Das steht in der ›Hexenbulle‹ von Papst Innozenz, und die gilt seit fast zweihundert Jahren. Mich würde man wohl verbrennen und Ihr würdet mit Sicherheit der Reichsacht verfallen und alle Eure Güter verlieren.

Der Kaiser kennt da keinen Spaß – genauso wenig wie sein treuester Anhänger, Kurfürst Maximilian von Bayern, in dessen Bereich wir uns zu begeben nun anschicken. Er ist einer der grausamsten und eifrigsten Hexen- und Ketzerverfolger. In seinem Land herrscht, wie ich gehört habe, überhaupt eine rigorose Überwachung der Sitten«, fuhr der Mönch nach einer Weile fort. »Das zeigt sich schon daran, dass er das Tanzen an Werktagen ausdrücklich und bei strengster Strafe verboten hat. Jeder, der ohne Rosenkranz in der Tasche angetroffen wird, der darf sich auf was gefasst machen. Und wer nach den Ostertagen der Obrigkeit keinen Beichtzettel vorweist, kann was erleben; genauso wie der, welcher beim Gebetläuten nicht sofort auf die Knie fällt. Und wäre es auch im dicksten Schlamm: Runter vom Wagen und absteigen vom Ross. Vergehen gegen Sitte und Religion werden ganz unbarmherzig bestraft.«

»Das mit den Beichtzetteln ist in vielen Ländern Vorschrift«, wollte Graf Ferfried die Aussagen seines geistlichen Beistands über den bayerischen Landesherrn ein wenig entschärfen, aber der Pater setzte sogleich nach: »Mag schon sein, Herr. Doch kennt Ihr einen zweiten Fürsten, der einem Kerl, den man beim Fluchen ertappt hat, die Zunge aus seinem gotteslästerlichen Maul reißen und diese anschließend verbrennen lässt?«

Da musste Ferfried von Ruhfeld doch schlucken. Da ging es in seinem »Ländle« ja noch vergleichsweise milde her. Hätte man sich bei uns das Zungenausreißen wegen Fluchens zu Eigen gemacht, gäb's bloß noch leere Mäuler, dachte er erschrocken.

Aber jetzt kam es darauf an, was man tun konnte, um im ganz konkreten Fall eine Unschuldige vor brutaler Folter und Mord zu bewahren.

KAPITEL 11

Bertold Munzinger hatte es nicht versäumt, Helene gegenüber gebührend hervorzuheben, wie sehr man sie dadurch bevorzugte, dass er, der Oberste Richter, persönlich sich der Mühe unterzog, sie in ihrem elenden Kerker aufzusuchen.

Das stimmte sogar. Normalerweise ließ man die Ärmsten erst einmal schmoren, ohne ihnen den Grund für ihre meist völlig überraschende Gefangennahme mitzuteilen. In der Regel hatten sie nur Kontakt zu dem brutalen Wachpersonal, das es weidlich ausnützte, die Angeklagten auf alle nur möglichen Arten zu schikanieren und zu quälen.

Ratsherren und Richter vermieden es im Allgemeinen tunlichst, eine Gefängniszelle zu betreten. Gar zu unangenehm war ihren empfindlichen Nasen der dort herrschende Gestank, und der unbeschreibliche Dreck, in welchem man die Eingesperrten verkommen ließ, widerte sie an.

Durch die winzigen, vergitterten Luken unter der Decke konnte kaum ein Sonnenstrahl ins Innere der engen Zellen gelangen und bei trübem Wetter war es auch bei hellem Tage düster, sodass man kaum unterscheiden konnte, ob es Tag oder Nacht war.

Das schimmelige, faulende Stroh wurde so gut wie nie gewechselt; es war eine Brutstätte für Ratten, die von den Abfällen und den Exkrementen der Eingesperrten lebten, sofern sie dieselben nicht direkt anknabberten, sobald diese von den Torturen zu geschwächt waren, um sich gegen die scharfzahnigen Biester wehren zu können. Nur in den seltensten Fällen bewilligte man den Eingekerkerten einen Kübel für ihre Notdurft.

Allein Munzinger, der den Hänsele-Turm nur mit einem mit

Parfüm getränkten Taschentuch vor dem Gesicht betreten und die ganze Zeit vor Ekel Grimassen gezogen hatte, hatte Helene es zu verdanken, dass ihr von einem mürrischen Wärter ein altes Holzschaff hingestellt wurde, welches sie als Abort benutzen konnte.

Auch die unsinnige Fesselung, die ihr als angeblicher Hexe eine Bodenhaftung verwehren sollte, wurde auf Befehl des Richters aufgehoben. Stattdessen wurde ihr ein fast genauso schmerzendes Halseisen samt einer engen, scheuernden Fußfessel angelegt. Die Hände hatte sie dadurch nun frei, und sie konnte sich wenigstens auf das verfaulte Stroh legen.

Mit angewidertem Blick hatte Bertold Munzinger, nachdem er barsch vom Gefängnisaufseher nach Licht verlangt hatte, einen Blick auf Helenes Abendbrot geworfen. Es war dies eine dünne, vertrocknete Scheibe Brot, welche auf der verdreckten Streu lag und abgestandenes Wasser in einem angeschlagenen Tonkrug.

Helene hatte nichts angerührt – wer wollte ihr das verdenken?

»Ihr müsst essen, Jungfer. Seht zu, dass Ihr bei Kräften bleibt. Niemandem ist gedient, wenn Ihr Hungers sterbt«, redete er mit falscher Besorgtheit der Unglücklichen gut zu.

Die Angesprochene schwieg zu diesem Hohn, und Munzinger nahm sich Zeit, die der Hexerei Bezichtigte genauer in Augenschein zu nehmen.

›Wieder eine, die den Weg ins Feuer nehmen wird‹, dachte er ziemlich gleichgültig. Es wäre zwar schade um das schöne Kind, aber wenn es doch eine Hexe war? Er glaubte mit allen Fasern seines Herzens daran, dass die Art der Prozessführung, welche er in solchen Fällen gemäß seinen juristischen Vorgaben zur Anwendung brachte, mit allen göttlichen und weltlichen Gesetzesvorschriften in völligem Einklang stünde.

Er musste daran glauben – war er doch seit Jahrzehnten, seit Beginn der Ausübung seines schweren, verantwortungsvollen Richteramtes, so verfahren. Wonach er sich buchstabengetreu zu richten pflegte, waren die exakten Anweisungen aus dem *Hexenhammer*.

Dieser war gleichsam der Katechismus aller Hexenrichter, verfasst von zwei Mönchen, beglaubigt, belobigt und unterstützt von mehreren Päpsten.

Ja, ein Papst war es schließlich gewesen, der Heilige Vater, Innozenz VIII., der am 5. Dezember 1484 die sogenannte »Hexenbulle« erlassen hatte, worin ausdrücklich erklärt wurde, dass es erstens Hexen gäbe und dass man zweitens selbige verfolgen und ausrotten müsste.

Diese Bulle, welche Munzinger auswendig im genauen Wortlaut auf Latein aufsagen konnte, hatte die beiden Inquisitoren, Heinrich Institoris und Jakob Sprenger, seinerzeit ermächtigt, mit apostolischem Segen ausgerüstet, ihr Amt als Hexenverfolger und -vernichter auszuüben.

Beide zusammen hatten den *Malleus maleficarum*, den *Hexenhammer*, verfasst, der 1487 in Straßburg – mit der Genehmigung der theologischen Fakultät in Köln – erschienen war. Das Werk gliederte sich in drei Teile, wobei die ersten beiden das Hexentreiben und die »Teufelsbuhlschaft« (gemeint war der geschlechtliche Verkehr der Hexe mit dem Satan) schilderten und der dritte Abschnitt sich mit den Vorschriften für die geistlichen und weltlichen Richter bei der Führung von Hexenprozessen befasste. Einer der wichtigsten Sätze gleich zu Anfang lautete:

»Das Leugnen der Wirklichkeit der Hexerei ist Ketzerei.«

Dass der *Hexenhammer* sich als trauriger Höhepunkt der feindseligen Haltung gegen Frauen auszeichnete, wenn darin etwa das Weib als Ausbund alles Bösen und als Werkzeug des

Teufels dargestellt wurde, störte niemanden oder nur ganz wenige. Weshalb sollte sich also ausgerechnet ein Bertold Munzinger daran stoßen?

Als Rechtfertigungen dienten unter anderem die Bibelstellen »Das Weib ist bitterer als der Tod« und »Die Zauberinnen sollst du nicht am Leben lassen« aus dem zweiten Buch Mose des Alten Testaments.

Der *Hexenhammer* war *das* maßgebliche Gesetzbuch für die Gerichtspraxis; und weil sich der Hexenwahn mittlerweile zu regelrechter Besessenheit gesteigert hatte, führte dies zu einer ungeahnten Denunziations- und Verfolgungswelle fast überall in Europa.

In der Folgezeit übernahmen auch die weltlichen Gerichte bei Zaubereiprozessen das Inquisitionsverfahren durch die *Peinliche Halsgerichtsordnung Constitutio Criminalis* von Kaiser Karl V., daher auch *Carolina* genannt.

Wie ein strebsamer Schüler vermochte Bertold Munzinger (gleich allen anderen Richtern) den Artikel 109 aus der *Peinlichen Gerichtsordnung* von 1532, der sich mit der Zauberei befasste, frei aus dem Gedächtnis herzubeten:

»Strafe der Zauberey. So jemand den Leuten durch Zauberey Schaden oder Nachtheil zufügt, soll man ihn strafen vom Leben zum Tode und man soll solche Strafe mit dem Feuer tun.«

Na, bitte: Da stand es doch schwarz auf weiß. »Aufgeklärteren« Zeitgenossen mit Hang zum Protestantismus nahm man neuerdings damit den Wind aus den Segeln, dass der Glaube an Zauberei und Hexerei nicht nur eine Prämisse der katholischen Kirche wäre, sondern dass sich auch die Reformation ihrer bediente.

So hatte sogar Martin Luther von der Kanzel herab gefordert, man solle Hexen, die so viel Schaden anrichteten, töten, denn sie könnten Milch, Butter und vieles andere mehr stehlen, indem sie einfach anfingen, an einem Tischbein, einem Axtstiel oder einem Handtuch zu melken.

Ferner würden diese Weiber den Menschen durch Zaubertränke zur Liebe oder zum Hass anstacheln, Gewitter heraufbeschwören und mit Zauberpfeilen dafür sorgen, dass jemand hinken müsse. Des Weiteren hatte der Mönch aus Wittenberg behauptet, Hexen sollten schon deswegen getötet werden, weil sie fleischlichen Umgang mit dem Teufel hätten und auf Besen und Ziegenböcken durch die Luft ritten.

Jeder Richter, der bei einem weltlichen Gericht mit Hexenprozessen zu tun hatte, wusste sich also wohl abgesichert in seiner Tätigkeit und keinem kam auch nur im Entferntesten der Gedanke, ein Unrecht an den bedauernswerten Frauen zu begehen.

So konnte auch Bertold Munzinger davon ausgehen, dass diese Gefangene, die völlig eingeschüchtert vor ihm auf dem Boden kauerte, über kurz oder lang auf dem Scheiterhaufen enden würde – das notwendige Geständnis würde man schon durch exquisite Foltermethoden aus ihr herauspressen.

Anfangs waren alle Hexen verstockt und leugneten, aber ein geschickter »Torquierer«, wie etwa Martin Scheible, würde mit Sicherheit die Wahrheit aus Helene Hagenbusch herausbringen.

Dem Obersten Richter war nicht entgangen, dass die Kleidung der Gefangenen, vor allem über dem Busen, zerfetzt war. Nun ja, die Kleine hatte sich wahrscheinlich unziemlich gegen ihre Fesselung gewehrt und war etwas unsanft von den Helfern des Henkers behandelt worden.

Was soll's?, dachte Munzinger, sie wird eh sehr bald statt ihrer eigenen Gewandung das Folterhemd zum Anziehen kriegen – ihre eigenen Sachen wird sie dann nicht mehr brauchen.

Ehe der hohe Herr ging, brachte er es doch tatsächlich übers

Herz, ohne sich der bösartigen Ironie bewusst zu werden, dem Mädchen eine »gute Nacht« zu wünschen und ihr inniges Beten anzuempfehlen. Vor dem endgültigen Verlassen der stinkenden, feuchten und menschenunwürdigen Höhle ließ er noch beiläufig fallen, dass man sich als besondere »Vergünstigung« seitens des Gerichtes ihres Falles – ungeachtet der zahlreichen anderen – in allernächster Zeit bereits annehmen werde.

»Natürlich«, murmelte das Mädchen, »man will die Sache so schnell wie möglich vom Tisch haben, bevor der Herr Graf wieder daheim ist.«

An Hasso erlaubte sich die Ärmste überhaupt nicht zu denken: Beim leisesten Gedanken an ihren heimlichen Geliebten und an das Leid, welches er auszustehen hätte, wenn er von ihrem Tod erführe, hätte sie sich am liebsten mit der Eisenkette, die sie an die Wand ihres Kerkers fesselte, erwürgt.

Wenn er heimkommt, bin ich längst zu Asche verbrannt und in alle Winde verstreut, dachte sie und musste bitterlich weinen. Denn durch den Besuch des Obersten Richters war ihr klar geworden, wie aussichtslos ihre Hoffnungen auf Rettung waren: Durch die verlogenen Behauptungen dieser fragwürdigen Zeugen war sie verloren.

Weder ihrem Vater noch ihrem Bruder Georg, noch ihrer Freundin Adelheid würde es gelingen, sie vor dem Scheiterhaufen zu retten. War es da nicht einfacher, freiwillig alle gegen sie vorgebrachten Anschuldigungen, so ungeheuerlich sie in ihrer Borniertheit auch sein mochten, zu bestätigen? Ein volles Geständnis zu Anfang des Prozesses: Würde es ihr nicht die ganze Qual der Torturen ersparen?

Ja, das wäre in der Tat zu bedenken. Aber, wer wusste, ob man sie nicht trotzdem auf die Folter spannen würde, da man ihr durchsichtiges Manöver als ein solches erkannte und weil das Gericht nicht gewillt war, sich die Bedingungen, unter welchen ein solcher Malefiz-Prozess abzulaufen hatte, von einer sogenannten »Hexe« vorschreiben lassen wollte?

Womöglich waren die Richter nicht damit zufrieden, sie »nur« verbrennen zu lassen und ihr die vorherigen Qualen der »peinlichen Befragung« durch den Henker und seine Gehilfen zu ersparen.

Helene Hagenbusch schlug im Dunkeln – der Wächter hatte natürlich nach Munzingers Weggang die Laterne wieder mitgenommen – aufschreiend nach einer fetten Ratte, die Anstalten machte, sich in ihrer Wade zu verbeißen, ehe sie schluchzend auf der dürftigen Strohschütte zusammenbrach, wo sie trotz der empfindlichen Kälte in dem dicken Gemäuer, ungeachtet des Ekels vor ihrer Umgebung und trotz ihrer Herzensangst endlich in einen unruhigen Schlummer versank.

Die Decke, den Wollschal und die gefütterten Hausschuhe, die Adelheid ihr sofort am ersten Tag hatte schicken lassen, hatte sie natürlich niemals erhalten …

KAPITEL 12

Hasso von Ruhfeld, der mittlerweile in Augsburg, wie er hoffte, die ihm obliegenden Geschäfte zufriedenstellend erledigt hatte, dachte nur noch an seine Liebste, die er in der Stunde ihrer bittersten Not im Stich hatte lassen müssen. Wenn auch gezwungenermaßen, aber das änderte nichts an der Tatsache, dass er keinen Finger zur Rettung Helenes gerührt hatte.

Die freundliche Einladung des reichen und erfolgreichen

Bankherrn Fugger zu einem Gastmahl in sein prächtiges Stadtpalais nahm der junge Graf dankend an.

Hasso kam aus dem Staunen gar nicht mehr heraus. Er hatte schon allerlei vom Prunk der Fugger gehört, aber dieser Reichtum und Pomp, der hinter den zwar imposanten, aber nicht übermäßig prächtigen Fassaden ihres großen Stadthauses am Augsburger Weinmarkt herrschten, benahmen ihm doch beinahe den Atem. Er war froh darüber, sich wenigstens einigermaßen elegant ausstaffiert zu haben, um nicht allzu unangenehm unter den anderen Gästen aufzufallen.

Der durchaus an einen gewissen Luxus gewöhnte junge Graf aus Baden war von der Ausstattung der Räumlichkeiten beeindruckt, angefangen von den herrlichen Orientteppichen auf den spiegelnden Parkett- und glatten Marmorböden, den niederländischen Gobelins an den hohen Wänden, den farbenprächtigen Gemälden italienischer, spanischer und holländischer Maler, den wuchtigen Kaminen aus edlem Carraramarmor bis hin zu den funkelnden Lüstern aus böhmischem Kristallglas.

Beinahe ehrfürchtig verglich er das wertvolle Mobiliar, die Seidentapeten und die vielen in allen Räumen verteilten Vasen aus farbigem Muranoglas mit den farbenfrohen, üppigen Blumengestecken mit der doch eher schlichten Einrichtung auf Schloss Ruhfeld.

›Welch ein Unterschied zu meinem vergleichsweise bescheidenen Zuhause‹, dachte Hasso und ließ sich von der elegant gekleideten Dame des Hauses zu seinem Platz an der langen Tafel geleiten – wobei er es geflissentlich vermied, auf die Brüste seiner Gastgeberin zu schielen, welche der äußerst freizügige Ausschnitt ihres rubinroten Samtgewandes zur Schau stellte.

Während des exzellenten Menüs war aus dem Hintergrund des mit reicher Ornamentik verzierten Speisesaales leise Musik zu hören. Zu der sich über Stunden hinziehenden Speisenfolge brachte ein kleines Orchester den Tafelnden heitere Weisen zu Gehör. Wirklich nobel, sagte sich der junge Mann, wenn man bedenkt, dass die Fugger nur spät geadelte Emporkömmlinge aus dem Kaufmannsstand sind.

Ehe er Neidgefühle entwickeln konnte, machte er aber eine Entdeckung, die geeignet war, beinahe Mitleid mit dem Bruder des Hausherrn zu haben: Dessen edel gewandete Angetraute schien ein mehr als nur freundschaftliches Interesse für den dunkelhaarigen, gut aussehenden Gast aus Baden zu hegen. Mehr als einmal empfing Hasso eindeutige Zeichen und feurige Blicke von der charmanten, noch jungen Dame, die damit ein nicht gerade kleines Risiko einzugehen schien. Auch die Scherze, welche sie dem jungen Mann über den Tisch hinweg zurief, waren mehr als gewagt.

Hasso von Ruhfeld wurde verlegen. So offen hatte ihm noch nie eine Edelfrau ihr Interesse bekundet. Bisher hatte er in seiner Naivität geglaubt, nur feile Dirnen aus der unteren Schicht des Volkes ließen sich dazu herab, einem Mann so aggressiv ihr Verlangen zu zeigen.

Die Gäste amüsierten sich königlich darüber, und so beschloss der junge, noch ziemlich unerfahrene Mann, das Spiel mitzumachen und warf der attraktiven Dame seinerseits mehrere – wie er dachte – glutvolle Blicke zu. Doch insgeheim nahm er sich vor, gleich nach dem Bankett mit einer Ausrede das Haus seines Gastgebers zu verlassen.

Nach dem Essen sollte ein Tanzvergnügen stattfinden; daran wollte Hasso nicht mehr teilnehmen. Er äußerte sich noch vor dem Dessert dementsprechend mit geheuchelt-enttäuschter Miene, indem er vorgab, noch andernorts eine Verabredung zu haben. Die Schwägerin der Gastgeberin ließ prompt ein »oh, wie schade, liebster Graf« hören.

Aber gleich darauf fiel ihm auf, dass die temperamentvolle

Dame, die um viele Jahre jünger als ihr gesetzter, etwas hölzerner Gatte war, sich einem anderen jungen Herrn zuwandte.

Sie bombardierte nun diesen mit einladenden Blicken und kühnen Schmeicheleien – Hasso von Ruhfeld war vergessen.

Einesteils war er erleichtert, so leicht aus der Schlinge geschlüpft zu sein, andererseits war er auch ein bisschen beleidigt; dazu mischte sich Betroffenheit über das »schamlose« Verhalten der Ehefrau eines seiner und seines Vaters Geschäftspartner, den allerdings gar nicht zu interessieren schien, mit wem seine Gemahlin so offenkundig tändelte.

Der jetzt von ihr favorisierte junge Mann ging umgehend auf das werbende Spiel ein und erlaubte sich einiges an Freiheiten, wofür ihn Hasso zum Duell gefordert hätte, wenn dieser Mann sich so seiner Liebsten, der schönen Helene Hagenbusch gegenüber, aufgeführt hätte.

Und damit waren seine Gedanken wieder bei Helene, die im Kerker schmachtete, während er die Gastfreundschaft eines der reichsten Männer des deutschen Reichs genoss. Sobald es die Schicklichkeit gestattete, verließ Hasso von Ruhfeld das prunkvolle Haus der Fugger in Augsburg.

Was ihn jetzt quälte, war die schwere Entscheidung, die er zu treffen hatte: Sollte er seinem Vater gehorchen und die Richtung nach Regensburg einschlagen, um sich mit Herrn Ferfried und anderen Großen des Landes zu treffen, um zu beraten, was bezüglich des vom Kaiser entlassenen Feldherrn Albrecht von Wallenstein zu geschehen habe?

Es war eine gewaltige Ehre für einen so jungen Mann wie ihn, im Rat dieser Edlen eine Stimme zu haben – außerdem würde ihn sein Vater gebührend herausstreichen, obwohl Hasso sich nicht recht im Klaren darüber war, womit er das verdient hatte.

Noch hatte er sich nämlich keineswegs im Krieg hervorgetan –

was man ihm jedoch billigerweise nicht anlasten durfte, weil er noch keine Gelegenheit dazu gehabt hatte.

Aber jedermann rechnete damit, dass sich dieser elende Krieg nun auf den Süden Deutschlands ausdehnen würde. Und die Mehrzahl der Badener, jedenfalls die Ortenauer und die Ruhfelder, würden auf Seiten des Kaisers, der katholischen Liga und Maximilians von Bayern stehen.

Hasso war – genau wie sein friedliebender Vater – kein besonders dem Waffenhandwerk zugetaner Mensch. Beide zogen es vor, einen Konflikt ohne Blutvergießen, »mit Hirnschmalz«, zu lösen, aber ein Feigling war keiner der beiden. Sie würden in diesen verdammten Krieg ziehen und dabei hoffen, dass sie und ihre Untertanen ihn einigermaßen heil überstünden. Obwohl das kaum möglich schien, denn Gustav Adolf galt als äußerst fähiger Feldherr. Vielleicht wäre es doch das Beste, den schlauen Friedländer, diesen arroganten Wallenstein, noch einmal zum Generalissimus zu ernennen, damit er für sie die Kastanien aus dem Feuer holte.

Andererseits: Wer kümmerte sich um seine geliebte Helene? Ihr Vater, obwohl ein vermögender Mann und Schultheiß einer kleinen Gemeinde, war dazu nicht in der Lage. Ihm fehlten Erfahrung und Durchsetzungskraft und letztlich auch die Machtmittel, mit Amtspersonen und Geistlichen nach Belieben umzuspringen.

Wenn Hasso ehrlich war, besaß *er* die nötige Erfahrung ebenfalls nicht. Doch er hatte bereits durch seine Geburt die Möglichkeit, mit diesen Leuten auf Augenhöhe zu verhandeln. Noch besser gelänge das allerdings seinem Vater. Der könnte seine ganze Autorität in die Waagschale werfen und die Tochter des Jakob Hagenbusch buchstäblich aus dem Feuer holen.

›Aber mein Vater steht nun mal nicht zur Verfügung. Er hat

sich um die Sicherheit des Reichs zu kümmern. Doch wie steht es mit mir? Kann ich es verantworten, seinen Befehl zu ignorieren? Es wäre dem Alten ein Leichtes, mich bei der Versammlung der Großen zu entschuldigen. Aber wird er es tun?‹, überlegte Hasso, während er und seine Begleiter ihre bereits von den Fugger'schen Knechten gesattelten Pferde aus dem Stall führten.

Nein, gab sich der junge Mann gleich darauf selbst die Antwort. Mein Vater würde mir diesen Ungehorsam nicht verzeihen und mich gegenüber den anderen Herren niemals in Schutz nehmen. Und die würden es genauso wenig wie er verstehen, dass der Sohn eines Grafen wegen einer Bauerntochter – mochte die noch so sehr in Schwierigkeiten stecken – dermaßen den Kopf verlor, dass er seine Pflichten gegenüber dem bedrohten Reich vernachlässigte.

Seine Entscheidung war gefallen. »Auf, meine Herren, es geht nach Regensburg!«, rief er mit gespielter Munterkeit Gero von Wallhausen und Hartwig von Bohlen zu. Hasso von Ruhfeld würde seinem Vater und dem Kaiser gehorchen.

KAPITEL 13

Am nächsten Morgen erwachte Adelheid mit starken Kopfschmerzen und düsterem Sinn. Gegen Erstere ließ sie sich von ihrer Magd Ursula aus der Schlossküche einen besonders zubereiteten Kräutertee in ihre »Kemenate« bringen.

Obwohl die Ruhfelds seit zwei Generationen nicht mehr in einer vergleichsweise schlichten Burg lebten, sondern in einem veritablen Schloss, benützten seine Bewohner immer noch gerne die alten Bezeichnungen.

Der Tee – es war ein Aufguss aus der Baldrianwurzel – wirkte normalerweise beinahe sofort. Schon die heilige Hildegard von Bingen und der berühmte Arzt Paracelsus hatten ihn sehr geschätzt. Im Mittelalter schrieb man dem Baldrian förmlich eine Allheilwirkung zu.

»Danke, meine Liebe«, lächelte Adelheid, als Ursula mit dem dampfenden Gebräu in das Gemach ihrer Herrin trat. »Du weißt ja, was ein alter Spruch sagt: ›Esst Bibernell und Baldrian, so geht euch auch die Pest nichts an.‹«

»Freilich, gnädiges Fräulein. Und bei uns daheim weiß man noch mehr: ›Hätt'st du getrunken Bibrioll und Bollrian, wärst du nicht gestorben dran.‹«

Dann mussten beide jungen Frauen ein wenig lachen, obwohl die Lage alles andere als lustig war.

Als Mittel gegen ihre melancholische Verstimmung wollte Adelheid in die umliegenden Ruhfeld'schen Wälder ausreiten.

Kaum hatte sie sich gewaschen und mit Hilfe Ursulas angekleidet, verließ sie, ohne einen Bissen gegessen zu haben, das Schloss und ging über den Hof zu den Pferdeställen.

Ihre Blicke schweiften unwillkürlich über die hohen, gelb getünchten Mauern des Gebäudekomplexes bis hinauf zu den mit roten Ziegeln gedeckten Dächern. »Ruhfeld« war in der Tat ein hochherrschaftlicher Besitz – wenn auch der Zahn der Zeit vor allem in den letzten Jahren unübersehbar daran genagt hatte. Es müssten dringend Reparaturarbeiten gemacht werden, ging es Adelheid durch den Kopf, als sie die an verschiedenen Stellen bröckelnde Fassade des Wohntraktes, sowie die fehlenden Ziegel und die schadhaften Fenster an anderen Gebäudeteilen betrachtete. Besonders der Zustand unserer Schlosskapelle liegt im Argen, dachte sie trübsinnig. Und die Geräteschuppen und die Schmiede wirken auch schon reichlich verlottert. Warum kümmert sich Anselm von Waldnau nicht darum? Es wäre seine Aufgabe als gewissenhafter Verwalter, meinen Vater auf die Mängel hinzuweisen. Hier zu sparen, bedeutet nur weiteren Verfall – und dann wird's doppelt teuer.

Reichlich verärgert ließ sich die junge Gräfin von einem der Knechte ihre Lieblingsstute Bella satteln und aus dem Stall in den Schlosshof führen.

Das temperamentvolle, wunderschöne Tier mit seinem rotgolden glänzenden Fell, schnaubte lebhaft und schüttelte seine dunkle Mähne. Bella genoss sichtlich Adelheids Streicheln über ihre Nüstern, sowie das Klopfen ihres Halses; behutsam nahm das Pferd mit weichem Maul die ihm von schlanker Hand gereichte Mohrrübe und anschließend das abgebrochene Stückchen von einem Zuckerhut.

»Wenn Ihr ausreiten wollt, Fräulein Adelheid, begleite ich Euch lieber«, sagte der Knecht.

»Was meinst du, Frieder?«, fragte sie zerstreut. Sie wollte das Angebot schon ablehnen, denn es war ihr gar nicht nach Gesellschaft zumute, weil sie in Ruhe überlegen wollte, wie es mit Helene weitergehen sollte.

Da fiel ihr ein, dass ihr Vater ihr vor seiner Abreise dringend ans Herz gelegt hatte, sich nicht alleine vom Schloss zu entfernen. Pater Ambrosius' Ermahnungen kamen ihr ebenfalls in den Sinn. Auch er hatte sie gewarnt. Mittlerweile gab es viel zu viel Gesindel in der Gegend.

»Erst neulich haben unsere Bauern entsetzlich zugerichtete, nackte Leichen in einem Graben, seitlich des Hollerbachs, in Höhe der Holler-Mühle, gefunden. Das waren sicher Landfahrer mit ihren Weibern. Sie wurden erschlagen und ausgeplündert. Besonders die Frauen waren übel zugerichtet. Sie wurden von den Banditen auf grauenhafte Weise geschändet, ehe man ihnen die Hälse durchgeschnitten hat.«

Adelheid hatte bei diesen Worten des Benediktinerpaters geschaudert und versprochen, vorsichtig zu sein. Und das bedeutete, keinesfalls alleine auszureiten.

»Gut, Frieder! Ich warte, aber beeile dich. Ich möchte gleich aufbrechen, weil ich beim Reiten am besten nachdenken kann.«

»Sofort, gnädiges Fräulein.«

Der Knecht verschwand im Stall. Er kehrte schnell zurück, ein dunkelbraunes Pferd am Zügel führend. Dann saß er auf. Adelheids Morgenritt über die Wiesen und entlang den Feldrainen bis zum Buchenwald konnte beginnen.

Diskret hielt sich Frieder dabei etwa fünf Pferdelängen zurück; so würde er seine Herrin beim Denken nicht stören und konnte selber unauffällig mit scharfen Augen die Umgebung nach etwaigen Feinden absuchen.

»Ein Amtsbote hat ein Schreiben vom Landvogt, dem Herrn Maximilian Veigt, überbracht, Fräulein Adelheid!«, sagte Ursula aufgeregt.

Nicht weniger nervös war die junge Gräfin, die eben, noch erhitzt von dem flotten Galopp, nach Schloss Ruhfeld zurückgekehrt war.

»Gib her, meine Liebe! Was kann da bloß drinstehen?«

Sie überlegte fieberhaft, als sie den an sie adressierten und versiegelten Brief in Händen hielt.

Ohne sich zu setzen begann sie umgehend im Stehen mit dem Lesen, des abwechselnd auf Latein und Deutsch ab-gefassten und sich in gedrechselten Windungen ergehenden Textes.

»Du meine Güte, wann kommt dieser Mensch endlich zum Wesentlichen?«, murmelte Adelheid ungeduldig vor sich hin.

Plötzlich jubelte sie: »GOTT sei Dank, Ursula! Ich darf das Helen doch besuchen. Als ich den Veigt darum gebeten habe, hat er es mir noch glatt verwehrt. Warum er sich jetzt anders besonnen hat, weiß ich nicht. Vielleicht hat der Oberste Richter es erlaubt. Ist auch egal. Hauptsache, ich kann zu meiner lieben Freundin.«

Sie lachte vor Freude und umarmte mit leuchtenden Augen ihre Vertraute.

»Ursula, ich denke, das ist ein gutes Zeichen. Sicher haben sie ihr noch nichts angetan. Wenn sie die Ärmsten erst einmal halb tot gefoltert haben, verweigern sie im Allgemeinen die Besuche von Verwandten und Bekannten. Lass uns überlegen, was wir ihr am besten mitbringen – ich glaube nämlich nicht, dass sie uns den Gefallen tun und das Helen entlassen. So leicht werden sie nicht nachgeben, aber ich werde nicht lockerlassen und immer wieder ihre Unschuld beteuern.«

»Ich freue mich so«, sagte Ursula. »Wollt Ihr mich nicht mitnehmen?«

Adelheid war einverstanden, und die beiden jungen Frauen gingen daran, wieder einen Korb für die unglückliche Helene zu packen. Dann bat die Gräfin den Schlossverwalter, Anselm von Waldnau, zu sich. Danach wollte sie sich mit Ursula und drei Ruhfeld'schen Knechten auf den Weg zum Hänsele-Turm machen.

Adelheid merkte sofort, dass dem Verwalter die ganze Sache nicht gefiel. Es passte ihm augenscheinlich nicht, dass sich Adelheid in dieser »dubiosen« Angelegenheit so sehr engagierte. Mühsam die gebotene Höflichkeit bewahrend, brummte er etwas von »abwarten«, von »nichts überstürzen« und endlich gar von »den Dingen ihren Lauf lassen«.

Aber da geriet er bei Adelheid an die Falsche. Wie eine Furie ging sie auf den Schlossvogt los, hielt ihm Gleichgültigkeit, Mitleidlosigkeit und Unbarmherzigkeit vor. Den Waldnau schien das wenig zu beeindrucken.

»Ich verstehe nicht, weshalb Ihr Euch so aufregt, Gräfin. Das Einzige, was mich stutzig macht, ist, dass niemand hier im Schloss etwas davon bemerkt haben will, dass dieses Geschöpf mit dem Teufel im Bund ist«, entgegnete er.

Und er schielte dabei Adelheid ein wenig heimtückisch an. »Seid Ihr wirklich so schwer von Begriff, oder stellt Ihr Euch nur so?«, fauchte sie. »Genau darum geht es doch: Helene Hagenbusch ist keine Hexe! Alles, was die angeblichen Zeugen gegen sie ausgesagt haben, ist erlogen.«

»Gleich alle fünf hätten die Unwahrheit gesagt?« Ungläubig verzog Herr Anselm das Gesicht, und seine Frage klang spöttisch. »Woher wisst Ihr eigentlich, dass es sich genau um fünf Denunzianten handelt?«, konterte Adelheid misstrauisch.

»Weil Ihr es vorhin erwähnt habt, gnädiges Fräulein«, antwortete der Vogt schnell.

Die junge Dame schwieg einen Augenblick, leicht irritiert. Sie hätte schwören können, dass sie kein Wort über die genaue Anzahl derer verloren hatte, die Helenes Untergang herbeiführen wollten.

Aber sie mochte keinen Streit mit dem Verwalter ihres Vaters vom Zaun brechen; geschickt versuchte sie einzulenken.

»Vogt, Ihr seid uns Ruhfeldern seit Langem ein sehr loyaler Untertan gewesen, und ich denke, Ihr werdet es weiterhin bleiben. Ich verlange nicht, dass *Ihr* an die Unschuld der Tochter des Schultheißen glaubt. *Ich* aber, die ich das Mädchen von Kindheit an kenne, ich, die ich mit ihr meine Jugendjahre verbracht habe und für deren Lauterkeit ich meine Hand ins Feuer lege, verlange von Euch, dass Ihr mir insofern behilflich seid, als Ihr mir genügend bewaffnete Männer zur Verfügung stellt, wenn ich sie brauchen sollte. Ich weiß nicht, was noch alles geschehen wird, aber ich bitte Euch herzlich, steht mir nicht im Wege und arbeitet nicht gegen mich. Und denkt an die Worte von Pater Ambrosius, welcher Euch vor seinem Wegritt noch einiges gesagt hat.«

Letzteres war ein Schuss ins Blaue – wusste Adelheid doch nicht, ob der Mönch noch Zeit dazu gefunden hatte, mit dem Verwalter einige Worte zu wechseln.

Anselm von Waldnau, zweiter Sohn einer kleinadeligen, nicht ganz unvermögenden Familie, der die Hohe Schule besucht hatte, schwieg. Die Erinnerung an das Gespräch mit dem Benediktiner war ihm sichtlich unangenehm. Im Geheimen hatte er den anmaßenden Kuttenträger zum Teufel gewünscht; aber da sein Herr, der alte Graf, eine Menge auf seinen Beichtvater hielt, hatte er zähneknirschend den Mund gehalten und bloß zu allem genickt. Er hatte sich vorgenommen, der Angelegenheit keine Beachtung mehr zu schenken – es genügte ihm vollauf, etwas in Gang gesetzt zu haben. Bald würde der Schultheiß »einknicken« und seine Rechte an der Silbermine an den Grafen von Ruhfeld abtreten. Dann wäre immer noch Zeit, das Mädel aus den Fängen des Gerichtes zu befreien. Hatte er die Zeugen bestechen können, gegen das Helen auszusagen, würde er eben noch einiges drauflegen, damit sie nachher für dieses Geschöpf Zeugnis ablegten.

Sie hatten sich eben getäuscht. Mein Gott, so etwas kam schließlich jeden Tag vor, dass Zeugen sich irrten, oder?

Außerdem waren weder Landvogt noch Richter oder Büttel dem schnöden Mammon abhold. Es war nur eine Frage der Höhe der Summe, die er zu zahlen bereit war.

Da Waldnau nicht daran gelegen war, mit der jungen Herrin in Unfrieden zu leben, überwand er sich: »Sagt einfach Bescheid, falls Ihr etwas braucht, Frau Gräfin.«

Mit einer tiefen Verbeugung hatte der Schlossvogt Adelheid

von Ruhfeld verlassen, die sofort daranging, mit ihrer Zofe Ursula nützliche – und auch ein paar überflüssige – Dinge zusammenzupacken, die sie der bedauernswerten Helene bringen wollten.

KAPITEL 14

Wie es der Zufall – oder der Liebe Gott, wie der Pater meinte – fügte, trafen Hasso von Ruhfeld mit seinen Begleitern und sein Vater, Graf Ferfried, mit dessen Eskorte kurz vor Regensburg zusammen. Das letzte Stück konnte man gemeinsam die Donau entlangreiten und in der schönen Stadt eintreffen.

»Kannst du fliegen?«, hatte der alte Graf erstaunt gefragt. »Mit allem habe ich gerechnet, Hasso, aber nicht damit, dass du so früh hier sein würdest.«

»Ist es Euch etwa nicht recht, Vater?«, wollte der Sohn wissen; insgeheim reute es ihn schon längst, dass er die Einladung zum Tanz bei den Fuggern ausgeschlagen hatte. Da dieser Ball erst spät in der Nacht beendet gewesen wäre, hätte er allerdings eine Übernachtung in Augsburg dranhängen müssen – na und?

›Die bewusste Dame hätte mir gewiss keine Gewalt angetan‹, dachte er, über sich selbst spottend. ›Wahrscheinlich habe ich mir das Ganze sowieso bloß eingebildet. Außer mir hat doch niemand am Benehmen dieser Frau Anstoß genommen – nicht einmal ihr eigener Ehemann. Ich bin vermutlich nur ein unerfahrener, junger Bauerntölpel, der gerade mal den Umgang mit Mägden kennt.‹

»Aber nein, warum denn?«, rief Herr Ferfried gut gelaunt. »So haben wir genügend Zeit, dich bei den Vertretern des Adels einzuführen. Das kann deinen Beziehungen in Zukunft nur nützlich sein. Wer weiß, vielleicht hat einer der hier anwesenden Grafen oder Herzöge eine Aufgabe für dich.«

»Was denn für eine, Vater?«, erkundigte sich Hasso, nicht allzu interessiert.

»Na, vielleicht als Anführer einer herzoglichen Truppe gegen den Schwedenkönig oder als Kommandant bei der Verteidigung einer Burg oder eines Schlosses«, meinte der Ruhfelder.

»Vielleicht auch als Aufpasser eines Nonnenklosters«, frozzelte Graf Rüdiger von Hohlfeld und brach in wieherndes Gelächter aus, in das sämtliche Herren einstimmten.

»Oder gar als Schwiegersohn eines Fürsten«, warf Ritter Moritz von Glarus mit todernster Miene ein, »gar manch einsamem Fürstentöchterlein könntet Ihr das kalte Bettchen anwärmen.« Und wieder lachten die Herren schallend.

Nur Graf Bruno von Steinberg war aufgefallen, dass dem jungen Herrn von Ruhfeld nicht zum Lachen zumute war. Im Gegenteil, der Sohn Ferfrieds schien bei den harmlosen Späßchen der Älteren ein wenig blass geworden zu sein.

Aha! Das ist ein Zeichen dafür, dachte der Steinberger, dass der junge Spund bereits verliebt und womöglich schon in festen Händen ist und sein Vater weiß es nicht.

Aber laut sagte er: »Lasst den jungen Herrn doch zufrieden. Er ist selber alt genug, um abschätzen zu können, wann sich ihm eine günstige Gelegenheit bietet, um sich Ruhm und Ehre zu erwerben.«

Hasso warf dem Steinberg einen dankbaren Blick zu. Gut gelaunt ritten die Herren weiter in die altehrwürdige Donaustadt hinein, die sich für diesen besonderen Anlass mit ausgesuchter Sorgfalt geschmückt hatte und deren mächtigen, gotischen Dom sie schon von Weitem erkennen konnten.

»Fein herausgeputzt hat sich dieses Regensburg, das muss

man ihm lassen«, äußerte sich Rüdiger von Hohlfeld anerkennend.

»Haha! Fast wie eines dieser Freudenmädchen, welche mein Auge dort drüben unter dem Torbogen jenes Gebäudes erspähen kann«, lachte Graf Ferfried. »Was meint Ihr dazu, lieber Pater Ambrosius?« Er wollte den ältlichen Mönch ein wenig aufziehen.

»Je nun! Hübsch haben sich die Mädchen halt gemacht. Alles zu Ehren der hohen Herren, die Regensburg in den nächsten Tagen ihre Aufwartung machen. Das allein ist noch keine Sünde, meine Freunde. Übrigens«, fügte er lächelnd hinzu, »das dort ist kein Hurenhaus, sondern eine Bräustube, und zwar eine vom Feinsten. Da schmeckt das Bier wie der reinste Nektar. Und die Kalbshaxen und der Schweinebraten sind ein Gedicht, meine Herren.«

»Hört, hört! Unser Pater ist ein Kenner und Genießer!«, rief Ferfried von Ruhfeld und gab seinem Pferd leicht die Sporen, um es etwas anzutreiben.

»In dieser Stadt hat sich bereits Kaiser Karl V. sehr wohlgefühlt«, wusste einer aus der Begleitung Ferfrieds, ein sonst sehr stiller Mann, zu berichten.

»Oh ja! Das kann man wohl sagen«, stimmte ihm Moritz von Clarus lachend zu. »Besonders die reizende Bürgerstochter Barbara Blomberg hatte es dem edlen Herrn angetan. Der Kaiser litt damals wegen der ungeheuren Ausbreitung des Protestantismus' unter düsteren Stimmungen, und da spendete ihm die Schöne mit ihrem lieblichen Gesang und Lautenspiel Trost und Erheiterung.«

»Nicht allein mit lieblichem Gesang, nicht nur mit dem Spiel der Laute, meine Freunde! Die anmutige Barbara wusste auch sonst des Herrschers Sinn mit allerlei munteren Spielchen zu erheben. Das Knäblein, das sie Karl im Jahre 1547 gebar, war später der berühmte Don Juan d'Austria, welcher mit knapp vierundzwanzig Jahren den Seesieg bei Lepanto über die Türken erfochten hat.«

»Bravo, Ihr wisst gut Bescheid!«, lobte Graf Ferfried und warf seinem Reisegefährten einen wohlwollenden Blick zu.

»In Augsburg«, warf Hasso ein, »woher ich gerade komme, weilte Kaiser Karl V. ebenfalls eine Zeit lang. Er war damals – ebenso wie ich – Gast bei den reichen Fuggern. In deren Salon hängt ein von einem Niederländer gemaltes Bild, das den Kaiser anlässlich seines Besuches in Augsburg zeigt.«

»Schau an! Vielleicht hat der große Herrscher aus Spanien damals mehr als einen Sohn in deutschen Landen gezeugt«, meinte grinsend Bruno von Steinberg.

Während sich seine Begleiter launig unterhielten, lenkte Herr Ferfried sein Pferd neben das seines Sohnes. »Warst du erfolgreich?«, fragte er leise, und als dieser nickte, bat er Hasso, nach ihrer Ankunft in der Herberge in sein Zimmer zu kommen, um ihm genau Bericht zu erstatten. Dass er noch manches andere mit ihm zu bereden hatte, davon ließ er sich vor den anderen nichts anmerken.

»Was hatte Euer Sohn denn mit den Fuggern zu schaffen?«, erkundigte sich neugierig Graf von Hohlfeld, der es geschafft hatte, seinen Gaul wieder neben den seines Freundes Ferfried zu dirigieren.

»Geld brauchen wir, mein lieber Graf, viel Geld«, lachte der Ruhfelder, »und die Fugger haben es.«

»Wollt Ihr Euch noch ein Schloss bauen?«, fragte Graf Rüdiger, aber der andere lachte.

»Ich bin froh, wenn mir der Dachstuhl auf Ruhfeld nicht einbricht. Nein! Ich will nur gewappnet sein, wenn's losgeht. Wir werden Krieg bekommen, soviel ist sicher. Und da will ich Söldner anwerben lassen im Ausland, wie es andere schon lange machen. Aber diese Kerle kosten Geld, und weil ich keines habe, muss ich es leihen bei meinen Bankherren, den Fuggern. Das ist zwar im Augenblick eine harte Nuss und kostet mich einen Haufen an Zinsen, aber ich will kein Heer aus lauter Bauern haben, die erstens keine Ahnung haben, wie ein Krieg heutzutage geführt wird, weil sie einen Schießprügel nicht von einer Mistforke unterscheiden können, und zweitens brauche ich die Männer für den Ackerbau, den Weinbau und die Viehzucht. Es ist ein Unding, dies im Kriegsfalle alles den Frauen, Kindern und Greisen zu überlassen. Außerdem«, fuhr er ruhig fort, »was geschieht, wenn wir es nicht schaffen sollten, den Feind aus unserem Land herauszuhalten? Dann überrennt er die Weiber, und alles ist beim Teufel, weil kein Mann da ist, der ihnen auch nur den geringsten Widerstand entgegensetzt. Sind die Bauern aber daheim, werden sie ihr Heim mit allem, was sie haben, zu verteidigen suchen. Und in einer starken Männerfaust leisten dann auch Dreschflegel und Heugabel gute Dienste.«

Von dieser gescheiten Rede beeindruckt, nickte Graf von Hohlfeld. »Wahrscheinlich habt Ihr recht«, meinte er, »außerdem geht auf den Feldern und Äckern alles seinen geregelten Gang – die Menschen müssen schließlich essen, und die Weiber allein sind zu schwach, um das alles zu schaffen.«

Die Gruppe der badischen Edelleute war an der für sie bestimmten Herberge, einem behäbigen Gasthof mit Namen *Zum Goldenen Stern* an einem der größeren Plätze der Innenstadt angekommen. Als die Herren ihre Pferde den Wirtsknechten zur Versorgung übergeben hatten, gab Graf Ferfried seinem Sohn noch einmal ein Zeichen und raunte ihm: »In einer halben Stunde dann« zu. Hasso nickte.

Der Wirt, ein freundlicher und geschäftstüchtiger Mann, ging voran und alle folgten ihm, um ihre Zimmer aufzusuchen und sich zu erfrischen, ehe man sich in der Gaststube treffen wollte.

KAPITEL 15

GERADE WOLLTE SICH ADELHEID VON RUHFELD mit ihrer Zofe Ursula und drei bewaffneten Reitern auf den Weg machen, da ritt völlig abgehetzt und verstört Georg Hagenbusch, Helenes Bruder, in den Schlosshof.

Er sprang von seinem Pferd und stürzte auf die junge Frau zu. »Frau Gräfin«, rief er mit Verzweiflung in der Stimme, »ich weiß nicht, was ich unternehmen kann. Wenn Ihr mir nicht helft, das Helen zu befreien, ist meine Schwester verloren. Unser Vater steht unter Hausarrest. Die Mutter ist nur am Weinen und Beten, und niemand sagt uns, wohin man unsere Kleine verschleppt hat.«

»Beruhige dich erst einmal, Georg.«

Adelheid strich dem Mitte Zwanzigjährigen besänftigend über den nackten, muskulösen Arm. Diese Vertraulichkeit konnte sie sich schon erlauben – war sie doch, genau wie mit Helene, seit Kindertagen mit ihm zusammen gewesen.

Sie hatten unbeschwert in den Fluren von Ruhfeld herumgetollt, hatten einst Ställe und Scheunen unsicher gemacht und waren in der Umgebung des Schlosses auf »Entdeckungsreise« gegangen, wobei sie mit den Mägden und Knechten sowie den Dienern manchen Schabernack getrieben hatten.

Doch seit sie den Kinderschuhen entwachsen waren, benützte Georg die höfliche Anredeform für eine Edeldame, während Adelheid ihn nach wie vor duzte.

»Wenn ich daheim gewesen wäre, hätten sie das Helen nicht mitgenommen, das schwöre ich«, behauptete er wütend. Adelheid verzichtete darauf, ihn daran zu erinnern, dass man sechs Kerle geschickt hatte. Gegen diese Übermacht hätte er als Beschützer seiner Schwester auch nicht viel ausrichten können.

»Ich weiß Bescheid. Georg, hör zu. Ich habe eine schriftliche Genehmigung vom Landvogt, deine Schwester in ihrem Kerker aufzusuchen. Wir nehmen noch ein paar Sachen für sie mit. Schließ dich uns an, dann kannst du dir selbst ein Bild von Helenes Zustand machen.«

Das ließ sich ihr Bruder nicht zweimal sagen, und die sechsköpfige Gruppe brach sofort auf.

Auf dem Weg zum Hänsele-Turm im Ortenberger Schloss wurde nicht viel gesprochen. Jeder der jungen Menschen hing seinen eigenen Gedanken nach.

Was würden sie vorfinden? War die Tochter des Schultheißen körperlich noch unversehrt, oder hatten die Schergen schon ihre gierigen Hände nach ihr ausgestreckt, um ihren Willen zu brechen? Was für dreiste Übergriffe gegenüber der Wehrlosen leistete sich das Wachpersonal? Hatte sie etwa schon »gestanden« oder leugnete sie standhaft, irgendetwas mit diesen absurden Anklagepunkten zu tun zu haben? Was war mit den Zeugen?

Das waren viele Fragen, die sich Adelheid von Ruhfeld und Georg Hagenbusch stellten.

Aber auch Ursula wälzte verschiedene Ideen in ihrem Kopf herum. Ihr Vater war nur ein unbedeutender Ritter, aber er hatte mehrere Söhne, die alle bereits ein Schwert und eine Lanze zu führen wussten. Wie wäre es, wenn …

Mit ihren Überlegungen war die junge Frau gar nicht so weit von den Gedanken Georgs entfernt, der sich ebenfalls mit der Frage beschäftigte, wie er die Befreiung seiner Schwester mit Gewalt bewerkstelligen könne …

Nur die drei Knechte hatten ihren Sinn auf anderes gerichtet. Fürs Denken waren sie nicht da. Das war Sache der Herrschaft. Doch jeder der Burschen empfand großes Mitleid mit Helene, die sie als eine anständige und gottesfürchtige Jungfrau kannten.

»Also im Hänsele-Turm ist sie«, meinte nach einer Weile der junge Hagenbusch niedergeschmettert. »Das lässt nichts Gutes hoffen. Dahin bringen sie doch alle, die nie mehr das Licht der Sonne sehen werden.«

»Du darfst dir jetzt nicht mit solchen Überlegungen den Kopf und das Herz schwer machen, Georg«, rügte Adelheid ihn sanft. »Von uns wird ein kühler Kopf und vermutlich ein tapferes Herz verlangt, wenn wir dem Helen von Nutzen sein wollen.«

»Verzeiht, edles Fräulein.« Beschämt zog der junge Mann, vom gleichen blonden und blauäugigen Typus wie seine Schwester, den Kopf ein, »Ihr habt natürlich recht.«

Schweigend setzten sie ihren Ritt fort.

Als die Gräfin von Ruhfeld dieses Mal ans Tor des Turms klopfen ließ, dauerte es nur einen Augenblick, bis sich ein Wächter blicken ließ. Er wirkte nicht ganz so verkommen, wie derjenige vom letzten Mal; der Mann grüßte respektvoll und kündigte an, umgehend das schwere Tor öffnen zu wollen.

Der verantwortliche Aufseher und seine Frau erwarteten sie dann im Hof und verbeugten sich tief. »Fräulein von Ruhfeld, wir wurden von Eurem Kommen benachrichtigt. Wenn Ihr uns gütigst folgen wollt.«

Der Aufseher huschte flink voran, während seine Frau hinter Adelheid, Georg und Ursula, die den Korb schleppte, herschlurfte. Die Knechte blieben im Hof zurück, die Hände am Knauf ihrer Schwerter und mit grimmigen Blicken.

Die Gänge im Inneren des finsteren Baus schienen kein Ende nehmen zu wollen, und der modrige Geruch, welcher den dicken Mauern entströmte, stieg den dreien unangenehm in die Nase.

Adelheid hatte den Eindruck, der Mann würde sie absichtlich

in die Irre führen, um sie zu verwirren und es ihnen später unmöglich zu machen, eventuell alleine den Weg zu der Gefangenen zu finden.

Endlich blieb der Wärter, ein schmuddeliger Bursche, der ein bisschen schielte, vor einer niedrigen, hölzernen Tür stehen und nestelte an seinem mächtigen Schlüsselbund herum.

»Was die Jungfer zu essen kriegt, ist alles von mir selber gekocht«, fing die Frau des Gefangenenwärters unvermittelt ein Gespräch an, »und alle sagen, dass ich eine gute Köchin bin«, fügte sie naiv hinzu.

Niemand reagierte darauf. Alle warteten ungeduldig, dass endlich diese schreckliche Tür geöffnet würde. Was erwartete sie dahinter?

Die ungeölten Angeln quietschten laut, und Adelheid schrak zusammen, während Ursula gequält das Gesicht verzog. Die beiden ließen dem Bruder den Vortritt ins Innere des finsteren Gelasses. Georg musste die Augen zusammenkneifen, um überhaupt etwas sehen zu können.

»Bring Licht, Weib!«, befahl der Aufseher, und seine Frau kehrte um. Was den drei Besuchern sofort auffiel, war der entsetzliche Gestank in diesem Raum.

»Oh, Gott! Es stinkt hier ja ganz grauenhaft. Kann man denn hier nicht einmal ordentlich lüften? Das hält ja kein Mensch aus!«, rief laut und angeekelt Adelheid von Ruhfeld.

»Wer hier herinnen ist, gilt nicht mehr als Mensch«, sagte Helene mit leiser Stimme. »Bist du erst einmal im Turm, gehörst du zu einer anderen Gattung von Lebewesen. Und dann spielen Gestank, Finsternis, Kälte und Feuchtigkeit keine Rolle mehr. Genauso wenig wie Hunger und Durst und die Schlaflosigkeit wegen der unzähligen Ratten.«

Die drei Besucher schnappten hörbar nach Luft. Erst als die »Köchin« mit einer brennenden Kerze in einem schmutzigen

Glasgefäß erschien, konnten Georg, Ursula und Adelheid Helene sehen. Sie mussten sich zusammennehmen, um nicht laut vor Empörung aufzuschreien.

In der hintersten Ecke auf einem dreckigen Bündel Stroh, an die Wand gekettet, lag sie, nur mit ihrem zerrissenen, beschmutzten Kleid bedeckt, ohne Schuhe und selbstverständlich ohne das große Umlegetuch, das Adelheid ihr bereits am ersten Abend geschickt hatte.

Bruder und Freundin schlossen die Unglückliche in ihre Arme, während Ursula mit Tränen in den Augen dabeistand.

Auch sie schlang anschließend die Arme um das Helen, sich mühsam ein lautes Schluchzen verbeißend.

»Haben dir die Wächter wehgetan?«, fragte Georg, aber seine Schwester schüttelte den Kopf.

»Nein, nein. Nur die Knechte des Scheible waren grob zu mir. Sie haben mich herumgeschubst und mein Kleid zerrissen. Und dem Mann, der mich zuerst in dieser Zelle so angekettet hat, dass ich mit den Füßen den Boden nicht berühren konnte, dem verdanke ich die Hautabschürfungen. Angeblich wird das bei den Hexen so gemacht, damit sie ihre Macht verlieren.«

Seltsam teilnahmslos hatte Helene das gesagt, und ihren Besuchern lief es dabei eiskalt über den Rücken.

»Hat man dich bereits dem Richter vorgeführt?«, erkundigte sich schließlich Adelheid von Ruhfeld. Dann erst bemerkte das Edelfräulein, dass sich der Wärter und das Weib immer noch im Raum befanden.

»Ihr könnt gehen. Falls wir euch brauchen, rufen wir nach euch«, sagte Adelheid mit deutlicher Schärfe in der Stimme.

Erst wollte der Mann protestieren, dann überlegte er es sich anders und ging. »Ich warte vor der Tür«, murmelte er. Seine widerstrebende Frau zog er dabei am Ärmel hinter sich her.

»Sag, Liebes, standest du schon vor Gericht?«, wandte sich Adelheid erneut an ihre Freundin.

»Ja. Heute, noch vor Morgengrauen, hat mir die Frau des Oberwärters eine Schale mit wässriger Graupensuppe gebracht. Ich wollte das Zeug zuerst nicht anrühren, aber sie hat mich beinahe dazu gezwungen. ›Iss‹, hat sie zu mir gesagt, ›sonst stehst du das erste Verhör nicht durch. Anschließend wirst du dann dem Richter vorgeführt.‹ Aber da ist mir der Appetit erst recht vergangen.«

»Mein Gott, das kann ich mir vorstellen. Schon beim Gedanken daran, in dieser ekligen Umgebung Nahrung zu sich zu nehmen, dreht sich einem ja der Magen um!«, rief Ursula aus. Sie erntete aber einen strafenden Blick von ihrer jungen Herrin.

»Unsinn. Leni, du musst dich zwingen, etwas zu essen«, redete Adelheid ihrer Freundin zu. »Sonst hältst du das wirklich nicht durch. Ich fürchte, es wird noch ein Weilchen dauern, bis wir dich loseisen können.«

Intuitiv hatte Adelheid den Kosenamen aus ihrer Kinderzeit benutzt und prompt brach die Gefangene in Schluchzen aus. Es war, als bräche ein Damm, und ihre mühsam errichtete Barrikade aus Tapferkeit zerbröckelte.

Als sich Helene wieder gefasst hatte, erzählte sie ihren Besuchern von ihrer ersten Begegnung mit dem Obersten Richter, Bertold Munzinger.

KAPITEL 16

Die Bürger der kleinen Gemeinde Reschenbach waren sehr erstaunt, anstatt ihres auf Lebenszeit gewählten Dorfoberhauptes Jakob Hagenbusch, den Andreas Sütterlin, Mitglied der Zunft der Schuhmacher, auf dessen Amtssessel sitzen zu sehen. Sütterlin gehörte dem Gemeinderat an und war ein ausgemachter Feind Hagenbuschs.

Gegner waren die beiden seit ihrer Jugendzeit. Jakob hatte doch den Andreas einst windelweich geprügelt, als er den neunzehn Jahre alten Schuhmachergesellen dabei ertappte, wie der brutal ein zehnjähriges Kind schändete.

Das bitterlich weinende Vreneli hatte Jakob förmlich unter dem wie rasend zustoßenden Sütterlin hervorziehen müssen. Der Vergewaltiger hatte die Schreie und Schläge des Gleichaltrigen gar nicht wahrgenommen; nicht zu bremsen war er in seinem ekligen Tun gewesen. Wie ein Besinnungsloser hatte er versucht, seinen Trieb an der hilflosen Kleinen abzureagieren.

Erst als Jakob ihm mit einem Holzprügel fast den Oberarm kaputt geschlagen und ihn mit Fußtritten malträtiert hatte, war er zu sich gekommen. Dann hatte es eine fürchterliche Schlägerei zwischen den beinahe gleich starken, jungen Burschen gegeben, aber Jakob Hagenbusch war schließlich Sieger geblieben.

Wie ein geprügelter Hund, mit eingeschlagenem Nasenbein, zahlreichen Blutergüssen, einem gebrochenen Arm und angeknacksten Rippen war Andreas vom Platz geschlichen – wüste Flüche und grausame Racheschwüre ausstoßend.

Damals hatten viele Leute im Dorf gedacht, der junge Hagenbusch sei weit übers Ziel hinausgeschossen. Wer war die Kleine denn schon? Nichts als der Bankert einer ledigen, unfreien Magd seines Vaters, na und?

Zwischen dem Sütterlin und dem Hagenbusch war es später zwar auf energisches Betreiben des Pfarrers zu einer oberflächlichen Versöhnung gekommen, aber verziehen hatte der Andreas dem anderen die Abreibung nie. Später waren sie als Mitglieder des Reschenbacher Gemeinderats öfter aneinandergeraten, und den Posten als Schultheiß hätte der Schuhmacher Sütterlin selber gerne gehabt, aber die Mehrheit der Dörfler hatte ihn nicht gewollt. Und jetzt hatte er es doch geschafft. Er saß auf dessen Stuhl – wenn auch vorerst nur als sein »Stellvertreter«.

Zeitgleich mit Helenes Verhaftung waren »von Amts wegen« Büttel in der Gemeindestube erschienen, ausgestattet mit einer Vollmacht des Gerichtssitzes in Ortenberg, die den Jakob »vorläufig von seinen Amtsgeschäften entband« und hatten ihn in einem gesonderten Raum »in Schutzhaft« genommen.

»Wogegen will man mich denn schützen?«, hatte Hagenbusch erbost wissen wollen, aber die Männer waren nicht befugt, ihm darüber Auskunft zu erteilen. Mittlerweile hatte er von der gewaltsamen Entführung seiner Tochter und von den gegen sie erhobenen Vorwürfen erfahren.

»Seid Ihr denn alle verrückt geworden?«, hatte er gebrüllt. »Mein Helen und eine Hex? Da sind eher die vom Teufel besessen, die so was von ihr behaupten!«

Genützt hatte es weder ihm noch dem unglücklichen, jungen Mädchen. Getobt hatte der Hagenbusch, geflucht und gebrüllt, dass es selbst bei geschlossenen Fenstern auf der Gasse zu hören gewesen war – vergebens. Er blieb »in Gewahrsam« in der kleinen, stickigen Kammer, in der man normalerweise Gesetzbücher, alte Akten, Pergament, Tinte und Federkiele aufbewahrte.

Wie es auf seinem Hof, auf den Feldern und seinen Weinbergen weitergehen sollte, interessierte niemanden.

»Du hast doch ein Weib – ganz so nutzlos wird dein Walburga schon nicht sein, nicht wahr? Und außerdem hast du einen erwachsenen Sohn. Die zwei werden es schon richten«, hatte der Sütterlin, hinterhältig grinsend, gesagt.

»Ich bin jetzt der Schultheiß hier im Ort! Was allerdings mit dir geschieht, das liegt nicht in meiner Hand, darüber werden andere befinden«, hatte er hämisch hinzugefügt.

Jakob Hagenbusch war völlig ahnunglos, dass sein langjähriger Freund – wie er glaubte –, der Graf von Ruhfeld, hinter dieser Verleumdung steckte. Hätte ihm das jemand gesagt, dann hätte er dem anderen natürlich sofort die Mine überlassen, um seiner Tochter dieses unsägliche Leid zu ersparen – jene unselige Mine, von der er im Übrigen beinahe sicher annahm, dass sie »taub« war – trotz des spektakulären Klumpens, den der Sauhirte angeschleppt hatte.

Walburga Hagenbusch war ihrem Sohn Georg wirklich keine Hilfe. Sie stand nicht mehr auf, und wenn, dann kniete sie bloß im Nachthemd vor dem Bett und betete stundenlang zum lieben HERRN JESUS, seiner jungfräulichen Mutter Maria und zu diversen Heiligen. Und der Haushalt, der nun der ordnenden Hand Helenes entbehrte, verkam innerhalb weniger Tage.

Die halb blinde Magd Gertrud kochte hin und wieder einen faden Gerstenbrei, den sie dann angebrannt auf den Tisch brachte. Die Stube fegte niemand mehr und bald lag der Dreck fast knöchelhoch, weil sich keine der anderen Mägde darum kümmerte.

Wenn der Knecht Jörgli, dessen Bein wieder in Ordnung war, nicht wenigstens regelmäßig die Kühe gemolken und auf die Weide getrieben hätte, wären die Tiere verendet.

Der Einzige, der sich nach Kräften anstrengte, war das Jaköble. Ohne den Zwölfjährigen wären die Schweine verhungert. Er ließ auch die Hühner in den Hof hinaus, damit sie sich ihr

Futter suchen konnten. Und er machte den Jungbauern Georg darauf aufmerksam, dass in den Weinbergen einiges zu tun wäre, sollte die gesamte Ernte nicht verderben.

Georg wusste nicht mehr, wo ihm der Kopf stand vor Sorge um seine Schwester und um seinen Vater. Er war dem Kleinen sehr dankbar.

›Der Bub sorgt sich um den Hof, als wär's sein eigener‹, musste er gelegentlich denken. ›Na, wer weiß, womöglich ist er ja mein Halbbruder.‹ Diesen Gedanken hatte er nicht zum ersten Mal. Da war einmal die Ähnlichkeit mit »Jakob dem Älteren«, die zunahm, je größer der Knabe wurde, sowie gewisse Charaktereigenschaften, die das Jaköble zeigte, welche eine enge Verwandtschaft mit seinem Herrn wahrscheinlich machten.

Wenn meine Schwester nicht mehr zurückkommt, sann er vor sich hin, dann mag ich auch nicht mehr hierbleiben. Dann hält mich nix mehr in der Ortenau, und in Baden auch nicht. Ganz Deutschland mit seinem Scheißkrieg und diesen ewigen Verfolgungen der sogenannten Ketzer und Hexen kann mir dann gestohlen bleiben. Ich werde auswandern, jawohl! Nach Amerika. So wie es schon viele getan haben, die es hier nicht mehr haben aushalten können vor lauter Spitzeln und Denunzianten. Sogar auf der Latrine hat die Obrigkeit ihre Augen. Die passen auf, dass auch jeder katholisch scheißt. Dann kann von mir aus das Jaköble den Hof haben.

Entsetzlich wütend und verbittert war der Georg gewesen. Bis ihm einfiel, dass ihm womöglich auf dem Schloss jemand helfen könnte.

Und nun war er hier im Hänsele-Turm und hätte vor Verzweiflung heulen können, als er seine Schwester in diesem Zustand sehen musste.

KAPITEL 17

»DER GERICHTSSAAL IST ZIEMLICH GROSS – etwa so wie der Festsaal im Schloss«, begann Helene zu erzählen. »Hinter einem langen Tisch mit brennenden Kerzen saßen ein Dutzend in Schwarz gekleidete Herren, die Richter, und in ihrer Mitte als Dreizehnter thronte der Herr Bertold Munzinger auf einem hohen Stuhl. Er ist der Stabträger, der mich schon hier im Turm besucht hat. Er heißt so, weil er den Gerichtsstab in Verwahrung hat, den er nach der Urteilsverkündung, wenn der Angeklagte schuldig gesprochen wird, auseinanderbricht. Ich habe meine Kleider anbehalten dürfen: Damit ich nicht gar so zerlumpt ausgeschaut habe, hat mir die Frau des Aufsehers, sie heißt Theresia, noch geschwind mit einer großen Nadel und einem dicken Faden den Ausschnitt meiner Bluse zusammengeflickt. Vor dem Richtertisch war ein kleines Bänkchen aufgestellt. Darauf sollte ich mich setzen«, fuhr Helene fort. »Der Munzinger war liebenswürdig, hat mich nicht geduzt, sondern mich ganz freundlich gefragt, wie ich heiße, wie alt ich bin, woher ich komme und wer meine Eltern und Geschwister sind. Das war einerseits recht merkwürdig, denn er weiß das ja schon alles. Dann hat er wissen wollen, ob ich wüsste, warum man mich gefangen hält. Da habe ich beinahe lachen müssen.

›Aber Herr Munzinger‹, habe ich gesagt, ›Ihr selbst wart doch gleich in der ersten Nacht bei mir und habt davon gesprochen.‹

Aber er hat getan, als verstehe er mich nicht und hat seine Frage wiederholt. Darauf habe ich geantwortet, dass ich wisse, dass fünf Menschen, die ich persönlich kenne, behaupten, mich bei verschiedenen Übeltaten gesehen zu haben.

›Aber das sind lauter Lügen und außerdem ein großer Blödsinn, den die da über mich erzählen, Herr Munzinger‹, habe ich hinzugefügt.

Darauf wurde einer der anderen Herren sehr böse auf mich und hat mich angeschrien: ›Elendes Hexenweib, was unterstehst du dich? Den sehr ehrenwerten Obersten Richter hast du gefälligst mit ›Euer Ehren‹ anzusprechen und außerdem steht es einer wie dir gewiss nicht zu, darüber zu befinden, was Lüge und was Blödsinn ist!‹«

Adelheid rang die Hände, Ursula wurde leichenblass, und Georg knirschte mit den Zähnen, als er seiner Schwester zuhörte.

»›Fangen wir mit dem ersten Fall an‹, hat der Richter dann gemeint und lang und breit vorgelesen, was die alte Sofie Bleile und die Agnes Mürfelder angegeben hatten. ›Sie haben euch beide gesehen, wie ihr beim letzten Vollmond auf dem Kandel auf dem Hexentanzplatz wart. Zusammen mit vielen anderen, deren Namen wir ebenfalls noch erfahren werden, habt ihr dort mit dem Teufel getanzt.‹

Ich war fast ein wenig ärgerlich.

›Und wie, bitte schön, Euer Ehren, hätt ich auf den Berg gelangen sollen? Der Kandel liegt bekanntlich nicht gerade vor meiner Haustür.‹

›Was fällt dir ein, du freches Satansluder?‹, schrie mich daraufhin einer der Richter an, und als ich ihn erstaunt ansah, machte er mit den Fingern das Zeichen wider den bösen Blick gegen mich und rief aus: ›Ich habe keinerlei Zweifel, dass sie eine Hexe ist! Bemerkt Ihr nicht ihre teuflischen Augen, Ihr Herren?‹

Der Munzinger gab dem Schreiber, einem verschrumpelten Männchen, das seitlich an einem separaten Tisch hockte, einen Wink, und der nahm eilfertig den Federkiel zur Hand, tunkte ihn ins Tintenfass und schaute auf den Richter.

›Nehmt zu Protokoll, Herr Schreiber, dass die Jungfer Helene Hagenbusch, Tochter des Schultheiß Jakob Hagenbusch und seiner Ehefrau Walburga aus Reschenbach, leugnet, jemals auf dem Kandel, dem uralten Tanzplatz aller Hexen unserer Gegend, gewesen zu sein. Sie leugnet ferner, auf selbigem mit dem Satan getanzt zu haben. Ist das richtig so, Jungfer Helene?‹, fragte er mich ganz freundlich.

›Natürlich, Euer Ehren. Was sollte ich denn da? Ich war mein Lebtag noch nicht auf dem Kandel. Und welcher vernünftige Mensch möcht schon mit dem Teufel tanzen? Die Sofie und die Agnes gewiss auch nicht. Sie sind nimmer die Jüngsten und haben nicht mehr die kräftigsten Beine und den nötigen Schnaufer, um auf den Berg zu gelangen. Und gescheit sehen tun die zwei auch nimmer.‹

Aber dem Munzinger hat das natürlich nicht gereicht.

›So, so. Schlechte Augen sollen die Weiber – übrigens überführte und geständige Hexen – haben? Dann haben sie wohl auch nicht gut gesehen, als sie uns haargenau beschrieben haben, dass Ihr, Jungfer Helene (wobei er das ›Jungfer‹ ganz spöttisch betont hat), nicht nur getanzt habt mit dem Gottseibeiuns, sondern noch ganz andere Dinge mit dem in Gestalt eines geilen Ziegenbockes erscheinenden Satan, getrieben habt?‹, wollte er wissen.

›Was denn für Sachen?‹, fragte ich entsetzt. ›Ich weiß von keinem Leibhaftigen und keinem Ziegenbock.‹

›Ihr habt ihm den After zum Zeichen Eurer Unterwerfung unter seinen Willen geleckt. Mit diesem Teufelskuss schließt die Hexe bekanntermaßen ein Bündnis mit dem Bösen. Sie schwört damit ihrem christlichen Glauben ab und ergibt sich ganz dem Herrn der Finsternis‹, hat mich der Munzinger auf einmal angeschrien.

›Dummes Zeug!‹, habe ich unwillkürlich ausgerufen, und

gleich darauf hat mir ein Knecht des Henkers Scheible, derselbe, der mir daheim zwischen die Schenkel gegriffen und dem ich deswegen ins Gesicht gespuckt habe, eine Ohrfeige gegeben, dass ich beinahe von meinem Armesünderbänklein gekippt wäre. Dabei grinste der Kerl mich an.

›Werd nicht frech, Hexenfotz!‹, hat er mir zugeflüstert. ›Wir zwei haben noch eine Rechnung offen.‹

Als er wieder ausholte, um mir noch eine Maulschelle zu verpassen, hat ihm der Oberste Richter Einhalt geboten. ›Es genügt‹, hat er gemeint, ›die Angeklagte wird mit der Zeit noch lernen, sich anständig vor Gericht zu betragen.‹

Es war ganz schrecklich: Die alte Bleile und die Mürfelderin waren mir nie übel gesinnt – im Gegenteil, die beiden alten Frauen waren mir dankbar, wenn ich ihnen einen Tee gegen ihre Schlaflosigkeit oder eine Salbe gegen das Gliederreißen gegeben habe. Aber jetzt haben sie behauptet, diese Salbe wäre eine Hexensalbe gewesen. Damit hätten wir uns eingeschmiert, um auf Ofengabeln durch die Luft reiten und zum Kandel fliegen zu können. Sie selber hätten es bereits viele Dutzend Male getan, aber seit etwa fünf Monaten wäre auch ich bei jedem Vollmond dabei gewesen.

Ich war so verzweifelt, als ich das gehört habe, dass ich recht unüberlegt ausgerufen habe: ›Was müsst Ihr mit den armen Alten angestellt haben, dass sie so was ausgesagt haben? Ich denke, man hat die Weiber so lang gefoltert, bis sie schließlich bereit waren, solche scheußlichen Ungeheuerlichkeiten von sich zu geben.‹

›Jawohl! Ungeheuerlichkeiten sind es, welche man Euch zur Last legt, Jungfer Helene …‹, hat einer der Richter angefangen, aber ich habe ihn gar nicht ausreden lassen: ›Wenn man *Euch* die Knochen bräche, würdet Ihr auch alles Mögliche gestehen – sogar, dass Ihr Eure eigene Mutter zersägt habt! Unter der grausamen Folter könnt Ihr sogar dem Frömmsten jedes beliebige Geständnis abringen. Das müsste einem doch der Verstand sagen, so man einen hat.‹

Darauf gab der Oberste Richter dem brutalen Kerl, der neben mir stand, ein Zeichen, und der versetzte mir einen Schlag an die Schläfe, dass ich besinnungslos von der Bank gefallen bin.

Als ich wieder bei mir war, schaute mich der Munzinger gar nicht so böse an. Ganz leutselig hat er gesagt: ›Liebes Kind, Ihr müsst langsam lernen, Euch zu benehmen – sonst, ich schwör's bei GOTT, werdet Ihr solche Prügel von unserem guten Fridolin beziehen, dass wir uns die Folter bei Euch sparen können.‹

Und alle Herren haben darüber furchtbar gelacht – am meisten besagter Fridolin.«

»Du lieber Heiland! Das ist ja alles ganz schrecklich!«, rief Adelheid entsetzt aus.

»Wie ist es weitergegangen?«, wollte nach einer Weile ihr Bruder wissen.

»Der Munzinger hat mir gesagt, dass die Sofie Bleile und die Agnes Mürfelder gesehen haben, wie ich mit dem höllischen Ziegenbock geschlechtlichen Umgang gehabt habe. Und diese Todsünde wäre der Beweis, dass ich eine Hexe bin. Jede, die solches tut, sagt sich vom christlichen Glauben und der heiligen Kirche los.«

»Und was hast du darauf geantwortet?«, fragte Adelheid seltsam aufgeregt.

»Nichts habe ich gesagt, bloß den Kopf geschüttelt. Ich hatte Angst, dass der Fridolin wieder zuschlägt. Weil ich angeblich so verstockt war und nicht gestanden habe, hat man mich über eine Wendeltreppe in den Folterkeller des Martin Scheible geführt.

Der hat mich offensichtlich schon erwartet und mir seine herrlichen ›Instrumente der Wahrheitsfindung‹ – wie er sie genannt hat – genauestens vorgeführt. Ich war aber so durcheinander, dass ich gar nicht so genau darauf geachtet habe. Dazu gab er die nötigen Erklärungen über deren Wirkungsweise ab und meinte dann: ›Jeder war bisher von meinen Werkzeugen, von denen einige meine ureigenen Erfindungen sind, wie ich bescheiden anmerken möchte, sehr beeindruckt. Die Herren Richter ebenso wie der Vogt, der Geistliche und der Schreiber. Aber am meisten natürlich die Delinquenten!‹ Dann hat er gegrinst.«

»Hör gut zu, Leni«, sagte Adelheid fast feierlich und fragte dann: »Kannst du mir auf Ehre und Gewissen versichern, dass du noch Jungfrau bist?«

»Aber das weißt du doch, Heidi. Ich schwör's bei meiner ewigen Seligkeit.«

Auch die Gefangene benutzte den Kosenamen aus ihren gemeinsamen Kindertagen.

»Ich glaube dir. Versuche unter allen Umständen, es auch zu bleiben. Falls einer der Wächter – ein Scherge des Henkers oder der Scheible selbst – Anstalten macht, dir Gewalt anzutun, wehr ihn ab, so gut es geht, Leni. Lüg den Kerlen meinetwegen vor, du hättest die Franzosenkrankheit – dann lassen sie dich bestimmt in Ruhe.«

»Woher kennt *Ihr* denn diese Krankheit, diese Strafe GOTTES für sündhaftes Treiben, Fräulein?«, erkundigte sich Ursula verblüfft.

»Weil ich meine Augen und vor allem meine Ohren aufsperre, wenn über Krankheiten gesprochen wird. Wie viele wissen, befassen das Helen und ich uns mit allen möglichen Leiden und den Möglichkeiten, sie zu heilen. Aber das ist jetzt nicht wichtig. Wichtig ist nur, dass du deine Unschuld nicht verlierst, Leni. Wenigstens nicht eher, bis ich dir einen Arzt und eine Hebamme ins Gefängnis geschickt habe, um sie bestätigen zu lassen, dass du noch unberührt bist.«

Georg, war kein Dummkopf, er hatte sofort begriffen.

»Aber natürlich! Mit einem solchen Gutachten hätten es die Hexenrichter schwer, meiner Schwester fleischlichen Umgang mit dem Teufel vorzuwerfen. Wie ein Kartenhaus müsste dann diese geradezu lächerliche Anklage in sich zusammenfallen.«

Helene Hagenbusch leuchtete diese Argumentation ebenfalls ein, und auch Ursula war fast überzeugt, obwohl sie noch Zweifel hegte, ob es wirklich so einfach sein würde, das Gericht von Helenes Unschuld zu überzeugen. Denn es war bisher so gut wie nie vorgekommen, dass eingekerkerte »Hexen« als schuldlos freigelassen wurden …

Adelheid gab ihrer Freundin den Inhalt des Korbs, und schweren Herzens, aber doch mit einem kleinen Funken Hoffnung verließen die drei schließlich den Hänsele-Turm – nicht ohne dass Adelheid dem Aufseher und seinem schmuddeligen Weib eine stattliche Summe Geld in die schmutzigen Hände gedrückt hatte.

Erst als sich die Gräfin mit ihren bewaffneten Begleitern wieder auf dem Rückweg befand, sagte sie: »In einem solchen Fall darf man nicht am falschen Fleck sparen. Diese Theresia und ihr scheeläugiger Gatte – ich glaube, sie hat ihn ›Ewald‹ genannt – werden sich jetzt bestimmt zurückhalten, wenn es darum gehen sollte, dem Helen etwas anzutun. Das Weib hat mir sogar ganz leise versprochen, demnächst die unsagbar verdreckte Streu aus dem Loch zu entfernen und durch frisches Stroh zu ersetzen. Das allein ist das Geld schon wert gewesen.«

KAPITEL 18

LEICHTFÜSSIG, WIE ES SEINEM jugendlichen Lebensalter von gut dreiundzwanzig Jahren entsprach, sprang Hasso von Ruhfeld die steilen, hölzernen Stiegen zur Kammer seines Vaters im Gasthof *Zum Goldenen Stern* hinauf. Er wäre froh gewesen, das Gespräch bereits hinter sich zu haben – gedachte er doch das Thema »Helene« anzuschneiden, von dem er nur zu gut wusste, dass sein Vater daran kein besonderes Interesse hatte.

Und das war vermutlich noch ziemlich untertrieben. Der junge Graf hatte genau gemerkt, wie verärgert der alte Edelmann über die Bestrebung seines Sohns gewesen war, für Helene alles andere stehen und liegen zu lassen. Innerlich hatte sich der junge Mann daher schon auf eine heftige Auseinandersetzung vorbereitet.

Zuerst ging es natürlich um die Finanzen. Zu Hassos heimlicher Überraschung war sein in manchen Dingen strenger Vater aber mit dem Verhandlungsgeschick seines Sohnes sehr zufrieden

»Besser hätte ich es auch nicht gekonnt. Mehr konntest du nicht erreichen, Hasso. Ich bin froh über diese Konditionen, die wir erhalten haben von diesen schlauen Füchsen. Die Sicherheit, welche wir angeboten haben, die angeblichen Erträge aus einer Silbermine, müssen ja erst noch realisiert werden. Umso besser, wenn die Fugger sich darauf eingelassen haben.«

Das war alles, was Ferfried zu den Rückzahlungsbedingungen des Kredits über die stolze Summe von 200 000 Gulden äußerte. Die Hälfte davon waren Wechsel des Bankhauses Fugger, bei einem Viertel handelte es sich um Schuldverschreibungen und den Rest – 50 000 Gulden – führte Hasso in einem Sack in bar mit sich, den er nun seinem Vater aushändigte.

»Warum habt Ihr Euch eigentlich nicht an Euren sonstigen Geldgeber gewandt, Vater?«, fragte er. »Üblicherweise tätigt Ihr alle Geldgeschäfte über Herschel Grünbaum, Euren Schutzjuden in Reschenbach. Seid Ihr nicht mehr zufrieden mit ihm?«

»Oh, doch. Schon seit dreißig Jahren leistet mir der Grünbaum gute Dienste. Nein, unzufrieden bin ich mit dem Juden überhaupt nicht – im Gegenteil. Der Herschel und seine Söhne David und Saul sind kluge, gewissenhafte und vor allem ehrliche Geldverleiher; ehrlicher als manch andere der christlichen Wucherer. Aber ich halte es nicht für gut, nur mit einer einzigen Bank Geschäfte zu tätigen. Ich habe Kredite vom Grünbaum und jetzt den Riesenbatzen von den Fuggern – und einer weiß nichts vom anderen. Das ist besser für die zukünftige Kreditwürdigkeit, verstehst du? Und außerdem ist da noch etwas.« Ferfried winkte seinen Sohn näher zu sich heran. »Hör zu, aber behalte es für dich, ja? Je länger der Krieg dauert, umso erbitterter werden die Auseinandersetzungen zwischen der katholischen und der protestantischen Seite wüten. Und die Auswüchse eines unerbittlichen Katholizismus werden, was etwa die sogenannten ›Ketzer‹ betrifft, immer rabiater ausfallen. Wenn du mir nicht glaubst, frag Pater Ambrosius.

Wen die Kirche schon längst im Visier hat, sind die Juden. Sie wird man, wenn die Protestanten zu mächtig werden – und danach schaut es doch in der Tat aus –, als geeignete Opfer zur Schlachtbank führen oder auf den Scheiterhaufen verbrennen. Man wird alles, was man den Hexen an Freveltaten vorwirft, den Satanskult, die Hostienschändungen, den Mord an Ungetauften und so weiter in Zukunft den Juden anhängen, um sie ohne Gewissensbisse massakrieren zu können.«

»Aber Vater, findet Ihr das nicht ein wenig übertrieben?«, wollte Hasso wissen.

»Der Graf hat vollkommen recht.«

Ohne dass es die beiden bemerkt hatten, war Pater Ambrosius ins Zimmer getreten. »Die Juden sind die am besten geeigneten Opfer, die man sich denken kann. An Anzahl zu gering, um sich wirkungsvoll zur Wehr setzen zu können, außerdem ohne Rückhalt in der Bevölkerung. Leben sie doch abgeschottet in ihren Ghettos und sind ein Rätsel für jeden aufrechten Christenmenschen, mit ihren seltsamen Gebräuchen und merkwürdigen Speisegeboten. Außerdem glauben sie nicht an Jesum Christum, seine jungfräuliche Mutter und unsere katholischen Heiligen. Das macht sie sehr verdächtig. Und nicht zuletzt sind sie aufgrund ihrer Klugheit und ihres Fleißes meistens reiche Leute – und das erweckt den Neid ihrer christlichen Nachbarn. Was liegt also näher, als sie zu verleumden und damit wirkungsvoll auszuschalten?«

»Hm. Ja, ich denke Ihr habt nicht so unrecht damit, Pater«, sagte der junge Graf. »Auf dem Ritt, kurz vor Augsburg, sind meine Begleiter und ich Zeugen einer sehr unerfreulichen Szene geworden. Ein paar Bauern erschlugen auf einer Wiese beinahe einen jüdischen Händler. Als meine Männer und ich eingegriffen haben, wussten sie als Grund für ihre brutale Attacke nur anzugeben, dass angeblich irgendwo, irgendwann Juden ein christliches Kind getötet haben sollen, um dessen Blut zu trinken. Sie wollten an diesem harmlosen Mann, den sie an seiner Kleidung und Barttracht als Angehörigen dieser ›ungläubigen Satansdiener‹ erkannten, die Bluttat rächen. Sie waren auch gar nicht einsichtig und haben sich unsere Einmischung strikt verbeten. Erst als ich ihnen fürchterliche Prügel angedroht habe sowie eine empfindliche Geldstrafe, für welche ich zu sorgen versprach, waren sie bereit, nicht nur von dem einen Hebräer, sondern von allen seinen Glaubensbrüdern in Zukunft abzulassen. Aber ich möchte schwören, dass sie sich einen Teufel um ihr Versprechen scheren werden. ›Christusmörder‹ haben sie ihm zum Abschied hinterhergerufen – was sie uns geheißen haben, als wir um die nächste Ecke gebogen waren, möchte ich gar nicht wissen.«

Eine kurze Stille trat ein. Hasso räusperte sich, dann nahm er seinen Mut zusammen und sagte: »Vater, ich hätte noch etwas mit Euch zu besprechen.«

Doch wieder mischte der Benediktiner sich ein. »Euer Vater weiß, wovon Ihr zu reden wünscht, junger Herr. Und ich versichere Euch, er hat dafür Verständnis.«

Nun war Hasso doch einigermaßen verblüfft. Geschwind wandte er sich zu Herrn Ferfried, um dessen Gesichtsausdruck zu prüfen; was er sah, schien die Worte des Paters zu bestätigen. Der Graf von Ruhfeld nickte, hüstelte ein bisschen, schien nach den richtigen Worten zu suchen und meinte dann: »Ich sollte dich nicht tadeln dafür, dass du dich für das arme Mädchen einsetzen möchtest – im Gegenteil. Es zeugt von deinem guten Charakter und edlem Gemüt, wenn du dich wehren willst gegen Ungerechtigkeit und Willkür. Ich unterstütze dich voll und ganz. Und das meine ich so ernst, dass ich ein Schreiben aufsetzen werde, um dir die Verhandlungen mit den Ortenberger Amtspersonen zu erleichtern. Nicht, dass ich glaube, du selber könntest dich nicht durchsetzen, aber ich bin noch der Herr auf Ruhfeld und genieße mehr Autorität als du, mein Sohn. Und das könnte einiges beschleunigen.«

»Und genau darum geht es: Um rasches Handeln«, fügte der Mönch hinzu. »Jeder Tag ist wichtig – wir wissen doch nicht, wie schnell sie dieses unglückliche Wesen vor Gericht stellen und mit ihren abartigen Verhörmethoden beginnen werden.«

Hasso von Ruhfeld hatte jegliche Farbe verloren und schnappte hörbar nach Luft.

»Und darum werde ich jetzt zwei Edelknechte mit einer Botschaft an den Obersten Richter in Ortenberg und an den zuständigen kaiserlichen Landvogt schicken. Darin bitte ich – denn befehlen kann ich den Richtern und den Herren, die dem Bischof von Straßburg unterstehen, nichts – die Verhandlungen gegen die Jungfer Hagenbusch im Augenblick ruhen zu lassen. Man soll sie weder ›gütlich‹ noch ›peinlich‹ befragen, noch ihr sonst irgendwelchen Tort antun, ehe mein Sohn, der zukünftige Graf von Ruhfeld, mit neuen Vorschlägen, besagte Jungfer betreffend, erscheinen wird. In der Zwischenzeit sollte Helene Hagenbusch in ihrem Kerker jeden Besuch empfangen dürfen, den sie zu sehen wünscht. Nun, bist du jetzt mit mir zufrieden?«, wollte der alte Edelmann endlich wissen.

»Aber natürlich, Vater«, rief Hasso erleichtert aus. »Aber wäre es denn nicht möglich, gleich zu verlangen, dass man sie freilässt?«

»Unmöglich, mein Sohn. Wie gesagt, ich habe in diesem Fall keinen direkten Einfluss auf das Gericht, welches im Namen des Bischofs von Straßburg seine Aufgabe erfüllt.«

»Könnte ich dann vielleicht sofort nach Baden reiten und nach dem Rechten sehen, Vater? Ihr könntet mich doch entschuldigen und …«

»Nein, das geht nicht«, erwiderte Graf Ferfried fest, und um die Enttäuschung des Sohnes etwas zu mildern, fügte er hinzu: »Der Kurfürst von Bayern hat mir eben die Botschaft überbringen lassen, dass er dich unbedingt zu sehen wünscht, Hasso. Es ist eine große Ehre, die nähere Bekanntschaft Maximilians machen zu dürfen. Wie dir bekannt ist, ist der Herzog einer der besten Freunde des Kaisers. Womöglich hat der mächtige Kurfürst tatsächlich eine Aufgabe für dich, bei der du dich als Held beweisen kannst. Ich möchte dich nur ganze zwei Tage in Regensburg dabeihaben, mein Sohn. Danach kannst du meinetwegen heimreiten, während ich noch etwa eine bis zwei Wochen hierbleibe.«

Der innere Widerstand des jungen Mannes war deutlich an seiner Miene abzulesen, aber er schwieg und unterwarf sich der Autorität des Älteren. Dieser beugte sich jetzt vor zum Ohr seines Sohnes und flüsterte ihm zu: »Bereits am zweiten Tag meiner Reise hierher habe ich einen Boten mit einem Schreiben an Bischof Leopold geschickt. Darin habe ich ihn schonend darauf vorbereitet, dass er damit rechnen müsse, in Kürze zwei weibliche Personen aufzunehmen, die sich unter seinen Schutz begeben möchten. Eine davon sei meine Tochter Adelheid und bei der anderen handele es sich um deren liebe Freundin, eine irrtümlich als Hexe verleumdete junge Frau, für deren Ehrbarkeit und Schuldlosigkeit ich mich jedoch verbürge.«

»Aber Vater, der Bischof …«

»Ich weiß, was du sagen willst, aber vertrau mir, mein Sohn. Der hohe Herr ist mir seit Langem einen Gefallen schuldig, und um diesen bitte ich ihn jetzt. Der Bruder des Kaisers wird davon nicht erbaut sein, aber darauf kann ich keine Rücksicht nehmen. Außerdem wollen wir doch eines nicht vergessen: Bischof Leopold ist – allerdings um viele Ecken herum – ein Verwandter deiner und Adelheids verstorbener Mutter.«

Das hatte Hasso bisher nicht gewusst. Darüber hinaus zeigte ihm seines Vaters Vorsorge, dass dieser nicht recht daran glaubte, Helene mit friedlichen Mitteln aus dem Kerker befreien zu können. Im Gegenteil, der Graf schien mit einer gewaltsamen Befreiungsaktion zu rechnen …

KAPITEL 19

»ICH VERSTEHE EURE AUFREGUNG NICHT, meine Herren. Dieser Prozess ist ein ganz normales Verfahren. Aber nicht nur der *Hexenhammer* wird mich leiten, sondern auch die Schrift *Über die Geständnisse der Zauberer und Hexen* von einem Doktor der Theologie, namens Peter Binsfeld, der außerdem Weihbischof in Trier ist. Darüber hinaus steht dem Gericht das Hexenwerk eines gelehrten Jesuitenpaters mit Namen Martin Del Rio zur Verfügung. Alle diese Kapazitäten halten es für unbestreitbar, dass jedwede Art Zauberei – wie man sie der Hagenbusch vorwirft – nur mit Hilfe des Teufels möglich ist. Der Teufel gewährt seine Hilfe nur auf Grund eines Vertrages mit der Hexe, der entweder ausdrücklich oder stillschweigend zustande kam. Dafür fordert der Satan die Seele der Hexe als Gegenleistung. Und solche Hexen müssen wir aus unserer Christengemeinde entfernen. Weshalb sollte ich jetzt eine Ausnahme machen? Nur weil Graf Ruhfeld einen Brief aus Regensburg geschickt hat?«, sagte der Oberste Richter Bertold Munzinger gereizt zu seinen drei Besuchern.

Es waren dies der Landvogt, Herr Maximilian Veigt, der Schlossvogt des Grafen Ruhfeld, Anselm von Waldnau, sowie der hochwürdige Herr Ingo Hasenauer, Pfarrer in Reschenbach.

Die drei saßen ein wenig bedrückt vor ihm und rutschten verlegen auf den Sitzflächen ihrer Stühle herum.

»Mich hat nur zu interessieren, dass erstens Zeugen vorhanden sind, die zweitens die Angeklagte bei fluchwürdigem Tun beobachtet haben und die drittens bereit sind, das vor Gericht zu beschwören. Alle drei Punkte sind erfüllt, meine Herren. Es gibt nicht nur zwei oder drei Augenzeugen, sondern in diesem besonderen Glücksfall sogar deren fünf. Die Machenschaften der Beschuldigten sind nicht nur verabscheuungswürdig, sondern primo gegen unseren heiligen Glauben und secundo zum Schaden gegen ihre Mitmenschen gerichtet gewesen; und terzio sind sämtliche Zeugen willens, ihre Angaben vor uns Richtern zu beeiden.

Das Schreiben des Grafen Ruhfeld mit der Bitte um Aufschub des Verfahrens kann ich beim besten Willen nicht verstehen. Es gibt keinen Grund für eine Verschleppung des Prozesses. Denn es ist alles vorhanden, was ich zu einem Malefiz-Prozess brauche. Wie sollte ich unserem Herrn, dem hochwürdigen Herrn Bischof Leopold, dieses Abweichen von der üblichen Verfahrensweise erklären?

Wie Ihr zu den Denunziationen gekommen seid, ist nicht meine Sache. Das habt Ihr vor Eurem eigenen Gewissen zu verantworten.«

Bei der letzten Bemerkung liefen die Köpfe der Herren dunkelrot an.

»Lasst uns doch gütlich miteinander verhandeln«, versuchte es Pfarrer Hasenauer. Am liebsten hätte er sich selbst geohrfeigt. Wie hatte er nur so töricht sein und sich auf das Gerede vom Schlossvogt verlassen können?

Es stimmte ja, der Hannes Leiblein war von Geburt an ein Idiot. Und diesen hatte er gegen die Freundin der jungen Gräfin aussagen lassen – und alles nur, weil der Schlossvogt ihm geschworen hatte, Graf Ferfried wünsche den Schultheiß Hagenbusch wegen einer Silbermine zu übertölpeln.

Würde man dessen Tochter Helene die Hölle heißmachen, wäre dies der beste und schnellste Weg dazu, weil der Jakob das Mädel über alles liebe. Der Schultheiß würde sofort klein beigeben und die Geschichte mit dem Helen wäre im Nu ausgestanden, weil dann alle Zeugen »umfallen« und behaupten würden, sie hätten sich getäuscht.

Der Verwalter von Ruhfeld, Anselm von Waldnau, ergriff jetzt das Wort: »Euer Ehren, habt doch ein Einsehen mit meiner Situation. Der Graf ist mein Gebieter. Was hätte ich denn tun sollen? Mein Herr hat verlangt, dass ich den Jakob Hagenbusch in die Knie zwinge – und das möglichst rasch. Und da hatte ich den unseligen Einfall, ein paar Leute zu finden, die unter Umständen bereit wären, gewisse Angaben …«

»Was?«, brüllte der Munzinger, »Ihr wollt mir doch nicht etwa zu verstehen geben, dass Ihr die Zeugen bestochen habt?«

Der von Waldnau geriet ins Stottern. »Nein! Ja. Nein, nicht so direkt, wie Ihr das ausdrückt. Es war eher ein …«

»Das wird ja immer schöner. Haltet Ihr das Gericht zum Narren? Und weil jetzt Euer Herr wieder anderen Sinnes ist, sollen wir die Gesetze aushebeln? Das kommt nicht infrage. Wie Ihr mit Eurem Herrn, dem Grafen Ruhfeld zurechtkommt, ist Eure Sache. Mein Gebieter ist er nicht – das ist der hochwürdige Herr Bischof Leopold von Straßburg. Und nur ihm allein bin ich verantwortlich.«

Anselm von Waldnau – sonst nicht leicht um Worte verlegen – war jetzt eingeschüchtert und hielt den Mund. Maximilian Veigt, Herr der Landvogtei der Ortenau und damit quasi der Stellvertreter des Bischofs, hatte bis jetzt geschwiegen. Nun räusperte er sich und meldete sich dann gleichfalls zu Wort.

»Wir wollen nichts übereilen, meine Herren. In Anbetracht der Brisanz des Falles, heißt es gut überlegen.« Und mit schlauem Blick fuhr er fort: »Ohne fremde Ohren, ganz unter uns: Die Zeugen sind gekauft und haben gelogen. Das Mädchen ist unschuldig. Der Graf seinerseits signalisiert Rückzug. Wie er sich mit dem Hagenbusch einigt, geht uns nichts an. Ergo: Wir lassen am besten die Sache im Sande verlaufen, und nach einer gewissen Frist, innerhalb der das Gericht behauptet, Beweise und Gegenbeweise zu sammeln, lassen wir die Jungfer ohne Aufsehen wieder gehen. Dann hat die Geschichte ein Ende.«

»Bravo, Herr Landvogt; das ist ein Vorschlag zur Güte«, rief der Pfarrer, und auch der von Waldnau nickte erleichtert.

»Nichts da. Kommt gar nicht infrage«, wehrte vehement der Munzinger ab. »Ob man den Zeugen für ihre Aussagen Geld geboten hat, ist für mich nicht von Belang. Und ob sie alle fünf gelogen haben, bezweifle ich doch sehr. Aber auch das wird das Gericht herausfinden. Wir lassen sie alle foltern und dann werden wir ja sehen, ob sie die Wahrheit gesagt haben oder nicht.«

»Ach, du lieber Himmel«, entfuhr es unbedacht dem gräflichen Vogt, »unter der Folter werden die Kerle und die Weiber alles sagen, was Ihr hören wollt.«

»Was wollt Ihr denn damit andeuten, mein Guter?« Unheil verkündend richtete der Oberste Richter seinen giftigen Blick auf den Schlossvogt. Der wurde ganz grün im Gesicht und wusste nicht, was er antworten sollte.

»Ni… ni… nichts«, stotterte der nach einer Weile.

Zum Glück sprang ihm der Pfarrer bei. »Herr Anselm wollte niemandem etwas unterstellen und keinen beleidigen. Er hat nur sagen wollen, dass das ganze Prozedere mit dem Befragen und dem Torquieren unnötig ist, wenn wir doch wissen, dass die angeblichen Zeugen gar nichts gesehen haben.«

»Ja, das stimmt, das wollte ich sagen«, beeilte sich der Schlossvogt zu bestätigen, aber der Munzinger achtete nicht mehr auf ihn.

»Gar nichts weiß ich, meine Herren, außer dem, was ich zu Anfang gesagt habe. Der Prozess ist im Übrigen bereits eröffnet. Ich kann also gar nicht mehr so tun, als wäre nichts. Nach meinem Dafürhalten ist die Hagenbusch eine Hexe, und eine ganz abgefeimte noch dazu. Ich bedaure, meine Herren, dass

Ihr Euch ganz umsonst die Mühe Eures Erscheinens gemacht habt.«

Damit war die Audienz beim Obersten Richter des »Malefizprozesses«, wie das Verfahren gegen Zauberer und Hexen allgemein genannt wurde, abrupt beendet. Wie getadelte Schuljungen machten sich die drei Herren auf den Weg nach Hause, wobei der Landvogt ganz besonders über die überhebliche Art des Munzingers verärgert war. Diese Abfuhr nahm er ihm persönlich übel.

Anselm von Waldnau ritt zum Schloss zurück, wo er fluchen konnte, so viel er wollte. Ja, er würde noch ein Übriges tun, nämlich sich heute Abend ordentlich besaufen. Mit mehreren Krügen Wein würde er diesen Tag beschließen, der schon morgens mit der Ankunft zweier Edelknechte seines Herrn aus Regensburg, mitsamt dessen Botschaft, vertrackt genug begonnen hatte.

»Erst verspricht mir der Herr, dass ich nach Gutdünken verfahren kann, damit er seine elende Mine bekommt und jetzt soll ich alles wieder zurücknehmen, weil es ihm so in den Kram passt«, murmelte er wütend vor sich hin.

Um sich abzureagieren, rief der Vogt barsch nach einer besonders hübschen, jungen Magd, der er ohne weitere Umstände die Röcke hob, nachdem er sie umgedreht und unsanft gegen eine Truhe in seinem Zimmer gedrückt hatte.

Er nahm das Mädchen gleich im Stehen, um nicht unnötig Zeit zu verlieren. Ohne jede Zärtlichkeit drang der bereits stark Angetrunkene hart in sie ein, wobei ihr zaghaftes Wehgeschrei ihn nicht bekümmerte.

»Sei jetzt still und halt dich ruhig!«, raunzte er die Arme an und stieß zu, so fest er konnte. Zum Glück für die Magd war er im Nu fertig. Momentan erleichtert, aber trotzdem unbefriedigt, schickte er sie gleich darauf wieder weg.

Unnötig Zeit verstreichen zu lassen, war auch nicht die Absicht Bertold Munzingers. Der Oberste Richter war nicht gewillt, sich durch irgendwelche dubiosen Winkelzüge sein Opfer entreißen zu lassen. Er war von den Hexenkünsten des Mädchens überzeugt und würde diesen Prozess führen – den ersten nach drei langen Jahren –, so wie es die Vorschrift gebot.

Das Interessante daran war diesmal, dass es sich nicht um ein primitives, ungebildetes Weibsbild handelte, das zu dem größten Unsinn Ja und Amen sagte und das, wenn der Richter es verlangte, auch dreimal seine Aussage änderte. Und alles im Bestreben, es ihm, Bertold Munzinger, recht zu machen und aus Angst vor der Folter ...

›Allein das ist schon ungeheuerlich, dass das Bauernmensch über diesen enormen Bildungsstand verfügt. Angeblich hat sie zusammen mit der Grafentochter, diesem impertinenten Fräulein Adelheid von Ruhfeld, Unterricht genossen. Was hat sich der Graf dabei bloß gedacht?‹, fragte sich der Richter wütend. Seit wann ist es von Vorteil, wenn Weiber zu viel wissen?

Er wollte noch heute kurzfristig einen Gerichtstermin anberaumen. Je mehr Tatsachen er schaffen konnte, desto schwieriger würde es für den Grafen sein, die Tochter des Schultheißen vor den bereits sicheren Flammen zu retten.

Er brauchte diesen Prozess unbedingt für die nächste Stufe auf seinem Weg nach oben. Es sollte niemand glauben, er halte es für erstrebenswert, sein ganzes Leben in dieser absolut langweiligen Ortenau zu verbringen.

Munzinger strebte schon lange nach Höherem, und eine Stelle als unabhängiger, nur Seiner Majestät dem Kaiser unterstellter Richter in der Hauptstadt Wien fand er durchaus angemessen – zur Not gab er sich auch mit der bayerischen Residenzstadt München zufrieden.

›Alles ist besser als dieses Ortenberg, wo sich Füchse und Hasen gute Nacht sagen‹, dachte er verdrießlich.

»Wenn je ein Weib eine wirkliche Hexe war, dann diese sogenannte Jungfer Helene«, murmelte er vor sich hin. »Und damit sie sich an diesen Gedanken gewöhnt, werde ich sie wieder, wie beim ersten Mal, rücklings in den Gerichtssaal zum Verhör führen lassen, damit das Hexenluder uns Richter nicht mit ihrem bösen Blick verzaubern kann.«

›Am besten wäre es allerdings, ich könnte ihr gleich heute das Geständnis abpressen, eine Teufelsbuhle zu sein. Mit der nötigen Hinterlist müsste mir das gelingen‹, sann Munzinger vor sich hin und kicherte.

›Jawohl, das Leben werde ich ihr versprechen, wenn sie geständig ist. Dass ich damit das ›ewige‹ meine, brauche ich ihr ja nicht auf die Nase zu binden.‹

Richtig gut gelaunt war er auf einmal, der Oberste Richter. Dem Henker, Martin Scheible, würde er umgehend Bescheid geben, dass dieser sich auf die erste Tortur einrichtete – die nötigen Instrumente hatte er der Angeklagten ja bereits gezeigt. Sie wusste also, was auf sie zukam, wenn sie frech leugnete.

Bertold Munzinger war bekannt, dass auch der Henker vor der ersten Folterung einer Hexe sich mit allerlei abergläubischen Mitteln vor deren Zauberkräften zu schützen suchte.

Zu diesem Zweck ließ der Scheible vorher immer seine Folterkammer mit Weihwasser besprengen, damit der Teufel seinem Schützling nicht beistehen konnte. Dann würde die Hexe vollkommen entkleidet werden – bei dieser ausnehmend hübschen und gut gewachsenen gewiss ein Augenschmaus (er war beinahe geneigt, den Henker heftig zu beneiden) – und sie würde in entblößtem Zustande – um sie zu demütigen – die sogenannte Hexensuppe zu sich nehmen müssen.

Soviel der Oberste Richter wusste, handelte es sich dabei um ein besonders ekliges Gebräu aus Bier, Salz, Hechtgalle, gestoßenem Kümmel, geriebenem Brot und den gemahlenen Knochen verbrannter Hexen.

Danach versuchte der Henker die Frau einzuschüchtern, indem er ihr mit der Anwendung der ihr bereits vom Ansehen bekannten Folterwerkzeuge drohte. Der Sinn des Ganzen war, sie zur »Urgicht« zu bringen, worunter man das Eingeständnis verstand, alle ihr vorgeworfenen Untaten begangen zu haben.

Munzinger ließ seinen Schreiber rufen, um diesen zu beauftragen, innerhalb der nächsten Stunde alle Gerichtspersonen zu versammeln. Den Scheible würde er allerdings selbst benachrichtigen.

KAPITEL 20

Bischof Leopold nahm das Schreiben, das ihm ein geheimer Bote vor einer Viertelstunde überbracht hatte, mit beträchtlichem Unbehagen wieder zur Hand.

Nein, was ihm da sein Nachbar und Verwandter vom rechtsrheinischen Ufer – eigentlich war der nur mit einer inzwischen verstorbenen, weitschichtig verwandten Base des Bischofs verheiratet gewesen – ans Herz legte, gefiel dem übervorsichtigen Kirchenfürsten überhaupt nicht.

»Wie stellt sich mein Verwandter, Graf Ferfried von Ruhfeld, das denn eigentlich vor?«, fragte er seinen Vertrauten, den noch jungen, heute weibischer denn je wirkenden Kaplan, Immo von Werhahn.

»Sendet mein Vetter mir einfach aus dem fernen Regensburg, wo sich die hohen Herren gerade treffen, um das künftige Vorgehen gegen den Wallenstein zu beraten, eine Nachricht des Inhalts – Augenblick, ich lese Euch vor – ›ich solle doch im Falle, dass seine Tochter Adelheid mit einer aus dem Kerker befreiten jungen Frau zu mir käme, denselben gütigst Obdach gewähren und besagte zu Unrecht Verfolgte unter meinen Schutz nehmen.‹ Was haltet Ihr davon, *mon Cher*?«

»Ein starkes Stück, Euer Eminenz. Wer ist denn diese Dame, die sich unter Eure Fittiche zu begeben wünscht?« Der junge Geistliche wischte sich die Hände mit den sorgfältig manikürten Fingernägeln an seinem Mundtuch ab, denn er hatte gerade Konfekt genascht.

»Wenn ich richtig verstehe, ist das überhaupt keine Dame, sondern bloß die Tochter eines Schultheißen einer kleinen Gemeinde in der Ortenau.«

»Pah, eine Bürgerliche. Und so viel Aufwand für sie? Ich möchte Eurer Eminenz dringend davon abraten. Wenn das Frauenzimmer im Gefängnis sitzt, hat es bestimmt etwas ausgefressen. Was wirft man ihm denn vor, Herr?«, fragte der Kaplan.

»Hexerei.«

Immo von Werhahn erlitt daraufhin einen Hustenanfall. Endlich kam er wieder zu Atem. Rot vor Empörung wandte er sich an seinen Herrn. »Dies ist die größte Unverschämtheit, die mir je in meinem Leben untergekommen ist, Monseigneur.

Derartige Prozesse gibt es schon seit dem 13. Jahrhundert. Freilich wurden diese nicht vor einem weltlichen, sondern bis zum Beginn des 16. Jahrhunderts vor einem Kirchengericht geführt. Doch die weltlichen Gerichte wollten diese, nicht als Sünde, sondern als *Verbrechen* angesehenen Hexentaten als reguläre Strafverfahren behandeln. Und die Kirche hat seinerzeit ihrer Bitte aus Güte nachgegeben. Sollen also die Ortenauer ihre Hexenweiber gefälligst bei sich behalten – was haben wir mit ihnen zu schaffen?«, fragte er aufgebracht. »Bei uns gibt es von dieser Sorte ebenfalls genug, ohne dass wir noch welche über den Rhein zu uns schaffen müssten.«

»Mag sein, mein teurer Immo, aber bedenkt, dass es mein Vetter ist, der mich um diesen Gefallen bittet. Irgendeine Bewandtnis muss es mit dieser Jungfer haben, dass er sich so für sie einsetzt. Ach ja, hier schreibt er, das Mädchen sei eine Herzensfreundin seiner über alles geliebten Tochter Adelheid, unter deren Schutz und Schirm es zu uns käme.«

»Ist diese Adelheid etwa auch eine Hexe?«, fragte der junge Geistliche trocken, und der Bischof musste herzlich lachen.

»Davon schreibt mein Verwandter nichts. Aber wenn Ihr mich fragt, Teuerster, sind alle Weiber Hexen. Oder nicht?«

»Darin stimme ich Euch aus ganzem Herzen zu, edler Herr: Alles Übel stammt vom Weibe. Das ist seit unserer Stammmutter Eva so und wird auch so bleiben. An Eurer Stelle würde ich erst einmal abwarten, ob die Ruhfelder es überhaupt schaffen, ihre Satansbraut aus dem Kerker zu befreien. Ich habe jedenfalls noch nie davon gehört, dass es jemandem gelungen wäre, Monseigneur. Ihr etwa?«

»Nein, *mon Cher.* Ihr habt recht. Ich werde also vorläufig gar nichts unternehmen. Wollen wir uns nun zu Tisch begeben, Teuerster?«

Bereits am nächsten Tag war Adelheid von Ruhfeld mit dem Leibarzt des Grafen, dem sechzigjährigen Doktor Wendelin Ohngleich, sowie der bereits über siebzig Jahre zählenden Hebamme Elisabeth Liebig im Hänsele-Turm erschienen.

War es ihre ansehnliche Begleitung, die dieses Mal immerhin

fünfzehn Bewaffnete umfasste, oder war es die gute Laune des Obersten Richters, die es ermöglichte, dass das edle Fräulein ohne Schwierigkeiten zu der Gefangenen Helene Hagenbusch vordringen konnte?

Ewald, der schielende Aufseher des Gefängnisses, und seine Frau Theresia kamen eilfertig angelaufen, um die Besucher zu der Inhaftierten zu führen.

Ein paar ihrer Männer nahm Adelheid mit. Sie sollten zum Schutz vor unliebsamen Lauschern vor der Tür der Zelle Wache stehen – die anderen verteilte sie an strategischen Punkten im Hof des Schlosses.

Adelheid war entsetzt. Der Arzt und die Hebamme waren es weniger; denn sie sahen nicht zum ersten Male Frauen, die mit dem Henker Martin Scheible zu tun gehabt hatten. Und Helene war noch nicht einmal mit den üblichen Marterinstrumenten in Berührung gekommen.

Es dauerte lange, bis das unglückliche Mädchen den Mund aufmachte und der Freundin, der verständnisvollen Hebamme und dem Arzt ihres Vaters das Entsetzliche anvertraute.

»Der Henker hat mich ausgezogen, mir die Hexensuppe, eine äußerst widerliche Flüssigkeit, zu trinken befohlen, und dann hat er angefangen, mir die Haupt- und Körperhaare zu entfernen«, sagte Helene leise. »Und nicht nur die an Armen und Beinen, sondern auch jene unter den Achseln und an der Scham.«

Adelheid empörte sich, aber Helene sprach weiter: »Der Scheible ist dabei nicht sehr zart mit mir umgegangen. Er hat behauptet, das sei Vorschrift, weil er mich am ganzen Körper zu untersuchen habe, ob ich nicht etwa irgendwo in einer Körperhöhle oder -öffnung ein zauberisches Amulett von meinem Buhlen, dem Satan, verborgen halte.

Um die Untersuchung genau durchführen zu können, haben

sie mich nackt mit gespreizten Beinen auf die Streckbank gebunden. Ich war den geilen Blicken und den rohen und schmutzigen Händen des Henkers und seiner Gehilfen ausgeliefert, die jeden Zentimeter meines Körpers in Augenschein genommen haben, auch und ganz besonders an der Stelle, die eine züchtige Jungfrau nicht einmal benennen darf.« Ihr versagte die Stimme, und sie brach in Tränen aus.

Adelheid weinte auch, aber aus Wut und ohnmächtigem Zorn.

Langsam gewann das Helen seine Fassung wieder: »Das alles war rechtens und geschah im Namen des Gesetzes. Das hat mir nachher Herr Munzinger vor Gericht bestätigt.«

Erneut verfiel die Ärmste in einen Weinkrampf, als sie das Folgende schilderte: »Ist es auch rechtens gewesen, dass mich der Scheible, dieser Teufel in Menschengestalt, geschändet hat?«, hatte Helene ihre Richter verzweifelt gefragt.

»Schreit nicht so im Gerichtssaal herum! Das steht Euch nicht zu. Andernfalls lasse ich Euch auspeitschen, damit Ihr endlich lernt, wie Ihr Euch hier zu betragen habt«, hatte Munzinger zurückgebrüllt und mit der Faust auf den Tisch geschlagen, sodass eine brennende Kerze umgefallen war und beinahe einen Brand verursacht hätte.

»Das ist alles Eure Schuld«, hatte der Oberste Richter giftig zu der Angeklagten gesagt, weil ein paar Papiere angekohlt waren.

»Was soll übrigens die unverschämte Lüge mit der angeblichen Schändung, die Ihr dem Scharfrichter anhängen wollt? Ist es nicht vielmehr so, dass Ihr Eure Jungfernschaft längst dem Teufel geschenkt habt? Damals, als Ihr Euch auf dem Berg Kandel ihm hingegeben habt? Und jetzt wollt Ihr den wackeren Scheible beschuldigen, Euch missbraucht zu haben?«

»Lasst doch eine Hebamme kommen, wenn Ihr mir nicht

glauben wollt, Herr Richter. Es ist gerade vorhin passiert – und nicht nur einmal. Zwei seiner Knechte sind anschließend ebenfalls über mich hergefallen. Was ja nicht schwer war bei einem schwachen Weib, das noch dazu gebunden auf der Bank gelegen hat. Ich blute jetzt noch und habe Schmerzen, so roh haben mich diese Schweine behandelt.«

»Mäßige dich, Satanshure!«, hatte der Munzinger nur gesagt. »Eine Untersuchung durch eine Hebamme können wir uns sparen. Was brächte uns das? Dass du keine keusche Jungfrau bist, war dem Gericht von vorneherein klar. Was sollte eine Untersuchung deiner geheimsten Teile also erbringen? Das, was wir sowieso schon wissen.«

»Ich sage Euch doch, dass ich blute«, hatte Helene erneut versucht, an das Gericht zu appellieren, »außerdem könnte ich Euch meine blauen Flecken und die Blutergüsse an den Oberschenkeln zeigen.«

»Danke. Das wollen wir gar nicht sehen. Man merkt, wie verdorben du bist«, war alles, was der Oberste Richter dazu sagte.

Mit jenem Tag hatte er aufgehört, sie freundlich zu behandeln. Auch duzte er sie von nun an, wobei er allerdings nie ihren Vornamen benützte, sondern sie nur »Hexe«, »Satansweib« oder »Hexenluder« nannte.

Adelheid rang in hilflosem Zorn die Hände. Dann nahm sie ihre Freundin in den Arm und strich ihr behutsam über den kahl geschorenen Kopf. Angeekelt besah sie sich dabei das zerlumpte und fleckige Hemd, das man der Delinquentin statt ihrer eigenen Kleider übergezogen hatte.

»Der Munzinger hat mich gefragt, ob ich gestehen wolle, eine Satansbuhle zu sein, und ich habe natürlich nein gesagt. Wie soll ich denn zugeben, mit einem Ziegenbock auf dem Kandel verkehrt zu haben? ›Das ist doch vollkommen verrückt!‹, habe ich geschrien, ›wer sich so etwas ausdenkt, muss im Kopf krank sein.‹ Da habe ich jedoch einen Hieb von einem der Gerichtsknechte bekommen, dass mir ganz übel geworden ist. Der Richter war völlig unbeeindruckt und wollte wissen, wie lang das Glied des Teufels gewesen wäre und ob ich es hätte anfassen und küssen müssen. Da habe ich bloß ausgespuckt – was mir allerdings eine weitere Ohrfeige eingebracht hat, dass ich eine ganze Weile danach noch taub war.

Und dann interessierte sich eine der anderen Gerichtspersonen dafür – ich glaube, es war der Mönch, Pater Damian Rothaus –, ob das Glied des Satans warm oder kalt gewesen sei. Meine Antwort war: ›Das weiß ich nicht, Hohes Gericht, und ich scher mich auch nicht drum.‹

Da hat der Munzinger sein Buch zugeklappt und gesagt: ›In Anbetracht der vorgerückten Stunde wollen wir für heute aufhören, uns die dreisten Lügen und Unverschämtheiten dieser Satanshure anzuhören, meine Herren.‹

Und dann haben mich die Gefängniswärter vom Hänsele-Turm wieder in meine Zelle zurückgebracht. Sie wenigstens tun mir nichts – da passt die Theresia schon auf. Sie war es auch, die mir aus Mitleid Tuchstreifen gegeben hat, um die Blutung nach der rohen Vergewaltigung einigermaßen zum Stillstand zu bringen.«

Der Leibarzt des Grafen und die Hebamme konnten noch feststellen, dass das Mädchen vor Kurzem erst erzwungenen Geschlechtsverkehr gehabt haben musste.

Die Elsbeth tupfte vorsichtig eine Heilsalbe auf die verletzten Schamteile Helenes, ehe sie ihr saubere Leinenstreifen zwischen die schmerzenden Schenkel schob.

»Ich schwöre dir, dass ich diese gemeine Behandlung rächen werde«, versprach Adelheid von Ruhfeld ihrer Freundin.

Die Gräfin wusste, dass der Verlust von Helenes Jungfräulichkeit auch den Verlust ihres wichtigsten Trumpfes bedeutete. Sie betrachtete voller Mitleid das arme, geschundene Geschöpf, welches nun wieder zusammengekauert, die Arme um den Leib geschlungen, auf ihrem Strohhaufen lag.

Der war allerdings frisch – wie die Frau des obersten Wächters versprochen hatte. Aber dies war auch das einzig Erfreuliche an diesem entsetzlichen Tag gewesen.

Als die junge Gräfin mit ihrem Gefolge den Hänsele-Turm verlassen hatte, schäumte sie vor Wut.

»Lasst uns sofort zu diesem Scheible reiten. Wir sind genügend Leute, um ihn festnehmen zu können. Wir schleppen diesen Hund nach Schloss Ruhfeld und sperren ihn im Verlies ein. Außerdem erhält er jeden Tag fürchterliche Prügel, damit er merkt, wie gut so eine Züchtigung tut.«

Die Männer waren entzückt, aber zum Glück war der Arzt ein besonnener Mann. »Um Himmels willen, lasst das sein, verehrte Frau Gräfin«, versuchte Doktor Wendelin Ohngleich das Schlimmste zu verhüten. »Das Einzige, was Ihr damit erreichen könntet, wäre ein regelrechter Krieg zwischen den Ruhfeldern und den Soldaten der Landvogtei.«

Aber noch war das Fräulein nicht einsichtig. Gar zu sehr blutete ihr das Herz, wenn sie an Helenes Misshandlung dachte.

»Bedenkt, edle Frau, es käme zu einem Kampf. Und dies zu einer Zeit, wo der gemeinsame Feind vor unserer Haustür steht. Wir müssen alle unsere Kräfte zusammenhalten, um den Schwedenkönig Gustav Adolf in die Flucht zu schlagen. Außerdem: Wie wollen wir dem Henker sein schändliches Tun beweisen? Er wird behaupten, der Teufel habe dem Mädchen im Kerker Gewalt angetan.«

Das leuchtete Adelheid schließlich ein. Widerwillig befahl sie heimzureiten. Vorher hatte sie noch in einem am Wege liegenden Gasthaus, wo der Trupp kurz rastete, einen Brief mit schärfstem Protest und mit der Androhung gravierender Konsequenzen verfasst.

Sie ließ das Schreiben sofort Bertold Munzinger zustellen. Es war ihr egal, ob sie diplomatisch handelte – den Kampf hatte der eitle Richter ohnehin bereits eröffnet. Sie zog lediglich nach.

KAPITEL 21

Hasso von Ruhfeld war auf dem Rückweg von Regensburg nach Schloss Ruhfeld. Die Zeit drängte. Ohne Rücksicht auf seine Begleiter und ohne sein sonstiges Feingefühl für die edlen Reittiere preschte er über Stock und Stein. Eine innere Unruhe trieb ihn vorwärts, so als ahnte er, dass mit seiner Geliebten bereits Schlimmes geschehen war.

Sein Vater hatte ihm eine anständige Summe mitgegeben. Damit konnte er gute Männer anwerben, die ihm dabei helfen sollten, Helene aus dem Kerker zu befreien.

»Wirb für diese Aktion nur fremde Söldner an. Du weißt, so eine Hexengeschichte ist eine heikle Angelegenheit. Niemand von unseren Leuten soll gezwungen werden, gegen sein Gewissen zu handeln. Wenn die Sache schiefgeht und sie gefangen werden, haben sie ihr Leben verwirkt. Ich hoffe, du bist dir dessen bewusst, mein Sohn. Wenn du fremde Männer anwirbst, hat das außerdem den Vorteil, dass jeder glaubt, wir bereiteten uns allmählich auf den Krieg gegen den Schweden vor«, hatte Graf Ferfried gesagt.

Das war ein guter Rat, und Hasso würde ihn auch befolgen, obwohl er genau wusste, dass ein Großteil der Männer auf Ruhfeld nur darauf brannte, Helene zu befreien.

Hassos Gedanken schweiften nach Regensburg und den Ereignissen der vergangenen zwei Tage ab. Wie erwartet, war beschlossen worden, den unbeliebten Emporkömmling Albrecht von Wallenstein erneut zum Generalissimus der katholischen Streitkräfte zu ernennen.

Seine schärfsten Gegner, darunter der Kurfürst von Bayern, hatten den zwiespältigen Charakter des Friedländers moniert, der auch in religiöser Hinsicht ein äußerst dubioser Mensch zu sein schien.

Hatte Wallenstein nicht ständig einen sternkundigen Gelehrten bei sich, ohne dessen Beratung und Horoskope er wie gelähmt schien? War ein Mann vertrauenswürdig, der seine Handlungen allein nach dem Lauf der Gestirne richtete? Wo blieb denn da der Glaube an den allmächtigen GOTT? Das roch doch sehr nach Ketzerei …

Nicht wenige stimmten dem Bayern in seiner Skepsis gegenüber dem böhmischen Edelmann zu. Aber die Umstände zwangen sie letztendlich doch zu ihrer Empfehlung an den Kaiser, den genialen Feldherrn, welcher sich beleidigt auf seine Güter im Osten zurückgezogen hatte, erneut zu berufen.

Hasso von Ruhfeld hatte sich den Kurfürsten Maximilian genau angesehen, und er war – obwohl er ihn verabscheute – von diesem Machtmenschen fasziniert.

»So muss ein erfolgreicher Herrscher wohl sein«, murmelte er vor sich hin, »dominierend, eiskalt, von sich eingenommen, berechnend, intolerant und rücksichtslos.«

Die großen, intelligenten Augen unter der hohen Stirn hatten prüfend auf dem Grafensohn gelegen, und Hasso von Ruhfeld hatte sich eines gewissen Erschauerns nicht erwehren können. Von diesem Fürsten mit der strengen Miene, mit der kräftigen Nase, dem dünnlippigen Mund und dem durch den spitz zugeschnittenen Kinnbart noch schmaler wirkenden Antlitz ging eine Herzenskälte aus, die den jungen Mann frösteln machte.

Maximilian von Bayern, ebenso berühmt für seinen Kunstverstand und sein Mäzenatentum, wie für seine tiefe Frömmigkeit und seine bedingungslose Hingabe an den Katholizismus, gepaart mit Menschenverachtung und einem Hang zur Grausamkeit, schien nicht übermäßig beeindruckt von dem jungen Ruhfelder – von dessen Vaters reichlicher Spende für die Anwerbung eines Söldnerheeres dafür umso mehr.

»Der HERR im Himmel und die heilige Jungfrau Maria werden es Euch lohnen, Graf. Für hunderttausend Gulden sollte es uns wohl gelingen, gute Männer auf unsere Seite zu ziehen. Dann brauchen wir den Ruhm des Sieges über die protestantischen Teufel nicht allein dem mit finsteren Mächten paktierenden Böhmen zu überlassen.«

Hasso von Ruhfeld und Pater Ambrosius warfen sich Blicke zu, die ein etwaiger Beobachter durchaus so hätte deuten können, dass sie dem Bayern ebenfalls einen Pakt mit dem Bösen zutrauten …

Die Gespräche hatten sich noch eine ganze Weile um die Peson des Generalissmus' gedreht. Einige Fürsten glaubten, der vor einem Jahr auf wenig liebenswürdige Art und Weise Entlassene werde nicht ohne Weiteres wieder in die Dienste des Kaisers treten.

»Wie ich gehört habe, ist der Böhme tief gekränkt. Er hat seine Entlassung als Hinauswurf aufgefasst und wird nicht leicht zu bewegen sein, wieder zur Verfügung zu stehen«, äußerte ein fränkischer Edelmann.

»Auf alle Fälle wird er sich geraume Zeit bitten lassen, ehe er sich zum Kampf gegen Gustav Adolf stellt!«, rief ein anderer wichtigtuerisch.

»Es wird – wie immer und überall im Leben – eine Frage der Bezahlung sein. Was für ihn dabei herausspringt, ist das Wesentliche: Ein Wallenstein tut nichts umsonst, und der Kaiser wird tief in seine Schatulle greifen müssen«, meinte boshaft ein Adeliger aus dem Schwäbischen.

»Pah, Geld hat der Planetengläubige genug. Die Macht ist es, die ihn reizt. Noch mehr Ländereien und Einfluss, das ist es, womit man ihn locken kann«, glaubte wieder ein anderer.

Nun, man würde ja sehen.

Von der Abhängigkeit Wallensteins von seinem Astrologen Senno wurde immer wieder gesprochen. Wussten doch alle Anwesenden, dass Maximilian von Bayern den Generalissimus vor dessen Entlassung in einem – allerdings von einem Jesuiten fingierten Gutachten – der Gottlosigkeit und des Aberglaubens bezichtigt hatte.

»In einem Land, in dem Scheiterhaufen munter brennen, gerät man schnell in den Geruch von Atheismus und Hexerei«, hatte Pater Ambrosius seinem jungen Herrn zugeflüstert.

Vom sternenkundigen Senno zum Astronomen Johannes Kepler, der am 15. November 1630 in ebendiesem Regensburg gestorben war, war der Weg nicht weit.

Der ehemalige kaiserliche Mathematiker und Hofastronom Kaiser Rudolfs II. hatte eine Zeit lang einen lebhaften Briefwechsel mit dem Grafen von Ruhfeld unterhalten. Ferfried hatte sich besonders für dessen Erkenntnisse erwärmt, die den Planeten keine kreisförmigen Umlaufbahnen zubilligten, sondern elliptische. Auch seine Forschungen im Bereich der Optik, denen man das »Kepler'sche Fernrohr« verdankte, hatte des Ruhfelders Interesse geweckt.

Nach dem Tode Kaiser Rudolfs war Johannes Kepler erst

nach Linz und später nach Ulm übergesiedelt. Zwei Jahre vor seinem Tod stellte er sich Albrecht von Wallenstein zur Verfügung und fertigte ein umfangreiches Horoskop für ihn an.

Hasso, dessen Interesse an dem militärischen Genie aus Böhmen inzwischen abgeflaut war, spitzte allerdings die Ohren, als er einen Grafen aus dem Rheingau erzählen hörte: »Es bedurfte Keplers ganzer Autorität als kaiserlicher Astronom, Wahrsager und Horoskopersteller, dass man seine alte Mutter, die Keplerin, nicht als Hexe verbrannt hat.«

»Das stimmt«, ergänzte Maximilian von Bayern. »Ohne sein immenses Gewicht als einflussreichster Berater des verstorbenen Kaisers Rudolf wäre seine Mutter den Weg ins Feuer gegangen. Man kann sagen, ihm gelang es als Einzigem, eine bereits verurteilte Hexe vor dem Scheiterhaufen zu bewahren.«

Des Kurfürsten Bedauern war dabei deutlich seinen Worten sowie seinem grimmigen Mienenspiel zu entnehmen gewesen ...

Aber man sprach nicht nur über Kepler und dessen Mutter und über Hexen, sondern auch über das Thema Juden.

Graf Ferfried verteidigte diese Leute als einer der wenigen, wie Hasso sofort auffiel. Vor allem auf seinen Juden, Herschel Grünbaum, ließ der Ruhfelder nichts kommen: »Der Grünbaum ist ehrlich und fleißig. Seine Familie lebt so zurückgezogen, dass die andersartige Lebensführung gar kein Ärgernis für die Christen sein kann.«

Kurfürst Maximilian und seine überaus prunkvoll gekleidete, langnasige, zweite Gemahlin Maria Anna aus dem Geschlecht der Habsburger, waren sichtlich pikiert.

»Bereits nach dem Auftreten der Pest im Jahr 1349 hat man diese Ungläubigen aus dem Herzogtum Bayern vertrieben«, verkündete die Kurfürstin mit Genugtuung, wobei sie missbilligend ihren ohnehin nicht sehr schönen Mund verzog. »Später hat man sie aber aus reiner Barmherzigkeit wieder aufgenommen«, fügte sie scheinheilig hinzu.

»Ach?«, erkundigte sich ein Edler vom Oberrhein spöttisch. »Aus christlichem Erbarmen soll dies geschehen sein? Ich dachte bisher, es wäre die Geldnot der bayerischen Herzöge gewesen, die ein solches Handeln zwingend notwendig machte.«

Das Gesicht der Kurfürstin nahm daraufhin eine dunkelrote Färbung an, aber ihr Gemahl Maximilian ließ sich nicht provozieren. Er starrte den Sprecher mit seinen großen, kalten Augen ins Gesicht und stellte richtig: »Schon 1442 sind die Kinder Israels endgültig aus München und Bayern ausgewiesen worden. Und so soll es auch fürderhin bleiben. Die schlechten Sitten dieser Ungläubigen dürfen die Seelen meiner Untertanen nicht vergiften. Daran sollten sich auch andere ein Beispiel nehmen.«

Wenn Maximilian keine größeren Sorgen plagen, ist er glücklich zu nennen, dachte Hasso von Ruhfeld, dem der Kurfürst nicht sympathisch war. Von Religion und Kunst mag er ja viel verstehen – Maximilian hatte mächtig angegeben mit den Künstlern, die er nach Bayern geholt hatte –, aber ich bezweifle, ob er ein treu sorgender Landesvater in den kommende Kriegszeiten sein wird.

Hasso war froh, dass der Freund des Kaisers für ihn keine Verwendung hatte. Seine Gedanken waren ohnehin nur bei seiner unglücklichen Liebsten. Erneut gab er seinem Pferd die Sporen.

KAPITEL 22

DER BEGRIFF »HEXE« WAR ALLEN RICHTERN längst in Fleisch und Blut übergegangen. Alle diesbezüglichen gerichtlichen Untersuchungen verliefen nach ein und demselben Muster.

Auch Bertold Munzinger war überzeugt, dass Helene Hagenbusch vom Teufel verführt worden war. Was er noch nicht wusste – aber mit Sicherheit erfahren würde –, war, womit sich der Satan die Tochter des Schultheiß' gefügig gemacht hatte.

Im Allgemeinen bestanden die Versprechungen des Teufels darin, eine Hexe reich zu machen und ihr zu gegebener Zeit erlesene Tafelfreuden zu bescheren, wobei nicht allein die pure Völlerei im Vordergrund stand, sondern vor allen Dingen das hemmungslose Trinken.

An nächster Stelle standen Musik und Tanz, schöne Kleider und Geschmeide und – nicht zuletzt – Wollust ohne Ende mit dem Herrn der Finsternis, der beim Hexensabbat mit jeder Unholdin kopulierte, meistens in Gestalt eines großen Ziegenbockes, aber auch als schöner, junger Mann.

Wieder stand Helene in ihrem schäbigen Hemd vor ihren Richtern. Das Bänkchen hatte man jetzt allerdings entfernt: Heute hatte sie sich stehend den Anklagen zu stellen, obwohl ihr bereits von der kurz vorher beendeten »Behandlung« durch den Henker übel war.

Martin Scheible hatte sie, gemäß den Richtlinien des *Hexenhammers,* der sogenannten Hexenprobe unterworfen. Dabei ging es darum, dass der Henker am Körper der Hexe ein bestimmtes Hexenmal finden musste. Und Scheible war in der Tat fündig geworden …

»Was sagst du zu den sechs Hexenmalen, die der Henker an deinem Leib gefunden hat?«, wollte der Oberste Richter wissen.

»Ich weiß, dass er eifrig danach gesucht hat«, antwortete sie, »und dass er mich überall am Körper mit einer Nadel grausam gestochen hat, dass das Blut herausgespritzt ist. Von einigen Stellen hat er behauptet, sie seien schmerzunempfindlich gewesen und hätten nicht geblutet, obwohl er die Nadel ganz tief hineingebohrt hat. Das seien die Hexenmale. Ich kann dazu nur sagen, dass mir jede Stelle, die er gestochen hat, grausam wehgetan hat. Da mag der Scheible behaupten, was er will.«

»Was verstehst du von diesen Sachen, dummes Ding? Sei nicht so vorlaut«, schimpfte der Mönch Damian, dessen stechende Augen sie ebenso fürchtete, wie verabscheute.

»Mag sein, dass ich nichts davon verstehe, Ihr Herren«, sagte Helene, »aber vielleicht könnt Ihr mir ja erklären, wozu es gut gewesen sein soll, dass der Scheible mir mit seinem schmutzigen Zeigefinger in die Fut gefahren ist! Hat er da womöglich auch nach einem Hexenmal gesucht?«

»Du Teufelsbraten lernst es wohl nie, was? Wann wirst du endlich aufhören, dich über den Henker zu beschweren?«, hatte der Oberste Richter Munzinger aufgebracht gesagt, und er diktierte dem Schreiber »fünf Rutenstreiche extra« für die Delinquentin, »durch den ehrenwerten Nachrichter Martin Scheible zu verabreichen«.

Nun befasste sich das Gericht ganz explizit mit ihrer nächtlichen Fahrt zum weithin sichtbaren Gipfel des 1243 Meter hohen Kandels, der bereits in uralten Zeiten als der »Blocksberg des Breisgaues« verschrien war. Auf dem mächtigen, an der Nordwestseite des Berges gelegenen Kandelfelsen sollen sich früher die Hexen der Umgebung zum Tanz mit dem Satan getroffen haben.

»Hexensabbat« wurde angeblich auch auf dem Blauen und der Hornisgrinde gefeiert. Und zum Wettermachen – das wusste jeder Richter – trafen sich die Hexen an wohlbekannten Orten rund um die Dörfer: Am Hürnenbrüchlein beispielsweise, am Urloffener Brücklein, am Englischen Bach, im Rindschädel, im Ryseneck, in der Schweinshalde, in Rammersweier und bis weit ins Elsass hinein.

Oh, ja, das Gericht wusste Bescheid, und keine der Satansbräute sollte glauben, sie könne die Richter für dumm verkaufen.

»Sag uns nun, welchen Ruf müsst ihr Hexen ausstoßen, ehe ihr euch zu eurem Treffpunkt aufmacht«, forderte der Munzinger das Mädchen, das sich kaum noch auf den Beinen halten konnte, mit scheinheiliger Freundlichkeit auf.

»Ich weiß von keinem Ruf, von keinen Hexen und erst recht von keinem Treffpunkt«, antwortete Helene.

»Geht das jetzt schon wieder los mit deiner Bockigkeit? Willst du uns heute erneut vorlügen, du wüsstest nichts von alledem?«

»Es tut mit leid, wenn ich Euch enttäuschen muss, aber so ist es: Ich weiß nicht, wovon Ihr sprecht, Euer Ehren.«

Krampfhaft hielt das Mädchen sich aufrecht.

»Ist es nicht so, dass alle Hexen, ehe sie sich zum Sabbat aufmachen, rufen müssen: ›In tausend Teufel Namen!‹, ehe sie auf ihren gesalbten Stöcken in die Luft reiten? Gib es zu.«

»Ich habe selten einen solchen Unsinn gehört. Wer erzählt denn so etwas? Wer soll sich denn auf einem Stecken in die Lüfte schwingen können?«

»Natürlich. Ich habe ganz vergessen, dass du zwar eine gewöhnliche Bauerntrine bist, aber dich meistens in besserer Gesellschaft auf einem Schloss aufgehalten hast. Vermutlich weißt du gar nimmer, was eine ›Ofengabel‹ ist? Du bist vermutlich in einer richtigen mit Schimmeln oder weißen Katzen bespannten Kutsche zum Kandel gefahren?«

Helene schwieg voll Verachtung.

»Verweigerst du uns etwa jetzt die Antwort?«, fragte ein neben dem Munzinger sitzendes, buckliges Männchen. »Dann müssten wir dir umgehend eine Behandlung Meister Scheibles angedeihen lassen, um dir das Maul zu öffnen.«

»Was der ehrenwerte Herr Oberste Richter gesagt hat, trifft nicht zu«, antwortete Helene fest.

»Na, es geht doch. Ich habe gewusst, dass du reden kannst – wenn mir deine Antwort auch nicht gefallen hat.«

Als Nächstes ging es um die Hexensalbe, womit die Frauen sich angeblich einrieben, um überhaupt zum Sabbat reiten zu können.

»Erzähl uns etwas über die Herstellung dieser ekligen Schmiere, die du benutzt hast. Und behaupte nicht wieder, du wüsstest nichts davon. Hier liegen die beeideten Aussagen der zwei Witfrauen, Sofie Bleile und Agnes Mürfelder vor mir, die dich gesehen haben. Also.«

Die Laune des Munzingers hatte sich merklich verschlechtert.

»Es ist wahr, dass ich mich, zusammen mit der Gräfin von Ruhfeld, meiner lieben Freundin, um Kräuter und ihre Wirkungen bekümmere, aber von einer Hexensalbe ist mir nichts bekannt. Damit hatte ich noch nie zu tun, und ich bezweifle, dass es so etwas überhaupt geben kann.«

»Schon dein Zweifel macht dich als Hexe verdächtig. Es ist erwiesen, dass es eine solche Salbe gibt, die den Weibern das Fliegen ermöglicht.«

»Habt Ihr schon mal eine Frau fliegen sehen, Euer Ehren? Ich nicht.«

»Weitere fünf Rutenstreiche wegen unverschämter Rede gegen den Obersten Richter«, diktierte ungerührt der Munzinger dem Gerichtsschreiber. Seine Stimmung aber war jetzt endgültig im Keller.

»Wir wissen bereits von geständigen Hexen, wie eine solche Teufelssalbe hergestellt wird. Die Weiber verwenden dazu Haar von ihrer Scham, Eppichsaft, Wolfskraut, Tormentill, Ruß und Nachtschatten. Die wichtigste Zutat aber ist Kinderfett, das von ungetauften Säuglingen stammt. Deshalb stehlen Hexen neugeborene, ungetaufte Kindlein, treiben Schwangeren die Frucht ab oder graben nächtlicherweise die ungetauft Beerdigten aus. Und du willst uns weismachen, dass du den Spruch nie gehört hast: ›Dazu gehört das Fett des Knaben, den die Hex erwürgt im Graben.‹?«

Im Gerichtssaal kam jetzt unter den zwölf Richtern, die das verstockte Geschöpf angewidert musterten, Unruhe auf.

»Was hat der Böse dir versprochen, damit du dich ihm hingegeben hast?«, verlangte Munzinger nun in barschem Ton zu wissen. »Das Gericht weiß, dass du nie Hunger leiden musstest und Durst kennst du vermutlich bloß vom Hörensagen. Schöne Kleider hat dir deine Gräfin geschenkt, und Musik und Tanz gibt es genug auf Schloss Ruhfeld. Also, womit hat Satan dich geködert?«

»Ich hab mit dem Teufel, den ich nie getroffen hab, auch nie geredet«, sagte Helene knapp.

»Es kann sich fast nur um die unsaubere Liebe gehandelt haben. Jawohl, um die fleischliche Vereinigung ist es dir gegangen, du Hexenhure«, brach es aus dem Munzinger heraus. Ganz rot war er im Gesicht, die Fäuste hielt er geballt vor sich auf dem Richtertisch. Dann hob er die Rechte, deutete anklagend mit seinem Zeigefinger auf Helene und schrie mit sich überschlagender Stimme: »Die sündige Unzucht war es, die dich hat zustimmen lassen, mit dem Teufel ein Bündnis einzugehen, auf ewig verfluchte Hexendirne!«

Jetzt war es völlig still im Saal. Beinahe überlaut war nur das Kratzen des Gänsefederkiels auf dem Papier zu hören, das der kleinwüchsige Schreiber mit seiner schnörkeligen Schrift bedeckte.

»Du schweigst zu diesem Vorwurf?«, fragte endlich der

Mönch Damian Rothaus lauernd. »Schweigen heißt Eingestehen.«

»Ich schweige, weil ich mich nicht angesprochen fühle«, gab die Angeklagte leise zur Antwort. Dann war sie vor Schwäche ohnmächtig geworden.

KAPITEL 23

ZUR SELBEN ZEIT, als Gräfin Adelheid sich auf Bitten Georgs darum bemühte, Hagenbusch, den ehemaligen Schultheiß von Reschenbach, aus der angeblichen Schutzhaft frei zu bekommen – was ihr auch nach einigem Hin und Her gelang –, musste Helene den ersten Grad der Tortur erleiden.

Vom Gerichtssaal aus gelangte man über eine steile Wendeltreppe in einen unterirdischen, großen Raum, aus dem die Schreie der Gefolterten nicht nach außen dringen konnten. Es war allgemeiner Brauch, dass man das Volk nicht mit dem Wehklagen und Jammern der Gefangenen »belästigen« wollte.

Tatsächlich befürchtete die Obrigkeit »unziemliches Mitgefühl« mit den Bedauernswerten. Es war bereits mancherorts zu heftigen Missfallensbekundungen, zu Beleidigungen und Bedrohungen von Richtern und Henkern, sogar zu Befreiungsaktionen der bedauernswerten Inhaftierten gekommen …

Der Henker erwartete Helene Hagenbusch mit zwei Gehilfen. Es war Vorschrift, dass bei der hochnotpeinlichen Befragung, wie man die Folterung nannte, fünf bis sechs verständige und taugliche Gerichts- oder andere angesehene Personen sowie ein Abgesandter der Grundherrschaft als Beisitzer fungieren mussten.

Letzterer war der Landvogt der Ortenau, Maximilian Veigt. Er und noch fünf andere Herren des Gerichtes ließen sich umgehend auf einer bequemen Bank im Hintergrund des Folterkellers nieder. Sie hatten damit genügend Abstand von der Hexe – in Wahrheit wollten sie von der grausamen Tortur nicht allzu viel mitbekommen.

Nicht etwa, weil ihnen das Mädchen leidgetan hätte, aber sie waren schon zu oft Zeugen von Folterungen gewesen, dass sie die immer gleichen Reaktionen aller Gefolterten als langweilig empfanden.

Nur der Mönch, der geistliche Beistand der Hexe – vielleicht gestand sie ja und bereute – sowie einer der Richter, der Helene von Anfang an übel gesinnt gewesen war, postierten sich auf Schemel nahe beim Henker.

Eben wurde die Gefangene die Treppe hinuntergeschleift. Einer der Knechte warf sie dem Scheible beinahe vor die Füße. Wie ein Bündel Lumpen lag sie mit hochgerutschtem Hemd auf dem kalten Steinboden des Kellers.

Der Henker deutete auf einen Hocker und einer der Männer packte Helene und platzierte das Mädchen grob darauf.

»Hock nieder, Hexenfotz«, hörte sie eine heisere Stimme und wusste sofort, wer sie so behandelte. Dass sie gewagt hatte, ihm bei ihrer Festnahme ins Gesicht zu spucken, würde der Kerl ihr nie verzeihen. Dass er sie zusammen mit dem Scheible und noch einem Schergen im Hänsele-Turm brutal vergewaltigt hatte, genügte ihm nicht.

»Wir wollen jetzt als Erstes den Daumstock zur Anwendung bringen«, verkündete laut der Scheible, aber die Herren hinten auf ihrer Bank reagierten nicht. Nur Pater Damian und der Richter mit Namen Ewald Winterling beugten sich mit leuchtenden Augen vor, damit ihnen ja nichts entging.

Dieses Foltergerät, auch Daumenschrauben genannt, bestand aus zwei gerillten mit Schrauben verbundenen Eisenplatten, die der Henker zusammenschraubte, nachdem er zwischen die Platten die Endglieder beider Daumen des Mädchens gelegt hatte.

Sie wurden bei jeder Drehung immer mehr zusammengequetscht. Noch verbiss sich Helene jedes Schreien und Jammern, aber jeder konnte hören, wie sich ein leises Stöhnen ihrer Brust entrang. Und noch einmal drehte der Henker an den Schrauben, und jetzt sahen sie das Blut hervorspritzen.

Doch die Delinquentin gab nicht nach. Ewald Winterling fragte sie mehrmals, ob sie endlich gestehen wolle, eine Hexe zu sein, aber er blieb erfolglos.

Also ließ man ihre zerquetschten Daumen im Daumstock.

»Mal sehen, wie lange du es aushältst«, lachte der Scheible. »Dein Herr, der Teufel, scheint dir ja wacker beizustehen.«

Als sie auch nach mehreren Minuten keinen Ton von sich gab, drehte der Henker, gegen dessen »Ehre« sich das Hexenmensch verging, wieder an beiden Schrauben, diesmal mit Erfolg.

Mit einem lauten und entsetzlichen Schrei fiel Helene Hagenbusch in Ohnmacht.

Der Pater drehte die Sanduhr, die bei einer Tortur stets in Gebrauch sein musste, wieder um und schrieb die Dauer der peinlichen Befragung auf. »Sieben Minuten hat sie es durchgestanden, ohne einen Ton von sich zu geben, dann hat der Teufel sie im Stich gelassen.«

Der Scheible löste auf ein Zeichen Richter Winterlings die Daumenschrauben, und es zeigte sich, dass die ersten Daumenglieder zerquetscht waren. Die Nägel begannen sich bereits zu lösen. Einer der Knechte riss sie vollends mit einer Zange aus dem Fleisch heraus, was der Gefolterten, die man mittlerweile mit einem über den Kopf gegossenen Eimer mit eiskaltem Wasser zur Besinnung gebracht hatte, einen weiteren tierischen Schrei entlockte.

»Na, also«, meinte einer der im Hintergrund sitzenden und gemütlich einen Becher Wein schlürfenden Zeugen, »es scheint, dass der Scheible diesmal schneller zum Ziel kommt als erwartet.«

Alle mit dem Prozess Befassten waren davon ausgegangen, dass sich das Hagenbusch-Mensch als besonders zäher und hartnäckiger Brocken erweisen würde. Das hatten sie ihrem ziemlich beherzten, wie sie es nannten, frechen Auftreten entnommen.

»Grad die mit dem größten Maul erweisen sich oft als die Wehleidigsten«, sagte ein anderer, »denn immer wieder hilft ihnen ihr Herr, der Satan. Das zeigt sich schon daran, dass Hexen niemals während der peinlichen Befragung weinen. Der Teufel erlaubt ihnen nämlich nicht, Tränen zu vergießen.«

»Willst du jetzt gestehen, wessen dich der Ehrenwerte Oberste Richter anklagt?«, fragte der Henker grinsend.

»Alles, was Ihr wollt, gestehe ich. Bloß, hört auf, mir wehzutun«, rief das arme Geschöpf und versank erneut in tiefer Bewußtlosigkeit.

»Himmelherrgott, was hat das Hurenmensch bloß? Dauernd fällt es in Ohnmacht.«

Unwillig brummend kippte ihr der Henker einen zweiten Kübel Wasser über den Kopf. Röchelnd und spuckend kam Helene wieder zu sich.

Aus dem Hintergrund des Folterkellers war mittlerweile Bertold Munzinger herangetreten. »Für das erste Mal reicht es«, meinte er. »Womöglich hat sie ein schwaches Herz. Wir wollen doch nichts riskieren, nicht wahr?«

»Dass sie uns gleich zu Anfang krepiert, das wär schlecht«, gab der Scheible lachend zu, »das verdürb uns ja den ganzen Spaß.«

Helene Hagenbusch wurde von den Knechten des Hänsele-

Turms wieder in ihre finstere Kerkerzelle zurückgebracht, wo sie gleich völlig erschöpft und vor Schmerzen wimmernd, zusammengekrümmt wie ein kleines Kind im Mutterleib, auf ihrem Strohhaufen zusammensank.

Als nach einigen Stunden Theresia, die Frau des obersten Aufsehers, nach ihr schaute, lag sie noch genauso da. Die Frau holte erschrocken ihren Mann, weil sie zuerst glaubte, das Mädchen sei tot, da es weder auf Zurufe noch auf Rütteln reagiert hatte. Dem gelang es endlich, Helene ins Bewusstsein zurückzuholen.

»Hättet Ihr mich doch nur schlafen lassen«, jammerte sie, »jetzt spüre ich bloß die fürchterlichen Verletzungen. Schaut Euch die Daumen an, ich glaube, meine Hände sind für immer unbrauchbar.«

»So darfst du nicht denken«, tadelte Theresia sie und umwickelte ihr die böse malträtierten Finger mit einer reinen Leinenbinde. »Das kann wieder heilen, und die Nägel wachsen nach.«

»Und wozu?«, fragte das Helen. »Damit ich mit zwei heilen Händen auf den Scheiterhaufen komm?«

Darauf wusste Theresia keine Antwort.

Nach einer weiteren Stunde brachte ihr der Gefangenenwärter einen Napf mit ziemlich gut riechender Suppe.

»Ich helfe dir beim Essen«, bot der Mann ihr an, weil sie ihre Hände nicht benutzen konnte. Aber Helene wehrte ab. Sie hatte keinen Appetit. Bloß nach Wasser verlangte sie, und er hielt ihr den Krug an die spröden Lippen. Dann schlurfte der Aufseher mit dem Suppennapf wieder davon.

In dieser Nacht bekam Helene Hagenbusch erneut Besuch. Als dieser sie nach Stunden, noch vor Morgengrauen, wieder verlassen hatte, wusste sie, wie der Teufel sich anfühlte, wie er roch, wie er sprach. Und sie wusste vor allem, *wer* er war.

Und er hatte ihr eins klargemacht: Dass er sie von jetzt an jede Nacht aufsuchen und missbrauchen werde. Erst wenn sie den Feuertod gestorben wäre, hätte sie endlich Ruhe vor dieser Ausgeburt der Hölle …

KAPITEL 24

Müde und trotzdem erregt und von dem Gedanken beherrscht, seine geliebte Helene zu befreien, ritt Hasso von Ruhfeld gegen Mittag auf den Schlosshof seiner Ahnen. Und war sie frei, dann wollte er sich rächen – blutige Rache würde er üben.

Kaum hatte die kleine Schar in gestrecktem Galopp die Grenzen der Grafschaft überquert, waren ihr bereits Leute entgegengeeilt, um Hasso das Schreckliche mitzuteilen: Helene Hagenbusch sei gefoltert worden, um sie zum Geständnis zu bringen, eine Unholde zu sein.

Sowie Adelheid das Pferdegetrappel im Schlosshof gehört hatte, war sie an ein offen stehendes Fenster getreten, um nachzusehen, wer die unverhofften Gäste seien.

Als sie Hasso mit seinen Begleitern erkannte, rannte sie, so schnell ihre langen Röcke es erlaubten, aus dem Zimmer, die Flure entlang, die Treppen hinunter und durch die riesige Vorhalle hinaus und über die steinerne Außentreppe in den Schlosshof, wo die Herren inzwischen den herbeigeeilten Knechten ihre schweißnassen Pferde übergaben.

Sie warf sich weinend in die Arme ihres Bruders. Er drückte seine Schwester ungestüm an sich und rief mit tränenerstickter Stimme aus: »Ich weiß, was meine liebste Leni erleiden musste.

Aber ich schwöre, dass ich sie noch heute aus dem Kerker befreien werde.«

»Sprich nicht weiter, Hasso«, entgegnete Adelheid leise. »Wir wissen nicht, ob alle Menschen im Schloss so denken wie wir. Ich bitte dich, komm zu mir, damit wir in Ruhe besprechen können, was zu tun ist.«

Der Oberste Richter Bertold Munzinger hatte äußerst schlechte Laune. So etwas hatte er in seiner zwanzigjährigen Gerichtspraxis noch nicht erlebt.

Dass hin und wieder ein Zeuge oder eine Zeugin einknickte, kam gelegentlich vor. Vor allem, wenn die Aussage unter der Folter zustande gekommen war, musste man damit rechnen, dass sie später wieder zurückgenommen wurde. Doch dieser reihenweise Einbruch der sogenannten Zeugen war ungeheuerlich.

Angefangen hatte es mit dem Dorftrottel, dem Hannes Leiblein. Er war mit seiner Tante, der Pfarrersköchin des Reschenbacher Geistlichen, erschienen und hatte unter vielem Grimassenschneiden, Gekicher und Sabbern seine Anzeige gegen »die ehrenwerte Jungfer Helene Hagenbusch« zurückgezogen. Er sei sich jetzt sicher, dass sie nicht an seinem lahmen Arm die Schuld trüge.

»Mein Gewissen lasst es jetzt nimmer zu, dass das Helen wegen mir für eine Hex gehalten wird«, stammelte er.

Und dabei schaute der Idiot den Obersten Richter so treuherzig mit seinen stumpfsinnigen Augen an und grinste albern, während ihm der Speichel von den dicken Lippen tropfte, dass der Berthold Munzinger sich angeekelt von ihm abwandte, weil ihm vor dem unappetitlichen Neffen der Marthe Schnewlin graute.

»Ihr seht ja selber, Euer Ehren, dass man nicht alles für bare

Münze nehmen darf, was der Junge so daherredet, nicht wahr«, sagte die Pfarrhaushälterin scheinheilig.

»Ach ja?«, entgegnete der Munzinger im höchsten Maße unwillig. »Vor zwei Wochen hat sich das aber ganz anders angehört, als Ihr das erste Mal mit Eurem Neffen bei mir erschienen seid. Da habe ich nur gehört, dass es eine Verleumdung sei, den Jungen einen Schwachkopf zu nennen und dass die Leute ihm Unrecht täten, wenn sie ihn für verblödet hielten. Er wisse genau, was er sage. Und jetzt ist ihm über Nacht das Gewissen in seinen dummen Kopf eingeschossen? Wollt Ihr mich foppen, Jungfer Schnewlin?«

Die Tante – viele Leute behaupteten, sie sei seine leibliche Mutter – zog den Kopf zwischen die Schultern, starrte betreten zu Boden und verstummte eingeschüchtert.

»Lasst es gut sein. Geht mit Eurem Neffen nach Hause, und verbietet ihm in Zukunft, gegen andere Leute Beschuldigungen vorzubringen. Ich hätte gute Lust, gegen Euch, Jungfer Schnewlin, Anklage wegen wissentlicher Irreführung des Gerichtes zu erheben. Ja, das werde ich mir gut überlegen.«

Da begann das Weib zu betteln und zu winseln, bis nach einer Weile der Oberste Richter sich zu folgender Äußerung herabließ: »Nun wohl, ich sehe, Ihr bedauert den Vorfall, Jungfer. Wir wollen ihn vergessen, zumal er an der Anklage gegen besagte Hexe Helene Hagenbusch nichts ändert. Die übrigen Zeugen genügen dem Gericht vollkommen, sie der Hexerei zu überführen. Ihr könnt Euch jetzt entfernen.«

Diesen Zeugen losgeworden zu sein, empfand er im Nachhinein sogar als Erleichterung. Welchen Eindruck hätte dieses stotternde, idiotisch grinsende Individuum im Gerichtssaal gemacht? Alle anderen Zeugen waren jedoch »normal« und würden zu ihrer Aussage stehen.

Nun, diese Ansicht des Ehrenwerten Stabträgers, der im

Geist schon lange den Stab über die mit teuflischen Mächten im Bunde stehende Angeklagte gebrochen hatte, sollte sich als nicht ganz richtig erweisen.

Zu seinem größten Unmut dauerte es nicht lange, und die nächste Zeugin brach jämmerlich ein. Der wohlhabende Bauer Klaus Bentele höchstpersönlich erschien mit seiner Magd Gertrude, die ausgesagt hatte, sie habe das Helen beim Hagelmachen beobachtet. Diese Behauptung wolle sie jetzt zurücknehmen.

Wütend knallte der Munzinger die Protokolle auf den Tisch, die die des Lesens und Schreibens Unkundige seinerzeit mit drei Kreuzen unterzeichnet hatte.

»Darf ich Euch vorlesen, was die hörige Magd Gertrude Bammert, wohnhaft zu Reschenbach auf der Hube des Freibauern Nikolaus Bentele, vor mir und zwei anderen Herren freiwillig ausgesagt hat?«, fragte er zornesrot den Bentele.

»›Ich, Gertrude Bammert, genannt das Trudi, habe am Mittag des siebten Mai die Jungfer Helene Marie, Tochter des Schultheißen Jakob Hagenbusch, bei den Weiden an der Acherbrücke bei Reschenbach beobachtet, wie selbige dort heimlich in einem schwarzen Topf Hagel gesotten hat. Ich habe mich leise angeschlichen und gehört, wie sie gottlose Zaubersprüche vor sich hingemurmelt hat, indem sie in den Topf aus einem Säcklein grüne Erbsen geworfen hat, dazu ein Stück Pech, eine Strähne abgeschnittener, blonder Haare von ihrem Kopf, dazu hat sie Natternkraut getan, und zum Schluss hat sie unflätiges Wasser darübergegossen.‹ Das sollte wohl heißen, sie hat darüber uriniert«, fügte er unwillig an.

»Weiters hat sie zu Protokoll gegeben: ›Das alles hat sie eifrig im Topf mit einem Stecken umgerührt und hat dabei gesungen: Nelken und Rosen, Jäckle und Hosen, Mäuse und Schwarten, Spieler und Karten, Bänke und Sessel, Pfannen und Kessel,

Flinten und Sabel, Schaufel und Gabel, Flauten und Harfen, Hechten und Karpfen, Bitter und Sauer, Hagel und Schauer. Kommet all zusammen in des Teufels Namen.‹

Und dann will Eure Magd gesehen haben, wie die genannte Helene Hagenbusch den Inhalt jenes famosen Hexentopfes in alle vier Himmelsrichtungen verstreut hat. Und all das will sie jetzt leugnen?«

Die Augen des Munzingers unter seinen schwarzen, zornig gerunzelten Brauen funkelten gefährlich, und Klaus Bentele beeilte sich, den Richter zu beschwichtigen.

»Nein, gnädiger Herr, Euer Gnaden. Es leugnet nicht, das Trudi. Bloß muss es jetzt bekennen, dass es sich wahrscheinlich geirrt hat.«

»Was soll denn das heißen ›geirrt‹? Hat sie das Hexen-Mensch nun beim Hagelsieden überrascht oder nicht? Hat deine dumme Magd überhaupt was gesehen, oder war sie schon am hellen Mittag besoffen?«

Die Gertrude und ihr Herr wurden blass. Weil die Hörige vor Schreck kein Wort mehr herausbrachte, übernahm der Bauer erneut das Reden. Und nach einem tiefen Bückling bemühte er sich, die ganze Angelegenheit als Versehen hinzustellen.

»Erklärt mir das, bitte«, fuhr der Oberste Richter ihn an.

Und der Klaus, von dem der Munzinger zu Recht argwöhnte, der Mann habe eine Liebschaft mit der ledigen Magd, begann des Langen und Breiten zu behaupten, das Trudi hätte sich das Ganze noch einmal durch den Kopf gehen lassen, weil die Geschichte doch eine ganz heikle Sache wäre, nicht wahr? Und so wäre die Magd nach reiflicher Überlegung zu dem Schluss gekommen, dass sie eigentlich viel zu weit entfernt gewesen sei, um etwas Genaues zu erkennen, nicht wahr? Es wäre möglich, dass das Helen etwas ganz anderes gemacht hätte: Ja, es könnte sogar sein – unter Umständen, nicht wahr? –, dass die Tochter vom Jakob gar nicht bei der Brücke gewesen sei, sondern ein ganz anderes Weibsbild.«

»Da soll doch gleich die Pest über Euch kommen, Bentele. Hätte Eure alberne Magd nicht vorher genau überlegen können, ehe sie mit dieser Geschichte zum Gericht läuft? Das ist ja unglaublich. Dann ist die Sache mit den zwei angeblich verhexten Milchkühen womöglich auch bloß eine Erfindung dieser hirnlosen Kreatur?«

Bertold Munzinger schien kurz vor einem Schlaganfall zu sein. Wieder steckte er seine lange Nase in die Akte der Helene Hagenbusch. »Hier«, beinahe triumphierend deutete der Oberste Richter auf die Aussage Trudis, die mit eigenen Augen gesehen haben wolle, wie die Helene im Stall des Bentele einen Zauberspruch über dessen zwei beste Milchkühe gesprochen habe. Seit dieser Zeit wären die Viecher trocken, will heißen, sie gäben keinen einzigen Tropfen Milch mehr. Und alles sei erlogen?

Der Munzinger sprang von seinem Sitz auf, ging auf den Bentele los und begann, ihn ordentlich zu schütteln. »Fünf Gulden verlange ich von dir als Sühne dafür, dass du dieses saudumme Weib hier angestiftet hast, Lügen zu verbreiten, und deine Magd – ich halte sie aber eher für deine Buhlerin – wandert für zwei Wochen in den Turm. Da kann sie sich bei Wasser und Brot darüber klar werden, ob sie es noch einmal riskieren will, das Gericht zum Narren zu halten.«

Und er klingelte nach einem Diener, um die Gertrude Bammert sogleich abzuführen und in Gewahrsam zu nehmen. »Und jeden Abend vor dem Schlafengehen soll ihr ein Knecht des Henkers Scheible fünf Rutenstreiche verpassen.«

Das Trudi begann daraufhin fürchterlich zu flennen, und ihr Herr, der Klaus, beschwor den Obersten Richter beinahe kniefällig, seiner Magd diese Strafe doch um Himmels willen zu erlassen. Man wisse schließlich, wie die Schergen des Scheible zuhauten, nicht wahr …

»Nix da, die Prügel bleiben – oder willst du sie für deine Magd auf dich nehmen?«, fragte der Munzinger hinterhältig.

Da hielt der Bentele schnell den Mund. Sich mit dem Trudi auf dem Strohsack zu wälzen, das war eine Sache, aber die Abreibung in Empfang zu nehmen für die Magd, eine andere …

Jetzt fehlt nur noch, dass dieser wandernde Schneider, der bei den Leuten die über das Jahr angefallenen Flicksachen erledigt, auch noch umkippt, dachte der Oberste Richter missgelaunt.

Nun, in diesem Fall lief es anders – doch das Ergebnis war dasselbe.

Der Landvogt Maximilian Veigt ließ ihm in einem amtlichen Schreiben ausrichten, dass eine Weibsperson in mittleren Jahren, mit Namen Anna Kramer, bei ihm zusammen mit ihrem Ehemann Albrecht und ihrer kleinen Tochter Mariele, dem jüngsten ihrer sechs Kinder, vorstellig geworden sei.

Auf die erstaunte Frage des Vogts nach ihrem Begehr, hätten die Eltern ausgesagt, dass man sie von der Aussage des Störschneiders Bertl Heimgasser unterrichtet habe, die Tochter ihres Nachbarn Hagenbusch habe ihr Kind böswillig mit einem Zauber belegt, und seitdem sei das kleine Mädchen krank.

»Das ist ganz einfach nicht wahr«, sagte der Vater, und die Mutter ließ ihre Zweijährige, ein gesundes, munteres Menschenkind, auf den Vogt zulaufen, artig einen Knicks vor ihm machen und brav einen Gruß und ein Verslein herunterleiern, das sie ihm extra ihm zu Ehren beigebracht hatten.

»Findet Ihr, gnädiger Herr, dass unsere Tochter krank und schwach aussieht?«, fragte der Vater, und der Landvogt konnte nur bestätigen, selten ein so hübsches, robustes Kind von zwei Jahren gesehen zu haben.

Das Schreiben des Landvogts war voller hämischer Genugtuung, und der Munzinger war nahe daran, einen Tobsuchtsanfall zu kriegen. Am liebsten hätte er den ganzen leidigen Prozess gegen die Hexe Hagenbusch eingestellt. Wie sollte er unter diesen Umständen noch den Willen und die Kraft aufbringen, ein ordnungsgemäßes Verfahren abzuwickeln, wenn seine Zeugen reihenweise einknickten?

Gerade noch rechtzeitig fielen ihm die beiden restlichen Weiber ein, die Bleile und die Mürfelder, geständige und überführte Hexen, die es wohl kaum wagen würden, ihre Aussagen zu revidieren – und wenn, dann würde der Scheible sie schnell wieder zur Räson bringen …

KAPITEL 25

UND WIEDER STAND HELENE vor dem Hexentribunal und sollte Angaben über ihre angeblichen Verfehlungen machen. Der Oberste Richter würde sich nur noch auf die Aussagen der beiden, in Kürze hinzurichtenden Unholdinnen, stützen können.

Die beiden hatten nur über Untaten des Mädchens berichtet, die ihrer Natur nach zwar äußerst verwerfliche, gegen Kirche und Religion sowie Sitte und Moral gerichtete Verbrechen waren, doch damit war es nicht getan.

Zu einer Hexe gehörten auch und besonders: schädliche Taten, welche sich gegen Menschen, das Vieh oder die Natur richteten. Aber alles, was diesbezüglich in den Protokollen gestanden hatte und dreimal gereicht hätte, das Satansweib auf den Scheiterhaufen zu bringen, war durch die zurückgenommenen Aussagen dieser feigen, sogenannten Augenzeugen obsolet geworden.

»Auf ihr Gewissen haben sie sich berufen – dass ich nicht lache!«, hatte der Munzinger ausgerufen, als er den Rat der zwölf Richter über die höchst ärgerliche Wendung der Dinge informieren musste.

Ewald Winterling, einer der Eifrigsten unter den zwölf Richtern, war es, der den zweckdienlichen Einfall hatte, die beiden geständigen Hexen erneut peinlich vernehmen zu lassen, um ihnen die Frage vorzulegen, ob *sie* nicht die Tochter des Schultheißen dabei beobachtet hätten, wie diese an Menschen oder Vieh ihren Schadenszauber vollbracht habe.

Auch Pater Damian, der geistliche Beistand aller Delinquenten, begrüßte diesen Vorschlag und Munzinger griff ihn begeistert auf.

Martin Scheible musste also mehr Arbeit leisten, aber das tat er gerne. »Nichts tu ich lieber, als diese Hexensäue ein bisschen zu kitzeln, bis sie jubeln«, sagte er grinsend.

Außerdem bedeutete es neben dem Spaß, den er dabei empfand, eine nicht zu verachtende Mehreinnahme – wurde der Nachrichter doch für jede seiner Handanlegungen an den üblen Subjekten bezahlt.

Und wie zu erwarten gewesen, sagten Sofie und Agnes im Sinne des Obersten Richters und des gesamten Gerichtes aus.

»Uns liegen Zeugenaussagen vor, welche dich dabei gesehen haben, wie du durch Berühren mit einem Zauberkraut sechs Kühe des Andreas Sütterlin, des jetzigen Schultheißen von Reschenbach, krank gemacht hast. Die Rindviecher sind auf der Weide alle tot umgefallen, kaum dass du in ihrer Nähe gewesen bist.«

Mit dieser absurden Behauptung eröffnete Munzinger den nächsten Gerichtstag.

»Willst du dazu etwas sagen, Hexenbraut?«, bohrte er nach, als Helene keinerlei Anstalten machte, sich zu dem Vorwurf zu äußern.

»Doch, ich kann dazu etwas sagen, Euer Ehren. Nämlich dass das wieder ein Riesenblödsinn ist und eine faustdicke Lüge dazu, weil der Sütterlin gar keine Kühe hat.«

»Jetzt wohl nimmer«, bemerkte einer der Richter und lachte schallend.

Dem Helen hatte man heute gnädig gestattet, auf einem Schemel zu sitzen, weil man fürchtete, sie könnte sonst wieder ohnmächtig werden. Jetzt fuhr sie unbeirrt fort: »Lasst Euch sagen, Euer Ehren, besagter Sütterlin hat noch nie Kühe besessen. Er ist nur Obst- und Weinbauer, allerdings ein recht großer. Fast so groß wie mein Vater«, fügte sie stolz hinzu. »Er hat immer behauptet, das Vieh mache zu viel Arbeit und die Kosten stünden bei der Aufzucht in keinem Verhältnis zum Ertrag. Er ziehe es vor, die nötige Milch bei seinem Nachbarn zu kaufen oder gegen selbst gebrannten Schnaps zu tauschen. Wie kann ich ihm also sechs Kühe totgezaubert haben?«

Herrjemineh! Peinlich war das dem Munzinger schon. Denn keiner hatte es für nötig befunden, die Angaben der beiden alten Weiber zu überprüfen.

›Wer kann denn ahnen, dass dieser Idiot überhaupt keine Rindviecher hat?‹, dachte der Oberste Richter, und seine Wut auf die Hexe vergrößerte sich noch. Welche Scherereien er bloß mit dieser Dirne hatte – Zeit, dass sie auf dem Reisighaufen verschmorte.

»Es ist völlig unerheblich, wem die Kühe gehört haben. Wichtig ist allein die Tatsache, dass du, verfluchtes Hexenbalg, sie umgebracht hast!«, unterstützte da der Mönch Damian Rothaus den Munzinger. Der blickte den Pater dankbar an und griff diesen absurden Gedanken sofort auf.

»Ich habe nie in meinem Leben Kühe oder sonstige Tiere durch Zauberei umgebracht«, sagte Helene und blickte den Stabträger dabei fest an. »Wenn ich Tiere getötet habe, waren es Hühner, Hasen oder Gänse, die wir daheim gegessen haben. Und das Schlachten ist wohl nicht verboten, Euer Ehren. So oft Ihr ein Stück Geräuchertes esst, hat die Sau vorher einer abstechen müssen, oder nicht?«

»Ich danke dir für die Belehrung, da wäre ich allein nicht draufgekommen«, erwiderte spöttisch der Oberste Richter. Aber er wusste genau, dass dieser Punkt eindeutig an die Angeklagte gegangen war. Zudem bemerkte er zu seinem nicht geringen Missvergnügen, dass sich bereits mehrere der beisitzenden Richter nur mühsam das Lachen verkniffen.

»Ferner hat man dich dabei erwischt, wie du Mäuse gemacht hast und diese schädlichen Nager in ein Getreidefeld des Grafen Ferfried von Ruhfeld getrieben hast. Verteidige dich, wenn du kannst!«, fuhr er in strengem Ton fort.

»Mir graust furchtbar vor Mäusen, Euer Ehren. Da werde ich doch keine extra machen. Außerdem, wie soll das denn gehen? Ich dachte bisher immer, dass sich Mäuse genauso wie Kaninchen und Katzen vermehren – sollte mir da etwas beim Naturkundeunterricht auf Schloss Ruhfeld entgangen sein?«

Zwei Richter prusteten jetzt laut heraus. Als der Munzinger sie böse ansah und fragte, was es denn Erheiterndes gebe, taten sie geschwind so, als hätten sie einen Hustenanfall.

»Aufgeblasenes Luder. Du brüstest dich wohl mit deiner Bildung, die dir der Graf hat zukommen lassen? Und wie hast du es ihm gedankt? Indem du Mäuse gezaubert hast, um sein Korn zu verderben«, schrie unbeherrscht der Munzinger.

»Wenn Ihr mir nicht glaubt, dass an der Anklage nichts dran

ist, dann fragt doch seine Tochter, Gräfin Adelheid. Sie wird Euch bestätigen, dass alles böswillige Verleumdungen sind, derer Ihr mich anklagt.«

»Mäßige gefälligst deinen Ton, sonst lasse ich dich mit Ruten streichen, bis dir die Haut in Fetzen abgeht«, drohte der Richter, welcher heute so gar keine gute Figur machte.

Aber das wollte er nun ändern.

Also blätterte er bedeutsam in dem vor ihm liegenden Protokoll, wiegte sein schweres Haupt bedächtig, räusperte sich und begann mit seltsamer Betonung: »Was ich jetzt dem ehrsamen und erlauchten Rat der Zwölf zu berichten habe, sprengt jegliche Vorstellungskraft eines redlichen Christenmenschen und wird den allergrößten Abscheu vor diesem verwerflichen Geschöpf hervorrufen.«

Er hüstelte, und wieder trat eine Pause ein, während der man nur die Feder des Schreibers kratzen hörte. Munzinger, der durchaus Sinn für Dramatik hatte, wartete, bis der Schreiber mit seiner Niederschrift fertig war. Er fuhr erst fort, als der Mann, wie alle anderen Anwesenden im Gerichtssaal, ihre erwartungsvollen Blicke nur auf ihn, den Obersten Richter und Stabträger, gerichtet hatten.

»Fast versagt mir die Stimme bei dem, was ich Euch nun, verehrte Herren, an Scheußlichkeiten, welche die Hexe, Helene Hagenbusch, begangen hat, vorzutragen habe.«

Dann wandte er sich blitzschnell, wie auf ein Stichwort, an die Delinquentin. »Steh auf, wenn ich deine Schandtat aufdecke, Hexenweib! Wenn du sie gehört hast, dann sollen dich die Hammerschläge der Schande und des Abscheus aller christlichen Bürger treffen. Erst dann kannst du dich wieder setzen.«

Was nun folgte, war das Verlesen einer ebenso aberwitzigen wie ekelhaften Mordtat an einem zwei Tage alten Säugling, dem Sohn einer Magd auf dem Hof des Schultheißen, der noch nicht getauft worden war und daher für die Zwecke einer gottlosen Zauberin am besten geeignet war.

Fett und Blut von Ungetauften wurden zur Herstellung von Hexenflugsalben verwendet und für allerlei andere tödliche Mischungen, mit denen die Hexen ihre Mitmenschen schädigten oder töteten.

So stand es im Buch *Der Hexenhammer* – also war es die lautere Wahrheit.

Auch die beiden zum Feuer verurteilten Frauen hatten unter erneuter Folter dieses gestanden. Sie waren dabei gewesen – hatten sie ausgesagt.

Das Verbrechen der Kindstötung zum Zweck der Beschaffung des notwendigen Fettes für die Hexensalbe lag angeblich schon etliche Jahre zurück. Da wäre das Helen aber erst dreizehn Jahre alt gewesen …

Doch das Gericht scherte eine solche Beweislage nicht. Zeigte sie doch auf, dass die vor ihm stehende Mörderin bereits in ganz jungen Jahren eine Buhle des Teufels gewesen sein musste.

Helene aber hatte ihren wachen Verstand noch nicht eingebüßt. Sie wies sofort auf den Widerspruch hin. »Euer Ehren, vor zwei Tagen habt Ihr mich zwingen wollen, zuzugeben, dass ich seit fünf Monden zum Hexensabbat mitgeflogen sei. Ihr habt genau beschrieben, wie ich angeblich vom Satan in die Hexengemeinschaft aufgenommen worden bin – wie verträgt sich das mit dem heute Vorgetragenen? Danach müsste das ja schon vor fünf Jahren passiert sein. Könntet Ihr Euch vielleicht auf ein Datum einigen? Es besteht sonst die Gefahr, das Ihr unglaubwürdig werdet.«

Bertold Munzinger, der wieder ein unterdrücktes Kichern aus der Reihe der Richter zu hören glaubte, geriet in unbändige Wut. Aber ehe er etwas erwidern konnte, setzte das »freche Hexenluder« noch eins drauf: »Um den Sachverhalt aufzuklären, bitte ich darum, dass die Mutter des betreffenden Knaben, sowie mein Vater als ihr Herr, befragt werden. Ich kann mich an kein Ereignis erinnern, das den Tod eines Neugeborenen auf unserem Hof zur Folge hatte. Alle unsere Mägde gebären im Allgemeinen gesunde, kräftige Kinder.«

Unter den Richtern entstand beträchtlicher Tumult, den der wütende Munzinger damit beendete, dass er das Verfahren für diesen Tag beendete und Helene zurück in den Kerker bringen ließ.

KAPITEL 26

»NA, DANN WOLLEN WIR HEUTE mit GOTTES Hilfe und Beistand den zweiten Grad der Tortur bei dir anwenden. Möge er dich bewegen, deine gotteslästerlichen Untaten zuzugeben«, sagte der Scheible gelassen.

Er verstand sein grausiges Handwerk und normalerweise genügte ein ein- bis zweimaliges »Aufziehen« der Delinquenten, um sie zu dem vom Gericht gewünschten Geständnis zu bewegen.

Der Scheible band dem armen Mädchen grob die Arme hinter dem Rücken, der noch von den kürzlich erlittenen Rutenstreichen völlig zerschlagen und mit Blut verkrustet war, zusammen. Diese Fesselung allein war schon schmerzhaft genug.

Der so gefesselte Körper Helenes wurde nun an einem Seil befestigt und an diesem frei in der Luft schwebend durch eine an der Decke des Gewölbes angebrachte Rolle auf- und niedergezogen.

Dem Mund der Gemarterten entrang sich ein lautes Stöhnen, aber noch schrie sie nicht.

»Seht Ihr, meine Herren Zeugen«, sagte der Henker zu den anwesenden Richtern, dem Mönch Pater Damian, der sein Stundenglas in der Hand hielt, sowie dem Schreiber, der alles genau aufzeichnete, »der Satan steht ihr bei. Solange seine Macht nicht gebrochen ist, fühlt sich die Hexe stark. Sie spürt die Schmerzen gar nicht – sonst tät sie schreien. Aber der Teufel hilft ihr.«

Die Anwesenden bekreuzigten sich, manche blickten ein wenig furchtsam. Es war schon ein beängstigendes Gefühl, den Gottseibeiuns so dicht neben sich zu haben. Seine Gegenwart war deutlich in dem dunklen, muffig riechenden Kellergewölbe spürbar, dessen dicke Mauern den Gestank von Blut, Urin, Kot, Erbrochenem und Angstschweiß in alle Ewigkeit noch ausdünsten würden, mochten die Henkersknechte den Steinboden noch so häufig aufwischen.

»Gibst du zu, dass du das ungetaufte Kind getötet hast, um es als Zutat zu deiner Hexensalbe zu missbrauchen, du Satansbraten?«

Diese Frage stellte jetzt der Richter Ewald Winterling an die hilflos am Seil baumelnde »Hexe«. Helene antwortete nicht, nur ihr jetzt schwächer gewordenes Stöhnen war zu hören.

Der Pater drehte die Sanduhr um und gab dem Scheible ein Zeichen, sein Opfer herunterzulassen. Aber die Qual war damit nicht vorbei, denn nun befestigten die Schergen des Henkers an jedem Fuß der jungen Frau ein Steingewicht von zwanzig Pfund. Dann zog der Scheible sie erneut empor.

Diesmal ertrug Helene die Tortur nur schreiend. Das Gewicht zerrte derart unerträglich an ihrem Körper, dass sie das Gefühl hatte, sie würde auseinandergerissen. Und erneut stellte der Zeuge Winterling die Frage an sie, aber sie schrie nur: »Nein! Nein! Nein!«

Dieses Leugnen richtete sich gegen die Berufsehre des Henkers. Martin Scheible sah es als Schimpf an, wenn er eine Angeklagte ohne Geständnis aus seinen Händen entlassen sollte, »so als ob ich meine Kunst und mein Handwerk nicht ordentlich gelernt hätte, dass es mir nicht gelingt, einem schwachen, armseligen Weib das Maul zu öffnen«.

Diese Angst hatte er des Öfteren seinen Gehilfen anvertraut, denn er wusste nur zu gut, dass auf den Geständnissen allein die sogenannte Rechtsprechung beruhte. Ohne dieses Geständnis konnte keine Frau als Hexe verurteilt werden – so lautete der Grundsatz im *Hexenhammer*. Ihm entsprach als Erzwingungsmittel die Folter.

Sollte Helene Hagenbusch nach dreimaliger Tortur noch immer nicht gestanden haben, müsste man sie laufen lassen, und das bedeutete Schande für den unfähigen Henker. Man betrachtete die Tortur als »ein von Dämonen befreiendes Mittel«. Je länger ein Weib leugnete, desto sicherer war erwiesen, dass der Teufel in ihm steckte. Der Satan machte es gegen Schmerzen unempfindlich, so wie er auch eine Hexe am Weinen hinderte.

»Eigentlich tue ich dir nur einen Gefallen, Hexenbrut, wenn ich dich aufziehe. Das treibt dir den Teufel aus dem Leib«, sagte der Scheible, als er Helene wieder herunter- und dann mit Schwung zur Decke hinaufschnellen ließ, wobei dieses Mal Helenes Oberarmknochen aus den Gelenkpfannen sprangen.

Sie stieß einen markerschütternden Schrei aus und fiel in eine gnädige Ohnmacht.

Der Scheible ließ die Bewusstlose so schnell herab, dass sie auf den Steinboden fiel und sich dabei den rechten Unterarm brach. Die Knechte entfernten die Steingewichte von ihren Füßen und lösten die Fesselung ihrer Hände. Die Schultergelenke hatten bereits begonnen anzuschwellen, und der Nachrichter hatte Mühe, Helenes Arme wieder einzurenken. Mit deutlichem Knacken sprangen die Armkugeln schließlich in ihre Pfannen zurück und das Mädchen erwachte mit einem furchtbaren Schmerzensschrei.

»Was ist, gibst du jetzt zu, den kleinen Sohn der Magd deines Vaters umgebracht zu haben, du Hexenluder?«, wollte ungerührt der Richter Ewald Winterling wissen. Wie durch einen roten Schleier nahm Helene diesen widerlichen Mann wahr.

»Ja, ich gebe alles zu, alles, was Ihr nur wollt«, konnte sie noch flüstern, dann fiel sie erneut in eine tiefe Ohnmacht.

Die Zwölfer sowie der Oberste Richter nebst Schreiber und Geistlichem begaben sich nun in ein nahebei gelegenes Gasthaus, um ein verspätetes, üppiges Mittagsmahl einzunehmen.

»Lang genug hat's ja gedauert, bis diese Satansbraut weich geworden ist«, sagte der Munzinger grinsend, und die übrigen Herren lachten.

Das Essen verlief weitgehend heiter, auch der Wein mundete den Leuten vom Gericht vortrefflich.

Mit vollen Backen kauend ließ sich schließlich einer der Richter zu einer delikaten Frage an den Munzinger hinreißen: »Wie steht es eigentlich mit Beweisen für die Behauptung, die Hexe hätte das kleine Büble der Magd erwürgt? Ich habe im *Hexenhammer* gelesen, dass als Voraussetzung für einen solchen Vorwurf, der Nachweis eines *corpus delicti* geführt werden muss. Haben wir denn die Leiche des Kindes? Und nützt es etwas, sie nach fünf Jahren wieder auszugraben? Die Würmer werden nicht viel davon übrig gelassen haben.«

Der Munzinger winkte großspurig ab. »Das brauchen wir nicht. Hauptsache ist, die Hexe gesteht die Tat«, sagte er und wandte sich wieder seinem delikaten Kalbsbraten zu.

Doch sein Kollege war mit der Antwort nicht zufrieden. »Im *Hexenhammer* steht außerdem, dass selbst eine eingestandene Tat als solche bereits gewiss und erwiesen sein muss.«

Jetzt reichte es dem Munzinger. Umständlich wischte er sich die fettige Bratensoße vom Kinn, dann fasste er den unbequemen Stänkerer fest ins Auge. »Ehrenwerter Kollege, seid versichert, auch *ich* kenne den *Hexenhammer* in- und auswendig – und nicht allein dieses Werk. Wenn Ihr Euch die Mühe gegeben hättet, weiterzulesen«, grollte er, »wäret Ihr auf jene Stelle gestoßen, wo ganz deutlich steht: ›Bei geheimen Verbrechen wird der auf Mutmaßung beruhende Beweis wie ein vollständiger behandelt.‹ Sonst noch Fragen?«, endete er mit schneidender Stimme.

Der penetrante Zwölfer war mit dieser Argumentation endgültig mundtot gemacht, und das Essen konnte nunmehr ungestört beendet werden.

Das Scheusal, der Henker Martin Scheible, der mit Recht als unehrlich galt, wie alle Männer seines Gewerbes, und von jedermann gemieden wurde und Hass und Widerwillen gegen seine Mitmenschen hegte, sorgte dafür, dass seine Gefangene aus ihrer erneuten Ohnmacht erwachte und nicht wieder bewusstlos wurde, indem er sie mehrmals mit eiskaltem Wasser übergoss.

Als Nächstes zwang er ihr einen stark gesalzenen Mehlbrei in den Mund, um ihr Durst zu machen, verweigerte ihr jedoch einen Trunk Wasser. Dafür überschüttete er die Unglückliche mit Beleidigungen und Drohungen: »Hässliche Hexenbrut, du wirst so lang von mir torquiert werden, bis du so dünn bist, dass die Sonne durch dich durchscheinen kann.«

Eigentlich war es Vorschrift, dass die Folter an den Inquisiten nicht wiederholt werden durfte – allein keiner der Hexenrichter kümmerte sich darum. So hatte auch der Munzinger ein Schlupfloch gefunden, wie er die rechtlichen Bestimmungen zu umgehen vermochte.

»Zur Ehre Gottes wird so ein klitzekleiner Betrug wohl erlaubt sein«, hatte er mit hinterhältigem Grinsen dem Scheible versichert und so nannte man die Wiederholung der Tortur nach kurzer Pause eben nicht Wiederholung, sondern – Fortsetzung.

»Falls du dir einfallen lassen solltest, vor dem ehrenwerten Gericht heute Nachmittag wieder alles abzustreiten, wird Meister Scheible erneut seine Kunst an dir vollführen«, hatte Pater Damian dem hilflos auf den kalten Steinen liegenden und wimmernden Bündel Mensch angedroht, ehe auch er zum Mittagessen gegangen war.

»Ich will alles gestehen, Ihr Herren, alles, was Ihr wollt«, hatte Helene so leise geflüstert, dass man sie kaum noch verstehen konnte. Und diesen Satz wiederholte sie nun beständig nach Art einer Litanei, obwohl längst niemand mehr da war, der sie hätte hören können …

KAPITEL 27

»Ich bin dafür, den Schlossvogt in unser Vorhaben einzubinden, Adelheid«, sagte Hasso von Ruhfeld bestimmt, aber seine Schwester schwieg. Sie mochte Anselm von Waldnau nicht besonders, aber sie sah ein, dass ihre Abneigung durch nichts gerechtfertigt war. Der Mann war ein loyaler Diener ihres Vaters und versah seine Pflichten als Verwalter zu Graf Ferfrieds großer Zufriedenheit.

»Gut«, gab Adelheid schließlich widerstrebend nach, »vielleicht fällt ihm ja ein, wie wir es schaffen könnten, meine arme

Helene aus diesem vermaledeiten Hexenturm zu befreien. Alles, was wir bis dato ins Auge gefasst haben, taugt nämlich nichts. Hasso, ich sehe ja ein, dass du am liebsten sofort mit deinen Männern losstürmen und sie mit Gewalt befreien möchtest. Aber so einfach geht das leider nicht.«

»Das weiß ich doch!«, rief der junge Graf verzweifelt aus und fuhr sich durch sein zerzaustes, dunkelblondes Haar. »Der Hänsele-Turm gehört nun mal zur Schlossanlage von Ortenberg. Und sie wird scharf bewacht, Tag und Nacht. Ständig laufen bewaffnete Wachtposten oben auf der Ringmauer entlang – denen entginge gewiss nicht, wenn ein Fuhrwerk vor dem vergitterten Fenster meiner Liebsten anhielte. Meine Idee mit den Heuballen, worauf Helene sich fallen lassen könnte, ist ja nicht schlecht, aber das Problem, wie wir das Gitter vor dem Fenster ihrer Zelle entfernen, haben wir dadurch nicht gelöst. Dazu müsste man ein starkes Seil um die Gitterstäbe wickeln und das Gitter von zwei starken Pferden aus der Mauer reißen lassen. Außerdem würde das einen Höllenlärm machen und sofort die Wächter auf den Plan rufen.«

»Ja, leider«, mischte sich jetzt Georg Hagenbusch, Helenes älterer Bruder, mutlos in die Debatte ein.

Sowohl Hasso als auch Adelheid hatten es für notwendig befunden, den Bruder der jungen Frau in ihr Vorhaben einzuweihen.

Mitleidig betrachtete das Edelfräulein nun den kräftigen, jungen Bauern. Groß und breit, mit mächtigen Fäusten und einem Kreuz wie ein Ochse, stand er in der unteren Halle des Schlosses und bot, ungeachtet seiner körperlichen Stärke, ein Bild des Jammers und der schieren Verzweiflung.

»Von den Wachtposten innerhalb des Gefängnisturmes wollen wir gar nicht reden«, meinte Georg resigniert. »Wir könnten vielleicht den Aufseher und seine Frau zu bestechen versuchen, aber die anderen – es sind, glaube ich, noch vier oder fünf andere Wachsoldaten im Turm vorhanden. Wie sollen wir die ausschalten? Außerdem, je mehr Leute davon wissen, umso leichter wird unser Plan verraten.«

»Da sehe ich die geringste Schwierigkeit«, widersprach Hasso. »Diese Kerle könnten vom scheeläugigen Ewald oder seiner Frau Theresia durch ein Pülverchen in ihrem Abendbier betäubt werden. Aber die Wachen auf der Schlossmauer, die bleiben das größte Hindernis.«

»Stellt euch die Sache mit Ewald und Theresia nicht so leicht vor«, wandte Adelheid ein. »Wir müssen leider davon ausgehen, dass Helene nicht mehr alleine gehen kann.«

Als Hasso zusammenzuckte und eine Bemerkung machen wollte, gebot seine Schwester ihm Einhalt.

»Du musst der Tatsache ins Auge sehen, dass unsere liebe Freundin schwer gefoltert worden ist und sich kaum noch bewegen kann, Hasso. Wie sollte sie denn dann aus dem Fenster gelangen, selbst wenn wir das Gitter entfernen? Das Fenster ist außerdem viel zu hoch angebracht. Jemand müsste sie hochheben und, weil sie unmöglich allein über eine Strickleiter klettern könnte, aus der Fensteröffnung fallen lassen und dabei hoffen, dass sie auch tatsächlich genau in der Mitte des Heuwagens auftrifft.«

»Oh, Gott! Da bestünde ja die Gefahr, dass sie schräg aufkäme und mit dem Kopf auf den Rand des Karrens schlüge und womöglich tot oder zumindest schwer verletzt würde.«

»Genau so ist es.«

Adelheid schossen beim Gedanken an die Aussichtslosigkeit ihrer bisherigen Überlegungen Tränen in die Augen.

Da half ihnen auch das Geld nicht, das der Vater seinem Sohn mitgegeben hatte, um gute Männer zu besorgen. Es sollte ja kein Krieg entfacht werden – sie wollten lediglich eine geheime Aktion durchführen, Helene aus dem Turm befreien und mit ihr fliehen. Wohin, das wussten die jungen Menschen schon.

Adelheid würde sich als Begleiterin Helene Hagenbuschs ausgeben. Die jungen Mädchen wollten Zuflucht beim Bischof von Straßburg suchen. Wobei sie stillschweigend davon ausgingen, dass der Brief, den Graf Ferfried an seinen lieben Vetter, Leopold von Habsburg, geschrieben hatte, seine Wirkung tat.

Ob dem so war – darüber mochte sich keiner der drei jetzt den Kopf zerbrechen. Als Nächstes würden sie also den Schlossvogt einweihen.

»Möglicherweise ist der Waldnau ja klüger als wir«, hoffte Hasso und beauftragte einen Diener, den Vogt in sein Gemach zu bitten, wohin sich die jungen Leute zur Beratung eingefunden hatten.

Anselm von Waldnau schnaubte unwillig, als er das Ansinnen der jungen Herrschaft vernommen hatte. Das wurde ja immer ärgerlicher. In was hatte er sich da bloß eingelassen?

Erst hatte ihn sein Herr bedrängt, den Schultheiß in die Knie zu zwingen, und jetzt sollte er seine Beziehungen spielen lassen, um das Mädchen zu befreien oder gar bei einem wahnwitzigen Schelmenstreich mitmachen. Eine als Hexe Angeklagte aus dem Kerker befreien! Ein glatter Irrsinn. Damit schaufelte er sich sein eigenes Grab!

Sollen doch die die Kastanien aus dem Feuer holen, die sie hineingeworfen haben, dachte er ärgerlich. Dazu verdross ihn die Tatsache, dass die jungen Leute offenbar gar nicht wussten, dass es schließlich Graf Ferfried gewesen war, auf dessen Geheiß hin alles so gekommen war …

Sollte er den beiden reinen Wein einschenken? Das musste er in aller Ruhe überlegen. Auf gar keinen Fall sollte das der Bauernlümmel Georg Hagenbusch erfahren.

»Ich bin dafür, den Dorfpfarrer hinzuzuziehen«, schlug der Vogt vor. »Denn ich bin der Meinung, der Geistliche sollte davon wissen.«

»Das finde ich überhaupt nicht«, widersprach Hasso von Ruhfeld energisch. »Wir kennen die Einstellung von Pfarrer Hasenauer zur Genüge. Was hat er nicht alles von der Kanzel heruntergepredigt über das bösartige Treiben der Hexen und dass alle Leute genau ihre Mitmenschen beobachten sollten, ob sie nicht Anzeichen für Hexerei an ihnen wahrnehmen würden. Und wenn, müssten sie diese sofort der Obrigkeit angeben. Von diesem Menschen ist keine Hilfe für unser Vorhaben zu erwarten. Den Pfarrer will ich auf keinen Fall dabeihaben. Selbst wenn er schweigen sollte – was ich nicht glaube –, würde er sich vor Angst in die Hosen machen, dass er etwas geschehen lässt, was gegen den Willen des Papstes ist.«

»Die verschissenen Hosen eines Pfaffen sollten uns nicht genieren, edler Herr«, rief der Waldnau, ehe er sich scheinheilig bei Fräulein Adelheid für seine derbe Sprache entschuldigte. »Der Geistliche hängt sowieso mit drin«, fuhr er fort. »Soviel ich weiß, hat nämlich *er* den blöden Hannes angestiftet, eine Aussage gegen Helene Hagenbusch zu machen.«

»Also doch«, rief Adelheid. »Ich habe das bereits vermutet, als ich bei ihm auf dem Pfarrhof war und mir sein dummes Geschwätz vom faulen Apfel und vom dürren Ast anhören musste.«

Hasso von Ruhfeld war außer sich. »Dieser hinterhältige Schweinehund …«, begann er, aber seine Schwester unterbrach ihn.

»Bitte, lieber Bruder, erspare uns deine Wut. So sehr sie auch gerechtfertigt sein mag, bringt sie uns doch keinen Schritt weiter. Was mich dabei beschäftigt, ist etwas ganz anderes. Warum hat der Pfarrer so etwas getan? Dass er an die Existenz von Hexen glaubt, wie es die meisten tun, nehme ich ihm sogar ab. Er, als Diener der Kirche, ist schließlich ganz besonders dazu angehalten. Aber wenn er bewusst den jungen Leiblein zur Lüge angestiftet hat, muss etwas anderes dahinterstecken. Gegen wen richtet sich diese schreckliche Sache eigentlich? Ich werde das Gefühl nicht los, dass das Helen bloß ein Mittel zum Zweck sein soll. Ich weiß bloß nicht, für welchen.«

Der Schlossvogt hätte seiner Herrin sehr wohl bei der Wahrheitsfindung helfen können, aber er unterließ es aus gutem Grund. Möglicherweise glaubten ihm Bruder und Schwester nicht, und der Georg machte nicht den Eindruck, als wäre er jemand, mit dem gut Kirschen essen wäre. Ihm traute er sogar einen unbedachten Angriff auf den alten Grafen zu. Und dann hatte er noch Bedenken wegen der Reaktion seines Herrn. Siedendheiß war ihm gerade noch rechtzeitig eingefallen, dass der ihn aufspießen würde, wenn er ihn verriete. Also schwieg er lieber.

»Gut, wie Ihr wollt, junger Herr. Dann lassen wir den Pfaffen von Reschenbach beiseite. Vielleicht ist es besser so.«

Der Lösung ihres Problems waren sie bisher keineswegs näher gekommen. Der Waldnau versprach, »sich zu bedenken« – was immer das heißen mochte …

Als er gegangen war, fluchte Hasso gotteslästerlich, aber seine Schwester rügte ihn dieses Mal nicht. Georg saß nur dumpf vor sich hinbrütend in einem Sessel und starrte mit leerem Blick auf die gegenüberliegende Wand. Dort hing in einem silbernen Rahmen das Stillleben eines niederländischen Meisters, welches auf einem Tisch einen aufgeschlagenen Folianten zeigte, dessen Seiten mit lateinischem Text bedeckt waren; daneben waren ein grinsender Totenschädel, eine große Zinnkanne mit einem zur Hälfte gefüllten Weinglas mit dickem grünen Fuß sowie eine Silberplatte mit einem halben Dutzend Austern zu sehen.

Sowohl die Gelehrsamkeit, ausgedrückt in dem Buch, als auch der leibliche Genuss, dargestellt im Symbol der Weinkanne und den Meeresfrüchten, vermochten nichts auszurichten gegen den Tod, dessen knöcherne Fratze alle Menschen am Ende gleichermaßen einholte.

Dieses Gemälde, ein Sinnbild der Vergänglichkeit und zugleich der Warnung vor geistiger Überheblichkeit und üppigem Prassertum, hatte Hasso seinerzeit von seinem Vater Ferfried anlässlich seiner »Schwertleite«, des Empfangs des Ritterschlages, erhalten.

Der Bauernsohn Georg ahnte nur die Bedeutung des Bildes, das ihn zugleich faszinierte und ängstigte. Schließlich wandte er den Blick ab. Voller Hoffnung war er gekommen und musste nun erleben, dass auch Hasso und Adelheid ebenso ratlos wie er waren angesichts dieser Übermacht an Lüge, Verbohrtheit und exzessivem Frauenhass.

KAPITEL 28

Eine der Ursachen für die ausufernden Hexenverfolgungen war ohne Zweifel die wissenschaftlich verbrämte Hexenlehre der Scholastik, einer zunächst an Dom- und Klosterschulen, dann an den Universitäten ausgebildete philosophisch-theologische Spekulation, die den Frauen, als dem »so gebrechlichen Geschlechte der Weiber« die Hexerei eher zutraute als den Männern.

Der Hexenhammer verkündete zum Beispiel, dass die Frau »im Guten wie im Bösen kein Maß zu halten weiß«. Ja, seine

Verfasser behaupteten sogar, dass Frauen dümmer, verschlagener, wollüstiger und bösartiger als Männer seien.

»Die Weiber sind leichten Verstandes, fast wie Knaben«, stand da. Oder: »Ein schönes und zuchtloses Weib ist wie ein goldener Reif in der Nase der Sau; der Grund ist ein natürlicher: Weil es fleischlicher gesinnt ist als der Mann, wie aus den vielen fleischlichen Unflätereien ersichtlich ist.«

Na, das passte doch bestens auf die schöne Tochter des Schultheißen Hagenbusch.

Und noch eine Erklärung lieferte der Katechismus aller Hexenrichter: »Diese Mängel werden auch offenbart bei der Schaffung des ersten Weibes, indem es aus einer krummen Rippe geformt wurde, d. h. … gekrümmt und gleichsam dem Manne entgegengeneigt ist. Aus diesem Mangel geht auch hervor, dass das Weib immer falsch ist, da es nur ein unvollkommenes Tier ist.«

Sogar die lateinische Bezeichnung »femina« für Frau musste für den Unsinn herhalten. »Fe« bedeutet »Glaube« und »minus« steht für »weniger«; ergo: Die Frau ist diejenige, die weniger Glauben hat.

»Also schlecht ist das Weib von Natur, da es schneller am Glauben zweifelt, auch schneller den Glauben ableugnet, was die Grundlage für Hexerei ist.«

Welches Ziel verfolgten diese Vertreter kirchlicher Gelehrsamkeit in ihrer maßlosen Borniertheit?

Graf Ferfried von Ruhfeld, der als junger Mann vor seiner Heirat einige Jahre auf der Universität von Padua Theologie und Philosophie studiert hatte, da man ihn – als zweiten Sohn – ursprünglich für eine geistliche Laufbahn bestimmt hatte, hatte seinen Kindern eine einfache Antwort auf diese Frage gegeben, als sie ihn vor ein paar Jahren wegen der aufkommenden Hexenprozesse ganz verstört um Aufklärung gebeten hatten.

»Diese meistens im Zölibat lebenden Kleriker werden von ihren eigenen geschlechtlichen Bedürfnissen ständig gequält. Frauen sind ihnen verboten, da der Umgang mit ihnen angeblich verderblich für ihr Seelenheil ist. Deshalb sind Frauen schlecht! Außerdem machen sie ständig die Erfahrung, dass bereits der Anblick eines Weibes sie zu sündigen Gedanken verleitet. Statt nun die Schuld bei sich selbst zu suchen, begannen die geistlichen Herren seit Langem das Objekt ihrer Begierden zu verteufeln.

Das ist wie die Fabel vom Fuchs und den Trauben. Der Fuchs behauptet doch von den für ihn unerreichbaren Trauben, sie seien ihm viel zu sauer, nicht wahr? Also, je verächtlicher man die Weiber macht, desto einfacher kann man auf sie verzichten.«

Das hatten Hasso und Adelheid damals verstanden. Und die Erklärungen von Pater Ambrosius hatten ihnen noch mehr Erkenntnisse vermittelt.

»Je mehr man das Geschlechtliche diabolisiert, desto höher sind die Schranken für die individuelle Triebhaftigkeit. Aber der tiefere Grund für die Annahme, Hexerei sei ein weibliches Verbrechen, liegt viel weiter zurück. In fast allen alten Kulturen war der Mythos der nachtfahrenden Weiber bekannt.

In den Mythen der Griechen und Römer waren die Göttinnen Artemis und Diana, welche die nächtliche Jagd anführten, ebenfalls mit zerstörerischen Fähigkeiten ausgestattet.

Und von Chaldäa, woher Abraham, einer der Stammväter der Israeliten, stammte, weiß man, dass die Menschen an zauberkundige Frauen glaubten, die auf einem Stück Holz ritten.

Die Hexe, früher *hagazussa* – Zaunreiterin – genannt, passt zu dieser Tradition. Ihr Ritt auf dem Stecken – ein Phallussymbol – führt ins Verbotene, »jenseits des Zauns«, weit weg von

Moral und guter Sitte, in den dunklen, geheimnisvollen Schoß der Mutter Erde. Diesem ist die Frau als Gebärende natürlich näher als der Mann. Also war die Hexe schon weiblich, ehe die Kirche sie verteufelt hat.«

»Woher wisst Ihr das alles, Vater Ambrosius?«, wollte damals Hasso wissen. »Das, was Ihr uns sagt, klingt so ganz anders als die Predigten von Pfarrer Hasenauer. Er fordert nur alle guten Christen auf, jeden Verdächtigen anzuzeigen.«

»Und er droht den Leuten mit schwerer Strafe, wenn sie das nicht tun. Damit hält er die Bauern zum Bespitzeln ihrer Nachbarn an«, hatte Adelheid naserümpfend hinzugefügt.

»Ja, und er richtet damit allerhand Unheil an«, hatte der alte Graf gegrollt. »Es ist dem Frieden in einer Gemeinde nicht dienlich, wenn einer dem anderen hinterherschnüffelt und jeder Angst haben muss, sogar von seinem besten Freund verraten zu werden.«

Graf Ferfried hatte sich seinerzeit vorgenommen, mit dem Dorfpfarrer ein ernstes Wort zu reden …

Genützt hatte es nur insofern, als der Geistliche sich von der Kanzel aus nicht mehr zu Hassausbrüchen gegen angebliche Hexen hatte hinreißen lassen; aber was der Hasenauer seinen Schäflein im Beichtstuhl einbläute, wusste der Graf natürlich nicht.

Viele denunzierte Frauen waren Wehmütter. Das war nicht verwunderlich, denn *Der Hexenhammer* postulierte: Niemand schadet dem katholischen Glauben mehr als die Hebammen.

»Die Hebamme ist die Vertraute der Gebärenden, weiß Bescheid über Zeugung, Empfängnis und Schwangerschaft und letztlich auch über die Verhütung oder den Abbruch derselben. Und das ist die eigentliche Quelle allen Misstrauens der Kirche gegenüber den Wehmüttern«, erklärte wiederum der Benediktinermönch Ambrosius Feyerling aus dem oberbayerischen Ettal, dessen Äbte es bekanntermaßen strikt ablehnten, in ihrem Einflussbereich Hexenprozesse abhalten zu lassen.

»Auch Müllerinnen, Bäckerinnen, Schneiderinnen und Schusterinnen, deren Ehemänner Rohmaterial verarbeiten – Korn, Mehl, Stoffe sowie Leder – werden unverhältnismäßig häufig der Hexerei bezichtigt, hat man mir berichtet«, sagte Graf Ferfried. »Das hängt mit der Tätigkeit ihrer Männer zusammen, die man oft des Betruges bezichtigt und daher hält man auch ihre Weiber für unehrenhaft und eher für Hexen, als andere Frauen.«

»Genauso ist es mit Bierbrauerinnen, Weinhändlerinnen und Gastwirtinnen, Herr«, flocht Vater Ambrosius ein. »Sie alle genießen einen denkbar schlechten Ruf. Sind sie doch für die Räusche der Männer und deren Zudringlichkeiten verantwortlich, denen sie, wie man hört, nicht selten nachgeben. Gerade den Wirtinnen haftet der Vorwurf an, sie seien verderbte Weiber. Was liegt also näher, ihnen auch eine Buhlschaft mit dem Teufel vorzuwerfen?«

KAPITEL 29

»Nun stehst du also erneut vor uns, und das Gericht hofft, dass du dieses Mal bei deinem Geständnis bleibst und nicht wieder das frevelhafte Spiel des Widerrufes mit uns treibst.«

Der Oberste Richter, Bertold Munzinger, Inhaber des Gerichtsstabes, vom Straßburger Bischof persönlich in sein ehrenvolles Amt berufen, bemühte sich an diesem Morgen um einen fast leutseligen Umgangston mit der »Hexe« Helene Hagenbusch.

»Falls du widerrufen solltest, wäre das Gericht gezwungen, dich einer weiteren Tortur zu unterwerfen, um dich zum Bekennen der Wahrheit zu bringen. Meister Scheible, unser wackerer Nachrichter hier, müsste dich dann an eine aufgerichtete Leiter binden, in deren Mitte der gespickte Hase angebracht ist, worauf dein Rücken zu liegen käme. Er würde dich über diese Sprossen mit den spitz hervorstehenden Hölzern emporziehen und dich ausspannen, bis deine Arme über dem Kopfe stehen und möglicherweise ausgerenkt werden, wenn er deinen Körper öfter unversehens herabschnellen lässt und ihn dann wieder hochzieht.

Gestehst du dann noch nicht, hängt man dir schwere Gewichte an die großen Zehen und lässt dich eine Stunde oder auch länger hängen, um dich recht ordentlich zu recken.

Da du dich ja so klug und gebildet dünkst, darf ich dir verraten, was in der *Carolina*, der peinlichen Gerichtsordnung unseres großen ehemaligen Kaisers, Karl V., steht: ›Es soll der hartnäckige Inquisit – das heißt der Befragte – also auseinandergezogen werden, dass man durch seinen Bauch ein Licht scheinen sieht, das hinter ihm gehalten wird.‹

Du siehst also, dass das Gericht durchaus noch verschiedene Möglichkeiten hat, um dich zu einem Geständnis zu bringen. Aber so weit muss es ja nicht kommen, wenn du endlich einsichtig bist und dich von Satans Einflüsterungen frei machst. Es wäre nur zu deinem Besten.«

»Eure Besorgnis um mich ehrt Euch, Ehrenwerter Oberster Richter«, antwortete ihm Helene ruhig, »aber ich kann doch nicht lügen und behaupten, so fürchterliche Dinge getan zu haben, wenn es nicht der Wahrheit entspricht. Und nur, weil Ihr diesen Unfug aus mir habt herausfoltern lassen.«

»Verflucht sollst du sein, du elendes Hexengeschmeiß!«, schrie Munzinger erbost, weil er sein Vorhaben, diesen Malefizprozess endlich zum Abschluss zu bringen, dahinschwinden sah.

Er hatte seine Spione überall, und ihnen war nicht entgangen, dass der junge Graf von Ruhfeld dabei war, eine kleine Armee von Söldnern zusammenzustellen – angeblich wegen der Gefahr eines schwedischen Angriffs.

Das mochte ja seine Richtigkeit haben, aber diese gekauften Soldaten würden auch nicht davor zurückschrecken, eine Eingekerkerte aus ihrem Turm zu befreien oder sogar sich erdreisten, das Gericht anzugreifen.

Und die Gräfin Adelheid – nach seinem Dafürhalten nicht viel besser als ihre liebe Freundin – hatte schon vor Tagen einen Appell an das kaiserliche Reichskammergericht in Wetzlar gerichtet, worin sich das Edelfräulein allein über das Stattfinden dieses Prozesses beschwerte, da dieser ihrer Ansicht nach, »völlig an den Haaren herbeigezogen sei«. Eine bodenlose Frechheit.

Berthold Munzinger hasste dieses anmaßende Frauenzimmer mittlerweile. Die Gräfin war renitent, aufsässig, intelligent und gebildet – eine für Weiber höchst gefährliche Mischung. Aber vielleicht würde er sogar Adelheid von Ruhfeld eines Tages vor die Schranken des Gerichtes zitieren können …

Im Augenblick sah er leider keine Möglichkeit dazu. Außerdem müsste ihr Vater jeden Tag aus Bayern zurückkommen – und mit dem Alten wollte er sich nicht anlegen.

Graf Ferfried schätzte im Allgemeinen seine Ruhe, aber wehe, er wurde gereizt. Dann ging er drauflos wie ein wilder Löwe. Und jedermann wusste, wie sehr er seine schöne Tochter liebte.

Zum Glück für Munzinger ließen sich die rechtskundigen Herren vom Reichskammergericht stets viel Zeit. Bis dort eine Eingabe behandelt wurde, dauerte es eine Ewigkeit, und allzu lange würde die Hagenbusch, dieses teuflische Luder, die Tortur nicht mehr durchstehen, das glaubte er zumindest.

»Vielleicht sollte Meister Scheible das Hexenmensch gleich auf den Hacker'schen Stuhl setzen. Diese Methode bewirkt in aller Regel ein rasches Eingeständnis der Inquisiten, dass sie mit dem Teufel paktiert haben«, schlug einer der beisitzenden Richter vor.

Der Vorschlag wurde mit lebhaftem Kopfnicken der Herren am Richtertisch und zustimmendem Gemurmel im Saal quittiert. Lauernd betrachtete der Stabträger das vor ihm stehende, armselige Geschöpf.

Nichts war mehr von dessen einstiger Attraktivität geblieben. Die Achtzehnjährige schien innerhalb weniger Tage um Jahrzehnte gealtert: Der kahle Schädel, der noch die Spuren des schartigen Schermessers trug, die riesigen Augen mit den dunklen Schatten darunter, die blauen Flecken im hohlwangigen Gesicht und an den zerschrammten Armen, die abgemagert aus dem schmuddeligen Hemd herausragten – einer davon gebrochen seit dem Sturz auf das Pflaster im Folterkeller –, sowie die Kratzer und die blutigen Striemen auf den Beinen, soweit man sie unter dem zerrissenen Saum des Büßergewandes hervorlugen sah.

Ihre nackten Füße hatten Blutspuren auf den Steinfliesen des Gerichtssaales hinterlassen. Hatte man ihr doch erst kürzlich jeweils zehn Rutenstreiche auf die Sohlen verpasst. Den verletzten Arm trug Helene Hagenbusch in einer schmutzigen Schlinge, die Theresia ihr aus Barmherzigkeit angelegt hatte, um den gebrochenen Knochen ein wenig zu entlasten.

›Nein, hübsch sieht das Bauernmensch wirklich nicht mehr aus‹, dachte Munzinger, ›aber das haben die Weibsbilder alle dem Teufel zu verdanken, weil sie sich mit dem eingelassen haben.‹

»Ja, eine Sitzung auf dem Hacker'schen Stuhl, das wäre vielleicht das Beste«, überlegte laut der Oberste Richter. »Das hat bis jetzt noch jede Hexe zum Sprechen gebracht.«

Ganz stimmte das allerdings nicht: Ein paar sehr tapfere Frauen in der Ortenau hatte es bisher gegeben, die sogar den unmenschlichen Qualen dieses Foltergerätes widerstanden hatten.

Man schnallte die Delinquentin auf diesem sogenannten Hexenstuhl fest, und das allein bedeutete schon die größten Schmerzen, war der Sitz doch mit vielen spitzen Metallstiften versehen, die sich durch das Körpergewicht der Frauen in deren Oberschenkel, Gesäß und Geschlecht bohrten.

Aber damit war der brutalen Gemeinheit noch nicht genug getan. Meister Hacker, ein gewissenhafter Scharfrichter, hatte diese wahrhaft teuflische Erfindung darüber hinaus noch sinnreich »verbessert«, indem er in einer unter dem Stuhl angebrachten Eisenpfanne Kohlen zum Glühen brachte, welche die ins Fleisch eindringenden Eisenspitzen zusätzlich erhitzten …

Man ließ die Hexen, wenn sie nicht ganz schnell ein Geständnis ablegten, oft stundenlang auf diesem Marterstuhl sitzen. Nicht wenige waren während dieser Tortur gestorben.

»Was wollt Ihr denn diesmal von mir wissen?«, hörte Munzinger die Angeklagte mit schwacher Stimme fragen. Der Oberste Richter vermeinte, aus ihrer Rede einen gewissen Spott entnehmen zu können, deshalb belegte er sie ohne zu zögern mit zwanzig Rutenstreichen, die der Scheible ihr nach der Verhandlung zusätzlich verabreichen würde.

»Teuflische Hexenbrut, gib endlich zu, dass du den Knaben der Magd deines Vaters geschlachtet hast, um an das Fett zu gelangen, welches du für deine Hexenflugsalbe gebraucht hast.«

»Euer Ehren, ich liebe Kinder und könnte niemals einem kleinen Jungen oder Mädchen etwas Böses antun. Ich schwöre Euch, Ihr Herren vom Gericht, ich bin keine Hexe. Um GOT-

TES willen, glaubt mir doch. Ich habe weder mit dem Teufel noch mit anderen Dämonen oder Hexen jemals in meinem Leben zu tun gehabt.«

Helene atmete schwer und fuhr mühsam fort: »Mein Leumund ist stets ein sehr guter gewesen. Fragt meine Bekannten und alle Leute in Reschenbach und die Herrschaft auf Schloss Ruhfeld. Die Zeugen müssen sich geirrt haben. Ich bin eine gute Christin, die niemals ohne einen triftigen Grund eine Sonntagsmesse versäumt hat und jedes Jahr zu Ostern ihren Beichtzettel vom hochwürdigen Herrn Pfarrer Hasenauer erhalten hat.

Ich bete jeden Tag zu unserem HERRN JESUS und seiner heiligen Mutter Maria, sowie zu meiner Schutzpatronin, der heiligen Helena. Warum ruft Ihr nicht Zeugen vor Gericht, die *für* mich aussagen? Warum müsst Ihr mich so unmenschlich quälen? Ich habe doch nichts Böses getan.«

Das Mädchen war schluchzend zusammengebrochen. Aber der Munzinger blieb unbeeindruckt.

»Das Gericht lässt sich von deinem geschickt inszenierten Theater nicht beirren. Da hilft dir jetzt auch dein Weinen nicht. Während der Tortur hast du noch nie eine Träne vergossen. Und das ist ein Zeichen dafür, dass du mit dem Teufel im Bunde bist, der dich davor bewahrt, überhaupt Schmerzen zu empfinden.«

»Was?«, schrie Helene voller Empörung. »Ich hätte keine Schmerzen? Ihr habt ja keine Ahnung, welche schrecklichen, körperlichen Qualen ich durch die Foltern auszustehen habe. Von den Qualen meiner Seele durch die Beleidigungen, Beschimpfungen und die obszönen Reden und Gebärden des Henkers und seiner Gehilfen ganz zu schweigen. Wer fragt danach, was ich jede Nacht im Kerker auszustehen habe? Jeder dieser rohen Schergen glaubt, sich an mir vergehen zu können. Ich zähle die Schändungen durch die gemeinen Kerle gar nicht mehr.

Wäre ich wirklich eine Hexe, glaubt Ihr im Ernst, ich ließe mir das so ohne Weiteres gefallen? Merkt denn niemand, dass ich gar keine Hexe sein kann? Ich hätte mich schon längst von Euch allen befreit und mich bitter an jedem gerächt, der sich an mir vergeht. Allein die Tatsache, dass ich alles wie ein Schaf über mich ergehen lasse, zeigt doch deutlich, dass ich über keine Zauberkünste und nicht über den Beistand teuflischer Mächte verfügen kann.«

Berthold Munzinger war durch diesen rhetorischen Ausbruch der Angeklagten regelrecht überfahren worden, sodass er sie hatte gewähren lassen. Aber gefallen hatte ihm ihre Rede nicht, weil er bei einigen der beisitzenden Richter nicht zu Unrecht Zustimmung befürchtete.

Also beeilte er sich, den Eindruck, den der leidenschaftliche Appell eventuell hinterlassen hatte, zu verwischen.

»Na, da hat dir der Böse ja wunderbare Reden eingegeben. Das sagt er dir wohl alles in den Nächten, wenn er dich aufsucht, vor? Und du lernst das dann auswendig?« Munzingers Stimme triefte vor Hohn.

Aber sie entgegnete unbeirrt: »Nein, das sagt mir der Böse nicht, wenn er jede Nacht in meine Kerkerzelle kommt. Dieser Teufel ist nämlich nicht der gefallene Engel Luzifer, sondern er ist ein Mensch, ein Mann, der maskiert nachts zu mir schleicht, mir Gewalt antut und dabei kaum jemals ein Wort spricht, um nicht erkannt zu werden. Aber ich weiß trotzdem, wer er ist. Wollt Ihr, dass ich seinen Namen dem Ehrenwerten Gericht nenne, Euer Ehren?«

Bertold Munzinger war während ihrer eindringlichen Rede etwas blass geworden. Mehrmals hatte er vergeblich versucht, ihr das Wort abzuschneiden.

Inzwischen war Unruhe im Saal aufgekommen, und der Mönch, Pater Damian, sprang wie von einer Tarantel gestochen von seinem Sitz hinter dem Richtertisch auf und schrie mit sich beinahe überschlagender Stimme: »Aus dir spricht wahrlich der Teufel! Jetzt ist gewiss, dass du vom bösen Geist besessen bist. Gib endlich zu, dass du eine Teufelsbuhle bist, die dem HERRN, seiner heiligsten Mutter Maria, allen lieben Heiligen sowie unserer heiligen Mutter Kirche abgeschworen hat.

Mit Satan hast du dich wie eine Sau im Pfuhl gewälzt«, kreischte der Pater, krebsrot im Gesicht, »und er hat dir dafür seine Hilfe bei allen Verbrechen zugesagt, zu denen er dich angestiftet hat. Er hat dir versprochen, dass dir nichts geschehen wird, weil er seine schützenden Klauen über dich hält. Aber das war eine Lüge: Wir haben dich gefangen, deiner zauberischen Ränke und allen deinen Ausflüchten zum Trotz. So gewiss ein GOTT im Himmel ist, musst du ins Feuer!«

Zuletzt war Damian Rothaus heiser geworden, und Schweiß lief über sein verzerrtes Gesicht. Seine fanatischen Augen sprühten Hass, und seine mageren Hände hatte er in der Abwehrstellung einer Gabel gegen den bösen Blick der Tochter des Schultheißen gerichtet.

Die brodelnde Stimmung im Saal wollte Bertold Munzinger nicht ungenutzt verstreichen zu lassen. Er schlug dreimal mit dem Gerichtsstab auf den Tisch, und schnell trat Ruhe ein. Dann erhob sich der Oberste Richter und richtete mit lauter Stimme die alles entscheidende Frage an die Beschuldigte, indem er ihr ein silbernes Kruzifix entgegenhielt: »Gestehst du, Helene Hagenbusch, im Angesichte GOTTES und vor diesem Ehrenwerten Gericht, dass du eine Hexe bist, die ihre Seele dem Satan geweiht hat, damit er dir zu fleischlichem Genuss verhelfe und zu Macht über deine Mitmenschen, denen du schaden musstest im Auftrage des Teufels?«

»Nein!«, sagte Helene klar und deutlich.

»Ich beschwöre dich, Helene Hagenbusch, sage die Wahrheit. Wenn du das Gericht nicht mehr belügst, kann ich dir bei diesem heiligen Kreuz versprechen, dass deine Folterqualen ab sofort ein Ende haben. Ja, ich schwöre dir sogar, dass das Gericht dir das Leben verspricht, wenn du nur endlich gestehst.«

Hier war sie also, die gemeine, hinterhältige Lüge, zu der viele der Hexenrichter griffen, um eine Frau geständig zu machen. In Wahrheit meinte Bertold Munzinger das Ewige Leben, das auf jeden Verstorbenen wartet.

»Es wäre eine Todsünde, Herr, Taten zu gestehen, die ich nicht begangen habe. Wenn Ihr glaubt, es tun zu müssen, lasst mich Unschuldige weiter leiden. Ich kann es Euch nicht verwehren, aber der allmächtige GOTT wird mich rächen: Mein Blut komme über Euch alle, Ihr eitlen, wahnwitzigen, grausamen und gotteslästerlichen Sünder.«

Dann wankte sie kraftlos und sank mit einem leisen Seufzer ohnmächtig zu Boden.

Bei diesen Worten war alles Blut aus dem Gesicht des Obersten Richters gewichen. Er bekreuzigte sich, und die meisten der Zwölfer taten es ihm nach.

»Henker, tragt die Hexe in ihre Zelle und lasst sie die Nacht über liegen. Morgen wird das Gericht erneut versuchen, ihren Starrsinn zu brechen«, ordnete Munzinger mit heiserer Stimme an.

Man konnte ihm heute deutlich eine gewisse Erschütterung über den Ausbruch des Mädchens ansehen.

KAPITEL 30

MIT EINEM RUCK RISS DER BAUER die Tür zur Stube auf.

»Heilige Maria, Mutter GOTTES, bitt für uns arme Sünder …«, hörte Jakob Hagenbusch erbost sein auf dem Boden kniendes Eheweib Walburga murmeln.

Mit der Bäuerin kauerten eine Anzahl Mägde und ein paar der älteren Knechte vor dem Kruzifix im Herrgottswinkel und leierten seit etwa einer Stunde den »Rosenkranz« herunter.

»Willst denn nicht endlich einmal mit dem faden Getue aufhören, Weib?«, sagte der ehemalige Schultheiß. »Hast nichts Besseres zu tun, als jeden Tag stundenlang diese ewig langen Litaneien runterzubeten? Du hältst damit bloß die Leut von der Arbeit ab – Schluss jetzt!«, gebot der Hausherr grimmig. »Ab in den Stall. Und der Karren draußen ist auch noch nicht abgeladen.«

Sofort verdrückte sich das Gesinde zu seinem jeweiligen Arbeitsplatz, nur Walburga kniete noch wie verloren im Raum.

Jakob reichte seiner Frau die Hand, um ihr aufzuhelfen, aber sie reagierte nicht. »Gegrüßet seist du, Maria, voll der Gnaden«, murmelte sie weiter. Da wurde der Hagenbusch heftig. »Frau, es reicht mir! Fromm sein ist gut und recht, vor allem für ein Weibsbild, aber nicht so, wie du das machst. Das Hauswesen verschlampt. Kochen tust du überhaupt nicht mehr, und der Fußboden schaut aus, als wären wir ein liederliches Volk. Das hilft unserem Kind auch nicht, wenn du die Mägde so lasch behandelst. Da werden sie bloß faul, weil Beten allemal leichter ist als Schaffen.«

»Das verstehst du nicht, Jakob«, behauptete Walburga, erhob sich mühsam und strich sich die graublonden Haare aus dem Gesicht. »Ich muss doch den HERRN JESUS und die liebe Gottesmutter anrufen, wenn uns sonst keiner in unserem Elend hilft.

Nicht einmal der Pfarrer tritt für unser Helen ein. Obwohl der geistliche Herr doch am besten wissen müsst, was für ein braves und fleißiges Ding sie ist.«

»Pah, den Pfaffen interessiert doch bloß, wenn ein Bauer Schlachttag hat, dass möglichst viel für ihn abfällt an Speck und Wurst. Alles andere geht ihm an seinem feisten Arsch vorbei. Das Einzige, wofür der sich erwärmt, ist die Fut seiner Wirtschafterin, das lass dir gesagt sein, Frau.«

»Jesus, Maria!« Walburga bekreuzigte sich erschrocken. »Was redest du da für ein sündhaftes Zeug, Jakob?«

»Wo ist da die Sünd, wenn ich die Wahrheit sag?«, fragte der Bauer trotzig. Dann zog er sein Weib ganz dicht an sich heran und flüsterte: »Horch zu, Frau. Versprich mir, dass du zu keinem Menschen etwas sagst. Der Georg weiß, dass der junge Graf Hasso und seine Schwester Adelheid etwas unternehmen, um unser Helen aus dem Hänsele-Turm zu holen. Heute Nacht soll die Sache gemacht werden, weil es pressiert. Die bringen unser Kind sonst um. Das dauernde Martern haltet keines lang aus, und wenn's erst einmal auf dem Holzstoß steht, wär es eh zu spät.«

»Um Gottes willen, Mann. Wie wollen die das machen? Das geht doch gar nicht. Der Turm hat so dicke Mauern und …«

»Sei beruhigt; die machen das mit Hirn, weniger mit Gewalt, Walburga.«

Und der Jakob erzählte seinem Eheweib, was die Leute vom Schloss anzustellen gedachten.

»Ich könnte die ganze Welt umarmen und besonders dich, Schwester.«

Und genau das tat der junge Graf: Er griff sich Adelheid und tanzte mit ihr durch die große Halle auf Schloss Ruhfeld.

»Lass mich los. Was hast du denn?«, fragte sie kichernd. So

gut gelaunt hatte sie ihren Bruder seit der bösen Geschichte mit Helene nicht mehr erlebt.

»Jetzt ist die Rettung meiner liebsten Helene kein Problem mehr. Der Himmel hat ein Einsehen und uns die beste Gelegenheit verschafft, die wir uns nur denken können.«

»So? Und worin besteht diese Gelegenheit, lieber Bruder?«, erkundigte sich skeptisch die schöne Edeldame und ordnete ihre etwas durcheinandergeratene, schwarze Haarpracht. Da berichtete ihr Hasso von der geplanten Hochzeitsfeier auf Schloss Ortenberg.

»Da kommen Hunderte zusammen – auch unsere Familie ist eingeladen. Der Schlosserbe heiratet eine württembergische Gräfin. Die ist zwar bereits Witwe und um einiges älter als ihr Bräutigam, aber sie ist noch ganz ansehnlich – sagen die Leute. Außerdem bringt sie einen anständigen Batzen Geld mit.«

»Wie sollte es bei einer aus dem Schwabenland auch anders sein, Hasso?«, fragte ein wenig spöttisch seine Schwester und verzog leicht den Mund, »da kann sie alt sein, wie sie will.«

»Das soll uns einerlei sein – wichtig ist nur, dass wir ohne Aufsehen in die Schlossanlage gelangen. Am Tag der Hochzeit wird dort ein Gedränge von Adeligen, Dienern, Pferden, Kutschen, Pfaffen, Knechten und allerlei Gauklervolk sein, nebst den bäuerlichen Gratulanten aus dem gesamten Umland, die alle ihrer Lehnsherrschaft Geschenke als Huldigung darbringen. Bessere Bedingungen könnten wir für unseren Fluchtplan überhaupt nicht finden. In drei Tagen ist es so weit.«

»In drei Tagen erst? Oh, Gott, da ist es vielleicht schon zu spät für Helene. Womöglich haben die brutalen Kerle sie dann bereits zu Tode gefoltert.«

»Nein, das glaube ich nicht«, erwiderte Hasso ernsthaft.

»Wie kannst du dir so sicher sein?«

Adelheids Bruder grinste. »Weil es ein ungeschriebenes Gesetz in der Ortenau gibt, welches da lautet: ›Vor großen, kirchlichen Feiertagen, wie etwa Weihnachten, Ostern und Pfingsten, dürfen während der letzten drei Tage vorher die Gefangenen weder torquiert noch hingerichtet werden.‹«

»Aha. Sehr schön. Und was hilft das meinem lieben Helen? Soweit mir bekannt ist, steht weder Ostern noch Pfingsten vor der Tür, und bis Weihnachten ist erst recht noch lange hin. Was soll das also, Hasso?«

Übermütig packte der erneut seine Schwester, schwenkte sie in der Halle herum und rief: »Dasselbe gilt für Hochzeiten und Taufen des Adels, meine Liebe.«

Das erste Mal seit zwei Wochen wagte Adelheid von Ruhfeld zaghaft daran zu glauben, dass ihre Freundin vielleicht doch befreit werden konnte.

»Ich werde sofort die wichtigsten Dinge von Ursula zusammenpacken lassen, damit wir, wenn es so weit ist, die Flucht über den Rhein antreten können. Der Bischof von Straßburg wird Augen machen.«

»Das denke ich auch«, pflichtete Hasso ihr bei. »Merkwürdig, dass Seine Eminenz auf Vaters Schreiben noch nicht reagiert hat. Immerhin ist Ferfried ein Vetter von ihm.«

»Allerdings ein sehr entfernter. Wahrscheinlich glaubt er nicht daran, dass einer der Hexerei angeklagten Frau die Flucht gelingen könnte«, entgegnete Adelheid. »Er kennt eben unsere Hartnäckigkeit nicht.«

»Na, dann wird unser um drei Ecken verwandter Vetter ja vor Freude jubeln, wenn ihr beide bei ihm vorsprecht und um Asyl bittet. Inzwischen dürfte sich der Herr Bischof wohl vom ärgsten Schrecken erholt haben, dass seine unverschämte Verwandtschaft die Stirn hat, aus seinem Gerichtsbezirk eine angebliche Hexe zu entführen«, sagte Hasso und grinste.

»Und ich werde dem heiligen Mann deutlich sagen, wie unverschämt *wir* es empfinden, dass man es gewagt hat, jemanden zu behelligen, für dessen Lauterkeit und Gottesfurcht wir uns verbürgt haben«, rief Adelheid kriegerisch.

»Na, ich wünsche dir jedenfalls viel Glück dabei«, sagte der junge Graf, der plötzlich nachdenklich wurde. Es begann ihm nämlich zu dämmern, dass die Schwierigkeiten nach der Entführung Helenes aus dem Turm womöglich erst richtig anfingen …

KAPITEL 31

»MEINE ALTEN KNOCHEN machen das bald nicht mehr mit«, stöhnte der Graf von Ruhfeld. »Es kann mir einer sagen, was er will, mit über fünfzig gehört ein Mann zum alten Eisen.«

»Ach was, mein Lieber«, versuchte ihn der Graf von Hohlfeld aufzumuntern, »mit fünfzig ist ein Mann doch erst ein richtiger Kerl.«

»Ja«, erwiderte Ferfried lakonisch, »aber ein recht alter. Ich spüre jedenfalls von dem bisschen Reiten jeden Knochen im Leib. Früher habe ich wochenlang im Sattel gesessen, und es hat mir nichts ausgemacht. Aber nun zwickt und zwackt es überall.

Ich versichere Euch, Ihr Herren, wenn ich heute von meinem Gaul absteigen kann, bin ich der glücklichste Mensch auf Erden. Ich wünsche mir bloß ein heißes Bad gegen mein verflixtes Gliederreißen, Freunde.«

»Haha. Und dazu eine dralle Bademagd, die Euch die Steifheit aus den Gliedern vertreibt, nicht wahr?«, frotzelte ein anderer aus der Schar der adeligen Herren, die sich auf dem Heimweg vom Fürstentag zu Regensburg befanden.

Bald würden sie es geschafft haben, und jeder der vornehmen Ritter, Freiherren und Grafen wäre wieder in seinem Heim, im eigenen bequemen Bett und die meisten bei ihren Ehefrauen; die Unverheirateten würden die in Regensburg vom bigotten, bayerischen Kurfürsten erzwungene Enthaltsamkeit mit einer Kurtisane oder wenigstens mit einer hübschen – und vor allem willigen – Magd beenden.

»Dieser Maximilian ist wahrlich ein komischer Heiliger«, lästerte Bruno von Steinberg. »Ich kenne keinen Mann, der so viel auf den Knien rumrutscht wie der Bayer. Er hätte vielleicht besser Pfaffe werden sollen.«

»Da wäre er schon längst Papst«, warf Ritter Moritz von Glarus trocken ein. »Die Skrupellosigkeit, seine Wahl zum Pontifex Maximus auch mit Gewalt durchzusetzen, besäße er mit Sicherheit.«

»Darf ich Euren Worten entnehmen, dass Ihr dem Kurfürsten von Bayern nicht gerade gewogen seid, werter Freund?«, fragte Ferfried von Ruhfeld.

»Das dürft Ihr, mein Lieber, das dürft Ihr«, gab ihm der Ritter unumwunden zur Antwort. »Ich frage mich überhaupt, was das Treffen in Regensburg eigentlich sollte. Dass der Kaiser den Wallenstein wieder zurückpfeift, war von vorneherein klar. Was soll er denn ohne ihn machen? Der alte Tilly macht es wohl nicht mehr lange. Das beispiellose Abschlachten der Magdeburger durch seine zügellosen Horden war ein erstes Signal, dass er seine Leute nicht mehr im Griff hat. Unseren Rat hat Kaiser Ferdinand jedenfalls nicht gebraucht. Also, was sollte dann das Ganze?«

Herr Rüdiger von Hohlfeld ergriff jetzt das Wort: »Ich denke, die Idee stammte von Maximilian, und Ferdinand hat ihr zugestimmt. Sie wollten meiner Meinung nach bloß schauen, wer alles auf den Wink des Bayern, welcher gut Freund mit dem Kaiser und durch seine zweite Heirat auch sein Verwandter ist, antanzt.«

»Mag sein, dass das ebenfalls eine Rolle gespielt hat«, gab ihm der Ruhfelder recht, »aber das allein wäre als Grund für den ganzen Aufwand doch zu mager. Ich glaube eher, die hohen Herren und der allerhöchste in Wien wollten eine Demonstration ihrer Macht veranstalten, die sowohl dem Wallenstein deutlich machen sollte, dass er sich bei eventuellen Spielchen mit dem Kaiser vorsehen soll, als auch dem Schweden Gustav Adolf und seinen Anhängern ein Zeichen setzen, dass er sich im Süden des Reichs möglicherweise schwerer tut, als er gerne glauben möchte.«

»Euer Wort in GOTTES Ohr, Herr Ferfried. Aber es ist leider nicht zu übersehen, dass der Protestantismus nicht mehr aufzuhalten ist. Wie eine Krebsgeschwulst frisst er sich durchs Land«, ergänzte Moritz von Glarus, »und wie man dieser Entwicklung gegensteuern kann, weiß der Himmel.«

Unter derartigen Gesprächen verging die Zeit. Die Herren waren abgelenkt, und besonders der Ruhfelder vergaß für eine Weile sein schmerzendes Gesäß und das ekelhafte Ziehen im Rücken. Und die Probleme, die zu Hause auf ihn warteten …

Der Oberste Richter war nun ernsthaft über die ständigen Ohnmachten der jungen Hexe besorgt und ließ seinen Unmut am Henker aus.

»Himmelherrgott, Scheible, könnt Ihr denn nicht besser aufpassen? Soll uns das Hexenmensch noch vor der Verbrennung draufgehen? Dass sie mit Sicherheit den Scheiterhaufen zu erwarten hat, bedeutet doch nicht, dass Ihr sie während der peinlichen Befragung umbringen dürft. Die Sache macht sowieso schon genug Wind. Viel zu viel für meinen Geschmack.«

»Tut mir leid, Herr«, entgegnete Martin Scheible devot, aber es klang nicht allzu zerknirscht. Irgendwie war dem Henker das ganze Verfahren allmählich zuwider, denn es verlief keineswegs so, wie er es von früher her gewohnt war.

Da hatte er es mit ungebildeten, abergläubischen Dorftrampeln zu tun gehabt, die am Ende selber glaubten, mit dem Teufel einen Pakt geschlossen zu haben. Die waren zu guter Letzt noch froh, wenn sie auf den Scheiterhaufen »durften«, damit die Geschichte ein Ende hatte. Die meisten waren erstaunlich zäh gewesen und hatten die Folter ziemlich lange ausgehalten. Das hatte ihm Spaß gemacht: So konnte er sich hin und wieder etwas Spezielles einfallen lassen …

Doch diese Hagenbusch-Hexe wurde alle Augenblicke bewusstlos, und er musste Angst haben, dass sie ihm unter den Händen wegstarb. Außerdem besaß das Luder »Protektion«. Er, Martin Scheible, blickte ja nicht so ganz durch bei der ganzen Geschichte, aber: Der alte Graf von Ruhfeld hatte angeblich – so erzählte man sich hinter vorgehaltener Hand – die Sache indirekt ins Rollen gebracht. Und jetzt machten zuerst seine Tochter und dann der Sohn einen derartigen Wirbel, dass man meinen konnte, eine Heilige stünde vor den Schranken des Gerichtes.

Wenn er ehrlich war, wäre es ihm gar nicht mal so unrecht gewesen, wenn das Hexenweib unter der Folter verreckt wäre. Er hatte seinen Spaß mit ihr gehabt – sei es zu Anfang nachts im Turm, sei es tagsüber während der Torturen.

Seit allerdings ein gewisser anderer Besucher begonnen hatte, jede Nacht im Hänsele-Turm zu erscheinen, hatte der Scheible zähneknirschend auf sein Vorrecht verzichtet …

»Was gibt es da zu grinsen?«, fuhr Bertold Munzinger auf. »Findet Ihr so lustig, was ich Euch zu sagen habe?«

»Aber nein, Euer Ehren, durchaus nicht. Ich musste nur daran denken, wie schön das junge Weib zu Anfang gewesen ist, und wie elend es jetzt ausschaut. Da hat gewiss auch der Teufel keine rechte Freude mehr an ihm.«

»Es ist nicht Aufgabe des Ehrenwerten Gerichtes, sich um die Freuden des Satans zu bekümmern«, brummte der Oberste

Richter ungnädig, »sondern wir sind gehalten, das sündige, vom rechten Glauben abgefallene Höllenweib zum Geständnis seiner Verfehlungen zu bringen. Das ganze Verfahren zieht sich viel zu sehr in die Länge. Unruhe macht sich bereits unter der Bevölkerung breit. Heute Morgen kursierten erneut anonyme Zettel – einer lag sogar vor der Tür zum Gerichtssaal –, worin der unbekannte Verfasser dem Gericht schwere Vorwürfe macht und die sofortige Freilassung der Hagenbusch verlangt. So eine bodenlose Frechheit ist mir überhaupt noch nicht untergekommen. Kein Respekt vor dem Ehrenwerten Gericht, das immerhin im Namen Seiner Hochwürdigen Eminenz, des Bischofs von Straßburg, seine Pflicht erfüllt. Das ist alles nur den verfluchten Protestanten zu verdanken. Sie haben den Samen der Unbotmäßigkeit gegen die Obrigkeit gesät, und wir haben jetzt die Schwierigkeit, uns gegen die Meinung des Pöbels wappnen zu müssen.«

»Mit Verlaub, Herr, es ist noch viel schlimmer: Die Gräfin Adelheid gehört nicht zum Pöbel, und trotzdem macht das freche Weibsbild Ärger, wo es nur geht. Die hätte ich gerne auch einmal in meiner Folterkammer. Ich würde ihr die Flausen schon austreiben.«

»Ja, man bedenke, sie hat sich doch tatsächlich erfrecht, das Reichskammergericht in Wetzlar gegen uns anzurufen. Zum Glück kenne ich dort einige Herren, die die Causa gehörig verzögern werden, bis man zu einer Entscheidung gelangt. Inzwischen, so hoffe ich zumindest, ist der Scheiterhaufen bereits niedergebrannt – mit der Tochter des Schultheißen obendrauf.«

»Das bringt mich auf eine ganz andere, höchst profane Sache, Euer Ehren«, sagte der Scheible, gemein grinsend. »Wir sollten den Bauernlümmel Jakob Hagenbusch rechtzeitig darauf hinweisen, dass *er* für die dreißig Klafter Eichenholz zu sorgen hat, worauf seine Teufelsbrut geröstet wird. Je eher wir den Scheiterhaufen errichten, desto schneller werden die Leute begreifen, dass es mit dem Prozess zu Ende geht. Das blöde Volk freut sich doch über jedes Spektakel, und Ihr werdet sehen, Herr, dass der Unmut und die Proteste aufhören, wenn das Endgültige unausweichlich feststeht.«

»Da könntet Ihr recht haben, Nachrichter«, gab der Munzinger zu.

KAPITEL 32

»HÖRT MIR BLOSS AUF, WALDNAU!« Der Graf von Ruhfeld war erbost.

Anselm von Waldnau hatte das leidige Thema »Silberbergwerk« zur Sprache bringen wollen, aber dem alten Edelmann reichte es.

»Bis jetzt hat uns Eure glorreiche Idee bloß jede Menge Ärger und Verdruss eingebracht. Wie stehe ich denn da, wenn meine Tochter oder mein Sohn etwas davon erfahren? Außerdem: So hatte ich mir das nicht vorgestellt. Das junge Weib kann ja wirklich nichts dafür, dass sein Vater so stur ist und partout das Stück Land nicht hat tauschen wollen. Womöglich hat er es spitzgekriegt, dass durch einen simplen Zufall ein Sauhirt auf eine Silberader gestoßen ist.

Vielleicht hat auch der Junge, der dabei war, sein Maul nicht halten können. Aber sei es, wie es sei: Der Schaden ist nun einmal angerichtet. Das unschuldige Ding wird im Hänsele-Turm gefangen gehalten und steht als Hexe vor Gericht.

Ausgerechnet die Helene Hagenbusch, dieses liebe und brave Kind, das quasi mit meiner Adelheid zusammen aufgewachsen ist. Wird das Bauernmädel als Unholdin verbrannt, fällt automatisch ein gewaltiger Schatten auch auf meine Tochter. Und der bloße Geruch der Hexerei wäre für meine Familie verheerend.

Wie stünde ich vor dem Kurfürsten Maximilian von Bayern da? Und wie vor Seiner Majestät, dem Kaiser? Vom Heiligen Vater will ich gar nicht reden. Und wofür das Ganze? Für nichts. Ihr habt die Stirn und verkündet mir jetzt ganz trocken, dass diese elende Mine überhaupt nichts einbringt.«

»Ja, leider, gnädiger Herr. Die zu erwartende Ausbeute an Silber ist viel zu gering, um den Aufwand eines erneuten Abbaues zu lohnen.«

»Und dafür haben wir diese Unglückslawine losgetreten, die nun keiner mehr zum Stillstand bringen kann.«

Erregt lief Graf Ferfried in seinem Gemach hin und her. »Ich hätte nie gedacht, dass Ihr mit dem Geld, das ich Euch zur Verfügung gestellt hatte, gleich fünf sogenannte Zeugen bestechen würdet. Mein ganzer Einfluss reicht nicht aus, das Mädchen auf legale Weise aus dem Kerker zu befreien.

Mein Sohn hat sich bereit erklärt, Helene zu entführen – aber das kostet wiederum gutes Geld. Und genau das ist es, was wir uns eigentlich nicht leisten können. Denn ich habe dem Kaiser die Zusage über eine enorme Summe geben lassen, welche ich ihm zur Anwerbung eines großen und schlagkräftigen Heeres zur Verfügung stellen will. Ihr wisst doch: Ich muss endlich mein Gelübde erfüllen.«

»Aber Herr, das hätte doch noch Zeit gehabt. Zum gegenwärtigen Zeitpunkt ist die Überlassung eines größeren Betrages gar nicht opportun, und ich …«

»Ganz im Gegenteil, mein lieber Waldnau. Gerade jetzt braucht der Kaiser massive Unterstützung. Es ist nämlich keineswegs sicher, dass erstens der wegen seiner Entlassung gekränkte Wallenstein wieder zur Verfügung stehen wird und ob er zweitens erneut sein Vermögen in eine riesige Armee stecken wird, wie sie nötig wäre, um die Schweden niederzumachen.

Gustav Adolf ante portas: Der protestantische Schwedenkönig, der von nicht wenigen sogar als Retter und Befreier vom lästigen Katholizismus und, wohlgemerkt, vom ungeliebten Kaiser, begrüßt wird, steht quasi vor unserer Haustür, lieber Waldnau.

Und wie wir alle wissen, hat der Habsburger nicht genügend Geld, um ihm tapfere und wohlgerüstete Soldaten entgegenzustellen.«

»Das verstehe ich, Herr, aber ich kann nicht zaubern. Wie soll ich den Betrag aufbringen, wenn wir das Geld einfach nicht haben? Euer Sohn war doch in Augsburg. Wie waren denn die Verhandlungen mit den Fuggern, diesen schwäbischen Geizhälsen?«

»Ganz zufriedenstellend, aber es genügt einfach nicht. Wenn Euch nichts einfällt, Waldnau, werden wir uns derart verschulden müssen, dass wir beinah am Bettelstab gehen werden. Am besten wird es sein, Ihr nehmt sofort einen saftigen Kredit beim Juden Herschel Grünbaum auf.« Und nach einer kleinen Weile fügte der Graf leise hinzu: »Ich hatte wirklich mit einer ergiebigen Ausbeute besagter Silbermine gerechnet.«

»Ich werde sofort zu Grünbaum gehen, Herr. Aber ich habe da noch eine Idee.«

»Lasst hören. Alles, was uns aus der Misere heraushilft, soll mir willkommen sein.«

Anselm von Waldnau, Ferfrieds Schlossvogt, zierte sich etwas. Es war ihm offenbar ein wenig peinlich, mit seinem Herrn darüber sprechen zu müssen. Die finstere Miene des Grafen und sein alles andere als wohlwollender Blick bereiteten ihm sichtlich Unbehagen.

»Sprecht endlich frei heraus, Herr von Waldnau«, forderte Herr Ferfried ihn auf.

»Nun ja« – der Vogt räusperte sich umständlich – »Ihr werdet es möglicherweise für keinen so guten Einfall halten, Herr. Aber aus Verzweiflung macht man manches, was einem sonst nie in den Sinn käme, nicht wahr?«

»Wie wahr. Aber jetzt sprecht endlich!«, grollte der Graf.

Der Schlossverwalter beugte sich nach vorn, um dem Gesicht seines Herrn näher zu sein und begann im Flüsterton: »Aus einem Dorf im Markgräfler Land habe ich einen Mann kommen lassen, der bei den Leuten dafür berühmt ist, verloren gegangene Dinge, entlaufene Tiere und verschollene Menschen wieder zu finden. Auch ein unfehlbares Gespür für ergiebige Bergwerke soll er haben. Dem Herrn Siegwart von Fürstenberg hat er angeblich zu einer Silbermine verholfen, die jenen Herrn in die erfreuliche Lage versetzte, alle seine Schulden zu bezahlen, sowie seinen beiden hässlichen Töchtern jeweils einen Bräutigam aus gutem Hause zu kaufen. Sogar seinen bekannt verschwenderischen Lebenswandel soll er wiederaufgenommen haben.«

»Ah. Das klingt ja höchst vielversprechend«, sagte der Graf, wobei sich seine Miene zusehends aufheiterte. »Und wie macht dieser gute Mann aus dem Markgräfler Land das?«, wollte er wissen.

Von Waldnau wurde verlegen. »Wollt Ihr das wirklich wissen, Herr? Wenn ich Euch raten darf, befasst Euch nicht mit so niedrigen Dingen.«

»Na, hört einmal, Waldnau: Wenn's um Geld geht, interessiert mich das schon. Also, sprecht!«

»Nun, dieser Kerl ist eigentlich ein Fassbinder seines Zeichens, aber er betätigt sich auch als Rutengänger und Besprecher von allerlei Krankheiten bei Vieh und Mensch«, begann der Vogt, doch sein Herr unterbrach ihn.

»Ich habe genügend Bier- und Weinfässer, einen zusätzlichen Brunnen benötigen wir meines Wissens nicht, und krank ist auch niemand aus unserer Familie. Wieso sollte dieser Mensch uns von Nutzen sein?«

Anselm von Waldnau verzog listig sein spitznasiges Gesicht und näherte erneut seinen schmallippigen Mund dem Ohr des Grafen: »Er findet wie durch ein Wunder die Stellen mit einer Silberader im Berg, oder er spürt verfallene Bergwerke auf, die, obwohl aufgegeben, noch ergiebig sind.«

»Na, wunderbar«, rief Graf Ferfried von Ruhfeld aus, »damit ist er doch genau der Mann, den wir brauchen. Weshalb habt Ihr Euch bloß so angestellt?«

Der Vogt räusperte sich wieder umständlich, dann zog er ein Sacktuch aus der Tasche seines Überziehers, um sich die Nase zu putzen, ehe er erneut voller Verlegenheit zum Sprechen ansetzte. »Nun ja, Herr, die Dinge, die der Bursche dazu braucht, sind etwas, hm, eigenartiger Natur. Er findet die Silberader ja nicht einfach so im Vorbeigehen – er benötigt dazu schon einiges mehr.«

»Aha. Und was zum Beispiel?«, fragte der Ruhfelder, jetzt neugierig geworden.

Anselm von Waldnau gab sich einen Ruck.

»Drei Rippen einer Leiche, drei Nägel aus einer Totentruhe, in der eine im Kindbett verstorbene Frau begraben war, sowie ein Stück Haut von der Wange oder der Stirn eines verstorbenen Mannes, der erst drei Tage im Grab gelegen hat«, platzte der Vogt heraus.

Beinahe ängstlich schaute er dabei auf das Gesicht des Grafen. Wie würde sein Herr auf die Nennung dieser unappetitlichen Zutaten reagieren?

Der war allerdings so verblüfft, dass er im ersten Augenblick schwieg. »Hm«, sagte er nach einer Weile. »Sonst noch etwas?«

»Das sogenannte ›Corona-‹ oder Kronengebet muss er während der Suche nach dem Schatz im Berg vor sich hinmurmeln. Darin wird die heilige Corona, die Patronin und ›Erzschatzmeisterin‹ über alle verborgenen Schätze der Erde, um Unterstützung bei der Schatzsuche angerufen. Das Gebet soll auf das sechste und siebte Buch Mose zurückgehen, habe ich mir sagen lassen. Es steht also in der Bibel und kann deshalb nichts Schlimmes sein, Herr Graf.«

»Na, das will ich hoffen, Waldnau. Nicht, dass es so geht wie mit dieser Helene. Ich will nicht noch einen Prozess wegen Hexerei am Hals haben. Der eine ist unerfreulich genug.«

»Jawohl, Herr.«

Der Vogt atmete auf. Er hatte diese Aussprache mit seinem Herrn in der Tat gefürchtet, aber Ferfried schien wegen der benötigten Dinge vom Friedhof keine Bedenken zu haben.

»Die Sachen, die dieser Fassbinder braucht, sind zwar ekelhaft, aber ich denke, dass es nicht allzu schwierig sein dürfte, sie zu beschaffen. Gebt dem Totengräber ein Goldstück, und er wird mit Sicherheit wegschauen. Mir ist wichtig, dass kein lebender Mensch dabei zu Schaden kommt. Was mit den Toten passiert, liegt mir, ehrlich gesagt, nicht so sehr am Herzen. Hauptsache, es wirkt. Dann lasse ich hinterher gern ein paar Messen für ihre Seelenruhe lesen. Wie sagtet Ihr noch? Diese Corona sei eine Heilige? Na, dann ist ja alles gut, Waldnau. Sollte sie uns tatsachlich zu einer Silbermine verhelfen, werde ich ihr persönlich im Wald eine Kapelle stiften.«

Damit endete die Unterredung des Grafen mit seinem Verwalter, der sich im Stillen vorgenommen hatte, anstatt des Goldstücks den Leichenbestatter von Reschenbach mit ein paar Litern Rotwein abzufinden. Wie er den Kerl kannte, wäre die alte Saufnase dann sogar bereit, selber mit Hand anzulegen …

Als sich Anselm von Waldnau zum Gehen wandte, rief ihm der Schlossherr nach: »Sagt doch diesem Fassmacher, er soll seiner Heiligen befehlen, sich ein wenig zu beeilen. Es wäre für einen guten Zweck: Für den Sieg des Katholizismus gegen den Ungeist des Protestantismus.«

KAPITEL 33

Im Schein der trüben Funzel konnte die Gefangene ihren nächtlichen Peiniger nicht genau erkennen. Nicht einmal die schwarze Ledermaske konnte sie richtig sehen, aber das spielte keine Rolle.

Sie wusste auch so, wer dieser Teufel in Menschengestalt war.

Gelegentlich brachte er einen Bekannten mit, der sie gleichfalls schändete. Inzwischen hatte es die arme, junge Frau aufgegeben zu zählen, wie oft sie vergewaltigt worden war.

Sie konnte auch nicht verstehen, was dieser Satan an ihr fand: Sie war abstoßend hässlich und verletzt, sie war dreckig und voller Blut, und sie stank erbärmlich.

Und die Umgebung, in der diese allnächtlichen Überfälle stattfanden, war grauenvoll: kalt, feucht, voller Schimmel, Unrat und Ungeziefer.

War es die Demütigung, die man diesem kaum mehr als menschliches Wesen erkennbaren Bündel Lumpen antun konnte? Ergötzte man sich an ihrem schmerzvollen Stöhnen, an ihrem Wehgeschrei, das sie nicht immer unterdrücken konnte, wenn sie in sie hineinstießen, als wäre sie irgendein gefühlloses Stück Fleisch?

Warum tat man ihr das an? Sie wusste genau, dass es nicht der Teufel war, mit dem sie angeblich einen Pakt geschlossen haben sollte, der sie jede Nacht bis aufs Blut peinigte – von den Qualen ihrer jungfräulichen Seele gar nicht zu reden.

Oh, ja, sie hatte diesen Unmenschen, den der Wärter – oder seine Frau – zu ihr einlassen musste, sehr wohl erkannt. Aber sie konnte sich nicht wehren. Mehrmals hatte sie vergeblich versucht, vor Gericht darüber zu sprechen. Doch es hatte ihr nichts genützt …

Helene hatte es sich während der vergangenen drei Wochen zur Gewohnheit gemacht, in eine Art Starre zu verfallen. So weit möglich, schaltete sie alle Empfindungen aus. Willenlos, ja stumpfsinnig überließ sie sich den Untieren, die den Spaß mit ihr zu genießen schienen, ohne sich um ihr Opfer zu scheren.

So geschah es auch dieses Mal. Sie summte, während der Maskierte brutal in sie eingedrungen war, scheinbar wie selbstvergessen vor sich hin.

»Hört Euch das an!«, rief der verblüffte Vergewaltiger seinem Kameraden zu, der bereits gierig darauf wartete, der Nächste zu sein. »Sie singt. Ist das zu fassen? Das Hexenmensch singt, als ob gar nichts wäre.«

Abrupt zog der Kerl mit der Ledermaske sein Glied zurück, ohne sein Ziel erreicht zu haben. Die Sache hatte begonnen, ihm unheimlich zu werden.

»Macht Ihr weiter, wenn Euch danach ist«, sagte er schwer schnaufend zu dem anderen. »Mir reicht es. Irgendetwas stimmt mit dieser Hexe nicht. Womöglich verwünscht sie noch unsere Schwänze, und auf einmal haben wir gar keine mehr.«

»Aber, das ist doch lächerlich!«, sagte der zweite nächtliche Besucher. »Was ist das für ein Unsinn? Davon habe ich noch nie gehört.«

»So? Habt Ihr nicht? Ich aber schon. Es hat Fälle gegeben, wo die Hexe den Männern aus Bosheit das Glied weggezaubert hat.«

Der Maskierte hatte inzwischen seine Hosen hochgezogen und wandte sich zur Kerkertür. »Ihr könnt ja noch bleiben und es Euch wohl sein lassen.«

»He, he, so wartet auf mich«, maulte der Zweite. Auch ihm war offensichtlich die Lust vergangen. Ärgerlich folgte er dem Maskierten nach draußen.

Helene, die auf ihrer feuchten Strohschütte mit entblößtem Unterkörper und obszön gespreizten Schenkeln dalag wie eine weggeworfene Flickenpuppe, hörte wie durch einen Nebelschleier, wie der Schlüssel zu ihrer Gefängnistüre sich im Schloss drehte.

Dann war es totenstill, bis eine hungrige Ratte auf Nahrungssuche im Stroh raschelte. Aber da war sie vor Schwäche bereits in eine tiefe Ohnmacht gesunken.

KAPITEL 34

DIE BEFREIUNG HELENES sollte sich geradezu als ein Kinderspiel erweisen. Da es sich die Braut und zukünftige Herrin auf Schloss Ortenberg ausbedungen hatte, dass an ihrem Hochzeitstag keine Eingekerkerten und schon gar keine Hexen sich in ihrer Nähe aufhalten durften, hatte man beschlossen, die zwar verurteilten, aber immer noch auf ihre Hinrichtung wartenden Hexen, Sofie Bleile und Agnes Mürfelder, sowie die noch ihres Schuldspruches harrende Helene Hagenbusch in einem anderen Gefängnis unterzubringen.

Man verfiel auf den Ort Kappelrodeck, wo in der Regel die Exekutionen stattfanden. Da wären die drei gleich an der richtigen Stelle. Ganz im Geheimen sollte die Überführung der drei Weibsbilder stattfinden, damit ja niemand auf dumme Gedanken käme …

Aber Hasso von Ruhfeld hatte inzwischen überall seine Zuträger, so blieb es nicht aus, dass einer der Gefängniswärter dem jungen Grafen Bescheid geben ließ, wann und wohin die Verlegung Helenes vonstatten gehen sollte.

So geschah es, dass im Morgengrauen dieses Sommertages ein

kleiner Trupp von kaiserlichen Wachsoldaten einen zugedeckten Karren mit den drei Frauen aus dem Hänsele-Turm geschafft und durch ein dichtes Waldstück geleitet hatte – wobei die Männer einen besonders »sicheren« Umweg gewählt hatten –, dieser urplötzlich in einem Hohlweg auf der Strecke zwischen Ortenberg und einem kleinen Weiler von einem knappen Dutzend berittener, vermummter und maskierter Gestalten überfallen und im Nu mit großer Brutalität niedergehauen wurde.

»Beeilung, schnappt euch die Frauen!«, rief der Anführer der Maskierten und griff als Erster nach der Plane, unter der man die Ärmsten versteckt hatte.

»Teufel noch mal!«, fluchte der junge Graf – denn kein anderer als Hasso von Ruhfeld verbarg sich unter der braunen Ledermaske. Er hatte nämlich gerade entdeckt, dass die schon betagte Sofie Bleile offenbar ihren Geist aufgegeben hatte.

Voller Angst riss er den Tuchfetzen vollends zur Seite, und was er sah, ließ ihn wiederum das Schlimmste befürchten.

Das sollte ein achtzehn Jahre altes Mädchen sein? Gott im Himmel, da lagen Frischere im Sarg! Die da sah aus, als wäre sie bereits siebzig und kurz vor dem Verscheiden. Als er das erbarmungswürdig zugerichtete Geschöpf vorsichtig vom Wagen hob, schossen ihm Tränen in die Augen, sodass er kaum etwas erkennen konnte.

»Georg, kümmere du dich um die andere!«, befahl Hasso und überließ es Helenes Bruder, Agnes Mürfelder, die auch mehr tot als lebendig schien, vom Karren zu schaffen.

Der junge Mann legte die Alte quer über sein Pferd, nachdem er sie zuvor in eine Decke eingewickelt hatte.

Aber Hasso hielt seine Liebste noch eine Weile in den Armen und blickte entsetzt in ihr totenbleiches, einst so hübsches Gesicht. Die Tränen liefen ihm jetzt in Strömen über die Wangen. Doch er schämte sich nicht. Keiner der anderen Männer machte eine Bemerkung dazu – jeder schien zu verstehen, was in dem jungen Edelmann vorging.

»Herr«, mahnte schließlich einer, und Hasso riss sich sofort zusammen.

Natürlich. Sie hatten noch einiges zu erledigen: Der Karren und die erschlagenen Wächter mussten beseitigt werden.

Ein kurzes Stück weiter, am Ende des schmalen Hohlweges, gab es eine tiefe, mit Büschen und Bäumen bewachsene Schlucht. Dahin schleiften sie die Leichen der kaiserlichen Wachsoldaten und die Sofies und ließen sie mitsamt dem Karren in die dunkle Tiefe fallen.

Dann vergewisserte sich Hasso, dass von oben nichts zu sehen war von der grausigen Last, derer man sich hier entledigt hatte. Dichtes Brombeergestrüpp und Zweige von Nadelgehölzen verbargen den Wagen und die Toten gleichermaßen; außerdem war die Schlucht sehr tief und wer von oben hinunterschaute, blickte nur in ein finsteres Loch.

Das Zugpferd band einer der noch immer vermummten Helfer an sein eigenes. Als der Graf, der die bewusstlose Helene in seine Armbeuge gebettet und mit seinem Reitermantel umhüllt hatte, das Zeichen gab, setzte sich der Trupp wieder in Bewegung und schlug die Richtung nach Schloss Ruhfeld ein.

Kaum im Hof angelangt, sprang Hasso aus dem Sattel, übergab die federleichte Last dem bereits wartenden Pater Ambrosius, erteilte Befehle bezüglich der Agnes Mürfelder und zahlte anschließend die Männer aus.

Er reichte jedem Söldner die Hand und verbeugte sich, denn jeder hatte ein nicht geringes Risiko auf sich genommen. Auf die Befreiung einer Hexe stand immerhin die Todesstrafe …

Nach wenigen Minuten war der Schlosshof wie leer gefegt von den fremden, bewaffneten Kerlen, die der junge Edelmann extra für diesen blutigen Zweck angeheuert hatte. Über die Berge des Schwarzwaldes hinweg würden sie ihren Weg ins Schwäbische nehmen und von da aus, wohin Lust und Laune – und nicht zuletzt der Herr, der am besten für ihre Dienste zahlte – sie führen mochten.

Die eigenen Gefolgsleute hatten die Ruhfelder für diese extrem heikle Aufgabe nicht nehmen wollen. Was wäre gewesen, falls sie erkannt worden wären oder einer von ihnen in Gefangenschaft geraten wäre?

Während sich eine ältere Magd um Agnes kümmerte, hatte es sich Adelheid nicht nehmen lassen, sich eigenhändig um Helene zu kümmern.

Als sie des Helen ansichtig geworden war, konnte das im Allgemeinen recht couragierte Edelfräulein sein Entsetzen kaum verbergen: »HERR im Himmel, wie hat man das arme, unschuldige Wesen bloß zugerichtet?«, sagte sie entsetzt, als sie ihre Freundin zum ersten Mal sah. »Man erkennt sie gar nicht wieder. Und ihre Verletzungen sind so abscheulich! Es ist ein Wunder, dass sie überhaupt noch lebt!«

Hasso und Georg hatten danebengestanden und vor ohnmächtiger Wut kaum ein Wort herausgebracht.

»Glaubst du, du schaffst es, Schwester?«, hatte der junge Graf schließlich geflüstert. »Ich meine, sie so weit am Leben zu erhalten, dass es möglich ist, mit ihr die Flucht über den Rhein zu wagen?«

Adelheid hatte bloß mit den Schultern gezuckt und war stumm geblieben, worauf Helenes Bruder Georg das Gemach verlassen hatte. Der gewiss nicht zimperliche Sohn des Jakob

Hagenbusch konnte seine mörderische Wut nicht mehr beherrschen.

»Was haben diese dreimal verfluchten Schweine bloß mit dir angestellt, Leni?«, rief er draußen und hieb mit den Fäusten in ohnmächtigem Zorn gegen die Wand, während ihm Tränen der Hilflosigkeit aus den Augen schossen.

Die Bediensteten des Grafen zogen die Köpfe ein, schauten betreten zu Boden und machten, dass sie in einem anderen Zimmer verschwanden.

Der junge Bursche hatte ja recht. Unglaublich, was der nur gut drei Wochen dauernde Aufenthalt im Kerker aus dem einst so hübschen, lebensfrohen Geschöpf gemacht hatte.

»Das Schlimmste ist, Hasso, dass Helene jetzt zwar bei Bewusstsein ist, aber auf gar nichts reagiert. Sie schaut durch mich hindurch, als würde sie mich nicht mehr kennen, und sie spricht kein Wort. Wenn du sie fragst, ob sie Schmerzen hat – und die hat sie mit Sicherheit –, gibt sie keine Antwort. Sie liegt nur bewegungslos da und starrt zur Decke. Hin und wieder summt sie vor sich hin, aber das Lied kenne ich nicht. Es ist zum Gotterbarmen«, sagte Adelheid und warf sich ihrem Bruder schluchzend in die Arme. Der aber konnte sie nicht trösten: Er hätte selbst Trost gebraucht …

Man hatte Helene vorsichtig gewaschen und ihre vielen Wunden gereinigt, sowie ihren gebrochenen Arm fachgerecht geschient und verbunden.

Während all dieser Handlungen hatte das abgemagerte Menschenkind keinen Ton von sich gegeben und auf kein Wort reagiert. Als sie so versorgt war von Adelheid und ihrer Lieblingszofe Ursula, welche andauernd gegen eine Tränenflut ankämpfen musste, lag sie stumm und starr zur Zimmerdecke blickend, mit einem Kopftuch versehen, welches ihre in Stoppeln nachwachsenden Haare und die Beulen und Abschürfungen am Schädel verdeckte, auf einem Bett in einem kleinen Raum, welcher neben dem Gemach der Gräfin lag und durch eine Tür mit diesem verbunden war.

Adelheid hatte wohlriechende Kräuter im Kamin verbrennen lassen, um den Blut- und Eitergestank zu vertreiben, der dem Körper der Gepeinigten trotz der Waschungen mit Kamillenabsud und Lavendelwasser immer noch anhaftete.

Vater Ambrosius saß an ihrem Lager, tief im Gebet versunken. Auch er litt, wenn er das arme Kind so liegen sah, welches man gefoltert hatte, um aus ihm »Geständnisse« herauszupressen, die gar nicht möglich waren. Wenn er sich die Martern vorstellte, welche man dem Mädchen angetan hatte und dazu die heimlichen Qualen, auf die sich besonders der grausame Scheible verstand, dann war ihm nachgerade zum Speien.

Der Nachrichter und seine Schergen waren berüchtigt dafür, dass sie sich an ihren hilflosen Opfern in schlimmster Weise vergingen, und der Benediktinermönch fragte sich nicht zum ersten Mal, ob dieser Henker wirklich noch als »Mensch« zu bezeichnen war.

›HERR, verzeih mir die Sünde, dass ich so über einen meiner Mitbrüder denke, aber ich verabscheue dieses Vieh zutiefst. GOTT, vergib mir‹, dachte Ambrosius und ließ den Rosenkranz weiter rastlos durch seine Finger laufen. Er machte sich Sorgen, ob das Helen den Transport nach Straßburg überleben würde.

»Lieber Herrgott, lass das unschuldige, junge Weib nicht sterben«, betete er, »es kann doch nichts dafür, dass es so viele Verblendete, Bösartige und Narren auf der Welt gibt.«

Die alte Agnes, Witwe des Gastwirts Kaspar Mürfelder, der es erstaunlich gut ging, trotz des Martyriums, welches auch sie hinter sich gebracht hatte, würde man in Kürze auf einen der Bauernhöfe des Grafen verbringen, wo sie als Küchenmagd ihre letzten Tage unerkannt verbringen konnte.

KAPITEL 35

Als Helene in einen unruhigen Schlummer gesunken war, erschien Graf Ferfried im Zimmer der jungen Frau. Mit vor Verzweiflung verdüsterter Miene trat er ans Bett und betrachtete die Schlafende.

»Offenbar träumt sie vom Kerker und den Torturen im Folterkeller.«

Der Pater flüsterte nur, und dem Grafen wurde beinahe übel. Sein schlechtes Gewissen bedrückte ihn schwer.

Wenn Sohn und Tochter erführen, welche Rolle er bei dieser unseligen Geschichte gespielt hatte, würden sie ihn verachten oder gar hassen.

»Lasst sie schlafen«, murmelte er beschwörend, als er Ursula mit einem Suppennapf das Krankenzimmer betreten sah. Auch der Pater war der Meinung, dass Schlaf jetzt das Beste für das Mädchen sei.

»Nur so haben wir überhaupt eine Chance, ihren Körper dem Leben wiederzugeben; und ihre verwundete Seele wird umso eher genesen, je früher ihre körperlichen Blessuren heilen«, behauptete der Benediktiner. »Ich werde an ihrem Bett Wache halten und für das arme Kind beten«, versprach Ambrosius und erleichtert verließ der alte Graf das Gemach. Aber Adelheid und Ursula blieben, um ja auf jedes Lebenszeichen der Geschwächten reagieren zu können.

Georg ritt auf Umwegen nach Hause und schlich sich heimlich in den Kuhstall, wo seine Mutter und das Jaköble gerade beim Melken waren.

Die Bäuerin war etwas verwundert: War der Sohn doch sonst

der Erste im Stall. Aber ihre Gedanken waren mit anderen Dingen beschäftigt, sodass sie ihren Sohn umgehend vergaß.

Sie dachte nur noch an das Helen und daran, wie sie es schaffen konnte, gleichzeitig mit ihrem Kind in den Himmel zu kommen. Selbsttötung war eine Todsünde, aber wie sollte sie weiterleben, ohne ihre Tochter?

Diesen unlösbaren Gewissenskonflikt wälzte die arme Frau ununterbrochen in ihrem Kopf herum und kam doch zu keiner Entscheidung. Pfarrer Hasenauer wagte sie deshalb nicht zu befragen, denn sie wusste genau, was der ihr antworten würde. Flüchtig dachte sie an ihren Ehemann, den Jakob, der in diesen Wochen sehr alt geworden war. Ein gutes Leben, ein sehr gutes sogar, hatten die beiden bisher miteinander gehabt, und trotzdem würde die Walburga ihn verlassen, nur um bei ihrem geliebten, unschuldigen Kind zu sein.

»Das Helen wird ein Engel«, murmelte sie vor sich hin, als sie aufstand und den Melkschemel ein Stück zur nächsten Kuh weiterrückte.

»Aber noch nicht so bald, Mutter«, gab ihr der Sohn, welcher das Walburga genau verstanden hatte, zur Antwort und das arme Weib lächelte bloß, als wüsste es besser Bescheid. Georg blutete jedes Mal das Herz, wenn er Walburga ansah, die sich so völlig unnatürlich – ja fast verrückt – verhielt, seitdem man das Helen so brutal aus ihrem Haus und ihrem Leben gerissen hatte; sie als Mutter, die dazu da war, ihr Kind vor jeder Gefahr zu beschützen, hatte kläglich versagt.

Weshalb hatte sie die Kerle nicht mit einem ihrer scharf geschliffenen Küchenmesser angegriffen? Wenigstens einem hätte sie damit die Gurgel durchschneiden oder es ihm mitten in sein sündiges Herz stoßen sollen … Aber was hatte sie stattdessen getan? Auf die Knie war sie gesunken und hatte die brutalen Schweine angefleht, ihre Tochter in Frieden zu lassen.

Warum hatte sie sich nicht an Stelle ihres Kindes angeboten? Sie hätte doch sagen können: »Lasst das Helen in Frieden. Alles, was man ihm vorwirft, hab ich getan.« Sicher wären sie auch mit ihr zufrieden gewesen. ›Barmherziger Gott, das ist mir gar nicht in den Sinn gekommen‹, dachte sie betrübt. Nach dem Melken und dem Rahmabschöpfen zum Butterschlagen würde sie umgehend in ihre Schlafkammer gehen, dort auf die Knie fallen und den HERRGOTT um Vergebung dieser großen Unterlassungssünde bitten …

Georgs Gedanken aber wanderten zu dem Geschehen im Hohlweg zurück. Wie lange mochte es dauern, bis man das Verschwinden der Wachmannschaft – immerhin sechs Mann – und des Schinderkarrens mit den drei »Hexen« bemerkte?

Obwohl sich alle Männer nach dem Überraschungsangriff beeilt hatten, die Toten und den Karren zu beseitigen, gab es sicher noch irgendwelche Spuren, die ein geschulter Fährtenleser entdecken konnte.

Und aufmerksam würden diese kaiserlichen Beamten mit Gewissheit sein. Es war schließlich keine Kleinigkeit, wenn sechs vom kaiserlich-bischöflichen Gericht bestellte Männer, zwei rechtmäßig zum Feuertod verurteilte Satansdienerinnen und eine dritte, die kurz vor ihrer Urteilsverkündung stand, wie durch Zauberhand verschwanden …

Mochten schlichte Gemüter auch an den Teufel glauben, der alle geholt hatte auf ihrem Weg nach Kappelrodeck, der Oberste Richter Munzinger, der Richter Ewald Winterling und Pater Damian wären die Letzten, die es damit gut sein ließen.

Mitten im Sinnieren hörte Georg Hagenbusch ein fernes Grollen. Umgehend ließ er die Zitzen der Kuh fahren, die er gerade zu melken begonnen hatte und lief aus dem Stall.

»Heh, wo willst du hin?«, rief ihm das Jaköble verblüfft nach, aber der junge Mann stand bereits im Hof und blickte mit breitem Grinsen zum Himmel empor, wo sich im Westen, in Richtung dieses verfluchten Hohlweges, ein Gewitter zusammengebraut hatte.

»Ja, so ist's recht. Richtig schütten muss es, dann sind alle Spuren verwischt. Dann sieht keiner mehr auch nur noch einen Blutstropfen. Und der Regen wäscht die frischen Wagenspuren aus, die vielleicht entstanden sind, und die Huftritte von dem alten Karrengaul und unseren Rössern«, flüsterte der junge Mann zufrieden vor sich hin.

Den Gaul hatte man auf dem Gelände des Schlosshofs, hinter der Schmiede, durch einen Schnitt mit einem extra scharf geschliffenen Dolch durch die Halsschlagader erledigt und sofort abgehäutet, um ihn zu zerlegen und an die Jagdhundmeute des Grafen zu verfüttern.

Hufe, Schweif, Kopf und Haut der Schindmähre hatte der Knecht Frieder in einem tiefen Loch im Küchengarten verscharrt. Alles war gut gegangen, und wenn jetzt noch der Himmel seine Schleusen öffnete, dann wäre die Tat vollkommen.

Als der Regen tatsächlich herniederprasselte, empfand Georg das irgendwie als endgültige Bestätigung dafür, dass sogar der HERRGOTT mit dem, was sie getan hatten, einverstanden war.

»Manchmal muss man halt den krummen Weg gehen, wenn der gerade nicht ans Ziel führt«, lachte Jakobs Sohn und Erbe und ließ sich mitten auf dem Hof vom Regenguss durchnässen: Das Wasser von oben reinigte ihn gewissermaßen von jeglicher Schuld, auch von der schweren Todsünde des Mordes …

Der alte Bauer, sein Weib und die Knechte und Mägde, die alle in der Wohnstube vor dem schweren Unwetter Zuflucht gesucht hatten, schauten verblüfft zu den kleinen Fenstern unter dem tief herabgezogenen Dach des typischen Schwarzwälder Bauernhauses hinaus und beobachteten den Georg, der vor dem Viehstall wie unter einem tosenden Wasserfall herumtanzte und wie ein Irrer dazu lachte.

Nicht wenige unter dem Gesinde bekreuzigten sich heimlich, blickten auf die schwarze Wetterkerze, deren Flamme unruhig flackerte und hofften, dass der Blitz – dieses Frevels wegen – nicht ins Haus einschlüge.

Bei jedem Donner, der krachend an den Bergwänden des Schwarzwaldes widerhallte, ehe er in einiger Entfernung erneut als lautes Grollen zu vernehmen war, fuhren die in der Stube Versammelten zusammen und beteten umso lauter die Allerheiligenlitanei, welche besonders bei Unwettern Schutz versprach.

Endlich wurde es Jakob zu dumm. Er lief zur Haustür, riss sie auf und brüllte so laut er konnte, um das Toben des Gewitters zu übertönen: »Georg, komm endlich ins Haus! Was soll das? Willst du GOTT versuchen?«

Der Angerufene blieb stocksteif stehen, fuhr sich mit der Hand über die Stirn, als müsste er etwas wegwischen – allerdings kein Wasser –, und machte, dass er ins Trockene gelangte.

Er war wütend auf sich selbst, als er die neugierigen Blicke der Dienstboten sah. ›Warum führe ich mich bloß so blöd auf und lenke die Aufmerksamkeit der Leute auf mich?‹, dachte er.

»Jetzt bin ich wenigstens wieder sauber«, versuchte er zu scherzen und verschwand in seiner Kammer, um die nasse Hose und den Kittel zu wechseln. Er trocknete sich ab und konnte dabei durch die geschlossene Kammertür das eintönige Herunterleiern der Litanei zu den vierzehn Heiligen hören, die man üblicherweise anrief bei allen Schwierigkeiten, welchen ein gläubiger Christenmensch ausgesetzt sein konnte.

›Vielleicht ist auch ein Heiliger dabei, der meiner Schwester hilft, wieder gesund zu werden‹, dachte er, wenn auch mit wenig Zuversicht.

So glücklich er auch über die Befreiung Helenes gewesen war, so dumm war er nicht, dass er nicht gemerkt hätte, in welch hoffnungslosem Zustand sich die junge Frau befand.

›Wenn sie an der Misshandlung durch den Scheible sterben sollte, wird mir der Hund das büßen‹, gab er sich grimmig das Versprechen, ›und das Schwein Munzinger nehme ich mir als Nächsten vor. Und ob ich, sollte ich dabei gefasst werden, am Galgen sterben muss, das ist mir egal.‹

KAPITEL 36

ABENDS WAR ADELHEID der Verzweiflung nahe. Ihre Freundin war auf keine Weise zu irgendeiner Reaktion zu bringen.

»Ich weiß nicht, was ich noch unternehmen soll«, schluchzte sie, strich die schwarzen Strähnen ihrer aufgelösten Frisur zur Seite und warf sich ihrem Bruder an den Hals. »Ich bin kein Medicus und weiß mir nicht mehr zu helfen. Wenn Helene weiterhin am Leben nicht Anteil nimmt, wird sie nicht mehr lange leben.«

Da traf Hasso von Ruhfeld eine Entscheidung. »Ich weiß, wir hatten uns vorgenommen, niemanden aus der Gegend zu Hilfe zu holen. Aber wenn es so schlecht steht, werde ich persönlich zu Doktor Ohngleich reiten und ihn holen. Eine Ausrede wird mir schon einfallen, damit seine Nachbarn nicht misstrauisch werden.«

»Ja, tu das, mein Lieber. Und setze ihn gleich vom Verhalten des Helen in Kenntnis«, bat ihn die verzweifelte, junge Frau.

Hasso nahm den loyalen und verschwiegenen Wilhelm von Kirchhofen mit. Als die beiden das Häuschen des sechzig Jahre alten Wendelin Ohngleich – seit Jahrzehnten Leibarzt des Grafen – erreichten und den alten Arzt, der sich bereits zur Ruhe begeben hatte, mit ihrem Klopfen geweckt hatten, war der Mann sofort bereit, nachdem er wusste, worum es sich handelte, sich auf sein Pferd zu schwingen und zum Schloss zu reiten.

Schweigend hatte er sich den Bericht des Grafensohns angehört und dementsprechend seine Tasche mit verschiedenen Salben, Tinkturen und Pillen sowie einer Menge an sauberem Verbandmaterial vollgepackt.

Doktor Ohngleich schien keineswegs überrascht zu sein, hatte er doch die junge Frau gleich zu Anfang ihres Leidensweges im Turm gesehen und mit weiteren widerlichen Gräueltaten des Scheible gerechnet.

Wenn den Medicus etwas verwunderte, dann war es die Tatsache, dass man es geschafft hatte, das arme Geschöpf aus dem Kerker zu befreien. Aber er behielt sein Erstaunen für sich, weil er ahnte, dass es besser war, nicht zu viel darüber zu wissen.

»Ich bin der Meinung, man sollte das Elsbeth, die Hebamme, gleichfalls hinzuziehen, Herr. Ein Teil der Verletzungen der jungen Frau scheinen mir von jener Art zu sein, die des Wissens und der Erfahrung einer weisen Frau bedürfen«, sagte der alte Mann, als er sein Pferd sattelte, ehe sie nach Schloss Ruhfeld aufbrachen.

»Diesen kleinen Umweg können wir sicher verantworten, wenn Ihr glaubt, dass Ihr die Unterstützung der erfahrenen Frau Liebig gebrauchen könnt, Doktor«, sagte Hasso, der über jede Art Hilfe, die er bekommen konnte, froh war. Wie eine zentnerschwere Last empfand er das Bild des Jammers, welches seine vordem so bildhübsche, lebensfrohe Liebste geboten hatte.

Inzwischen war die Nacht hereingebrochen, und es war nicht leicht, in der totalen Finsternis zum Haus der Hebamme zu gelangen, wenngleich ein bleicher Halbmond am Himmel stand, der den Reitern wenigstens einen kleinen Lichtschein gönnte und der es ihren Pferden ermöglichte, den schmalen Pfad entlangzutraben, ohne sich die Beine in den Unebenheiten des Weges zu brechen.

Die alte Wehmutter war noch wach und packte wie der Arzt allerhand Dinge in ihre Tasche, als Hasso ihr Bescheid gesagt hatte.

»Das arme Ding«, flüsterte sie mehrmals und ließ sich dann vom jungen Wilhelm vor sich auf dessen Pferd nehmen. So schnell es in der Nacht ging, war die kleine Gruppe in Richtung Schloss geritten, wo im Hof bereits Adelheid und Pater Ambrosius ungeduldig warteten, während Ursula am Bett wachte.

»Sie atmet kaum noch und ist entsetzlich schwach.«

Die Hebamme war der jungen Gräfin gefolgt und betrat schweigend das Gemach, wo Helene bereits ins Jenseits hinüberzudämmern schien.

»Begebt Euch jetzt zur Ruhe, edles Fräulein«, bat der Doktor, »Ihr könnt uns hier nicht helfen. Falls der Schlaf Euch flieht, nehmt Zuflucht zum Gebet, aber denkt daran, niemandem ist gedient, wenn auch Ihr krank werdet.«

»Der Medicus hat recht, Adelheid«, stimmte Hasso zu und nahm seine Schwester energisch an der Hand. »Komm, meine

Liebe, du musst deine Kraft für eine wichtigere Aufgabe aufsparen. Versuche etwas zu schlafen. Wenn es etwas Neues gibt, wecke ich dich.«

Während des gesamten Tages und bis in die Nacht hinein hatte man nach den verschwundenen Wachsoldaten und dem Schinderkarren gesucht, der die drei Hexen nach Kappelrodeck hatte bringen sollen. Bereits am nächsten Morgen in aller Frühe ging die Suche weiter.

Also war Bertold Munzinger nichts anderes übrig geblieben, als den Landvogt, Maximilian Veigt, vom unerklärlichen Verschwinden der Hexen und ihrer Begleitmannschaft zu unterrichten.

Der Vogt war außer sich. »Wie konnte das geschehen?«, fragte er, krebsrot vor Wut. »Wie können sechs bewaffnete Wachleute und ein Karrengaul samt Wagen mit einer Fuhre von drei Weibern einfach verschwinden? Wollt Ihr mir vielleicht weismachen, dass der Teufel sie alle miteinander geholt hat?«

Veigt schien kurz vor einem Schlaganfall zu stehen.

»Ich will Euch überhaupt nichts weismachen«, verwahrte sich beleidigt der Oberste Richter. Was fiel dem Vogt bloß ein, so mit ihm umzuspringen? Was konnte er dafür, wenn die Männer zu dumm gewesen waren, den richtigen Weg zu finden?

»Kommt mir nur nicht damit, dass die Kerle sich verlaufen haben«, hörte er da den Landvogt bereits geifern.

Dem Munzinger reichte es jetzt. »Ist das eine Manier, mit mir, dem Obersten Richter, zu sprechen, Herr Landvogt?«, fragte er von oben herab. »Es ist schließlich nicht meine Aufgabe, die blöden Kerle zu beaufsichtigen. Wer weiß, womöglich haben sie sich unterwegs besoffen und sind tatsächlich vom rechten Weg abgekommen? Aber das hat mich gar nicht zu interessieren. Mein Geschäft ist es, im Namen des Ehrwürdigen Herrn Bischofs Recht zu sprechen und sonst gar nichts.«

Der Veigt besann sich. Natürlich. Seine Wut über den absolut unerklärlichen Vorfall durfte er keineswegs an dem Richter auslassen. »Verzeiht meine Heftigkeit, Ehrenwerter Richter. Natürlich kann Euch niemand einen Vorwurf machen, aber ich bin derart durcheinander, dass ich fast geneigt wäre, übernatürliche Kräfte als Ursache anzunehmen.«

»Wie meint Ihr das?«, erkundigte sich Bertold Munzinger und fasste den anderen scharf ins Auge.

»Ja, nun.« Maximilian Veigt lachte etwas gezwungen. »Es wäre doch möglich, dass wirklich der Gottseibeiuns seine Hand im Spiele hatte, oder? Wenn so viele Menschen auf geheimnisvolle Art, ohne die geringsten Spuren zu hinterlassen, einfach verschwinden – sich quasi in Luft auflösen, nicht wahr? –, kann das doch nicht mit rechten Dingen zugehen. Oder was meint Ihr?«

»Hm, ja, möglich wär's schon«, erwiderte der Oberste Richter nach einer Weile. Einerseits war er maßlos enttäuscht: Gar zu gerne hätte er das junge, freche Hexenmensch brennen sehen, denn bei den zwei alten Vetteln machte es ihm lange nicht so viel Vergnügen …

Doch andererseits hatten ihn ein Grauen und eine unerklärliche Furcht ergriffen. Was, wenn tatsächlich der Leibhaftige seine Dienerinnen befreit und die Wachsoldaten erwürgt hatte? Dann aber stellte sich die berechtigte Frage, wo befanden sich die Leichen der sechs Männer? Und wo waren das Pferd und der Karren? Und wo trieben die drei Hexen jetzt ihr Unwesen? Lauerten sie ihm vielleicht nachts auf, um ihn aus Rache zu peinigen?

Unvermittelt brach dem Munzinger der Schweiß aus und lief ihm in Strömen über das feiste, rote Gesicht.

»Na, macht Euch mal nicht gleich in die Hosen«, hörte er da

die spöttische Stimme des Landvogts. »Die Hexen werden Euch schon nichts tun.«

»Wie könnt Ihr da so sicher sein?«, fragte der Oberste Richter zornig. Er wünschte sich meilenweit weg von hier. Es ärgerte ihn maßlos, dass sich der Vogt über ihn lustig machte.

»Weil das alles ein riesiger Blödsinn ist, deswegen. Von wegen ›der Teufel hat alle geholt‹. Das waren keine bösen Geister, die die Gruppe entführt haben, sondern eine ganz geschickt eingefädelte, tolldreiste Befreiungsaktion hat hier stattgefunden.«

Dem Munzinger fiel die Kinnlade herunter. Wie bitte? Wer sollte denn um Himmels willen die Tollkühnheit besessen haben, drei Zauberinnen aus der Gewalt des Gerichtes zu befreien? Und obendrein das Wachpersonal zu beseitigen?

»Oh, da fallen mir durchaus Namen ein«, meinte Herr Maximilian und lächelte süffisant. Allmählich machte ihm die Sache beinahe Spaß. Außerdem gönnte er dem eingebildeten »Stabträger« diesen Reinfall …

»Oh je, verdammt«, fluchte der Munzinger, »Ihr habt recht, aber wie wollen wir das jemals beweisen? Der Graf von Ru…«

»Still! Nennt um Himmels willen keinen Namen. Es sind bloß Vermutungen und keine Tatsachen, die wir anführen können. Wenngleich ich meine Stellung als Vogt der Ortenau dagegen verwetten würde, dass ich richtig liege mit meinem Verdacht«, versetzte der Veigt.

»Jesus, wir können die Bande doch damit nicht durchkommen lassen.«

Der Oberste Richter weinte beinahe. Sein wunderschöner Prozess, auf den er sich mit solchem Eifer vorbereitet und den er mit solcher Bravour geführt hatte, was wurde aus dem? Schall und Rauch.

Sein Richteramt konnte er – zumindest was Hexenprozesse anging – in Zukunft wohl vergessen, wenn erst einmal bekannt geworden war, dass seine Delinquentinnen auf wundersame Weise zu verschwinden pflegten. Und das Allerschlimmste war: Was würde sein Herr, der Bischof von Straßburg, dazu sagen? Dem Munzinger graute es regelrecht. Und dabei hatte er so auf den Beginn einer ganz besonderen Karriere gehofft. Der Ehrenwerte Richter fühlte sich plötzlich krank …

KAPITEL 37

DER SCHWEDENKÖNIG ÜBERSTÜRZTE NICHTS. Ganz gemächlich zog Gustav Adolf durch Deutschland, suchte befreundete Staaten auf und begeisterte sie durch seine Liebenswürdigkeit, erschreckte noch Schwankende durch sein herrisches Auftreten, machte sie zu Verbündeten oder drohte mit Krieg und Verwüstung und – machte sich große Sorgen um seine Frau und seine Tochter, die er im hohen Norden zu Hause gelassen hatte.

Die schwedische Königin, Maria Eleonora, eine Tochter des Kurfürsten Johann Sigismund von Brandenburg, war von schwacher Gesundheit und seine Tochter Christina erst vier Jahre alt. Über beide machte sich der »Löwe aus Mitternacht« Gedanken. Es schien, dass Gustav Adolf von Todesahnungen gequält wurde, denn er war bemüht, für das Kind einen geeigneten Vormund und für seine Gemahlin einen Beschützer zu finden, falls er selbst im Kampfe fallen sollte.

Also wandte sich der König in einem Brief aus Deutschland an seinen Kanzler Axel Oxenstierna, dem er voll vertraute. Er schrieb: »Sollte mir etwas zustoßen, so ist meine Familie … des Mitleids würdig. Sie sind nur Frauen – die Mutter ohne klugen

Verstand, die Tochter ein Kind von zartem Alter. Es wäre ein Unglück, müssten sie für sich selbst sorgen ...«

Ohne jeden Zweifel liebte der Schwede seine hübsche, oberflächliche Gattin mit der wunderbaren, hellen Haut und dem, trotz einer etwas spitzen Nase, schönen Antlitz, die Schmuck und elegante Kleider liebte, Süßigkeiten und Zerstreuungen aller Art, ungeachtet ihrer geringen Intelligenz und ihrer, wie die Franzosen so treffend sagten, *petite santé*, einem Merkmal vieler hysterischer Frauen. Ständig litt die Königin unter irgendwelchen banalen Unpässlichkeiten.

Dem König war bewusst, dass sich Maria Eleonora in Schweden als Fremde in einer feindseligen Umgebung fühlte. Sie konnte weder den Menschen, von denen die meisten zur Trunksucht neigten, noch dem Land mit seinen finsteren Wäldern, den langen Wintern, den schlichten, mit Moos abgedichteten Blockhäusern sowie dem faden Essen auch nur das Geringste abgewinnen. Lediglich auf Schloss Kalmar, einem der wunderbarsten, schwedischen Renaissanceschlösser, fühlte sie sich einigermaßen wohl.

»Bliebe Gustav Adolf immer bei ihr, würde sich Maria Eleonora wohl im Lauf der Zeit an ihre barbarische Umgebung gewöhnen«, erfuhr Graf Ferfried aus einem Brief von einem befreundeten Höfling des brandenburgischen Kurfürsten. »Denn trotz allem haben die beiden gemeinsame Interessen: Der König teilt ihre Freude an der Architektur und ihre Liebe zur Musik. Gustav Adolf spielt sehr gut die Laute und hat auf Betreiben seiner Gemahlin deutsche Musiker an seinen Hof geholt, wo Tanz und Orchestermusik nun Mode geworden sind.«

Graf Ferfried überflog das Schreiben mehr oder weniger. Was interessierte ihn die Liebe des Schweden zu deutscher Musik? Noch weniger als dessen Zuneigung zu seiner calvinistischen Brandenburgerin. Auch er, Ferfried, hätte es gleich vielen vorgezogen, wenn dieser »Heros aus dem Norden« daheim bei Weib und Kind geblieben wäre …

Trotzdem las er weiter: »Aber diese Art von Zeitvertreib, welcher das Leben der Königin fast völlig ausfüllt, kann ihrem Gatten nur wenig bedeuten. Mit unermüdlicher Energie und treuer Hingabe an seine Herrscherpflichten versucht Gustav Adolf, sein recht unbedeutendes Land in die erste Reihe der europäischen Mächte zu rücken. Sein Mittel zu diesem Zweck ist der Krieg.«

›Na, wunderbar‹, dachte Ferfried verbittert, ›das haben wir doch alle gebraucht: Weil einen kleinen Herrscher im hohen Norden der Machtwahn überkommt, müssen andere darunter leiden. Verdammt soll er sein, der protestantische Ketzerkönig!‹

Ärgerlich und sorgenvoll zugleich warf Graf von Ruhfeld das Schreiben zur Seite. Wenn sein Bekannter, dessen Verehrung für Gustav Adolf aus jeder Zeile zu entnehmen war, keine anderen Neuigkeiten zu berichten wusste, konnte er ihm gestohlen bleiben. Er selbst hatte genügend Probleme.

ERST WAR DA DIE ANGST GEWESEN, Helene würde die Folgen der Folterungen nicht überleben. Kaum war sie zerstreut, kam eine zweite hinzu: Der geistige Zustand von Adelheids Freundin war erschreckend.

Sie reagierte auf nichts. Wenn sie einen Menschen ansah, blickte sie durch ihn hindurch, als wäre er aus Glas. Manchmal lächelte sie dabei, und das war schrecklich. Oder sie legte den Kopf schief, als lausche sie auf irgendetwas, das nur sie hören konnte. Doch das Schlimmste war: Sie sprach kein einziges Wort.

»Das gibt sich mit der Zeit«, hatte der Doktor zwar versichert, aber die alte Hebamme hatte zweifelnd den grauen Kopf geschüttelt. Nein, das Elsbeth glaubte nicht mehr daran.

»Das dauert schon viel zu lange«, sagte die Wehmutter. »Jetzt, wo ihr Armknochen gut zusammenzuwachsen scheint, der Rücken und die Wunden an ihren Händen und Beinen mehr oder weniger geheilt sind, müsste sie wenigstens einmal ein Wörtchen von sich geben. Weil sie das noch nicht getan hat, glaube ich nicht, dass sie noch einmal den Mund auftun wird.«

Helene Hagenbusch hatte sich in den drei Wochen, die sie nun im Geheimen auf Schloss Ruhfeld gepflegt worden war, körperlich erstaunlich gut erholt. Sogar ihre wunderschönen, honigblonden Haare begannen wieder zu wachsen, nachdem ein älterer Stallknecht seiner jungen Herrin Adelheid ein in der Tat sehr effektives »Geheimrezept« verraten hatte: Frisches Mark aus Rinderknochen auf die geschundene Kopfhaut aufgebracht, hatte Wunder gewirkt.

»Das verdankt sie der aufopferungsvollen und kompetenten Versorgung durch dich, mein Kind«, sagte Graf Ferfried zu seiner Tochter, »sowie ihrer Jugend, die imstande ist, auch mit solchen Verletzungen fertig zu werden. Schlimmer ist es leider um ihren Verstand bestellt, aber das müssen wir dem HERRGOTT überlassen. Vielleicht ist er bereit, ihr diesen wiederzugeben.«

»Pater Ambrosius, Ursula und ich beten jeden Tag für sie, Vater. Ich gebe die Hoffnung nicht auf – im Gegensatz zu meinem Bruder.«

Es klang verbittert, was die junge Gräfin da äußerte, aber es entsprach der Wahrheit: Hasso von Ruhfeld hatte sich im Herzen von seiner Liebsten während dieser Tage und Wochen immer mehr entfernt.

Von seiner Schwester zur Rede gestellt, weil er sich nur selten im Krankenzimmer hatte blicken lassen und sich mit Ausflüchten herauszureden versuchte, hatte Adelheid ihm auf den Kopf zugesagt, dass er Helene nicht mehr liebe.

»Gib es ruhig zu, Hasso. Ich habe es wohl bemerkt, mit welch geheimem Abscheu und Ekel du ihre Blessuren betrachtet hast.

Ich kann es dir nicht einmal übel nehmen, obwohl ich es aufrichtig bedauere. Es scheint doch so zu sein, dass Männer in erster Linie mit den Augen lieben. Und diese deine Augen können unter der hässlichen, zerstörten Schale das gute Herz und den frommen Sinn meiner lieben Schwester nicht mehr erkennen. Das ist sehr schade.«

Es war die Wahrheit. Helene Hagenbusch hatte keine Ähnlichkeit mehr mit dem begehrenswerten, fröhlichen und lebhaften Geschöpf von ehedem. Es lag nicht allein an ihren Haaren, die noch wie Igelstacheln von ihrem blassen, mit Narben übersäten Kopf in alle Richtungen abstanden.

Diese Narben waren Überbleibsel der Rutenstreiche, die nicht nur ihren nackten Rücken zerfleischt hatten. Die Henkersknechte hatten nicht darauf geachtet, wohin sie trafen …

Ihr rechter Arm war ein ganz klein wenig schief zusammengewachsen – irgendwie waren Elle und Speiche nicht mehr an jenem Platz, den die Natur dafür vorgesehen hatte, und ihre Hände würden noch längere Zeit verunstaltet bleiben: Die zerquetschten Fingerkuppen mit den herausgerissenen Nägeln, die erst nach Wochen oder Monaten nachwachsen konnten, sahen abstoßend aus.

Und ihr Körper war jetzt zum Skelett abgemagert, weil sie so gut wie keine Nahrung zu sich nahm. Überall trug sie noch Narben als bleibende Andenken an die Fesselung sowie die Schläge mit der Weidenrute und die Peitschenhiebe. Es würde lange dauern, bis man nichts mehr davon sehen würde. Nach Adelheids Ansicht waren es diese Verletzungen, welche den Ausschlag gegeben hatten für Hassos Widerwillen.

›Vielleicht ist es sogar besser so, dass er sie nicht mehr zur Frau haben möchte‹, dachte sie. ›Wer weiß, womöglich will auch das Helen nie mehr einen Mann haben? Nach dem, was man ihr angetan hat, wäre es schon zu verstehen.‹

Ihr Bruder war wenigstens so ehrlich gewesen, ihr nicht zu widersprechen. Diese Aufrichtigkeit hatte Adelheid etwas mit der Tatsache versöhnt, dass der junge Mann so schnell sein Herz von Helene abgewendet hatte.

Seufzend wandte sie sich dem Packen einiger weniger Habseligkeiten zu. Sie würde sich sehr mit dem Gepäck beschränken müssen, das sie über den Rhein mitzunehmen gedachte.

Denn morgen, in aller Herrgottsfrühe, noch vor dem ersten Hahnenschrei, würde sie sich mit ihrer Freundin und nur in Begleitung von Ursula und dem jungen Wilhelm von Kirchhofen nach Straßburg aufmachen.

KAPITEL 38

Der Abschied von Hasso war Adelheid nicht leichtgefallen. Der junge Edelmann hatte es sich nicht nehmen lassen, seiner Schwester und der ehemaligen Liebsten das Geleit zu geben. Er wollte sich mit eigenen Augen davon überzeugen, dass der Fährmann sie, gemäß der teuer bezahlten Abmachung, sicher über den Rhein brächte.

»Ich traue niemandem mehr«, sagte er. »Den Glauben an die Anständigkeit der Menschen habe ich in den letzten Wochen so ziemlich verloren. Die meisten sind gemeine Bestien, denen Ehre und Anstand weniger gelten als der Dreck unter ihren Fingernägeln.«

Adelheid hatte darauf nichts zu erwidern gewusst. Die Neunzehnjährige war in dieser Zeit zur erwachsenen Frau gereift.

Die Sorge um einen geliebten Menschen, den sie von der

Schwelle des Todes gemeinsam mit ein paar aufrechten Menschen zurückgeholt hatte, war es gewesen, die diesen schmerzlichen Reifeprozess bewirkt hatte.

Trotz der gefahrvollen Zeiten mit Kampf, Verwüstung und schweren Seuchen, den treuen Begleitern aller Kriege, denen man mit Sicherheit in allernächster Zukunft auch in der Ortenau entgegensah, hatte sie bisher mit ihrem Bruder in einem vergleichsweise sicheren Paradies gelebt, durch ihren Vater behütet und beschirmt und durch ihre adlige Geburt geschützt.

Allein durch ihre privilegierte Stellung war ihr das Überleben trotz aller bevorstehenden Gräuel so gut wie sicher – aber was würde aus den vielen anderen? Den einfachen Leuten, zu denen auch Helene und ihre Familie zählten?

Adelheid schauderte und zwang sich, den Gedanken beiseitezuschieben. Sie musste ihren Mut und ihren Verstand zusammennehmen, um das Kommende zu meistern. Sie gab sich keineswegs der Illusion hin, ihr geistlicher »Verwandter« wäre angesichts der Zumutung begeistert, eine seinem Gericht Entlaufene zu beherbergen. Noch dazu bei dieser Art der Anklage …

Soviel sie von ihrem Vater erfahren hatte, besaß der hohe Kirchenmann eine gewisse leichtlebige Art, Intelligenz, Humor und ein unkonventionelles Verhalten – ja, er galt in seiner Extravaganz sogar als amüsant und war Amüsements nicht abgeneigt. Alles Eigenschaften, die ihn von den anderen Habsburgern unterschieden, denen man Verschlossenheit, Engstirnigkeit und einen Hang zur Bigotterie nachsagte. Trotzdem war er ein Mann seiner Zeit und dazu ein Sohn der katholischen Kirche, wenngleich nicht der allerfrömmste …

Der Fährmann hatte bereits ungeduldig auf seine Passagiere gewartet, und die Gräfin wollte den unumgänglichen Abschied nicht über Gebühr ausdehnen. Zum Glück waren zu dieser frühen Stunde – kurz nach Sonnenaufgang – noch keine anderen Reisenden an der Landungsstelle eingetroffen.

Sie umarmte ihren Bruder, küsste ihn innig – wer konnte sagen, ob und wann sie sich wiedersahen – und wollte dafür sorgen, dass Helene, die noch sehr schwach auf den Beinen war, sicher auf das Fährboot gelangte.

Aber da musste sie sich keine Gedanken machen: Wilhelm trug das teilnahmslose Mädchen auf die Fähre, wo er es behutsam auf einem Gepäckbündel niedersetzte.

Adelheid hatte den umwölkten Blick des jungen Grafen bemerkt und ihm tröstend zugeflüstert: »Sei nicht traurig, lieber Bruder. Sie kennt dich nicht mehr, wie sie keinen von uns kennt. Sie lebt in einer ganz anderen, eigenen Welt. Vielleicht ist es sogar besser so.«

Die drei Reitpferde waren sehr unwillig auf die Fähre gegangen. Kein Wunder: Das Wetter war böig, und der Rhein schlug Wellen, was den Tieren offenbar Angst einflößte. Hasso sah es mit Unbehagen, aber was hätte er tun können?

Er gab dem Fährmann das Zeichen zum Ablegen und der senkte seine Flößerstange, um sie knapp oberhalb der Wasserlinie in den gehärteten Uferschlamm zu rammen. In wenigen Augenblicken befand sich die Fähre mitten im Fluss, und Hasso blieb nur noch, den Abfahrenden ein letztes Mal zuzuwinken.

»GOTT sei mit euch«, flüsterte er, und sein Herz zog sich schmerzhaft zusammen, sobald er an die ruinierte Gesundheit seiner ehemaligen Liebsten und an ihre – für immer, wie er glaubte – zerstörte Schönheit dachte. Er wischte sich eine Träne von der Wange, ehe er rasch sein Pferd umwandte und zurückritt.

Es hatte einiger Auseinandersetzungen mit dem alten Grafen bedurft, ehe Hasso bereit gewesen war, einzusehen, dass es besser war, wenn Adelheid die Begleitung des Helen übernahm.

Obwohl seine leidenschaftliche Liebe zu dem Mädchen erloschen war, fühlte er sich für sie verantwortlich und hatte bei seinem Vater dafür plädiert, sie zu begleiten.

»Nein, mein Sohn, das kommt nicht infrage«, hatte Ferfried nachdrücklich gesagt, und dabei war er geblieben. »Wie stellst du dir das vor? Es wird Jahre dauern, bis Gras über die Sache gewachsen ist.

Willst du so lange von Land und Schloss fernbleiben? Wenn ich nicht mehr bin, bist du mein Nachfolger, und selbst wenn ich noch länger lebe, wirst du mithelfen müssen, den schwedischen Teufel von unseren Grenzen abzuhalten. Du musst bleiben, mein Sohn. Außerdem würde deine Flucht jedem verraten, dass du hinter der Befreiungsaktion gesteckt hast. Dass meine Tochter nicht mehr da ist, lässt sich damit begründen, dass sie angeblich zu einer Verwandten ihrer Mutter nach Norditalien gereist ist, wo sie an deren Hof den letzten Schliff einer edlen Dame erhalten soll.«

Diesen Argumenten hatte sich der junge Edelmann schließlich gebeugt, auch wenn er sich, wie sein Vater, berechtigte Sorgen um Adelheid machte.

KAPITEL 39

Kaum hatte Adelheid mit ihrer kleinen Reisegruppe die Grenze jenseits des Rheins überschritten, wurden sie ständig überwacht.

Niemand belästigte sie, aber immer schien eine Eskorte in der Nähe zu sein, die jeden einzelnen ihrer Schritte sorgsam beobachtete.

Sie kamen gut voran, die Gegend glich ihrer Heimat und so ließ wenigstens die Landschaft kein Gefühl von Heimweh aufkommen.

Vor der prunkvollen Residenz des Bischofs wurden sie von Torwächtern angehalten, die sie nach ihrem Begehr fragten und ihre Papiere zu sehen wünschten, ehe man sie in den Hof des Palais einreiten ließ.

Auch dort fielen sie scheinbar nicht auf. Es war fast so, als gehörten sie zu den Bewohnern des bischöflichen Palastes. Das war einerseits angenehm, aber es brachte sie auch nicht weiter, daher hielt Wilhelm von Kirchhofen einen der vielen livrierten Diener an und radebrechte in einem ziemlich fehlerhaften Französisch, denn diese Sprache wurde an allen Höfen Europas gesprochen.

»Meine Herrin, Gräfin Adelheid von Ruhfeld, wünscht ihrem Oheim, dem hochwürdigsten Herrn Bischof, ihre Aufwartung zu machen.«

Der Diener verneigte sich höflich vor der schönen, fremden Dame und bedeutete der kleinen Gruppe, ihm zu folgen. Ihrer Pferde nahm sich ein Stallbursche an, und Adelheid hoffte, dass er mit den edlen Tieren auch richtig umgehen könne.

Als hätte er ihre Gedanken erraten, sagte der Diener lächelnd: »Keine Angst, Madame, wir verstehen uns hier auf diese kostbaren Geschöpfe. Seine Eminenz, Monseigneur Leopold, liebt Pferde über alles und besitzt selbst ein äußerst exquisites Gestüt!«

Das beruhigte die Gräfin, obwohl ihr der Gedanke kam, dass hiermit ihre Flucht zu Ende war: Ohne Pferde würden sie nirgendwoanders mehr hingelangen … Doch dann sagte sie sich: Was soll's? Wir wollten ja zum Bischof und nirgendwoanders hin.

Im weitläufigen Palast durchquerten sie zahlreiche Räume und Gemächer, eines prunkvoller ausgestattet als das andere.

Diese Habsburger verstehen zu leben, dachte Wilhelm, der die völlig teilnahmslose Helene trug; er sah seiner Herrin an, dass sie denselben Gedanken hegte. Ihre Zofe Ursula bekam den Mund beinahe nicht mehr zu vor lauter Staunen. Welcher Glanz, welche Pracht!

Endlich machte der freundliche Diener in einem Raum halt, der ziemlich schäbig war.

»Ich bitte Madame ergebenst, hier zu warten. Sofort wird sich jemand um Euch kümmern«, sagte der Mann und war gleich darauf wie vom Erdboden verschluckt.

Adelheid war verblüfft: »Na, so was.« Sie stemmte die Arme in die Seiten und schaute sich um.

»Das verheißt nichts Gutes, gnädiges Fräulein«, flüsterte Ursula und sah sich nach Wilhelm um. Der stand stocksteif mitten im Zimmer und trug noch immer das apathische Mädchen auf seinen Armen. Endlich legte er seine Last behutsam auf eine Chaiselongue und streckte seine allmählich lahm gewordenen Arme aus.

Das Gemach glich eher einer Rumpelkammer denn einem Salon, in dem man eine Dame warten ließ. Außerdem herrschte ein diffuses Dämmerlicht, weil alle Fenster außer einem mit einem Holzladen verschlossen waren. Und die Möbel schienen willkürlich in das Zimmer zur Aufbewahrung hineingestopft worden zu sein.

Die Luft roch muffig und überall lag Staub, wie man trotz des spärlichen Lichts erkennen konnte. An den Wänden klebten fleckige, zum Teil abgerissene Tapeten, und Bilder fehlten völlig.

»Das ist eine glatte Unverschämtheit!«, rief die Gräfin empört, nachdem sie sich von ihrer unangenehmen Überraschung erholt hatte. »Erst führt man mich durch Prunkräume, um mich dann in diesem Rattenloch zu demütigen. Aber jetzt wissen wir wenigstens, welche Stellung wir bei meinem bischöflichen Verwandten einnehmen. Na warte.«

Sie hatte einen Klingelzug entdeckt, mit dem man Domestiken herbeirufen konnte. Wie eine Wilde zerrte sie an dem Gurt, und in kürzester Zeit erschien eine ältere, schwarz gekleidete Dienstmagd mit weißer Schürze und einer großen, weißen Ballonmütze.

Adelheid herrschte sie an: »Wo bleibt mein Oheim, der Bischof? Ist das eine Art, seine Verwandte willkommen zu heißen? In diesem düsteren Loch kann man vielleicht unbotmäßige oder faule Dienstboten einsperren, aber keine Gräfin von Ruhfeld. Ich verlange sofort in eine mir angemessene Suite gebracht zu werden. Außerdem, wo ist unser Gepäck? Wohl noch auf dem Hof? Was ist das hier bloß für eine schlampige Wirtschaft! Und will uns denn niemand endlich eine Erfrischung anbieten?«

Adelheid war wütend. Sie hatte nicht damit gerechnet, herzlich aufgenommen zu werden, aber das war doch die Höhe. Und es entsprach gar nicht höfischer Sitte, eine Dame derart unliebenswürdig zu empfangen – mochte ihre Anwesenheit auch noch so unwillkommen sein.

Die Dienerin entschuldigte sich wortreich, redete von einem bedauerlichen Versehen und versprach umgehend, für Abhilfe zu sorgen. Kaum hatte sie geendet, war sie ebenfalls verschwunden.

Wieder geschah lange Zeit nichts, und Adelheid wurde immer zorniger. Zum Gefühl des Zorns gesellte sich das zunehmender

Hilflosigkeit. Sie war auf die Barmherzigkeit dieses überheblichen Kirchenfürsten angewiesen, und das ließ er sie überdeutlich spüren.

Endlich, als sie schon glaubte, man habe sie vergessen, wurde die Tür von einem jungen Mann im langen, schwarzen Priesterrock geöffnet. »Madame!«

Der schlanke, dunkelhaarige Geistliche verbeugte sich in übertriebener Weise vor Adelheid, wobei sich sein glatt rasiertes, schmales Gesicht spöttisch verzog und seine ehrerbietige Haltung Lügen strafte. Dann blieb er vor der stocksteif dasitzenden und starr geradeaus blickenden Helene stehen, verbeugte sich wieder und sagte: »Madame la Comtesse! Euer geschätzter Vater hat Seiner Eminenz in einem Schreiben Euer Kommen angekündigt und wie ich sehe, habt Ihr Eure befremdliche Ankündigung wahr gemacht. Ihr bringt damit meinen Herrn in überaus große Verlegenheit, und ich …«

Doch ehe er mit dieser wohl einstudierten Komödie fortfahren konnte, wurde er von Adelheid jäh unterbrochen. »Monsieur! *Ich* bin die Gräfin von Ruhfeld – wie Ihr im Übrigen sehr wohl bemerkt habt. Also lasst gefälligst das Theater! Als mein Besuch dem ehrenwerten Bischof angekündigt wurde, erfolgte von seiner Seite aus keinerlei Widerspruch. Ich durfte also mit Fug und Recht annehmen, meinem Oheim nicht allzu unwillkommen zu sein. Eine Einschätzung, die leider den Tatsachen nicht zu entsprechen scheint, wenn ich an den jämmerlichen Empfang denke, den man mir hier bereitet hat.«

»Verzeiht, Madame. Das mag nicht an Eurer Person liegen. Monseigneur ist ein Herr, dem höfische Sitten durchaus geläufig sind und der jeder Dame gerne gefällig ist, aber Ihr seid leider nicht allein gekommen. Möglicherweise hat mein Herr keine Lust, sich durch dieses zweifelhafte Geschöpf in Eurer Begleitung kompromittieren zu lassen.«

»Auch das kann und will ich nicht als Entschuldigung gelten lassen, Monsieur.«

Adelheid hatte nicht vor, sich vor diesem Laffen in der schwarzseidenen Robe zu rechtfertigen. Eitler Geck, der sich Wangen und Lippen schminkt und das Gesicht mit zu viel Puder bestäubt, dachte sie angewidert. Das Gerücht scheint womöglich so falsch nicht, das auf die Vorlieben des Bischofs anspielt. Laut sagte sie jedoch: »Mein verehrter Oheim hätte genügend Zeit gehabt, meinem Vater abzusagen, wenn ihm irgendetwas an meiner Gegenwart oder meiner Begleitung nicht behagt haben sollte. Da das unterblieben ist, durfte ich davon ausgehen, dass mein Verwandter den Anstand haben würde, mich so zu begrüßen, wie es unter Angehörigen des Hochadels üblich ist.«

Mit jedem Wort, das sie aussprach, war sie zorniger und lauter geworden. Jetzt funkelte sie den allzu üppig mit Duftwasser besprühten Immo von Werhahn wütend an.

Der Kaplan war verblüfft, denn irgendwie nötigte ihm diese junge Frau Respekt ab.

»Bitte, folgt mir, Madame«, sagte er schließlich knapp, drehte sich um und verließ den Raum, ohne darauf zu achten, ob sie seiner Einladung Folge leistete.

Doch Adelheid ließ sich das nicht zweimal sagen. Auf ihren Wink hin nahm Wilhelm seine Bürde wieder auf und trug sie hinter ihr her, und Ursula bildete den Schluss.

KAPITEL 40

Die Hochzeit auf Schloss Ortenberg war vor einigen Wochen mit großem Pomp gefeiert worden. Obwohl von den Ruhfeldern zu diesem Zeitpunkt niemand Geschmack an Festivitäten hatte, durfte sich keiner seinen Widerwillen anmerken lassen.

»Wir tun so, als wäre alles in schönster Ordnung«, hatte Graf Ferfried seine Familie und das Gesinde angewiesen. »Niemand lässt sich zu einer verdächtigen Bemerkung hinreißen, nicht wahr? Wir tun so, als wäre dieses Mädchen uns gleichgültig. Ja, wir werden ein Übriges tun und sogar lügen und behaupten, dass wir froh darüber sind, dass man Helene Hagenbusch noch rechtzeitig als Hexe entlarvt hat. Wir sind doch alle um unser Seelenheil besorgt, oder nicht?«

»Aber nur, wenn die Rede der anderen darauf kommt, Vater«, hatte Adelheid eingeworfen. »Von uns aus wird niemand auch nur den Namen der armen Helene in den Mund nehmen, weil wir doch alle völlig desinteressiert an diesem gottlosen Unglücksmensch sind.«

Diese Komödie war tatsächlich allen gut geglückt. Natürlich blieb es nicht aus, dass davon gesprochen wurde – immerhin war das Hexenluder spurlos verschwunden, zusammen mit zwei weiteren Satansdienerinnen und ihren abkommandierten Wächtern.

Die ältliche, schwäbische Braut geriet ganz aus dem Häuschen, als ihr Schwiegervater mitten beim Hochzeitsmahl im Schloss das Thema anschnitt.

»Und die Hexe ist wirklich verschwunden?«, fragte die neue Gräfin von Ortenberg fassungslos. Fragend sah sie ihren frisch Angetrauten an, aber der nagte gerade eine Hasenkeule ab.

»Es schaut ganz danach aus, ja«, erwiderte er nach einer

Weile, und ihr Schwiegervater rülpste leise, ehe er wichtigtuerisch erneut das Wort ergriff. »Es wäre nicht geschehen, wenn man die Hexen im Hänsele-Turm gelassen hätte«, behauptete er und blickte streitsüchtig auf die Frau seines Sohnes. Der Alte hatte bereits zu tief ins Glas geschaut und suchte einen Schuldigen für die Blamage, dass der Obrigkeit drei Hexen abhanden gekommen waren.

Bereits die ganze Ortenau und die angrenzenden Gaue lachten schadenfroh darüber. Sogar Spottgedichte hatte der alte Graf schon gehört.

Er war nicht der Einzige, der sich darüber geärgert hatte. Auch Maximilian Veigt hatte ein saures Gesicht gezogen, als er auf dem Weg zur Kirche, wo die Trauung des gräflichen Paares stattfand, eine Schar Gassenbuben grölen hörte: »Zu Ortenberg, aus dem Schloss, drei Hexen holt ein Tross.

Ei, ei, ei, sind verschwunden alle drei. Dazu sechs Kerle, ein Karren, ein Ross. Wie das den Vogt verdross!«

Auch der ehrenwerte Oberste Richter bekam sein Fett weg. Nur zu deutlich hatte er die ungezogenen Bengel kreischen gehört: »Fidibum, dreh dich nicht um, der Richter schaut dumm; drei Hexen sind weg. Ja, so ein Scheißdreck. Der Munzinger tut sich grämen, er muss sich ja recht schämen. Ja, wo is denn die Hex'? Schmeck's!«

Dann waren die Lausebengel brüllend vor Lachen und ehe die Büttel sie greifen konnten, davongerannt. Diese Buben waren überhaupt zu einer echten Plage geworden. Sie liefen beispielsweise aus der sonntäglichen Predigt davon, und die Bettelvögte mussten sie fangen und ihnen mit Stecken den Hintern verhauen.

So hatte einer der Jungen bereits zweiundzwanzig Fischdiebstähle begangen – obwohl er der Enkel eines Richters war –, und der Sohn des Mesners hatte Geld aus dem Opferstock entwendet. Der Sohn des Schulmeisters pisste gar auf dem Friedhof in einen Weihwasserkessel, während andere Buben in der Pfarrkirche eine Rauferei anzettelten, und ein junger Häuslerssohn hatte bei der Ostermette im nahe liegenden Kloster den Beichtstuhl zu Kleinholz gemacht.

Zum Glück wusste die frischgebackene Gräfin von diesen Vorkommnissen noch nichts …

Der Ortenberger in seinem Alkoholdunst begann jetzt der eigentlich Schuldigen an der ganzen Sache, nämlich seiner Meinung nach der schwäbischen Schwiegertochter, großmächtig Vorwürfe zu machen: Hätte die arrogante Person nicht darauf bestanden, dass es an ihrem Hochzeitstag keine Gefangenen im Turm des Schlosses geben dürfe, wäre das nicht passiert.

Aber da sollte der Alte die neue Frau Gräfin gleich richtig kennenlernen. Oh nein, aufs Maul war die Gemahlin seines Sohnes nicht gefallen.

Vorbei war's mit kätzchenhafter Anschmiegsamkeit, bräutlicher Scheu und vor allem devoter Unterwürfigkeit dem angetrunkenen Grafen gegenüber. Dem Bräutigamvater klingelten recht ordentlich die Ohren, als sie resolut loslegte und ihm erstens die zu viel geleerten Schoppen Wein gnadenlos vorhielt – sie hatte genau mitgezählt – und zweitens die versammelte Obrigkeit einschließlich ihres Ehemannes des liederlichen Dilettantismus bezichtigte.

»Es ist nicht zu fassen«, keifte sie – und wurde dabei nicht gerade schöner – »dass in der Ortenau die Hexenweiber grad umherrennen dürfen, wie sie wollen, und keiner so gescheit ist und sie wieder einfängt. In anderen Gegenden von Deutschland verbrennt man sie, aber bei Euch lässt man sie einfach verschwinden. Bei Gott, ein schöner Zustand.«

Wie begossene Pudel saßen die edlen Herren an der üppig gedeckten Tafel; der Schwiegervater war jetzt lieber still, und der

Ehemann lächelte schüchtern, während die Honoratioren, die Geistlichen eingeschlossen, die schamrot angelaufenen Köpfe senkten und auch nichts zu sagen wussten.

»Heiland«, flüsterte Ferfried seinem Sohn Hasso zu, »da hat der junge Ortenberger sich aber eine ganz Herbe ins Nest geholt. An der wird er noch seine Freude haben.«

Grinsend wandte er sich zur anderen Seite, wo der Benediktiner Ambrosius saß und sich den ausgezeichneten Wein munden ließ.

»Versteht Ihr jetzt, Pater, warum ich lieber Witiber bleibe, als wieder zu heiraten?«

Und ganz leise hatte er hinzugefügt: »Da lob ich mir doch die Salome: Die geht anschließend wieder. Prosit, Pater.«

Spät in der Nacht waren die Ruhfelder, die Herrschaft und das Gesinde, heimgekommen. Denen, die sie zu Hause gelassen hatten, um das Schloss zu bewachen, hatten die Dienstboten von den übrig gebliebenen Leckerbissen ordentliche Portionen mitgebracht.

Graf Ferfried war in Spendierlaune und hatte noch ein Fässchen Roten gestiftet, und das Schmausen und Feiern hatte erneut auf Schloss Ruhfeld begonnen. Ferfried war noch nicht müde gewesen und hatte sich – was selten genug vorkam – mitten unter seine Bediensteten gesetzt.

Ja, er war bester Laune. Deutete doch nichts darauf hin, dass ein Mitglied seiner Familie verdächtigt wurde, etwas mit der ominösen Gefangenenbefreiung zu tun zu haben.

KAPITEL 41

IMMO VON WERHAHN HATTE DIE GÄSTE mittlerweile in ein prunkvolles Besucherzimmer geführt, wo er sie höflich bat, sich niederzulassen und auf das unmittelbar bevorstehende Erscheinen des Bischofs zu warten. Einen wie aus dem Nichts aufgetauchten, livrierten Diener wies der Kaplan an, den drei Damen und dem Herrn Erfrischungen zu reichen.

Ehe er sich mit Anstand für kurze Zeit verabschiedete, drückte er noch im Namen seines Herrn Bedauern darüber aus, dass offenbar mit dem Willkommen etwas schiefgelaufen sei. »Ein unverzeihliches Versehen, Madame.«

Adelheid glaubte, sich verhört zu haben. »Der Mensch glaubt wohl, ich leide an Gedächtnisschwund«, empörte sie sich gegenüber Ursula.

Und Wilhelm von Kirchhofen, der wiederum behutsam seine Last auf ein Sofa gebettet hatte, sagte: »Er tat grade so, als hätte vorher nicht die geringste Auseinandersetzung stattgefunden, gnädiges Fräulein.«

»Vielleicht gehört das zu irgendwelchen Sitten, von denen wir keine Ahnung haben«, sagte Ursula lakonisch.

Nur Helene sagte kein Wort. Sie ließ nicht erkennen, ob sie auch nur das Geringste von diesem missglückten Empfang mitbekommen hatte. Der Blick ihrer trüben Augen blieb starr auf die Tapete geheftet.

Als der Diener vor ihr stehen blieb und sie fragte, ob er der Demoiselle ebenfalls Limonade einschenken dürfe oder vielleicht lieber ein Glas Wein, reagierte sie überhaupt nicht.

»Lasse Er nur, die Demoiselle ist krank, sie kann Ihn nicht verstehen«, erklärte Adelheid von Ruhfeld, und der Mann verbeugte sich stumm und ging.

»Jetzt fehlt nur noch der Bischof«, sagte Ursula nach einer Weile. Kaum hatte sie ausgesprochen, wurde die Tür durch eben diesen Diener aufgerissen und, durchdrungen von seiner Wichtigkeit, verkündete er laut: »Seine erzherzogliche Gnaden und bischöfliche Eminenz, Monseigneur Leopold!«

Die Gäste – mit Ausnahme von Helene – erhoben sich und fielen dann auf die Knie. Wie üblich, küssten sie den Bischofsring, den ihnen der Kirchenfürst gnädig vors Gesicht hielt.

»Gelobt sei JESUS CHRISTUS«, sprach Leopold, gebürtiger Erzherzog von Österreich, die unter Katholiken übliche Begrüßungsformel. Adelheid, Wilhelm und Ursula antworteten gehorsam: »In Ewigkeit, Amen.«

Die drei standen wieder auf, und Adelheid trat auf ihren Oheim, einen etwa Mitte Vierzigjährigen, sehr gepflegten, sorgsam gekleideten Herrn, der eine gepuderte Perücke trug, zu, um ihn zu umarmen.

Sie bemerkte sogleich, dass sie ihn mit dieser Geste überrascht hatte, aber sie ignorierte seine Reaktion, denn sie wollte ihn überrumpeln mit übersprudelnder Herzlichkeit und gleichzeitig die hilfsbedürftige Nichte spielen.

Ohne sich um seine abweisende Miene zu kümmern, begann sie sofort: »Lieber und sehr verehrter Oheim, lasst Euch umarmen von Eurer armen, kleinen Verwandten, die sich in ihrer Not nicht mehr anders zu helfen wusste, als an Euer großmütiges Herz zu appellieren. Großes Unrecht ist meiner lieben Schwester Helene« – sie deutete auf die reglos Dasitzende und auf die Wand Starrende – »in unserer Heimat geschehen, sodass wir fliehen mussten, wollten wir nicht riskieren, dass abgrundtief böse Menschen sie vollkommen vernichteten.«

Der Bischof war jetzt sichtlich irritiert und entgegnete: »Ihr sprecht von Eurer ›Schwester‹, Mademoiselle? Ich wusste gar nicht, dass eine solche überhaupt existiert. Vetter Ferfried hat mir nie von einer zweiten Tochter gesprochen.«

»Verzeiht, geliebter Oheim. Ihr habt natürlich recht, Monseigneur, Helene Hagenbusch ist keine leibliche Schwester, aber ich liebe sie so, als wäre sie es. Seit Kindertagen waren wir täglich zusammen, haben miteinander gespielt, gelernt, haben gemeinsam Unsinn getrieben, aber auch gebetet und die heiligen Sakramente empfangen. Sie ist sozusagen mein zweites Ich.«

Kritisch musterte der Kirchenmann nun die regungslos wie eine Puppe auf dem Diwan Sitzende. Der Kaplan von Werhahn hatte inzwischen leise den Salon betreten.

»Was ist mit der jungen Dame?«, fragte er schließlich, und es klang, als frage er nur aus Höflichkeit, nicht aus wirklichem Interesse. Nebenbei nickte er dem jungen Herrn von Kirchhofen lässig zu, während er die Zofe übersah.

»Man hat sie grundlos in den Kerker gesteckt unter einer vollkommen absurden und böswilligen Beschuldigung. Es wurden fünf Zeugen gekauft, die die haarsträubendsten Dinge vorbrachten, die sie angeblich getan haben sollte. Demoiselle Hélène hat sich natürlich gewehrt und geleugnet, mit solchen gemeinen Verbrechen jemals zu tun gehabt zu haben, aber es hat ihr nichts genützt. Und das – stellt Euch das Ungeheuerliche nur vor, mon Oncle –, obwohl ich selbst für sie gebürgt habe. Es war empörend, was sich die Herren dieses Gerichtes geleistet haben.«

»Was hat man ihr denn vorgeworfen?«, erkundigte sich der Bischof und tat so, als wisse er es nicht.

Die junge Gräfin, die sich heute Morgen ganz besonders zurechtgemacht hatte, um den hohen Geistlichen zu beeindrucken – möglicherweise war er gegen weibliche Reize doch nicht so immun, wie manche zu wissen glaubten –, richtete sich kerzengerade auf und sah ihrem Gegenüber, der ihr noch keinen

Platz angeboten hatte, direkt in die etwas hervorstehenden, großen, blauen Augen.

Adelheid war sich zwar bewusst, dass ihre Aufmachung durch die Überfahrt auf dem Rhein und den schnellen Ritt nach Straßburg gelitten hatte, aber sie hoffte, immer noch genügend imponierend auftreten zu können.

Und sie hatte sich vorgenommen, den Begriff »Hexe« auf keinen Fall in den Mund zu nehmen …

»Eigentlich wäre es zum Lachen gewesen, wenn es nicht solche schlimmen Folgen gehabt hätte, Monseigneur. Denkt Euch, Oheim, man entblödete sich nicht, diesem jungen Mädchen, das fromm und brav ist wie nur irgendeines – was im Übrigen auch der Beichtvater meines Vaters sowie der Gemeindepriester bezeugen können –, vorzuwerfen, es hätte einen Pakt mit dem Teufel geschlossen«, endete sie und versäumte es nicht, das Gesicht angeekelt zu verziehen und das Kreuz zu schlagen.

Ursula und Wilhelm befleißigten sich sofort derselben Geste.

»Oh!«, entfuhr es dem Bischof erschrocken, und er wandte sich wie Hilfe suchend an seinen Sekretär. »Was ratet Ihr mir in einem solchen Fall, mein lieber Werhahn?«

»Monseigneur, das ist in der Tat eine sehr heikle Geschichte. Mit derlei Personen hatten wir noch nie Kontakt. Woher soll ich wissen, was man da tun kann? Es könnte sehr gefährlich sein.«

»Aber Demoiselle Hagenbusch hat niemals etwas Derartiges getan. Das schwöre ich Euch beim Licht meiner Augen und bei der Seligkeit meiner verstorbenen Mutter Sybilla, Eurer Cousine, verehrter Oheim. Die Zeugen gegen sie waren alle bestochen.«

Adelheid hatte mit so viel Leidenschaft gesprochen, dass der skeptische und im Laufe seines Lebens ein wenig zynisch gewordene Kirchenmann aufhorchte. Seine dicke, ein wenig hängende Unterlippe – das Familienmerkmal aller Habsburger –

zitterte leicht. Er widmete seine volle Aufmerksamkeit jetzt der starr dasitzenden Helene, und das Unbehagen war Herrn Leopold deutlich anzumerken. Nach einer Weile schlug er über ihrem Haupt das Kreuz und murmelte: »Die Allerheiligste Dreifaltigkeit sei mit dir, mein Kind.«

Aber Helene reagierte nicht. Sie starrte weiter geradeaus. Jetzt nicht mehr auf die gegenüberliegende Wand, sondern auf das schwere, goldene, mit Brillanten verzierte Brustkreuz des Geistlichen, das sich strahlend von der violetten Robe abhob.

KAPITEL 42

»Die junge Frau scheint seelisch schwer gestört zu sein«, meinte nach einigen Augenblicken der Bischof und schaute Adelheid von Ruhfeld fragend an.

»Ihr hättet meine liebe Freundin vor ihrem Aufenthalt im Kerker sehen sollen, Eminenz. Sie war ein lebhaftes, intelligentes und liebenswertes Geschöpf. Aber mit der nötigen Pflege und mit GOTTES Hilfe wird sie allmählich wieder zu der werden, die sie einmal war, Monseigneur.«

Der Bischof hüstelte. »Setzt Euch, meine Liebe, und erzählt mir, wie es dazu kam.«

Das ließ sich die junge Gräfin nicht zweimal sagen. Ohne Umschweife berichtete sie dem Herrn im dunkelvioletten Seidengewand von den schrecklichen Ereignissen, welche sich in der Ortenau, also in kaiserlichem Einflussbereich, zugetragen hatten.

Leopold wiegte sein schweres Haupt mit der weißen Perücke und setzte an: »Mir, dem Bruder des Kaisers und zugleich

Bischof von Straßburg, obliegt zwar die hohe Gerichtsbarkeit, aber Malefizprozesse werden vor einem weltlichen Gericht verhandelt. Und sämtliche Gerichtspersonen haben mir einen Eid geschworen, jede dieser immens sensiblen Verhandlungen mit äußerster Sorgfalt zu führen. Sollte der Oberste Richter in diesem Fall sich die Zeugen nicht genau angesehen haben, ehe er sie zuließ? Dieser Herr – ich glaube, Munzinger ist sein Name – ist mir bisher nur als zuverlässiger und gerechter Richter erschienen. Aber nun erhebt Ihr gegen ihn solche schweren Vorwürfe, dass man ihn eigentlich selbst ins Gefängnis werfen müsste.«

Seine Stimme war leise und klang sehr kultiviert, trotzdem hatte Adelheid ein gewisses Maß an Skepsis und Unwillen herausgehört.

Doch ehe sie weiter für Helene sprechen konnte, hatte sich der geistliche Herr bereits erhoben und sagte: »Ich denke, Ihr seid müde von der Reise und wollt Euch ein wenig erholen, ehe wir erneut zusammenkommen, um das Weitere zu besprechen. Man wird Euch und Eurer Begleitung Räume im Palast zuweisen, wo Ihr Euch ausruhen und eine Mahlzeit zu Euch nehmen könnt. Mich wollt Ihr bitte entschuldigen – meine geistlichen Pflichten machen es erforderlich, dass ich mich jetzt entferne. Heute Abend zum Diner werden wir uns wieder sehen. Der HERR sei mit Euch.«

Rasch, beinahe nachlässig, segnete der Bischof alle Anwesenden und eilte mit seinem hübschen Kaplan im Gefolge aus dem Raum.

Adelheid und ihre Begleitung wurden daraufhin in den zweiten Stock geleitet, wo man ihr und ihrer Zofe Ursula ein großes, sehr hübsch eingerichtetes Zimmer mit einem Alkoven anwies, in dem Helene schlafen konnte.

Wilhelm von Kirchhofen, der männliche Beschützer der kleinen Flüchtlingsgruppe, durfte sich in einer kleinen Kammer daneben einquartieren.

»Normalerweise werden die Ritter in einem eigenen Flügel des Palais untergebracht, Madame la Comtesse, immer zwei Herren gemeinsam in einem Gemach«, erzählte eine junge Dienstmagd, die Adelheid behilflich war, ihr Gepäck auszupacken und in den Laden der hohen Schränke und in einigen Truhen zu verstauen.

»Aber Monseigneur macht diesmal eine Ausnahme, damit Ihr Euch nicht gar so verlassen vorkommt. Ihr sollt nicht das Gefühl haben, in eine feindliche Umwelt geraten zu sein, sondern Euer eigener Edelknecht soll Euch weiterhin zu Diensten sein, so Ihr seiner bedürft, Madame.«

Das junge Ding schien etwas schwatzhaft zu sein, und Adelheid beschloss, sich diesen Umstand bei passender Gelegenheit zunutze zu machen. Sofort erkundigte sie sich nach dem Namen des Dienstmädchens.

»Ich heiße Céline, Madame«, antwortete sie und knickste.

Adelheid war angenehm überrascht. Anscheinend war der Erzherzog Leopold von Habsburg doch feinfühliger, als sie zu hoffen gewagt hatte. Womöglich würde sich noch alles zum Guten wenden.

›Ob er mir Glauben geschenkt hat?‹, fragte sie sich, als sie sich auf einen Stuhl am Fenster gesetzt hatte. Sie ließ den Blick über die grünen Weinberge schweifen, die so sehr dem Landschaftsbild glichen, das sie von Kindheit an gewohnt war.

Es stimmt, was mir die Lehrer damals gesagt haben, dass der Wasgenwald – ein alter Name für Vogesen – und der Schwarzwald Geschwister sind, die nur der Rhein trennt, dachte sie und war sicher, nicht zu sehr unter Heimweh leiden zu müssen.

Bald darauf aß sie mit ihrer Begleitung in ihrem Gemach zu Mittag und war von den schmackhaften Speisen sehr angetan.

Daheim wurden unter der Woche solche Leckerbissen nicht aufgetischt.

Auch Ursula war das aufgefallen: »Gnädiges Fräulein, das Essen ist wunderbar«, seufzte sie voll Wonne und sah interessiert zu, wie ihre Herrin das Helen fütterte. Teilnahmslos ließ diese es geschehen, dass Adelheid ihr mit einer Gabel – ein Instrument, welches man von Frankreich seit der Zeit König Heinrichs IV., des Vaters des jetzigen französischen Königs, übernommen hatte – Fleischstückchen und Gemüse in den Mund schob. Gehorsam kaute und schluckte sie die Mahlzeit, ließ aber nicht erkennen, ob ihr das Gegessene überhaupt zusagte.

»Lasst mich das machen, Fräulein«, bot Ursula an, »Euer Essen wird sonst völlig kalt.«

Aber die Gräfin schüttelte den Kopf. Diese Aufgabe ließ sie sich nicht nehmen – genauso wenig wie die Körperpflege ihrer Freundin, die diese jeden Morgen teilnahmslos über sich ergehen ließ. Damit verbunden waren Einreibungen und Umschläge mit Kräutersalben, die Adelheid zum großen Teil selbst hergestellt hatte.

Nun kamen der jungen Edelfrau ihre Kenntnisse in Botanik und Heilkräuterkunde zugute. Wenn sie etwas bedauerte, dann waren es ihre Wissenslücken in der Frauenheilkunde – aber für ein junges Mädchen wäre es mit großen Schwierigkeiten verbunden gewesen, sich darüber zu informieren. Denn das Interesse daran galt als verdächtig und höchst anrüchig …

»Ich werde mich hier als Erstes nach einer weisen Frau umsehen«, sagte Adelheid leise zu ihrer Zofe, damit Wilhelm sie nicht hörte. »Ihre monatliche Blutung ist bisher noch nicht wiedergekommen.«

»Oh je, gnädiges Fräulein – hoffentlich ist das Helen nicht schwanger«, befürchtete die Zofe.

Adelheid wurde blass. Dieser nahe liegende Gedanke war ihr noch gar nicht gekommen. Oh, du lieber Heiland: Wenn sich das Entsetzliche bewahrheiten sollte, dass eine dieser Bestien im Kerker Helene geschwängert hatte, wäre das eine Katastrophe. Daheim auf Ruhfeld könnte sie die Hebamme Elsbeth kommen lassen und die würde Rat wissen. Aber hier?

»Ein absichtlich herbeigeführter Abgang der Leibesfrucht in einem Bischofspalast, Ursula? Das wäre einfach undenkbar.«

»Um Gottes willen. Aber wir könnten das kranke Kind doch nicht Mutter werden lassen. Und dazu käme noch, dass das Balg von einem dieser Schweine im Hänsele-Turm stammt. Ein furchtbarer Gedanke, Fräulein Adelheid.«

Das war er in der Tat, und beide Frauen hofften inständig, dass das Ausbleiben von Helenes Monatsreinigung eine andere Ursache hatte …

KAPITEL 43

VOR GUT ZWEI JAHREN hatte Kaiser Ferdinand das sogenannte »Restitutionsedikt« erlassen, angeblich auf Drängen seines Beichtvaters, des Jesuitenpaters Lamormain, das eine rücksichtslose Rekatholisierung des Reichs zum Ziel hatte.

Es bedeutete schlicht, dass katholisches Kirchengut, welches nach dem Stichjahr 1552 säkularisiert worden war, seinen angeblich rechtmäßigen Besitzern zurückerstattet werden sollte.

Vernünftige Männer hatten den Kaiser in Wien seinerzeit vor den Folgen gewarnt, nämlich der Umkehrung jahrzehntealter Besitzverhältnisse. Außerdem war in diesem Edikt den geistlichen Kurfürsten das Recht zugesprochen worden, die Konfession ihrer Untertanen zu bestimmen.

Auch Albrecht von Wallenstein hatte sich vehement dagegen ausgesprochen, der seither in dem Jesuiten seinen ärgsten Feind hatte. Nach der Meinung des Herzogs von Friedland konnte daraus nur ein neuer Krieg erwachsen.

Zwar war er Katholik, aber in erster Linie Pragmatiker, der vor allem eines wollte: endlich Frieden im Deutschen Reich.

Und jetzt hatte der Habsburger noch Öl ins Feuer gegossen …

In Wallensteins Heer hatten bisher Protestanten und Katholiken stets einträchtig zusammengelebt, und so sol te es seiner Meinung nach auch bleiben.

Daraufhin hatte der in München am Hofe Maximilians amtierende Kapuzinerpater Valeriano Magni Albrecht von Wallenstein Abhängigkeit vom Sternenglauben vorgeworfen. Außerdem unterstellte er dem Friedländer, er beabsichtige, die Herrschaftsform im Reich zu ändern, Reichstage und Konvente abzuschaffen und die Geistlichkeit, die er »abgrundtief hasse«, reformieren zu wollen.

Mit diesem geschickt eingefädelten Rundumschlag war es Pater Magni gelungen, die unterschwellig vorhandenen Ängste aller Mächtigen des Reiches anzusprechen.

Kurfürst Maximilian hatte dafür gesorgt, dass durch den spanischen Gesandten diese Thesen auch zu König Philip IV. nach Madrid gelangten. Scheinheilig hatte der Bayernherrscher diese anonymen Pamphlete – die er selbst veranlasst hatte – dankbar übernommen, um unter den übrigen Reichsfürsten Stimmung gegen Wallenstein zu machen. Natürlich mit aller gebotenen Vorsicht …

War ihm doch mit Gewissheit klar, dass Kaiser Ferdinand gar

nichts anderes übrig blieb, als das strategische Genie erneut zu berufen. Doch zumindest schwächen wollte er ihn.

Adelheid war aufs Angenehmste überrascht, dass an der Abendtafel des Straßburger Bischofs völlig offen über Politik gesprochen wurde.

Nach einem eher nachlässig gesprochenen Tischgebet fing der Kaiserbruder und Kirchenfürst umgehend an, sich mit seinen Tischgenossen – in der Mehrzahl Geistliche, aber auch einige weltliche Herren – über die Angelegenheiten des Reiches zu unterhalten.

Zum Erstaunen der Gräfin aus der Ortenau schloss er sie mit ein, obwohl sie »nur« eine Frau war und daher in der Politik nach Meinung der meisten Herren jeglicher Sachkenntnis entbehrte. Wie es schien, hielt auch Monseigneur Leopold die brutale Durchsetzung dieses leidigen Ediktes für einen schweren Fehler.

»Das Land wird dadurch nur noch mehr gespalten, und der Hass auf beiden Seiten wird anwachsen.«

Damit war man auch schon beim Thema Tilly angekommen.

»Nach der Zerstörung der wunderschönen Stadt Magdeburg ist die kaiserliche Politik gegenüber den Protestanten noch gewalttätiger geworden«, klagte der Kirchenfürst. »General Tilly hat mit seinen Männern Kursachsen förmlich überrannt und ließ es furchtbar brandschatzen, um es zum Anschluss an das katholische Reich zu zwingen. Erreicht hat er damit aber nur das Gegenteil: Denn Johann Georg schloss daraufhin ein Bündnis mit König Gustav Adolf wie schon der Kurfürst von Brandenburg.«

Leopold trank einen kleinen Schluck Burgunder und richtete anschließend das Wort an Adelheid: »Und was wird nun geschehen, ma chère Cousine? Was glaubt Ihr?«

Ach, ging es der jungen Frau, die sich darüber amüsierte,

durch den Kopf, Eminenz hat sich dafür entschieden, mich doch als Familienmitglied anzusehen. Interessanterweise zieht er es aber offenbar vor, mein Vetter zu sein: Als Oheim käme er sich anscheinend zu alt vor.

»Bedaure, mon cher Cousin, ich weiß nicht, worauf Ihr anspielt«, entgegnete die junge Frau.

»Kürzlich, am 17. September, haben die verbündeten Sachsen und Schweden bei Breitenfeld einen grandiosen Sieg über das Heer Tillys errungen. Man darf gespannt sein, was dieses Jahr 1631 uns noch an Interessantem bescheren wird.«

Leopolds Stimme klang triumphierend, und die Anwesenden an der Tafel klatschten, was Adelheid nun doch sehr verwunderte. Auf welcher Seite stand denn nun dieser merkwürdige Kirchenmann? Er war immerhin der Bruder des Kaisers und hatte gefälligst mit der katholischen Liga zu sympathisieren.

»Ihr wundert Euch, ma chère Cousine Adelaide? Ich sehe Euch an, dass Ihr nicht begreifen könnt, dass ich mich über diesen Sieg freue. Bedenkt bitte, dass ich überhaupt nichts für Männer vom Schlag eines Johann Tserclaes von Tilly übrig habe. Es wurde Zeit, dass er einmal fühlt, wie es ist, auf der Verliererseite zu stehen«, erklärte der Bischof sichtlich echauffiert. »Wenn ich auch selbstverständlich für den Sieg der katholischen Seite bete.«

Natürlich.

Weil sich sein Herr nun dem köstlich zubereiteten Fasan widmete, ergriff sein Protegé, Kaplan Immo von Werhahn, das Wort: »Der geschlagene Tilly hat anschließend die Reste seines Heeres zusammengezogen und wollte die alte Feste Rothenburg ob der Tauber einnehmen. Auch sie hatte sich dem Protestantismus angeschlossen und außerdem gilt die Region als Kornkammer des Frankenlandes. Leider leistete die Stadt unerwartet heftigen Widerstand. Es hatte den Anschein, als erlitte der alte Tilly seine nächste Schlappe.«

Aller Augen waren nun auf von Werhahn gerichtet, der abends noch stärker geschminkt war als tagsüber. Der Sekretär genoss sichtlich die Aufmerksamkeit, und die Blicke Monseigneurs ruhten liebevoll auf ihm.

»Nun, mon Cher, fahrt fort«, forderte sein Gönner ihn auf.

»Der Abschuss einer fehlgeleiteten Granate hat Tilly gerettet. Diese jagte nämlich einen Pulverturm in die Luft, und auf diese Weise entstand eine genügend breite Bresche in der Stadtmauer. Die Stadt war jetzt dem alten General ausgeliefert, und sie hat sich ihm ergeben. Und Tilly zog an der Spitze seiner beutegierigen Meute in die Stadt Rothenburg ein und ließ sie plündern. Ja, die wegen der langen Dauer der Belagerung wütenden Soldaten verlangten, die Stadt solle dem Erdboden gleichgemacht werden. Feldherr Tilly selbst schien geneigt, blutige Strenge à la Magdeburg walten zu lassen: Den gesamten Rat der Stadt wollte er hinrichten lassen. Da bot ihm einer der Stadtväter eine Wette an. Und Tilly sagte Gnade zu, wenn dieser Ratsherr es schaffte, den gewaltigen Ratspokal, der ihm kredenzt worden war, auf einmal zu leeren. Der Pokal fasste zwölf Schoppen Wein und der Altbürgermeister Rusch trank ihn leer, ohne einmal abzusetzen und rettete so die Stadt.«

Nun, das war in der Tat erstaunlich. Eine Weile drehte sich das Gespräch um die Wahrscheinlichkeit, dass der tapfere Mann diese gewaltige Leistung im Trinken überlebt haben könnte. Schließlich hatte es sich um drei Liter Flüssigkeit gehandelt …

»Ich denke schon«, meinte der Bischof, »aber einen gehörigen Rausch wird er gehabt haben, der Gute.«

Alle lachten, und die Tischgesellschaft wandte sich wieder für eine Weile dem hervorragenden Essen zu.

»Euer Koch, mon Cousin, scheint ein wahrer Künstler zu sein«, lobte Adelheid, um ihrem Gastgeber eine Freude zu machen und um gleichzeitig zu zeigen, dass auch sie, in deren

Schloss es zwar bedeutend schlichter zuging, gute Speisen zu würdigen wisse.

»Oh, ja.« Seine Eminenz strahlte. »Ich habe diesen Könner meinem Freund und geistlichen Mitbruder, Kardinal Richelieu, abspenstig gemacht. Darauf bin ich noch heute stolz.«

Das entsprach zwar nicht ganz der Wahrheit – der Erste Minister des französischen Königs hatte seinem lieben Freund diesen Meister des Kochlöffels vor einigen Jahren zum Geschenk gemacht – aber Leopold liebte es, die Sache so darzustellen, als hätte er diesem Küchengenie mehr bieten können als der allmächtige Kardinal.

»Was ist eigentlich mit dem siegreichen Schwedenkönig?«, erkundigte sich endlich der Chevalier de Farnelle, und wieder war man bei der Politik angelangt.

»Gustav Adolf ist nach seinem glänzenden Sieg über Tilly nach Westen gezogen«, antwortete Bischof Leopold. »Er hat Thüringen durchquert und ist nach Franken gezogen. Unter den katholischen Fürsten hat er dabei überall Angst und Schrecken verbreitet, während ihn die Protestanten natürlich mit Jubel empfangen haben. Inzwischen sind die von GOTT gesegneten, fruchtbaren Gebiete des Mains und des mittleren Rheines in seinem Besitz. Er hat bereits sein Winterquartier in der Stadt Mainz aufgeschlagen.«

Adelheids Herz schlug bis zum Hals. Sie konnte sich ausrechnen, wann der Schwedenkönig in ihre Heimat, die schöne Ortenau, einfallen würde. Ihr Vater und ihr Bruder würden kämpfen müssen, sowie alle übrigen Herren, die dem Ruhfelder dienstbar waren.

Auch die Landbevölkerung litt in der Regel unsäglich bei diesen blutigen, militärischen Auseinandersetzungen. Der Bruder Helenes, Georg, würde ebenso betroffen sein, wie alle anderen Männer auch. Vielleicht sah sie keinen von ihnen wieder …

KAPITEL 44

GRAF FERFRIED SASS grämlich beim Abendessen. Hasso beobachtete ihn besorgt.

»Macht Euch nicht zu viele Gedanken um Adelheid, Vater«, sagte er, »Eure Tochter ist eine kluge Frau und wird sich am Hof des Bischofs schon behaupten.«

Er hoffte, mit dieser Bemerkung die düsteren Gedanken seines Vaters verscheuchen zu können. Doch ausnahmsweise war es heute nicht Adelheid, die dem Grafen Kummer bereitete, sondern das Schreiben eines Freundes, eines Herrn von Garsbach, der am Hofe des bayerischen Kurfürsten lebte.

Von Pamphleten berichtete der Mann, die erneut – die ersten dieser Art waren bereits 1628 aufgetaucht – Stimmung gegen den Friedländer, Albrecht von Wallenstein, machten. Schlau und verschlagen sei dieser, herrschsüchtig und anmaßend und dazu noch wohlhabender als der Kaiser. »Auch er will mit ›Durchlaucht‹ angesprochen werden, und es ist offensichtlich, dass selbiger Herr aus Böhmen eine große Abneigung gegen den König von Ungarn – immerhin den Sohn unseres Kaisers – hegt«, hatte der Freiherr von Garsbach geschrieben. »Darüber hinaus ist der Wallenstein sehr jähzornig, launisch und sogar gewalttätig. Dreist widersetzt er sich kaiserlichen Anordnungen und versucht, die Minister bei Hof mit Geldgeschenken zu bestechen, damit sie nach seinem Willen handeln.«

Lauter Dinge, die man von den meisten anderen Landesfürsten ebenfalls behaupten könnte, dachte Ferfried beim Lesen dieser Zeilen.

Denn der badische Graf besaß ein sehr feines Gespür für Zwischentöne und die Empörung seines Bekannten kam ihm ein wenig arg gekünstelt vor. Er ärgerte sich über den Freiherrn, bis ihm einfiel, dass der womöglich aus purer Angst vor einer kurfürstlichen Zensur sein Schreiben so abgefasst hatte.

Ferfried war bekannt, dass Kurfürst Maximilian nicht davor zurückschreckte, die Briefe seiner Untertanen öffnen und zensieren zu lassen. Wehe, die Beamten fanden etwas Negatives über Regierung und Person des kurfürstlichen Herrn. Aus Furcht vor Enteignung, Inhaftierung und Folter wagte keiner der bayerischen Untertanen mehr, seine wahre Meinung zu äußern – auch nicht in persönlichen Briefen.

»Das eigentliche Ziel des Herzogs von Friedland aber ist es, die katholische Liga zu zerschlagen und selbst nach der Kaiserkrone zu greifen«, hatte von Garsbach geschrieben.

Damit war es für Ferfried ausgemacht, dass hinter dieser Schmutzkampagne nur einer stecken konnte, nämlich der intrigante Kapuzinerpater Valeriano Magni, der den böhmischen Feldherrn aus früherer Zeit gut kannte.

»Mein Herr, der hochedle und allerdurchlauchtigste Kurfürst Maximilian von Bayern, ist über den schlechten Charakter des Wallenstein sehr betrübt«, hatte Garsbach noch artig hinzugefügt.

Nachdem der alte Graf den Brief seinem Sohn vorgelesen hatte, überlegte Hasso eine Weile.

»Vater, ich verstehe nicht, was das soll. Noch vor Kurzem in Regensburg hat Maximilian nicht auf diese Weise gegen den Friedländer gesprochen. Dass er ihn nicht leiden kann, steht auf einem anderen Blatt, aber diese Art üble Nachrede scheint mir doch sehr übertrieben. Außerdem weiß der Bayer doch, dass dem Kaiser gar nichts anderes übrig bleibt, als Wallenstein zurückzurufen.«

»Genau das ist es, mein Sohn«, sagte Ferfried und schlug mit der Faust auf den Esstisch, dass die Teller hochsprangen. Seit seine Tochter Adelheid nicht mehr da war, tat sich der Graf keinen Zwang mehr an.

Die Sitten in Schloss Ruhfeld waren ohne Zweifel rauer geworden. Auch Flüche konnte man jetzt öfter hören. Die feinen Manieren insgesamt waren rascher in Vergessenheit geraten, als man hätte annehmen können; ein Zeichen, dass edle Gesittung sich schnell verflüchtigte und herkömmlicher Barbarei die Zügel schießen ließ, sofern ihr nicht edler Frauensinn Einhalt gebot.

»Einesteils weiß der Bayer, dass der Kaiser einen Ersatz für Tilly braucht. Der ist zu alt und hat jetzt erst am 17. September bei Gustav Adolfs Sieg bei Breitenfeld bewiesen, dass er längst seinen Zenit überschritten hat. Zweitens gibt es im gesamten Deutschen Reich keinen Besseren als den Wallenstein.

Zähneknirschend hat Herr Maximilian das zur Kenntnis genommen; er kann im Grunde bloß hoffen, dass der Friedländer sich wieder breitschlagen lässt und den Posten eines hauptverantwortlichen Generals annimmt. Aber er möchte dessen Hochmut dämpfen, damit dieser nicht mit allzu vielen Vorschusslorbeeren antritt.

Das Leben will er ihm schwer machen, um ihm zu zeigen, dass er keineswegs machen kann, was er will. Maximilian ist jedes Mittel recht, um die moralischen Qualitäten Wallensteins infrage zu stellen, wenn er schon an seinen militärischen nichts zu kritisieren findet.«

Wieder einmal war Hasso von Ruhfeld froh, dass er nicht in die Dienste des bayerischen Kurfürsten getreten war. Der Sohn des Grafen war jung und noch voll Idealismus, und ihm graute vor der hinterhältigen, brutalen und scheinheiligen Art dieses bigotten Machtmenschen.

KAPITEL 45

DER HERBST IST DIE ZEIT DER JAGD, und auch Graf Ferfried ging dem edlen Waidwerk mit großer Leidenschaft nach. Die Wälder der Ruhfelder waren für ihren Wildreichtum bekannt, und ab Ende September bis kurz vor Weihnachten erklangen ringsum die Jagdhörner.

Auf Schloss Ruhfeld versammelten sich beinahe täglich große Jagdgesellschaften, die abends mit reicher Beute an Rot-, Schwarz- und Niederwild heimzukehren pflegten.

Bruno von Steinberg, Ritter Moritz von Glarus und Graf Rüdiger von Hohlfeld, Ferfrieds beste Freunde, waren mit ihrem Gefolge Dauergäste in jeder Jagdsaison. Dazu kamen viele andere Edelleute, die Einladungen des Grafen zur Pirsch mit Vergnügen annahmen.

Jeden Abend saßen alle im großen Saal bei Speis und vor allem Trank zusammen. Die Herren waren dabei unter sich, und das Schloss dröhnte förmlich vor lautem Gelächter über derbe Zoten und Geschichten, die man aber normalerweise erst erzählte, nachdem sich Pater Ambrosius zurückgezogen hatte.

Diesen Gefallen erwies dieser den übermütigen Herren gerne.

Wer weiß, wie lange diese Männer noch Spaß am Leben, beziehungsweise das Leben überhaupt noch haben werden?, fragte er sich. Wenn im Frühjahr der Schwede mit Macht über uns hereinbricht – und davon ist auszugehen, wenn er bereits in Mainz sitzt –, dann ist es vorbei mit Spaß und Jagd und allem anderen.

Stundenlang kniete Ambrosius Feyerling in der kleinen Schlosskapelle. Er meditierte und betete für den Frieden im Deutschen Reich allgemein, für den in der Ortenau im Besonderen, für das Heil der Seelen seiner zwei Herren, Ferfried und Hasso und für die Wohlfahrt seiner lieben Herrin Adelheid und deren Schützling, Helene Hagenbusch.

Die beiden jungen Frauen lagen dem Benediktiner besonders am Herzen. Wie oft hatte er sich bereits das Gehirn zermartert, ob die Entscheidung, sie der Obhut des Straßburger Bischofs – Verwandter hin oder her – anzuvertrauen, richtig gewesen war oder nicht. Gerade in allerjüngster Zeit waren ihm große Zweifel gekommen, aber für neue Überlegungen war es nun zu spät.

Sollte der habsburgische Erzherzog die beiden einkerkern oder gar völlig verschwinden lassen, könnten weder er noch sein Herr, der Graf, etwas dagegen tun. Im Gegenteil. Sie müssten damit rechnen, gleichfalls von der kaiserlichen Justiz zur Rechenschaft gezogen zu werden …

Der Pater war geneigt, der Lebenslust der Schlossbewohner nicht im Wege zu stehen. So stellte Ambrosius sich auch blind und taub, als die Herren begannen, sich an den Abenden hübsche, junge »Damen« zur Gesellschaft einzuladen.

Mag der Anblick holder Weiblichkeit ihnen die restliche Zeit des Friedens versüßen, dachte der Mönch großzügig. Und wenn es beim Anschauen nicht bleiben sollte – wovon er selbstverständlich ausging –, würde er stillschweigend darüber hinwegsehen. Es musste genügen, wenn die Herren ihm später in der Beichte reuevoll darüber berichteten.

Salome war jetzt beinahe täglich im Schloss. Allmählich nahm sie – keineswegs eine Dame, genauso wenig wie die anderen »Hübschlerinnen«, wie die Dienerinnen der Venus seit Langem genannt wurden – so etwas wie die Stellung einer Schlossherrin ein. Jedenfalls war sie in kurzer Zeit zur beliebten und überaus charmanten Gastgeberin auf Ruhfeld avanciert.

Salome Bürgi achtete im Übrigen streng auf gutes Benehmen. Das Fluchen und Herumspucken, das Rotzen, Furzen und Rülpsen bei Tisch hörten auf. Auf einmal wusste wieder jeder Gast, wozu Servietten zu gebrauchen waren und dass man statt der Finger ruhig eine Gabel benutzen konnte. Deren Gebrauch hatte Salome sogar zur Pflicht gemacht; andernfalls hatte sie damit gedroht, kein Fleisch mehr servieren zu lassen.

»Für Suppe und Brei reicht der Löffel«, hatte sie rundweg erklärt. Und wie brave Jungen waren sowohl Ferfried, sein Sohn und alle anderen zu Anstand und Manieren bei Tisch zurückgekehrt.

Sogar die Zotenreißerei hatte zu Ambrosius' Erstaunen aufgehört. Nach landläufiger Meinung mochte »Madame Salome«, wie sie bald genannt wurde, eine Hure sein, aber nichtsdestotrotz achtete sie auf das Hauswesen, hielt die zu Anfang gehörig maulende Dienerschaft auf Trab und sorgte dafür, dass schmackhaftes und abwechslungsreiches Essen auf den Tisch kam.

Auch der zu Anfang sehr misstrauische Schlossvogt, Anselm von Waldnau, kam mittlerweile gut mit der überaus handfesten und properen Person aus. Dass sie außerdem dem verwitweten Hausherrn sein kaltes Bett anwärmte – was scherte es ihn? Und auf die anderen »Demoiselles« hielt sie ein wachsames Auge.

Bald hieß es in der Gegend: »Auf Schloss Ruhfeld herrschen Sitte, Zucht und Ordnung. Da könnte sich manches Kloster eine gehörige Scheibe davon abschneiden.«

Die Leute spielten dabei auf die Zustände im nahe gelegenen Kloster an.

Das Tor der Kirche wurde nie zugesperrt und ein diskretes Hinterpförtchen diente zu beliebigem, nächtlichem Ein- und Ausgang. Überhaupt waren eigenartige Sitten im Kloster eingerissen. Der Pater Guardian hatte dafür zwar gute Gründe vorzuweisen, aber der Rat der Stadt Offenburg war der Meinung, dass die Hinterpforte abzuschließen und die dralle Köchin nach der strengen Ordensregel, der die Herren immerhin verpflichtet waren, abzuschaffen sei.

Eine gewisse Philomena, Tochter eines Barbiers, und Hulda, die Erbin eines Apothekers, waren die Geliebten der frommen Klosterbrüder Bertram und Christoph. In dem hübschen Örtchen Gengenbach verlebten beide Pärchen zärtliche Stunden, bis anständige Christen sie bei der Obrigkeit anzeigten.

Der Rat schrieb dem Guardian, er möge die Weiber vom Kloster fernhalten. Die Philomena erhielt zwei Tage Turmstrafe bei Wasser und Brot, und der Hulda wurde nahe gelegt, sich innerhalb von zwei Wochen eine Dienststelle zu suchen oder in einen weiblichen Orden einzutreten.

Überhaupt herrschten seit einigen Jahrzehnten Zustände wie in Sodom und Gomorrha im schönen, badischen Ländchen.

Dem Provisor Ludwig Hüttle, der sich, obgleich er die geistlichen Weihen erhalten hatte, mit seiner Köchin Margretle gar zu intim zeigte, kündigte man sein Amt auf und wies ihn aus.

Mit dem Prediger Zandner verfuhr man dagegen gnädiger. Er zechte häufig bei einer gewissen Frau Klein und diese wiederum bei ihm. Man sah das ansehnliche Weib des Öfteren wie einen Geist bei Nacht in »weißem Gewand«, sprich Nachthemd, aus seiner Wohnung schleichen. Der Rat hielt allerdings in diesem Falle lediglich eine Verwarnung der Frau für angemessen …

Seit einem Polizeidekret vom November 1600 drohte jeder Braut, die sich an ihrem Hochzeitstag unberechtigt mit dem Jungfernkranz geschmückt hatte, eine »Leibesstrafe«, sprich Schläge mit der Rute. Dazu kam noch eine empfindliche Geldstrafe.

Seitdem geschah es auffallend häufig, dass die Stettmeister, die angehalten waren, die Zeit zwischen Eheschließung und Niederkunft genau zu berechnen, erstaunlich viele junge Frauen der Obrigkeit meldeten, die angeblich die Treppen hinuntergefallen und »Siebenmonatskindern« das Leben geschenkt hatten …

Vor- und außerehelicher Geschlechtsverkehr war an der Tagesordnung, und Ehebrecher, Männlein wie Weiblein, gab es zuhauf.

Die ganze Gegend amüsierte sich über Michael Blankherr, den man wegen Ehebruchs zu acht Tagen Turm bei Wasser und Brot und zu fünfundzwanzig Pfund Strafe verurteilte; dazu musste er dem verführten Mädchen noch fünfzig Dukaten für den verlorenen »Jungfernkranz« und außerdem zehn Dukaten für das Kindbett bezahlen.

Andreas Gartner wurde wegen Ehebruches, Inzestes und Majestätsbeleidigung vom Malefizgericht unter Bertold Munzinger gar zum Tode verurteilt. Den Bütteln, die ihn zum Gericht schleppten, hatte er nämlich auf gut Allemannisch zugebrüllt, der Kaiser und der Papst mit ihren Scheißgesetzen könnten ihn am A… lecken.

Stundenlang hätte man solche Beispiele aufzählen können. Die Moral war allgemein am Boden. Vielfach war die Ursache wohl maßlose Trunksucht. Männer und Frauen betranken sich häufig bis zur Besinnungslosigkeit und fielen dann übereinander her.

»Entweder sie zeugen im Vollrausch blöde Kinder«, tadelte Vater Ambrosius, »oder sie verprügeln sich so lange, bis einer oder alle beide halb tot am Boden liegen.«

»Und das Schlimmste ist, dass es durchaus nicht nur die untersten Volksgruppen sind, die sich so jämmerlich gehen lassen. Diese Sittenlosigkeit ist quer durch *alle* Schichten zu beobachten«, rügte Graf Ferfried.

Die Erinnerung an die drei verschwundenen Hexen war zwar noch frisch, und noch immer suchten kaiserliche Beamte und Kommissäre nach ihnen, sowie den sechs Wachsoldaten – wenn auch bisher vergeblich –, aber nichtsdestotrotz leitete Bertold Munzinger als Oberster Richter ein neues Verfahren ein, diesmal gegen vier Frauen, die sich als Hexen verdächtig gemacht haben sollten.

Die armen Geschöpfe waren vollkommen harmlos. Als Kräuterweiber und »Besprecherinnen« von allerlei Wehwehchen verdienten sie sich eine Kleinigkeit hinzu. Für den Stabträger und Obersten Richter aber war die Sache klar: Die vier Weiber waren gefährliche Hexen.

Dass sie zu Anfang leugneten, focht ihn nicht weiter an. Für ihr Geständnis war der Scheible zuständig. Der Henker würde schon mit seinen bewährten Methoden Geständnisse der verstockten Teufelsbuhlinnen ans Tageslicht foltern. Und diesmal würden sie dem Gericht nicht wieder entkommen – dafür würde er, der Munzinger, höchstpersönlich sorgen.

KAPITEL 46

Bereits seit einer Woche lebten Adelheid und Helene jetzt unter der Obhut des Bischofs von Straßburg. Die junge Gräfin konnte sich dabei nicht beklagen, denn der Aufenthalt im bischöflichen Palais war höchst angenehm.

So unerfreulich ihre Ankunft gewesen war – durch die Inszenierung Immo von Werhahns verursacht –, so gut gefiel es ihr nun. Der hohe Geistliche war ein Mann voll Charme, Witz, Intelligenz und Humor. Und trotz seines Alters sah er noch blendend aus.

Er war bereits fünfzig – Adelheid hatte ihn um einiges jünger geschätzt –, aber er war noch leidlich schlank und beweglich und ein ebenso hervorragender Reiter wie auch Tänzer, wie sich bei einem Ball, den der Bischof zu Ehren seiner teuren Cousine gegeben hatte, erwies.

Die Gräfin war froh, dass sie ihrer Zofe gestattet hatte, ein elegantes Ballkleid einzupacken. Sie selbst hätte nicht daran gedacht: War ihr doch so gar nicht nach vergnüglichem Zeitvertreib zumute gewesen.

Aber als es dann so weit war, genoss sie das Fest sehr, vor allem weil ihr Cousin sie zu seiner Ballkönigin erkoren hatte. An Schönheit, Anmut, Charme und Esprit übertraf die gertenschlanke Adelheid die geladenen Damen sowieso. Da fiel auch nicht sehr ins Gewicht, dass es mit dem Schmuck ein wenig haperte.

Den Aufenthalt Helenes – deren seelisch-geistiger Zustand nach wie vor unverändert war – hielt man dagegen geheim. Aber Monseigneur hatte seinen eigenen Leibarzt geschickt, um sich des elenden Geschöpfes anzunehmen.

Aber dieser Medicus, ein sechzigjähriger, höchst gebildeter und aus Prag stammender Jude, Aaron Weinlaub, hatte nur, als er aus dem Zimmer der Kranken kam, in das man Helene mittlerweile verlegt hatte, mit den Achseln gezuckt und den Kopf geschüttelt.

»Ihren geschundenen Leib vermag ich wahrscheinlich so zu heilen, dass sie wieder so gesund und schön ist wie vorher, aber für ihre tief verletzte Seele weiß ich kein Mittel. Vielleicht heilt die Zeit auch diese Blessuren, aber versprechen kann ich es Euch nicht.«

Adelheid war sehr betrübt gewesen über diese Diagnose,

aber ihr bischöflicher Verwandter hatte ihr Mut gemacht und ihr zudem versichert, dass sie bleiben könnten, solange sie wollten.

Das war immerhin ein Lichtblick, denn wohin hätte sie sich wenden sollen? Für Wilhelm von Kirchhofen allerdings wurde es allmählich Zeit, sich wieder auf den Heimweg zu machen.

Männlichen Schutz genoss seine schöne Herrin am Hof des Kirchenfürsten reichlich, und er würde bald gegen die Schweden gebraucht werden, die sicher im Frühjahr des Jahres 1632 ins badische Ländle einfallen würden.

Aber der junge Mann fand immer wieder neue Ausreden, um Straßburg nicht Lebewohl sagen zu müssen. Nicht, dass er feige gewesen wäre. Nein, im Gegenteil, er fieberte dem Kampf gegen die Protestanten direkt entgegen. Er wollte sich in der Schlacht als Held bewähren, um dann vielleicht mehr Chancen bei seiner heimlich angebeteten Herrin zu haben.

Jetzt war er noch ein Habenichts, unbekannt, aus niedrigem Adel, ein Niemand. Er träumte davon, als strahlender Sieger vor Graf Ferfried zu stehen und um die Hand der insgeheim geliebten Frau anhalten zu können.

Wilhelm war rasend verliebt und konnte sich einfach nicht von Adelheids Seite losreißen. Erst durch ihren Anblick lebte er, und außerdem war er furchtbar eifersüchtig.

Er hatte sehr wohl die Blicke der zumeist geistlichen Herren am Hofe des Bischofs gesehen, welche diese der ranken, biegsamen Gräfin mit dem feinen Antlitz zuwarfen; er hatte ihre geistreichen Sprüche vernommen, womit sie in ihrer Gegenwart nur so um sich warfen, um Eindruck zu schinden, und er wusste, dass jeder dieser älteren Herren, aber auch die jüngeren Verehrer Adelheids, ihr das Zwanzig- bis Hundertfache von dem zu bieten vermochten, was er aufzubringen je in der Lage wäre.

Er war also darauf angewiesen, sich als Kriegsheld zu profilieren. Und trotzdem war er nicht imstande, das Palais Seiner Eminenz zu verlassen …

Adelheid waren die Gefühle des jungen Mannes nicht entgangen. »Wilhelm tut mir leid«, sagte sie zu Ursula, als ihre Zofe ihr das herrliche, weit über den Rücken fallende, schwarze Haar bürstete, sodass es wie Seide glänzte.

»Ich weiß, dass er sich in mich verliebt hat. Aber ich kann ihm keine Hoffnungen machen, obwohl ich ihn als treuen Freund über alles schätze. Er ist nicht nur um zwei Jahre jünger als ich – das wäre nicht weiter schlimm –, aber er ist zudem nicht der Mann, der mein Herz zum Schmelzen bringen könnte.«

»Ja? Oh, sagt doch, gnädiges Fräulein, wie müsste so einer denn beschaffen sein?«, erkundigte sich voller Neugierde die Zofe und legte die Bürste aus der Hand. Für Liebesdinge hatte sie, wie alle Zofen, immer ein offenes Ohr; besonders wenn es sich um die Affären ihrer Herrinnen handelte.

Ursula war ein hübsches, munteres Mädchen. Auch sie hatte einen Verehrer gefunden, einen jungen Mann, der in die Geheimnisse der Diplomatie und Politik eingewiesen werden sollte, vorerst aber hauptsächlich Protokolle schrieb und Urkunden ausfertigte. Er stammte aus Frankreich und war ein entfernter Verwandter von Kardinal Richelieu.

»Ach, da bringst du mich aber in Verlegenheit, meine Liebe.« Die Gräfin errötete. »Wenn ich ehrlich sein soll, finde ich zwar viele der Herren hier im Palais sehr charmant und witzig, aber ihre Art könnte ich wahrscheinlich auf Dauer nicht ertragen. Sie kommen mir alle so überspannt vor. Außerdem missfällt mir die hiesige, von Frankreich übernommene Mode, dass viele Männer sich wie die Damen schminken. Aber vielleicht muss ich mich nur daran gewöhnen«, fügte sie, beinahe entschuldigend, hinzu.

Sie war froh, dass es an der Tür ihres Zimmers geklopft hatte und ein Diener ihr den Besuch des bischöflichen Leibarztes ankündigte.

Es brachte sie nicht in Verlegenheit, nur im Morgenmantel und mit aufgelöstem Haar vor dem Spiegel in ihrem Boudoir zu sitzen, denn er war Arzt und an unbekleidete Damen gewöhnt. Außerdem entkam sie so den bohrenden Fragen Ursulas …

»Ich lasse bitten.«

Sie freute sich immer auf die Besuche dieses alten Mannes, der seine wachen, braunen Augen stets voll väterlicher Zuneigung auf der jungen Edeldame ruhen ließ.

Ursula knickste und verließ ohne Aufforderung den Raum. Sie ging ins Krankenzimmer zu Helene, um dort nach dem Rechten sehen.

Der weißhaarige Herr mit dem gepflegten, grauen Bart, gekleidet in eine Art schwarzen Talar, ließ sich auf Adelheids Aufforderung lächelnd in einem bequemen Sessel nieder.

»Ihr wollt gewiss hören, ob es Neues gibt zum Zustand Eurer Herzensfreundin«, begann er, und Adelheid nickte. Das Herz schlug ihr bis zum Hals vor Nervosität. Sie ahnte, dass der alte Medicus ihr dieses Mal Erfreuliches zu berichten habe.

»Demoiselle Hélène hat ihre Regel wieder«, sagte Aaron Weinlaub unumwunden. Adelheid fiel ein riesiger Stein vom Herzen. GOTT sei gedankt.

»Es kommt häufig vor, dass bei Frauen, die seelischen Leiden und großen, körperlichen Strapazen ausgesetzt sind, die monatlichen Blutungen zum Stillstand kommen. Dagegen habe ich ihr ein Mittel verabreicht, und es hat gewirkt.«

Der jüdische Medicus hatte zwar ohne besondere Betonung gesprochen, trotzdem horchte die Gräfin auf. Sie blickte in sein feines, gütiges Gelehrtengesicht, und etwas in seinen großen, intelligenten Augen sagte ihr, dass es besser wäre, nicht weiter nachzufragen.

»Ich danke Euch von ganzem Herzen, Medicus. Ihr habt mir eine große Last abgenommen. Ich weiß nicht, wie ich dieses Problem hätte lösen sollen«, sagte sie leise.

»Dankt nicht mir, Madame, sondern GOTT dem HERRN, welcher für jedes Leiden ein Kraut hat wachsen lassen. Man muss es nur kennen.«

Ihre Einladung zu einem französischen Frühstück mit einer großen Schale heißer Schokolade, gewürzt mit Pfeffer, Ingwer und Zimt, sowie süßem Weizenmehlgebäck nahm er gerne an.

Die junge Frau saß nicht zum ersten Male seit ihrer Ankunft in Straßburg mit dem Leibarzt des Bischofs zusammen. Er konnte das gebildete und sehr pragmatisch denkende, deutsche Edelfräulein gut leiden.

Trotz ihrer Schönheit war sie bar jeglichen Hochmuts; und wie sie sich um ihre verletzte Freundin kümmerte, griff ihm ans Herz. So gut er konnte, beantwortete er stets die Fragen der Gräfin von Ruhfeld.

»Wie kommt es eigentlich, Monsieur le Docteur, dass Seine Eminenz, obwohl er doch der leibliche Bruder des Kaisers ist, oft so gar nicht in dessen Horn stößt?«, fragte Adelheid den Arzt diesmal sehr direkt.

Auf diese Frage hatte der jüdische Arzt schon lange gewartet; sie traf ihn daher nicht unvorbereitet. »Erlaubt, Madame, dass ich ein klein wenig aushole«, begann er daher, nachdem er seine vom Puderzucker des Gebäcks bestäubten Finger mit einem Mundtuch abgewischt hatte.

»Im Jahr 1609 erließ der damalige Kaiser Rudolf II. einen Majestätsbrief. Darin gewährte er allen Bewohnern Böhmens Gewissensfreiheit und freie Religionsausübung, den Protestanten zudem das Recht zum Bau von Kirchen und Schulen sowie das Recht, weiterhin an der Prager Universität zu lehren.

Auch sein Vetter, unser Erzherzog Leopold, damals noch Bischof von Passau – erst viel später sollte er die Pfründe Straßburg erhalten – schlug sich auf seine Seite, während sein älterer Bruder Ferdinand – unser jetziger Kaiser – eifriger Parteigänger von Rudolfs fünf Jahre jüngerem Bruder Matthias war.

Doch Bischof Leopold war in jungen Jahren ein Heißsporn, der Kaiser Rudolf in seinem Übereifer wahrscheinlich mehr geschadet als genützt hat. Im Februar 1610 traf er jedenfalls mit einer Armee von 12 000 Mann in Prag ein, um dem Kaiser Rückendeckung gegen Matthias zu geben. Die Bewohner der böhmischen Hauptstadt stöhnten aber bald unter dem undisziplinierten Benehmen der Soldaten Leopolds.

Erzherzog Matthias – Rudolfs Bruder – nahm dies zum Anlass, nun seinerseits nach Prag zu marschieren, um angeblich die Stadt vom Soldatenmob Leopolds zu befreien. In Wahrheit wollte er die Macht an sich reißen – was ihm auch gelang.

Bischof Leopold zog mit seinen Truppen ab, während sein Bruder Ferdinand mit dem sicheren Gespür für Machtverhältnisse auf Seiten des Gewinners gestanden hatte.

Kaiser Rudolf sah ein, dass es sinnlos war, Widerstand gegen seinen Bruder Matthias zu leisten. Am 23. Mai 1611 wurde Matthias im Prager Veitsdom zum König von Böhmen gekrönt; später wurde er Kaiser.

Nun, jenem Kaiser Matthias ist es jedenfalls nicht gelungen, den Beginn dieses entsetzlichen Krieges zu verhindern, der jetzt das Deutsche Reich zerreißt, obwohl er für einen Ausgleich mit den Protestanten eingetreten ist.

Sein Erbe wiederum, unser jetziger Kaiser Ferdinand II., kennt hingegen keine Kompromisse. Bei ihm findet sich nicht der kleinste Ansatz religiöser Toleranz, die so hoffnungsvoll im Jahre 1555 mit dem von Kaiser Karl V. ausgerufenen Augsburger Religionsfrieden begonnen hatte.«

Jetzt war Adelheid vieles klar. Mit der Eintracht der beiden Brüder Leopold und Ferdinand war es nie weit her gewesen: Der Jüngere war dem älteren Habsburger immer unterlegen gewesen. Ferdinand hatte in jungen Jahren auf das richtige Pferd gesetzt, während Leopold den Machtkampf verloren hatte.

Ferdinand war jetzt Kaiser und Leopold immer noch Erzherzog und nur Bischof – nicht einmal zum Erzbischof oder Kardinal hatte der Papst ihn gemacht.

Und Monseigneur würde auch keine weiteren Würden mehr erlangen – das wusste er. Wer wollte es ihm verdenken, dass er seinen Spaß daran hatte, des Öfteren Nadelstiche und Spitzen gegen die Machenschaften des älteren Bruders loszulassen und hin und wieder sogar beachtliche Breitseiten gegen dessen Politik abzufeuern?

Der Bischof war zwar der Intelligentere von den beiden, aber Ferdinand zweifellos der Frömmere …

Und Adelheid von Ruhfeld war dem jüdischen Arzt, der, unter dem Schutz des Kirchenfürsten nach wie vor unbehelligt seinem mosaischen Glauben anhing, dankbar für diese Aufklärung.

Insgeheim war sie sogar nicht wenig stolz auf ihre hochedle Verwandtschaft, wenn auch nur ein paar Tröpfchen des erlauchten Habsburger Bluts durch ihre Adern flossen.

KAPITEL 47

»Was ist mit Euch, Vater Ambrosius? Ihr sitzt da und starrt vor Euch hin, anstatt tüchtig zuzugreifen. Ist etwas nicht nach Eurem Geschmack?« Graf Ferfried zeigte sich besorgt.

Nach der Messe in der Schlosskapelle saßen er, Graf Hasso und sein Beichtvater Pater Ambrosius Feyerling wie gewöhnlich in der kleinen Halle beim Frühmahl.

Madame Salome hatte den Herren wie üblich ein üppiges Mahl mit Bier, Schinken, frisch gebackenem Brot und gebratenen Eiern auftischen lassen, ehe sie sich wieder diskret zurückgezogen hatte. Aber der Benediktiner schien keinen rechten Appetit zu haben.

Der Graf beugte sich vor und flüsterte Ambrosius ins Ohr: »Oder habt Ihr etwas gegen die Anwesenheit meiner Salome im Schloss, Vater?«

»Wie? Was meint Ihr, Herr?« Der Mönch schien verwirrt. Dann verstand er. »Nein, nein. Das ist es nicht, was mir im Kopfe herumgeht. Etwas ganz anderes macht mir Sorgen, Herr.«

Auf Ferfrieds Aufforderung kam der Benediktinerpater zur Sache.

»Nicht einmal die Bedrohung durch den Schwedenkönig kann die Zerrissenheit im Deutschen Reich überwinden. Die Probleme in den einzelnen Regionen nehmen ständig zu. Die fränkische Ritterschaft stellt sich zu Recht gegen ihren Herrn, den Bischof Philipp Adolph von Ehrenberg in Würzburg. Die Herren haben ihn beim Kaiser wegen Verletzung des Religionsfriedens verklagt.

Und obwohl selbst der strenge Ferdinand ihm mehrmals Einhalt bei seinen ›Rekatholisierungsmaßnahmen‹ geboten hat und ihm zu Zurückhaltung in Glaubensfragen riet, hat dieser grausame Bischof neuerdings mit exzessiven Hexenverfolgungen begonnen. Es heißt, er habe bisher innerhalb von vier Jahren über neunhundert Hexen verbrennen lassen, darunter achtzehn kleine Schulknaben, ein blindes Mädchen und ein neunjähriges Mädchen mit seinem noch jüngeren Schwesterchen.«

Dem Pater waren während dieses Berichtes Tränen in die Augen gestiegen, auch Graf Ferfried und sein Sohn Hasso mussten schlucken.

»Natürlich hat der raffgierige Würzburger Bischof das gesamte Vermögen der ›Hexen‹ eingezogen. Allein in der Stadt Würzburg wurden innerhalb der letzten beiden Jahre einhundertsiebenundfünfzig Menschen umgebracht, andere Quellen behaupten sogar, es seien zweihundertneunzehn gewesen. Dieser Bischof Philipp Adolph ist ein wahrer Schandfleck der Menschheit.«

»Ein schöner Diener der Kirche, in der Tat.«

Hasso von Ruhfeld hatte seinen Teller bereits angewidert beiseitegeschoben. »Da ist es bei uns ja bisher noch vergleichsweise glimpflich abgelaufen. Erst neulich habe ich erfahren, dass in der reichsfreien Stadt Offenburg seit 1627 nur sechzig Personen wegen Hexerei hingerichtet worden sind.«

»Im Jahr meiner Geburt, 1579, waren Hexenverfolgungen im geistlichen Fürstentum Fulda nicht minder schlimm«, erinnerte sich Ferfried. »Dein Großvater Heinrich hat mir davon erzählt, als ich fünfzehn war. Auch dort galten diese Säuberungen gleichzeitig den Ketzern, sprich Protestanten. Der Fürstabt von Fulda hatte einen gewissen Balthasar Voß zum Zehntgrafen und Malefizmeister ernannt.

Dieses Scheusal, Balzer Voß genannt, rühmte sich später, er habe über siebenhundert Zauberer beiderlei Geschlechts in ungefähr zwanzig Jahren verbrennen lassen. Und er hoffte, es vor seinem Tod noch zu über eintausend zu bringen. Voß brachte die Folter in der unmenschlichsten Manier zur Anwendung. Viele der Torquierten starben während der Folter. Er verschonte nicht einmal schwangere Frauen. Im Gegenteil, deren Qualen schien er besonders zu genießen. Eine schwangere Frau hatte Voß einst so brutal gequält, dass er danach ihrem Ehemann einhundert Taler Schweigegeld versprach, falls dieser über die bestialische Tortur den Mantel des Schweigens breiten wollte.

Für jede Verurteilung mussten ihm außerdem ansehnliche Summen bezahlt werden. So nahm er innerhalb von drei Jahren beinahe sechstausend Goldgulden ein.

Selbstmord im Gefängnis wurde bei diesem Teufel in Menschengestalt so üblich, dass es sogar seinen Schöffen zu arg wurde: Sie versuchten, sich von den Hexenprozessen zurückzuziehen. Solange sein Herr, der Fürstabt, lebte, hatte er Rückhalt. Das änderte sich erst unter dessen Nachfolger Johann Friedrich von Schwalbach. Dieser ließ den gemeinen Folterer einkerkern. Balzer Voß lebte dreizehn Jahre in Haft, ehe er im Jahr 1613 enthauptet wurde«, endete Ferfried.

»Möge der HERR allen unschuldigen Opfern gnädig sein«, sagte Pater Ambrosius nach einer Weile. Hasso war noch immer sprachlos. Dann aber brach es aus ihm heraus: »Man müsste alle diese Bestien, die sich an unschuldigen Opfern vergehen, selber leiden lassen und ihnen dieselben Scheußlichkeiten zufügen, die sie bei ihren wehrlosen Delinquenten zur Anwendung bringen«, empörte sich Hasso. »Fingernägel ausreißen, Daumen zerquetschen, Gelenke auseinanderdehnen, bis die Gelenkkugeln aus den Pfannen springen, hauen, stechen, brennen …«

Der Benediktinermönch schüttelte energisch den Kopf. »Nein, mein Sohn. So verständlich Eure Rachegelüste sind, denkt doch einmal nach, junger Herr: Dann wäret Ihr genauso ein Teufel, wie jener, dessen Taten Ihr verurteilt.«

Hasso schwieg, aber an seinem trotzigen Gesicht war abzulesen, dass ihn dieses Argument nicht überzeugte. Er hatte bereits einen Plan gefasst, konnte ihn aber noch nicht in die Tat umsetzen. Die Zeit dafür war noch nicht gekommen.

Die Aufregung über die Flucht der drei Hexen hatte sich noch nicht gelegt. Noch immer durchstreiften kaiserliche Büttel die Gegend, befragten die Bewohner, selbst der abgelegensten Weiler und durchsuchten jede Scheune im Land und jede Holzfällerhütte im Wald.

Ein Hauptmann mit fünf Leuten war sogar auf Ruhfeld erschienen und hatte sich erkundigt, ob jemand vom Aufenthaltsort der Vermissten wisse. Sobald der Graf davon erfahren hatte, ließ er die Männer höflich zu sich bitten und bewirtete sie.

In seltener Einmütigkeit hatten alle Bewohner des Schlosses dafür gesorgt, dass kein Sterbenswörtchen über die mörderische Befreiungsaktion verloren wurde.

Also waren die Schnüffler weitergezogen, noch immer waren sie in der Ortenau unterwegs und zogen Erkundigungen ein.

Doch Hasso von Ruhfeld hatte Zeit, er konnte auf die Stunde der Rache warten. Umso mehr würde er sie genießen …

»Der Munzinger hat ein neues Opfer gefunden«, hörte Hasso da den Pater sagen. »In Ottenhöfen hat eine angesichts eines drohenden Gewitters beim Heumachen total erschöpfte Bäuerin laut gerufen: ›Der Teufel soll das Heu holen.‹

Zu ihrem Pech erhob sich gleich darauf ein Sturmwind, der das Gemähte davonwehte. Eine verärgerte, weil zuvor gescholtene Magd hat sie angezeigt; die Frau ist als Wetter machende Hexe verhaftet und bereits gefoltert worden.«

»Den Munzinger selbst sollte der Teufel endlich holen und den Scheible gleich mit«, grollte Herr Ferfried. »Und der Maximilian Veigt ist um keinen Deut besser.«

»Beide Herren, der Oberste Richter und der Landvogt, halten sich neuerdings viel auf ihre ›neuzeitliche und moderate Gesinnung‹ zugute«, sagte der Pater und lachte bitter.

»Was soll das heißen?«, erkundigte sich Ferfried.

»Nun, wenn eine Hexe trotz aller Torturen hartnäckig beim Leugnen ihrer Verfehlungen bleibt, will man sie jetzt einem Gottesurteil unterziehen. Dazu bedient man sich der sogenannten ›Wasserprobe‹. Sie gilt als sicheres Mittel, die Wahrheit herauszufinden: Man bindet die kreuzweise gefesselte Hexe an eine Leine, die an einer Stange befestigt ist, und lässt sie in tiefes Wasser fallen.«

»Was bedeutet kreuzweise gefesselt?«, fragte Hasso interessiert.

»Der rechte Arm des Opfers wird auf seinem Rücken mit dem linken Fuß zusammengebunden und der linke Arm mit dem rechten Fuß. Und diese Haltung allein genügt ja schon, um das Schicksal der Bedauernswerten zu besiegeln. Geht die Frau trotzdem nicht unter, ist das der Beweis, dass sie eine Hexe ist, und man lässt sie elend ersaufen, indem man sie mit Stangen unter Wasser drückt. Geht sie aber unter, ist sie keine Hexe. Leider ertrinkt sie dann trotzdem. Das ist eben ihr Pech.«

»Das ist ja unglaublich perfide. Wer denkt sich so etwas aus? Menschen, deren Gehirn krank ist«, sagte Graf Ferfried entsetzt.

»Weshalb nur tut man so etwas?«, fragte Hasso mit belegter Stimme.

»Die Wasserprobe als Beweis der Schuld beruht auf dem Glauben, dass jede Art von Wasser durch die Taufe Jesu Christi im Jordan nunmehr gereinigt ist und keine Verbrecher mehr aufnimmt, nur noch Schuldlose«, erklärte der Pater.

»Eine sehr eigenwillige Art der Logik, wie mir scheint«, brummte der alte Graf und niemand widersprach ihm.

KAPITEL 48

ADELHEID ERWACHTE KURZ NACH MITTERNACHT durch ein zaghaftes Klopfen an der Tür. Seit sie nicht mehr zu Hause lebte, hatte sie keinen sehr tiefen Schlaf. Irgendwie war sie ständig auf dem Sprung, obwohl es für ihre Nervenanspannung eigentlich keinen vernünftigen Grund mehr gab.

Ihre Zofe hingegen schlief selig, und die Gräfin wollte sie nicht wecken. Leise hatte sie sich erhoben und war barfüßig im langen Nachtgewand zur Tür geschlichen. Die Kerze musste sie vorher nicht anzünden, denn der Vollmond schien durch die beiden unverdunkelten Fensterscheiben ins Zimmer. Er erhellte den Raum und übergoss alle sich darin befindlichen Möbel und Gegenstände mit silbrigem Schein.

Behutsam drehte sie den Schlüssel im Schloss und öffnete die Tür. »Oh, Wilhelm. Ihr seid zu dieser späten Stunde noch auf?« Adelheid war erstaunt, den jungen Adligen fertig angekleidet – sogar Sporen trug er an den Stiefeln – vor sich zu sehen.

Wilhelm von Kirchhofen stand im durch Wandfackeln spärlich beleuchteten Flur des zweiten Stockwerks, seinen breitkrempigen Hut in der Hand und trat verlegen von einem Bein aufs andere. »Gnädiges Fräulein, ich möchte mich von Euch verabschieden«, sagte er und atmete schwer.

»Aber warum könnt Ihr das nicht bei Tag erledigen, Wilhelm? Jetzt mitten in der Nacht werdet Ihr ja wohl nicht fortreiten, oder? Und was ist mit Seiner Eminenz? Wollt Ihr dem Bischof nicht ebenfalls Adieu sagen?«

»Verehrte Herrin!«

Ehe Adelheid es verhindern konnte, fiel der junge Mann ihr zu Füßen und griff nach ihrer Hand. »Erlaubt, dass ich mich entferne und zwar jetzt und sofort.«

»Aber weshalb diese unziemliche Eile, Wilhelm? Habt Ihr etwa Neuigkeiten von meinem Vater erhalten?«

Adelheid fühlte sich auf einmal so schwach vor Angst, dass sie sich wie Hilfe suchend an den Türrahmen lehnte.

»Nein, nein. Das ist es nicht. Es ist nur so, dass ich eine Riesendummheit begangen habe. Ich *muss* den Palast des Bischofs verlassen und zwar so schnell wie möglich.«

»Steht auf um Himmels willen und sagt mir, was los ist, Wilhelm.«

Adelheid begann auf dem eisigen Flur des weitläufigen Baues zu frösteln – es war mittlerweile Oktober –, also zog sie den jungen Ritter in ihr Boudoir.

»Schaut mich an, und redet endlich. Aber deutlich, bitte.«

»Ich habe aus Versehen einen Mann umgebracht«, stieß er leise hervor und blickte voll Angst auf Adelheid.

Sie musste sich vor Schreck setzen. »Mein Gott, das darf nicht wahr sein, Wilhelm. Wie konntet Ihr Euch im Hause des Bischofs nur so vergessen? Um wen handelt es sich denn?«

Wilhelm von Kirchhofen zitterte nun am ganzen Leib. »Es ist ein gewisser Monsieur Ducruet, der intime Freund Immo von Werhahns.«

»Was heißt ›intimer Freund‹? Was meint Ihr damit?« Adelheid verstand offenbar nicht.

Wilhelm wand sich vor Verlegenheit. »Er war der Liebhaber des Sekretärs Seiner Eminenz. Und der junge Herr war voller Eifersucht auf mich, weil Monsieur de Werhahn mich seit einiger Zeit mit besonderer Freundlichkeit und Aufmerksamkeit behandelt hat. Er glaubte, *ich* wollte der Gespiele des Kaplans werden. Ausgerechnet ich, wo ich doch nur Frauen liebe und eine davon ganz besonders.«

Um dieses heikle Thema nicht zu vertiefen, war die Gräfin bemüht, das Thema rasch zu wechseln.

»Was habt Ihr ihm angetan?«, wollte sie wissen. Inzwischen hatte sie den fünfflammigen Kerzenleuchter entzündet, um es im Gemach heller zu haben.

»Er hat mich zum Duell gefordert, und ich habe dummerweise die Forderung angenommen. Vorhin standen wir uns gegenüber. Er hatte mir die Wahl der Waffen gelassen, und so kämpften wir mit dem Degen.«

»Jetzt, im Dunkeln? Seid Ihr vollkommen verrückt geworden, Wilhelm? Außerdem sind Duelle strengstens verboten.«

»Trotzdem finden sie statt. Nein, Herrin, der Platz hinter den Pferdeställen war durch Fackeln erleuchtet.«

»Und was weiter? Ihr habt diesen Ducruet also schwer verletzt. Und was geschah dann?«

»Nein, er ist tot. Ich habe ihn erstochen und muss daher aus Straßburg fliehen.«

»Langsam. Wer sagt, dass er wirklich tot ist? Wo ist der angebliche Leichnam dieses Mannes? War ein Medicus anwesend?«

Nein, daran hatten weder Wilhelm von Kirchhofen noch die Sekundanten der beiden Kontrahenten gedacht. Wozu ein Arzt? Man wollte das Duell ja beenden, sobald einer der beiden blutete. Diese Wunde konnten dann die beiden Sekundanten verbinden …

Adelheid von Ruhfeld schlug sich an die Stirn. Ein solches Maß an Dilettantismus hätte sie dem Kirchhofener nicht zugetraut. Er war eben doch noch ein unreifer Jüngling.

Sie eilte zum Alkoven, wo Ursula noch immer ruhig schlief. Sie rüttelte ihre Zofe an der Schulter wach. »Leg dir meinen großen, warmen Schal um die Schultern, schlüpf in deine gefütterten Pantoffeln, und lauf zum Appartement des jüdischen Medicus. Mach schnell, Ursula, und bring ihn sofort hierher. Sag ihm, es handele sich um einen schlimmen Notfall. Los, beeil dich, Mädchen!«

Als Ursula den jungen Wilhelm von Kirchhofen am Fenster im Zimmer ihrer Herrin stehen sah, mit verzweifeltem Gesichtsausdruck, überdies gestiefelt und gespornt, schwante ihr nichts Gutes, und sie verließ den Raum flink wie ein Wiesel, um den Doktor zu holen. Der junge Mann lief hinter ihr her.

Aaron Weinlaub, den der Bischof vor vielen Jahren aus Prag mit nach Straßburg genommen hatte, weil er die Klugheit und den anerkannt hohen Wissensstand jüdischer Ärzte sehr schätzte, stand kurz darauf vor der Gräfin Ruhfeld.

»Was sollen wir nur tun?«, fragte Adelheid bang.

Der alte Arzt schüttelte bedauernd das weißhaarige Haupt. »Ich habe mich von diesem Unglücksraben« – er deutete auf Wilhelm – »gleich an den Ort des Duells führen lassen, aber dieses Mal war meine ärztliche Kunst leider vergebens.«

Wilhelm von Kirchhofen war aschfahl im Gesicht, und die Gräfin musste sich setzen.

»Mein Gott, was für eine Tragödie!«

»Ich habe veranlasst, dass Knechte den Getöteten vom Boden hinter den Stallungen aufgehoben und in die Sakristei der Schlosskapelle gebracht haben. Morgen, in aller Frühe, werden die Leichenwäscherinnen Monsieur Ducruet zur feierlichen Beerdigung herrichten, Madame.«

Adelheid von Ruhfeld war von der ruhigen, überlegten Handlungsweise des Medicus beeindruckt.

»Was wird mit meinem Begleiter geschehen?«, fragte sie verzagt und blickte den jüdischen Gelehrten beinahe flehend an.

»Er sollte am besten fliehen. Je eher er Straßburg verlässt, umso besser. Zu einem Duell gehören immer zwei. Beide wissen, dass es möglicherweise mit dem Tod einer der beiden Kontrahenten enden kann. Man kann also nicht von Mord sprechen. Das wird auch Seine Eminenz so sehen. Aber bestrafen würde er den Überlebenden auf alle Fälle, weil diese sogenannten ›Ehrenhändel‹ ja streng verboten sind. Aber ich denke, diese Buße könnte glimpflich ausfallen.«

»Weshalb sollte mein Beschützer dann die Flucht ergreifen?«, fragte Adelheid verständnislos. »Wäre es nicht besser und auch ehrenvoller für ihn, sich der Gnade meines Vetters auszuliefern und im Übrigen mannhaft die Strafe Monseigneurs auf sich zu nehmen?«

»Ehrenvoller zweifellos, Madame. Aber bedenkt, dass die Bestrafung, die Monsieur de Werhahn gegen ihn – weil er seinen Geliebten umgebracht hat – verhängen würde, vom Gefühl der Rache diktiert wäre und nicht vom Gesetz und noch weniger von der Vernunft. Herr von Kirchhofen ist hier in Straßburg seines Lebens nicht mehr sicher. Also: Geht mit GOTT, Monsieur, aber geht – und zwar sofort, wenn ich Euch raten darf.«

So verließ der junge Ritter, der sich vorgenommen hatte, ein Held zu werden, seine geliebte und verehrte Herrin schneller, als er es sich je gedacht hatte.

Und er hatte Glück. Ehe nach dem zweiten Duellanten gefahndet wurde, war er längst über dem Rhein. Zu Adelheids Erstaunen wirbelte die unselige Tat viel weniger Staub auf, als sie befürchtet hatte. Es dauerte eine Weile, bis sie begriff, weshalb.

Monseigneur persönlich war es, der seinem Günstling allen Ernstes verbot, laut zu jammern und eine Untersuchung des »Mordfalles« zu inszenieren.

»Es ist dem Bischof äußerst peinlich, dass sein Sekretär seinen Liebhaber in einem Duell, das seinetwegen stattfand, verloren hat. Seine Eminenz weiß über die Neigungen Immos natürlich Bescheid. Doch er liebt ihn wie einen Sohn und verurteilt ihn deshalb nicht«, hatte Aaron Weinlaub der Gräfin anvertraut.

»Freilich will er dessen – von der Kirche verabscheute – Veranlagung nicht an die große Glocke hängen. Und so hat man den Mantel des Schweigens über die Affäre gebreitet – ein Gerichtsverfahren würde Herrn von Werhahn nur bloßstellen – und damit auch seinen Gönner.«

Eine wahrhaft »elegante« Vorgehensweise, wie Adelheid mit großer Erleichterung empfand. Und niemand stellte ihr neugierige Fragen zum plötzlichen Verschwinden ihres Kavaliers …

»Und ich habe immer geglaubt, mein Verwandter selbst hätte eine Beziehung zu seinem Sekretär«, entfuhr es ihr, aber der alte Jude lachte bloß.

»Ihr habt geglaubt, dass …? Hahaha.«

Dies schien den Medicus sehr zu erheitern.

»Seid versichert, Madame, Seine Eminenz ist nie ein Kind von Traurigkeit gewesen. Aber er hat, seit ich ihn kenne – und das ist bereits seit einundzwanzig Jahren der Fall – stets nur in den Armen weiblicher Personen Entspannung gefunden. Und die Bastarde Monseigneurs, die ich entbunden habe, habe ich zum Schluss gar nicht mehr gezählt.«

Irgendwie stimmte diese Erkenntnis Adelheid froher. Es erleichterte sie ein wenig, dass ihr Verwandter nicht ein von GOTT und der katholischen Kirche Verfluchter war, wie man es sie als Kind gelehrt hatte …

KAPITEL 49

TROTZ SEINER VORBEHALTE gegenüber den Ansichten seines Freundes, eines Höflings des Kurfürsten und Kaiserintimus Maximilian, Baron Heinrich von Garsbach, ließ Herr Ferfried es sich angelegen sein, guten Kontakt zu ihm zu pflegen, denn der Mann hatte immerhin sein Ohr am Puls der Zeit.

Deshalb las er aufmerksam Garsbachs letzten Brief aus München.

»Am 29. September, knapp zwei Wochen nach der Schlacht bei Breitenfeld, erreichten die schwedischen Truppen mit ihrem Ketzerkönig das Gebiet des Erzbischofs von Würzburg. Anfang Oktober war die Stadt in den Händen der Schwedischen.«

Heilige Jungfrau, Würzburg war gefallen. Wohin sollte das noch führen? Beinahe ängstlich griff der Graf erneut nach dem Schreiben.

»Wie ein Magnet das Eisen zog König Gustav Adolf Gesandte und Herrscher aus dem Süden des Reiches an, die versuchten, sich auf diplomatischem Wege mit ihm zu vergleichen.«

›Sollte ich vielleicht auch …?‹, dachte der Graf. Nicht zum ersten Male spielte Ferfried mit diesem Gedanken. Möglicherweise bliebe der kleinen Grafschaft Ruhfeld vieles erspart. Aber er wusste genau, dass er es nie übers Herz brächte. Erstens war er gut katholisch und zweitens – wenn auch um viele Ecken herum – durch seine verstorbene Gemahlin mit den Habsburgern verwandt. Und deren Rache wäre – sollte er aufs falsche Pferd setzen – fürchterlich …

Seufzend las er weiter: »Gustav Adolf empfing auch Abgesandte des Rates der Stadt Nürnberg. Den schriftlich vorgetragenen Wunsch der Ratsherren nach Neutralität lehnte der protestantische Schwede jedoch brüsk ab. Gilt doch für ihn:

›Freund oder Feind.‹

Ein herber Schlag für die stolzen Kaufleute dieser blühenden Reichs- und Handelsstadt. Nach einigem Hin und Her, sowie einem deutlichen Brief Gustav Adolfs gaben die Nürnberger Ratsherren klein bei. Ein sogenannter Allianzvertrag besiegelte kurz darauf das Bündnis zwischen dem Schweden und der ehrwürdigen Kaiserstadt.«

Erschüttert ließ Graf Ferfried erneut das Blatt sinken. Also auch Nürnberg war für die Sache des Reiches verloren. Wo würde das noch enden?

»Gustav Adolf scheint auf dem Höhepunkt seiner Macht«, las er und wieder stahl sich der Gedanke an Kapitulation in sein Gehirn. Rasch wischte er ihn beiseite.

»Nächstes Ziel des Ketzers war die Eroberung des Kurfürsten- und Bischofssitzes Mainz.«

HERR im Himmel, auch noch Mainz! Was würde danach kommen? Da las er auch schon: »Die eroberten Reichsstädte Mainz und Frankfurt wurden in den nächsten Wochen zu Zentren schwedischer Macht. Frankfurt hat dem König einen wahrhaft kaiserlichen Empfang bereitet. Der Herrscher erschien im Rathaus in puritanischem Schwarz, ohne allen Zierrat, an seiner Seite seine schöne Gemahlin Maria Eleonora. Im November dieses Jahres feierte das königliche Paar ein freudiges Wiedersehen. Der Königin zu Ehren gab Gustav Adolf in Frankfurt ein riesiges Bankett.«

Ferfried von Ruhfeld hatte genug gelesen. Der verdammte Ketzer feierte also auf deutschem Boden Feste. Sollte er doch daheim in seinem kalten und düsteren Heimatland Bankette geben, sich mit seiner Frau vergnügen und sich aus Deutschland heraushalten …

Doch diese Hoffnung war vergeblich. Mit Sorge dachte der Graf an Hasso. Er war sein einziger Sohn und Erbe. Was passierte, wenn er in einer Schlacht fallen sollte? Wer würde nach seinem, Ferfrieds, Tod über die Grafschaft herrschen?

Es gab noch einen weit entfernt verwandten Neffen in der Nähe von Basel, mit dem er aber nie Kontakt gehabt hatte. Und was geschähe mit Adelheid?

Sie bliebe wohl am besten in Straßburg, wo sie es anscheinend gut getroffen hatte, wenn er Wilhelm von Kirchhofen glauben konnte. Abgehetzt und verstört war der junge Ritter kürzlich auf dem Schloss erschienen.

»Duelliert hat er sich, der kleine Schwachkopf!«

Ferfried war entrüstet gewesen, aber sein Sohn hatte die Partei des jungen Mannes ergriffen.

»Was hätte er denn anderes tun können, Vater? Immerhin wurde er von seinem Gegner gefordert. Hätte er sich geweigert, die Aufforderung zum Zweikampf anzunehmen, wäre er als Feigling dagestanden.«

»Na und? Der andere Narr würde noch leben, und unser Kirchhofener Held hätte nicht bei Nacht und Nebel fliehen müssen, nicht wahr?«

Nein, Graf Ferfried hatte absolut kein Verständnis für derlei Dummheiten.

»Außerdem hätte sich Wilhelm so verhalten müssen, dass er dem anderen gar keinen Grund für eine Forderung geliefert hätte. Die Position Adelheids und ihrer schwer kranken Freundin ist dadurch am Hof des Bischofs gewiss nicht gestärkt worden.«

Der alte Graf war verärgert über seinen undiplomatischen Gefolgsmann und ließ es ihn fast täglich spüren.

Ferfried beschloss, heute früh zu Bett zu gehen. Beim Gedanken an Salome, seine erfahrene und stets willige Bettgenossin, fiel ihm das Atmen schwer. Wenn er sich ihre weichen, runden Brüste und die fülligen, weißen Schenkel mit dem dunklen Dreieck dazwischen vorstellte, die sich erwartungsvoll öffneten, um ihn in dem feuchtwarmen, rosigen Paradies zu empfangen, verstärkte sich das Ziehen in seinen Lenden beinahe unerträglich …

Tatsächlich, nur allzu bald sollte Adelheid feststellen, dass das Klima im Palais des Bischofs rauer geworden war. Nicht der Kirchenmann war es, der sie weniger freundlich behandelte, sondern sein Sekretär. Immo von Werhahn hasste die junge Gräfin, und er ließ es sie jeden Tag deutlich fühlen.

Sie war es, die diesen unerträglichen Tölpel mit der hübschen Visage hergebracht hatte. Immo hatte ihm schöne Augen gemacht – was war schon dabei gewesen? Und dass sein Geliebter deswegen eifersüchtig wurde, hatte ihn sogar mit Genugtuung erfüllt. Das verlieh ihrer Liebesaffäre, die bereits anfing, ein wenig schal zu werden, wieder die nötige Würze …

Aber dass der Deutsche von jenseits des Rheines seinen langjährigen Bettgefährten mit dem Schwert getötet hatte, das würde er ihm in tausend Jahren nicht vergessen. Und dessen Herrin noch weniger.

Was wollte dieses dreiste Weib überhaupt? Zweifellos hatte sie ihn etwas aus der Gunst Monseigneurs verdrängt, diese angebliche Cousine, in deren Obhut sich eine ausgemachte Hexe befand.

Ausgerechnet im Haus eines Mannes der heiligen Mutter Kirche war sie mit dieser Unholdin, die seit ihrer Ankunft noch kein Wort gesprochen hatte, untergeschlüpft. Ein Skandal war das!

Wenn das der Kaiser in Wien erführe … Der würde seinem Bruder mit Sicherheit tüchtig die Leviten lesen. Nach einer kaiserlichen Rüge würde das Weibsstück aus der Ortenau schnell in der Versenkung verschwinden und wieder dahin gehen, woher es gekommen war.

Also beschloss Immo von Werhahn, dem Schicksal etwas auf die Sprünge zu helfen.

KAPITEL 50

»Herrgottsakrament noch einmal, so pass Er doch auf.« Unwirsch schubste der alte Graf den angeblichen Heiler zur Seite.

»Weh hab ich schon genug, da muss Er mir nicht noch extra welches verpassen!«

Der vom Schlossvogt Anselm von Waldnau herbeigerufene Rutengeher, Weissager, »Besprecher« und angebliche Silberminenentdecker hatte sich erboten, den Schlossherrn von dessen Zahnschmerzen zu befreien.

Der hockte nun seit einer geschlagenen Stunde auf einem harten Schemel und ließ den schlampig aussehenden Kerl in seinem Mund herumfuhrwerken, ohne dass dieser bis jetzt das Geringste an Linderung bewirkt hatte. Im Gegenteil: Durch das Hantieren und Klopfen gegen die blank liegenden Zahnhälse tat dem Grafen jetzt der Mund noch weher als zuvor.

»Wenn sonst nix hilft, dann reiß Er den Stumpen einfach raus!«, bellte der Ruhfelder.

Davor wollte sich der Kurpfuscher aber lieber drücken. Er hatte Angst, der edle Herr könnte ihm wegen der mordsmäßigen Schmerzen den Kopf abreißen. Da nahm er lieber Zuflucht zu einem »zauberischen« Mittel, das garantiert noch jedem geholfen hatte.

»Herr, es ist gescheiter, Ihr versucht es mit dem todsicheren Mondzauber.«

»Was soll das denn sein? Will Er mich etwa auf den Arm nehmen?«, brummte Ferfried höchst ungnädig und hielt sich die Hand an die geschwollene Backe.

»Sobald nach dem Neumond zum ersten Mal die Mondsichel am Himmel sichtbar wird, müsst Ihr Euch an den Mond wenden, damit er Euch die Schmerzen nimmt. Dazu müsst Ihr einen Vers hersagen, den ich Euch noch aufschreiben will, Herr. Er lautet: ›Ich seh ins liebe, neue Licht, bewahr mich Mond vor Zähnegicht. Dass sie mir nicht reißen, dass sie mir nicht spleißen. Ich grüße dich, du neues Licht mit deinen zwei Zacken. Meine Zähne sollen mich nicht zwacken, bis du haben wirst drei Zacken. Ach, du liebes, neues Licht, behüt mich, Mond, vor meiner Zähne Gicht. Im Namen des Vaters und des Sohnes und des Heiligen Geistes.‹

Das müsst Ihr an drei Tagen hintereinander machen, und Ihr werdet sehen, Euer Zahnweh ist verschwunden, gnädiger Herr.«

»Ich habe selten so einen Mist gehört, Kerl! Ich glaube wirklich, Er will mich veräppeln. Weiß Er überhaupt, wie lange es noch bis Neumond dauert? Bis dahin haben mich die verdammten Schmerzen längst umgebracht. Dann kann der zunehmende Mond auf mein Grab scheinen.«

»Das täte mir leid, Herr Graf. Aber für die Zeit bis dahin gebe ich Euch ein Pülverchen, das den Schmerz betäubt.«

»Was? So etwas hat Er? Warum hat Er mir das nicht gleich gegeben? Weshalb lässt Er mich so lange leiden, Lumpenkerl? Her mit dem Zeug!«, schimpfte der Graf empört und fuhr fort: »Wie lange will Er eigentlich noch brauchen, bis er eine ergiebige Erzmine gefunden hat? Er sucht doch jetzt angeblich bereits mehrere Monate auf der Hornisgrinde. Will Er den ganzen Winter noch damit zubringen?«

Damit hatte Graf Ferfried ins Schwarze getroffen. Natürlich versuchte der Kerl Zeit zu schinden. In der kalten Jahreszeit ein so bequemes Dach über dem Kopf zu haben wie das Gesindehaus auf Ruhfeld, das war einem nicht alle Jahre vergönnt. Das musste ausgenützt werden; im Frühjahr sähe man dann weiter …

Selbstverständlich wies der Wunderheiler jeden Verdacht von sich: Er tue, was möglich sei, aber die Sache erweise sich komplizierter als vermutet. Er faselte dem Grafen etwas von allerlei unerklärlichen Widerständen vor, denen er nur mit besonderen Zaubermitteln zu Leibe rücken könne, nicht wahr? Und das dauere eben seine Zeit.

»Gebe Er mir endlich das Zahnwehpulver!«, verlangte barsch der Graf, dem das Geschwätz des unsauberen Burschen mit dem schielenden, rechten Auge nachgerade zum Hals heraushing.

Er werde ein ernstes Wort mit seinem Vogt von Waldnau sprechen müssen. Was fand dieser bloß an diesem Schaumschläger? Wenn der als Erzgrubenentdecker genauso viel verstand wie von Zahnweh, dann bedankte der Graf sich recht schön. Außer dass der Haderlump Kosten verursachte und womöglich die Stettmeister, die jetzt wieder eifrig auf Hexenfang gehen mussten, alarmierte, war da wohl nichts.

Wie jeder andere Herrscher verfügte auch Bischof Leopold über ein gut ausgebautes Spionagenetz, denn der Kirchenfürst von Straßburg wusste genau, dass ihm sein kaiserlicher Bruder nicht traute und ihn gerade deshalb besonders scharf überwachen ließ.

Seine Eminenz hatte daher vorgesorgt, dass die Spitzel Ferdinands nur das entdeckten und nach Wien meldeten, von dem Leopold wollte, dass der Kaiser es erfuhr.

Seine Zuträger hatten ihn jetzt zum Glück rechtzeitig davor gewarnt, dass eine Delegation Ferdinands nach Straßburg unterwegs war, um sich nach einer gewissen jungen Dame und deren Begleiterin zu erkundigen.

Das nun konnte der Bischof überhaupt nicht gebrauchen, und er traf eine für Adelheid schmerzliche Entscheidung.

»Es tut mir leid, ma chère Cousine, aber Ihr werdet verstehen, Madame, dass wir es nicht riskieren können, dass Ihr und die kranke Demoiselle hier entdeckt werdet. Nicht nur die Leidende, sondern auch Ihr würdet womöglich in den Kerker wandern. Mir würde man zwar nichts antun – das wagt mein Bruder denn doch nicht –, aber unangenehm wäre es allemal, wenn ich einen ständigen Schnüffler Ferdinands in meinem Palast dulden müsste. Das bedeutete auch, dass ich mich von meinem jüdischen Leibarzt, Aaron Weinlaub, trennen müsste. Und um den beneidet mich mein älterer Bruder schon seit Jahrzehnten.«

Für Adelheid war klar, dass sie die Gastfreundschaft ihres liebenswürdigen Verwandten nicht länger beanspruchen durfte. Aber wohin sollte sie sich wenden? Nach Ruhfeld konnte sie jedenfalls nicht zurück.

»Am besten ist es, Madame, Ihr sucht Zuflucht in einem französischen Kloster. Da kann Euch ein Scherge des Kaisers nichts anhaben«, befand Seine Eminenz, und Adelheid dünkte dieser Vorschlag sehr klug.

Der Bischof wusste auch sogleich, welches Kloster für die Damen in Frage komme: Sainte Cathérine, ein Konvent der Franziskanerinnen in der Stadt Auxerre in Burgund.

»Mon cher ami, der Kardinal de Richelieu, hat mir nur Gutes über die Äbtissin, Madame Angélique des Anges – eine weitschichtige Verwandte von ihm – und ihren frommen Schwestern berichtet. Ich bin sicher, dass Ihr Euch dort wohlfühlen werdet, liebe Cousine. Und für Eure Herzensfreundin, die arme Demoiselle Hélène, finden sich gewiss kompetente Pflege und sorgfältige Betreuung in diesem Refugium der Frömmigkeit und Nächstenliebe.«

Dann händigte der Bischof Adelheid ein besonderes Dokument aus. Es war auf feinstem Pergament geschrieben, mit vielen Schnörkeln und allerlei goldenem Zierrat versehen, und als die junge Dame das Siegel erblickte, wurde sie blass.

»Mon Dieu, Monseigneur. Der Brief ist ja vom Kaiser selbst«, entfuhr es ihr verblüfft.

»So ist es, Madame. Mein Bruder hat sich tatsächlich die Zeit genommen, mir höchstpersönlich sein Missfallen über einige Vorkommnisse auszudrücken, die sich angeblich bei mir ereignet haben sollen. Aber seht selbst.«

»O je. Hat Seine Majestät etwa von dem Duell und seinem Ausgang Kenntnis erhalten? Das wäre in der Tat fatal: Ein Eifersuchtsdrama zwischen verliebten Männern – davon wird Kaiser Ferdinand nicht gerade begeistert sein.«

Doch Bischof Leopold winkte ab. »Nein, nein. Das ist es nicht. Das empfände mein kaiserlicher Bruder zwar auch als äußerst degoutant, aber sein Schreiben bezieht sich auf etwas ganz anderes. Lest nur, Madame Adelaide.«

Und das tat sie, und je weiter sie kam, desto blasser wurde sie. Endlich ließ sie das Pergament sinken. »Es tut mir so leid, Monseigneur. Für Eure liebenswürdige Aufnahme zweier armer Verfolgter erhaltet Ihr jetzt diese Quittung.«

Tränen glitzerten in den schönen, dunklen Augen der Gräfin. Sie war aufgestanden und kniete jetzt vor dem Bischof. Sie ergriff seine Hand mit dem schweren, funkelnden Rubinring. »Könnt Ihr mir jemals verzeihen, Eminenz? Ich habe Euch in diese furchtbare Lage gebracht. Glaubt mir, das habe ich niemals gewollt.«

»Steht auf, mein liebes Kind. Was fällt Euch ein, Euch so zu demütigen? Was habt Ihr denn Böses getan? Ihr wart um Eure Freundin besorgt und habt bei Eurem Verwandten Zuflucht gesucht. Was könnte normaler sein? Nein. Die Fehler haben ganz andere gemacht. Dass es überhaupt so weit kommen konnte, ist ein Zeichen, dass irgendetwas mit unserer Rechtsprechung nicht in Ordnung sein kann. So kann und darf kein Mensch behandelt werden, wie man es mit Eurer Gefährtin getan hat.«

»Aber Ihr, Monseigneur, müsst die Sache jetzt ausbaden«, sagte Adelheid zutiefst betroffen.

»Nun ja. Für eine Weile wird es ziemlich lästig sein, die drei angekündigten, kaiserlichen Schnüffler in meinem Palais dulden zu müssen.« Der Bischof schlug lässig seine wohlgeformten Beine übereinander. »Aber diese Zeit wird auch vergehen und dann haben wir wieder Ruhe in Straßburg.«

Der Kirchenmann war aufrichtig bemüht, die Angelegenheit herunterzuspielen, um Adelheid nicht noch mehr zu verstören. Doch in Wahrheit graute ihm regelrecht vor diesen Wiener Spitzeln, die ihre Nasen in alles stecken würden, was sie nichts anging. Dabei durfte er sich noch glücklich schätzen, dass er überhaupt – hintenherum – von der ungefähren Ankunft dieser kaiserlichen Spürhunde erfahren hatte. Über den Zeitpunkt ihres Erscheinens hatte in dem Brief Ferdinands nämlich nichts gestanden …

Aber seine Spione hatten gut gearbeitet. Leider war es ihnen bisher nicht gelungen, herauszufinden, wer am bischöflichen Hof die Rolle des Denunzianten gespielt hatte …

Die beiden kamen überein, dass bereits am späten Abend desselben Tages die Gräfin mit der Kranken und ihrer Zofe Ursula den bischöflichen Palast verlassen und mit einer Eskorte von vier Mann – dem Kirchenfürsten treu ergebene Edelleute – die Reise nach Auxerre antreten würde.

KAPITEL 51

Gegen zehn Uhr abends rumpelte eine schlichte, schwarze Kutsche – ohne Wappen oder kirchliches Emblem und daher nicht als leopoldinische erkenntlich – durch das Haupttor der Stadtmauer von Straßburg. Sie wurde von vier Reitern begleitet.

Auf dem Kutschbock saß ein vertrauenswürdiger Diener des Kirchenfürsten. Er hielt die Zügel fest in der Hand und schwang gelegentlich die Peitsche. Im Wageninneren saßen Adelheid und Helene nebeneinander und ihnen gegenüber die treue Ursula.

Die Zofe saß nicht allein auf der Polsterbank. Neben ihr hatte ein älterer Mann in langem, schwarzem Kaftan und dem typischen Scheitelkäppchen der Juden, der Kippah, Platz genommen.

Auch für den Medicus war es jetzt besser, Straßburg – wenigstens vorläufig – zu verlassen. Der Bischof hatte das so bestimmt, obwohl er seinen Leibarzt nur höchst ungern ziehen ließ. Er war an ihn gewöhnt und vertraute keinem anderen Mediziner.

»Sie sind meistens Quacksalber«, pflegte Leopold zu sagen. »Christliche Ärzte sind vielfach noch dem Aberglauben verhaftet. In der Regel ungebildet, haben sie nicht einmal die Werke der antiken Heilkundigen studiert und ignorieren zudem die Erkenntnisse der neueren Medizin.

Aber wir müssten damit rechnen, dass die Schnüffler meines ehrenwerten Herrn Bruders in ihrer Scheinheiligkeit an einem Juden in einem Bischofspalast Anstoß nähmen und Euch, Monsieur Weinlaub, womöglich nach Wien entführten. Mein kaiserlicher Verwandter soll sich gefälligst selber einen gescheiten Medicus suchen.«

Eine kurze Strecke würde der jüdische Arzt und Gelehrte also den Damen Gesellschaft leisten, ehe er – vorerst einmal – in die Dienste eines neuen Herrn, nämlich des französischen Ersten Ministers, Kardinal Richelieu, trat.

»Sobald die Wiener Bluthunde aus Straßburg verschwunden sind und Gras über die Angelegenheit gewachsen ist, kehrt Ihr zu mir zurück«, hatte Seine Eminenz versprochen.

Die Stimmung in der Kutsche war, sobald man Straßburg verlassen hatte, recht heiter. Wer immer den Bischof denunziert hatte, eine Hexe zu beherbergen, die Kaiserlichen konnten ihnen, sobald die Flüchtlinge auf französischem Boden waren, nichts mehr anhaben.

Die Gräfin war im Besitz hervorragend gefälschter Papiere, die sie als die Witwe eines Grafen aus dem Languedoc auswiesen. Woher der Bischof die Pässe so schnell herbeigezaubert hatte, blieb Adelheid ein Rätsel.

Wahrscheinlich besaß er sie gewissermaßen auf Vorrat, dachte sie erheitert. Ihr Name lautete nun Comtesse Marie Adelaide de Bréteuil. In ihrer Begleitung reisten ihre geistesschwache, bedauernswerte Schwester Demoiselle Hélène de Morrisson sowie ihre Zofe Anne Larousse.

Ursula brauchte noch etwas, um sich an ihren neuen Namen »Anne« zu gewöhnen. Helene Hagenbusch hingegen kümmerte das alles nicht. Von ihren körperlichen Wunden war kaum mehr etwas zu sehen, und sie konnte ihre Glieder, von einigen Einschränkungen des rechten Armes einmal abgesehen, fast wieder normal gebrauchen.

Sogar ihre vom Henker zerquetschten Fingerkuppen waren sauber verheilt, und zu Adelheids Genugtuung begannen Helenes Fingernägel nachzuwachsen. Noch trug das Mädchen Handschuhe, welche weit, bis beinahe zum Ellbogen hinaufreichten, um seine Hände vor neugierigen Blicken zu schützen.

Das Schlimmste war ihre völlige Teilnahmslosigkeit. Ihre einst so lebhaften, blauen Augen blickten den Sprecher niemals an, sondern schweiften in weite Fernen. Was sie dort sahen, teilte sie keinem mit, sodass niemand sagen konnte, ob ihre Seele überhaupt von irgendetwas berührt wurde.

»Nicht einmal, wenn sie Hunger oder Durst hat, lässt sie es uns wissen. Bekommt sie zu essen, dann isst sie, gebe ich ihr zu trinken, trinkt sie. Beginne ich, sie zu füttern, gibt sie nicht zu erkennen, ob es sie danach verlangt und wann es genug ist, kann ich jeweils nur erahnen. Wenn das arme Geschöpf doch nur einmal wieder ein einziges Wort spräche.«

»Geduldet Euch, Madame«, riet der jüdische Medicus. »Dieser Zustand der völligen Starre und das Fehlen jeglicher Anteilnahme diente ursprünglich zu ihrem Schutz. So war es Eurer Freundin möglich, das Schreckliche überhaupt zu ertragen. Manche Menschen werden dabei wahnsinnig. Sie hingegen hat sich in sich selbst zurückgezogen. Es dauert nun seine Zeit – manchmal sehr lange –, ehe sich dieser Zustand löst.

Zuerst hatte ich auch meine Zweifel, aber nun bin ich sicher, dass Demoiselle Hélène irgendwann wieder zu sich selbst zurückkehren wird.«

Die Gräfin hatte die Hand Helenes gefasst und seufzte schwer. Aber die wie eine Marionette steif Dasitzende reagierte nicht. Da wandte Adelheid, beziehungsweise die Comtesse Adelaide de Breteuil, resigniert ihre nachtdunklen Augen ab und starrte wie verloren aus dem Kutschenfenster hinaus in die kalte, sternklare Novembernacht.

»Wollte GOTT, dass Ihr recht habt, Monsieur Weinlaub«, gab sie dem Arzt nach einer Weile zur Antwort, »ich wünsche es mir so sehr. Aber die Hoffnung auf Besserung fällt mir allmählich schwer.«

In der Kutsche herrschte jetzt längere Zeit Schweigen.

»Was ist das?«, fragte die junge Frau auf einmal und Ursula/Anne, ihre Zofe, sowie der jüdische Arzt folgten ihrem Blick.

Die Karosse rumpelte eben über einen schmalen Weg durch moorige Wiesen, und es schien, als hüpften und tanzten merkwürdige Lichter über das feuchte Gras. Ja, sie taumelten zum weiter entfernt liegenden Waldsaum, stiegen dort gleichsam an den Baumstämmen in die Höhe, wo sie nach einer gewissen Zeit in den Wipfeln erloschen.

»So etwas habe ich noch nie gesehen. Woher stammen diese Lichtlein?« Adelaide hatte sich wie selbstverständlich an den jüdischen Gelehrten gewandt. Ihm traute sie offenbar zu, auch über Naturerscheinungen Bescheid zu wissen.

»Die Lichter stammen aus den Löchern im Erdreich, die die Kühe im Herbst mit ihren Hufen in den feuchten Moorboden gestampft haben, Madame. Es sind Flämmchen mit gelbroten Zungen und blaugrün leuchtenden Füßchen. Gleich Natterngezüngel zucken sie, ehe sie in der Finsternis der Nacht wieder verschwinden. Diese Naturerscheinung gibt es nur in den sternklaren, kalten Novembernächten«, fuhr der Medicus fort, »und die Menschen sehen in dem fluoreszierenden Sumpfgras die Seelen der Toten, die, unerlöst, keinen Frieden finden und immer noch ihrer irdischen Heimstatt verbunden sind.

Auf sumpfigen Wiesen ist man oft vom spukhaften Flimmern dieser ›Irrlichter‹ umgeben. Bei jedem Schritt entweichen sie zu beiden Seiten. Doch sobald man vorüber ist, schließen sie hinter dem Wanderer ihre Reihen und heften sich hartnäckig an seine Fersen.«

Ursula, jetzt die Zofe Anne Larousse, stammte aus dem Markgräfler Land und war zu Füßen eines Berges namens Belchen, im Münstertal, aufgewachsen.

»Auf den feuchten Matten des Belchen sahen die Leute oft

blaue Lichtlein mit roten Spitzen. Es sei ein Versammlungsort der Hexen hieß es, sobald wir Kinder neugierig fragten.«

So war man wieder einmal bei diesem leidigen Thema.

»Das wird erst aufhören, ein Thema zu sein, wenn die Menschen klüger geworden sind. Nur aus Unwissenheit glauben sie an Hexen, Gespenster und Zauberei. Alles, was sie sich nicht erklären können und was ihnen Angst macht, hat für sie mit bösen Geistern zu tun.«

Auch der Medicus hatte einige Beispiele parat, in denen unschuldige Frauen der Hexerei angeklagt wurden, obwohl vollkommen natürliche Ursachen das Übel bewirkt hatten.

»Eine Frau in Freiburg war angeklagt, einen Schadenszauber gegen ihre missliebige Nachbarin angewendet zu haben. Sie hatte der anderen ein Glas voll Früchtekompott geschenkt, und die war daran gestorben. Doch das Pflaumenmus war nicht verhext, sondern die Frau hatte es in einem Kupfergeschirr zubereitet. Und das entwickelte zusammen mit der Säure des Obstes ein Gift, welches die andere ums Leben gebracht hatte. Weil das aber keiner der Richter wusste, wurde die Angeklagte als Hexe verbrannt.«

»An diesen Fall kann ich mich noch entsinnen«, sagte Madame Adelaide, »er hat vor ein paar Jahren ziemlichen Staub aufgewirbelt, denn es handelte sich bei der angeblichen Hexe um die Frau des angesehenen Zunftmeisters der Schmiede.«

»Ähnlich verhält es sich mit Wein in bleihaltigen Zinnkannen. Auch dies hat üble Folgen für die menschliche Gesundheit, weil das Blei große Schäden im Körper anrichtet. Aber wer weiß das schon? Viele Unschuldige sind wegen Schadenszauber zum Tode verurteilt worden, die in Wahrheit gar nichts dafür konnten. Dummheit ist der größte Feind der Menschheit«, dozierte der jüdische Arzt. »Es bleibt nur zu hoffen, dass ganz allmählich die Helligkeit des Wissens und der Erkenntnis in die dumpfen Gehirne der Leute dringt, um Prozesse gegen angebliche Satansdienerinnen unmöglich zu machen. Aber das wird noch einige Zeit dauern, fürchte ich.«

Auch Adelaide hatte Kenntnis von angeklagten Hebammen, die völlig schuldlos in die Mühlen der Justiz geraten waren, weil die Kinder, denen sie ans Licht der Welt geholfen hatten, unter Blutgeschwülsten am Kopf litten. Niemand wollte ihnen glauben, dass diese nicht angehext, sondern natürlichen Ursprunges waren.

»Es gibt noch merkwürdigere Vorkommnisse, die zwar ekelhaft sein mögen, aber dennoch nicht das Mindeste mit Zauberei zu tun haben«, sagte Aaron Weinlaub. »Wenn beispielsweise bei einem Knochenleiden aus einer geöffneten Wunde Gewebeteile und Knochenstücke austreten, hat auch dies seine natürliche Ursache und ist nicht auf Hexerei zurückzuführen. Aber vielleicht ist es jetzt besser, meine Damen, die unappetitliche Diskussion zu beenden.«

Inzwischen hatten sie das sumpfige Gebiet verlassen und trotz angestrengten Hinausstarrens konnten weder die »verwitwete« Comtesse, noch ihre Zofe Anne ein zuckendes Flämmchen erkennen. Der Wagen rollte erneut auf fester Straße. Überlaut klapperten die Hufe sowohl der Zugpferde als auch der vier Gäule ihrer Wachmannschaft, und es war schwierig geworden, sich zu unterhalten.

Adelaide beschloss trotz des Gerüttels, ein wenig zu schlafen. Bald würde der Medicus sie verlassen, um sich zu seinem neuen Patienten, dem französischen Premierminister und Kardinal, Armand-Jean du Plessis, Herzog de Richelieu, zu begeben.

Die Comtesse de Bréteuil fühlte eine unbestimmte Art von Bangigkeit in sich aufsteigen. In diesem burgundischen Kloster Sainte Cathérine würde sie ganz allein dem Wohlwollen der Äbtissin, Madame Angélique des Anges, ausgeliefert sein. Wer wusste schon, ob sich diese sich in der Tat als eine hilfreiche Seele erwiese?

Das Gefühl drohenden Unheils verstärkte sich noch, aber gewaltsam befreite sich die junge Frau davon. Es brächte ihr gar nichts, sich dunklen Ahnungen zu überlassen. Sie konnten nirgendwoanders hin, also hieß es für sie: »GOTT befohlen!«

Sie lehnte sich zurück, schmiegte ihren Kopf gegen das harte Polster der Kutsche und sehnte den Augenblick herbei, in dem sie dieses rüttelnde und schaukelnde Gefährt verlassen konnte. Der Optimismus ihrer Jugend sowie ihr gesunder Menschenverstand und ihre zupackende Art würden ihr schon helfen, alle eventuellen Widerstände zu meistern.

KAPITEL 52

»WER HAT DICH DENN HEREINGELASSEN, Jakob? Ich habe doch ausdrücklich befohlen, dass mich heute niemand stören darf.«

»Tut mir leid, Herr. Keiner hat mich aufgehalten. Von Eurer Dienerschaft sind offenbar alle der Meinung, dass ich Euer Freund bin und jederzeit zu Euch Zutritt habe. Sollte sich das neuerdings geändert haben?«

Herrn Ferfried war das peinlich. Der Graf lief ein wenig rot an, räusperte sich und brummte dann: »Ist schon recht, Jakob. Natürlich bist du mir wie immer willkommen. Tritt ein und setz dich. Was hast du auf dem Herzen?«

»Ich will mich endlich bedanken, Herr. Dafür, dass Ihr veranlasst habt, meine Tochter erst zu befreien und dann in Sicherheit zu bringen. Auch mein Weib dankt Euch von Herzen.«

»Pssst! Wenn dich jemand hörte. Auch auf Ruhfeld haben die Wände Ohren. Man weiß nie, ob nicht einer der Vertrautesten sich plötzlich als Verräter entpuppt.«

»Da habt Ihr recht, Herr. Ich bin sicher, so ein Kerl hat auch mein Helen auf dem Gewissen. Wie sonst wär's möglich gewesen, dass man sie als Hexe angeklagt hat?« Scharf beobachtete er bei diesen Worten den Grafen. Dieser hatte sich aber gut in der Gewalt und erwiderte seelenruhig: »Man darf nicht alles glauben, was die Leute so schwätzen, Jakob. Geredet wird viel, wenn der Tag lang ist; wichtig ist, dass wir für das Mädchen eine Lösung gefunden haben.«

»So ist es, Herr. Nur schade, dass das Helen von all der Hilfe so gut wie nichts mehr mitkriegt. Wär's nicht besser für das arme Mädel gewesen, wenn es hätt sterben können?«

»So darfst du nicht einmal denken, Jakob. Mit der Zeit wird sich vieles einrenken – hoff ich.«

»Ja? Nun, möglicherweise renkt sich manches wieder ein, Herr Graf. Vieles mag vielleicht auch ganz vergehen. So wie auch mein Bedürfnis, Rache an dem zu nehmen, der das Leben meines Kindes zerstört hat.«

Auf einmal sah der Graf, dass der Freibauer seinen Dolch in der rechten Hand hielt. Wie selbstvergessen spielte Jakob Hagenbusch mit der gefährlichen Waffe und fixierte dabei aber scharf sein Gegenüber.

»Was glaubt Ihr, Herr, wie oft ich jeden Tag daran denke, das Verbrechen an meiner Tochter zu rächen? Dem Schuldigen etwa das Gleiche anzutun, was er meinem arglosen Kind zugefügt hat?«

Ferfried ließ sich seine Angst nicht anmerken. Er selbst war unbewaffnet. Im Geiste rechnete er sich die Chancen gegen Jakob aus. Sie waren etwa im selben Alter, ungefähr gleich groß und stämmig, sowie annähernd gleich schwer. Aber der andere war eindeutig im Vorteil: Hielt er doch ein scharf geschliffenes Messer in der Faust, womit man einen Ochsen abzustechen vermöchte.

Immerhin bin ich auf einen Angriff vorbereitet, er könnte mich wenigstens nicht überrumpeln, dachte Ferfried. Panik stieg jetzt in ihm hoch.

Nach der Dienerschaft um Hilfe zu rufen, kam für den Grafen nicht infrage. Dies war ganz allein eine Angelegenheit zwischen ihm und dem Bauern. Unbemerkt schob er sich samt seinem schweren Sessel etwas nach hinten – weg von seinem Schreibtisch, um im Falle eines tätlichen Angriffs größere Bewegungsfreiheit zu haben.

»Wozu genau bist du gekommen, Jakob?«, wollte jetzt der Edelmann wissen, wobei er sich um Kaltblütigkeit in der Stimme bemühte.

Der Bauer musterte den Grafen mit zusammengekniffenen Augen. Beide Männer starrten einander minutenlang mit großer Intensität in die Augen. Der ehemalige Schultheiß war es schließlich, der als Erster seinen Blick abwandte. »Entschuldigt, Herr.«

Jakob Hagenbusch tat so, als falle ihm erst jetzt auf, womit sich seine Hand schon eine ganze Weile beschäftigt hatte. Er hörte auf, den Dolch hin- und herzudrehen, steckte ihn wieder in die lederne Scheide an seinem Gürtel zurück und sah erneut mit höchster Anspannung auf den Herrn von Ruhfeld.

»Ich möchte Euch den Waldgrund auf der Hornisgrinde überlassen, Herr. Ihr wisst schon: Die alte Silbermine, die Ihr unbedingt haben wolltet. Soviel ich weiß, ist sie bereits vollkommen ausgebeutet. Aber wer weiß, vielleicht findet man doch noch etwas, das sich abzubauen lohnt. Ich brauche die Grube nicht mehr.«

»Gut, Jakob. Ich lasse meinen Vogt rufen, um den geplanten

Tausch der Grundstücke festzulegen – so wie wir es vor einiger Zeit besprochen hatten.«

Der Graf ließ sich seine Verblüffung keinesfalls anmerken.

»*Ihr* habt davon gesprochen, Herr, nicht ich«, berichtigte seelenruhig Helenes Vater. »Aber Ihr habt mich missverstanden, Graf: Ich will keinen Tausch. Ich schenke Euch die Mine.«

Er sagte das vollkommen gefasst, und der Edelmann war perplex. Was verbarg sich hinter dieser Großzügigkeit? Hatte er doch noch mit einer Attacke des verbitterten Vaters zu rechnen? Wie viel wusste Jakob Hagenbusch?

»Warum auf einmal?«, erkundigte er sich und kniff erneut die Augen zu schmalen Schlitzen zusammen. »Was hast du vor, Schultheiß?«

»Ich bin nimmer der Heimburger; das ist jetzt ein anderer. Einer, der schon lange darauf spekuliert hat. Mir ist es egal. Ich habe genug mit dem Hof und meinen Weinbergen zu tun. Aber das bloß nebenbei. Was ich will, Herr?«

Der Hagenbusch strich die grauen Haare aus seinem Gesicht, holte tief Atem, um dann hervorzustoßen: »Irgendeinen Sinn muss das Leiden meines Helen doch gehabt haben. Nicht bloß den, dass der Scheible seinen Spaß mit ihr gehabt hat und die anderen Schweine, die es genossen haben, die Schönheit meiner Tochter in den Dreck zu stampfen und ihre säuischen Begierden an ihr abzureagieren.

Darum sollt Ihr diese Mine haben, Herr. Ich wünsche mir wirklich, dass sie *Euch* wenigstens etwas Glück bringt – *ich* habe nur Kummer und Elend davon gehabt. Und außerdem soll sie meinen Dank an Euch ausdrücken, dass Ihr mein Kind vor dem Scheiterhaufen bewahrt habt. Denkt Euch nur, Herr, der Henker hatte meinem Weib und mir bereits die für die Verbrennung notwendigen dreißig Klafter Holz in Rechnung gestellt. Von den Kosten für den wochenlangen Aufenthalt im Hänsele-

Turm gar nicht zu reden. Für Kost und Logis habe ich bezahlt, aber den Scheiterhaufen bin ich schuldig geblieben. Den wird der Scheible sich von den Angehörigen der nächsten Hex bezahlen lassen müssen.«

»Hagenbusch, ich verrate dir jetzt auch etwas«, rief daraufhin der Graf: »Der Scheible wird meinem Gefühl nach nimmer recht alt werden. Und für den Obersten Richter Munzinger seh ich auch schwarz. Ich werde das Gefühl nicht los, dass deren abgrundtief böse Herzen in Kürze einfach zum Schlagen aufhören werden. So wahr ich Ferfried von Ruhfeld heiße.«

Spontan streckte der Freibauer dem Grafen seine schwielige Hand hin. Der ergriff sie ohne Weiteres, drückte sie mannhaft fest und meinte erleichtert: »Hand drauf. So sei es. Sind wir noch Freunde, Jakob?«

»Wir sind wieder Freunde, Herr Graf.«

Ferfried hatte sehr wohl den feinen Unterschied in der Antwort verstanden, aber er schwieg dazu und war froh, so billig aus der bösen Geschichte herausgekommen zu sein …

Längst hatte er sich mit seinem Sohn eine Strategie zurechtgelegt, wie am besten dem Henker beizukommen sei, ohne die Kaiserlichen gegen die Familie aufzubringen.

Natürlich machte der Mann nur seine Arbeit. Aber andere Henker taten das auch, und nicht alle fanden solchen Gefallen daran, ihre hilflosen Opfer zu erniedrigen und zu missbrauchen.

Der Scheible hingegen, und seine Knechte Fridolin und Morhart, das waren abartig gemeine Unmenschen – und sie sollten ihrer gerechten Strafe nicht entgehen.

Raimund, der Leibdiener des Grafen, musste Wein bringen, und zwar vom besten aus dem gräflichen Keller, um die neu geschlossene Freundschaft der beiden so ungleichen Männer zu besiegeln.

Auch Graf Ferfried war ein unglücklicher Vater. Wann würde

seine geliebte Tochter Adelheid zurückkehren? Er hatte schon einige Zeit nichts mehr von ihr gehört. Wie mochte es ihr am Hof des Kaiserbruders ergehen? War sie womöglich bereits einer Intrige zum Opfer gefallen?

Irgendwie hatte auch der adelige Herr seine einzige Tochter verloren …

KAPITEL 53

NACHDEM SICH DER JÜDISCHE ARZT von der kleinen Gruppe an einer Wegkreuzung vor der Stadt Troyes verabschiedet hatte, kam sich Adelaide trotz der vier Berittenen völlig verlassen vor.

Sie würde erst aufatmen können, sobald sie das Nonnenkloster Sainte Cathérine im burgundischen Auxerre erreicht haben würde.

Bischof Leopold hatte ihr, neben einer ordentlich gefüllten Geldkatze aus mit Silberfäden besticktem, feinem Leder, ein Schreiben an die Äbtissin Madame Angélique des Anges mitgegeben, worin er jener Dame für ihre gütige Aufnahme der Flüchtlinge »aus dem Reich« dankte.

Ferner trug der Anführer ihrer kleinen Eskorte – ein österreichischer Baron und Obrist – Papiere bei sich, die ihn, einen Untertanen der Habsburger, als einen Freund Richelieus auswiesen.

Bei seinem letzten Aufenthalt in Straßburg hatte der Kardinal dem Bischof einige bereits unterschriebene Blankoformulare dagelassen. Das war unter hochgestellten Freunden so üblich und erleichterte erheblich das Reisen über Ländergrenzen hinweg.

Trotzdem fühlte sich die Gräfin aus der Ortenau äußerst unwohl, so relativ ungeschützt durch ein fremdes Land zu fahren; immerhin war Ludwig XIII. ein Feind des Kaisers.

Jeder uneingeplante Aufenthalt – wie ihn ein wiederholter Rad- und gar ein Achsenbruch auf den schlechten Straßen mit sich brachten – verursachte der Gräfin, die vorgab, die Witwe eines französischen Edelmannes und selbst Französin zu sein, heftige Magenbeschwerden. Die Landstraßen in Frankreich waren um keinen Deut besser als jene, die sie bisher gewohnt war.

Nach Regenfällen versank man im Morast, und bei Trockenheit konnte man der von den Pferdehufen aufgewirbelten Staubmassen wegen kaum atmen. Schien die Sonne, war es im Innern der Kutschen drückend heiß, sodass die Kleider am Körper klebten und einem der Schweiß in Strömen übers Gesicht lief, und wehte ein kräftiger Wind, pfiff dieser durch die Ritzen der meist älteren Karossen.

»Ich werde nie verstehen, dass es Menschen gibt, die gerne reisen, Madame«, hörte Adelaide ihre Zofe Anne Larousse klagen. »Ich finde es schrecklich, dass man dauernd damit rechnen muss, dass sich einer der Gäule ein Bein in den löchrigen Straßen bricht.«

Die Comtesse Adelaide de Bréteuil nickte, wobei sie sich im Stillen über ihre gute Ursula wunderte, weil ihre Zofe auf einmal ein ganz passables Französisch sprach. Um sich nicht versehentlich zu verraten, hatten die jungen Frauen beschlossen, sich ab sofort auch untereinander dieser Sprache zu bedienen; wobei der deutsche Akzent die Comtesse keineswegs beunruhigte – gab es doch überhaupt kein einheitliches Französisch. Notfalls würde sie behaupten, ursprünglich aus Lothringen oder dem Schweizer Jura zu stammen.

»Das Herumgestoßenwerden in dieser Enge finde ich noch schlimmer. Ich bin voller blauer Flecke. Sobald wir im Kloster sind, werde ich die nächste Zeit in keines dieser Dinger mehr steigen. Wozu habe ich Reiten gelernt?«

Ihre Zofe verzog missmutig das Gesicht. »Aber Madame, da tut einem doch der A…« Sie unterbrach sich gerade noch rechtzeitig. »Ich meine, da schmerzt einen doch nach kurzer Zeit das Gesäß.«

»Das passiert nur, solange du im Reiten ungeübt bist, Anne. Erfahrene Amazonen spüren ihren Arsch nicht mehr. Das versichere ich dir, meine Liebe.«

Ganz erschrocken hatte die Zofe ihre Herrin angeblickt, aber als sie sah, dass dieser der Schalk sozusagen im Nacken saß, musste sie ebenfalls lachen. Beide jungen Frauen glucksten und kicherten, dass ihnen die Tränen kamen. Gar nicht mehr aufhören konnten sie mit Prusten und Gackern. Ach, tat das gut, endlich wieder einmal so richtig von Herzen lachen zu können!

Da beide Kutschenfenster offen standen, hörte der Kutscher auf dem Bock den fröhlichen Lärm der beiden mit großer Erleichterung. Endlich verhielten sich die zwei Mädchen ihrem Alter gemäß. Er hatte sie bisher noch keine Minute lächeln gesehen oder scherzen gehört und hatte das sehr schade gefunden.

›Schlimm genug, dass die eine, diese Demoiselle Hélène de Morrisson, so ein geistesabwesender Trauerkloß ist‹, dachte der Mann auf dem Kutschbock. ›Wer weiß, was ihr zugestoßen sein mag?‹

Und im Bewusstsein seiner eigenen Gesundheit und Jugend – er war noch keine dreißig – begann er vor sich hin zu pfeifen.

Im Innern des Wagens hatten sich Adelaide und ihre Dienerin Anne inzwischen einigermaßen beruhigt. Beide wussten, dass dieser völlig unmotivierte Ausbruch an Heiterkeit sich nur aus der Anspannung ihrer Nerven erklären ließ.

»Wenn das Helen uns hören könnte«, meinte Anne, »würde sie denken, dass wir verrückt geworden sind.«

»Und meine undamenhafte Ausdrucksweise würde sie sehr verwundern.«

Die jungen Mädchen mussten daraufhin erneut so lachen, dass beide am Ende Seitenstechen hatten.

»Demoiselle Hélène bekommt so gar nichts mit. Das mag einesteils gut für sie sein, aber andererseits entgeht ihr auch eine Menge Spaß«, sagte abschließend die Comtesse mit Bedauern. Und aus einem Impuls heraus, zog sie ihre Freundin dicht an sich und legte ihr ganz fest den Arm um die mageren Schultern.

»Ma pauvre sœur«, flüsterte sie der starr vor sich Hinblickenden ins Ohr. *»Ma chère Hélène, je t'aime, je t'aime beaucoup.«*

Eine Nacht noch würden sie in einem Gasthof verbringen müssen – wenn alles gut ginge. Das hieß, dass sich keines der Kutschengäule ein Bein brach und erschossen werden musste, wie es vor vier Tagen, kurz nach Troyes geschehen war, und dass nicht der Wagner bemüht werden musste oder der Stellmacher, weil wieder einmal ein Rad oder gar eine Achse oder sonst ein Teil des Gefährtes auf den holprigen Wegen zu Bruch ging.

Zum Bezahlen hatte sie bisher das französische Geld verwendet, das ihr Bischof Leopold zugesteckt hatte. Ihr eigenes, das noch von Graf Ferfried stammte, würde sie nur im Notfall gegen Livres eintauschen und ausgeben, hatte sie sich vorgenommen.

Der Wirt des Gasthofs *Lion d'Or,* in der Ortsmitte von Tonnerre, war ein gutmütiger, dicker Geselle, der sogleich selbst mit anpackte, als es darum ging, die offenbar sehr kranke Demoiselle auf das Zimmer zu tragen, welches sie mit der Comtesse wie gewöhnlich teilte.

Adelaide schlief im Allgemeinen im selben Bett wie ihre Freundin, und Anne ließ sich von den Mägden des Wirts ein Lager aus einem Strohsack und Decken am Fußende der breiten Bettstatt herrichten.

Die beiden jungen Frauen fühlten sich so am sichersten, außerdem konnten sie so jederzeit der leidenden Gefährtin Hilfe leisten.

Die Comtesse, die ihren Aufenthalt und die Zeche im Voraus bezahlte – das tat sie in der Regel immer, um zu beweisen, dass sie über genügend Mittel verfügte –, ließ sich vom Wirt des *Goldenen Löwen* und dessen Frau das Abendessen für drei Personen, Brot und Wasser, sowie eine Karaffe mit Wein aufs Zimmer bringen.

Sie schätzte es nicht, unten in der Wirtsstube von allen Männern – meistens alleinreisende Herren und deren Fuhrleute und Diener – angestarrt zu werden. Außerdem müsste sie Rede und Antwort stehen, nach dem Woher und Wohin und Weshalb; und Aufsehen zu erregen war das Letzte, was sie wollte.

Adelaide hatte daher auch den Kutscher und die berittenen Herren ihrer Begleitung um Diskretion gebeten. Gut, dass sie zu einem Kloster wollte, das konnte ihretwegen jeder wissen. Das klang gottgefällig, aber andererseits vermuteten vielleicht Banditen, dass sie ihre gesamte Aussteuer in bar mit sich führte, wenn sie ins Kloster eintreten wollte. Das könnte wiederum Anreiz zu einem Überfall bieten …

»Wenn wir doch nur schon in Auxerre angekommen wären«, seufzte sie abgrundtief, als sie Hélène sorgfältig für die Nacht zudeckte.

Auch ihre Zofe, Anne Larousse, sehnte sich danach, endlich wieder dauerhaft festen Boden unter den Füßen zu haben. Mochte die Landschaft, die sie durchquerten, auch noch so schön sein.

»Ich möchte endlich wissen, wo ich hingehöre«, sagte sie, »und die Landstraße kann das ganz gewiss nicht sein.«

»Morgen kommen wir an, so GOTT will«, tröstete sie ihre junge Herrin. »Dann sind wir endlich in Sicherheit. Kein Munzinger, kein Veigt, kein Scheible und auch kein kaiserlicher Büttel kann uns dort mehr etwas anhaben. Dann sind wir wirklich frei.«

KAPITEL 54

MITTEN IN DER NACHT wurde die Comtesse Adelaide von einem Geräusch geweckt.

Zu ihren Füßen hörte sie ein Gerumpel, welches sich nach einer ordentlichen Rangelei anhörte; ein unterdrückter Schrei ihrer Zofe machte die Gräfin vollends munter. Erregtes Schnaufen und leises Fluchen waren jetzt überdies zu vernehmen und etwas, das heftige Gegenwehr zu sein schien.

›Ein Mann ist ins Zimmer eingedrungen und will Anne Gewalt antun‹, war Adelaides erster Gedanke, und im selben Augenblick griff sie unter ihr Kissen und fasste nach dem Griff ihres Dolchs, den sie seit ihrer Flucht aus der Ortenau ständig mit sich führte: Tagsüber verborgen in den Rockfalten und nachts in ihrem Bett.

Während sie aufgebracht den Kampfgeräuschen lauschte, war ihr bewusst, dass sich offenbar noch ein zweiter Kerl im Raum befand, der sich heimlich neben sie auf die Matratze ihres Bettes gelegt hatte. Hélène schlief an der Wand und war offenbar nicht wach geworden.

›Und wenn, wäre sie uns auch keine Hilfe‹, dachte die Gräfin und bemerkte, wie schreckliche Angst von ihr Besitz ergriff. Aber entschlossen drehte sie sich dem Mann zu, der sie vermutlich noch schlafend wähnte und welcher äußerst überrascht aufschrie, als er auf einmal die Spitze eines Dolches an seinem Gemächt fühlte, welches sich bereits erwartungsvoll aufgerichtet hatte.

›Das Schwein hat sich schon die Hosen ausgezogen!‹, ging es der jungen Frau durch den Kopf. ›Er glaubt wohl, gleich zur Sache zu kommen. Na warte, Freundchen!‹

»Wenn Ihr nicht möchtet, Monsieur, dass ich Euch etwas abschneide, das Ihr vielleicht noch hin und wieder brauchen könntet, dann solltet Ihr ganz schnell Eurem Kumpan befehlen, meine Zofe in Ruhe zu lassen und Licht zu machen«, fuhr Adelaide ihn an. »Alles Nötige dazu findet der windige Bursche auf dem Tisch neben dem Strohsack, auf welchem er gerade die Demoiselle auf das Widerlichste belästigt. Und ich rate ihm zur Eile.«

Um ihren Worten Nachdruck zu verleihen, drückte sie die scharf geschliffene Waffe ein wenig fester gegen den Unterleib des erfolglosen Notzüchtigers. Mit der anderen Hand griff sie beherzt zu und hielt ein schlappes, verschrumpeltes Ding in der Hand. Die Lust war dem Herrn anscheinend vergangen …

Aber auch »nur« ein Stich in den Bauch wäre äußerst fatal gewesen, und der Bursche in ihrem Bett schrie sofort los: »Mach zu, Pierre! Los, mach schon, lass die Schlampe in Ruhe und steh auf; mach Licht!«

Der zweite Mann dachte offensichtlich nicht daran, sich den Spaß verderben zu lassen. *Er* wurde ja mit seinem Weibsstück fertig. Er lag bereits auf dem Mädchen, knetete brutal dessen Brüste, hatte Annes Beine auseinandergezwängt und machte sich eben bereit, seinen steifen Prügel mit einem mächtigen Stoß zwischen deren Beine zu rammen, als er – völlig zur Unzeit –

erneut die lästige Aufforderung des anderen zu hören bekam: »Pierre, das irre Weibsbild kastriert mich! Tu endlich was!«

Und weil dessen Stimme gar so schrill vor Panik klang, drang sie bei besagtem Pierre schließlich durch. Schweren Herzens ließ er Anne, die beinahe ohnmächtig war vor Schreck, los und erhob sich höchst unwillig mit steil emporragender Rute.

Beim Aufstehen stieß er an den Tisch. Er tastete fluchend eine Weile umher, von seinem Kumpan im Bett kläglich angefeuert: »Bitte, Pierre, beeile dich! Das rabiate Frauenzimmer sticht mir in die Hoden!«

Endlich hatte der verhinderte Vergewaltiger Annes den Leuchter gefunden. Nun bemühte sich der Kerl, Licht zu machen. Der Gräfin dauerte das zu lange, und sie piekste etwas fester zu, worauf der Bursche auf ihrem Lager in Panik geriet: »Pierre! Das Weib schneidet mir den Schwanz ab!«

»Das wäre nicht der Mühe wert, Monsieur«, bemerkte die junge Gräfin abfällig. »Ich denke, ich sollte Euch lieber den Bauch aufschlitzen.« Erneut drückte Adelaide die Spitze ihres Dolchs in eine Stelle unterhalb seines Nabels.

»Bitte nicht, ich flehe Euch an, Madame, habt Erbarmen! Wir haben es nicht böse gemeint. Wir wollten uns nur einen kleinen Scherz erlauben, indem wir Euch ein wenig erschreckten. Keiner von uns hätte Euch ernstlich etwas zuleide getan.«

»Ach wo. Niemals. Nur ein klein wenig missbrauchen wolltet Ihr uns. Was ist schon dabei? Ihr seid ein mieser Verbrecher, Monsieur.«

Jetzt hatte der zweite Mann endlich eine Kerze des dreiflammigen Leuchters angezündet, und man konnte zumindest ein wenig besser sehen, was sich in dem Gemach abspielte.

»So, Madame. Nehmt jetzt bitte das Messer weg«, flehte der Kerl im Bett. Aber Adelaide war schlauer. Kaum hätte sie dieser Bitte entsprochen, wären beide Kerle über sie hergefallen.

Ohne auf ihn zu achten, erteilte sie ihrer Zofe den Befehl: »Lauf auf den Flur hinaus, Anne, und schrei das ganze Haus zusammen!«

Anne ließ sich das nicht zweimal sagen. Geschwind wie ein Eichhörnchen schlüpfte sie unter dem Arm des Burschen durch, dessen erigierter Penis noch immer aus seiner Hose stand, und riss die Tür zum Gang auf.

»Hilfe! Zu Hilfe! Überfall! Mord! Hilfe, Herr Wirt, zu Hilfe!«, schrie sie couragiert. Und als der eine Schurke ihr nachlief, um ihr den Mund zuzuhalten, stolperte er über den Strohsack, auf dem Anne gelegen hatte, und fiel der Länge nach auf den Boden, wobei offenbar sein bestes Stück in arge Mitleidenschaft gezogen wurde – jedenfalls den schrillen Wehlauten nach zu urteilen, die er nun von sich gab.

Es dauerte nicht lange, da tauchte ein junger, und wie es schien, vornehmer, Herr mit engen, seidenen Kniehosen und bestickter Jacke auf. Er stürmte mit gezogenem Degen in das Schlafzimmer der Comtesse, sprang leichtfüßig über den am Boden Liegenden hinweg und setzte unverzüglich die Spitze seiner Waffe auf die Brust von Adelaides ungebetenem Liebhaber, der sich vermutlich sonst wohin wünschte – jedenfalls weit weg aus dem Gemach dieser Furie.

»Erhebt Euch, elender Kerl! Was fällt Euch ein, eine Dame zu überfallen?«, schrie der Neuankömmling den vor Angst jetzt beinahe Ohnmächtigen an. Auf den Tumult hin erschienen nun nicht nur der Wirt und seine Frau, jeder mit einem Holzprügel in der Hand, auch die vier Herren von Adelaides Eskorte rannten die Treppen hoch.

Alle quetschten sich in das Zimmer, welches gerade der Schauplatz eines für die Damen höchst unangenehmen Geschehens gewesen war.

Der Sachverhalt bedurfte keiner langen Untersuchung, der

Fall war sonnenklar: Einer der »liebesbedürftigen« Messieurs stand jetzt – vor Angst schlotternd und ohne Hosen als äußerst lächerliche Figur – neben dem Bett der Comtesse, die nach wie vor ihren Dolch in der Hand hielt, während der unbekannte Retter ihm seinen Degen an die Gurgel hielt. Und der zweite hatte noch keine Gelegenheit gehabt, seinen Hosenschlitz zuzumachen. Im Gegenteil. Mit beiden Händen griff er hinein und hielt wimmernd sein durch den Sturz anscheinend verletztes Glied.

»Raus aus dem Gemach der Damen!«, rief der Wirt und hieb dem Kerl, der in Adelaides Bett gelegen hatte, seinen Knüppel über den Rücken. Der machte, dass er hinauskam, und wollte erleichtert die Treppe hinunterlaufen.

»Nehmt Eure Hosen mit, Monsieur!«, rief ihm die Wirtin nach, »und glaubt ja nicht, dass Ihr Euch einfach so davonmachen könnt. Das Hoftor ist verschlossen und bleibt es auch bis morgen früh. Bis Ihr bezahlt habt und Euch die Gendarmen verhört haben. Das wird Euch teuer zu stehen kommen. Ihr bekommt auch von meinem Mann und mir zusätzlich eine Klage an den Hals: Ihr habt den guten Ruf unseres Hauses geschändet. Das kostet, Messieurs, das kostet!«

Die vier berittenen Beschützer fesselten die beiden Übeltäter daraufhin, damit sie nicht entkommen konnten.

Das hätte noch gefehlt, dass dieser charmanten Comtesse ein Leid zugefügt worden wäre, solange sie die Verantwortung für die junge Dame trugen …

KAPITEL 55

AM NÄCHSTEN MORGEN ergab sich folgende heikle Situation: Bei jenem Herrn, der es sich in Adelaides Bett hatte »gemütlich machen« wollen, handelte es sich um den allseits bekannten Chevalier Louis de Grenelles, Besitzer des am Flüsschen Cure gelegenen Manoir de Chastenay, unweit der Grotten von d'Arcy. Der andere Kerl war sein vertrauter Diener, Pierre Augustin.

Die Comtesse nahm die wortreiche Entschuldigung des Chevaliers missvergnügt entgegen, entschied für sich aber umgehend, von einer Anzeige abzusehen. Das Gespräch fand auf Französisch statt, das Adelaide zum Glück bereits recht gut beherrschte, wenn sie auch noch gewisse Schwierigkeiten hatte, dem in rasender Geschwindigkeit vorgebrachten Wortschwall des Chevaliers zu folgen.

Gegen einen französischen Adligen in Frankreich zu klagen war sinnlos – da half ihr auch der eigene Titel nicht viel und in ihrer Situation erst recht nicht.

Das Ganze sei ein bedauerlicher Irrtum gewesen, sagte der Chevalier treuherzig. Seine Ritterlichkeit verbiete ihm selbstverständlich, sich Damen gegenüber so zu benehmen, aber sein dummer Diener habe sich fatalerweise geirrt.

Der habe nämlich seinem Herrn bedeutet, bei den alleinreisenden Frauen handele es sich um Geschöpfe, die Wert auf »männliche Aufmerksamkeiten« legten. Hätte er aber gewusst, dass sie eine Gräfin blablabla …

Der Feigling versuchte, alles auf seinen Domestiken abzuwälzen.

»Monsieur, ich denke, selbst Huren würden es nicht schätzen, ein Opfer brutaler, männlicher Gewalt zu werden«, konnte sich Adelaide nicht enthalten, ihm unter die Nase zu reiben.

Die restliche Nacht schien der Herr in reichlich unbequemer Lage verbracht zu haben, wie sie an seinem derangierten Aussehen schadenfroh erkennen konnte.

Auch Pierre Augustin wirkte zerzaust und übernächtigt, sein Penis schien verletzt – sofern sie seine Leidensmiene sowie seine wiederholten, verstohlenen Handgriffe zwischen seine Beine richtig deutete –, und außerdem zierte eines seiner Augen ein mächtiges, blaues Veilchen.

»Ich vergebe Euch, Monsieur le Chevalier«, murmelte Adelaide und bemühte sich dabei um eine huldvolle Miene. »An einem großen Wirbel ist mir nicht gelegen. Ich wünsche nur eines, bald zum Kloster Sainte Cathérine bei Auxerre zu gelangen, um dort zusammen mit meiner kranken Schwester, Demoiselle Hélène de Morrisson, und meiner treuen Dienerin in Frieden gelassen zu werden. Ich glaube allerdings, dass es angebracht wäre, meiner Zofe, Demoiselle Anne Larousse, für den ausgestandenen Schrecken eine angemessene Entschädigung zu zahlen. Immerhin wäre sie beinahe ihrer kostbaren Jungfräulichkeit verlustig gegangen.«

Der Chevalier sagte dies sofort zu. Wahrscheinlich war er froh, dass diese verfluchte Gräfin, die immerhin unter dem Schutz von vier berittenen Herren des Bischofs von Straßburg sowie mit einem Geleitbrief des gefürchteten Kanzlers Richelieu reiste, ihn nicht in aller Öffentlichkeit bloßstellte.

Denn falls es sich das Weibsstück einfallen ließe, sich bei König Ludwig XIII. über ihn zu beschweren, geriete er in eine fatale Lage. Der über die Maßen prüde Monarch würde ihn nicht nur degradieren, sondern höchstwahrscheinlich in die Bastille stecken, jenes in ganz Frankreich berüchtigte Pariser Gefängnis.

Rasch nannte er daher eine Summe, die ihm ausreichend erschien, das jungfräuliche Gemüt der gräflichen Dienstmagd zu beruhigen, und Adelaide geruhte, diese gnädig anzunehmen.

Auch dem Gastwirt des *Lion d'Or,* dem, jetzt bei Tageslicht, alles recht peinlich erschien, ließ er einige Goldstücke zurück, um ihn die Schmach, die man seinem Hause angetan habe, leichter verschmerzen zu lassen.

Mit tiefen Bücklingen nahm der das Geld entgegen und entschuldigte sich nochmals für den Schlag mit dem Stock: Er hätte im Halbdunkel doch nicht sehen können, dass …

Wer aber war der so unverhofft aufgetauchte Retter in der Not gewesen? Die Comtesse Adelaide gestand sich ein, dass sie den groß gewachsenen, breitschultrigen, jungen Herrn mit den schwarzen Augen und dem kecken, dunklen Bärtchen sehr, sehr angenehm gefunden hatte.

Wie er da vorige Nacht geschmeidig wie ein Panther in ihr Gemach gestürmt war und lässig dem anderen die Spitze seines Degens genau auf die Halsschlagader gesetzt hatte, da war ihr auf einmal sehr warm ums Herz geworden.

Ja, es war ein gutes Gefühl, wenn man als junge Dame erlebte, wie sich ein schmucker Kavalier für einen ins Zeug legte. Auch bei hellem Sonnenschein besehen, gefiel der Comtesse der schneidige Verteidiger ihrer Tugend ausnehmend gut.

»Erlaubt, Madame, dass ich mich Euch vorstelle: Comte Bernard de Grandbois, Herr auf Château Beauregard«, hatte er sich bekannt gemacht und auf ihr Nachfragen hinzugefügt, dass sein Besitz gute zwei Tagesreisen südlich von Auxerre gelegen sei, mitten in ausgedehnten Weinbergen und Wäldern.

Adelaide sah keine Ursache, ihm das Ziel ihrer Reise zu verschweigen, nur den Grund behielt sie lieber für sich. Sie murmelte etwas vom Besuch einer lieben Verwandten, die sich vor einigen Jahren in dieses Kloster begeben habe.

»Oh, das trifft sich gut, Madame«, hatte daraufhin der charmante Franzose gesagt. »Meine jüngere Schwester ist Nonne in diesem Kloster, und ich hatte mir schon lange vorgenommen, sie einmal zu besuchen. Nun, da ich weiß, dass Ihr, Madame, ebenfalls dort weilt, werde ich sehr bald dort erscheinen und mich persönlich – wenn Ihr erlaubt – nach Eurem Befinden erkundigen.«

»Das wäre sehr liebenswürdig, Monsieur le Comte«, hatte Adelaide erfreut geantwortet, und ihr Herz hatte doch tatsächlich einen kleinen Sprung gemacht.

Nach dem Frühstück machte sich die Kutsche samt ihrer kleinen Eskorte wieder auf den Weg. Monsieur de Grandbois hatte es sehr bedauert, ihr nicht das Geleit zur Abtei Sainte Cathérine geben zu können, da er dringender Geschäfte wegen leider in die andere Richtung hatte reiten müssen. Auch die Comtesse hatte das äußerst schade gefunden …

»Wenn wirklich nichts mehr dazwischenkommt an Unvorhergesehenem, könnten wir es möglicherweise schaffen, heute am späten Abend im Kloster einzutreffen«, versprach der Kutscher vorsichtig.

Nach einer kurzen Nacht würde er sich mit der berittenen Eskorte schnell wieder auf den Rückweg machen nach Straßburg. Sein Herr, der Bischof, mochte ja ein intimer Freund Richelieus sein, aber dennoch könnte er sich erst wieder völlig sicher fühlen, wenn er die Mauern von Straßburg vor sich sah.

Die Bevölkerung Frankreichs hegte keinerlei Sympathie für einen »Kaiserlichen« und ihren eigenen Kanzler, Kardinal Richelieu, liebten sie genauso wenig.

Im Gegenteil, Seine Eminenz schien verhasst zu sein, weil er beständig die Steuern der kleinen Leute anhob, laufend die drückende Abgabenlast erhöhte und die Rechte des Adels zugunsten der Krone bis zur Unerträglichkeit beschnitt.

Schon mehrere Anschläge auf sein Leben hatte der Kardinal unbeschadet überstanden, aber immer wieder gab es jemanden, der versuchte, das Land von diesem »Blutsauger in der roten Robe« zu befreien.

Wer das Maul aufmachte, um leise zu protestieren, der konnte froh sein, wenn er »nur« ausgepeitscht wurde. Manch einer aber fand sich auch am Galgen wieder, der etwas zu laut seine Meinung über Kanzler und König geäußert hatte. Seine Eminenz der Bischof Leopold war im Gegensatz dazu ein vergleichsweise milder Herr – fand jedenfalls der Kutscher.

Anne Larousse saß ihrer Herrin und der teilnahmslosen Hélène auf der hart gepolsterten Bank gegenüber und hielt den Beutel mit dem »Schmerzensgeld« des Chevaliers auf ihrem Schoß.

»Das habt Ihr gut gemacht, Madame«, lobte sie lächelnd die Comtesse. »Wenn Ihr auch gewaltig übertrieben habt – ich meine wegen meiner Jungfernschaft.«

»Wieso? Bist du etwa nicht mehr unberührt, Anne?«, erkundigte sich Adelaide neugierig. Interessiert beugte sie sich nach vorne, um ihrer Zofe in die kecken, braungrünen Augen zu schauen. Diese sah betreten nieder.

»Aber, Madame, schon lange nicht mehr. Bedenkt, ich bin fast einundzwanzig«, fügte sie dann verlegen hinzu.

»Wer war denn der Glückliche«, wollte Adelaide wissen, »und warum hast du ihn nicht geheiratet?«

»Das war nicht möglich, Madame. Er hätte mich schon zur Frau gewollt, aber dann hätte ich nicht länger bei Euch bleiben können.«

»Nun sag schon: Wer war es denn?«, drängte die Comtesse.

»Georg, der Bruder von unserem armen Helen«, murmelte die Zofe ein wenig beschämt, und Adelaide wunderte sich.

»Wie ist das möglich, dass ich nie etwas bemerkt habe von eurer Liebschaft? Das ist doch wunderbar, Anne. Ich finde, Georg Hagenbusch ist ein guter Mann, und du solltest dir das reiflich überlegen, wenn wir zurückkommen, ob du ihn nicht doch heiraten willst.«

»Ich weiß nicht, ob er so lange warten wird, Madame. Außerdem will ich doch den Dienst bei Euch auf keinen Fall verlassen.«

»Hm, das wäre allerdings ein Problem. Du als Bäuerin und Mutter – wie solltest du da als meine Zofe tätig sein?«

»Seht Ihr, Madame, das habe ich auch zu Georg gesagt. Ich glaube, er hat es schließlich verstanden, dass ich Schluss gemacht habe.«

»Immerhin hast du deine Unschuld einem Mann geopfert, der dich geliebt hat und dich ehrbar machen wollte. Es war nicht so wie bei mir«, entgegnete die Gräfin und verriet, ohne lange zu überlegen, ihr jahrelang sorgsam gehütetes Geheimnis. »Ich war damals sehr jung, und hinterher habe ich es bitter bereut. Es war weder schön noch prickelnd. Nichts von alledem, wovon die Priester immer reden: Ich habe vom Reiz der Sünde des Fleisches nichts bemerkt – im Gegenteil. Ich beneide dich, Anne.«

»Ach, Madame, beneidet mich lieber nicht. Es ist nicht sehr angenehm, die Liebkosungen eines Mannes gekostet zu haben und sie dann plötzlich entbehren zu müssen. Die Bedürfnisse des Fleisches können einem ganz schön zusetzen, glaubt mir das, Madame.«

»Georg war gewiss ein guter Liebhaber«, vermutete die Gräfin, und Anne Larousse nickte verlegen.

»Oh, ja, Madame. Das war Georg wirklich. Einfühlsam, zärtlich und ausdauernd ist er gewesen.«

Beinahe erschrocken wandte Adelaide sich der stumm wie immer neben ihr sitzenden Hélène zu. Scharf fasste sie das junge Mädchen, welches nicht von dieser Welt zu sein schien, ins Auge.

»Beinahe hätte ich gedacht, dass Hélène eine Reaktion gezeigt hat«, sagte sie irritiert. »Aber ich habe mich wohl getäuscht.«

»Auch mir schien, als hätte sie auf den Namen ihres Bruders reagiert.«

»Wir wollen es noch einmal versuchen, Anne. Lass uns ihr den Namen Georg ein paar Mal vorsagen.«

Das taten die beiden jungen Frauen, und tatsächlich, es konnte kein bloßer Zufall sein, dass die Leidende mit den Augenlidern zwinkerte und sogar ihren Kopf nach derjenigen drehte, welche gerade den Namen ihres geliebten Bruders aussprach.

»Das ist der Anfang ihrer Heilung«, rief die Comtesse begeistert. »Es kann noch Jahre dauern, ehe sie wieder wie ein normaler Mensch auf Sprache reagiert, aber ich glaube fast, wir haben den Durchbruch geschafft.«

KAPITEL 56

So sehr sich die angebliche Comtesse Adelaide de Breteuil auch nach dem Kloster Sainte Cathérine sehnte, hinter dessen Mauern sie den erhofften Frieden zu finden wähnte, desto unwilliger hatte sich die Leiterin der frommen Frauen, die Äbtissin, Madame Angélique des Anges, gezeigt.

Regelrecht getobt hatte die Ehrwürdige Mutter, als sie vom Befehl des Kardinals Kenntnis erhielt, welcher ihr auftrug, diese Frau aus dem Deutschen Reich mitsamt einer geistig gestörten und auch sonst recht hinfälligen, weiblichen Person, nebst einer

Dienerin in ihrem Kloster für längere Zeit gastfreundlich aufzunehmen.

»Was denkt sich Seine Eminenz eigentlich?«, hatte sie geschrien. »Führe ich hier etwa ein Gasthaus? Oder vielleicht eine Irrenanstalt?«

Der Geistliche, der den »Wunsch« des Kardinals und Ersten Ministers vor einiger Zeit überbracht hatte, ein noch junger Priestermönch aus dem Orden des heiligen Franziskus, Frater Philibert, hatte sich aber nicht einschüchtern lassen. »Ich denke, Madame, Ihr leitet ein Kloster. Und Klöster sind bekanntlich von alters her Stätten, an denen Mühselige und Beladene Aufnahme finden und wo sie Hilfe durch Frauen und Männer erfahren, die ihr Leben unter anderem dem Dienst am Nächsten verschrieben haben. So sieht es auch Seine Exzellenz, der hochwürdige Herr Kardinal.«

Als die Äbtissin mit verkniffenem Gesicht schwieg, bohrte der Franziskaner boshaft nach. »Solltet Ihr es allerdings vorziehen, Euch zu weigern, Madame, werde ich das natürlich Seiner Eminenz mitteilen, damit er rechtzeitig eine andere Ordensgemeinschaft auswählt, die bereit ist, in christlicher Liebe und Demut diese Aufgabe zu erfüllen.«

»Wo denkt Ihr hin, Ehrwürdiger Bruder?«, entgegnete die Äbtissin kühl. Sie hatte sich wieder in der Gewalt. »Selbstverständlich ist mir der Wunsch Seiner Exzellenz, des Herrn de Richelieu, Befehl. Nichts tue ich lieber, als diese Dame samt Anhang bei uns aufzunehmen. Es wird der Comtesse de Bréteuil an nichts fehlen. Allerdings muss ich darauf bestehen, dass sie sich, wenigstens in groben Zügen, an unsere übliche Hausordnung halten wird. Was etwa die gemeinsamen Gebete und Andachten betrifft, meine ich.«

»Die Comtesse ist keine Nonne und hat auch nicht vor, eine solche zu werden«, widersprach umgehend der junge Pater. »Ihr werdet sie also nicht bedrängen, an Euren Gebetsstunden teilzunehmen. Sie ist Gast in Eurem Hause, und als solcher genießt sie völlige Freiheit. Was auch bedeutet, dass sie in ihrer Teilnahme an Gebet, Messen und Andachten frei ist. Lediglich an Fasttagen und an Freitagen könnt Ihr erwarten, dass sie sich mit dem mageren Speisezettel begnügt, der in Eurem Kloster zu diesen Zeiten üblich sein mag.

Der Kardinal lässt Euch ferner ausrichten, Ehrwürdige Mutter, dass er hin und wieder jemanden schicken wird, der sich nach dem Wohlbefinden der Dame erkundigen wird.«

Das klang verdächtig nach einer Drohung, und die Äbtissin begriff, dass sie es sich lieber mit dieser lästigen Deutschen nicht verderben sollte. Offensichtlich genoss diese Protektion aus höchsten Kreisen.

In scheinheiliger Demut und Bescheidenheit senkte Madame Angélique des Anges daher das Haupt mit der weißen, adretten Haube mit den neckischen Flügeln zu beiden Seiten ihres Kopfes, gönnte dem jungen Mönch Philibert einen schmelzenden Blick – sie war noch keine dreißig und eine in der Tat sehr gut aussehende Frau mit verheißungsvollen Rundungen unter ihrer Nonnentracht –, und versicherte ihm in schmeichelndem Ton, alles in ihrer Macht Stehende zu tun, um der Contesse de Bréteuil den Aufenthalt in Sainte Cathérine so angenehm wie möglich zu machen.

Dann lud sie den jungen, wohlgestalteten Geistlichen ein, das Abendessen mit ihr gemeinsam in ihrer Zelle einzunehmen – sie habe einiges mit ihm zu besprechen, was die übrige Schar der frommen Schwestern nicht zu hören brauche.

Der Jünger des heiligen Franziskus war nach kurzem Zögern einverstanden – womit die Äbtissin gerechnet hatte. Bei aller Frömmigkeit und allem Glaubenseifer steckte unter der schlichten Kutte doch ein junger Mann mit sehr natürlichen menschlichen Bedürfnissen.

Es würde sich erweisen, ob ein paar Becher Wein und ein Teller mit gebratenem und gut gewürztem Fleisch ihn nicht dazu anregten, seine Zurückhaltung fallen zu lassen und sich stattdessen der drängenden Sehnsüchte der einsamen Frau in der schwarzseidenen Kutte anzunehmen …

In dem entzückenden Weinbaustädtchen Chablis machte die Kutsche der Comtesse zur Mittagszeit halt.

»Die Pferde müssen leider noch einmal gewechselt werden, Madame«, sagte bedauernd der Kutscher, »denn das rechte lahmt, will mir scheinen.«

Adelaide genoss den Aufenthalt im Innenhof eines großen Weinguts, wo im Freien für sie und ihre Begleitung ein langer Tisch gedeckt war. Es war bereits Mitte November, aber heute war ein warmer, sonniger Tag und der Essplatz gut geschützt vor dem kalten Wind hinter den hohen, mit Zinnen versehenen Mauern des Gehöfts.

Üppig rankte sich immer noch gelbrotes, herbstliches Weinlaub an den Wänden des Gebäudes empor – noch hatte hier der Winter nicht Einzug gehalten. Die junge Frau hob ihr Gesicht den wärmenden Sonnenstrahlen entgegen und atmete tief ein.

»Es sind noch etwa zwanzig Meilen bis zum Kloster, Madame«, schätzte einer der berittenen Begleiter, »das ist leicht zu schaffen.«

»Ja, das denke ich auch, Madame«, sagte ein anderer, »obwohl der Weg ab hier ziemlich holprig und voller Löcher ist. Wir werden höllisch aufpassen müssen, damit sich keines unserer Pferde zu guter Letzt noch ein Bein bricht.«

»Auch diese letzte Etappe werden wir überstehen, wenn ich auch sagen muss, dass eine Kutschenfahrt eher eine Schinderei als ein Vergnügen darstellt. Ich hätte es allemal vorgezogen zu reiten. Ich habe mich nur widerwillig der Etikette gebeugt, welche von einer Dame verlangt, dass sie sich tagelang blaue Flecken stößt.«

Adelaide musste lachen, als sie das Gesicht ihrer Zofe sah. »Ich weiß, liebe Demoiselle Anne, dass Sie die Fahrt im Wagen vorgezogen haben.«

Dann wurde sie aber ernst. »Für meine Schwester Hélène kam natürlich nur die Reise in der Kutsche infrage.«

Sie warf einen besorgten Blick auf die Kranke, die in völliger Regungslosigkeit auf ihrem Stuhl saß und sich von Anne Larousse wie ein kleines Kind füttern ließ. Nach wie vor war sie nicht zu bewegen, selbstständig die Speisen zum Munde zu führen.

Die Gräfin seufzte und wandte die Augen ab. Sie genoss den Blick in den strahlend blauen Himmel, von dem sie einen kleinen Ausschnitt im Hof des Weinguts erhaschen konnte.

Auch der Comte de Grandbois besaß angeblich Weinberge … Vor ihrem geistigen Auge erschien ihr der junge Graf als strahlender Held in schimmernder Rüstung und funkelnder Wehr.

›Lieber GOTT, ich werde mich doch nicht etwa in ihn verliebt haben?‹, ging es der jungen Frau durch den Sinn. ›Das wäre wirklich Unsinn. Er ist Franzose, und sein König unterstützt die Feinde meines Kaisers. Außerdem: Wer sagt mir denn, dass er nicht längst eine Herzensdame hat?‹

Wieder seufzte Adelaide. Sie rief sich innerlich zur Ordnung. Aber hin und wieder wollte sie wenigstens von ihm träumen, damit sie nicht vergaß, wie es sich anfühlte, verliebt zu sein. Es musste ja nicht immer in so einer Katastrophe wie mit dem zukünftigen Herzog von Württemberg enden …

Kurz darauf ging die Fahrt weiter. Der letzte Teil ihrer Flucht vor den kaiserlichen Kommissären hatte begonnen.

KAPITEL 57

AM FLUSS YONNE LAG, umgeben von Wein- und Obstgärten, das Kloster »Sainte Cathérine«. Bewohnt wurde es von Nonnen, welche nach der Ordensregel des heiligen Franziskus lebten. So viel wusste Adelaide, alles andere würde sich ergeben im Laufe der Zeit.

Der Empfang war fröhlich, lebhaft, ungemein herzlich, ja geradezu überschwänglich. Und genau dieses allzu Aufgedrehte – vor allem der Mutter Äbtissin – erschien der Gräfin aufgesetzt.

›Weshalb übertreibt sie so?‹, dachte sie misstrauisch. ›Ich nehme ihr ihre Begeisterung über meine Ankunft keineswegs ab.‹ Sie nahm sich vor, sehr vorsichtig zu sein.

Madame Angélique des Anges umarmte Adelaide ungestüm, strich der leidenden, von allem unberührt erscheinenden Hélène de Morrisson mitleidig über das kurze, blonde Haar und nickte sogar der gräflichen Zofe, Anne Larousse, gnädig zu. Mit strahlendem Lächeln hieß sie die Neuankömmlinge willkommen und ließ ihnen durch flink umherhuschende Nonnen ihre Zimmer anweisen.

Es handelte sich dabei um eine größere Zelle für die Comtesse und ihre Schwester sowie um eine durch eine Zwischentür verbundene kleine Kammer für die Zofe.

Das Gemach war zwar spartanisch, aber dennoch zweckmäßig eingerichtet. Die Betten hatten Rosshaarmatratzen und Daunendecken, für die Dienerin allerdings nur einen Strohsack und Wolldecken. Auf dem gefliesten Steinboden lag in Adelaides Gemach ein dicker, gewebter Schafwollteppich. Es gab eine Truhe für Kleider und sonstige Dinge und einen Tisch mit drei Stühlen sowie einen Betschemel unter dem kleinen Fenster mit Blick in den Klosterhof.

An der Wand über dem Lager der Comtesse hing ein aus Buchsbaumholz geschnitzter Christus am Kreuz, und ein Bild über der Truhe zeigte die heilige Katharina mit dem zerbrochenen Rad als Zeichen ihres Märtyrertums.

Während die lächelnden, wie muntere Vögelchen zwitschernden Klosterfrauen ihr Gepäck hereinschafften, stellte sich Adelaide ans Fenster und schaute in den Hof hinaus. Sie sah direkt auf den gedeckten Brunnen in der Mitte, aus dem eben eine junge Laienschwester einen Eimer über die quietschende Winde heraufzog.

Die Gräfin hatte gar nicht bemerkt, dass sich die Äbtissin ebenfalls im Raum befand; erst als sie deren dunkel vibrierende und einschmeichelnde Stimme hörte, wandte Adelaide sich um.

Die schlanke, sich sehr aufrecht haltende Nonne hielt ein Schreiben in der Hand, das sie jetzt lächelnd der Jüngeren reichte.

»Der Brief ist vor einigen Tagen eingetroffen, Madame la Comtesse. Er stammt von Eurem Herrn Vater und wurde zuerst nach Straßburg an den Hof Seiner Eminenz, Bischof Leopold, gesandt. Man schickte Euch das Schreiben hinterher, aber inzwischen hat der Brief Euch überholt. Bitte, lest ihn, Madame.«

Aber Adelaide dachte nicht daran, dies vor den Augen der Äbtissin zu tun. Dazu wollte sie allein sein. Wer konnte wissen, von welchen Katastrophen ihr Vater zu berichten hatte?

Misstrauisch drehte sie das umfangreiche Kuvert in den Händen. Sie rechnete insgeheim damit, dass die Oberin von Sainte Cathérine es aus Neugierde bereits geöffnet hatte. Aber sie konnte nichts entdecken, was ihren Verdacht erhärtet hätte.

»Vielen Dank, Ehrwürdige Mutter. Ich werde ihn später in aller Ruhe lesen, wenn Ihr gestattet.«

Die Äbtissin verbeugte sich leicht und wandte sich zum Gehen, als die kleine Laienschwester die Zelle betrat, um mit dem frisch geschöpften Wasser die Waschschüssel auf der Truhe und den daneben stehenden Krug zu füllen. Handtücher hatte eben eine andere Nonne gebracht.

»Macht Euch in aller Ruhe frisch, Madame. Anschließend erwarte ich Euch im Refektorium zum Abendessen. Alle Mitschwestern sind schon seit Tagen sehr gespannt auf Euch«, tat sie lächelnd kund und verließ beinahe schwebend den strahlend weiß getünchten Raum.

»Na, Madame, das ist aber mal ein wirklich freundlicher Empfang, nicht wahr?«, sagte Anne, »anders als seinerzeit im Palast des Bischofs.«

»Wie? Was sagtest du, Anne?«

Die Gräfin schien mit ihren Gedanken ganz woanders zu sein. Ihr Blick streifte die teilnahmslose Hélène, die eine der frommen Schwestern auf ihr Bett gesetzt hatte. Dort saß sie noch immer – ohne sich zu rühren.

Und so wird die Arme auch sitzen bleiben, bis man sie berührt, damit sie aufsteht, dachte sie bedrückt. Es ist ein Elend mit dem Helen, weiß Gott.

Seufzend sah sie nieder auf den dicken Brief in ihrer Hand. Es schien, als machte ihr das Schreiben Graf Ferfrieds Angst, je länger sie es ungelesen im Schoß hielt.

Endlich öffnete sie den Brief mit Hilfe ihres stets paraten Dolchs und begann zu lesen.

Auch die Äbtissin, die ihre geräumige und sehr komfortabel eingerichtete Zelle aufgesucht hatte, war mit dem Lesen eines Briefes beschäftigt. Sie saß in ihrem bequemen, weich gepolsterten Ohrensessel und ließ das Schreiben nach der Lektüre erbost sinken. Ihr Gesicht war rot vor Zorn, und ihre schönen, dunkelbraunen Augen hatte sie verärgert zusammengekniffen.

»So eine bodenlose Frechheit! Das soll er mir büßen, dieser Hund von einem Priester. Was bildet dieser Narr sich eigentlich ein? Wen glaubt er, vor sich zu haben? Etwa eine dieser billigen Huren, die ihm in hellen Scharen nachlaufen?«

Unbeherrscht zerknüllte sie das Blatt, welches der Abbé der aus dem dreizehnten Jahrhundert stammenden, ehrwürdigen Kathedrale von Saint-Étienne in Auxerre mit großzügigen, beinahe lässigen Buchstaben beschrieben hatte.

Dann glättete die Äbtissin es aber und las erneut, welche Abfuhr ihr Pfarrer Simon Canfort erteilt hatte.

Im Geiste sah sie dabei den starken, großen Mann vor sich, welcher mit seinen feurigen Augen und dem sinnlichen Mund alle Frauen in Auxerre und darüber hinaus seit einiger Zeit verrückt machte.

Alle waren sie hinter ihm her – und nicht nur die Dienstmägde und Handwerkerfrauen, denen er die Beichte abnahm, nein, vor allem die Damen von Stand waren es, die sich ihm an den Hals warfen, ihn in ihre Häuser und Schlösser einluden und ihm nicht bloß schöne Augen machten.

»Wenn mein geistlicher Herr alle Angebote der Damen, die ihn in ihr Bett einladen, annähme, käme er zu nichts anderem mehr«, pflegte stolz sein Diener zu sagen. Zweifellos profitierte auch er von der Beliebtheit des Pfarrers – fielen doch stets auch »Brosamen der tätigen Nächstenliebe« für ihn selbst dabei ab.

Der Abbé war ein sinnenfroher Mensch und der körperlichen Liebe durchaus nicht abhold. Die Frauen drängten sich in der Kathedrale bei seinen Predigten, sie hingen förmlich an seinen Lippen. Alles was er sagte, bedeutete seiner weiblichen Zuhörerschaft mehr als das Wort des Evangeliums – vor allem wenn dieser schöne Priester die Sünde der Unkeuschheit gleichermaßen abschreckend wie verlockend zu beschreiben wusste.

Die ganze Gegend sprach von Canforts galanten Affären. Man erzählte sich, dieser Bonvivant im Priesterrock hätte es verstanden, die Töchter der angesehenen Familien der Stadt nicht nur mit seinem geistlichen Rat, sondern zugleich mit durchaus weltlicher Liebe zu beglücken.

Und nicht allein die Töchter, auch die Mütter wüssten seine körperlichen Vorzüge in Verbindung mit einer bemerkenswerten Ausdauer zu schätzen …

Man munkelte, er sei der Vater des unehelichen Kindes der Tochter eines Richters und habe die Tochter eines königlichen Rates geschwängert. Einer anderen jungen Dame von Adel sollte er sogar die Heirat in Aussicht gestellt haben.

Außerdem hatte Canfort ein sehr kühnes Traktat verfasst, das die »Leiden, verursacht durch den Zölibat« zum Thema hatte. Darin hatte er versucht, die Undurchführbarkeit der Ehelosigkeit und vor allem der Enthaltsamkeit der katholischen Priester zu begründen. Ungesund für den Körper und ruinös für die geistige Gesundheit sei die auf Dauer erzwungene Keuschheit, behauptete er.

Dass ihn sein Bischof nicht gerade liebte, scherte ihn nicht. Abbé Simon Canfort war ohne Zweifel in Frankreich zurzeit der Geistliche mit dem größten Bekanntheitsgrad; dass er dabei eine höchst umstrittene Persönlichkeit war, tat seiner Beliebtheit bei der holden Weiblichkeit keinerlei Abbruch.

Die Frauen verehrten ihn wie den Erzengel Michael und bekamen glänzende Augen, wenn er sich auf der Kanzel zeigte.

Und nicht nur das. Wenn man seinem Diener Glauben schenken durfte, hatte ihm eine reiche Verehrerin nach einer seiner fulminanten Predigten ein sehr pikantes Geschenk gemacht: »Mein Herr, der Abbé, hat aus einem in rote Seide eingewickelten Päckchen ein feuchtes, stark duftendes Hemdchen einer jungen Dame ausgepackt. Absenderin war die Comtesse de XY.«

Den Namen hatte der Bursche aus »Diskretionsgründen« nicht verraten wollen – weil sowieso jeder wusste, wer gemeint war: Die Comtesse de Broumenteuil war schließlich in der Kathedrale während einer Predigt Canforts in regelrechte Verzückung geraten.

So sehr die Frauen ihn auch schätzten, so erbost waren eifersüchtige Ehemänner und Verlobte. Sie argwöhnten, vom Pfarrer gehörnt zu werden. Besorgte Väter hingegen hegten verständlicherweise die Befürchtung, durch den potenten Geistlichen vorzeitig zu Großvätern gemacht zu werden.

Franzosen sehen normalerweise über gelegentliche Fehltritte ihrer Geistlichen großzügig hinweg, denn: »Sie sind auch bloß Männer, deren Schwengel hin und wieder etwas zum Stoßen haben müssen«, meinten sogar die größten Betschwestern. Deshalb waren die Leute bereit, einem attraktiven Mann wie Canfort einige Amouren nachzusehen. Doch der Abbé trieb es zu bunt. Selbst die großzügigsten Bürger Auxerres fanden seine Umtriebe mittlerweile skandalös.

Und da auf einmal erreichte den umstrittenen Pfarrer ein phantastisches Angebot: Die Äbtissin, Madame Angélique des Anges, bot ausgerechnet ihm die von allen Priestern heiß begehrte Stelle eines Beichtvaters in ihrem Kloster an.

Die Neuigkeit war in Auxerre und Umgebung wie eine Bombe eingeschlagen. Was hatte die fromme Dame dazu veranlasst, mit ihrer Bitte ausgerechnet an Canfort heranzutreten? Es wurde eifrig spekuliert.

Wollte sie nur die Widerstandskraft ihrer durchweg noch jungen und, mit wenigen Ausnahmen, recht attraktiven Nonnen erproben? Wollte sie prüfen, wie es um die gelobte Keuschheit ihrer Damen stand, indem sie jene mit einem Mann in Kontakt treten ließ, der weithin als Versucher berüchtigt war?

Manche glaubten, die noch junge Äbtissin wolle bloß aus Neugierde diesen interessanten Priester kennenlernen. Da wäre an sich noch nichts Schlechtes dabei.

Die Boshaften allerdings – man konnte auch sagen, Menschen mit Lebenserfahrung – meinten:

»Ist Mutter Angélique nicht die schönste Nonne von Auxerre? Und ist Abbé Simon Canfort nicht der attraktivste Geistliche unserer Stadt? Das wird den größten Skandal geben, den wir je erlebt haben.«

Damit sollten die Lästerer leider recht behalten – wenn auch auf völlig andere Weise.

»Er wagt es tatsächlich, mein Angebot abzulehnen«, zischte die Äbtissin über die Maßen erbost. »Das wird er mir büßen. Wenn er noch nie in seinem Leben etwas bereut hat, diese schnöde Absage wird dem geistlichen Herrn leidtun, so wahr mir GOTT helfe.«

Die Schwester, welche die Zelle der Äbtissin betrat, um die Ehrwürdige Mutter zum gemeinsamen Mahl ins Refektorium zu bitten, sah sich einer zutiefst verbitterten Frau gegenüber, die mit zusammengekniffenen Lippen düsteren Blickes vor sich hinstarrte und offenbar sehr ungute Gedanken in ihrem Kopf wälzte.

KAPITEL 58

Adelaide blickte von ihrer Lektüre auf und sah ihrer Zofe in die Augen.

»Die Nachrichten von meinem Vater sind recht gemischt. Setz dich zu mir, und hör gut zu.«

Nachdem Anne auf einem Schemel Platz genommen hatte, begann die Comtesse den Inhalt des gräflichen Schreibens wiederzugeben.

»Die Gesundheit des Grafen ist so weit in Ordnung; das sagt jedenfalls sein Medicus, Doktor Wendelin Ohngleich. Des Weiteren hat sich mein Bruder Hasso überraschend mit der jüngsten Tochter des Herzogs von Württemberg verlobt.«

Beide Frauen blickten mitleidig auf die wie verloren da sitzende Demoiselle Hélène, die das alles unberührt ließ. In ihrer Welt spielten derlei Dinge keine Rolle.

Als Adelaide diese Nachricht gelesen hatte, war sie im ersten Augenblick unangenehm berührt gewesen; war die siebzehnjährige, schwäbische Herzogstochter Gisela doch die Schwester jenes Erben Württembergs, mit dem sie vor Jahren eine ebenso kurze wie unerfreuliche Affäre gehabt hatte …

Aber das war sechs lange Jahre her und die Gräfin war beinahe sicher, dass der junge Mann die Episode längst vergessen hatte.

»Wolfgang Eberle, unser Dorfschmied, ist neuer Schultheiß von Reschenbach, weil mein Vater dem Andreas Sütterlin gut zugeredet hat, worauf der anschließend freiwillig auf das Amt verzichtet hat.«

»Haha«, lachte Anne, »das kann ich mir lebhaft vorstellen.«

»Ich auch«, erwiderte die Comtesse, »ich sehe meinen Vater direkt vor mir, wie er dem Sütterlin das Messer auf die Brust setzt und ihn so massiv unter Druck setzt, dass der Mann gern auf alles verzichtet.«

»Wahrscheinlich hat das Vreneli geredet, Madame. Und der Graf hat dem Andreas sein Verbrechen vorgehalten.«

»Wovon sprichst du, Anne?«, erkundigte sich die junge Frau.

Da erzählte die Zofe ihrer Herrin von der Vergewaltigung des Vreneli durch Andreas Sütterlin vor gut dreißig Jahren und dem Eingreifen des Jakob Hagenbusch.

Der Gräfin war das neu, aber sie meinte: »Ich habe immer schon geahnt, dass der Sütterlin ein Schwein ist. Ich weiß, was man sich über die rohe Behandlung seiner leibeigenen Mägde erzählt, aber dass er sich auch an Kindern vergriffen hat, davon höre ich zum ersten Mal.«

»Seine Frau kann einem leidtun, Madame«, fügte Anne hinzu. »Immer wenn der Andreas eine Liebschaft mit einem anderen Frauenzimmer beginnt, muss diese das Ehebett mit ihm teilen, und er zwingt seine Ehefrau dann, auf dem Strohsack der Magd in der Gesindekammer zu nächtigen.«

Die Gräfin schüttelte angeekelt den Kopf. »Nun, hör weiter, Anne. Die Herren auf Ruhfeld trainieren jeden Tag bis zum Umfallen den Kampf mit Lanze und Schwert. Und alle sind eifrig dabei, das Schloss zu befestigen. Die Mauer wird verstärkt. Die bisher relativ ungeschützte Flanke wird mit einem doppelten Mauerkranz umgeben, und ab sofort schützen zwei mit Eisenplatten verstärkte Tore den Schlosshof. Außerdem hat mein Vater den Aussichtsturm um etliche Meter erhöhen lassen, damit man bereits aus weiter Ferne ein etwa heranrückendes Schwedenheer erkennen kann.

Tag und Nacht patrouillieren doppelt so viele Wachen wie bisher auf den Mauern, und der Graf lässt Vorräte für eine mögliche Belagerung herbeischaffen und sogar einen zweiten Brunnen graben.

Du siehst, sie rechnen jeden Augenblick mit dem Anmarsch von Gustav Adolfs Truppen. Während die meisten vor Angst zittern, gibt es aber auch welche, die die Ankunft des Ketzers begrüßen. Alle Protestanten zum einen und dann auch alle, die im Verdacht stehen, Hexen oder Zauberer zu sein, weil bekannt ist, dass der schwedische König keine Hexenprozesse in den von ihm eroberten Gebieten duldet.«

»Dann hat unser Helen eigentlich nur das Pech gehabt, dass die Schweden nicht eher in die Ortenau gekommen sind«, folgerte Anne scharfsinnig.

»Für Hélène mag das seine Richtigkeit haben, aber für uns andere, die wir gute Katholiken sein wollen, trifft das leider nicht zu. Aber du hast recht, Anne: Unser Helen hatte überhaupt großes Pech.

Mein Vater schreibt nämlich, dass jetzt eine großartige Streitschrift gegen die Verfolgung der Hexen und Folterung derselben mit dem Namen *Cautio Criminalis* erschienen ist, wenn auch anonym von einem unbekannten römischen Theologen verfasst.

Darin äußert der Autor seine rechtlichen Bedenken gegen jede Art von Hexenprozess. Vielleicht gelingt damit endlich ein Umdenken, und es hat bald mit dem unseligen Hexenbrennen und der unmenschlichen Tortur ein Ende.«

»Nur schade, dass unser Helen nichts mehr davon haben wird«, sagte die Zofe traurig.

»Noch kann – von ganz wenigen Ausnahmen abgesehen – jeder Mensch von einer Verfolgung betroffen sein. Seine Eminenz, der Bischof von Straßburg, hat mir von Hexenverfolgungen in Frankreich berichtet. Da berufen sich die Richter auf das Werk des berüchtigten Hexenrichters Jean Bodin, das unter dem Titel *Dämonomania* im Jahr 1581 in Paris erschienen ist. Darin lässt sich der Mann über die angebliche Teufelsverfallenheit der Hexen aus. Das Ganze ist um kein Haar besser als der abscheuliche *Hexenhammer.*

Vielen erscheine dieses Buch schon zu altmodisch, erzählte mein Verwandter in Straßburg, darum hat sich um 1589 ein Peter Binsfeld bemüht, ein *Traktat vom Bekenntnis der Zauberer und Hexen* herauszubringen, sozusagen ein neues Standardwerk zur Hexenverfolgung. Und exakt zehn Jahre später veröffentlichte der Jesuitenpater Martin Del Rio ein Werk, das er *Untersuchungen über Zauberinnen* nannte. Auch er verteidigte darin vehement den Hexenglauben.

Mein Vater schreibt, dass es bei all diesen prominenten Hexenjägern nicht verwunderlich ist, wenn ein Buch aus dem Jahr 1563 eines Arztes Johannes Weyer, mit dem Titel *De praestigiis daemonum,* worin dieser sich *gegen* den Hexenwahn ausspricht, so gut wie nichts bewirkte, auch wenn es seinerzeit allerhand Staub aufgewirbelt hat.«

»Dann wird es wohl noch eine Weile dauern mit dem Wahnsinn der Verfolgung unschuldiger Frauen, Madame«, sagte die Zofe und machte eine abschätzige Geste.

»Davon ist leider auszugehen. Aber trotzdem scheint Bewegung in die Sache zu kommen. Vergiss nicht, dass das Hexenmorden schon seit Jahrhunderten praktiziert wird, da kann man nicht erwarten, dass es so schnell aufhört.«

»Vor allem nicht, weil es einigen Leuten, wie etwa dem Obersten Richter Munzinger und dem Henker Scheible, großen Spaß macht, wehrlose Geschöpfe zu quälen.«

»Gut, dass du davon sprichst, Anne. Vom Scheible schreibt mein Vater nämlich auch etwas. Halt dich gut fest, Anne. Man hat ihn im Gemeindewald von Ortenberg gefunden, an einen dicken Eichenstamm genagelt, die Augen ausgestochen, mit aufgeschlitztem Bauch, kastriert und mit herausgerissenem Herzen. Über seinem Kopf war ein Brett mit der Aufschrift angebracht worden: Ich war ein Frauenschänder und gemeiner Mörder.

Von den Tätern fehlt jede Spur, und die kaiserlichen Untersuchungsbeamten wissen nicht, wo sie mit der Suche nach den Rächern anfangen sollen. Keiner der Ortenberger oder Reschenbacher oder der anderen Gemeinden macht den Mund auf. Dieser Henker hat sich einfach zu viele Feinde gemacht.«

»Mir tut er nicht leid«, sagte Anne resolut, obgleich ihr Schauer des Entsetzens über den Rücken liefen, als sie ihre Herrin von der Art und Weise seines Ablebens sprechen hörte. »Ob GOTT seiner Seele gnädig sein wird, wage ich zu bezweifeln. Eher wird das Schwein wohl in der Hölle schmoren, oder was glaubt Ihr, Madame?«

»Der Teufel soll ihn holen!«, sagte die Gräfin mit Nachdruck. »Alle Qualen der Hölle werden nicht imstande sein, alle jene Verbrechen zu sühnen, die dieser Unmensch auf sich geladen hat.

Doch die nächste Nachricht, wer nämlich zu seinem Nachfolger ernannt wurde, wird niemanden froh machen: Es ist ausgerechnet der bisherige Henkersknecht Fridolin Ganzer. Auch von ihm ist nichts anderes zu erwarten. Er wird nicht nur seine Pflicht tun, sondern sich darüber hinaus zu gewalttätigen Übergriffen hinreißen lassen.«

»Derjenige, der die Untaten des Scheible gerächt hat, wird auch einen Weg finden, um einst die Sünden eines Ganzer zu ahnden, Madame«, meinte Anne kühl.

KAPITEL 59

Trotz der überschwänglichen Aufnahme im Kloster, die der Comtesse Adelaide de Bréteuil zuteil wurde, fühlte sich die junge Dame dort nicht so recht wohl.

Irgendetwas störte sie, wenn sie auch nicht hätte sagen können, was. Es lag im Wesen der schönen Äbtissin etwas merkwürdig Überspanntes, ja, eine beinahe krankhaft anmutende, hysterische Nervosität, wie sie nicht selten bei in erzwungener Keuschheit lebenden Frauen zu finden ist.

Bei einer abendlichen Diskussion im Palast des Bischofs hatte sie einige der Herren mit dem jüdischen Medicus darüber sprechen gehört …

Adelaide ahnte nichts von der bitteren Abfuhr, welche der Mutter Oberin durch den begehrten Abbé Canfort bereitet worden war. Und sie wusste nichts von dem Hass, der sich wie ein gefräßiger Wurm in das Herz der verschmähten Nonne gefressen hatte.

Es war nicht unüblich, dass Beichtväter in Nonnenklöstern mit den jüngeren und hübscheren Klosterfrauen ein Verhältnis unterhielten. Auch Äbtissinnen hatten sich plötzlich in der Situation befunden, unerwünschten Mutterfreuden entgegenzusehen …

Und da hatte es dieser Abkömmling einer schlichten Kaufmannsfamilie, ohne jedes Adelsprädikat, gewagt, ihr Angebot zurückzuweisen!

Das alles wusste Adelaide noch nicht. Allerdings war ihren in Pflanzenkunde geschulten Augen nicht verborgen geblieben, dass zu den Nutzpflanzen im Klostergarten eine Menge an weißem Diptam gehörte und in einer verlassenen Ecke des Blumengartens ein Sadebaum seine Zweige in den spätherbstlichen Himmel reckte.

»Ei, ei«, dachte die Comtesse, »ein Schelm, der Böses dabei denkt, aber seltsam dünkt es mich doch.«

Oft hatte sie sich mit Hélène über Pflanzen und Kräuter unterhalten, welche Frauen benutzten, um eine ungewollte Schwangerschaft zu beenden. Aber in einem Kloster?

Andererseits: Auch Nonnen waren Weiber und hatten gegen natürliche Triebe anzukämpfen und hin und wieder unterlagen sie ihnen – trotz ihres Gelübdes der immerwährenden Keuschheit.

Und Adelaide wäre die Letzte gewesen, die sie darum gescholten hätte. Sie selbst hatte seinerzeit – nicht aus Triebhaftigkeit, sondern eher aus kindischer Neugierde und Dummheit – ihre Unschuld einem Mann geopfert, der es nicht wert gewesen war. Zum Glück hatte ihre »Sünde« keine Folgen gehabt.

Im Kloster herrschte eine angespannte Atmosphäre, denn die Nonnen lebten gleichsam unter einer Dunstglocke von mühsam unterdrückten Begierden, immer drängenderem Verlangen – und schlechtem Gewissen. Die aufgezwungene Enthaltsamkeit machte dabei allem Anschein nach der Äbtissin am meisten zu schaffen.

Kein Wunder. Sie war enttäuscht; ihre Erwartungen in Bezug auf ein erfüllendes Liebesverhältnis mit dem schönen Abbé hatten sich zerschlagen, und woher sollte sie jetzt einen geeigneten Liebhaber nehmen?

Natürlich gab es Pferdeknechte, Helfer in der Landwirtschaft und beim Weinbau sowie Viehhirten und hin und wieder fahrende Händler, aber das waren »Notbehelfe«, wenn die Nonnen es gar nicht mehr aushielten.

Normalerweise hielten die frommen Frauen sich bei primitiven Kerlen zurück, doch leider übernachteten alleinreisende Edelleute nicht allzu oft im Gästehaus der Abtei.

Es war auch immer sehr gefährlich, denn wie leicht hätte einer die Wahrheit ausplaudern können.

Comtesse Adelaide schätzte gleichwohl die Gespräche mit der Äbtissin, war diese doch eine hochgebildete Dame aus adligem Haus, mit wachem Verstand und großem Wissen, vor allem, was die politische Lage Europas anbetraf.

Von ihr erfuhr die deutsche Gräfin beispielsweise, dass in Kardinal Richelieus Auftrag Bernhard von Sachsen-Weimar ein Heer gegen die Kaiserlichen aufstellte.

»Aber ich wette, dass trotzdem keine der beiden verfeindeten Seiten erfolgreich darin sein wird, den Krieg militärisch zu entscheiden«, vertraute die Oberin ihrem Gast an. »Die Kämpfe werden sich im nächsten Jahr nach Süddeutschland verlagern, und es wird eine Weile ein Hauen und Stechen, ein gegenseitiges Morden und Verwüsten geben, ehe beide Seiten, völlig ermattet und ausgeblutet, sich zu einem Friedensschluss bereitfinden werden.«

»Wenn bereits so gut wie sicher ist, dass keine Seite den Sieg davontragen wird, warum hört man dann nicht beizeiten auf, sondern macht munter mit dem Abschlachten weiter?«, fragte die Comtesse.

Die Ältere lächelte überlegen. »Mein Kind«, sagte sie nach einer Weile ein wenig gönnerhaft, »das beweist nur die Beschränktheit der Männer. Für sie ist der Krieg nur ein, wenn auch recht blutiges, Spiel. Sie lieben es; glauben sie doch, sich darin als wahre Helden beweisen zu können. Mit Verstand oder Logik hat dies nichts zu tun.«

Adelaide nickte betroffen. »Ja, Ehrwürdige Mutter, und dass dabei die Sitten immer mehr verrohen, je länger die mörderischen Auseinandersetzungen andauern, ist ihnen gleichgültig. Nicht nur das niedere Volk erliegt der zunehmenden Barbarei, auch die Vornehmen haben Zucht und Moral verlernt.«

»In der Tat, meine Tochter, die glänzende Schicht der sogenannten höfischen Kultur ist bemerkenswert dünn. Umso wichtiger ist es, dass die Klöster ihre Aufgabe als Stätte der Moral und des züchtigen Benehmens deutlicher wahrnehmen, als sie es in der Vergangenheit getan haben. Dazu gehören in erster Linie das innige Gebet und Bußübungen, denen sich jeder Klosterinsasse gern und freiwillig unterziehen sollte.«

Der Comtesse war schon aufgefallen, dass die Äbtissin ihre Nonnen zwang, bis schier zum Umfallen zu fasten, und sie in der eisig kalten Klosterkirche stundenlang auf dem Steinboden knien und beten ließ.

»Welche Bußübungen meint Ihr, Ehrwürdige Mutter?«, fragte Adelaide naiv.

»Oh, da gibt es einmal diese Bußgürtel. Seht her, ich trage selbst einen.«

Und Madame Angélique hob ihren langen, schwarzen Rock hoch und wies auf ihren schlanken, weißen Oberschenkel, den ein ekelhaft aussehendes, ledernes Band, gespickt mit eisernen Stacheln, umschloss. Das Marterinstrument saß äußerst stramm und hatte die Metallspitzen ins Fleisch gedrückt. Kein Wunder, dass Blut über ihr Bein geflossen war, das allerdings bereits getrocknet war. Sobald die fromme Dame sich bewegte, würden die Wunden erneut zu bluten beginnen …

Adelaide musste wegsehen, sonst wäre ihr schlecht geworden. »Weshalb quält Ihr Euch selber so, Ehrwürdige Mutter?«, wollte sie mit erstickter Stimme wissen.

»Das machen viele Nonnen und Mönche, um die verwerflichen Begierden des Körpers abzutöten. Im Vergleich zu den Martern, die unser HERR JESUS erdulden musste, sind das nur Kleinigkeiten«, meinte die Äbtissin mit frommer Miene. »Zusätzlich zum Tragen dieser Bußgürtel ist es üblich, sich jeden Abend vor dem Schlafengehen mit einer Rute oder Geißel den Rücken zu peitschen, um während der Nacht nicht von unreinen Gedanken gequält zu werden.«

Aus der Stimme der Oberin klang so etwas wie Stolz auf ihre Leidensfähigkeit, und auf Befragen Adelaides gab sie zu, dass beinahe alle Nonnen von Sainte Cathérine es in gleicher Weise mit ihrer Bußfertigkeit hielten.

Beeindruckt und abgestoßen zugleich ging die Comtesse an diesem Abend zu Bett. Sie war froh, nicht selbst diesem frommen Wahn verfallen zu sein – denn für einen Wahn hielt sie dieses Verhalten der Klosterfrauen.

KAPITEL 60

Die Wochen vergingen, und die Weihnachtszeit rückte näher.

Die Comtesse machte sich im Kloster nützlich, indem sie Schwester Leontine zur Hand ging, die die Kranken versorgte, die man zu den frommen Frauen ins Hospital brachte.

Adelaide hatte sich erst an den großen Krankensaal gewöhnen müssen, in dem ein Lager sich an das andere reihte. Und in jedem Bett lagen für gewöhnlich zwei oder drei Personen, in Seuchenzeiten mussten sich sogar vier Kranke ein Bett teilen.

Die Luft war zum Schneiden, weil wegen der Kälte nicht genug gelüftet werden konnte. Die einzige Feuerstelle an der einen Längswand vermochte die spitzbogige, gotische Halle, die einstmals (als noch viel mehr Nonnen das Kloster bevölkerten) als Refektorium und später als Lagerraum für Getreide gedient hatte, kaum zu erwärmen.

Weil es an Decken mangelte, froren die Kranken erbärmlich. Es stank nach eitrigen Wunden, nach gestocktem Blut und Erbrochenem. Viele der Siechen konnten weder Stuhl noch Urin zurückhalten, sie ließen alles unter sich laufen, und das Pflegepersonal kam mit dem Säubern nicht nach. Da war jede helfende Hand willkommen.

Adelaide übernahm das Versorgen von frischen Wunden, das Füttern der Geschwächten, und sie verteilte Medizin und Heilkräutertee, war sich aber auch nicht zu schade, den Boden zu säubern oder die Betten frisch zu beziehen.

Schwester Leontine war eine geschickte Ärztin und führte auch kleinere Operationen durch, wozu sich Adelaide freiwillig als Assistentin meldete. Dank der heilkundigen Franziskanerin lernte sie vieles dazu, vor allem was ihre Kenntnisse der Heilpflanzen und deren Wirkungsweise sowie das Ausführen kleinerer Eingriffe anbetraf.

»Wenn Ihr wollt, werde ich mit Euch im Frühjahr zum Kräutersammeln gehen, Madame«, bot sie der Comtesse an, die sie anfangs mit großer Skepsis betrachtet hatte. Adelaide freute sich schon darauf.

Das war etwas, das sie wirklich interessierte – im Gegensatz zu den Lesungen aus dem Evangelium während der Mahlzeiten und den ewigen Andachten, Gebeten und dem Chorsingen. Obwohl sie fand, dass das Beten und Singen wenigstens dafür sorgte, dass die frommen Damen sich nicht gegenseitig an die Kehle gingen.

Sogar Anne hatte schon diesbezügliche Beobachtungen gemacht: »Wer glaubt, dass in einem Kloster eitel Friede herrscht, der täuscht sich aber gewaltig. Die Schwestern gehen oft aufeinander los, dass man denken könnte, sie sprängen sich gleich an die Gurgel. Wenn sie sich mit bösen Worten auch zurückhalten, sprechen ihre hasserfüllten Augen Bände. Von der christlichen Nächstenliebe halten manche anscheinend nicht viel.«

Kurz vor dem Weihnachtsfest lag die Äbtissin darnieder.

Nicht einmal der Besuch des uralten, beinahe tauben Beichtvaters der Nonnen, Pater Albert – den sie so gerne gegen Abbé Simon Canfort ausgetauscht hätte – vermochte ihr die Kraft zu geben, sich wenigstens zu den Mahlzeiten zu erheben.

Auch Schwester Leontine konnte nichts ausrichten, und Adelaide machte sich ernsthaft Sorgen. Vorsichtig hörte sie sich um, und was sie zu hören bekam, war geeignet, sie zutiefst zu erschrecken.

Die Nonnen erzählten sich nämlich hinter vorgehaltener Hand, dass Abbé Canfort der Äbtissin jede Nacht in der Gestalt eines schönen, verführerischen Teufels erscheine. Diese Heimsuchungen erfolgten angeblich bereits seit einiger Zeit.

»Er erzählt ihr dabei, dass er sie über alles liebe«, berichteten die frommen Frauen mit zittrigen Stimmen. »Und er überschüttet sie geradezu mit beleidigenden Komplimenten und unkeuschen Zärtlichkeiten. Er bedrängt die Ehrwürdige Mutter, ihm zu gestatten, was einer Braut des himmlischen Bräutigams auf keinen Fall erlaubt ist.«

Im Kloster summte es wie in einem aufgeregten Bienenstock; Adelaide aber war sicher, dass sich die Oberin alles nur einbildete.

»Madame Angélique ist von Hysterie erfüllt, weil sie unbefriedigt ist. Dieses Phänomen kannten bereits die Ärzte der Antike. Ihre überreizte Phantasie, die sich andauernd mit solchen Dingen beschäftigt, gaukelt ihr diese Ereignisse vor, ohne dass diese der Wirklichkeit entsprechen. Ich müsste mich sehr täuschen, wenn in Kürze nicht das gesamte Kloster von dieser Exaltiertheit erfasst wäre«, vermutete Adelaide mit banger Miene.

Und in der Tat: Bald hieß es, Canfort komme nicht allein, eine ganze Schar verführerischer Buhlteufel bringe er mit, welche die übrigen Nonnen behelligten.

Immer stärker wurde die überspannte Erregung, welche sich

der Klosterinsassinnen bemächtigte. Und alle fühlten sich ähnlichen Versuchungen ausgeliefert wie ihre arme Äbtissin.

Madame Angélique des Anges wand sich mittlerweile in beängstigenden Krämpfen auf ihrem Lager. Sie riss sich ihr Nachtgewand vom Leib, erging sich in gemeinen Redensarten und lockte den Verführer – den allerdings außer ihr niemand zu sehen vermochte – mit eindeutigen Gesten zu sich.

Die ihr anvertrauten Nonnen taten es ihr umgehend gleich, und Adelaide und Anne glaubten in Kürze, sich nicht in einem Kloster, sondern in einem Heim für Geisteskranke zu befinden.

Vor allem ihre völlige Hilflosigkeit den merkwürdigen Vorgängen gegenüber machte die beiden ängstlich und wütend zugleich.

Pater Albert, in Ehren ergrauter Angehöriger des Franziskanerordens und verantwortlich für das Seelenheil der Nonnen, erging es ähnlich. Die meiste Zeit, während die Schwestern sich wie Irre aufführten, lag der alte Mann in der Klosterkapelle auf den Knien und betete inbrünstig zum HERRN, er möge diesen Spuk doch bitte bald beenden.

Mit Angst und Schrecken verfolgten er und die Comtesse Adelaide de Bréteuil die schrillen Lustschreie der von den Dämonen »gepeinigten« Klosterfrauen. Es waren Schreie, die selbst durch die dicken Mauern der Abtei drangen.

Von angenehmem Schrecken durchrieselt, raunten sich die Bewohner Auxerres zu: »In Sainte Cathérine geht der Teufel mit seinen höllischen Gesellen um. Und der Oberste von allen ist Abbé Canfort.«

Als Gerüchte an das Ohr der deutschen Gräfin drangen, es sei doch eigenartig, dass diese Erscheinungen erst aufgetreten seien, seit die Flüchtlinge sich im Kloster aufhielten, bekam Adelaide wirklich Angst, denn sie wusste, zu welch abartigen Gräueln sich fanatisierte Massen hinreißen ließen. Waren sie womöglich vom Regen in die Traufe gekommen?

Da traf es sich gut, dass knapp vor dem Heiligen Abend Besuch im Kloster eintraf; es handelte sich um einen Herrn von hohem Adel in der wichtigen Funktion eines Staatsrates, welcher aus Paris nach Auxerre gereist war, um seine Cousine, Madame Angélique des Anges, über die Weihnachtsfeiertage aufzusuchen. Sein Name lautete Pierre de Lombarde.

Als dieser Herr von der Comtesse Adelaide über das »seltsame« Geschehen informiert wurde und kurz danach selbst eine Kostprobe von den Verrücktheiten der Äbtissin und ihrer Nonnen erlebte, witterte der kluge Mann umgehend eine Chance, sich beim Ersten Minister von Frankreich, bei Kardinal Richelieu, lieb Kind zu machen.

Es war dem Herrn Staatsrat nämlich bekannt, dass der Kardinal den Abbé Simon Canfort absolut nicht leiden konnte. Bereits des Öfteren war der Kirchenfürst mit dem Geistlichen aus Auxerre wegen dessen schlechten Rufs als Frauenbeglücker aneinandergeraten. Besonders übel nahm er dem frechen Canfort dessen impertinente Flugschrift über die erzwungene Ehelosigkeit und Keuschheit der Priester.

»Ich werde Seiner Exzellenz von diesen unglaublichen Vorfällen im Kloster Sainte Cathérine berichten«, versprach Monsieur Pierre de Lombarde der deutschen Adeligen. »Und die Rolle, die der Abbé dabei spielt, wird dem Kardinal überhaupt nicht gefallen. Er kennt ihn als sündhaften und unbußfertigen Diener GOTTES, und ich denke, er wird ihn für seine Verbrechen, die er an diesen unschuldigen Bräuten Christi begeht, zur Rechenschaft ziehen.«

Adelaides Gefühle bei dem ganzen Geschehen waren höchst zwiespältig. »Einesteils bin ich erleichtert, dass der Verdacht, diese Vorfälle hätten mit uns etwas zu tun, vom Tisch ist. Andererseits bin ich entsetzt, dass man dem unschuldigen Canfort die ganze Schuld anlasten will. Er kann mit Sicherheit nichts dafür, dass die armen Frauenzimmer in der Kutte auf einmal völlig den Verstand verlieren«, raunte die Comtesse ihrer Zofe Anne zu.

»Der geistliche Herr wird sich schon zu wehren wissen, Madame«, meinte das Mädchen darauf leichthin.

Sofort nach seiner Rückkehr nach Paris berichtete der Staatsrat voller Häme dem Kardinal von den befremdlichen Vorfällen im Kloster in Auxerre.

Bloßfüßig, im Hemd und ohne Schleier, mit aufgelöstem, wallendem, rabenschwarzem Haar, das nach der Schur beim Eintritt in den Orden schon längst wieder nachgewachsen war, rannte die Äbtissin gelegentlich durch die Gänge der Abtei. Dabei schrie sie in unbekannten Sprachen unverständliches Zeug, oder sie kauerte apathisch mit bis zur Taille hochgeschobenem Hemdsaum in einer Ecke am Boden des Refektoriums und starrte nur vor sich hin – und verhielt sich dabei ähnlich wie Demoiselle Hélène.

Die andere Variante war, dass sie auf ihrem Bett lag, sich das Hemd vom Leib riss, Obszönitäten hinausschrie und sich mit den Händen selbst befriedigte. Sie wand sich dabei auf ihrem Lager, spreizte die Beine und vollführte typische Koitusbewegungen. Ihr Keuchen und Stöhnen war im gesamten Kloster zu hören.

Das wiederum reizte ihre Mitschwestern zur Nachahmung, und bald befand sich das gesamte Kloster in einer Atmosphäre der Wollust und Brünstigkeit, dass jede Bordellmutter vor Neid erblasst wäre.

Kein Zweifel, die Nonnen waren besessen.

Kardinal Richelieu, der intellektuelle Spötter, lächelte zuerst. Er konnte und wollte keinesfalls an die dämonischen Liebhaber der Äbtissin und der Schwestern glauben. Er beurteilte die Sache völlig richtig als eine geistige Verwirrung, die durch die erzwungene sexuelle Abstinenz hervorgerufen worden war.

»Die frommen Frauen sollten mehr beten und arbeiten, damit sie zur Schlafenszeit ordentlich müde sind, dann ertragen sie leichter das Gelübde der Keuschheit«, meinte er und wollte zu Wichtigerem übergehen.

Dann hielt der Erste Minister Ludwigs XIII. plötzlich inne. Halt! Beinahe hätte er etwas Wichtiges übersehen. Behaupteten die Damen nicht, es sei Abbé Simon Canfort, der sie auf so unerträgliche Weise belästigte? Nun, da bot sich ihm doch eine hervorragende Gelegenheit, sich diesen widerborstigen Priester ein für alle Mal vom Halse zu schaffen!

Ja, er würde diesem Geistlichen, der sich nicht in Zucht zu halten vermochte und der offenbar glaubte, das Seelenheil zwischen den Schenkeln williger Frauen zu finden, anstatt bei Buße und Gebet, den Prozess machen lassen.

Auf diese Weise schlüge er zwei Fliegen mit einer Klappe. Die Nonnen in Sainte Cathérine würden sich wieder beruhigen, und er wäre den lästigen Burschen los. Monsieur de Richelieu zweifelte keinen Augenblick daran, dass die Folterknechte jedes erwünschte Geständnis aus Canfort herauspressen würden. Das schafften sie doch immer – selbst wenn der Delinquent ein Heiliger sein sollte.

Das war ja der Grund, weswegen der Kardinal diese Art von Prozess gegen Hexen und Zauberer eigentlich im Grunde seines Herzens als Unfug ablehnte. Etwas anderes war es natürlich, wenn er selbst einen Nutzen davon hatte. Mitleid mit dem Abbé besaß er keineswegs.

»Dieser Hurenbock hat der heiligen Mutter Kirche unendlich viel Schaden zugefügt. Dafür allein gehört er schon auf den Scheiterhaufen«, murmelte Kardinal Richelieu grimmig vor sich hin. »Statt wenigstens in aller Stille zu sündigen, hat sich dieser Mensch in seinem Hochmut mit seiner Zügellosigkeit noch gebrüstet und damit der Kirche viele Menschen zu Feinden gemacht«, grollte er erbittert.

KAPITEL 61

STAATSRAT PIERRE DE LOMBARDE berief im Namen Richelieus eine Kommission ein, die sich genauestens mit den Ereignissen im Kloster Sainte Cathérine zu beschäftigen hatte.

Als Erstes wurde der Abbé verhaftet, der selbstredend gegen diese Maßnahme auf das Heftigste protestierte. Aber es nützte ihm selbstverständlich nichts, auch nicht, dass umgehend etliche Damen der Gesellschaft eine Petition unterzeichneten, in der die unverzügliche Freilassung des »heiligen Mannes« verlangt wurde.

Soldaten schleppten Monsieur Canfort ins Kloster Sainte Cathérine und stellten ihn den Nonnen gegenüber.

Kaum sah ihn die Äbtissin, verfiel sie in ihre Krämpfe, wobei sie sich laut schreiend auf dem Boden wälzte. »Satan, lass mich in Ruhe!«, kreischte sie. Dann rief sie ihm obszöne Worte zu. Die anderen Klosterfrauen ahmten das Verhalten ihrer Oberin umgehend nach, indem auch sie Ausdrücke aus der Dirnensprache benuzten, die selbst den abgebrühten Soldaten die Schamröte ins Gesicht trieben. Nun klagten alle Nonnen den Geistlichen an, sie zur Unzucht verführt und ihnen damit das Heil ihrer jungfräulichen Seelen geraubt zu haben.

Simon Canfort mochte protestieren, soviel er wollte, es brachte ihm nichts ein. Wahrheitsgemäß wies er darauf hin, dass er diese Besessenen noch nie zuvor in seinem Leben gesehen hätte – vergebens. »Ich schwöre bei Christus und allen Heiligen, dass ich noch nie meinen Fuß in dieses Kloster gesetzt habe!«, rief er verzweifelt. »Nachts schlafe ich in meiner Wohnung, in meinem Bett und betrete nicht die Zellen der Nonnen.«

In seiner Not rief er sogar seine Haushälterin als Zeugin dafür auf, dass er des Nachts immer daheim bei ihr schlafe … Dies war zwar geeignet, die Frau zu kompromittieren, aber ihm half es nicht.

Der Prozess erregte die Bevölkerung zutiefst und spaltete sie zugleich in zwei gegensätzliche Lager: Die Frauen waren für den attraktiven Priester, während die Männer ihn natürlich verfluchten.

Als die Kommission auch die Gräfin und ihre Zofe befragte, konnten beide Frauen nur zu Protokoll geben, dass sie diesen Mann noch nie im Kloster gesehen hätten. Nein, auch in seiner Kathedrale wären sie ihm nie begegnet, weil sie seit ihrer Ankunft vor zwei Monaten das Kloster noch nie verlassen hätten.

Adelaide bemerkte sehr wohl, dass dies nicht die Antwort war, welche die Herren zu hören begehrten, aber weshalb sollten sie lügen? Sie zweifelte keinen Augenblick daran, dass das Todesurteil über den Pfarrer sowieso längst gesprochen war.

»Schade um den schönen Mann«, meinte Anne bedauernd. »Weshalb nur hat er die Äbtissin so vor den Kopf gestoßen? Was wäre denn so Schlimmes dabei gewesen, Madame, den Nonnen jede Woche einmal die Beichte abzunehmen? Angenehmer als der Scheiterhaufen hätte sich das Bett der Ehrwürdigen Mutter allemal angefühlt.«

»Pfarrer Canfort scheint ein Mensch mit Prinzipien zu sein. Und eines davon ist mit Sicherheit jenes, sich seine jeweiligen Gespielinnen selbst auszusuchen. Er wollte Jäger sein und nicht die Beute«, gab ihr die Comtesse zu bedenken.

Binnen kurzer Zeit kam die Kommission zu der Überzeugung, dass den Aussagen der frommen Nonnen mehr Glaubwürdigkeit zukomme als dem dreisten Leugnen des Abbés.

Simon Canfort wurde dem Henker übergeben, und der unterzog den verstockten Sünder der Folter, wobei er ihm während der Martern nicht nur Beine und Arme brach, sondern ihm die Finger zerquetschte, ihn am Körper mit glühenden Zangen zwickte und ihm die Haut am Rücken in dünnen Streifen abzog.

Der Geistliche jedoch leugnete immer noch, in Gestalt des Satans die Mutter Oberin belästigt zu haben. Nachdem durch das Anlegen der »Spanischen Stiefel« seine beiden Schienbeine zersplitterten, fiel er in eine zeitweilige, gnädige Ohnmacht. Aber nachdem ihn die Henkersknechte mit Wasser übergossen hatten, kam er wieder ins Leben, und damit in die grausige Wirklichkeit, zurück.

Jetzt endlich war er bereit, zu allen Vorwürfen Ja und Amen zu sagen. Sein Wille war schließlich gebrochen. Er gestand, was die Anklage ihm an Absurditäten vorwarf, und wurde dafur zum Feuertod auf dem Scheiterhaufen verurteilt.

Zur Hinrichtung dieses »Abgesandten Satans in Menschengestalt« erschienen Zehntausende. Die eine Hälfte weinte voll Verzweiflung, während die andere frohlockte und Beifall spendete, als die Flammen aufloderten und Rauch und Qualm seine irrsinnigen Schmerzensschreie endlich erstickt hatten.

Die Gnade des vorherigen Erwürgens durch den Henker war ihm nämlich »wegen der Schwere seiner Schuld« versagt geblieben …

Kardinal Richelieu hatte sich auf ein nicht ungefährliches Risiko eingelassen: Es bestand für längere Zeit die Gefahr eines Volksaufstandes in der Basse Bourgogne. Doch der Erste Minister des Königs hatte vorgesorgt: Tausende von Soldaten waren aufmarschiert, um jedes Aufflackern von Unruhen im Keim zu ersticken. Richelieu hatte die Lage vollkommen richtig eingeschätzt, denn nach einiger Zeit hatten sich die erregten Gemüter beruhigt und auch im Kloster Sainte Cathérine war wieder heilige Ruhe eingekehrt.

Mit Demut, feinem Anstand und tiefer Frömmigkeit agierten die Nonnen und oblagen ihren Gebeten und Andachten mit innigerer Gläubigkeit denn je zuvor.

Wo noch vor wenigen Tagen vulgäres Geschrei und obszönes Gekreisch durch die spitzbogigen Hallen gelärmt hatte, herrschte nun wohltuende Stille und Kontemplation, und Kardinal Richelieu war es zudem gelungen, einen seiner Gegner auf leichte Art aus dem Wege zu räumen.

Als der Staatsrat und Cousin der von ihrer Besessenheit geheilten Äbtissin zur Berichterstattung beim Kardinal erschien, wollte dieser den Prozess und die Hinrichtung des Abbés minutiös genau geschildert haben.

»Ich muss Seiner Majestät in aller Deutlichkeit die einzelnen Phasen der Martern sowie die jeweiligen Reaktionen des Opfers schildern können. Der König zeigt lebhaftes Interesse an diesen Vorgängen«, verriet der Kanzler Monsieur de Lombarde, »Ludwig XIII. hat es sehr bedauert, nicht selbst anwesend gewesen zu sein, als jenen Satansdiener die Flammen bei lebendigem Leibe verzehrten. Zumindest dessen Todesschreie hätte er zu gerne gehört.«

Unter Eingeweihten war die Lust des Monarchen, den Qualen anderer zuzusehen, ein offenes Geheimnis. Auch der Staatsrat wusste davon und befleißigte sich bei seiner Schilderung des grausamen Endes Canforts besonderer Blutrünstigkeit.

Der Kardinal wollte auch über die Verwandte seines Freundes, des Bischofs von Straßburg, einiges erfahren.

»Wie fandet Ihr die junge Dame?«, fragte er Monsieur de Lombarde direkt und dieser, was das weibliche Geschlecht anbelangte, kein Kostverächter, erging sich in geradezu hymnischen Lobpreisungen.

»Diese junge Frau muss Italienerin sein, Eminenz. Jeder, der Italien bereist hat, wird bestätigen, wie vortrefflich dort die Frauen ihre Schönheit zu bewahren wissen. Weibliche Wesen mit vierzig haben dort das Aussehen von gerade mal Fünfzehnjährigen. Und wie ist es bei uns, Monseigneur? Schau einem Gaul ins Maul und einem Weib ins Gesicht und auf den Hals und du errätst beider Alter genau auf das Jahr.«

Richelieu amüsierte sich im Stillen über den Überschwang des sonst so knochentrockenen Staatsbeamten und entließ ihn mit wohlwollendem Lächeln – hatte der ihm doch geholfen, den überaus lästigen Canfort auf elegante Weise zu beseitigen.

Madame Angélique des Anges aber machte auf diese makabere Art und Weise zum ersten Mal in weiten Kreisen auf sich aufmerksam.

KAPITEL 62

Wie ein weiterer Brief Graf Ferfrieds seine Tochter informierte, hatte der Schwedenkönig Gustav Adolf im Frühjahr 1632 sein Winterquartier in Mainz mit einem Heer von 40 000

Mann verlassen. Als Erstes hatte er sich nach Nürnberg gewandt, der Stadt, mit der er bisher nur auf schriftlichem Wege verkehrt und den Ratsherren einen Allianzvertrag aufgenötigt hatte.

»Dort hat ihn der Rat der Stadt am 21. März 1632 auf das Feierlichste empfangen. Die Nürnberger Bevölkerung hat den Herrscher aus dem Norden mit unbeschreiblicher Begeisterung begrüßt«, schrieb Adelaides Vater. »Einen Teil seines Heeres hat er zu uns nach Baden und auch in die Ortenau geschickt. Widerstand wäre zwecklos gewesen. Wo sich ein solcher zeigte, bestraften uns die Schweden mit rücksichtlosem Plündern, Morden und Brennen.

Wer sich still verhielt, den ließen sie in Ruhe – ja, man muss sagen, dass die Soldaten Gustav Adolfs sehr disziplinierte und sogar fromme Männer sind. Sie beten zweimal am Tag gemeinsam für ihren König und für den Sieg der Protestanten. Dafür erbitten sie den Zorn GOTTES über den Kaiser, den sie als einen ganz schlechten Menschen ansehen«, wusste Ferfried zu berichten.

»Wer sie jedoch friedlich empfängt, dem geschieht kein Leid. Sie zwingen auch keinen, sich zu ihrem Protestantismus zu bekennen. Nur kriegerische Handlungen werden brutal unterdrückt, und weil sie uns haushoch überlegen sind, wäre es töricht gewesen, sich den Schweden zu widersetzen.

Das Gute dabei ist, dass sofort alle Hexenprozesse eingestellt werden mussten – zum großen Bedauern von Bertold Munzinger, dem Henker Fridolin Ganzer und anderen Herren, die sich bereits darauf gefreut hatten, erneut mit dem Hexenbrennen fortfahren zu können.«

Die Comtesse Adelaide erfuhr in jenem Schreiben auch, dass man die Mutter des Helen, Walburga Hagenbusch, unter der Anklage, gleich ihrer Tochter eine Hexe zu sein, in den Kerker geworfen hatte. Sie sei aber nach ein paar Stunden bereits entlassen worden. Für das Walburga hatte der Einmarsch der feindlichen Schweden also die Rettung bedeutet …

»Von Nürnberg aus rückte der schwedische Monarch zur Donau vor und nahm die Stadt Donauwörth ein, diese durchwegs protestantische Reichsstadt, die vom Kaiser einst wegen geringer Ursache geächtet und mit Hilfe von Jesuiten gewaltsam rekatholisiert worden war.

In Donauwörth herrschte beim Einmarsch Gustav Adolfs große Freude, denn die Einwohner haben Kaiser Ferdinand niemals seinen Ausspruch vergessen, der da lautete: ›Besser eine Wüste regieren als ein Land voller Ketzer‹. Und den keineswegs milder gestimmten, fanatischen Maximilian von Bayern hassen sie genauso.«

Adelaide ließ sich alles genau durch den Kopf gehen – möglicherweise tat sich hier ein Weg für sie auf, wieder in ihre Heimat zurückzukehren?! Dann las sie weiter. »Auch wir auf Schloss Ruhfeld haben jetzt schwedische Einquartierungen, kommen aber mit diesen von religiöser Begeisterung erfüllten Herren, gut aus. Sie halten bei ihren Kämpfern strengste Manneszucht, das Brandschatzen und Plündern verabscheuen sie. Die Truppen der Schweden sind gut geschult, halten fest zusammen und was vor allem auffällt: Sie hängen mit treuester Hingabe, ja mit Liebe, an ihrem heldenhaften König, dem »Herrscher aus Mitternacht«, auch wenn dieser sich gar nicht mitten unter ihnen befindet, so wie im Augenblick, weil sich Gustav Adolf auf dem Vormarsch nach Bayern befindet.

Das ist für den Schweden notwendig geworden: General Tilly hat bereits im eisigen Februar das Winterquartier seiner Truppen abgebrochen und die protestantische Stadt Bamberg überrannt. Will Gustav Adolf nicht weiter an Boden verlieren, muss er endlich seinen lange geplanten Feldzug gegen jenes Land antreten, welches bislang von allen Müh- und Drangsalen des Krieges verschont geblieben ist: Mit rund 40 000 Soldaten, davon 15 000 Reitern, will er gegen Bayern ziehen.

Kurfürst Maximilian und Johann Tserclaes von Tilly beraten unterdes in Ingolstadt darüber, wie man am klügsten gegen die Schweden vorgehen könnte. Beide Herren hoffen inständig auf eine Unterstützung des immer noch beleidigt schmollenden Wallenstein, den der Kaiser in den letzten Wochen erneut massiv umworben hat.«

Gräfin Adelaide überflog den Rest des Schreibens und ließ es endlich in ihren Schoß sinken. Das Übrige war nicht wichtig; der Vater setzte sie lediglich davon in Kenntnis, dass Hasso im Mai beabsichtige, seine schwäbische Verlobte heimzuführen und dass es schön wäre, wenn Adelheid bei den, trotz der angespannten politischen Lage geplanten, Feierlichkeiten anlässlich der Hochzeit, anwesend sein könnte.

Den Schwierigkeiten im Land Rechnung tragend, würde das Fest allerdings nicht mit dem üblichen Pomp abgehalten werden können, man würde es »in bescheidenem Rahmen« halten.

Ferfrieds Tochter legte keinen Wert auf die Bekanntschaft mit der jungen Herzogstochter aus Württemberg, obwohl sie wusste, wie ungerecht ihr Verhalten im Grunde war: Was konnte die blutjunge Braut dafür, dass sie die Schwester ihres ersten Beischläfers war?

Sorgen bereitete ihr die Neuigkeit, dass man sich nicht gescheut hatte, die Mutter Georgs und Helenes als Hexe in Gewahrsam zu nehmen.

Dass man noch immer vergebens nach den Mördern des Scheible fahndete, hatte der Graf nur am Rand erwähnt. Adelaide konnte sich des unbestimmten Gefühls nicht erwehren, dass ihr Bruder Hasso irgendwie in die Angelegenheit verwickelt wäre …

Obwohl seine Liebe zu dem Mädchen aus bäuerlichem Stand erloschen war, hegte er noch immer Hass gegen alle, die sich an seiner hübschen, lebensfrohen Liebsten vergriffen hatten. Jedenfalls hatte die Gräfin das zwischen den Zeilen ihres Vaters herauslesen können.

Madame Angélique des Anges führte nach ihrer spontanen Genesung – sprich nach der Verbrennung des Abbé bei lebendigem Leibe – ein »großes Haus«, was zur Folge hatte, dass sich die berühmtesten und gelehrtesten Herren Frankreichs im Kloster Sainte Cathérine trafen und sich mit der gebildeten Äbtissin und den Nonnen über Kunst, Kultur und Politik unterhielten.

Der dabei herrschende Ton war sehr offen und frei. Die Comtesse de Bréteuil nahm immer an den Diskussionen teil. Sie war erstaunt, mit welchem Freimut auch heikle Themen wie Moral, Sitte und Religion aufgegriffen wurden.

Es gab nur ein einziges Tabu, woran sich jeder hielt, die Ehre des Königs und seines Ersten Ministers. Weder Ludwig XIII. noch Kardinal Richelieu wurden jemals verunglimpft, ja nicht einmal die leiseste Kritik war gestattet.

Die Äbtissin war auch weitschichtig verwandt mit Richelieu und von Stolz erfüllt, ihren »cher Cousin« in dieser hohen Funktion zu erleben.

Außerdem hatte Seine Eminenz ihr gerade mit der Vernichtung des dreisten Simon Canfort, der es gewagt hatte, sie zurückzuweisen, einen außerordentlichen Gefallen erwiesen – mochten die Beweggründe des Kardinals auch ganz persönliche gewesen sein.

Die Bevölkerung Auxerres, allen voran der weibliche Teil, aber hasste die Ehrwürdige Mutter Oberin. Sie mied das Kloster und seine Insassinnen, wo es nur ging, selbst die Bedürftigen suchten nur in allergrößter Not das Spital und die Armenküche der frommen Schwestern auf. War es doch den »verrückten Nonnen« zu verdanken, dass der allseits beliebte Abbé auf so grausige Art hatte enden müssen. Das Spendenaufkommen für das Kloster war zudem drastisch zurückgegangen.

Madame des Anges ließ dieser Zustand nicht ruhen. Denn sie wünschte sich nichts mehr als die allseitige Anerken ung und Verehrung der Massen.

»Gerade das einfache Volk soll mich lieben, so wie ich es liebe«, klagte sie der Comtesse ihr Leid. »Es macht mich sehr betrübt, wenn ich erleben muss, wie sehr man mich in manchen Kreisen ablehnt.«

Die Äbtissin spielte dabei auf den erst kürzlich erfolgten Besuch Richelieus im Kloster an. Der große Diplomat in der roten Robe war von Hunderten von Menschen, welche an den Straßenrändern im Staub ausgeharrt hatten, um ihn zu sehen, mit Jubel begrüßt worden.

Was machte es schon, dass »die Begeisterten« von Agenten des Kardinals gekauft waren …

Als der schlanke, asketisch wirkende und immer noch gut aussehende Kirchenmann die Menge segnete, waren sogar zahlreiche Frauen in regelrechte Verzückung gefallen; nur als seine Cousine erschienen war, die Äbtissin des Anges, waren lautes Zischen, Pfeifen, ja sogar Pfui-Rufe auf dem weiten Platz vor der Kathedrale zu hören gewesen, wo der Empfang des hohen Herrn stattgefunden hatte.

Adelaide konnte es der raffinierten Klosterfrau ansehen, dass diese längst wusste, wie sie es anstellen musste, um, wenn schon nicht die Zuneigung, so doch wenigstens die Achtung der Weiber zurückzugewinnen.

Und die Gräfin hatte sich nicht geirrt: An einem eiskalten Tag Ende März 1632 – es schien, als wäre der Winter mit Macht zurückgekehrt – verbreitete sich in Auxerre und Umgebung die Nachricht, die schöne Äbtissin Angélique liege auf den Tod krank darnieder.

Und in der Tat, sie hatte bereits die Sterbesakramente empfangen, und ihr bleiches Antlitz zeigte die Anzeichen des kurz bevorstehenden Ablebens.

Alle Nonnen des Konvents hatten sich mittlerweile schluchzend vor ihrer Zelle versammelt, um für ihre Äbtissin zu beten. Ihr Atem ging schwer und stockend, und sie seufzte ein paar Male herzzerreißend, sodass selbst die misstrauische Adelaide glaubte, mit der Mutter Oberin ginge es tatsächlich zu Ende.

Bloß Anne, ihre resolute Zofe, war in ihrer Dreistigkeit ganz nahe an das Sterbelager der frommen Dame herangetreten. Anschließend trat sie, ohne eine Miene zu verziehen, zurück zu den anderen und flüsterte ihrer Herrin ins Ohr: »Madame des Anges ist weiß geschminkt. Auch die dunklen Schatten um ihre Augen sowie die bläulichen Lippen rühren von Schminkstiften her.«

Dessen ungeachtet wurden weiter Sterbegebete für sie gesprochen, und in der Klosterkirche bereitete man alles für ihre prunkvolle Aufbahrung vor.

Das einem kostbaren Bischofsmantel ähnelnde, zeremonielle Äbtissinnengewand, die silbernen Schuhe und der goldene Abtsstab mit der mit Edelsteinen geschmückten Krümme lagen bereit.

Und plötzlich geschah etwas Wunderbares.

Die im Sterben Liegende richtete sich ohne fremde Hilfe auf und starrte mit verzücktem Blick in ihren weit geöffneten, dunklen Augen gen Himmel, als sähe sie dort die herrlichsten Dinge.

Die völlig überraschten Schwestern und der alte Beichtvater, aber auch Adelaide und Anne durften erfahren, dass die Ehrwürdige Mutter nicht den Weg in die Ewigkeit antreten werde, sondern im Gegenteil geheilt sei.

Mit erstaunlich klarer und kräftiger Stimme verlangte sie ein Kissen in den Rücken gestopft zu bekommen, dann fasste sie alle, die sich in dem ziemlich engen Raum befanden, scharf ins Auge und berichtete von ihrer wundersamen Heilung.

»Der heilige Thomas ist mir erschienen«, verkündete sie triumphierend, »und dieser Apostel des HERRN hat über meinem Leib ein feines Öl von unvergleichlich starkem und lieblichem Aroma versprengt. Seit diesem Augenblick haben sich alle meine Beschwerden verflüchtigt. Ich fühle weder Schmerz noch Mattigkeit, noch Übelkeit, sondern nur noch Kraft, Jugendlichkeit und Lebendigkeit.«

Dann schlug sie ihre Zudecke zurück und wies auf ihr blütenweißes Seidenhemd. »Seht her. Hier zeigen sich noch die Spuren des Öls, das der Heilige auf mich geträufelt hat.«

Und in der Tat, alle Anwesenden konnten fünf Ölflecken erkennen, denen ein kräftiger, aparter Duft entströmte.

Wer sollte da noch daran zweifeln, dass der heilige Thomas an der sterbenskranken Braut Christi ein Wunder vollbracht hatte?

Statt der Totenmesse würde es also eine Jubelfeier geben. Zahlreiche Würdenträger, weltliche und geistliche, konnte man dazu laden, und die Insignien ihrer Äbtissinnenwürde hatte man nicht umsonst herausgelegt. Sie würde im Schmuck derselben auf einem Thronsessel in der Kathedrale vorne beim Altar sitzen, denn die kleine Klosterkirche würde nicht alle Zuschauer, mit denen man rechnete, fassen können.

Nur die mit weißer Seide ausgeschlagene Totentruhe konnte man wieder in der Versenkung verschwinden lassen. Dieses Möbelstück durfte vermutlich noch lange Zeit warten.

In ihrer Zelle hielt sich die Gräfin den Bauch vor Lachen. »Es ist nicht zu fassen, wie leicht die Menschen doch zu übertölpeln sind. Ein bisschen Theater, und alle fallen darauf herein. Die Mutter Oberin ist erneut in aller Munde, aber diesmal wird sie überdies den Geruch von Heiligkeit verbreiten.«

»Das nützt dem Kloster, Madame. Pilger werden in Scharen herbeieilen und viel Geld dalassen. Diese Madame des Anges ist ein raffiniertes Stück«, entgegnete Anne und grinste. »Ich habe munkeln hören, sogar Kardinal Richelieu höchstpersönlich werde es sich nicht nehmen lassen und zum Dankgottesdienst für die wunderbare Genesung der Äbtissin erneut anreisen. Und es gibt Leute, die wissen wollen, dass sogar die fromme Königin Anna ihr Erscheinen angekündigt hat.«

»Die Ärmste ist seit über zwanzig Jahren verheiratet und hat immer noch kein Kind. Am Hofe nennt man sie bloß die ›ungeliebte Spanierin‹, und wenn sie nicht bald einem Thronfolger das Leben schenkt, wird der König seine Drohung wahr machen und sie zu ihrem Bruder Philipp nach Spanien zurückschicken. Da käme Anna von Habsburg ein weiteres kleines Wunder gerade recht.«

Jetzt konnte die Zofe Anne Larousse sich das Lachen nicht mehr verbeißen. »Vielleicht sollte Ihre Majestät nicht auf ein Wunder hoffen, sondern bloß einmal den Mann tauschen.«

Auch Adelaide amüsierte sich. »Falls der Königin das gelänge, grenzte dies tatsächlich an ein Wunder. Wie ich gehört habe, wird keine Frau in ganz Frankreich von ihrem Ehemann so eifersüchtig bewacht wie Anna von Habsburg. Alle wissen, dass sich kein Liebhaber an die Monarchin heranwagt, jeder fürchtet die schreckliche Rache Ludwigs.

Es heißt, Seine Majestät sei recht erfinderisch, wenn es um grausame Martern geht, welche er seinen Feinden zuzufügen pflegt.«

KAPITEL 63

Die Öltropfen des heiligen Thomas verloren auch in der Folgezeit nichts von ihrem betörenden Duft – dafür sorgte schon die heil- und kräuterkundige Schwester Leontine.

Wie Adelaide unschwer herausgefunden hatte, hatte die Heilerin des Klosters ein Gemisch aus Rosen-, Lavendel-, Bergamotte-, Thymian- und Nelkenöl mit Extrakten von Wacholderbeeren und Holunderblüten vermengt und dieses wohlgehütete Geheimnis in einem Fläschchen in der Klosterapotheke aufbewahrt …

Je nach Bedarf wurden die Tropfen jeweils auf das seit einiger Zeit »wundertätige« Hemd der Äbtissin geträufelt, um ihre Segen spendende Wirkung aufs Neue zu entfalten.

Zuerst Dutzende, dann Hunderte und in Kürze pilgerten gar Tausende von Frauen ins Kloster Sainte Cathérine, um von allen möglichen Leiden befreit zu werden. Hauptsächlich die gedemütigten Unfruchtbaren waren es, deren Kinderwunsch sich bisher auf keine andere Weise hatte erfüllen lassen.

»Du wirst sehen, Anne, das Hemd wird in der Tat Wunder wirken. Allein der feste Glaube der Weiber an das wundertätige Öl wird genügen, um ihren Schoß für die Entstehung neuen Lebens bereit zu machen. Und das allein ist doch schon Wunder genug«, sagte die Comtesse zu ihrer Dienerin, als sich beide zum wiederholten Male über die Heerscharen von Frauen den Kopf zerbrachen, die so leichtgläubig auf diesen offenbaren Schwindel hereinfielen.

»Sie wollen anscheinend betrogen werden, Madame. Und es kostet ja nicht viel an Überwindung, an den heiligen Thomas zu glauben, der doch selbst ein Zweifler war, bis er seine Hand in die Seitenwunde des HERRN legen durfte, um sich von der Wahrheit der Auferstehung zu überzeugen.«

»Dass sich die Ehrwürdige Mutter gerade diesen skeptischen Apostel für ihren Mummenschanz ausgesucht hat, zeugt von großer Raffinesse. Das augenfällige Wunder, dessen Zeuge der Apostel geworden war und wovon er sich persönlich und sogar handgreiflich überzeugen durfte, wird alle eventuellen Zweifler zum Verstummen bringen. Madame Angélique ist eine äußerst kluge Frau. Mein diesbezügliches Lob hat sie allerdings höchst ungnädig aufgenommen. Erst stellte sie sich, als verstehe sie nicht, wovon ich sprach, dann wurde sie ungehalten, bis ich ihr ins Ohr flüsterte, dass ich sie durchschaut habe. Und dann zählte ich ihr genau die Ingredienzien dieses wundertätigen Öls auf.

Da erblasste die Ehrwürdige Mutter, aber ich beruhigte sie, dass ihr Geheimnis bei mir gut aufgehoben sei«, vertraute Adelaide ihrer Zofe an.

Wie sich in naher Zukunft herausstellen sollte, war die Äbtissin keineswegs beruhigt. Durch die Tatsache, dass außer der Krankenpflegeschwester noch jemand von ihrem brisanten Geheimnis wusste, fühlte sie sich in höchstem Maße verunsichert. Seitdem bemühte sie sich, die Deutsche unauffällig loszuwerden …

Das Fest der »Auferstehung« der Äbtissin Angélique des Anges – wenn schon nicht direkt von den Toten, so doch von jenen, die bereits an der Schwelle zum Jenseits sich befunden hatten – wurde mit großem Zeremoniell gefeiert. Die Wellen, die dieses Ereignis geschlagen hatte, reichten nicht nur bis nach Paris, sondern die Gerüchte über dieses »Ölwunder« des heiligen Thomas' verbreiteten sich im gesamten katholischen Europa und wurden von den meisten Gläubigen für bare Münze genommen, während die Protestanten es als das ansahen, was es in Wahrheit war: ein grandioser Schwindel.

Die Äbtissin behandelte ihren Gast, die Gräfin, mit noch größerer Liebenswürdigkeit, seit sie wusste, dass Adelaide ihr Geheimnis kannte. Mit beinahe penetranter Vertraulichkeit zog sie die um zehn Jahre Jüngere an sich, verbrachte den Großteil ihrer Freizeit mit ihr und bekundete falsche Anteilnahme am Schicksal ihrer Schwester, Demoiselle Hélène de Morrisson.

Die Gräfin war im Kloster von Anfang an bei der Wahrheit geblieben und hatte nie ein Hehl daraus gemacht, dass Hélène durch die falsche Anklage, eine Hexe zu sein, vom Henker so unmenschlich zugerichtet worden sei.

»Die Torturen haben ein Wrack aus ihr gemacht, aber in der Zwischenzeit ist es uns gelungen, durch allerlei Medizinen und Tinkturen ihre körperliche Gesundheit wiederherzustellen. Allein ihre Seele ist immer noch fern von uns. Ursprünglich war es ein Segen für sie, dass Verstand und Seele sich gleichsam in ihr Inneres zurückgezogen haben; nur so ist es ihr möglich gewesen, überhaupt zu überleben.«

»Während der nächsten Andacht werde ich für Eure Schwester beten«, versprach die – ihrer heimlichen Abneigung gegen die deutschen Frauen zum Trotz – doch recht betroffene Mutter Oberin.

»Was haltet Ihr übrigens davon, Madame, Demoiselle Hélène einmal mit dem wundertätigen Hemd zu bedecken? Vielleicht kann der heilige Thomas auch an ihr ein Wunder vollbringen?«, erkundigte sich in vollem Ernst die Ehrwürdige Mutter.

Adelaide glaubte zuerst, sich verhört zu haben. Bald aber erkannte sie, dass die Ältere ihren absurden Vorschlag vollkommen ernst meinte.

»Es scheint, dass Madame des Anges mittlerweile selbst an den von ihr inszenierten Betrug glaubt«, erklärte sie ihrer verblüfften Zofe Anne.

»Und, Madame, wie habt Ihr reagiert?«, lachte das Mädchen.

»Ich habe zugestimmt. Denn ich wollte die gute Dame nicht vor den Kopf stoßen – außerdem kann man nie wissen, nicht wahr? Es passieren zuweilen die merkwürdigsten Dinge. Erinnere dich, Anne, was der jüdische Leibarzt Bischof Leopolds gesagt hat: Durch irgendeinen Zwischenfall kann es geschehen, dass völlig unerwartet der Verstand und die irrende Seele gleichsam wieder in ihren Körper zurückfinden, ohne dass wir eine Erklärung dafür haben. Das kann ganz unspektakulär vonstatten gehen. Du erinnerst dich an die Namensnennung ihres Bruders, als wir zum ersten Mal bei ihr eine Reaktion bemerkten? Es ist aber genauso gut möglich, dass durch ein ganz besonderes Ereignis und im Beisein Vieler eine Heilung zustande kommt. Wir werden es auf jeden Fall versuchen.«

Während der Abendandacht, die Frater Philibert, der junge Franziskanermönch, abhielt, der zum neuen Beichtvater der Nonnen ernannt worden war, würde man die teilnahmslose Demoiselle de Morrisson auf einer Bahre in die Klosterkapelle tragen und ihr vor dem Altar im Angesicht aller Klosterfrauen, der Äbtissin, ihrer Schwester Adelaide sowie zahlreicher Besucher aus Auxerre das seidene Hemd der Äbtissin mit den fünf sichtbaren Ölflecken über den Körper legen.

Im Anschluss daran würden Bittgebete zum heiligen Thomas geschickt werden, damit der Heilige den verloren gegangenen Verstand der jungen Frau wieder in ihren Kopf zurückkehren lassen möge.

»Wir verlieren nichts dabei und dem Helen tut's nicht weh«, sagte die Comtesse.

KAPITEL 64

UND TATSÄCHLICH WAR DAS, was sich während der Andacht ereignete, durchaus wert, einer genaueren Analyse unterzogen zu werden.

Die stumme und lethargische Kranke hatte sich zum großen Erstaunen aller auf ihrer Liege aufgerichtet, nachdem man sie mit dem Hemd bedeckt hatte. Ja, richtiggehend gewehrt hatte sie sich gegen dieses Stück Stoff, das einen merkwürdig süßen und doch zugleich würzigen Duft verströmte.

Die Comtesse hatte sie beruhigt, sodass sie sich erneut niederlegte, aber kaum kam das wundertätige Hemd mit dem ihrem erneut in Kontakt, stieß sie einen Schrei aus und warf es von sich.

Das war etwas ganz Neues. Niemand hatte seit ihrer Ankunft einen solchen Laut von ihr gehört. Die Schwestern hatten sie bei sich nur »die Stumme« genannt.

Die anwesenden Nonnen in der Kapelle riefen durcheinander: »Ein Wunder!« »Ein neues Wunder ist geschehen!« »Die Stumme hat gesprochen« – was allerdings eine arge Übertreibung darstellte. Bisher war nur ein unartikulierter Laut aus ihrer Kehle gedrungen. Man wiederholte den Versuch, und wieder machte Adelaides Schwester heftige Bewegungen der Abwehr und schrie erneut laut auf, sodass ihr Schrei unter dem gotischen Spitzbogengewölbe der Kapelle widerhallte.

Die Anwesenden waren längst nach vorne gestürzt. Ja, sie drängten sich rücksichtslos um die Bahre der Kranken, wobei die Leute aus Auxerre auf die frommen Frauen wenig Rücksicht nahmen: Jeder wollte derjenige sein, der dem Wunder am nächsten stand.

»Legt ihr noch einmal das Hemd auf!«, verlangte die Menge,

und selbst die Nonnen und die Äbtissin plädierten für einen weiteren Versuch.

Der junge Franziskanerpater stand stumm und ängstlich daneben und äußerte sich gar nicht. Ihm war das alles zu unheimlich.

Mon Dieu, bloß nicht schon wieder ein Wunder. Die Überspanntheit der Weiber ertrage ich so schlecht, dachte er, und es wurde ihm dabei eiskalt vor Schreck. Er kannte schließlich die Mutter Oberin und ihre exaltierten Liebeswünsche zur Genüge …

Die Comtesse bemühte sich, Hélène, die mit weit offenen Augen dalag, zu besänftigen, indem sie ihr leise ein Wiegenlied aus der Heimat vorsummte.

Auch dieses Mal versagten Adelaides Bemühungen nicht. Die Hände Hélènes lagen ruhig neben ihrem Körper, die Augen schauten wie immer starr geradeaus, und der zum Schreien geöffnete Mund hatte sich geschlossen.

»Nun, Pater, legt Ihr erneut das wundertätige Hemd mit dem Heilöl des heiligen Thomas auf«, forderte ungeduldig die Äbtissin. Der junge Mönch zuckte zusammen. Dann ermannte er sich, fasste das seidige Gebilde mit spitzen Fingern und breitete es sorgsam über die vor ihm Liegende.

Diesmal kam der Stoff des dünnen Nachtgewandes nicht nur mit dem Hemd der Demoiselle Hélène in Berührung, sondern auch mit Teilen ihrer Haut. Und jetzt war die Reaktion der Stummen geradezu sensationell zu nennen.

Wie von der Tarantel gestochen, sprang sie von der Liege auf, schleuderte das Nachthemd der Mutter Oberin von sich, öffnete ihren Mund und rief so laut sie konnte auf Deutsch: »Nein, nein, nein!«

Dann, gleichsam, als habe sie sich verausgabt, brach sie lautlos zusammen und stürzte neben der Bahre in der Kapelle auf den Marmorboden. Alles ging so schnell, dass niemand sie hatte auffangen können; es blieb zu hoffen, dass sie sich nichts gebrochen hatte.

Dieses dreimalige, unüberhörbare Nein war nun ohne jeden Zweifel ein Anzeichen dafür, dass die bisher allem Irdischen entrückt Erscheinende sehr wohl ihre völlige Teilnahmslosigkeit aufgegeben hatte, und ihre Fähigkeit zum Sprechen schien ebenfalls zurückgekehrt zu sein.

»Ein Wunder! Mon Dieu, ein Wunder! Halleluja, ein neues Wunder ist im Kloster geschehen!«, schallte es aus zahlreichen Kehlen, und selbst der verdatterte, junge Franziskaner und die äußerst skeptische Comtesse Adelaide de Bréteuil vermochten sich der allgemeinen Begeisterung nicht zu entziehen.

Immerhin hatte Adelaide ihre liebe Schwester selbst gehört. Das war kein Traum gewesen, und kein Schwindel hatte dies zustande gebracht.

»Ich verstehe das nicht. Ich kann es einfach nicht begreifen«, murmelte die Gräfin vor sich hin, und ihr Blick suchte ratlos die Augen ihrer Zofe. Aber auch Anne zuckte hilflos mit den Achseln.

Was sich da eben vor den Augen zahlreicher Zuschauer ereignet hatte, ließ sich nicht so leicht als Betrug abtun. Aber was war es dann?

War es einfach nur der richtige Zeitpunkt gewesen, an dem es Helene Hagenbusch vorherbestimmt war, wieder am normalen Leben teilzunehmen? Vor einiger Zeit hatte sie ja bereits Anteilnahme bekundet, als der Name ihres Bruders Georg gefallen war. Aber warum sie so auffällig auf die Berührung mit dem Hemd der Äbtissin reagiert hatte, würde wohl immer ein Rätsel bleiben. War es der penetrante Geruch, welcher dem Kleidungsstück entströmte?

Die Äbtissin hatte die auf so wunderbare Weise ins Leben Zurückgekehrte in ihren mit Schnitzwerk und Vergoldungen verzierten Äbtissinnenstuhl setzen lassen, während sie selbst demütig daneben auf dem eisigen Boden kniete.

Die Andacht ging weiter – das wundertätige Hemd aber hatte man auf dem Altar ausgebreitet, wo alle Anwesenden die fünf, frisch prangenden Flecken des heiligen Öls sehen konnten.

Die meisten weinten vor Ergriffenheit, und Adelaide fühlte sich wie vor den Kopf geschlagen. Sie konnte die Augen nicht von ihrem Helen wenden, das seine Blicke in der Kapelle herumwandern ließ und sich die Menschen genau zu betrachten schien.

Auf der neben ihrem Sitz auf der Erde zusammengesunken kauernden Äbtissin ließ die junge Frau ihren Blick besonders lange ruhen, so als wäre diese eine ganz eigene Art von Mensch – womit sie zweifelsohne recht hatte.

Als ihre wieder lebendig strahlenden, blauen Augen auf die fragenden, dunkelbraunen der Comtesse trafen, lächelte sie ihrer Jugendfreundin schwermütig zu.

Adelaide war das Herz schwer. War das der Anfang einer umfassenden Genesung, oder würde es bei der einmaligen Willensbekundung des armen Geschöpfes bleiben? Erhielte sie ihre Sprache in vollem Umfang zurück? Und: Wie würde ein wacher Geist mit dem ihr zugefügten Unrecht fertig werden?

Die Äbtissin vergaß für eine Weile ihre Abneigung gegen die Comtesse. Durch das neuerliche Wunder gewann ihr Kloster zusätzlich an Berühmtheit. Die Massen der Gläubigen strömten geradezu herbei, der Handel mit Devotionalien florierte ebenso, wie die Übernachtungen in der Klosterherberge an Zahl zunahmen.

Und nicht nur das gemeine Volk wurde angelockt, nein, gerade die Reichen und Vornehmen ließen es sich angelegen sein, einige Tage der Andacht und des Gebetes in Sainte Cathérine zu verbringen, das wundertätige Hemd zu verehren, welches man in einem Glasschrein auf dem Altar der Klosterkirche ausgestellt hatte, sowie den Gewandsaum der von der Sprachlosigkeit Geheilten zu berühren.

Und gleichsam als Reliquien nahmen die Gläubigen kleine Zettelchen mit, worauf Gebete standen, die angeblich von der Hand der zu neuem Leben Erweckten stammten …

Der Zulauf nahm in den nächsten Wochen derartige Formen an, dass Demoiselle Hélène am liebsten vor den vielen Menschen geflohen wäre.

Dabei blieb nicht aus, dass der Glorienschein, den die Mutter Oberin sich für ihre eigene Person erkämpft hatte, etwas verblasste. Ihre Eifersucht erwachte, und sie überlegte, wie sie sich erneut in den Mittelpunkt des Interesses rücken könnte – immerhin war das wundertätige Hemd *ihr* Eigentum.

KAPITEL 65

IM KLOSTER SUMMTE UND RUMORTE ES seit Tagen wie in einem Bienenstock, dessen junge Königin sich zum Ausschwärmen bereit machte. Illustrer Besuch hatte sich angekündigt: Denn der – nach dem König – erste Mann Frankreichs, Seine Eminenz, Kardinal Armand-Jean du Plessis, Herzog von Richelieu, gab sich die Ehre seines Erscheinens.

Das Gästehaus wurde in aller Eile völlig renoviert, um dem verwöhnten Geschmack des Kirchenfürsten Rechnung zu tragen und weil in seiner Person gleichsam der König von Frankreich mit geehrt wurde …

Richelieu, das durfte man getrost behaupten, war Ludwigs XIII. zweites Ich. Das französische Volk war von dieser Allianz wenig begeistert. Ob man dem örtlichen Feudalherrn oder dem König gehorchen musste, war den Leuten egal, denn, wie sie glaubten, verdankten alle diese Herren ihre herausgehobene Stellung GOTT und agierten quasi als Seine Stellvertreter.

Ganz anders verhielt es sich aber mit dem Kardinal, einem Politiker, der keineswegs aus dem Hochadel stammte und der sogar bürgerliche Advokaten zu seinen Vorfahren zählte … Deshalb wurde seine Person vom Volk nur gering geachtet.

Die kinderlose Königin Anna von Österreich bereitete dem Kardinal große Sorgen. Seit Jahren schon hatte sie sich immer wieder in ein mit einem steinernen Pelikan geschmücktes Eckzimmer des Benediktinerklosters Val de Grâce zurückgezogen.

Das von ihr gestiftete Kloster war im Laufe der Zeit zu ihrem Lieblingszufluchtsort geworden, da der König, ihr Gemahl, offenbar nichts von ihr wissen wollte.

Sie fühlte das Bedürfnis, der lauten Welt zu entfliehen, die nur Kriege und Intrigen kannte. Die Königin betete viel und las in der Bibel sowie den Schriften der heiligen Teresa von Avila.

Richelieu sah ihre regelmäßige Flucht aus Paris mit äußerstem Missfallen, denn es war schwierig, die Königin dort zu überwachen. Er wusste, sie schrieb auch Briefe, die einem englischen Botschaftssekretär zugesteckt wurden, damit dieser sie aus Frankreich hinausschmuggeln konnte.

Richelieu, von seinen allgegenwärtigen Spionen bestens unterrichtet, hatte erst kürzlich das Zimmer Königin Annas genau durchsuchen lassen. Und tatsächlich: Man hatte Briefe an ihre Brüder gefunden, einmal an den König Philipp von Spanien und weitere an den Infanten, den obersten Befehlshaber der spanischen Truppen in den Niederlanden.

Das erfüllte den Tatbestand des Hochverrats – jedenfalls in den Augen des Ersten Ministers.

Alles in allem waren es zwar harmlose Schreiben, aber in einem davon warnte die Königin vor einem bestimmten Klosterbruder, den Kardinal Richelieu neulich als angeblichen Vermittler nach Spanien – ein Land, mit dem sich Frankreich immerhin im Krieg befand – gesandt hatte.

Richelieu kam dieser »verräterische Briefwechsel mit dem Feind« gerade recht. Der König sollte unbedingt das Gefühl bekommen, dass er, ein Mann, der bereits von vielen verraten worden war, nun auch von seiner Ehefrau hintergangen worden sei. Das würde ihn umso enger an seinen Ersten Minister binden.

Richelieu hasste zwar nicht die Frauen, aber ihren Einfluss in der Politik. Diesen galt es, so gering wie möglich zu halten.

Ein ungelöstes Problem bestand allerdings darin, dass der König keinen Erben hatte. Der Thronfolger wäre aller Voraussicht nach sein Bruder, Gaston von Orléans, ein Mann mit schwarzen, dichten, über der Nase zusammengewachsenen Augenbrauen und stets offen stehendem Mund, was ihm den Anschein eines Schwachsinnigen verlieh. Nach Richelieus Meinung war er dumm, arrogant, schwach und höchst gefährlich. Immer wieder hatte Monsieur, wie man den Bruder des Königs titulierte, gegen Ludwig intrigiert, um die Krone Frankreichs für sich zu erringen.

Königin Anna, eine Habsburgerin aus der spanischen Linie, war eine hochgewachsene, hübsche, blonde Frau, füllig, mit ausdrucksstarken, blauen Augen, einer etwas zu langen Nase, aber dafür mit einem entzückenden, kleinen, roten Mund. Sie pflegte sich gut und geschmackvoll, aber nicht prunkvoll zu kleiden.

Die Königin, deren Hoftitel »Anna von Österreich« lautete, fühlte sich seit Langem als Französin. Beim Volk von Paris, für dessen Wohlergehen sie im Lauf der Jahre viel getan hatte, war sie sehr beliebt. Als einfache Frau oder als Magd verkleidet, pflegte sie die Kranken in den großen Armenspitälern der Hauptstadt.

Weshalb der König seine schöne Frau, die er auf Geheiß seiner überstrengen Mutter, Maria von Medici, als Vierzehnjähriger hatte heiraten müssen, nicht liebte, war schwer zu begreifen. Man munkelte allerdings von männlichen Günstlingen …

Nun wollte der Kardinal, der unbedingt einen Sohn des Königs, gezeugt mit dessen Gattin, einst auf Frankreichs Thron zu sehen wünschte, sich deshalb die angeblichen Wunder, welche mittels dieses seltsamen Hemdes geschahen, genauer betrachten.

Zwar hielt er nichts von diesem Aberglauben, doch alle diese »Wunder« konnten nicht purer Phantasie entsprungen sein. Vielleicht konnte das »heilige Öl« des Apostels Thomas der unfruchtbaren Königin zu einem Thronfolger verhelfen? Sie war schon über dreißig, und es eilte allmählich. Es musste doch irgendwie möglich sein, das Interesse des Königs an seiner Frau zu wecken.

Einmal – in einer seltenen Anwandlung von Intimität seinem Ersten Minister gegenüber – hatte der Monarch dem Kardinal gestanden, was er gelegentlich in seiner Phantasie erlebte: »Schlagen möchte ich sie manchmal, diese intrigante Person. Nach beinah zwanzig Jahren kann ich von ihr nicht sagen, dass ich mich an sie als meine Frau gewöhnt habe.«

Nicht unbedingt die besten Voraussetzungen, um einen Dauphin zu zeugen …

KAPITEL 66

»NUN HAT DER KAISER endlich wieder den Friedländer als Generalissimus seiner Truppen gewonnen.«

Der Kardinal, bleich und schmal, noch von den furchtbaren Schmerzen seines letzten Gichtanfalls gezeichnet, setzte sich aufrecht hin. Das gerade Sitzen auf dem Sessel mit der hohen Lehne bereitete ihm trotz der weichen Polsterung ein wenig Mühe.

Seine eingefallenen Wangen in dem asketischen Gesicht waren leicht gerötet. Er ereiferte sich jedes Mal, wenn er über Politik sprach. Seine schwarzen, intelligenten Augen funkelten lebhaft.

Comtesse Adelaide, die von der Mutter Oberin zu den abendlichen Feierlichkeiten anlässlich des hohen Besuches eingeladen worden war, hatte sich für diesen Abend mit ihrem Äußeren besondere Mühe gegeben. Ihr Ballkleid, das sie zuletzt in Straßburg getragen hatte, hatte sie sich von Anne anlegen lassen und in ihr wunderschönes, langes Haar hatte ihre Zofe Perlenschnüre eingeflochten, die mit ihrem Perlmuttglanz das tiefe Schwarz ihrer Haarpracht noch verstärkten.

Es war einfach angenehm, sich wieder einmal für einen Mann schön machen zu können, selbst wenn dieser ein Kleriker war und für sie nicht infrage kam. Während Anne ihr das Perlenkollier schloss, musste Adelaide an den Comte Bernard de Grandbois denken, der sich im Gasthof *Lion d'Or* in Tonnerre als so tapfer erwiesen hatte. Als ihr seine strahlenden, braunen Augen und sein Lächeln mit den weißen Raubtierzähnen einfielen, bedauerte sie es sehr, dass nicht er es war, für den sie sich von ihrer Zofe schmücken ließ … Entgegen seines Versprechens hatte er sie im Kloster bisher noch nicht aufgesucht. Sicher dachte er längst nicht mehr an sie.

Von Bischof Leopold wusste sie, dass Kardinal Richelieu früher den Frauen sehr zugetan gewesen war.

Unauffällig beobachtete sie den Kirchenfürsten. Er war jetzt sechsundvierzig Jahre alt und ein schwer kranker Mann. ›Der Kardinal leidet vermutlich an dieser schrecklichen Franzosenkrankheit‹, dachte sie mitleidig, ›er könnte sich als junger Mann bei einer Dirne angesteckt haben, und jetzt erreicht er allmählich das dritte Stadium jener Seuche, von der es keine Heilung gibt. Immer aufs Neue werden an seinen Armen und Beinen eitrige, übel riechende Geschwüre aufbrechen, und seine Schmerzen werden immer unerträglicher werden‹, prophezeite sie ihm im Stillen.

Wie die Gräfin sehen konnte, hatte der Kirchenfürst den linken Arm dick bandagiert. Vermutlich war es mit seinen Beinen dasselbe, denn der stolze Herr, der sich normalerweise sicher sehr aufrecht hielt, hinkte ganz erbärmlich und verzog unmutig das Gesicht, wenn er gezwungen war, längere Zeit zu stehen. Seines gerade überstandenen Gichtanfalls zum Trotz hatte Richelieu tüchtig beim Mahle zugegriffen und auch jetzt, beim anschließenden Umtrunk, hielt er sich keineswegs zurück.

Nach einem Schluck aus dem Rotweinpokal schlug er das rechte Bein über das linke – die schmerzstillende Wirkung des Alkohols schien diese Bewegung jetzt zu ermöglichen – und fuhr in seinem Vortrag über die brisanten Geschehnisse im Deutschen Reich fort.

»Nachdem Ferdinand vor dem Wallenstein beinahe in die Knie gegangen ist, hat sich der Feldherr gnädig bereit erklärt, dem Kaiser noch einmal mit einer Armee beizustehen. Was aber eine militärische Unterstützung Maximilians von Bayern betraf, hielt sich der Böhme bedeckt.«

»Könnte das eine späte Rache an dem Bayernherzog gewesen

sein, weil er ihm seine Absetzung im Jahr 1630 verdankt, Monseigneur?«, erkundigte sich die Äbtissin.

»Ja, Ehrwürdige Mutter, das denke ich. Lediglich ein paar tausend Reiter hatte er ihm geschickt, sozusagen als symbolische Geste. Der über siebzigjährige Tilly und der bayerische Kurfürst mussten sich allein gegen das anrückende Heer der Schweden behaupten. Bei Rain am Lech erlitt daher die bayerische Armee eine schwere Niederlage. Sie verlor beinahe viertausend Krieger.

Und das Besondere dabei: Graf Tilly wurde dabei von einer schwedischen Kugel am rechten Oberschenkel getroffen. Die Wunde entzündete sich, wurde brandig – nicht einmal eine Amputation konnte ihn retten – und so starb wenige Tage später der »Mönch in der Rüstung«, wie man den frommen Kriegsmann gerne nannte, am Wundfieber. Seitdem kann sich ungehindert der Strom der schwedischen Truppen ins Bayernland hinein ergießen. Es ist keiner mehr da, der ihnen Einhalt gebieten könnte.«

Die Äbtissin und die anwesenden Nonnen lächelten; das waren allerdings wunderbare Neuigkeiten. Darauf musste man ein Glas – oder auch mehrere – trinken.

Comtesse Adelaide ließ sich ihre Bestürzung nicht anmerken und murmelte etwas von einer höchst erfreulichen Entwicklung der Dinge. ›Wenn das mächtige Bayern vor Gustav Adolf im Staub liegen sollte, was wird dann aus meiner kleinen, unbedeutenden Heimat?‹, dachte die Gräfin aus der lieblichen Ortenau beklommen. Doch sie lauschte weiterhin gespannt den Worten des Kardinals.

»Augsburg, gleichsam die Wiege des Protestantismus und eine der mächtigsten Städte unserer Zeit, liegt Gustav Adolf bereits zu Füßen«, hörte sie den Ersten Minister Frankreichs mit Genugtuung sagen.

»Augsburg ist nicht nur ein Symbol des Ketzertums, nein, es ist unbestritten die Metropole Deutschlands; überdies ist die Stadt der Sitz der Hochfinanz. Hier haben die Handelshäuser der Fugger und Welser ihre Machtsysteme etabliert, die bis nach Südamerika reichen. In ihren Kontoren hat man bereits Fürstenthrone und Kaiserkronen verschachert.«

Mit wahrer Begeisterung hatte der sonst so nüchterne Kardinal das ausgesprochen; echter Leistung zollte er stets seinen Respekt.

»Schon im Jahr 1555 wurde der Augsburger Religionsfrieden verkündet, der allen Anhängern Martin Luthers Frieden, Besitz und ungehinderte Ausübung ihres Glaubens zusicherte. Doch Maximilian hat es fertiggebracht, in Augsburg eine katholische Minderheit an die Regierung zu bringen. Der Kurfürst zwang die Stadt, 5000 katholische Soldaten als Besatzer einzuquartieren. Aber«, sagte der Kardinal und lachte unbändig, »diese bayerischen Söldner machten angesichts der schwedischen Übermacht nicht einmal den kleinsten Versuch, die Stadt zu verteidigen. Nach kurzer Kanonade kam es zu einem Kompromiss: freier Abzug für die Besatzer, friedlicher Einmarsch für die Eroberer.«

Die Gäste im Refektorium von Sainte Cathérine klatschten höflich Beifall.

»Als nun im April 1632 die schwedische Armee feierlich in Augsburg einzog, jubelten alle. Niemand hatte die Katastrophe von Magdeburg vergessen. Kein Städter fürchtet etwas so sehr wie eine plündernde und mordgierige Soldateska. In Augsburg – so habe ich gehört – verhalten sich die schwedischen Truppen aber mustergültig.«

Der Würdenträger in der roten Robe brach erneut in lautes Gelächter aus.

»Man bedenke, Mesdames«, wandte er sich an seine Zuhörerinnen, »schwedische und finnische Soldaten halten sogar Betstunden ab und singen Psalmen. Wie man mir berichtet hat, konnten sich die Bürgerinnen Augsburgs den Fremden nähern, um ihnen Speise und Trank zu bringen, ohne Angst haben zu müssen, der Geilheit ihrer Eroberer zum Opfer zu fallen.«

»Nun, Eminenz, wie man sieht, zahlt sich die finanzielle Unterstützung Frankreichs für den Schwedenkönig offenbar aus«, meinte die Äbtissin mit Genugtuung.

Madame des Anges war an Politik sehr interessiert – sie verstand es zumindest, diesen Eindruck beim Kardinal, der geschmeichelt lächelte, zu erwecken. Es war nur von Vorteil, sich diesen mächtigen Mann geneigt zu machen. Denn ohne sein Einverständnis und gegen seinen Willen zu handeln, kam in Frankreich politischem Selbstmord gleich. Dann war man ein Wurm, dem auch Freunde nicht mehr gegen die Fußtritte der Übrigen beistanden; stand man hingegen in Richelieus Gunst, erfuhr man überreiche Unterstützung von allen Seiten.

Nach einer Weile wandte sich das Gespräch anderen Themen zu, wie etwa dem des auf dem Scheiterhaufen verbrannten Abbé Simon Canfort, wobei die Äbtissin es nicht versäumte, dem Kardinal zu danken, sie von diesem Abgesandten der Hölle befreit zu haben.

»Ihr könnt Euch nicht vorstellen, Monseigneur, was es bedeutet, Nacht für Nacht als hilflose Jungfrau den unzüchtigen Nachstellungen eines solchen Teufels ausgeliefert zu sein. Er hat mich und meine unschuldigen Mitschwestern gleichsam zu schamlosen Dirnen herabgewürdigt. Gegen diese satanische Übermacht waren wir armen, schwachen Frauen fast immer die Unterlegenen. Erst wenn es uns gelang, laut den Namen des HERRN zu rufen, pflegte sich der Spuk aufzulösen wie Rauch im Wind.«

Madame Angélique des Anges atmete schwer, ihr hübsches,

schmales Antlitz war gerötet, ihr Busen unter der schwarzen Kutte wogte, und ihre dunklen Augen glänzten. Es war deutlich zu sehen, dass allein die Erinnerung an diese Erlebnisse sie noch sehr erregten …

Sie schluckte und seufzte und mit beinahe erstickter Stimme flüsterte sie, wobei sie fromm ihren Blick zum Himmel hob: »Ich wünsche meinem ärgsten Feinde nicht, dass er so etwas erleben muss.«

»Nun, Madame, der Prozess hat ja gezeigt, dass die Kirche sich auch solcher Feinde zu entledigen weiß, wenn sie es wagen, geweihte Personen zu belästigen«, sagte der Kardinal mit großer Befriedigung.

KAPITEL 67

Der Frühling erfasste das Land mit Macht, allerorten sprießte und blühte es, und auch mit Hélènes Genesung ging es weiter aufwärts. Die völlige Lethargie war von ihr gewichen: Die junge Frau nahm erneut Anteil am Leben.

Sie sprach – wenn auch nicht viel –, und wenn sie redete, waren die Zuhörer von der Lebensklugheit in den Worten der jungen Frau überrascht. Weit über ihre Lebensjahre hinaus hatte sie Erkenntnisse gesammelt, welche viele selbst in hohem Alter noch nicht für sich in Anspruch nehmen konnten.

Der Preis, den sie für dieses Wissen hatte bezahlen müssen, war allerdings ein zu hoher gewesen …

Das Wichtigste aber war, dass sie bei ihrer körperlichen Erstarkung mitarbeiten konnte: Durch ein gezieltes Muskeltraining gelang es ihr allmählich, die Funktionen ihres rechten Armes wiederherzustellen, ein Umstand, der wesentlich dazu beitrug, ihr neuen Lebensmut einzuflößen.

Bald fand sie wieder Gefallen an Speis und Trank, sodass sie an Gewicht zunahm, weibliche Rundungen bekam, und der Rhythmus ihrer unreinen Tage sich auf Normalmaß einpendelte.

Da ihr einst so prachtvolles, blondes Haar längst wieder nachgewachsen war – die Kur mit dem Mark aus Rinderknochen hatte tatsächlich geholfen –, war Hélène de Morrisson in Kürze wieder eine äußerst hübsche und begehrenswerte Frau.

Ihre Narben am ganzen Körper waren zwar noch vorhanden, verblassten aber zunehmend. Außerdem sah man sie unter den Gewändern nicht, und solange ihre Fingernägel noch nicht völlig nachgewachsen waren, trug sie Handschuhe.

So erschien sie zahlreichen Männern als angenehme Gefährtin, und es mehrten sich die Fälle, in denen wohlhabende, edle Herren, die sie in der Kathedrale oder der Klosterkirche gesehen hatten, sich ihr als Ehemänner andienen wollten.

Solche Anträge aber lehnte die junge Frau kategorisch ab. Und weil es sich bald herumgesprochen hatte, dass die Schwester der Gräfin de Bréteuil nichts von Liebe und Ehe wissen wollte, tauchte das Gerücht auf, sie habe beschlossen, Nonne zu werden.

Dieses Ondit erhielt Gewicht durch die Tatsache, dass sie schließlich einem Wunder ihre Heilung verdanke. Dass dieses Gerücht jeglicher Grundlage entbehrte, brauchte man den Leuten ja nicht auf die Nase zu binden …

»Ich interessiere mich nur für die Heilkunst, und allein ihr will ich mein künftiges Leben widmen«, erklärte Hélène Adelaide. Dagegen war nicht viel einzuwenden, zumal sich ja die Gräfin ebenfalls dieser Wissenschaft verschrieben hatte.

Ohne Risiko war eine solche Neigung aber nicht, denn auch in Frankreich argwöhnten viele Menschen, die weisen Frauen hielten es mit dem Satan, und ihre Heilerfolge seien durch die Hilfe teuflischer Mächte zustande gekommen.

Auch die sogenannte weiße Magie, die ihre Kunst allein dem Wohle von Mensch und Vieh widmete, stand unter dem dringenden Verdacht, von Hexen und Zauberern angewendet zu werden. Man unterschied sie längst nicht mehr vom gefährlichen Schadenszauber.

»Der Hexenwahn ist weiterhin im Land ungebrochen«, hatte erst unlängst Graf Ferfried in einem Schreiben an seine Tochter geklagt. »Obwohl die Schweden in ihren eroberten Gebieten die Hexenverfolgung untersagt haben, werden die Prozesse trotzdem heimlich abgehalten. Und weil das öffentliche Verbrennen zu großes Aufsehen erregt, sorgt man dafür, dass die angeblichen Hexen schon vor der Urteilsverkündung im Gefängnis an den Torturen sterben.« Dann hatte der Graf noch bitter hinzugefügt: »Was einst ein Martin Scheible gekonnt hat, darauf versteht sich ein Fridolin Ganzer schon lang.«

Der Unmensch Andreas Sütterlin hatte es schließlich erreicht, dass man die Magd Vreneli des Bauern Gottfried Rübsam als Hexe verleumdet und in den Hänsele-Turm auf Schloss Ortenberg gebracht hatte. Sie war eine brave Dirn ihr Lebtag gewesen, die keiner Fliege was zuleide tat. Aber was half es ihr?

Sie war jetzt in ihrem einundvierzigsten Lebensjahr und hatte das Pech, jenes Kind gewesen zu sein, das der Sütterlin als blutjunger Bursch vergewaltigt und den der Jakob Hagenbusch daraufhin so schwer gezüchtigt hatte. Diese Schmach hatte der Sütterlin dem Vreneli nie vergessen und weil er gegen den Hagenbusch nicht ankam, ließ er jetzt, als er die Gelegenheit dazu witterte, seine unbändige Wut an dem unschuldigen Geschöpf aus.

»Alle in der Umgegend sind entsetzt, weil das Vreneli die Tortur nicht durchgehalten und man ihre Leiche auf dem Schindanger bei Nacht und Nebel vergraben hat«, hatte der Herr von Ruhfeld geschrieben, und Adelheid war es eiskalt den Rücken heruntergelaufen.

Das Schreiben ihres Vaters insgesamt hatte in der Tat wenig Gutes verheißen – kein Wunder in diesen kriegerischen Zeiten.

Graf Ferfried war wie immer durch seinen Freund am bayrischen Herzogshof, Herrn Heinrich von Garsbach, über das neueste politische Geschehen bestens informiert worden. Alles drehte sich natürlich um die Schweden.

»Als der König nach seinem Triumph in Augsburg seinen Feldzug in Bayern fortsetzte, zeigte er ein völlig anderes Gesicht«, schrieb ihm der Beamte des kurfürstlichen Hofes zu München, und fuhr lapidar fort: »Der große Mann aus dem Geschlecht der Wasa wurde hier zum Schreckgespenst für die Bevölkerung.«

Das war nicht so schwer zu begreifen, denn in Bayern befand sich Gustav Adolf von Schweden im Reich Maximilians, der nicht nur ein Führer der feindlichen katholischen Liga war, sondern der König war jetzt in einem katholischen Stammland. Hier hieß man ihn zum ersten Mal nicht als Befreier vom lästigen Katholizismus willkommen. Im Gegenteil, die Bauern vor allem traten ihm entgegen – anders als in Würzburg und Augsburg kam es sogar zu einem Aufstand.

Der »Löwe aus Mitternacht« zeigte daraufhin, dass er auch anders konnte und reagierte mit äußerster Brutalität gegen die Aufständischen. Eine wutschnaubende, völlig entfesselte Soldateska verwüstete das Land Bayern, folterte, steckte die Häuser in Brand, schändete und mordete. Hemmungslos und überaus grausam fielen sie über die völlig unzureichend ausgerüsteten Bauern und deren Weiber und Kinder her.

»Diese Welle ungebremster Vernichtung war beileibe nicht das Werk einzelner, sich der Disziplin entziehender Soldaten; nicht nur einige wenige entgleisten, nein, der Schwedenkönig hat sie ganz bewusst auf die Menschen losgelassen«, klagte Herr von Garsbach. »Gustav Adolf wollte nichts weniger als den totalen Ruin des Landes östlich des Lechs. Was die schwedischen Soldaten nicht mitschleppen konnten, das zerstörten sie – selbst die junge Saat rissen sie aus den Äckern, um eine Ernte unmöglich zu machen.«

Und Ferfried hatte nicht versäumt, in seinem anschließenden Brief an die Tochter darauf hinzuweisen, wie klug es doch im Ortenauischen gewesen war, sich dem haushoch überlegenen Feind nicht in kindisch verblendetem Stolz entgegengestellt zu haben.

Erschüttert las die Comtesse weiter: »Mit Sicherheit wäre auch die Stadt München ein Opfer der rasenden Truppen Gustav Adolfs geworden, wenn nicht zum Glück noch rechtzeitig eine Delegation der berühmtesten und ältesten Geschlechter der Stadt dem König entgegengezogen, sich ihm zu Füßen geworfen und um Gnade gebettelt hätte.

Auch der französische Gesandte, Monsieur de St. Étienne, schloss sich ihren Bitten um Schonung an, und so ließ sich der schwedische Monarch endlich erweichen. Die Stadt München blieb so von allen Gräueln verschont.«

Kurfürst Maximilian II. war übrigens beim Herannahen der schwedischen Krieger mit seiner Familie nach Regensburg geflohen …

Gustav Adolf willigte in die vollkommene und bedingungslose Kapitulation ein, und dieses Abkommen schützte nicht nur das Gebiet der Stadt, sondern auch das gesamte Umland Münchens vor Zerstörung und Plünderung. Und der Rat der Stadt verpflichtete sich zur Zahlung einer gewaltigen Summe in Goldtalern, und zur Absicherung stellte man dem König eine Reihe von bedeutenden Geiseln zur Verfügung.

»Gustav Adolf war mit dieser Lösung zufrieden; so schonte der Verwüster des Bayernlandes die Hauptstadt und unterließ es sogar, der katholischen Bevölkerung Restriktionen bezüglich ihres Glaubens aufzuerlegen. Im Gegenteil, der König besuchte das Jesuitenkolleg in München und befragte die frommen Väter hinsichtlich der Bedeutung der einzelnen Zeremonien und besonders der des Weihwassers«, schloss der adlige Freund des Grafen Ferfried.

»Man merkt meinem Freund Garsbach seine Enttäuschung über die feige Flucht seines Kurfürsten an, obwohl er sich als treuer Untertan und Beamter des bayerischen Herzogs für dessen Haltung um Verständnis bemüht«, hatte Adelaides Vater geschrieben.

KAPITEL 68

Anders lautenden Behauptungen zum Trotz, zählten große Feldschlachten in diesem Krieg zu den eher seltenen Vorkommnissen im soldatischen Alltag eines Söldners, denn die Feldherren legten es nicht darauf an, möglichst blutige Schlachten zu schlagen. Man betrachtete viel eher das kunstvolle Manövrieren als Inbegriff einer gekonnten Strategie. Nicht wenige Feldzüge erschöpften sich deshalb darin, wochen-, selbst monatelang eine einzige Stadt zu belagern und deren Bewohner systematisch auszuhungern.

Das Leben der meisten Soldaten verlief auf diese Weise recht unspektakulär; manch einer erlebte womöglich nie ein Gefecht. Hauptsächlich erschöpfte sich das Leben in unendlichen Schindereien, in Hunger und Krankheiten.

Durchschnittlich marschierte man zwischen fünf und zehn Kilometer am Tag von einem Lagerplatz zum nächsten. Der höchste Triumph, der den Männern beschieden war, bestand üblicherweise darin, dass sie einen warmen, trockenen Schlafplatz gefunden hatten, dass sie etwas zu essen und zu trinken bekamen und dass sie von Typhus, Ruhr, Tuberkulose und der Syphillis bewahrt blieben – oder sich wieder davon erholten …

Dieser bereits Jahrzehnte andauernde Krieg bestand hauptsächlich aus müßigem Warten und Schlafen. Es war ein äußerst monotones Leben, das nur gelegentlich für kurze Zeit von einem entsetzlichen Hauen und Stechen unterbrochen wurde, ehe es wieder in Langeweile, Nässe, Kälte, Dreck, in bohrendem Hunger, Fieberanfällen und Husten, in Flohbissen und Mückenstichen, Blasen an den Füßen und bleierner Müdigkeit in den strapazierten Beinmuskeln versank.

Kardinal Richelieu hatte so eine Schlacht geschildert, wie sie zwischen französischen Soldaten und den missliebigen Hugenotten stattgefunden hatte.

»Wenn Truppen aufeinandertreffen, können die Männer in der Regel ihre Schusswaffen nicht mehr einsetzen. Jeder Soldat führt daher neben seiner Flinte auch eine Stichwaffe bei sich, die er im Nahkampf einsetzt. Die von den Generälen vor dem eigentlichen Kampfgeschehen so kunstvoll inszenierten Schlachtenformationen sind meistens bald im Pulverdampf verschwunden. Beim anschließenden blutigen Gemetzel von Mann gegen Mann herrscht häufig völliges Chaos, weil die Söldner nicht mehr wissen, wo ihre eigene Truppe steht und sie verzweifelt nach ihrem Fahnenträger Ausschau halten«, hatte der Kardinal die Situation auf dem Schlachtfeld beschrieben und die Nonnen samt ihrer Äbtissin waren dabei wohlig erschauert.

»Wozu braucht man dann diese martialisch anmutenden Kanonen, Monseigneur, wenn dann doch nur wie zu den Urzeiten der Menschheit, einer gegen den anderen, gekämpft wird?«, wollte Madame Adelaide de Bréteuil wissen.

»Sie werden zu Beginn der Schlacht eingesetzt, Madame. Einesteils um Schrecken zu verbreiten und zum Zweiten, um die Reihen der Gegner zu lichten. Dabei dienen schmetternde Trompeten und laute Trommelwirbel als Signale, die überdies den Vorteil haben, die Schreie der Verwundeten und Sterbenden zu übertönen.«

»Ich begreife nicht, warum sich Männer überhaupt zu diesen schaurigen Gemetzeln, die sie eigentlich gar nichts angehen, bereitfinden«, sagte die Comtesse mit angewidertem Gesicht.

»Oh, das kann ich Euch sagen, Madame. Der Sturmsold, ein Sonderzuschlag auf den normalen Lohn des Söldners und nicht zuletzt der Alkohol lassen die Männer die Angst vor dem Tod vergessen. Aber dieser Tod im Kampf ist für die meisten Söldner eher Ausnahme als Regel. Vielmehr sind die Männer durch Seuchen, Verletzungen und Hunger auf den langen Märschen bei jeder Witterung sowie durch die unhygienischen Verhältnisse in den Massenlagern bedroht, Madame. Die Zustände dort sind unbeschreiblich elend.«

»Trotzdem, Monseigneur: Was macht die eigentliche Faszination für Männer aus, sich überhaupt einem Söldnerheer anzuschließen?«

»Zum Beispiel die wachsende Armut in einem Land. Sie bringt am ehesten junge Kerle dazu, in den Kriegsdienst zu treten, und dementsprechend gleichgültig ist ihnen, warum ein

Krieg geführt wird. Sie kommen aus aller Herren Länder und hoffen auf ihre große Chance bei irgendeiner Armee. Die Fahne zu wechseln und in das Heer des gerade noch bekämpften Feindes einzutreten, bereitet einem Söldner nicht die geringsten Gewissensbisse. Für ihn gilt das Prinzip: Mit verschiedenen Herren verhandeln und danach in den Dienst des Meistbietenden treten, Madame.«

Der Kardinal blieb eine knappe Woche und beobachtete mit Interesse alle Ereignisse, die mit dem wundertätigen Hemd der Äbtissin in Verbindung standen.

Seinem messerscharfen Verstand entlockten die Pilgerscharen mit ihrem naiven Wunderglauben zwar nur ein überhebliches Lächeln, aber er prüfte jedes angebliche Wunder, von dem vor allem die Frauen zu berichten wussten, auf das Genaueste.

»Vielleicht könnte man der Königin damit doch zu einem Kind verhelfen?«, meinte er, und die Ehrwürdige Mutter bestärkte ihn in dieser Hoffnung – erwartete sie sich im Falle eines Erfolges doch einen gewaltigen Prestigegewinn für ihr Kloster.

Die Gräfin allerdings blieb skeptisch, und auch ihre Schwester Hélène machte ein abwehrendes Gesicht.

»Völliger Humbug«, sagte sie zur Comtesse Adelaide in deren Zelle, »das Hauptproblem scheint mir die Abneigung dieses Königs zu sein, der seine Zeit lieber mit männlichen Günstlingen im Bett verbringt – wie mir eine der Nonnen unter dem Siegel der Verschwiegenheit anvertraut hat – als mit seiner Ehefrau.«

»Pssst, nicht so laut«, mahnte die Gräfin. »Die Wände in diesem Kloster haben mit Sicherheit Ohren. Und man wird es nicht besonders schätzen, wenn du behauptest, Ludwig ziehe sein eigenes Geschlecht vor – selbst wenn es der Wahrheit entsprechen sollte. Ich begreife diese Franzosen überhaupt nicht: Dass ein Mann, wenn er Nachwuchs haben will, mit seiner Frau schlafen muss, dürfte sich doch gewiss bis zum König herumgesprochen haben. Wozu bedarf es eines Wunders?«

»Vielleicht glaubt Ludwig XIII., seine Gemahlin Anna wäre die Jungfrau Maria, bei welcher der Heilige Geist diese Aufgabe übernimmt?«, lachte Hélène de Morrisson. »Aber das Hemd allein wird mit Sicherheit keine Schwangerschaft hervorrufen. Da wird Seine Majestät sich schon selbst bemühen müssen.«

Dass das Helen wieder lachen konnte, war allerdings für die Comtesse immer noch das größte Wunder …

Kaum war der Kardinal mit seiner Begleitung nach Paris abgereist, kühlten sich die Beziehungen zwischen der Äbtissin und ihrem aufgezwungenen Gast, der Comtesse Adelaide, merklich ab. Es erfolgten keine Einladungen mehr zu abendlichen Plauderstündchen zwischen beiden Damen, und sooft sie aufeinandertrafen und ein Gruß sich nicht vermeiden ließ, fiel derjenige der Mutter Oberin auffallend flüchtig aus.

Adelaide tat es leid, weil sie die Gespräche mit der gebildeten und charmanten, noch recht jungen Klosterfrau doch immer sehr genossen hatte. Über den Grund konnte die Gräfin nur spekulieren. War die Äbtissin etwa eifersüchtig auf sie gewesen, weil sich der Kardinal während seines Aufenthaltes in Sainte Cathérine auffallend oft mit ihr unterhalten hatte?

Der Erste Minister hatte die junge Frau regelrecht ausgefragt nach den politischen Gegebenheiten in ihrer Heimat und über ihren Aufenthalt bei seinem cher Ami, dem Bischof Leopold in Straßburg.

Aber war das ein Grund, ihr nun unfreundlich zu begegnen?

Andererseits war die Ehrwürdige Mutter bekanntermaßen eine äußerst launenhafte Dame …

Schrittweise merzte man im Kloster alles aus, was an das »Wunder der Erweckung« von Demoiselle Hélène erinnerte; nur noch von der Auferstehung der beinahe toten Äbtissin wurde gesprochen.

Den Flüchtlingen aus Deutschland war das ganz lieb, denn das Aufsehen, das sic crregt hatten, hatte sie eher geniert.

»Eine entflohene Hexe sollte unbemerkt bleiben«, sagte die Tochter des ehemaligen Schultheiß Jakob Hagenbusch. »Wenn ein Verräter davon erführe, könnte das unser beider Ende bedeuten.«

Die Comtesse hatte es zum Glück bis jetzt immer verstanden, im Kloster den Eindruck zu erwecken, man hätte ihre Schwester erst, nachdem deren Unschuld erwiesen war, freigelassen …

Das bisher immer freundschaftliche Verhältnis zur Krankenschwester Leontine verschlechterte sich ebenfalls schlagartig. War es Neid, weil die beiden jungen Frauen vom anderen Ufer des Rheines anscheinend mehr von Heilpflanzen und Kräutern und den daraus zu brauenden Tränklein wussten? Noch bis vor Kurzem war die Nonne froh gewesen, wenn Adelaide oder Hélène sie von ihrem reichen Wissen profitieren ließen – genauso wie Leontine ihnen eine Menge Neues beizubringen wusste. Nun war es neuerdings so, dass sie den »Fremden« den Zugang zum Kräutergarten und zur Apotheke verwehrte. Auch ihre Hilfe bei der Versorgung der Kranken war nicht länger erwünscht. So blieb es nicht aus, dass die jungen Frauen begannen, sich zu langweilen.

Die schöne Jahreszeit erlaubte es ihnen auszureiten und die herrliche Gegend des Burgund zu erkunden und die Comtesse erbat sich daher von Madame des Anges die Erlaubnis, zusammen mit Hélène und ihrer Zofe Anne aus dem Stall der Abtei Pferde entleihen und unter der Begleitung einiger Klosterknechte Sainte Cathérine verlassen zu dürfen.

Sie war nicht wenig verblüfft, als der Bescheid negativ ausfiel: Aus Sicherheitsgründen müsse ihnen dieses Vergnügen versagt bleiben, erfuhren sie.

Die Gräfin war wütend, aber es nützte ihr nichts. Angélique des Anges blieb hart, obwohl Adelaide aus sicherer Quelle wusste, dass niemand den Damen etwas zuleide getan hätte. Zumal, wenn sie in Begleitung von Männern aufgetaucht wären, die in jene Tracht gekleidet waren, die sie als Angehörige des berühmten Klosters auswies.

»Dann verlange ich, mich wenigstens – meinetwegen in Begleitung einer Schwester – in Auxerre umschauen zu dürfen! Ich lebe jetzt schon so lange hier und bin noch nicht einmal durch die Gassen der Stadt spaziert.«

Aber selbst das wurde ihr strikt verwehrt. Die Begründung war ähnlich fadenscheinig, aber es führte kein Weg an der bitteren Einsicht vorbei, dass die Gräfin im Grunde eine Gefangene der Äbtissin von Sainte Cathérine war.

»Du weißt, dass es jetzt sehr schwer sein wird, deinem Vater einen Brief zukommen zu lassen, Adelheid«, sagte Hélène, die sich keine Illusionen über ihre Lage machte.

»Und die Schreiben, die man dir aushändigt, sind bestimmt vorher geöffnet und zensiert worden.«

»Dieses Biest von einer Oberin macht uns das Leben unnötig schwer. Weshalb tut sie das?«, entgegnete die Comtesse und knirschte vor Erbitterung mit den Zähnen.

»Wir werden uns etwas einfallen lassen müssen, wenn wir uns nicht damit zufriedengeben wollen, wie unmündige Kinder eingesperrt zu werden.«

KAPITEL 69

»Madame la Comtesse, ich übergebe Euch einen Brief von einem Priester, der wohl im Schloss Eures Herrn Vaters lebt.«

Die Äbtissin befleißigte sich ausnahmsweise einer beinah freundlich zu nennenden Miene, als sie das Schreiben von Pater Ambrosius Feyerling der Gräfin aushändigte.

Adelaide warf einen raschen Blick darauf.

»Er ist Benediktiner und der Beichtvater meines Vaters und meines Bruders«, teilte sie der Ehrwürdigen Mutter mit, deren brennende Neugier ihr ins Gesicht geschrieben stand.

Mittlerweile hasste die Gräfin ihre unberechenbare Kerkerwächterin beinahe, aber sie wollte sich die Zeit ihres erzwungenen Aufenthaltes nicht noch unangenehmer gestalten, als sie bereits war.

Die Nonne blieb bei Adelaide stehen und schien offenbar darauf zu warten, dass die Comtesse den Brief öffnete und ihr vorlas.

»Falls sich in dem Schreiben etwas findet, das von allgemeinem Interesse ist, werde ich es Euch wissen lassen, Madame«, versprach daher die Comtesse, verbeugte sich höflich und suchte ihre Zelle auf.

Was würde der gute Vater Ambrosius ihr wohl mitzuteilen haben? Mit bangem Herzen öffnete sie den Umschlag, entfaltete das Schreiben und begann zu lesen …

Dass ihr Bruder, Graf Hasso, seine württembergische Braut zur Frau genommen hatte, wunderte sie nur insofern, als die Hochzeit offensichtlich etliche Monate vorher stattgefunden hatte.

Kurz darauf wusste sie, weshalb.

Der Kaiser hatte nachdrücklich darum gebeten, dass Adelige

sich seinem Heer anschließen sollten. Ehe Hasso in den Krieg zog, hatte er anscheinend noch eine Familie gründen wollen.

»Es darf nicht sein, dass nur Wallenstein über ein riesiges Söldnerheer verfügt. Auch Seine Majestät legt Wert darauf, gute Männer um sich zu haben, und Euer Bruder will ebenfalls Deutschland dienen, aber er zieht es dabei vor, unter dem direkten Befehl des Kaisers zu stehen, als unter dem Kommando Maximilians von Bayern«, hatte Pater Feyerling geschrieben. »Die feindlichen Soldaten gehen in Bayern immer noch mit größter Brutalität gegen die Bevölkerung vor«, las die Comtesse, »aber nicht nur die gegnerischen Heere, selbst die Söldner im eigenen Land sind die Todfeinde der Landbevölkerung. Um Städte und Burgen zu verteidigen, werden die Bauern zur Zwangsarbeit beim Bau von Lagerhütten und Schanzanlagen verpflichtet. Oft bleibt ihnen nichts anderes übrig, als die eigenen Häuser und die ihrer Nachbarn einzureißen, um genügend Holz für die Armee zu liefern. Die Bauern müssen den Kämpfern Quartier und Nahrung gewähren und zu alledem noch eine Kriegssteuer entrichten, daher verfällt in weiten Teilen des Reiches die Landwirtschaft. Vieh und Geflügel sind längst geschlachtet, niemand bestellt die Äcker und Felder, und so brechen verheerende Hungersnöte aus.«

Dann zitierte der Pater den englischen Reisenden Thomas Roe, der nach seinem Besuch im Deutschen Reich Folgendes notiert hatte: »In den Wäldern und auf den Straßen jagt der Mensch den Menschen wie das Wild.«

Und um es zu verdeutlichen, was damit gemeint war, fuhr der Benediktiner fort: »Um nicht den Hungertod zu sterben, kochen die armen Leute Eicheln, Tierhäute und sogar Gras. Auf den Märkten wird Fleisch von Katzen, Hunden und Ratten zum Kauf angeboten. Ja, selbst Fälle von Kannibalismus sind bekannt geworden: Man reißt die Leichen der Verbrecher von den

Galgen und verzehrt sie. Auf den Friedhöfen tauchen vor Hunger halb wahnsinnige Menschen auf und bitten die Totengräber um frische Leichname. Und das Allerschlimmste: Mütter essen ihre eigenen Kinder.«

Beim Lesen dieser Zeilen wurde es Adelaide übel. Das konnte doch nicht sein! Sie überwand schließlich ihren Ekel und las weiter. »Menschenfresserei stellt in allen großen Religionen, bei denen die Anhänger nur an *einen* Gott glauben, eine Todsünde dar. Bei uns Christen verletzt sie ein großes Tabu. Das Essen von Leichen ist das sündhafte Ende aller Zivilisation und der Untergang unserer abendländischen Kultur. Der extreme Nahrungsmangel zwingt diese armen Menschen nun dazu, sich zu entscheiden, entweder dieses Tabu zu brechen – oder zu verhungern.

Je länger der Krieg dauert, desto mehr verrohen die Sitten. »Der Krieg ernährt den Krieg«, heißt es, und das bedeutet, dass sich jeder Söldner sein Essen selbst beschaffen und dieses der ohnehin bloß noch am Rande des Hungertodes dahin vegetierenden Bevölkerung gewaltsam wegnehmen muss.

Wenn die Soldaten jemanden verdächtigen, irgendwelche Besitztümer zu verbergen, hat er Entsetzliches auszustehen; alle Arten von Foltern werden angewendet: Der Schwedentrunk ist nur eine davon und dieses gewaltsame Einflößen von Jauche wird beileibe nicht nur von den Schweden praktiziert. Ein anderes trauriges Kapitel ist das Vergewaltigen von Frauen. Selbst Kinder, Greisinnen und Schwangere werden nicht verschont. Viele sterben durch die Misshandlungen. Für die betroffenen Männer und Väter dieser armen Geschöpfe ist es eine unglaubliche Demütigung, beim Schutz ihrer Familien so zu versagen.«

Als Adelaide das Schreiben ihrer Zofe vorlas, kam auch Hélène dazu, und sie wollte zuerst nicht weiterlesen, aus Furcht, das Geschriebene könnte der erst kürzlich aus ihrer Erstarrung Erwachten ein neues, schweres Trauma zufügen.

»Lies ruhig weiter«, sagte Hélène jedoch. »Ich weiß alles über menschliche Gemeinheit und Brutalität, glaube mir.«

Als Nächstes hatte Vater Ambrosius über die Dorfleute von Reschenbach berichtet: »Auch der hochwürdige Herr Pfarrer Ingo Hasenauer und seine Wirtschafterin Martha Schnewlin haben schwedische Soldaten bei sich aufnehmen müssen. Der katholische Geistliche wehrte sich zuerst, weil er es als Ungehörigkeit empfand, Lutheranern Kost und Logis geben zu müssen. Der dumme Mensch machte einigen Wirbel, ehe er einsah, dass sich für seine Meinung keiner der Eroberer interessierte. Insgesamt sechs Schweden setzte man in seinen Pfarrhof. Unklugerweise hatten er und seine ebenfalls nicht sehr gescheite Köchin Martha sich gegenüber dem Hannes Leiblein in äußerst despektierlicher Weise über die schwedischen Besatzer geäußert. Als die Männer eingetroffen waren, glaubte daher der blöde Hannes, sich ihnen gegenüber Frechheiten herausnehmen zu dürfen. Er tat dies, indem er seine Hosen herunterzog, den Ankömmlingen den blanken Hintern zeigte, ihnen dabei entgegenfurzte und allerlei obszönes Geschwätz von sich gab.

Die Reaktion der schwedischen Söldner war furchtbar. Aus Rache für die Beleidigung nahmen sie sich den Idioten vor und der Pfarrer und Hannes' Tante wurden gezwungen, dabei zuzusehen. Alle sechs taten dem Hannes mehrfach Gewalt an, indem sie ihn wie ein Weib gebrauchten, und als sie nach Stunden der schlimmsten Quälereien und Erniedrigungen dazu keine Lust mehr hatten, gingen sie dazu über, ihn mit den Ladestöcken ihrer Musketen zu penetrieren …

Das Geheul des Hannes soll man im gesamten Dorf gehört haben. Dann hatte der Unglücksrabe aber noch Glück, weil endlich zwei schwedische Offiziere im Pfarrhof eintrafen, die durch die entsetzlichen Schmerzensschreie herbeigelockt worden waren. Denen hat es der Leiblein zu verdanken, dass man ihm nicht noch Hoden und Penis abgeschnitten hat, wie drei der Kerle es vorgehabt hatten.

Das blieb der einzige gewalttätige Übergriff in unserer Gegend, weil sonst niemand von der Landbevölkerung so töricht war, dem haushoch überlegenen Feind Widerstand zu leisten. Aber weil niemand weiß, wie sich diejenigen verhalten, die den jetzigen Besatzern nachfolgen werden, suchen alle nach Möglichkeiten, sich zu schützen. Aber es gibt bloß kleine Verstecke in schwer zugänglichen Waldschluchten, in Höhlen, Sumpfgebieten und dichten Wäldern oder in Ruinen, in die sich die Bauern mit ihrem restlichen Vieh zurückziehen können.

Ich habe schon davon gehört, dass sich in anderen Gegenden Deutschlands die Bauern in unterirdischen Gängen und Gewölben verstecken, tief unter der Erde; aber ich denke, da werden sie bald keine Luft zum Atmen mehr bekommen. Besser dünkt mir da das Anpflanzen von dichtem Dornengestrüpp, das die schützenden Höhleneingänge verbergen kann.«

»Mein Gott. Das hört sich ja furchtbar an!«, rief Anne erschrocken und verstört aus. »Wir können froh sein, dass wir hier im Kloster sind – trotz aller Schikanen.«

Das alles klang so niederschmetternd, dass sich die Comtesse erst nach einiger Zeit bereitfand, weiterzulesen.

Doch das Folgende war nicht mehr aufregend. Dass es dem Grafen Ferfried gut ging, schrieb sein Beichtvater, »bis auf die großen Sorgen, die er sich um seine Tochter Adelheid macht und neuerdings auch um seinen Sohn und Erben, der auszog, um ein Held zu werden. Auffallen wolle Hasso dem Kaiser als besonnener und tapferer Kämpfer.

Seine junge und recht hübsche, aber sehr verwöhnte und verweichlichte Schwiegertochter habe der alte Graf zu ihrem Vater, dem Herzog von Württemberg, zurückgeschickt, da er es nicht ertragen konnte, ihr ständiges Geflenne mit anzusehen.

Solange sein Sohn nicht auf dem Schloss war, solle sie sich lieber in ihrer gewohnten Umgebung verhätscheln und trösten lassen …

Graf Ferfried ziehe es vor, allein mit Pater Ambrosius und dem Schlossvogt Anselm von Waldnau zu hausen – und mit Frau Salome Bürgi natürlich …«

Zum Schluss teilte der Benediktiner noch mit, dass auf Schloss Ruhfeld nicht weniger als vier höhere Offiziere des schwedischen Königs mitsamt ihren Adjutanten und dem jeweiligen Tross Quartier genommen hätten. »Aber sie führen sich anständig auf und sind sehr fromme Männer, die jeden Tag mehrmals beten und um alles sehr höflich bitten.«

»Gott sei Dank!«, riefen Anne und Hélène gleichzeitig aus. Die Gräfin aber sagte gar nichts, sie musste in Ruhe nachdenken. Womöglich ergab sich doch bald eine Situation, welche es ihr erlaubte, die Heimreise anzutreten …

›Vielleicht könnte es unter dem Schutz der Schweden möglich sein, die ja Gegner von Hexenprozessen sind, sich daheim sehen zu lassen? Weder Maximilian Veigt noch der Oberste Richter Munzinger hätten gegen die Besatzer eine Chance, gegen mich und mein Helen etwas zu unternehmen‹, dachte Adelheid.

Aber wie sollte sie reisen können, wenn die Mutter Oberin ihr nicht einmal einen Spaziergang in der nächsten Umgebung gestatten wollte?

KAPITEL 70

»DAS VERBOT DER SCHWESTER Apothekerin schert mich nicht. Bis vor Kurzem war sie froh, unsere Hilfe zu haben, und wo wäre sie neulich geblieben, als die Rachenbräune in der Stadt umging?«, rief Hélène wütend aus.

Das entsprach der Wahrheit. Zu Tausenden waren die Bewohner Auxerres an Diphterie erkrankt, und jedes Bett im Krankensaal des Klosters war mit bis zu vier Patienten belegt gewesen. Da hatten die Schwestern jede helfende Hand willkommen geheißen und jetzt taten sie, als verstünden die Comtesse und ihre Begleiterinnen nichts von Krankenpflege und Heilkunst.

»Ich bin ebenso verärgert wie du darüber, dass man uns von allen Arbeiten aussperrt, aber die Ehrwürdige Mutter hat angeordnet, dass wir uns im Kräutergarten, der Apotheke und im Krankenbau des Klosters nicht mehr sehen lassen dürfen«, entgegnete Adelaide.

»Das soll mir die Oberin gefälligst selber sagen!«, erwiderte Hélène de Morrisson trotzig. »Zu mir hat sie darüber kein Wort verloren. Und wenn, dann würde ich eine genaue Auskunft verlangen, warum sie uns die Arbeit, die reiner Nächstenliebe dient, verwehren will. Ich jedenfalls gehe jetzt in den Klostergarten und zwar dorthin, wo die Heilpflanzen wachsen. Und dann werde ich ja erleben, ob es jemand wagt, mich zu vertreiben.«

»So energisch kenne ich dich ja überhaupt nicht, ma Chère. Du willst dich tatsächlich mit den Nonnen anlegen?«

»Wenn es denn sein müsste. Immerhin ist an mir ein ›miracle‹ geschehen, n'est-ce pas? Schon vergessen? Wenn nötig, werde ich das schamlos ausnützen, und dann wollen wir mal sehen, ob wir uns in diesem Kloster nicht den uns gebührenden Respekt verschaffen können.«

Adelaide musste so lachen, dass sie einen Hustenanfall bekam und gegen den Erstickungstod ankämpfte. Das waren ja ganz neue Töne bei ihrem Helen. Die junge Frau hatte sich völlig verändert.

Die Gräfin vermutete ganz richtig, es hinge mit den schlimmen Erlebnissen des Mädchens zusammen, deren Verarbeitung und allmähliche Überwindung diesen Wandel im früher so sanften Charakter der »Hexe« hervorriefen. Sie wirkte resolut und weit über ihre Jahre hinaus gereift; auf alle Fälle war sie jemand, der sich in seiner Haut zu wehren wusste und nicht so ohne Weiteres klein beigab.

»Versuche es ruhig, ma Chère. Ich bin nur gespannt, ob man dich aus dem Klostergarten verjagen wird.«

»Das soll nur eine wagen. Dann schreie ich das ganze Kloster zusammen. Glaub mir, Theaterspielen wie die Äbtissin – das kann ich schon lange.«

Die Comtesse freute sich über den Mut ihrer Schwester. Außerdem wuchsen auf den Beeten des Apothekergartens die wunderbarsten Heilpflanzen, und die beiden hatten sich vorgenommen gehabt, alle aufzulisten, zu zeichnen und genau deren Wirkungsweise und die Art der Anwendung aufzuzeichnen.

Als Hélène um die Mittagszeit nicht zum gemeinsamen Mahl im Refektorium erschien, machte sich die Gräfin noch keine Gedanken. Ihre liebe Schwester vergaß häufig eine Mahlzeit, wenn sie von irgendeiner Aufgabe fasziniert war.

Anne aber war nicht so sorglos. Der treuen Dienerin gefiel die Abwesenheit der erst kürzlich in die Wirklichkeit Zurückgekehrten überhaupt nicht.

Kaum war nach der Mahlzeit das übliche Dankgebet gesprochen worden, entschuldigte sich Anne Larousse mit einem kleinen Knicks bei ihrer Herrin und verschwand im hinteren Teil des Klosters, von wo aus, neben der Krankenstation und der Klosterapotheke ein schmaler Pfad in den Heilkräutergarten führte.

Demoiselle Hélène war nirgends zu sehen. Soweit Anne es überblicken konnte, war sie auch nicht im Küchengarten, wo das Gemüse und die Kräuter für die täglichen Mahlzeiten angebaut wurden. ›Wahrscheinlich ist sie zum Obstgarten gewandert, um ein paar Johannisbeeren oder Kirschen zu pflücken‹, glaubte die Zofe und war etwas beunruhigt, denn auf den Tisch des Refektoriums kamen täglich in reichlichem Maße Beeren und Früchte, sodass eine Eigenversorgung nicht nötig war. ›Vielleicht hat ein Heißhunger sie dazu getrieben, sich von den reifen Stachelbeeren einige zu nehmen‹, vermutete Anne und blickte sich im Obstgarten um.

Sie rief den Namen des Helen auf deutsch und auf französisch, erst noch in gemäßigter Lautstärke, dann aber immer lauter, sodass schließlich mehrere Nonnen erschrocken herbeiliefen und fragten, was der Lärm denn bedeuten sollte.

Aber auch die Suche der frommen Frauen erbrachte nichts. Von Demoiselle Hélène war keine Spur zu entdecken, weder im Garten noch im Klostergebäude, weder in den Ställen noch in der Kapelle, weder im Krankenbau noch im kleinen Anbau, welcher der Speisung zahlreicher Pilger und Bettler diente.

Hélène de Morrisson, welche angeblich das wundertätige Hemd der Äbtissin aus ihrer Erstarrung befreit hatte, war auf geheimnisvolle Weise verschwunden. Und niemand von den Klosterinsassinnen und Knechten und keiner der Pilger hatte beobachtet, wie sie Sainte Cathérine verlassen hatte …

»Es müssen doch noch irgendwelche Baupläne vom Kloster existieren, Ehrwürdige Mutter. Möglicherweise hat man darauf Geheimgänge eingezeichnet. Irgendwo muss meine Schwester doch sein.«

Die Comtesse war vor Sorge ganz außer sich, und die provokative Trägheit der Mutter Oberin ärgerte sie maßlos.

»Seid unbesorgt, Madame. Wir werden jeden Zentimeter der Abtei absuchen«, sagte Madame des Anges leichthin und gab einer jungen Nonne den Auftrag, nach den alten Plänen in einer bestimmten Truhe in ihrer Zelle zu suchen.

Adelaide erschien das alles viel zu wenig an Engagement. Irgendwie hatte sie den Eindruck, die Äbtissin wollte gar nicht, dass die Nachforschungen in Gang kämen, beziehungsweise zu einem Ergebnis führten. Das konnte zweierlei bedeuten: Entweder wusste die Ehrwürdige Mutter, wo Hélène sich aufhielt und dass ihr nichts geschehen würde oder … Daran aber wollte die Gräfin keinen Gedanken verschwenden – noch nicht.

Alle Nonnen hatten das Refektorium verlassen, angeblich waren sie mit der Suche nach der auf so merkwürdige Weise spurlos Verschwundenen beschäftigt.

»Ich hatte Euch doch gesagt, Madame, weder Ihr noch jemand aus Eurem Gefolge möge den Klostergarten betreten, auch nicht das Siechenhaus. Das hatte schon seinen Grund.« Und mit verkniffener Miene fuhr die Äbtissin fort: »Ich habe nämlich eine Warnung erhalten, dass Ihr und die Euren in Gefahr seid, entführt zu werden. Ich wollte Euch natürlich nicht beunruhigen, Madame. Ich dachte, im Klostergebäude selbst wärt Ihr sicher vor feindlichen Nachstellungen. Aber wie ich sehe, habt Ihr und Eure Schwester meine Bitte nicht ernst genommen.«

Das klang nicht unvernünftig, aber Adelaide konnte sich des Eindrucks nicht erwehren, die Äbtissin suche nur nach einer

Ausrede und sei bestrebt, jede Verantwortung von sich zu weisen.

Am schlimmsten aber fand sie die Tatsache, dass sie nichts, aber auch gar nichts unternehmen konnte, außer abzuwarten.

Kurz vor der Vesper tauchte Demoiselle Hélène wieder auf.

Keineswegs eilig kam sie den schmalen Pfad zwischen den Obstbäumen daher geschritten, und als sie auf einige Nonnen traf, die schon von Weitem nach ihr riefen, tat sie, als bemerke sie deren Aufgeregtheit gar nicht.

Adelaide, Anne und die Äbtissin und auch der inzwischen verständigte Beichtvater, Frater Philibert, rannten, so schnell es ihre langen Gewänder und Kutten erlaubten, in den Klostergarten hinaus, als man ihnen vom Erscheinen der Dame berichtete.

»GOTT sei Lob und Dank!« Die Gräfin schloss die Vermisste in die Arme und drückte sie vor Freude an sich.

»Wo um alles in der Welt habt Ihr Euch aufgehalten?«, begehrte die Äbtissin leicht verärgert zu wissen.

Und der Pater schnappte nach Luft und rief verblüfft aus: »Jetzt sagt uns, bitte, wo Ihr über Stunden gewesen seid, Mademoiselle, während wir nach Euch gesucht haben, wie nach einer Nadel im Heuhaufen?«

Hélène de Morrisson musterte erstaunt die aufgeregten Menschen, die sich um sie geschart hatten. »Ich verstehe nicht. Weshalb sind alle so durcheinander, bloß weil ich unter den Himbeerbüschen eingeschlafen bin? Die starke Sonne hat mich wohl müde gemacht. Da habe ich mich in den Schatten gelegt und muss eingenickt sein. Eben bin ich erwacht. Jetzt fühle ich mich erfrischt und bin nicht mehr erschöpft.«

Und nach einem Blick auf die sie umringenden Nonnen und

den Pater wandte sie sich an die Äbtissin: »Sollte ich Unruhe ins Kloster gebracht haben, bedauere ich das aufrichtig, Madame. Aber ich versichere noch einmal: Jede Sorge um mich war völlig unnötig. Wie sollte mir denn an geweihter Stätte etwas Böses zustoßen?«

Beim letzten Satz funkelten ihre tiefblauen Augen ein wenig boshaft – so dünkte es zumindest Adelaide.

»Seht Ihr, Madame la Comtesse«, wandte die Äbtissin sich an die Gräfin, »ich habe Euch gleich gesagt, dass Ihr keine Bedenken die Sicherheit Eurer Schwester betreffend haben müsstet.«

Im Nu hatte sich die Gruppe im Klostergarten aufgelöst. Der Pater und die frommen Frauen nahmen den Weg in die Kapelle zur Andacht. Adelaide und Hélène aber strebten geschwind ihrer gemeinsamen Klosterzelle zu.

Kaum hatte sich die hölzerne Tür hinter den beiden jungen Frauen geschlossen, beorderte die Gräfin ihre Zofe Anne als Wachtposten auf den Flur mit dem Auftrag, sich sofort zu melden, falls sich jemand der Zelle nähern sollte.

»Und nun, Hélène, erzähl mir, was tatsächlich passiert ist.«

Die Comtesse hatte keinen Augenblick lang an die Komödie mit dem Einschlafen im Garten geglaubt. Und das junge Mädchen berichtete …

»Hattest du denn keine Angst, als plötzlich der junge Mann über die Klostermauer geklettert kam?«, wollte Adelaide anschließend wissen, aber sie erntete nur ein Lachen.

»Ach, woher denn. Du musst wissen, eine von den ganz jungen Nonnen, die erst vor etwa einem Jahr in das Kloster eingetretene Schwester Madeleine, hatte mir vor ein paar Tagen diesen Besuch angekündigt. Sie hatte mitbekommen, wie schlecht wir auf einmal von der Mutter Oberin behandelt werden und will uns offenbar helfen, aus dem Kloster zu fliehen. Ich hatte dir nichts davon gesagt, weil ich keine falschen Hoffnungen wecken wollte. Es hätte ja alles bloß dummes Gerede sein können, nicht wahr? Heute nun wartete ihr Bruder vor den Klostermauern an einer Stelle, wo kaum jemals einer vorbeikommt; und als sein Knecht mir hinübergeholfen hatte, schilderte der freundliche Monsieur mir seinen Fluchtplan im Detail.

Er ist im Grund ganz simpel. Auf demselben Weg, den ich heute bereits mit Hilfe dieses jungen Mannes genommen habe, werden wir drei zusammen in zwei Tagen aus Sainte Cathérine flüchten. Der Bruder von Schwester Madeleine wird vor der Vesper an derselben Stelle wie heute mit mehreren Knechten und Pferden für uns bereitstehen. Man wird uns mithilfe einer über die Mauer geworfenen Strickleiter vom Gelände der Abtei holen.«

»Du meine Güte, das hast du eingefädelt? Das ist ja großartig. Und ich habe schon befürchtet, wir müssten unser künftiges Leben unter den Schikanen der wetterwendischen Äbtissin verbringen. Komm her zu mir, meine liebe Schwester, und lass dich umarmen.«

»Der einzige Nachteil ist, dass wir nur sehr wenig Gepäck mitnehmen können, es würde doch auffallen, wenn wir mit unserer Reisetruhe durch den Klostergarten marschierten.«

Dann lachten beide übermütig und tanzten ausgelassen im Kreis herum.

»Als wir von zu Hause nach Straßburg geflohen sind, haben wir auch fast nichts mitgenommen. Geld und Schmuck ist die Hauptsache, und das können wir am Körper tragen, und für unser Heilpflanzenbuch findet sich auch noch ein Versteck. Kleider und alles Übrige sind nicht so wichtig.«

Später besprachen die beiden Freundinnen, warum der junge Mann – ein Comte, wie das Helen wohl herausgefunden hatte – sich bereit erklärt hatte, auf die Bitte seiner Schwester den fremden Damen zu helfen.

»Schwester Madeleine sagte mir, ihr Bruder wäre ein Mensch, der immer selbstlos anderen unschuldig in Not geratenen Menschen beistünde. Das sei eben seine Art. Mehr weiß ich auch nicht«, sagte Hélène de Morrisson, die sich eigentlich nichts sehnlicher wünschte, als endlich wieder Helene Hagenbusch heißen zu dürfen …

»Nun gut, sei es, wie es sei. Hauptsache, er ist in zwei Tagen wirklich da und die Sache klappt. Ich habe in der Tat keine Lust mehr, mich den jeweiligen Stimmungen der launischen Oberin zu unterwerfen. Ich weiß sowieso nicht, warum sie auf einmal so abweisend zu uns ist. An der Suche nach dir heute Nachmittag hat sie sich auch bloß pro forma beteiligt«, sagte die Comtesse und schaute mürrisch drein.

»Es ist höchste Zeit, Adelheid, dass wir das Kloster verlassen«, sagte nach einer Weile das Helen leise. »Ich habe noch etwas anderes in Erfahrung gebracht, und das hört sich überhaupt nicht gut an.«

Und so erfuhr Adelaide, dass die anscheinend vom Neid zerfressene Äbtissin einen perfiden Plan geschmiedet hatte, um die lästige »Wunderkonkurrenz« ein für alle Male auszuschalten.

»Du erinnerst dich doch, dass ich beim Bedecken mit dem Hemd beim dritten Mal laut ›Nein! Nein! Nein!‹ gerufen habe, nicht wahr? Und daraus will man mir nun einen Strick drehen. Ich hätte das heilige Öl des heiligen Thomas nicht ertragen können und hätte dessen Berührung verabscheut. Deshalb mein ›Nein‹. Du verstehst: Einmal Hexe, immer Hexe. Das eigentliche Wunder meines Zurückfindens in die Normalität bestünde darin, dass es trotzdem geglückt ist, *obwohl* ich es offensichtlich nicht gewollt habe und als Hexe den Kontakt mit heiligen Dingen nicht aushalten kann. Die Äbtissin will mir angeblich in einigen Wochen den Prozess machen lassen als einer ganz abgefeimten Zauberin, die sich bereits einmal der irdischen Gerechtigkeit durch einen Irrtum des Gerichts entzogen hat – was mir dieses Mal mit Sicherheit nicht gelänge.«

»Oh, mein Gott, das ist ja grauenhaft!« Adelaide war vor Schreck einer Ohnmacht nahe. »Die Äbtissin hat Erfahrung in diesen Dingen – man muss nur an den armen Abbé Simon Canfort denken. Und das alles wusste die kleine Madeleine?«, fragte die Gräfin ungewohnt verzagt.

»So ist es, Adelheid«, nickte die andere. »Aber wir haben ja zum Glück eine Alternative und werden der intriganten Ehrwürdigen Mutter ein Schnippchen schlagen.«

»Hol Anna. Wir müssen ihr Bescheid sagen. Es gibt eine Menge zum Vorbereiten und noch mehr zum Überlegen: Zum Beispiel, wohin wir uns nach der geglückten Flucht wenden sollen. Ich will nicht von einer Abhängigkeit in die nächste geraten.«

Als Anne die wunderbare Neuigkeit erfuhr, war auch sie überglücklich. »Dass es noch solche guten Menschen gibt, die Unschuldigen selbstlos helfen, lässt einen direkt hoffen«, sagte sie. »Ich denke, der liebenswürdige Bruder der jungen Nonne wird uns sicher weiterhelfen können.«

»Dein Wort in GOTTES Ohr. Ehe wir uns nicht wirklich jenseits der Mauern von Sainte Cathérine befinden, glaube ich an gar nichts mehr. Sollte unsere Flucht allerdings wirklich gelingen, wäre das aber ein Grund für mich, ein Gelübde abzulegen, das ich nach unserer glücklichen Heimkehr erfüllen würde.«

»Welches Gelübde denn, um Himmels willen?«, fragte ganz erschrocken Hélène. »Du willst doch nicht etwa den Schleier nehmen?«

»Ach was. Das käme mir als Allerletztes in den Sinn. Das frühe Aufstehen, das dauernde Beten in der kalten Kirche und der Gehorsam gegen eine Mutter Oberin – das wäre gewiss nichts für mich.«

»Ja. Armut und Gehorsam fallen einem mindestens so schwer wie das Gelübde der Keuschheit, nicht wahr?«, wollte Anne wissen.

»Mit der Keuschheit ist es in vielen Klöstern nicht so weit her. Unsere Madame des Anges hat ihren Frater Philibert, und die Nonnen halten sich an die Klosterknechte und an die jungen Pilger.«

»Mag sein. Aber sehr befriedigend ist das Ganze anscheinend nicht, sonst wäre dieser kürzlich erfolgte Ausbruch an Hysterie gar nicht möglich gewesen. Immerhin hat er diesem unglücklichen Geistlichen das Leben gekostet«, erinnerte Hélène an die schaurige Hinrichtung auf dem Scheiterhaufen.

»Wir passen jedenfalls nicht hierher, und es ist nur gut, wenn wir uns so bald wie möglich aus dem Dunstkreis dieser verrückten, Verzeihung, heiligen Äbtissin entfernen«, schloss die Gräfin das Gespräch ab.

Sie entschied, sich bald zur Ruhe zu begeben und am nächsten Tag in aller Gelassenheit zu überlegen, was unbedingt mitgenommen werden musste und worauf man gut verzichten könnte.

Als Adelaide und ihre Schwester bereits im Bett lagen, klopfte es ganz zart an die Zellentür. Hélène war sofort munter, sprang auf, machte Licht und ging zur Tür.

»Ach, Ihr seid es, Schwester Madeleine, kommt herein«, murmelte sie, und auch Adelaide war umgehend hellwach.

»Ich bringe Euch gute Neuigkeiten, Mesdames.«

Die junge, hübsche Klosterschwester lächelte, als sie davon berichtete, dass die Mutter Oberin so gütig wäre und erneut gestattet hätte, dass die Damen sich im Heilkräutergarten aufhalten dürften und in der Krankenstation, falls sie es wünschten.

»Woher kommt dieser plötzliche Sinneswandel?«, fragte die Comtesse verblüfft.

»Nun, die Ehrwürdige Mutter hat wohl eingesehen, dass sie

viel zu streng zu Euch gewesen ist, obwohl sie es nur gut gemeint hatte«, erwiderte Schwester Madeleine mit treuherzigem Augenaufschlag.

»Mag sein. Jedenfalls wird uns das unsere Flucht sehr erleichtern. Sonst hätten wir drei uns davonstehlen müssen, und das wäre womöglich aufgefallen. Aber so? Jetzt sehe ich keine Schwierigkeiten mehr. Es bleibt doch bei unserer Abmachung, Schwester?«, wollte Adelaide, plötzlich misstrauisch geworden, wissen. Sie fasste das junge Ding im braunen Habit dabei scharf ins Auge.

»Selbstverständlich, Madame la Comtesse. Wie mit Eurer verehrten Schwester, Mademoiselle Hélène, besprochen. Mein Bruder pflegt sein Wort stets zu halten«, fügte sie stolz hinzu.

In dieser Nacht konnten die drei Flüchtlinge nach längerer Zeit wieder einmal gut schlafen. Erst am nächsten Morgen fiel ihnen ein, dass sie vor lauter Freude über die bevorstehende Freiheit vergessen hatten, nach dem Namen des hilfreichen Herrn zu fragen …

KAPITEL 71

DIE NÄCHSTEN BEIDEN TAGE schienen die Gäste der Abtei förmlich zu schweben. Jede der jungen Frauen war es herzlich leid gewesen, noch länger in diesem Kloster unter der Fuchtel der Ehrwürdigen Mutter zu leben. Und da hatte sich ihnen, als sie schon beinahe verzweifelten, diese Chance eröffnet!

Jetzt hieß es nur noch, sich unauffällig zu verhalten, um in letzter Minute nicht noch selbst zum Scheitern des gewagten Unternehmens beizutragen.

»Sind wir etwa keine guten Schauspielerinnen?«, fragte Hélène, und ihre beiden Freundinnen kicherten.

»Sag mal, meine Liebe: Hast du nicht daran gedacht, dich nach dem Namen unseres liebenswürdigen Retters zu erkundigen?«, wollte Anne schließlich wissen.

Hélène schüttelte beschämt den Kopf. »Leider nein. Ich war so durcheinander. Aber halt: Er hat sich mir sogar vorgestellt, doch in der Aufregung habe ich seinen Namen und Titel vergessen. Irgendein Comte war es – glaube ich jedenfalls. Aber wenn Ihr wollt, kann ich ja Schwester Madeleine fragen. Sie wird uns den Namen ihres Bruders gewiss verraten.«

»Ach, lass nur, wir kennen den Herrn ja doch nicht. In zwei Tagen sind wir ohnehin klüger. Hoffentlich hält er sein Versprechen – alles andere kann uns gleichgültig sein. Irgendwie werden wir uns dann schon in Richtung Rhein durchschlagen«, meinte die Comtesse zuversichtlich.

Dann würden sie ihre Ohren offenhalten und zu erfahren versuchen, ob die Spürhunde aus Wien immer noch den Hof des Bischofs in Straßburg unsicher machten …

Sie waren jung und hübsch und steckten voller Optimismus: Irgendwie würde das Leben für sie weitergehen.

Besonders Adelaide wünschte sich sehnlichst einen Verehrer, wie ihn andere Mädchen schon längst hatten – die meisten ihrer Altersgenossinnen waren sogar schon verheiratet.

Anne litt seit geraumer Zeit an »Liebesentzug«, wie sie es nannte. Auch sie hoffte, dass sich bald wieder ein junger Bursche ernsthaft für sie interessierte.

Nur von Hélène war diesbezüglich keine Klage zu hören.

Die nächsten beiden Tage arbeiteten alle drei Damen fleißig im Klostergarten und halfen erneut bei der Krankenpflege. Neben zahlreichen Lungenentzündungen mit hohem Fieber hatte es auch wieder einige Fälle von Pocken gegeben – diese Seuche war einfach nicht auszurotten. Jedes Jahr fielen ihr in Europa viele Tausende zum Opfer und beileibe nicht nur die Armen.

Es gab wohl keine Adelsfamilie, in welcher nicht mindestens *ein* Kind davon betroffen war. Wer die höchst ansteckende Krankheit mit hoher Ansteckungsgefahr überlebte, war in der Regel sein Leben lang von den Narben gezeichnet, die sich kraterähnlich in die Gesichtshaut gegraben hatten.

»Der beste Schutz dagegen ist absolute Reinlichkeit«, ermahnte die Comtesse ihre beiden Helferinnen. »Wer nicht angesteckt werden will, muss sich peinlich sauber halten. Denkt daran: Nach jedem Kontakt mit den Kranken unbedingt die Hände waschen.«

Dass sie für diese »Marotte« von den meisten belächelt wurde, störte Adelaide nicht. Das hatte sie schon zu Hause auf Ruhfeld oder bei den Bauern erlebt, denen sie gelegentlich geholfen hatte. Jetzt, bei den Pockenfällen, war ihr etwas Neues eingefallen. Weshalb sollte es nicht gut sein, sich mit einem Mundschutz gegen diese Seuche zur Wehr zu setzen? Was den Pestärzten mit ihren Gesichtsmasken recht war, musste ihnen doch billig sein.

Ab sofort verordnete sie also Anne und Demoiselle Hélène eine Binde, die über Nase und Mund reichte und die giftigen Krankheitserreger abhalten sollte. Sie selbst ging mit gutem Beispiel voran.

Schwester Leontine und die anderen Nonnen amüsierten sich darüber, aber als die Comtesse ihnen erklärte, dass es leicht passieren könne, dass einem ein Erkrankter ins Gesicht hustete und damit seine Speicheltröpfchen in den Mund der Pflegerin gelangen konnten, leuchtete ihnen das ein.

»Selbst wenn er nicht vor den Pocken schützen sollte, appetitlicher ist so ein Mundschutz allemal«, fand die Leiterin der Krankenstation, und binnen Kurzem liefen alle Nonnen, solange sie mit den Kranken im Siechenhaus zu tun hatten, mit Tüchern vor dem Gesicht herum, welche gerade mal die Augen freiließen.

Sogar die Ehrwürdige Mutter lobte den Einfall der Comtesse. Seit längerer Zeit plauderte sie während des Mittagsmahles wieder einmal liebenswürdig mit ihren Gästen. Sogar Hélène bezog sie dieses Mal in ihre Unterhaltung mit ein.

»Wie geht es Euch heute, Mademoiselle de Morrisson?«, richtete die Äbtissin scheinheilig das Wort an die junge Frau. »Es ist Anfang Mai, und der Frühling wird Euch guttun. Die wärmenden Sonnenstrahlen werden für Eure Gesundheit weitere Wunder bewirken.«

›Oh ja!‹, dachte Hélène bitter, ›und ganz besonders wird der mir von Euch zugedachte Malefizprozess zu meiner Genesung beitragen.‹ Aber sie schwieg und lächelte die Ehrwürdige Mutter nur arglos an.

Als sich Madame Adelaide, die Zofe und Hélène nach dem Essen in ihre Zelle zurückgezogen hatten, platzte Letztere mit der Bemerkung heraus: »Was sollen wir von der Äbtissin halten? Ihre Freundlichkeit bei Tisch kam mir reichlich aufgesetzt vor. Ob sie etwas ahnt?«

»Das denke ich nicht«, wehrte Adelaide ab. »Wieso kommst du bloß darauf?«

»Ich kann mir auch nicht vorstellen, dass Schwester Madeleine ein falsches Spiel mit uns treibt«, protestierte umgehend die Zofe Anne. »Was hätte die kleine Nonne davon?«

»Gerade darüber zerbreche ich mir ja den Kopf«, sagte Hélène. »Seid mir nicht böse, aber ich bin nun einmal misstrauisch.«

Die beiden anderen sahen etwas betreten drein. Schließlich meinte die Comtesse: »Dein Misstrauen, liebe Schwester, in allen Ehren. Aber wenn wir aus diesen frommen Mauern entkommen wollen, können wir uns allzu große Skrupel einfach nicht leisten. Du weißt sehr gut, dass man uns keinen Schritt aus dem Kloster machen lässt – nicht einmal, um allein die Kathedrale in der Stadt aufzusuchen.«

»Ich weiß«, nickte die Angesprochene betrübt. »Wahrscheinlich sehe ich Gespenster, denn bisher war die kleine Marie-Madeleine immer hilfsbereit und freundlich zu uns.«

»Ich finde, es ist langsam an der Zeit, dass uns endlich einmal jemand aus unseren Nöten hilft!«, rief Anne temperamentvoll aus.

»Das ist sehr undankbar«, protestierte sofort ihre Herrin. »Wenn ihr euch überlegt, wer uns bis jetzt geholfen hat – angefangen von der Entführung des Helen aus der Gewalt des Gerichtes, über den Bischof von Straßburg, bis zu jenem liebenswürdigen Herrn, der in diesem unseligen Gasthof unsere Ehre verteidigt hat –, dann finde ich, haben wir uns nicht zu beklagen. Sogar dieser Madame des Anges sind wir zu Dank verpflichtet. Sie hat uns immerhin aufgenommen und sich niemals allzu laut beklagt – obwohl wir nicht gerade Muster an Frömmigkeit gewesen sind.«

»Das finde ich auch«, pflichtete Hélène lebhaft bei, und Anne wurde ein wenig verlegen. »Wenn ich auch im Fall der Mutter Oberin widersprechen muss: Immerhin will sie mich vor Gericht zerren. Wahrscheinlich hat sie uns nur auf starken Druck von oben in Sainte Cathérine Asyl gewährt.«

»Natürlich, ich weiß«, gab Anne kleinlaut zu. »Ich will ja auch nicht jammern, aber ich halte es hier einfach nicht mehr länger aus. Der ständige Geruch von Weihrauch, der Anschein von Heiligkeit und die immer versteckt vorhandene Bereitschaft zu Nervenzusammenbrüchen all dieser angeblich so keuschen Weiber machen mich ganz kribbelig.«

»Nicht mehr lange, ma Chère, nicht mehr lange«, sagte die Comtesse und lachte. Auch Hélènes Gesicht hellte sich auf.

Adelaide war sich bewusst, dass sie die Anführerin der kleinen Gruppe war und bleiben würde und dass die beiden auf sie zählten. Sie hatte für Zuversicht zu sorgen, und ihre Aufgabe war es, sie heil wieder nach Hause zu bringen – so es denn GOTTES Wille wäre.

»Bald schon verlassen wir Sainte Cathérine, meine Lieben. Und dann werden wir weitersehen«, fügte sie mit heiterer Gelassenheit hinzu.

KAPITEL 72

»WENN ICH DICH NICHT HÄTTE, Salome – ich wüsste nicht, was aus mir werden sollte.«

»Aber, Herr, ich tue doch nichts Besonderes. Das macht doch jede Frau für den Mann, den sie gern hat.«

Salome Bürgi, die ehemalige »Venusdienerin« und jetzige Haushälterin auf Schloss Ruhfeld, war beim Lob des Grafen rot angelaufen. Sie freute sich sichtlich über Ferfrieds Anerkennung ihrer Bemühungen.

»Lass nur, Sali. Ich weiß, was ich an dir habe. Nicht jede täte für mich, was du tust. Das weiß ich zu schätzen, glaub mir.«

Liebevoll breitete die Siebenunddreißigjährige mit dem derben, aber gutmütigen Gesicht und der mütterlichen Figur eine wollene Decke über die Knie ihres in seinem Lieblingssessel sitzenden Herrn.

Ferfried wollte es ihr anfangs verwehren, aber Salome bestand darauf. »Es ist zwar schon warm, Herr; sogar ungewöhnlich heiß für den Monat Mai, aber da Ihr im Schatten sitzt und nicht in der prallen Sonne, könnte Euch schnell kalt werden. Und das müssen wir vermeiden, hat Euer Medicus gesagt.«

»Du bist so fürsorglich, das tut mir richtig gut. Schon lang hat sich niemand mehr so um mich gekümmert, wie du es tust, Sali.«

»Aber, Herr, wie denn auch? Es ist ja keiner mehr da, der es zu tun vermag.«

Da hatte sie etwas Wahres gesagt. Die einzige Tochter, seine über alles geliebte Adelheid, lebte in einem Kloster in Frankreich, sein einziger Sohn, Graf Hasso, war bei den Truppen des Kaisers irgendwo im Reich, und seine Schwiegertochter, Gisela von Württemberg, befand sich wieder daheim bei ihren Eltern, wo sie der Geburt ihres ersten Kindes entgegensah.

Die Tatsache, dass sie so schnell schwanger geworden war, hatte den alten Grafen einigermaßen mit der Tatsache versöhnt, dass die junge Frau eine Jammerliese war, ohne jede Courage. Welch ein Gegensatz zu seiner resoluten Adelheid …

Den Ehemann so kurz nach der Hochzeit in den Krieg ziehen zu lassen, war sicher sehr hart; aber dieses Schicksal traf in diesen Zeiten viele adelige Damen. Aber wenn Ferfried an das Benehmen seiner Schwiegertochter Gisela dachte, konnte er nur den Kopf schütteln. Wie ein kleines Kind hatte sie sich heulend an ihren Gatten geklammert, hatte geschrien und mit den Füßen aufgestampft, bis schließlich Vater Ambrosius eingeschritten war.

»Ihr macht es Eurem Gemahl nicht gerade leicht, junge Herrin«, hatte der Benediktiner sie getadelt und versucht, ihre Arme, die sie um den Hals Hassos geschlungen hatte, sanft zu lösen.

Da aber war die Jungvermählte wie eine Furie auf den Mönch losgegangen und hatte geplärrt: »Wie könntet *Ihr* mich denn jemals verstehen? Ihr, die Ihr niemals die Freuden ehelicher Liebe gekostet habt, Pater?«

Hasso war hilflos dagestanden, offensichtlich unfähig, sein Weib zur Räson zu bringen.

Das Gesinde hatte im Schlosshof um die Hauptakteure des Spektakels herumgestanden und diesen Auftritt sichtlich genossen.

Um nun der Sache, die langsam peinlich geworden war, ein Ende zu bereiten, hatte ihr Schwiegervater sich in seinem Sessel mühsam aufgerichtet und hatte laut und – trotz seiner Sprachbehinderung durch einen Schlagfluss – sehr vernehmlich gerufen: »Reißt Euch endlich zusammen, Schwiegertochter«. »Euer Mann ist schließlich ein Ritter und kein Bauer. Und wenn Euch ohne ihn kalt im Bett sein sollte, dann nehmt Euch eines von Euren zahlreichen Schoßhündchen mit in die Federn.«

Daraufhin war die hübsche, aber verzogene Herzogstochter beleidigt gewesen.

Ferfried seufzte. Auf einmal empfand der Graf eine unbändige Sehnsucht nach seiner klugen und schönen Tochter. Wenn Adelheid nur erst wieder da wäre. Auf seinen Sohn musste er mit Sicherheit noch lange warten. Dieser elende Krieg, dessen Sinn schon längst keiner mehr erkannte – sollte er jemals einen gehabt haben –, würde wohl noch lange andauern. Jeden Tag bat er seinen Beichtvater, Vater Ambrosius, dass er ein Extragebet zum Himmel schickte für seinen Hasso, damit der junge Mann gesund an Körper und Geist zurückkehrte.

Er selbst konnte an dem entsetzlichen Morden nicht mehr

teilnehmen: Der HERRGOTT hatte ihn »geschlagen«. Und das war wörtlich zu verstehen: Ende Januar hatte ihn ein Gehirnschlag getroffen, von dem er sich nur langsam erholte.

Jetzt, nach einem guten Vierteljahr, war die linksseitige Lähmung beinahe überwunden. Er konnte wieder normal sprechen, und der linke Arm war gebrauchsfähig, wenigstens halbwegs. Nur das linke Bein wollte noch nicht so recht. Außerdem wurde er schnell müde.

So saß er noch häufig in einem wuchtigen Sessel in seinem Gemach oder bei schönem Wetter in einer Art Rollstuhl im Schlossgarten, wohin er sich jeweils von zwei Dienern über die Treppen tragen ließ.

Aber Ferfried war guten Mutes, dass er auch diese Schwäche überwinden könnte – dank Salomes liebevoller Pflege.

Diese einfache Frau hatte keinerlei Bildung genossen, nicht einmal lesen und schreiben konnte sie. Aber ihr Herz war aus Gold und ihr Geschick als Pflegerin stellte sie täglich unter Beweis. Ferfried überlegte schon eine ganze Weile, wie er sich ihr gegenüber dankbar erweisen könnte …

»Bleib doch noch bei mir, Sali«, bat der Graf und legte seinen rechten Arm um ihre stattliche Hüfte.

»Ich muss leider zurück in die Küche und mich ums Gesinde kümmern, Herr. Sonst wird das nie was mit dem Essen. Die Mägde darf man nicht zu lang aus den Augen lassen, sonst fangen sie an zu faulenzen, Herr. Aber ich werde Euch den Pater herausschicken. Vater Ambrosius soll Euch etwas vorlesen, damit Ihr Euch nicht langweilt.«

Nun, langweilig war es nie auf dem Schloss. Der Graf konnte zwar jetzt noch nicht auf die Jagd gehen, aber die Tatsache, dass er eine Einquartierung schwedischer Offiziere hatte, sorgte doch dafür, dass der Herr auf Ruhfeld nicht in einen Dornröschenschlaf versank.

Die Herren aus dem hohen Norden hatten sich als wahre Ehrenmänner herausgestellt, nachdem sie sicher waren, dass der Graf keinerlei Anstalten machte, sich gegen die Besatzung zur Wehr zu setzen. Andere mochten ihm das als Feigheit auslegen – wenn nicht gar als Schlimmeres –, aber Ferfried war kein Dummkopf. Er hatte sofort erkannt, dass jeder Widerstand kindisch gewesen wäre, bei dieser Übermacht der Schweden. Man »arrangierte sich«, wie die Franzosen das nannten, und Ferfried fuhr recht gut dabei. Es gab in seinem kleinen Reich jedenfalls keine Übergriffe mehr. Was dem Hannes Leiblein zugestoßen war, blieb ein Einzelfall, welchen der Ärmste selbst heraufbeschworen hatte.

Im Übrigen hatte man die Täter schwer dafür bestraft, dass sie sich in dieser viehischen Weise an einem offensichtlich Geistesschwachen vergangen hatten. Ihr verantwortlicher Offizier hatte alle sechs kurzerhand im Schlossgarten aufhängen lassen …

Alles in allem konnte sich der alte Graf nicht beklagen. Gelegentlich spielte er mit einem der Herren eine Partie Schach, wobei er den anderen meistens gewinnen ließ – ein kleiner Trick, geeignet, die Atmosphäre nicht nur im Schloss, sondern in dem gesamten besetzten Gebiet noch mehr zu verbessern.

So fühlte Graf Ferfried sich doch einigermaßen wohl, wenn nur die Sehnsucht nach seiner Tochter nicht gewesen wäre …

Zu Adelheids achtzehntem Geburtstag hatte er seinerzeit ein Gemälde von ihr anfertigen lassen. Es hing in seinem Gemach zwischen zwei Fenstern, und sooft er das schlanke, bildschöne Geschöpf auf der Leinwand ansah, musste er immer an seine viel zu früh verstorbene Gemahlin denken: Contessa Sybilla, ein Habsburgerspross, aufgewachsen am herzoglichen Hof zu Mailand.

Obwohl es selbstverständlich eine »arrangierte Heirat« gewesen war, hatte er sie über alles geliebt. Was die Gräfin Sybilla allerdings für ihn empfunden hatte, das hatte er leider nie herausbekommen …

Adelheid war ihr Ebenbild. Aber seine schöne Tochter hatte den Vorteil, ihre Gefühle zeigen zu können. Und das tat sie auch – obwohl es dem Grafen nicht immer gepasst hatte. Sie konnte unglaublich hartnäckig sein. Ferfried schmunzelte, als ihm einige Kostproben ihres Beharrungsvermögens einfielen.

Als Vater Ambrosius im Garten eintraf, war sein Herr eingeschlafen. Leise setzte der Mönch sich auf eine Steinbank daneben und schlug sein Brevier auf. Er würde Graf Ferfried in seinem Schlummer nicht stören.

KAPITEL 73

DIE FLUCHT DER DREI DAMEN aus dem Kloster ging leichter vonstatten, als sie es sich vorher ausgemalt hatten. Schmuck und Bargeld, eingenäht in die Rocksäume ihrer Kleidung, ihre botanischen Aufzeichnungen, nebst einem schmalen Bändchen über Arzneien und Heilmethoden sowie den Geleitbrief von Kardinal Richelieu, den sie dem Straßburger Bischof verdankten – Adelaide war so klug gewesen, ihn sogleich nach ihrer Ankunft in Sainte Cathérine zurückzufordern, obwohl ihn die Äbtissin gerne einbehalten hätte: Alles, was lebenswichtig für sie sein könnte, war gut verstaut.

Das Kräuterbuch und ihre eigenen Anmerkungen dazu lagen unter einem Tuch in einem Obstkorb, den Anne später in den Klostergarten tragen würde, indem sie vorgab, Erdbeeren pflücken zu wollen, welche an der Sonnenseite der Klostermauer gereift waren.

Die Comtesse hatte diejenigen Blätter mit den Aufzeichnungen einiger ganz neuer Erkenntnisse bezüglich der hier im Kräutergarten des Klosters wachsenden Heilpflanzen zusammengerollt und in einem ihrer Unterröcke mit Nadeln befestigt.

»Bis zur letzten Minute wollen wir so tun, als wäre alles wie immer«, hatte die Comtesse de Bréteuil den beiden anderen eingeschärft. »Wenn wir unser Verhalten auffällig ändern, machen wir uns nur verdächtig.«

So hatte Adelaide morgens ganz normal ihren Dienst in der Krankenstation angetreten, während Demoiselle Hélène sich nach dem Frühmahl wieder hingelegt hatte – wie sie es immer tat. Anne Larousse hatte ihre Herrin nach drei Stunden im Siechenhaus abgelöst, die Gräfin hatte sich in ihrer Zelle umgezogen und war anschließend mit einem Gebetbuch in der Hand im Kreuzgang des Klosters meditierend hin- und herspaziert.

Das tat sie sehr oft, wenn sie nachdenken wollte und niemand sie dabei stören sollte. Die Nonnen waren alle beschäftigt, sei es in der Küche, in der Krankenabteilung, im Pilger- oder Gästehaus, sei es, dass sie in der Kapelle beteten oder im Gemüsegarten tätig waren. Bald war Mittagszeit und alle würden im Refektorium zusammenkommen.

Auch die Flüchtlinge würden heute ein letztes Mal an der schlichten Mahlzeit teilnehmen. Es war Freitag und die Nonnen begnügten sich in der Regel mit Wasser, einem Stück Brot und einem Teller Fischsuppe.

»Wenn wir alle drei beim Essen fehlen, fällt das auf«, hatte Adelaide gemeint, »aber du, Leni, kannst ruhig schon in den Garten zu der bestimmten Stelle vorausgehen. Ich werde dich bei der Mutter Oberin entschuldigen. Du hast meistens unregelmäßig gegessen, und niemand wird sich über dein Fehlen Gedanken machen.«

In Kürze würde die Glocke alle Klosterinsassinnen ins Refektorium rufen. Da wurde auf einmal die übliche Routine unterbrochen. Eine der jüngeren Klosterfrauen eilte auf Adelaide zu und bat sie, mitzukommen. Im ersten Augenblick drohte das Herz der Gräfin stillzustehen. ›Alles ist verraten‹, dachte sie, ›diese verflixte Schwester Madeleine‹.

»Die Ehrwürdige Mutter bittet Madame la Comtesse ganz herzlich, ins Gästehaus zu kommen. Es ist überraschender Besuch angekommen und ...«

Sie atmete auf. Ein Stein fiel ihr vom Herzen. Im Gästehaus stiegen nur die vornehmen Besucher ab, die einfachen Leute wurden ins Pilgerhaus verfrachtet. Es musste sich wirklich um einen ganz besonderen Gast handeln, wenn Madame des Anges sich bemüßigt fühlte, ihm die Gräfin vorzustellen.

Die Äbtissin tat sich auf ihre Gastfreundschaft reichlich viel zugute. Bei jeder Gelegenheit wies sie auf ihre Güte und Barmherzigkeit »den Mühseligen und Beladenen« gegenüber hin, verstand es aber zugleich, die häufige Anwesenheit hochgestellter Besucher gebührend herauszustreichen. Wenn man allenthalben ihr Lob sang, drang dies gewiss bis zum Ohr des Ersten Ministers Richelieu oder gar bis zu jenem des Königs. Und das konnte ja nicht schaden.

»Wie bitte, Madame?«

Adelaide hatte nicht zugehört, was die neben ihr hergehende Nonne gesagt hatte.

»Ich habe Euch den Namen des überraschenden Gastes genannt, Madame la Comtesse. Es handelt sich um den Chevalier Louis de Grenelles, Herr auf Chastenay, und um seine Gemahlin Marie-Françoise, welche sich die Ehre ihres Besuches in unserer bescheidenen Abtei geben.«

»Ach. Der Chevalier de Grenelles. Sieh an.«

Adelaide stieg das Blut zu Kopf. Dieser elende Schuft. Aber hier im Kloster Sainte Cathérine würde er es wohl nicht wagen, eine der Damen seinen brünstigen Trieben zu unterwerfen, wie er es seinerzeit im Gasthof *Lion d'Or* versucht hatte.

»Kennt Ihr den edlen Herrn etwa?«, fragte die Nonne neugierig.

»Nein, nein, natürlich nicht, Madame. Nur sein Name kommt mir irgendwie bekannt vor.«

»Ja, der Chevalier ist in der Gegend sehr bekannt und …«

Hier musste die ein wenig geschwätzige Schwester innehalten, denn die beiden Damen waren am Gästehaus angekommen, vor dessen Eingang eine elegante Kutsche stand. Ein Diener, in dem die Gräfin unschwer jenen Pierre Augustin erkannte, welcher sich seinerzeit auf Anne gestürzt hatte, hielt ein Schwätzchen mit dem Kutscher.

Während Adelaide noch blitzschnell überlegte, inwieweit dieser ungebetene Besuch ihren eigenen Plänen für den heutigen Tag im Wege stand, kam schon die Äbtissin freudig erregt auf sie zu.

»Stellt Euch vor, Madame la Comtesse: Monsieur de Grenelles und seine Gattin sind seit Langem gute Freunde des Klosters und eifrige Spender. Kürzlich erst hat der Chevalier die linke Seitenkapelle in unserer kleinen Kirche ausbauen lassen, und erst neulich hat seine Gemahlin ein marmornes Grabdenkmal für sie beide in Auftrag gegeben. Man denke: Noch so jung und schon fromme Gedanken ans Jenseits.«

Schade, dass der Kerl nicht schon eher Gebrauch von seinem Marmorgrab gemacht hat, ehe er mir solche Angst einjagen konnte, ging es der Comtesse sehr »unfromm« durch den Sinn. Und verheiratet war das Schwein auch noch. Sie bedauerte seine Ehefrau aufrichtig.

»Kommt, ich werde Euch jetzt mit dem edlen Herrn und seiner gottesfürchtigen Gemahlin bekannt machen. Ihr gebt uns doch sicher die Ehre und speist mit mir und unseren Gästen, liebste Comtesse?«

Adelaide konnte schlecht ablehnen, obwohl sie innerlich vor Wut kochte. Wenn sie nicht im Refektorium erschien, was würde Anne denken? Hélène hielt sich vermutlich schon im Obstgarten auf …

Als hätte die Äbtissin ihre Gedanken erraten, versprach sie, Adelaides Zofe durch eine Schwester ausrichten zu lassen, dass ihre Herrin »anderweitigen angenehmeren« Verpflichtungen nachginge. Beinahe hätte die Gräfin laut aufgelacht.

KAPITEL 74

Der Chevalier schien der Comtesse de Bréteuil stark gealtert zu sein, außerdem hatte er mächtig zugenommen. Er erkannte sie nicht mehr. Auch bei der Nennung ihres Namens war er nicht zusammengezuckt – offenbar litt der Herr unter einem sehr schlechten Erinnerungsvermögen. Dem konnte Adelaide abhelfen. Sie überlegte, wie sie am besten ein paar vergiftete Pfeile abschießen könnte.

Seine Frau, trotz auffallend modischer Kleidung mit reichlicher Spitzenzier ein verhuschtes, graues Mäuslein, tat ihr zwar leid, aber sie konnte es sich nicht verkneifen, ihm ein lässiges: »Bonjour, Monsieur le Chevalier« hinzuwerfen, »Ihr erinnert Euch doch sicher noch an die unvergessliche Nacht im Gasthof *Lion d'Or* in Tonnerre, nicht wahr?«

Die Gräfin blickte ihr Gegenüber dabei lauernd an.

»Nein? Wartet, Monsieur, ich helfe Eurem Gedächtnis nach.«

Der beleibte Chevalier fasste Adelaide genauer ins Auge und nun schien es ihm zu dämmern. Schlagartig erbleichte er und ehe die Comtesse etwas ausplaudern konnte, begann er zu stottern. »Ich … ich w… weiß nichts von einem solchen Gasthaus, Madame; I… Ihr irrt Euch ganz gewiss.«

»Aber nein, Monsieur. Ich habe Euch sofort erkannt, und Euren Diener Pierre Augustin wird meine Zofe ebenfalls nie vergessen.«

»Was war denn in jenem Wirtshaus los, Louis?«, erkundigte sich seine Gemahlin. »Das müsste letzten Herbst gewesen sein. Da wart Ihr ohne mich, nur mit Eurem Diener unterwegs.«

»Ich kann mich beim besten Willen nicht mehr entsinnen, Chérie. Ich bin sicher, dass Madame einem Irrtum unterliegt.«

Der übergewichtige Edelmann war inzwischen vor Verlegenheit krebsrot angelaufen, und Schweißperlen standen auf seiner Stirn. Beinahe flehend schaute er der Comtesse in die boshaft funkelnden Augen.

Adelaide erwiderte fest seinen Blick und erkannte, dass er sehr wohl wusste, wovon sie sprach. Das sollte ihr als kleine Rache genügen. Vor der Äbtissin und seiner Ehefrau wollte sie ihn nicht weiter bloßstellen, denn sie war sich sicher, dass Letztere nach neugieriger Weiberart ihren Gatten einem detaillierten Verhör unterziehen würde, sobald sie erst alleine wären …

»Mag sein, dass ich Euch in der Tat verwechsle, Monsieur«, meinte sie leichthin, »obwohl ich es eigentlich nicht glaube.«

Das Mittagsmahl – zu Ehren der Gäste hatte man auf die übliche freitägliche Fastenspeise verzichtet und zartes Kalbsfilet auf Wirsinggemüse in Rahm und Kartoffelschaum serviert – vollzog sich nahezu schweigend.

Dem Chevalier hatte es anscheinend die Sprache verschlagen, seine Gemahlin war verärgert, weil sie fühlte, dass ihr Mann etwas Wichtiges vor ihr verbarg, Adelaide sah keinen Grund, Konversation zu machen, und so bestritt die Äbtissin über weite Strecken die Unterhaltung allein, ehe auch sie in Sprachlosigkeit verfiel. Inzwischen war man beim Dessert, einer lockeren Schokoladencreme mit geschlagener Sahne, angelangt.

Misstrauisch ließ die Ehrwürdige Mutter ihre lebhaften, dunklen Augen zwischen Louis de Grenelles, seiner Gattin und der Comtesse hin- und herwandern. Sie hätte gar zu gerne gewusst, was es mit jener Begebenheit seinerzeit auf sich hatte.

Keinen Moment glaubte sie daran, dass die Comtesse sich in der Person des Chevaliers geirrt haben könnte …

Endlich erschien es Adelaide vertretbar, sich aus der Runde zu empfehlen, ohne unhöflich zu wirken. Sie gab vor, müde zu sein und sich ein Weilchen in ihrer Zelle niederlegen zu wollen.

»Vielleicht setze ich mich auch in den Rosengarten, dessen Sträucher schon erste Blüten zeigen«, warf sie in die etwas mühsame Unterhaltung ein, die zuletzt noch in Gang gekommen war.

Sie zwang sich, langsam aufzustehen, sich gemächlich zu verabschieden – wobei man dem Chevalier ansehen konnte, wie froh er war, dass sie den Raum endlich verließ –, und schlenderte in aller Gemütsruhe aus dem Gästehaus hinaus.

Im Hauptgebäude der Abtei angekommen, beschleunigte sie allerdings ihre Schritte, um schnell ihre Zelle zu erreichen, welche sie jetzt – wie sie sehnlichst hoffte – zum letzten Mal betreten würde. Ein paar Kleinigkeiten steckte sie noch ein, nahm ein großes, wollenes Schultertuch über den Arm – auf etwaige Fragen konnte sie behaupten, das Tuch als Unterlage auf dem Gras der Gartenanlage benützen zu wollen. Dann, nach einem allerletzten Blick auf das Kruzifix und einem stummen Gebet für gutes Gelingen, verließ sie jenen Raum, der seit dem Spätherbst des vergangenen Jahres ihr Zuhause gewesen war.

›Hélène und Anne sind gewiss schon am vereinbarten Ort‹, dachte sie, ›hoffentlich komme ich nicht zu spät. Allzu lange können unsere Retter bestimmt nicht an der Klostermauer stehen bleiben, ohne Aufsehen zu erregen – selbst wenn es sich um eine Stelle handelt, die normalerweise von Passanten nicht frequentiert wird.‹

Es blieb natürlich nicht aus, dass gerade heute viele Nonnen sowohl im Gemüse- wie im Obstgarten arbeiteten. Adelaide grüßte die Schwestern freundlich und tat, als sei sie sehr müde, indem sie ständig mühsam ein Gähnen zu unterdrücken schien.

»Oh, Madame la Comtesse, Ihr wollt bestimmt ein Nickerchen im Freien machen? Eure Zofe ist Euch schon vorausgeeilt. Ich habe sie eben vorhin in Richtung der Apfel- und Birnbäume spazieren sehen. Sie schien mir sehr zielstrebig – so, als könnte ihr jemand den besten Platz im Gras streitig machen«, sagte eine Nonne. Sie lachte unbefangen, aber Adelaide wäre beinahe das Herz vor Schreck stehen geblieben.

›Himmeldonnerwetter‹, fluchte sie innerlich, ›jetzt fehlt bloß noch, dass einer der Schwestern aufgefallen ist, wie Leni in die gleiche Richtung gegangen ist.‹

Aber es passierte nichts. Sie gelangte unbehelligt an die vereinbarte Stelle.

Hélène hatte den Sprung in die Freiheit mit tatkräftiger männlicher Hilfe bereits gewagt, während Anne Larousse noch wartete. Sie war nicht allein, sondern ein junger Mann, seiner Kleidung nach offensichtlich der Diener eines nicht unvermögenden Herrn, leistete ihr Gesellschaft bei den Birnbäumen an der Mauer.

»Endlich seid Ihr da, Madame«, flüsterte Anne. »Demoiselle

Hélène hat sich schon Sorgen um Euch gemacht. Als Nächste seid Ihr dran – es ist ganz leicht.«

Der junge Bursche, der sich als Jules Ravin, Leibdiener des Comte Bernard de … – den vollständigen Namen seines Herrn hatte er nur genuschelt –, vorgestellt hatte, machte eine so genannte »Räuberleiter«, und Adelaide zögerte nicht, ihren Fuß in seine verschränkten Hände zu setzen. Der kräftige Kerl hob seine Hände mit ihr, als wäre sie leicht wie eine Feder, etwa in Brusthöhe.

»Jetzt, Madame, stellt Euch ungeniert auf meine Schultern. Mein Herr, Monsieur le Comte, wird Euch auf der Gegenseite in Empfang nehmen.«

Anne Larousse kicherte. Auch Adelaide fand die Situation reichlich komisch. Als sie auf den breiten Schultern dieses recht ansehnlichen Herkules stand, konnte sie bereits über die Mauer blicken, wo besagter Comte, Bruder der Klosterschwester Marie-Madeleine, ihr voller Neugierde entgegenstarrte.

Die Gräfin glaubte ihren Augen nicht zu trauen. »Ihr seid das?«, war alles, was sie endlich herausbrachte. Es klang ein wenig dümmlich – und so fühlte sie sich auch. Mit allem hatte sie gerechnet, aber damit nie im Leben.

»Gebt mir Eure Hand, Madame. Nur ein kleiner Schritt über die Mauerkrone, und Ihr seid frei.«

Adelaide gehorchte wie im Traum. Gleich darauf stand sie auf der Plattform einer kleinen hölzernen Trittleiter neben ihrem uneigennützigen Retter, der ihr geschickt auf den Erdboden hinunterhalf, wo seine Kutsche bereit stand.

»Voilá. Wie Ihr seht, Madame la Comtesse, ist alles zu Eurer Abreise bereit.«

»Ich danke Euch tausend Mal, Monsieur le Comte«, sagte sie, noch immer verwirrt.

Anne wird Augen machen, dachte sie, und dann lachte sie

herzlich und befreit, nachdem sie sich durch einen raschen Blick davon überzeugt hatte, dass kein Mensch – außer ihr, dem Comte und dem Kutscher – zu sehen war.

Der Pfad, welcher sich an dieser Stelle entlang der Klostermauer schlängelte, war ziemlich schmal und nass und von uralten Ulmen gesäumt, deren Äste tief über dem Weg hingen. Kein Sonnenstrahl drang durch das Astgewirr. Es war kühl hier, feucht und geheimnisvoll dunkel.

»Hier gibt es entlang des Weges viele kleine Quellen. Im Frühjahr und im Herbst breitet sich ein regelrechter Sumpf aus. Seht, Madame, die Mauer von Sainte Cathérine ist auf dieser Seite völlig bemoost und teilweise zerbröckelt durch die andauernde Feuchtigkeit.«

Anne, die inzwischen auf dieselbe Art und Weise die Abtei verlassen hatte, warf einen Blick auf den Comte und sogleich entfuhr ihr ein leiser Aufschrei.

»Oh, Madame! Das ist doch unser rettender Engel aus dem *Lion d'Or!* Und jetzt helft Ihr uns ein zweites Mal, Monsieur. Ihr seid in der Tat ein wahrer Schatz, Monsieur.«

Beinahe wäre Anne dem ansehnlichen Edelmann um den Hals gefallen. »Meine Herrin hat sich schon Gedanken gemacht, weil Ihr Euch niemals im Kloster habt sehen lassen. Obwohl Ihr es doch fest versprochen hattet, Monsieur.«

KAPITEL 75

»ANNE!«

Die Comtesse genierte sich, dass ihre Zofe solcherart aus dem Nähkästchen plauderte. Was sollte der adelige Herr denn von ihr denken?

Eben hatte sich sein Diener Jules über die Mauer geschwungen und war dabei, das Treppchen zusammenzulegen, um das nützliche Ding unter dem Wagenkasten zu verstauen. Dann nahm er neben dem Kutscher auf dem Bock Platz.

Um keine Verlegenheit aufkommen zu lassen, dirigierte der Comte Adelaide de Bréteuil und ihre Zofe in das Wageninnere, worin es sich Demoiselle Hélène bereits seit zwei Stunden bequem gemacht hatte.

Bernard de Grandbois, Herr auf Château Beauregard, gesellte sich zu den Damen, indem er gegenüber Adelaide und Hélène und neben Anne Platz nahm; er gab seinem Kutscher sogleich das Zeichen zur Abfahrt, nachdem er die Vorhänge vor den Wagenfenstern zugezogen hatte.

Als Adelaide Hélène über die Person ihres Helfers bei der durchaus abenteuerlich zu nennenden Flucht aus dem Kloster aufklärte, kam jene aus dem Staunen gar nicht mehr heraus, als sie von den ganz besonderen Umständen hörte, unter denen sie schon einmal die Bekanntschaft dieses charmanten Herrn gemacht hatten.

»Und ich hatte keine Ahnung davon«, sagte Hélène ein übers andere Mal. »Mon Dieu, was ist mir nur alles entgangen. Verzeiht mir, Monsieur, dass ich Euch nicht erkannte, als ich Euch neulich sah. Ich schwöre Euch, ich hatte Euch vorher noch nie mit Bewusstsein gesehen.«

»Ihr müsst Euch nicht entschuldigen, Mademoiselle. Ich

weiß von Eurer Krankheit, welche Euch damals noch gefangen hielt. Nun kann ich gottlob sagen, dass Ihr Euch prächtig erholt habt.«

Die Comtesse hing an seinen Lippen. Sie konnte ihre Augen gar nicht von dem großen, dunkeläugigen Mann abwenden. Um sie erneut ein wenig aufzuziehen, fing Anne wieder an: »Meine Herrin hat es überaus bedauert, dass Ihr so gar nichts von Euch hören ließet, Monsieur.«

Adelaide wollte ihrer Zofe schon harsch über den vorlauten Mund fahren, aber der Comte fiel ihr ins Wort.

»Madame, ich versichere Euch, ich habe es zweimal probiert, Euch in Sainte Cathérine aufzusuchen, und außerdem ließ ich Euch drei Billets ins Kloster überbringen, in denen ich mich jeweils nach Eurem Befinden erkundigte. Als ich zum ersten Mal vorsprach, versicherte mir die Äbtissin, Ihr wäret nicht im Kloster, sondern bei Verwandten zu Besuch, und beim zweiten Mal behauptete sie, Ihr wäret schon wieder nach Deutschland abgereist. Obwohl die Straßen ohne männliche und vor allem bewaffnete Begleitung nicht anzuraten seien, hättet Ihr partout darauf bestanden, Euer sicheres Asyl zu verlassen. ›Die Comtesse war ja nicht meine Gefangene‹, hat mir die Ehrwürdige Mutter treuherzig versichert.«

Adelaide war wütend.

»Davon hat mir die Oberin kein Wort gesagt«, entgegnete Adelaide zornig. »Auch Eure Brieflein habe ich nie erhalten, Monsieur«, ereiferte sie sich.

»Erst durch ein Schreiben meiner Schwester, der Nonne Marie-Madeleine, erhielt ich Kenntnis von Eurer misslichen Lage. Und so habe ich mir eine Möglichkeit ausgedacht, wie ich Euch behilflich sein könnte, Madame.«

Die konnte erst einmal gar nichts weiter dazu sagen; allzu viel war in Kürze auf sie eingestürmt. Aber da man zwei gute Tagesreisen brauchen würde, um Schloss Beauregard zu erreichen, welches südlich von Auxerre, mitten in ausgedehnten Weinbergen und Wäldern gelegen war, hatte man viel Zeit und Muße, um alles Wichtige – auch bezüglich ihrer Weiterreise an den Rhein – zu besprechen.

In der Abtei war inzwischen die Flucht der »Gäste« nicht unbemerkt geblieben. Die Ehrwürdige Mutter hatte es erst nicht glauben wollen.

»Wie konnten diese Frauen denn fliehen, wenn an jedem Tor ein Wächter steht?«, sagte sie. »Und wohin sollten sie sich wenden? Diese deutsche Gräfin und ihre halb verrückte Schwester kennen doch niemanden in Frankreich, der willens wäre, ihnen Obdach zu gewähren«, rief sie abfällig aus. »Nur ich war bereit, sie aufzunehmen, und das soll nun der Dank für alles sein?«

Aber jede noch so gründliche Suche blieb ergebnislos. Von keiner der drei Ausreißerinnen war die geringste Spur zu entdecken. Und die Zelle der Comtesse fand man in einem Zustand vor, der jederzeit auf eine Rückkehr der Dame schließen ließ.

Sogar ein Buch, in welchem Adelaide zuletzt gelesen hatte, war an einer bestimmten Seite aufgeschlagen, so als wollte sie demnächst in ihrer Lektüre fortfahren.

Ihre Kleidertruhe stand genauso an einer Wand der Zelle wie seit Monaten.

»Welche Dame lässt bei einer Flucht ihre gesamte Garderobe zurück, Ehrwürdige Mutter?«, fragte eine ältere Nonne, aber die Äbtissin ließ sich nicht so leicht täuschen.

»Diese undankbare Person hat ihr ganzes Geld und ihren wertvollen Schmuck mitgenommen«, teilte sie nach routinierter Durchsuchung des Raumes den übrigen Nonnen mit, »sogar ihr verwünschtes Kräuterbuch fehlt. Es steht also fest, dass sie in der Tat geflohen sind, ohne sich zu verabschieden und ohne zu sagen, wohin sie sich zu wenden gedenken.«

Schwester Madeleine, die so tun musste, als wüsste sie von nichts, meinte treuherzig: »Und was haltet Ihr, Ehrwürdige Mutter, von der Idee, dass die Damen möglicherweise entführt worden sind? Vielleicht hat man sie gezwungen, ihre Wertsachen den Entführern auszuliefern?«

»Was für ein Unsinn, Schwester! Eine gewaltsame Entführung bei hellem Tage! Warum hätten die drei denn nicht um Hilfe gerufen?«

Madame Angélique des Anges ließ sich nicht hinters Licht führen. Ihre Vögelchen waren ausgeflogen. Höchst ärgerlich das Ganze. Und sie hatte sich bereits Gedanken über die Höhe des zu erzielenden Lösegeldes gemacht, welches sie für diese »Feindinnen« Frankreichs hätte verlangen können. Es wäre ihr zudem nicht allzu schwer gefallen, die Frauen beim Kardinal in Misskredit zu bringen …

›Hängt diese überraschend inszenierte Flucht womöglich mit der Ankunft des Chevaliers heute Mittag zusammen?‹, überlegte die Äbtissin. ›Wenn ich es recht bedenke, war Monsieur de Grenelles über die Begegnung mit der Comtesse de Bréteuil sehr unangenehm berührt. Und wieso hat sie steif und fest behauptet, ihn zu kennen, obwohl er es lebhaft abgestritten hat?‹

Dass der edle Herr seinerseits gelogen hatte, war ihr gleichfalls nicht verborgen geblieben. Sehr merkwürdig.

Andererseits war sie die ungebetenen Gäste auf einfache Art und Weise losgeworden.

Madame des Anges war eine pragmatisch denkende Frau und sie beschloss, die Angelegenheit nicht weiter zu verfolgen oder gar aufzubauschen. Nur Kardinal Richelieu würde sie von der grußlosen »Abreise« der undankbaren Gräfin in Kenntnis setzen.

KAPITEL 76

JAKOB HAGENBUSCH HATTE heimlich einen Wink erhalten, dass man hinter seinem Sohn Georg her wäre, um ihn zu verhaften. Man beschuldigte jetzt den jungen Mann ganz ernsthaft, seinerzeit bei der Flucht seiner Schwester aus dem Gewahrsam der Justiz seine Hände im Spiel gehabt zu haben.

Drei Hexen waren seinerzeit entkommen, ohne dass man jemals das Geringste von ihnen gehört oder gesehen hätte. Und von der Wachmannschaft war gleichfalls keiner mehr aufgetaucht. Sogar Pferd und Wagen waren wie vom Erdboden verschluckt geblieben.

Die kaiserlichen Behörden und ihre extra aus Wien angereisten Untersuchungsbeamten hatten natürlich sofort einen bestimmten Verdacht gehabt; aber sie wagten nicht, Graf Ferfried und seinen Anhang direkt der Mithilfe zur Befreiung dreier überführter Hexenweiber zu bezichtigen – außerdem, wo läge das Motiv?

Die Freundschaft Adelheids mit dem Bauernmädchen war kein ausreichender Grund, um als Beweismittel für eine solche Freveltat zu dienen – und davon, dass Hasso von Ruhfeld ein Auge auf die Schultheißentochter geworfen hatte, wussten die Allerwenigsten.

Daher schloss der Oberste Untersuchungskommissär messerscharf: »Es kommt nur die Familie der Hexe Helene Hagenbusch infrage. Am wahrscheinlichsten handelt es sich bei dem unverschämten Täter um den Bruder der Delinquentin Helene.«

Man vermutete, er hätte zahlreiche Helfershelfer gehabt – und diese Saukerle werde man schon noch zu fassen kriegen, sobald erst einmal gegen Georg Hagenbusch Anklage erhoben wäre.

Man würde den unverschämten Bauernlümmel schon dazu bringen, seine gottlosen Mitverschwörer preiszugeben – wozu gäbe es schließlich die altbewährten Methoden eines Martin Scheible? Auch dessen Nachfolger verstand sich auf derlei »Feinheiten«. Wie eine Nachtigall würde der junge Tölpel singen.

Jakob, der seit einiger Zeit schon Unrat gewittert hatte und daher seinen Sohn unter anderem Namen als Knecht zu Verwandten nach Gengenbach geschickt hatte, ließ Georg umgehend Nachricht bringen, er müsste schleunigst – am besten bei Nacht und Nebel – weiter flüchten, am vernünftigsten erst einmal ins Württembergische hinein oder über den Rhein. Seinen Namen hätte er erneut zu ändern und sein Aussehen am besten gleich mit. Und – ließ der besorgte Vater, der jetzt seiner beiden Kinder beraubt war –, ihm mitteilen – er müsste damit rechnen, für Jahre seiner Heimat fernzubleiben.

»Die Keyserlichen lassen nit nach, den Schuldigen irer Riesen Blamasch zu suchen; ir Ehrgeitz lasst das nit zu«, hatte er in wohlgesetzten Buchstaben, wenn auch in fehlerhaftem Deutsch auf den Zettel geschrieben, welchen er einem seiner vertrauenswürdigsten Knechte mitgegeben hatte.

Georg war zutiefst erschrocken, als er den Pferdeknecht Matthis eines Abends bei der Familie, in welcher er Aufnahme gefunden hatte, in der Wohnstube antraf.

»Matthis, was ist los? Ist was mit der Mutter?«, wollte er aufgeregt wissen, »oder ist gar der Vater krank?«

»Nein, nein. Wegen dir komm ich, Georg: Du musst sofort weg von hier.«

Als Matthis ihm den Brief des Vaters zu lesen gegeben hatte – zum Glück waren alle Hagenbuschs, mit Ausnahme Walburgas, des Lesens kundig –, packte Georg umgehend das wenige Zeug zusammen, das er besaß und dazu noch Mundvorrat für die nächsten Tage, den ihm die Bäuerin geradezu aufdrängte.

»Nimm mit, Bub, so viel du tragen kannst. Wer weiß, wann du wieder was zu essen kriegst«, sagte sie, und Georg ließ die gute Seele gewähren. Auch dass ihm der Bauer noch ein paar Taler zusteckte – »dein Knechtslohn«, wie er augenzwinkernd betonte –, ließ er sich gern gefallen. Wer wusste schon, wen er alles zu bestechen hätte auf seiner Flucht?

Noch in derselben Nacht machten sich Georg und Matthis auf ins Ungewisse. Denn der einige Jahre Ältere ließ es sich nicht nehmen, mit seinem jungen Herrn dessen Schicksal als Vertriebener zu teilen.

»Dein Vater, der Jakob, hat mir ausdrücklich erlaubt, dich zu begleiten, Georg. Zumindest bis zu einer Stelle, von der wir annehmen dürfen, dass du ab da in Sicherheit bist.«

Georg war ehrlich genug, sich einzugestehen, dass ihn das sehr beruhigte. Der Matthis war ein besonnener und kräftiger Mann, dessen Gegenwart ihm sicher gut zustatten käme.

Vom Hof seiner Verwandten aus war es nicht weit zum Einbethenberg. Auf dessen Höhe erhob sich die dem heiligen Jakobus geweihte Bergle-Kapelle.

Dieser war nicht nur der Namenspatron seines Vaters, sondern auch der Beschützer aller Reisenden und damit wohl auch derer, die sich auf der Flucht befanden.

Es war Vollmond und sternenklar, und der Anstieg fiel den beiden jungen Männern nicht schwer. Bei Tage hatte man dort oben einen wunderschönen Blick über das Kinzigtal und die gesamte Anlage des Städtchens Gengenbach.

Matthis war erst unwillig über die seiner Ansicht nach unnötige Verzögerung gewesen, aber Georg war stur geblieben. »Ich muss dort oben in der Kapelle zum heiligen Jakobus beten«, sagte er bestimmt. »Tue ich es nicht, wird meine Flucht nicht gelingen.«

Da hatte Matthis den Mund gehalten und war dem Jungbauern schweigend gefolgt.

Oben angekommen, war Georg sehr betroffen. »Ich habe zwar schon erzählen gehört, dass die Schweden die Kapelle geschändet haben, aber dass bloß noch ein Steinhaufen davon übrig ist, das wusste ich nicht. Da habe ich doch gleich die Möglichkeit, ein Gelübde zu machen: Wenn ich den habsburgischen Häschern entkomme und sie mich nicht mehr als möglichen Hexenbefreier und Mörder ihres Wachpersonals und des Scheible verfolgen, werde ich, wenn ich wieder daheim in Frieden leben kann, zum Dank dem heiligen Jakobus seine Kapelle wiederaufbauen lassen.«

»Wohl gesprochen, Georg. Verrichte jetzt nur rasch dein Gebet zum heiligen Jakob und dann lass uns weiterziehen. Es ist so hell, als wäre es Tag und nicht kurz vor Mitternacht. Es kommt mir vor, als könnte man uns zwei schon von Weitem sehen.«

»Ach was«, wiegelte Georg ab. »Keiner sieht uns. Außerdem: Wir sollten nicht blind drauflos rennen, sondern zuerst einmal in aller Ruhe überlegen, wohin wir überhaupt wollen.«

Damit ließ sich Georg unweit der Ruine des Kirchleins unter einer alten Wettertanne nieder, und Matthis tat es ihm gleich. Da hatte sein junger Herr nicht unrecht: Das musste in der Tat genauestens überlegt werden. Nach einigem Hin und Her, nach verschiedenen Vorschlägen und mehrmaligem Verwerfen etlicher Möglichkeiten, waren sie sich schließlich einig. Zum Schluss ließen sie sich auf die Knie nieder und dankten GOTT sowie dem heiligen Jakobus für den großartigen Einfall, den Georg gehabt hatte.

Sie müssten dazu allerdings die finanzielle Unterstützung von Herschel Grünbaum, dem Juden von Reschenbach, in Anspruch nehmen. Matthis würde so schnell wie möglich zu seinem Herrn, dem Jakob Hagenbusch, heimkehren, ihn in den Plan einweihen und ihn bitten, zu Grünbaum zu gehen und für seinen Sohn zu bürgen.

Georg würde sich inzwischen in einer Höhle in der Nähe verstecken und die Rückkehr des Matthis abwarten, der – hoffentlich – mit einer ansehnlichen Summe zurückkäme.

Der Knecht war recht angetan von dem Plan des jungen Bauern.

»Damit machst du dich bei den Kaiserlichen ungemein beliebt«, meinte er, »und sie werden kaum noch danach fragen, ob du vielleicht einer Hex – selbst wenn sie deine Schwester ist – geholfen hast. Hier geht es nämlich um Wichtigeres, um eine Ware, die teuer und dazu rar ist und von der die Kaiserlichen gar nicht genug haben können, wenn sie gegen die Schweden und deren protestantische Anhänger die Oberhand gewinnen wollen. Wer fragt da noch nach einer jungen Hexe und ein paar verschwundenen, alten Weibern?«

Im Stillen hoffte Georg, dass Matthis mit seiner Einschätzung richtig lag; aber auch ihn dünkte seine Idee, als Pferdeeinkäufer ins Ausland zu gehen, recht famos.

Der Verschleiß an Gäulen war ungeheuer. In Schlachten und mehr noch auf den ewig langen Gewaltmärschen krepierten jährlich Zehntausende der Rösser. Je länger der Krieg dauerte, wurde dies immer mehr zu einem schier unlösbaren Problem.

Die Pferdehändler – reiche Leute mittlerweile – reisten bereits bis nach Polen und Ungarn, um geeignete Tiere für die Reiterei aufzutreiben.

Georg Hagenbusch gedachte, sich mit Matthis, der über einen ausgezeichneten »Pferdeverstand« verfügte, nach Polen aufzumachen, um die katholische Seite – sprich die Kaiserlichen – mit der so dringend benötigten Mangelware zu versorgen.

»Ob der Bauer dabei auch mitmacht und das nötige Kapital beim Juden beschaffen wird?« Matthis befielen auf einmal Zweifel.

»Aber sicher«, lachte Georg, »weshalb sollte er nicht?« Dann stutzte er. »Na ja. Vielleicht findet der Vater meinen Einfall doch nicht so gut. Also, Matthis, sag ihm deutlich, ich will das Geld bloß geliehen haben. Er kriegt es zurück, sobald wir wieder daheim sind und die polnischen Gäule an die Kaiserlichen verkauft haben. Und der Preis wird weiter steigen, das garantiere ich.«

Beide Männer blickten auf die zerstörte Kapelle, und Georg fiel dazu eine Geschichte ein: »Einst hat der Teufel eine riesige Felsplatte herangewälzt, um die Bergle-Kapelle zu zerstören. Doch der Brocken war ihm zu schwer, und als er sich schließlich noch einen seiner Bocksfüße schmerzhaft einklemmte, reichte es ihm. Er ließ die Felsplatte liegen, wie du unschwer sehen kannst. Weil dem Leibhaftigen die Arbeit so sauer geworden war, heißt man den Felsen, der da drüben liegt, den ›Sauerstein‹.«

Die zwei Burschen lachten. Nachdem sie ihren Plan gefasst hatten, war beiden viel wohler. Natürlich würde es nicht leicht werden, ihn umzusetzen – schließlich war Georg ein behördlich Gesuchter –, aber irgendwie würde es schon klappen.

Sie waren jung, verwegen und optimistisch, und außerdem würde der heilige Jakobus schon auf sie aufpassen!

»Da fällt mir noch eine Geschichte ein«, sagte der junge Hagenbusch und erhob sich aus dem taufeuchten Gras.

»Auf, lass uns gehen, Matthis, während ich unterwegs erzähle. Neben der Kapelle hier stand einst eine Klause. Darin lebte ein frommer Bruder, der armen Leuten half und die Wallfahrer betreute. Einmal wurde er sehr krank und konnte sich nicht einmal mehr von seinem Strohsack erheben. Da erschien in seiner Zelle ein fremder Mann in einem langen Gewand und erbot sich, ihn während seiner Krankheit zu vertreten. Der Einsiedler war froh darüber, aber der Fremde fiel überall, wo er hinkam, durch seine seltsamen Lehren auf. Als der geheimnisvolle Mann während einer Prozession ebenfalls den Dienst des Einsiedlers übernahm, stolperte er über einen Stein und siehe da: Unter seinem langen Gewand wurden zwei Bocksfüße sichtbar.

Nun war allen klar, mit wem sie es zu tun hatten.

Wütend über diese Entlarvung rannte der Teufel auf den nahen Einbethenberg, schlug seine feurigen Pranken in den Felsen und verschwand lästerlich fluchend in der Erde. Diesen seltsamen Felsbrocken da drüben« – Georg deutete auf eine Stelle des Berges –, »nennt man seither ›Teufelskanzel‹.«

Als sein junger Herr geendet hatte, lachte der Knecht unsicher auf. Ein wenig ängstlich schaute Matthis sich um und sagte dann: »Wir sollten uns ein wenig sputen, Georg. Es liegt noch eine weite Strecke vor uns, und der Gottseibeiuns möcht uns vielleicht hören und uns Steine in den Weg legen.«

»Ach was«, grinste übermütig der junge Hagenbusch, »ich pfeif auf den Teufel. Ich bin sicher, der Schutzpatron aller Reisenden – und zu denen gehören wir zwei ja irgendwie – wird uns schon beistehen. Ich jedenfalls vertrau auf Sankt Jakobus.«

KAPITEL 77

GRAF FERFRIED VON RUHFELD fühlte sich einsam. Sicher, das Bett wärmte ihm Salome Bürgi nach wie vor zu seiner vollen Zufriedenheit, aber er hatte Sehnsucht nach seinen Kindern.

»Da sitze ich elender Krüppel und bin zu nichts nutze«, klagte er mürrisch und strich sich mit grämlichem Gesichtsausdruck die inzwischen weiß gewordenen Haare aus dem faltigen Gesicht. »Ein alter Mann wie ich sollte zu seinem Trost seine Kinder um sich haben«, sagte er nach einer Weile. Der Blick, den er Salome zuwarf, war herzzerreißend, und diese ergriff eine seiner mager gewordenen, blau geäderten Hände und drückte sie liebevoll.

»Seht, Herr, es ist nun einmal das Schicksal Eures Sohnes, dass er seinem Kaiser in diesem schrecklichen Krieg zu Hilfe eilen muss. Ich bete jeden Tag für die baldige, glückliche Heimkehr des jungen Herrn.«

»Ach, Sali«, sagte der Graf, »du bist eine herzensgute Seele. Wenn es dich nicht gäbe, ich glaube, ich hätte mich schon längst erschossen.«

»Herr, so etwas dürft Ihr nicht einmal denken. Das ist eine große Sünde, und …«

»Ja, ja, ich weiß, meine gute, liebe Salome. Ich habe nur so dahergeredet. Kein Wunder, wenn es einem alten Mann leid wird.«

»Wo ist hier ein alter Mann? Ich kann hier keinen sehen, Herr.« Salome kicherte. »Der jedenfalls, mit dem ich heute Nacht das Bett geteilt habe, gehört noch lange nicht zum alten Eisen.«

Der Graf musste grinsen; er war sehr geschmeichelt. In der letzten Nacht hatte er sich und seiner Geliebten nach langer Zeit wieder einmal bewiesen, dass er noch längst nicht tot war. Unbändige Angst hatte er davor gehabt, jawohl. Würde er nach der langen Zeit der Rekonvaleszenz nach seinem Schlaganfall sich überhaupt noch als Mann erweisen können? Wie ein unerfahrener Jüngling war er in seinem geräumigen Bett schüchtern auf Salome zugekrochen und hatte ihr unsicher eine Hand auf den Busen gelegt. Nach einer Weile hatte er beherzter zugegriffen und die vertraute, weiche, warme und üppige Rundung gespürt. Oh, das hatte sich verdammt gut angefühlt. Ferfried hatte gemerkt, wie das Blut in seinen Unterleib schoss und sein Penis sich zu versteifen begann. Und da war auch schon ihre kundige Hand gewesen, welche sein Glied umfasste und sanft drückte und streichelte. Teufel, tat das gut. Wie viel Zeit war vergangen, seit er sich das letzte Mal als Liebhaber gezeigt hatte? Auf jeden Fall zu viel. Aber heute Nacht würde er versuchen, sich und seine Sali zu befriedigen.

Sein Mund suchte hungrig nach ihrer Brustwarze, die sich gleichfalls aufgerichtet hatte. Er saugte und leckte daran, während Salome sein steil aufgerichtetes Glied massierte, bis Ferfried dachte, es müsste platzen vor Lust.

Da nahm Salome ihre Hand weg, um einen vorzeitigen Erguss zu verhindern.

»Wir haben viel Zeit, mein Liebster«, flüsterte sie und rückte ein Stück von ihm ab.

Es war beinahe so wie das erste Mal bei einem jungen Liebespaar. Nein. Viel, viel schöner. Denn beide waren erfahren und erlaubten sich – über die engstirnigen Gebote der meisten Geistlichen hinweg –, ihre Lust zu suchen und auch zu finden.

Und als Salome sich schließlich rittlings auf den auf dem Rücken liegenden Grafen setzte und seine pralle Männlichkeit in ihrem Schoß aufnahm, war dies eine große Sünde nach Meinung der Kirche, die den Verkehr der Geschlechter nur duldete, wenn er von verheirateten Paaren in jener Stellung vollzogen wurde, bei welcher die Frau teilnahmslos unter dem Mann lag.

Aber gerade diese »umgekehrte« Art der Vereinigung bereitete den beiden ungeheures Vergnügen und war zudem schonend für den noch unter den Nachwirkungen seines Schlaganfalles leidenden Grafen.

»Ach, ist das herrlich! Wie habe ich das vermisst!«, keuchte

Ferfried. »Zur Hölle mit den Pfaffen, die einem jeden Spaß vergällen wollen.«

Der sich wie ein jugendlicher Liebhaber fühlende Edelmann hatte die runden Hinterbacken seiner Salome umfasst und beide hatten sich im gleichen Rhythmus bewegt, der erlösenden Ekstase entgegen …

Als ihn seine Geliebte jetzt an die Freuden der vergangenen Nacht – es war nicht bei der einmaligen Vereinigung geblieben – erinnerte, fühlte Ferfried erneut ein höchst angenehmes Ziehen in den Lenden, und die Vorfreude auf die kommende Nacht ließ ihm das Blut wie zu seinen besten Zeiten in die Lenden schießen.

Wenn seine Genesung so rasche Fortschritte machte, würde er selbst noch in diesen elenden Krieg ziehen müssen. Auf einmal hasste der Graf nicht nur den Schwedenkönig Gustav Adolf, sondern den Kaiser – fast – genauso.

Konnte denn nicht endlich wieder Ruhe einkehren im Reich? Waren noch nicht genug Menschen elend krepiert? Sollte, wer es unbedingt wollte, doch Anhänger Luthers sein! Was scherte es ihn?

Alles verreckte. Die Menschen, das Vieh und die Feldfrucht. Konnte das alles wirklich GOTTES Wille sein? Er, Ferfried von Ruhfeld, zweifelte schon lange daran.

Auch er hatte von Fällen von Kannibalismus gehört und glaubte, dass man es jetzt genug sein lassen müsste. Wie tief sollte die Menschheit noch sinken? Der Hunger lässt die Menschen zu wilden Tieren werden, dachte er angewidert. Und dem sollte man Einhalt gebieten, ehe es zu spät ist.

»Ich vermisse meine Adelheid«, sagte er unvermittelt und strich Salome über das dichte, hellbraune Haar. »Sollte ihr etwas zustoßen, springe ich vom alten Bergfried!« Salome erschrak zutiefst.

»Aber Herr, sagt doch so etwas nicht«, bat sie verzweifelt, doch Ferfried drückte gleich besänftigend ihre Hand.

»Nein, nein. Das war nur so dahergesagt. Selbstmord ist eine Todsünde, und ich habe keine Lust, in der Hölle zu schmoren, Sali.« Ferfried seufzte. »Ich weiß, dass ich allein die Schuld daran trage, dass meine Tochter gleich einer Verfemten durch fremde Lande ziehen muss. Ohne meine sträfliche Unvernunft wäre ihre Freundin, diese Helene, nie als Hexe verhaftet worden, und für Adelheid hätte kein Grund bestanden, zu flüchten. Ich ganz allein habe dieses Unglück zu verantworten, und ich werde mir, solange ich lebe, mein Versagen niemals verzeihen. Was, in GOTTES Namen, habe ich da bloß angerichtet?«

Salome schwieg betreten. Sie wusste, wovon Graf Ferfried sprach, und ihr fielen keine Trostworte dazu ein.

»Der Teufel muss mich seinerzeit geritten haben, als ich mich auf das Anerbieten von Anselm von Waldnau eingelassen habe, der versprochen hatte, mir zu der Erzgrube vom Hagenbusch zu verhelfen. Doch nicht um diesen Preis, um CHRISTI willen.«

Salome drückte es schier das Herz ab, ihren geliebten Herrn so leiden zu sehen, aber wenn sie ehrlich war, konnte sie sein damaliges Verhalten auch nicht verstehen und gutheißen schon gar nicht.

Mit Vorwürfen, wie man sie seinerzeit gegen das Helen erhoben hatte, war nicht zu spaßen. Ferfried hätte energisch eingreifen müssen – ganz zu Anfang, gleich als er von der Gefangennahme dieses unglücklichen Mädchens erfahren und sich stattdessen lieber schnell aus dem Staub gemacht hatte.

Diese Last vermochte Salome Bürgi ihrem über alles geliebten Herrn nicht von der Seele zu nehmen …

KAPITEL 78

Hasso von Ruhfeld war, gleich vielen anderen Angehörigen der katholischen Liga, in Regensburg eingetroffen, um zu beraten, wie man am besten der »protestantischen Pest« beizukommen vermöchte.

›Beratschlagen, konferieren und kluge Reden führen können sie alle‹, dachte der junge Graf verdrossen, ›bloß zu einer vernünftigen Lösung zu kommen, das vermag keiner.‹

Es erschien Hasso von Ruhfeld als reine Zeitverschwendung. Er wusste – wie alle anderen Teilnehmer auch –, dass sich an der eigentlichen Ursache des Krieges nichts änderte.

Der Kaiser sowie sein wichtigster Parteigänger, der bayerische Kurfürst Maximilian, wären niemals bereit, zu akzeptieren, dass der Protestantismus bereits in weiten Teilen Deutschlands verbreitet war und dass dies aller Voraussicht auch so bleiben würde.

Das bedeutete aber, dass der Schwedenkönig ebenfalls mit seinen Truppen im Lande bleiben und weiter Schrecken und Krieg verbreiten würde.

An einigen kleineren Scharmützeln hatte Hasso bereits teilgenommen, aber das waren eher hinhaltende Gefechte gewesen und keine entscheidenden Schlachten. Der Feind saß überall, und was er an Zerstörungen und bemitleidenswerten Opfern der Gewalttätigkeiten gesehen hatte, erschreckte Hasso zutiefst. Am ärgsten litt das einfache Volk. Erschlagene oder erhängte Bauern, geschändete und nachher erwürgte oder erstochene Weiber – alte und junge gleichermaßen – und kleine Kinder, entweder totgeschlagen wie lästige Hunde oder an

Baumstämmen zerschmettert: Das alles hatte er mit eigenen Augen gesehen.

Am meisten hatte ihn die folgende grausige Szene betroffen gemacht: In dem größeren Gehöft eines vermutlich wohlhabenden Freibauern hatte man sämtlichen Frauen die Bäuche aufgeschlitzt und für den Hausherrn hatte man sich etwas ganz Besonderes einfallen lassen.

Vermutlich wollten die feindlichen Soldaten – oder womöglich Marodeure der eigenen Leute, wer vermochte das heute noch zu sagen? – vom Bauern das Versteck seines gehorteten Geldes erfahren; und weil dieser nicht gutwillig mit der Auskunft herausrückte, hatten die Kerle ihn einfach an einen Stuhl gefesselt und seine Füße ins Ofenloch der brennenden Feuerstelle in der Küche gesteckt.

Als Hasso und seine Kameraden die Leiche fanden, waren die Beine des Bedauernswerten bis weit über die Knie hinauf verkohlt gewesen …

Inzwischen waren die Flammen im Herd längst erloschen und der Gestank der verwesenden Leichen – Hasso zählte insgesamt sieben in der Küche, darunter zwei kleine Kinder – war zum Speien und er musste sich abwenden, um gleich darauf sich erneut zu dem Gefolterten umzuwenden und in dessen Gesicht mit den aus den Höhlen getretenen Augen und dem in schier wahnsinnigem Schmerz aufgerissenen Mund zu starren …

Die Szenerie schien aus dem schlimmsten Alptraum zu stammen, und dem jungen Grafen und seinen Kameraden Gero von Wallhausen, Hartwig von Bohlen und Wilhelm von Kirchhofen drehte sich schier der Magen um.

»Das können doch nicht Menschen getan haben; das müssen Teufel gewesen sein!«, rief Gero und rannte aus der zerstörten Wohnstube.

Das Einzige, was Hasso zu tun vermochte, war, seinen

Dienstmannen zu befehlen, die Toten zu begraben und aus kleinen Baumstämmen primitive Kreuze zu zimmern, welche sie auf dem armseligen Totenhügel hinter dem halb zerstörten Haus aufstellten.

Warum fasste sich der Kaiser kein Herz, ging auf den Schwedenkönig zu und bot ihm die Hand zum Frieden? Was sollte dieser unselige Stolz? Schließlich fanden die Kriegsgräuel auf deutschem Boden statt und nicht oben in Gustav Adolfs düsterer Heimat.

Es waren die deutschen Landsleute, welche unter Elend, Not, Gewalt und Hunger zu leiden hatten. Und das seit beinahe vierzehn Jahren. »Soll dieser verdammte Krieg denn ewig weitergehen?«, fragte sich der junge Grafensohn, seit Kurzem Ehemann und in Bälde Vater eines Kindes.

»Ich sollte zu Hause sein, meinen alten, hinfälligen Vater unterstützen, mein junges Weib verwöhnen und ihr bei der Geburt unseres Kindes die Hand halten«, dachte er wehmütig und zornig zugleich. Er war beinahe sicher, dass daheim auf Ruhfeld alles drunter und drüber ging – immerhin hatte Ferfried immer noch schwedische Offiziere als Einquartierung. Jetzt musste sich erweisen, ob Anselm von Waldnau in der Lage war, die Grafschaft vernünftig zu verwalten. Hoffentlich schaute ihm Vater Ambrosius auf die Finger …

Er war froh, dass sein Vater so klug gewesen war und seine Schwiegertochter in ihr elterliches Schloss in Stuttgart zurückgeschickt hatte, wo Vater, Mutter und Geschwister auf die Schwangere ein Auge haben konnten.

Aber in Ordnung war es nicht. Eine junge Ehefrau und werdende Mutter gehörte ins Haus ihres Ehemannes.

Seufzend faltete er den jüngsten Brief seiner Gemahlin Gisela zusammen. Die junge Frau litt beträchtlich unter den Beschwerden, welche ihr die Schwangerschaft auferlegte und sie war überdies ungeduldig und sehr unwillig über den Umstand, dass sie von Hasso »im Stich gelassen« worden war, wie sie es ausdrückte.

Dieser Vorwurf war kindisch und ungerecht zugleich, aber Hasso in seiner Nochverliebtheit hielt ihr bei ihren Launen die Beschwernisse ihres Zustandes zugute und verzieh ihr die albernen Vorhaltungen.

Er hatte sich schließlich nicht darum gerissen, seine Zeit in Festungen und Lagern zuzubringen, an Konferenzen, die nichts einbrachten, teilzunehmen, sowie an Kampfhandlungen, bei denen die Kaiserlichen in der Regel den Kürzeren zogen.

›Selbst wenn wir hin und wieder in einem Gefecht die Stärkeren sind, der Feind ist uns dennoch überlegen‹, dachte er griesgrämig. Die Protestanten hatten inzwischen ein phänomenales Selbstvertrauen entwickelt, und sie erhielten immer stärkeren Zulauf.

›Warum können denn in GOTTES Namen nicht Katholiken und Protestanten friedlich im Reich zusammenleben?‹ Diese Frage stellte er nicht zum ersten Mal, und einer seiner Freunde, der gleichaltrige Graf Heinrich von Ebersbach, nickte zustimmend. Auch er hatte ein junges Weib zurückgelassen auf dem Schloss seiner Eltern und verspürte nicht die geringste Lust, noch sehr viel länger diesen Irrsinn mitzumachen.

»Uns fragt ja keiner, Hasso«, rief er wütend. »Die hohen Herren« – gemeint waren Kurfürst Maximilian von Bayern, der Kaiser und andere Fürsten – »sehen zwar das grauenvolle Elend im Land, aber es schert sie nicht im Geringsten. Sollen die Bauern doch verrecken. Wer an ihrer statt die Äcker und Felder bebaut, damit wir alle was zu essen haben, sowie das Schicksal der Vielen durch den Krieg Verstümmelten interessiert sie nicht. Selbst, dass mittlerweile ganze Landstriche entvölkert sind, bringt sie nicht zum Nachdenken. Es hat den Anschein, als müsste alles zum Teufel gehen.«

Heinrich von Ebersbach wusste, dass er in Hasso von Ruhfeld einen Gleichgesinnten vor sich hatte, sonst hätte er seine Meinung gewiss nicht so offenherzig kundgetan.

Es empfahl sich keineswegs, in Regensburg, sozusagen unter den Augen Kurfürst Maximilians, den Mund zu weit aufzureißen.

Bei Kritik an der Kriegführung – mochte sie auch noch so sehr berechtigt sein – reagierte Seine Durchlauchtigste Gnaden sehr ungnädig. Das hatte mancher schon zu spüren gekriegt, der es bloß gewagt hatte, unbequeme Fragen zu stellen.

Heute Abend würden Hasso und sein Freund Heinrich neben vielen anderen wieder einmal Gäste Herzog Maximilians sein. An glänzender Tafel würden sie sitzen, erlesene Köstlichkeiten speisen und sich von dezenter Tafelmusik einlullen lassen. Dazu würde man plaudern, als lebte man im tiefsten Frieden, während zahlreiche Dörfer und Kleinstädte bereits großen Kirchhöfen glichen und ehemals fruchtbares Ackerland zur Wüste geworden war.

Im vergangenen Winter hatte der Tod reiche Ernte gehalten – und nicht bloß unter den Alten und kleinen Kindern. Auch viele Erwachsene waren der Kälte, der Unterernährung und diversen Krankheiten und Seuchen zum Opfer gefallen.

Aus Verzweiflung, den sicheren Hungertod ihrer Familien vor Augen, hatten die Bauern sogar ihre wertvollen Zuchttiere geschlachtet, und im nächsten Frühling fehlten die Jungtiere, sodass man auf die Früchte des Feldes angewiesen wäre. Aber die Äcker waren zertrampelt und von den Pferdehufen der feindlichen wie der eigenen Armeen zerstampft, und das kostbare Saatgut hatten die Menschen während des Winters aufgegessen; Büsche und Obstbäume ragten zumeist verkohlt in den Himmel, und die Bäche und Teiche waren leer gefischt von durchziehenden Kriegern.

Aber am Tisch des bayerischen Kurfürsten würde man davon nichts bemerken. Dort herrschte noch Überfluss, und es durfte einen nicht wundern, dass der hohe Herr vom Sieg über den Schweden sprach, den man zu guter Letzt doch mit dem Segen GOTTES und seines lieben Sohnes JESUS, erringen würde …

KAPITEL 79

HASSO VON RUHFELD nahm sich vor, noch vor dem abendlichen Schmause einen Brief an seinen Vater zu verfassen. Der alte Herr freute sich gewiss darüber, ein Lebenszeichen von seinem einzigen Sohn zu erhalten.

Die Augen des jungen Grafen verdunkelten sich schmerzlich, als er an die zusammengesunkene und abgemagerte Gestalt Ferfrieds dachte, wie er ihn zuletzt bei seinem Abschied vom Schloss gesehen hatte.

Er hoffte, dass sich der einst so kraftvolle Vater, der den Eindruck erweckt hatte, stets ein Fels in der Brandung zu sein, sich inzwischen ein wenig erholt hatte.

Ferfried, schwach und hinfällig, angewiesen auf Hilfe und Handreichungen in beinahe allen Bereichen seines Lebens, selbst in den intimsten, das war etwas, was Hasso schwer an die Nieren gegangen war.

Zum ersten Mal war dem jungen Mann die Endlichkeit aller menschlichen Existenz so richtig zum Bewusstsein gekommen.

Und noch etwas war dem jungen Edelmann aufgegangen: Dass es letztendlich keine Rolle spielte, ob man als Halbgelähmter in einem Stuhl saß, welcher geschnitzt und zierlich gedrechselt war, oder auf einem roh gezimmerten aus Fichtenholz, ob man in einem reich geschmückten Gemach hockte oder in einer armseligen Bauernkate und ob es sich bei der Speise, die man aus Schwäche nicht allein zu sich nehmen konnte, um feine Kalbsbrühe oder um einen faden Mehlbrei handelte.

Wichtig war nur, dass die Menschen, die einen versorgten, dies mit Herz taten – oder mit Widerwillen und Gleichgültigkeit. Und so waren Hassos Gedanken wie von selbst zu Salome Bürgi gewandert, die den alten Grafen liebevoll und aufopfernd pflegte.

Warum tat die ehemalige Hure das? Weil Ferfried sie gut bezahlte?

Hasso hatte auch erkannt, dass die im Geheimen bisher von ihm verachtete Frau ein gutes und ihrer früheren Profession zum Trotz hochanständiges Weib war, und es freute ihn, dass der Vater »seine Sali« hatte, die auf ihn schaute und ihn wie ihren Augapfel hütete.

›Ob Gisela, meine Frau, das Gleiche für mich täte?‹, überlegte er. Wenn er ehrlich war, zweifelte er daran, denn er konnte sich nicht vorstellen, dass seine maßlos verwöhnte und – er gestand es sich ein – auch ungeheuer egoistische und bequeme Gemahlin solche Dienste an ihm verrichten würde, so wie die Bürgi es bei Ferfried wie selbstverständlich tat. Gisela würde sich vor mir ekeln und mich den Bedienten überlassen. Dessen war er sich beinahe völlig sicher, und zum ersten Mal fühlte er einen leisen Hauch von Kälte, der ihn beim Gedanken an sein reizvolles, junges Weib anwehte.

Und, ohne dass er es gewollt hatte, waren seine Gedanken zu Helene Hagenbusch geschweift … Auch sie gehörte seiner

Meinung nach zu jenen selbstlosen Geschöpfen, die sich für einen geliebten Mann aufopfern würden. Unvermittelt verspürte er ein schlechtes Gewissen, dass er sie damals so leicht aus seinem Herzen gerissen hatte. Und das zu einem Zeitpunkt, wo man noch gar nicht sagen konnte, ob und wie sie die Misshandlungen überleben würde.

›Da hätte sie mich am meisten gebraucht, aber gerade da habe ich versagt‹, gestand er sich beschämt ein. Ja, regelrecht geekelt hatte er sich vor ihr. Nun, da er reifer geworden war und etwas mehr von der Welt, den Menschen und den Gemeinheiten, zu welchen sie fähig waren, verstand, streifte ihn öfters der Gedanke, wie es gewesen wäre, wenn …

Aber diese Überlegungen waren müßig. Die Tochter des Jakob Hagenbusch hatte sich inzwischen gottlob gut erholt, wie er durch einen Brief von Vater Ambrosius wusste. Dieser wiederum hatte auf Umwegen eine Nachricht von seiner Schwester Adelheid aus einem Kloster in Frankreich erhalten.

Niemand vermochte vorherzusagen, wie lange die jungen Frauen noch in der Fremde zubringen mussten. Und er war mittlerweile ein verheirateter Mann und bald Vater.

›Außerdem wäre das Helen nicht standesgemäß, und Ferfried würde vor Kummer sterben, käme es zu einer solchen Mesalliance‹, beruhigte Hasso sein schlechtes Gewissen. ›Schluss mit den trüben Gedanken‹, schalt er sich dann selbst und bedauerte im Stillen die werdende Mutter, die sich auch in ihrem Elternhaus nicht mehr verstanden fühlte, wie sie ihm in ihrem letzten Brief mitgeteilt hatte.

»Stellt Euch vor, mon Cher (nach französischer Sitte duzte sie ihn nicht, wie es früher in deutschen Landen bei Ehepartnern Usus gewesen war), mon Père, der Herzog von Württemberg, hat mich doch tatsächlich vor seinen gesamten Hofschranzen zurechtgewiesen, weil ich es gewagt habe, auf diesen dummen

Krieg zu schimpfen, der mich der Gegenwart und der Liebe meines Ehegatten beraubt. Der Herzog steht voll auf Seiten des Kaisers und seiner katholischen Liga und lässt nicht das kleinste bisschen Kritik an der Politik Ferdinands und Maximilians gelten. Alle stimmten mon Père zu, auch meine Maman. Aber das tun sie nur ihm zu Gefallen, insgeheim sind alle allmählich erbittert über den Verlauf dieser jahrzehntelangen Auseinandersetzung, deren Ende immer noch nicht abzusehen ist.

Ich habe schrecklich geweint, als mon Père so barsch zu mir war, und konnte zwei Tage mein Gemach nicht verlassen, weil ich vor Kummer très malade geworden war.«

Hasso konnte sich die Szene lebhaft vorstellen: Seine süße, kleine Frau verstand es meisterhaft, im richtigen Augenblick Tränen zu vergießen und die Kranke zu spielen, sollte etwas nicht nach ihrem Kopf gehen.

Dass an Württembergs Herzogshof die Meinung und der Wille des Kaisers so hoch gehalten wurden, hatte durchaus einen realen Grund. Die Nachfahren Ulrichs, des einstigen Herzogs von Württemberg im 16. Jahrhundert, hatten die Schmach ihres Ahnherrn noch nicht vergessen: Im Jahre 1516 hatte man diesen geächtet und drei Jahre später hatte ihn der Schwäbische Bund vertrieben. So irrte der »rote Utz« umher, bis er schließlich anno 1534 erneut in seinem geliebten Herzogtum – nun allerdings österreichisches Lehen – wieder als Herrscher eingesetzt wurde.

Seither waren erst knapp einhundert Jahre vergangen, und der nunmehrige Herzog befleißigte sich eines ganz besonderen Gehorsams gegenüber seinem Kaiser …

Hasso musste grinsen. Kein Wunder, dass Giselas Vater es nicht duldete, dass seine vorlaute Tochter in aller Öffentlichkeit den Habsburger und dessen Politik zu tadeln wagte.

KAPITEL 80

Die Behörden fühlten sich düpiert. Es musste doch wirklich mit dem Teufel zugehen, dass man dieser verflixten Familie nicht beikommen konnte. Wo es doch so offensichtlich auf der Hand lag, dass diese Bande mit bösen Mächten im Bunde war.

Sogar den aus Wien angereisten Beamten war es bisher nicht gelungen, diesen Hagenbuschs den Garaus zu machen.

»Schlüpfrig wie Aale sind sie alle miteinander«, schimpfte Bertold Munzinger. »Kaum denkst du, du hast sie fest gepackt, schon entwischen sie dir wieder. Mir als Richter hat der elende Prozess gegen diese Hexe Helene voll und ganz gereicht. Kurz vor ihrer Hinrichtung ist das impertinente Stück einfach ›verloren gegangen‹. Herrgott, wo gibt's denn so was? Und mit ihr noch zwei andere verurteilte, alte Hexenweiber, samt der Begleitmannschaft von sechs gestandenen Männern. Ich kann's heut noch nicht fassen.«

Munzinger griff nach seinem Weinglas und spülte seinen Ärger hinunter. Angewidert verzog er dann das Gesicht und legte eine Hand auf seinen rebellierenden Magen. Immer wenn die Rede auf die Hagenbuschs kam, lief ihm die Galle über.

»Eine seltsame Familie sind sie in der Tat«, gab der ehrenwerte Herr Maximilian Veigt, der Landvogt, zu. Auch ihm stank die renitente Sippschaft nachgerade. Nichts als Ärger bereitete einem das Pack. Aber er war stets um eine gelassene Haltung bemüht und unterließ derbe Beschimpfungen. Munzinger hingegen machte aus seinem Herzen keine Mördergrube:

»Aufhängen, rädern, vierteilen und danach einäschern sollte man die ganze Bande«, geiferte er.

Seine Wut war nachvollziehbar. Erst die Blamage mit dem wie vom Erdboden verschluckten Helen und dann entzieht sich

Georg, der Bruder der Bauerndirne, ebenfalls durch Flucht der irdischen Gerechtigkeit.

»Ich lass mich rösten, wenn dieser Saukerl nicht bei der Entführung seiner Schwester mitgewirkt hat«, sagte mürrisch der Richter Munzinger.

»Selbstredend«, pflichtete ihm Veigt bei, »und genauso sicher hatte der Bursche seine Hände bei der Ermordung von Martin Scheible im Spiel. Da verwette ich meinen Kopf. Aber was nützt es uns, wenn wir den Verdächtigen nicht zu fassen kriegen?«

Trübsinnig schüttelte Munzinger den Kopf. »Jemand muss den Hund gewarnt haben. Anders ist es gar nicht denkbar, dass er uns entwischt ist. Aber irgendwann …«

»Ja, ja. Irgendwann.« Unwirsch stieß Maximilian Veigt Rauchwolken aus einer langen Pfeife aus. Seit Neuestem gönnte er sich zum Feierabend dieses Vergnügen.

Bertold Munzinger wedelte angeekelt die Schwaden vor seinem Gesicht fort. »Ich glaube aber, dass wir diesmal mehr Glück haben werden«, sagte er dann geheimnisvoll und schaute voller Erwartung auf sein blasiertes Gegenüber.

»So? Womit denn?« Der Landvogt war nun doch neugierig geworden.

»Wir haben vor neun Tagen die transusige Ehefrau vom Jakob Hagenbusch festgesetzt. Sie hockt jetzt genau da, wo vor einigen Monaten ihre Tochter geschwitzt hat.« Triumphierend blickte Munzinger auf Maximilian Veigt.

»Unter welcher Anklage denn?«, wollte Letzterer wissen.

»Es liegt doch auf der Hand, dass, wenn die Tochter eine Hex ist, auch die Mutter eine sein muss, oder?«, war die logische Schlussfolgerung des Richters.

»Nun ja, nicht unbedingt. Im *Hexenhammer* steht …«

»Ich weiß, was da drinsteht«, unterbrach ihn unhöflich

der andere, »aber wir haben stichhaltige Beweise, dass die Alte …«

»Hört mir auf mit stichhaltigen Beweisen. Das sagt Ihr immer. Und wenn's darauf ankommt, entpuppen sich diese sogenannten Beweise als Luftblasen, als dummes Geschwätz irgendwelcher Halbidioten oder als neidisches Gewäsch von missgünstigen, alten Vetteln. Herrgott, Munzinger, immer wieder fallt Ihr darauf herein. Obwohl Ihr doch genau wisst, dass von Straßburg herüber ein etwas anderer Wind weht, seit Eurem grandiosen Prozess gegen diese Helene. Nicht nur ihre unerklärliche Flucht, auch das ganze Verfahren gegen sie hat gewaltigen Staub aufgewirbelt. Eure sogenannten Zeugen sind doch damals reihenweise schon zu Beginn des Gerichtsverfahrens umgefallen. Zum Schluss hattet Ihr gerade noch zwei alte, zerschundene Weiblein, die durch die Folter schon mehr tot als lebendig waren und die gewiss nimmer recht gewusst haben, was sie eigentlich angerichtet haben.«

»Ha, das klingt ja gerade so, als zweifeltet Ihr an der Rechtmäßigkeit meiner Prozessführung. Dagegen muss ich mich energisch verwahren.« Der Munzinger schnappte nach Luft. Er war bereits hochrot im Gesicht geworden.

Aber der Veigt winkte lässig ab. »Beruhigt Euch, mein Lieber. Ich weiß, dass Ihr Euch genau an den *Hexenhammer* haltet, aber gesteht mir einmal ganz ehrlich: Habt Ihr nicht manchmal selber das Gefühl, dass das ganze Zeug total veraltet und verstaubt ist?«

Der Richter schien kurz vor einem Schlagfluss zu stehen, aber ehe er sich gefangen hatte, legte der Veigt voll Bosheit noch ein Scheit nach. »Ich muss mich allerdings sehr wundern, dass Ihr anscheinend über die neueste Situation gar nicht auf dem Laufenden zu sein scheint. Wisst Ihr denn wirklich nicht, was im Gefängnis Eurer Zuständigkeit, nämlich im Kerker zu Ortenburg, vor sich geht?«

»Was soll denn da vor sich gehen, wovon ich keine Kenntnis hätte?«, fragte hochnäsig der Munzinger.

Maximilian Veigt lehnte sich gemächlich zurück, legte seine Pfeife aus der Hand und hob theatralisch die Hände zum Himmel, respektive zur Zimmerdecke.

»Eure Gefangene, Walburga Hagenbusch, Ehefrau des ehemaligen Schultheißen Jakob Hagenbusch, ist bereits am Tag nach ihrer Festnahme, also schon vor acht Tagen, in aller Herrgottsfrühe nach Hause entlassen worden.«

Gespannt blickte er auf seinen Gesprächspartner. Der Munzinger sprang auf, als hätte ihn eine giftige Kröte gebissen und schrie: »Was? Entlassen? Diese alte Hex? Das kann nicht sein.«

»Beruhigt Euch, mein Lieber«, ermahnte ihn sein Gegenüber erneut. »Ihr wart nicht da – also konnte man Euch auch nicht benachrichtigen. Setzt Euch wieder hin, dann werde ich Euch den genauen Sachverhalt explizieren.«

Ermattet sank der Munzinger auf seinen Sessel zurück und rückte sich die verrutschte Perücke zurecht. Das wurde ja immer schöner.

»Der Hagenbusch, der ja wahrlich kein Idiot ist, muss etwas von der geplanten Verhaftung seines Eheweibes geahnt haben und so hat er *vorsorglich,* also noch ehe irgendjemand Hand an die Walburga gelegt hatte, Zuflucht zur juristischen Fakultät in Straßburg genommen. Diesen gelehrten Herren – allesamt gute Bekannte des Bischofs –, die sich eine Menge auf ihre Intelligenz und Urteilskraft zugutehalten und sich nach eigenen Angaben über den ›Aberglauben unserer Zeit‹ erheben, hat er genau die Sachlage geschildert und dazu seine Befürchtung, dass missgünstige Zeitgenossen seine Frau bei den Gerichtsbehörden zu Unrecht anschwärzen könnten. Dem wollte der Schlauberger zuvorkommen. Und es ist ihm voll gelungen. In Eurem Amte, Munzinger, muss ein Verräter sitzen, denn der Jakob hat genau die angeblichen Zeugen und ihre albernen Vorwürfe angegeben, deren Ihr Euch nachher in der Tat bedient habt.

Da war einmal das fremde Bettelweib, welches der früheren Schultheißin die Bezauberung ihres Kindes vorgeworfen hatte. Die Juristen in Straßburg erklärten dazu in ihrem Gutachten: ›Auf die Aussagen der Bettlerin hin kann man die Frau nicht in Haft nehmen. Es wäre besser, die ungebildeten Leute zu belehren, dass nicht jede Krankheit ein Werk des Teufels sei.‹

Des Weiteren hatte man dem Walburga vorgeworfen, sie müsse eine Hexe sein, weil sie sich in der Kirche ›merkwürdig‹ benehme.

Die Gelehrten in der Bischofsstadt meinten dazu: ›Ganz ungereimt ist auch, dass der Pöbel sie deswegen für eine Hexe hält, weil sie in der Kirche beim Beten nicht wie andere Weiber die Lippen bewegt.‹

Und schließlich meinten die Herren der juristischen Fakultät noch, dass sich Frau Walburga Hagenbusch aus Reschenbach eines guten Rufes erfreue, als Eheweib und Mutter, genau so wie als Vorsteherin ihres Hauswesens. Und wenn sie sich auch manchmal ein wenig wunderlich gebärde, müsse man dies ihren angegriffenen Nerven zugutehalten. Und was Euren letzten Vorwurf anbelangt, sie habe öfters gesagt, sie wolle sich das Leben nehmen, so wäre dies aus Melancholie geschehen und aus Kummer über das traurige Schicksal ihrer einzigen Tochter.

Und den allerletzten Satz des Gutachtens der gelehrten Herren aus Straßburg solltet Ihr Euch, verehrter Herr Richter Munzinger, ganz besonders zu Herzen nehmen. Er lautete nämlich: ›Man möge die arme Frau endlich in Ruhe lassen.‹«

Bertold Munzinger war am Boden zerstört. War denn das die Möglichkeit? Und das Schlimmste: Alles war hinter seinem Rücken vonstattengegangen.

Dass Angehörige von Angeklagten hin und wieder während

eines Malefizprozesses das Reichskammergericht in Speyer oder neuerdings in Wetzlar anriefen, das war er schon gewohnt, und das störte ihn auch nicht sonderlich. Die Richter dort waren nicht die Fleißigsten und verschleppten in aller Regel ihre Gutachten so lange, bis die Übeltäter längst unter der Folter alles gestanden hatten und oft genug schon auf dem Schindanger vergraben lagen, ehe ein Urteil aus Speyer oder Wetzlar seinen Weg in die Ortenau fand.

Aber jetzt dieses schlaue Vorgehen des Jakob Hagenbusch: Kaum hatte er Verrat gewittert, hatte sich der anmaßende Kerl nach Straßburg gewandt und von diesen im Glauben und in der Rechtsauffassung lauen und nachlässigen Schweinen auch noch Rückendeckung erhalten.

Munzinger knirschte mit den Zähnen und unterdrückte einen alles andere als feinen Fluch, ehe er sich an seinen lauernden Gesprächspartner Veigt wandte. Dem bereitete die peinliche Situation offensichtlich Vergnügen; etwas, was den düpierten Richter schier zur Weißglut brachte. Am liebsten hätte er dem überheblichen Landvogt ordentlich die Meinung gesagt, aber im letzten Augenblick riss er sich zusammen. Er würde sich nur noch mehr schaden.

»Na ja, dann hat ja offenbar alles seine Ordnung. Wenn nach Meinung der schlauen Herren in Straßburg die Beweise gegen eine Hexe nicht ausreichen, dann soll sie meinetwegen frei herumlaufen und weiter ihren gottlosen Zauber betreiben – mir soll's recht sein«, sagte er schließlich hochtrabend.

»Es scheint, Munzinger, Ihr habt mir nicht richtig zugehört – oder wolltet Ihr mich nicht verstehen? Diese Walburga Hagenbusch ist keine Unholdin, gegen die Ihr leider nur zu wenige Beweise auffahren könnt, sondern sie ist überhaupt keine. Ihr sollt sie zufrieden lassen, das ist die Botschaft aus Straßburg und nichts anderes. Man kann deutlich die Kritik der Juristen darüber heraushören, dass man hier bei uns offensichtlich zu viel auf dummes Geschwätz von geistig nicht sehr hoch stehenden Leuten gibt. Versteht Ihr jetzt endlich?«

Bertold Munzinger, der schon seinen Mund zum Protest geöffnet hatte, schloss ihn wieder und schwieg. So war das also. In seiner Umgebung musste ein Verräter sitzen, der brühwarm alles weitertrug, was er mit seinen Mitrichtern besprach. Er musste alles daransetzen, um diesen Hund aufzuspüren und unschädlich zu machen …

Mochten auch Krieg und Elend herrschen, rings alles in Scherben gehen, ja sogar das Reich in Gefahr sein – ein Bertold Munzinger wusste, was seines Amtes war: Er hatte den Auftrag, das Land von der Pest der Hexerei, des Unglaubens und der Ketzerei zu befreien! Und darin würde er auch nicht nachlassen – mochten die gottlosen Rechtsgelehrten an der Universität in Straßburg sagen, was sie wollten.

Es ärgerte und verstörte ihn nur maßlos, dass offenbar der hochwürdige Bischof von Straßburg – noch dazu Bruder Seiner Majestät des Kaisers – den kirchenfeindlichen Umtrieben seiner Untertanen nichts entgegensetzte.

KAPITEL 81

»Die zentralistischen Bestrebungen des Kaisers stoßen bei deutschen katholischen Fürsten auf wenig Gegenliebe. Um ihre Unabhängigkeit vom Hause Habsburg zu bewahren, greifen die meisten zum bewährten Mittel der Erpressung. Auf diese Weise haben sie mit französischer Unterstützung bereits

1630 auf dem Regensburger Kurfürstentag die Entlassung Albrechts von Wallenstein durchgesetzt – wider des Kaisers besseres Wissen. Aber was hätte er tun sollen? Ferdinand brauchte sie alle, die großen und kleinen katholischen Herren – und jene wussten das nur zu gut –, um sich gegen Gustav Adolf und die protestantische Anhängerschaft unter den deutschen Fürsten durchzusetzen.«

Comtesse Adelaide, Hélène und Bernard de Grandbois saßen auf der Terrasse seines Schlosses Beauregard und genossen die köstliche Abendkühle nach einem glühend heißen Tag, sowie die Aussicht auf die sanften Rebhügel und die liebliche Landschaft weiter unten im Tal, die allmählich in Äcker und Felder sowie weiter hinten am Horizont in dunkle Wälder überging.

Die große Hitze bereits im Frühsommer ließ einen schrecklich trockenen Hochsommer erwarten. Schon jetzt mussten die gräflichen Arbeiter in den Weinbergen die Reben bewässern, um sie vor dem Verdorren zu bewahren.

»Nur, weil jetzt alle zähneknirschend einsehen, dass sie den ungeliebten, böhmischen Emporkömmling dringend brauchen«, fuhr der französische Edelmann fort, »hat der Kaiser es gewagt, dem Wallenstein erneut Avancen zu machen. Aber der Herr wird sich wohl lange bitten lassen und allerhand unliebsame Zugeständnisse verlangen.«

Adelaide wunderte sich nicht, dass der Comte de Grandbois so gut über alle Vorgänge im Deutschen Reich Bescheid wusste: Hatte sie doch schon seit ihrer Ankunft auf der linken Seite des Rheines bemerkt, wie interessiert man sich dort – vor allem auf französischem Gebiet – allen Facetten der Politik im deutschen Nachbarland widmete.

Nicht umsonst sagte man den Franzosen nach, sie seien vor allem reine Verstandesmenschen, welche rational an die Dinge herangingen und für die alles Sentimentale erst in zweiter Linie existierte.

Das beste Beispiel eines solch kühl kalkulierenden Menschen war Richelieu; aber auch die Ehrwürdige Mutter, Madame des Anges, hatte zu ihnen gehört. Selbst mit einem glasklaren Verstand ausgestattet, hatte die Äbtissin es verstanden, ihre weniger intelligenten Mitmenschen zu manipulieren und deren Gefühle für ihre Zwecke zu missbrauchen.

Bereits seit zwei Monaten lebten nun die Comtesse Adelaide und ihre Damen unter dem Schutz und Schirm des Comte Bernard, wobei die Gräfin offiziell als »Gesellschaftsdame« der Großmutter des Comte firmierte.

Die alte Dame, schon über die achtzig hinaus, lag zwar meist zu Bett und sah und hörte so gut wie nichts mehr, aber der Schicklichkeit war Genüge getan. Niemand vom Gesinde des Grafen und keiner seiner Bekannten und Freunde mokierte sich über den Umstand, dass zwei junge Damen mit ihrer Zofe auf Château Beauregard bei einem Junggesellen lebten. Die kranke und gebrechliche Comtesse Charlotte diente als vollgültiges Alibi.

Monsieur Bernard hatte Adelaide und Hélène als seine Cousinen aus der Schweiz vorgestellt, und niemand fragte danach, warum man bisher nie etwas von seiner eidgenössischen Verwandtschaft gehört hätte ... Wenn es nach dem jungen Mann, der im Frühjahr sein sechsundzwanzigstes Lebensjahr vollendet hatte, gegangen wäre, hätte dieser Zustand die nächsten Jahrzehnte ruhig weiter so andauern können.

Er genoss die Gegenwart Adelaides und nach kurzer Zeit auch die »Gunst« der badischen Gräfin. Denn die beiden jungen Menschen waren bald nach der Ankunft der Frauen auf Beauregard ein Liebespaar geworden. Sie waren im richtigen Alter, beide waren schön, gesund und ungebunden und – sie liebten einander aufrichtig.

Was also lag näher, als dass der französische Graf und die deutsche Edeldame sich sehnsüchtig in die Arme sanken? Sie versuchten zwar, ihre Beziehung vor den Schlossangestellten geheim zu halten, aber was eine richtige Zofe ist, der entgeht nichts – und einem Kammerherrn ebenso wenig.

Und was machten Jules Ravin und Anne Larousse? Sie gönnten nicht nur ihrer Herrschaft das Vergnügen, sondern machten es dieser nach und verbrachten gleichfalls selige Stunden im Kämmerchen des Leibdieners Jules. Wenn es nach Anne gegangen wäre, hätte der Aufenthalt auf dem Schloss, südlich von Auxerre, romantisch gelegen inmitten von ausgedehnten Weinbergen einerseits und tiefen Wäldern andererseits, ewig so weitergehen können.

Wer allmählich, aller tiefen Gefühle für den charmanten Adeligen zum Trotz, an eine Weiter- und mögliche Heimreise dachte, war hingegen die Comtesse Adelaide.

Von Vater Ambrosius wusste sie inzwischen, dass Ferfried sich nach seiner Tochter verzehrte, zumal er nun zusätzlich der Gegenwart seines Sohnes beraubt war. Der Benediktiner hatte es sich auch nicht nehmen lassen, von den Verdiensten Salome Bürgis zu berichten, welche jene sich in so reichem Maße erworben hatte bei der Pflege des hinfälligen Grafen.

Adelaide war ein Stein vom Herzen gefallen, als sie las, dass es Ferfried mittlerweile wieder um Vieles besser ging: »Bloß zu reiten getraut sich der Herr noch nicht«, hatte Ambrosius geschrieben, »aber ich bin sicher, in ein paar Monaten kann der Graf das auch wieder.«

Die Comtesse musste schmunzeln. »Hoffentlich kommt Euer verehrter Herr Vater dann nicht auf die dumme Idee, in den Krieg ziehen zu müssen«, las sie dann weiter im Schreiben des Mönchs. Dieser Gedanke erschreckte sie ebenfalls. Es war schon schlimm genug, dass Hasso in dieses unselige Abschlachten verwickelt war.

So oft Adelaide an ihren Bruder dachte, wurde sie von den unterschiedlichsten Gefühlen regelrecht gebeutelt. Sie liebte ihn zwa seit sie denken konnte, aber sie hatte ihm immer noch nicht den »Verrat« am Helen verziehen, und von seiner allzu schnell geschlossenen Heirat mit der Württembergerin hielt sie auch nicht viel.

›Vielleicht bin ich ungerecht‹, dachte sie einsichtsvoll, ›aber ich kann dieses Geschöpf – das ich persönlich gar nicht kenne – einfach nicht leiden. Ich bin zwar sicher, dass es mit meiner Abneigung gegen ihren widerlichen Bruder zu tun hat, aber ich kann mir einfach nicht helfen. Ich hätte es bei GOTT begrüßt, wenn Hasso sich geweigert hätte, dieses Mädchen zu ehelichen – oder die Hochzeit zumindest längere Zeit hinausgezögert hätte.‹

Es passte Adelaide überhaupt nicht, jetzt mit dem eitlen und hochmütigen, maßlos von sich eingenommenen Sohn des württembergischen Herzogs so nahe verwandt zu sein. Begegnungen würden sich hin und wieder gar nicht vermeiden lassen. Sie hätte doch gar zu gerne gewusst, ob auch der angeberische Herzogsspross sich bemüßigt gefühlt hatte, für seinen Kaiser in die Schlacht zu ziehen. ›Eigentlich traue ich ihm eher zu, dass er seine Bataillen in den Schlafzimmern diverser Damen schlägt‹, dachte sie.

Sei's drum. Sie konnte nichts an den Gegebenheiten ändern, aber sie durfte keinesfalls ihr Ziel, bald nach Ruhfeld zu reisen, aus dem Auge verlieren. Leider wurden ihre Pläne von Pater Ambrosius keineswegs unterstützt.

Als sie las, dass das Gericht unter diesem unsäglichen Munzinger – war er nun unsagbar dumm oder bloß gemein, oder möglicherweise beides? – es gewagt hatte, die Familie Hagenbusch erneut ins Unglück zu stürzen, indem es Jakobs Frau Walburga aus nichtigem Anlass in den Hänsele-Turm sperren ließ, schäumte sie beinahe vor Wut. Wie sollte sie das deren Tochter, dem Helen, erklären?

Aber der Mönch hatte zum Glück gleich vom guten Ausgang der Sache berichtet und von der schallenden Ohrfeige, die dem Obersten Richter durch die gelehrten Herren der juristischen Fakultät von Straßburg verpasst worden war.

Das zu lesen erfüllte die junge Frau mit wahrer Genugtuung, denn es gab wenige Menschen, die sie so verabscheute wie diesen Mann.

Das spurlose Verschwinden Georg Hagenbuschs fand sie sehr gut; wozu sollte der Junge sich der Gefahr aussetzen, für etwas büßen zu sollen, was er für ihr liebes Helen getan hat e (und was daher für Adelheid von vorneherein in Ordnung war)?

Nun, das Schreiben des Benediktiners zeigte ihr leider allzu deutlich, dass es nicht geraten schien, den Rhein in Richtung Heimat zu überschreiten. Unvernunft, Aberglauben und Hexenwahn regierten nach wie vor in der Ortenau, und man konnte nicht ständig die Juristen von Straßburg zu Hilfe nehmen …

KAPITEL 82

Spontan umarmte die Gräfin ihre »liebe Schwester«.

»Du bist ein Schatz, Leni: Ohne groß herumzureden, einfach aus Verantwortungsbewusstsein und mit Taktgefühl kümmerst du dich so rührend um mich.«

Adelaide küsste Hélène de Morrisson und schwenkte sie im Kreis herum. Was war der Anlass?

Jeden Morgen – seit der ersten Liebesnacht Adelaides mit Bernard de Grandbois – stand ein Becher mit einem ganz besonderen Absud für sie parat, welchen sie hinunterzustürzen hatte, ohne abzusetzen, des bitteren Geschmackes wegen.

»Ich dachte mir eben, du wolltest deine Liebe genießen und nicht die etwaigen Folgen«, reagierte Hélène auf den fragenden Blick der Gräfin, worauf diese ganz erschrocken abwehrte: »Aber um Himmels willen, ich bin doch nicht schwanger.«

»Und ich denke, genau dies soll auch so bleiben, oder irre ich mich etwa?«, hatte die andere resolut erwidert. »Für Mutterglück ist später noch Zeit, wenn Frieden ist.«

»Du hast recht, meine Liebe, aber ich habe das untrügliche Gefühl, wenn ich so lange warte, bin ich zu alt zum Kinderkriegen.«

Aber daran glaubten im Grunde beide jungen Frauen nicht so recht. Es musste doch irgendwann – in nächster Zeit – mit Mord, Totschlag, Elend, Vertreibung und bitterster Not ein Ende haben. Sie waren schließlich jung und wollten ihr Leben genießen.

Wie könnte man das, wenn alle Männer im heiratsfähigen Alter dieser unberechenbaren Seuche Krieg zum Opfer fielen? Ein Heer von alten Jungfern gäbe es in deutschen Landen und viel zu wenige Kinder, wenn niemand mehr da war, neue zu zeugen.

Aber Hélène hatte natürlich recht mit ihrer umsichtigen Vorsichtsmaßnahme: Ihre Herrin und Freundin war keine verheiratete Frau, nicht einmal verlobt war sie mit Bernard de Grandbois. Wer weiß, wann sie sich erneut auf die gefahrvollen Landstraßen begeben würde; durfte sie dann schwanger sein?

Ein dicker Bauch wäre mehr als hinderlich bei einer eventuellen Flucht – als junger Bursche könnte sich Adelaide dann beispielsweise nicht verkleiden …

»Vielleicht solltest du deine Fürsorge auch gleich auf Anne ausdehnen?«, gab die Comtesse zu bedenken, aber das Helen hatte bloß lächelnd abgewinkt: »Längst geschehen. Glaubst du etwa, ich hätte Lust, mit zwei kugelrunden Weibern eine solche Reise zu wagen und womöglich im Straßengraben Geburtshilfe leisten zu müssen? Trinkt ihr beiden nur brav euren Tee, der das Blut reinigt, schön dünnflüssig hält und zum Laufen bringt. Und dann genießt eure Liebe.«

Adelaide küsste erneut die Freundin und betrachtete dabei aufmerksam die schöne junge Frau. Nichts deutete mehr darauf hin, dass sie vor einem Jahr fast an den Gräueltaten des Scheible zugrunde gegangen wäre. Ihre nachgewachsenen blonden Haare glänzten, und ihre blauen Augen strahlten voll Lebenslust.

»Ich würde dir auch ein solches Erlebnis gönnen, Leni. Es ist einfach wunderschön. Nicht so widerlich, fad und abgeschmackt wie seinerzeit mit dem blasierten Schwabenbengel, sondern …«

Aber ehe sie weiter ins Schwärmen geriet, unterbrach Hélène de Morrisson ihre Schwester. »Lass nur gut sein, Heidi. Ich brauche noch Zeit, bis ich mich in einen Mann verlieben und mich ihm hingeben kann, ohne an das Furchtbare zu denken, das Männer mir angetan haben. Vielleicht werde ich es niemals schaffen.« Sie seufzte und fuhr dann fort: »Aber ich versichere dir, ich gönne dir und Anne das Vergnügen von ganzem Herzen. Wer weiß, möglicherweise gelingt es auch mir irgendwann, mich einfach fallen zu lassen und die körperliche Liebe als das zu empfinden, was sie eigentlich sein sollte, nämlich die größte Befriedigung – auch wenn die Pfaffen anderes behaupten.«

Zu Adelaides großem Erstaunen hatte die Ehrwürdige Mutter vom Kloster Sainte Cathérine die heimliche Flucht ihrer »Schutzbefohlenen« nicht an die große Glocke gehängt.

Nach den Berichten Schwester Marie-Madeleines an ihren Bruder, den Comte, reagierte die Äbtissin auf die anfangs zahlreichen Fragen von Klosterinsassen und Besuchern mit größter Unbefangenheit und behauptete, die Comtesse habe nach Erfüllung ihres Gelöbnisses, das ihr eine gewisse Zeit in klösterlicher Abgeschiedenheit auferlegt habe, nun wieder die Heimreise angetreten. Binnen Kurzem fragte niemand mehr nach der Gräfin, ihrer leidenden Schwester und deren Zofe. Im Geheimen allerdings hatte Madame des Anges sehr wohl alle »wichtigen« Personen vom Verschwinden ihrer Gäste unterrichtet. Dazu gehörte natürlich der Kardinal und Erste Minister Frankreichs, Armand-Jean de Richelieu.

Die Leiterin von Sainte Cathérine beklagte sich bei ihm bitter über die »Undankbarkeit« der einstigen Flüchtlinge, denen sie so uneigennützig Asyl hinter den Klostermauern gewährt habe. Sie unterließ dabei nicht, manche Spitzen gegen die drei einfließen zu lassen, die sich auf die laue Auffassung der Damen in Bezug auf Frömmigkeit und klösterliche Zucht stützten.

»Wo es nur ging, entzogen sich die Comtesse de Bréteuil und ihre angeblich so kranke Schwester den gemeinsamen Betstunden und den allgemeinen Bußübungen«, monierte Angélique des Anges in scheinheiliger Entrüstung, um gleich darauf ihre Zweifel bezüglich der spontanen Heilung der Madame Hélène de Morrisson anzudeuten.

Alle drei seien ein Faktor der Unruhe im sonst so friedvollen Konvent gewesen, behauptete die Ehrwürdige Mutter und vor deren »beinahe unziemlicher Neugier« in Bezug auf Heil- und Giftpflanzen hätte sie sich von Anfang an sogar regelrecht gefürchtet.

Es sei nun nicht so, dass sie das spurlose Verschwinden der Damen bedauere, nein, ganz im Gegenteil. Aber sie beklage deren Undankbarkeit und so weiter und so weiter …

Ganz zum Schluss fügte sie hinzu, dass sie keinerlei Hinweise darauf habe, wohin sich das »merkwürdige Trio« begeben haben könnte; nur wäre dessen heimliche Abreise in Szene gesetzt worden nach dem Besuch eines Gönners der Abtei, mit Namen Louis de Grenelles, Chevalier des Manoir de Chastenay, welcher mit seiner frommen Gemahlin am Tage der Flucht der Comtesse in Sainte Cathérine eingetroffen sei.

Die Gräfin Adelaide hätte sich bei der Vorstellung und beim anschließenden Mittagsmahl sehr eigenartig gegen den Chevalier verhalten – aber mehr könne sie leider nicht darüber sagen.

Kardinal Richelieu hatte sich angeblich niemals dazu geäußert …

KAPITEL 83

Es war im Juli des Jahres 1632, und brütende Hitze lag über dem Land und jeder, der gezwungen war, sich im Freien aufzuhalten oder gar zu arbeiten, stöhnte über diese Zumutung.

Schon seit Wochen lag diese bleierne Glut über fast ganz Europa, sie ließ die ohnehin spärliche Ernte infolge Wassermangels gänzlich verdorren und lähmte Tier und Mensch. Sogar die unversöhnlichen Feinde von katholischer Liga sowie protestantischer Union ließen nach in ihrem Kampfeseifer. Die Kämpfe ruhten vorerst einmal.

Leider nicht auf Dauer, nein. Man verkroch sich gleichsam nur in den Schatten, sammelte neue Kräfte, um sich dann im Herbst mit desto wilderer Wut erneut auf den Gegner zu werfen.

Die Söldner der einzelnen Kriegsherren zogen wie Heuschrecken kreuz und quer durch Deutschland, fraßen jener biblischen Insektenplage gleich alles kahl, um dann weiterzuziehen, um andernorts eine Wüstenei zu hinterlassen.

Während die Bauern und die ärmeren Bürger in den Städten darbten, ließ es sich an den Tischen der Reichen noch recht wohl sein. Unmengen an Fleisch wurden verzehrt, mit dem wenig schönen Ergebnis, dass die meisten Angehörigen des Adels bereits in mittlerem Alter an der Gicht litten, während in den Armenhaushalten hauptsächlich Sauerkraut, genannt »Kumpost«, sowie sauer eingelegte Rüben und Mus aus Gerste und Hirse gegessen wurden – eine Kost, welche die unteren Bevölkerungsschichten vor den schmerzhaften Gichtanfällen bewahrte. Sie litten dafür an anderen Krankheiten, verursacht von der allgegenwärtigen Unterernährung.

Bei Arm und Reich beliebt waren diverse Obstbreie, mit viel Honig und einer Menge Pfeffer gewürzt, wer sich dieses teure Gewürz leisten konnte. Dass sich neuerdings im Land der Konsum an Rohrzucker so verbreitete, ließ verantwortungsvolle Heilkundige schaudern.

Schon Doktor Wendelin Ohngleich aus Adelaides Heimat hatte dagegen gewettert, und von dem jüdischen Arzt Aaron Weinlaub hatte die Comtesse in Straßburg die gleiche Kritik gehört.

Länder wie Portugal und Spanien bezogen ihren Reichtum unter anderem aus den Zuckerrohrplantagen in den neuen Kolonien auf den Kanarischen Inseln, auf Madeira und an der westafrikanischen Küste.

Vor allem die Kinder der Reichen wurden neuerdings mit »Dragant« verwöhnt, *dem* Allheilmittel, um die Kleinen ruhig zu stellen. Dies war eine Mischung aus Stärkemehl, Gummi Arabicum und Zucker, worauf alle verrückt waren, obwohl es dick machte, den Appetit auf »normale« Speisen verdarb, Magendrücken verursachte und die Zähne faulen ließ.

Auch in Frankreich war das süße Zeug üblich, und vor allem Anne wurde von Adelaide immer wieder dabei erwischt, wie sie das »Teufelszeug« lutschte, obwohl sie wusste, dass ihre Herrin strikt dagegen war. Erst als die Zofe mit schmerzverzerrtem Gesicht umherlief, bereute sie es, ihre bis dato makellosen Zähne mit dem zuckrigen Dreck krank gemacht zu haben.

»Da hilft nun alles nichts, meine Liebe«, sagte die Comtesse und veranlasste ihren Geliebten, den Bader aufs Schloss kommen zu lassen, um Annes löchrigen Backenzahn zu ziehen.

Der getreue Jules hielt seinem Schätzchen Anne während der Prozedur mannhaft die Hand, obwohl er gleich zu Anfang umzukippen drohte, als der Bader sein Instrumentarium zum Zähneziehen ausgepackt hatte.

Hélène hatte der jammernden Zofe vorher zur Beruhigung und Schmerzdämpfung einen Trank verabreicht, der sie ziemlich willen- und teilnahmslos dasitzen ließ. Nach erfolgreicher Extrahierung war sie so erschöpft, dass sie sich für den Rest des Tages niederlegen musste.

Am nächsten Morgen schwor sie ihrer Herrin heilige Eide, dieses verflixte Dragant unter keinen Umständen mehr anzurühren. Tagelang musste sie zu ihrem Missvergnügen noch mit geschwollenem Gesicht herumlaufen, aber das Helen lachte nur und meinte: »Merk dir: Lieber eine dicke Backe als ein dicker Bauch, oder?«

Beauregard lag da wie ausgestorben. Jedermann hatte sich nach dem Mittagsmahl ein ruhiges, vor allem dunkles Plätzchen im Schloss gesucht, um während der heißesten Stunden des Tages Siesta zu halten.

Um die glühenden Sonnenstrahlen abzuhalten, waren die dicken Vorhänge zugezogen sowie sämtliche Fenster des Gebäudes mit Holzläden verschlossen, so dass es in allen Räumen finster war wie in einer Gruft, aber dafür einigermaßen kühl.

Im Schlafgemach des Comte lag das Liebespaar nackt auf dem breiten Himmelbett; sogar eines der dünnen Laken hatten Bernard und Adelaide achtlos abgestreift; das spinnwebfeine Tuch kringelte sich auf dem Marmorfußboden.

Nach ihrem erregenden Liebesspiel eingeschlummert, waren sie der großen Hitze wegen auseinandergerückt – normalerweise pflegten sie einer in den Armen des anderen einzuschlafen. Aber durch den dünnen Schweißfilm auf ihren Leibern fühlten sie sich klebrig an; die Comtesse dachte noch, ehe sie in einen bleiernen Schlummer versank: ›Eigentlich müsste ich mich in einer dieser Zinkwannen reinigen – aber ich bin dazu einfach zu müde. Nach dem Aufstehen ist dafür auch noch Zeit‹.

Den Luxus, jederzeit baden zu können, genoss die junge Frau am meisten. Ihr Geliebter hatte die Sitte, sich regelmäßig in Wannen aus Holz oder Zink ausgiebig zu waschen, in England kennengelernt, wo er einige Zeit seines Lebens verbracht hatte.

Auf der Insel war man, was Hygiene anbelangte, ein gutes Stück weiter als im übrigen Europa, wo selbst der Adel glaubte, es genüge, sich mit Duftwässerchen zu überschütten, um nicht Wolken von üblen Körpergerüchen auszudünsten.

Monsieur Bernard hatte sogar eine Toilette mit raffinierter Wasserspülung in seinem Domizil installieren lassen – etwas,

was ihm in Adelskreisen den Ruf eingetragen hatte, ein arger Exzentriker zu sein.

Obwohl die meisten neidisch darauf waren, beließen sie es doch, der Bequemlichkeit halber oder weil sie die Kosten scheuten, bei der alten Unsitte, auf Hintertreppen, in abgelegenen Fluren und finsteren Alkoven »ihr Geschäft zu verrichten«, mit der Folge, dass es innerhalb kürzester Zeit in allen Schlössern und sogar in den Palästen des Königs erbärmlich stank. Sobald es den Herrschaften zu schlimm wurde, reiste man in ein anderes Palais, um in alter Manier genauso zu verfahren, ehe man erneut sich auf die Reise begeben musste, um dem Personal Gelegenheit zu geben, die mit Kot und Urin verschmutzten Räume, Gänge und Treppenhäuser zu reinigen.

Hélène hatte erst neulich die launige, aber durchaus ernst gemeinte Bemerkung zu ihrer Herzensfreundin gemacht: »Solltest du einmal deinen Comte nicht mehr lieben, würdest du wahrscheinlich dennoch bei ihm bleiben, Heidi, weil du dich von seiner Badewanne und seiner Wasser-Toilette nicht trennen könntest.«

Noch aber brannte die Leidenschaft zwischen der deutschen Gräfin und dem französischen Edelmann so heiß wie die glühende Sommersonne. Adelaide vertraute ihm voll und ganz und hatte auch keinen Grund gesehen, ihm die Wahrheit über ihr und ihrer lieben Helene Schicksal zu verheimlichen.

»Ich kann den Menschen, welchen ich über alles liebe, nicht belügen«, hatte sie zu Hélène gesagt, als die junge Frau Bedenken angemeldet hatte, den Comte einzuweihen.

Er wusste Bescheid über den Hexenprozess in der Ortenau und seinen Ausgang, über ihre Zuflucht in Straßburg bei Bischof Leopold, ihre erneute Flucht durch Frankreich, und bei dem unangenehmen Erlebnis mit dem Chevalier de Grenelles, im *Lion d'Or* in Tonnerre, war er selbst Zeuge gewesen.

Von den Schikanen, welchen sie im Kloster Sainte Cathérine ausgesetzt waren, hatte er durch seine Schwester Madeleine erfahren und ihr Entkommen über die Klostermauern hatte er persönlich arrangiert.

In langen Unterredungen hatte ihm seine Liebste von der Heimat jenseits des Rheines gesprochen, von Ruhfeld, vom Grafen Ferfried und ihrem Bruder Hasso, von Vater Ambrosius und Salome Bürgi und dem Schlossvogt Waldnau.

Aber auch von Georg und Jakob Hagenbusch hatte sie erzählt und von dem unseligen Hexenprozess, dem das unschuldige Helen beinahe zum Opfer gefallen war und von den Haupttätern, dem selbstgefälligen Munzinger und dem ausnehmend grausamen Henker Scheible.

Sogar die bemerkenswert raffiniert eingefädelte »Entführung« der angeblichen Hexe schilderte Adelheid in allen Einzelheiten; und sie sparte dabei die Morde an dem damaligen Wachpersonal keineswegs aus.

»Es war mir ein Bedürfnis, mir endlich einmal alles von der Seele reden zu können«, verteidigte sie sich vor Helene, die schwere Bedenken angemeldet hatte.

»Ich habe gelernt, keinem mehr zu trauen«, widersprach die ehemalige Schultheißentochter hart, aber die Gräfin beruhigte sie umgehend.

»Ich verbürge mich für die Ehrenhaftigkeit meines Geliebten, des Comte«, sagte sie. »Er wird uns niemals verraten – dessen bin ich mir absolut sicher.«

Da hatte das Helen geschwiegen, aber ihrer skeptischen Miene war anzusehen gewesen, dass sie keineswegs den Optimismus ihrer Freundin teilte.

KAPITEL 84

Bernard de Grandbois war als Erster erwacht. Er beugte sich über seine noch schlummernde Geliebte und amüsierte sich über das seltsame Streifenmuster auf ihrem schlanken Körper, welches die einfallenden Sonnenstrahlen, die sich durch die schräg gestellten Latten der geschlossenen Klappläden stahlen –, bildeten. Zart fuhr er mit dem Zeigefinger der Linie ihres Rückgrats entlang, vom schlanken Hals bis hinunter zu ihrem entzückenden Hinterteil, das gerade noch zur Hälfte von einem leichten Seidenlaken bedeckt wurde.

Eine ganze Zeit lang passierte gar nichts; Adelaide schlief tief und fest. Da verstärkte der Comte den Druck seiner Hand, und nun bewegte sich seine Schöne endlich und seufzte, ehe sie die großen, dunklen Augen aufschlug.

»Haben Sie wohl geruht, Chérie?«, erkundigte sich Bernard höflich. Adelaide drehte sich um und wandte ihr Gesicht dem Grafen zu.

»Wie man es nimmt«, gab die Comtesse zur Antwort, »zuerst war ich so todmüde, dass ich sofort in Tiefschlaf gesunken bin, aber später hatte ich schwere Alpträume. Ich habe hauptsächlich von aufgebrachten Menschenmengen geträumt und von einer Feuersbrunst. Glaubt mir, das war wenig erheiternd. Aber das kommt sicher von dieser monatelangen Gluthitze«, fügte sie hinzu und streckte lächelnd die Arme nach ihrem Geliebten aus.

»Kommen Sie in meine Arme, Chéri«, forderte sie, »und trösten Sie mich über diesen dummen Traum hinweg, Bernard.«

»Nichts, was ich lieber täte, meine Prinzessin.«

Der Comte war auf einmal sehr ernst geworden; als er keinerlei Anstalten machte, der liebenswürdigen Aufforderung Folge zu leisten, fasste ihn Adelaide fester ins Auge. »Was ist, mon Ami? Welche trüben Gedanken gehen Euch durch den Sinn?«

»Es scheint in der Tat so zu sein, dass Ihr über hellseherische Fähigkeiten verfügt, Chérie. Wie anders könnte es sein, dass Ihr von Dingen träumt, die in Kürze wahr sein werden?«

Die Comtesse setzte sich ruckartig auf. »Sprecht ganz offen, mein Liebster. Was meint Ihr damit?«

Da berichtete ihr der Graf von der genau in vier Tagen stattfindenden Verbrennung auf dem außerhalb von Auxerre liegenden Richtplatz.

Eine als Hexe überführte junge Frau, eine Zigeunerin, sollte zusammen mit ihrer schwarzen Katze verbrannt werden. Und er, Bernard de Grandbois, war von Kardinal Richelieu persönlich als Zeuge dieser grässlichen Hinrichtung geladen worden. Und nicht nur er, nein, auch »alle seine derzeitigen Hausgenossen«, hatte es ausdrücklich geheißen …

Die Gräfin war zu Tode erschrocken. Für sie selbst war dieses grauenhafte Schauspiel kaum zu ertragen, aber für das Helen wäre es absolut tödlich. Niemals könnte sie ruhig zusehen, wie ein unschuldiges Weib jämmerlich in den Flammen umkam. Das musste sie auf alle Fälle verhindern: Der jungen Frau, die sich eben auf dem mühsamen Weg in die Normalität befand, durfte nicht zugemutet werden, ein solch brutales Unrecht mitzuerleben.

»Die Folgeschäden für meine Schwester Hélène wären ungeheuer«, sagte Adelaide kämpferisch, »und ich werde nicht zulassen, dass sie gezwungen wird, bei dieser perversen Schandtat zugegen zu sein.«

»Beruhigt Euch, Chérie. Das ist auch meine Meinung. Auf keinen Fall werden wir Demoiselle Hélène dieser Tortur aussetzen. Ich habe mir gedacht, wir könnten vielleicht Eure Zofe Anne als Eure Schwester ausgeben. Das Mädchen erscheint mir seelisch genügend robust, um solches als Zuschauerin durchzustehen. Euch allerdings vermag ich das Entsetzliche zu meinem großen Bedauern nicht zu ersparen. Die Befehle des Kardinals sind in diesem Punkt eindeutig. Die Ausrede einer plötzlichen Erkrankung nähme der schlaue Fuchs uns sicher nicht ab. Richelieu würde mit Sicherheit nachforschen lassen. Damit würden wir in Paris nur unliebsames Aufsehen erregen – etwas, was wir doch keineswegs beabsichtigen.«

»Ihr habt recht, Liebster. Ich werde dem teuflischen Schauspiel mit Todesverachtung beiwohnen. Doch Eure Idee mit Anne statt Hélène finde ich sehr gut. Aber es stellt sich doch die Frage, woher weiß Richelieu von unserer Anwesenheit bei Euch?«

»Ob der Teufel in der roten Robe sich ganz sicher ist, kann ich nicht sagen. Aber jedenfalls vermutet er etwas, weil ihn jemand mit der Nase darauf gestoßen haben muss.«

»Ob dieser Jemand vielleicht im Kloster Sainte Cathérine zu finden ist?«

Bernard de Grandbois, der sich inzwischen vom zerwühlten Lager erhoben und in einen leichten, blauseidenen Morgenrock gehüllt hatte, zuckte mit den Schultern.

»Ich weiß es nicht, aber es erscheint mir keineswegs unwahrscheinlich. Dennoch werden wir uns nicht provozieren lassen. Ich bin jedenfalls sehr froh, ma Chère, dass Ihr Euch der Sache mit Vernunft und Kaltblütigkeit stellt. Monseigneur de Richelieu kann sehr unangenehm werden, wenn man nicht genau das tut, wozu er einen aufgefordert hat.«

Anne Larousse war mit dem Tausch einverstanden. Sie nehme in GOTTES Namen die Stelle des armen Helen ein, sagte sie. »Der ist so etwas wohl kaum zuzumuten«, erkannte sie ganz richtig. »Sicher bekäme sie Nervenfieber und wäre womöglich nie mehr ansprechbar.«

Keine Frage, die Zofe genoss ihre privilegierte Stellung. Sie kam sich ungeheuer wichtig vor und – und darauf hätte Adelaide jeden Eid geschworen: Ein ganz klein wenig war sie auch neugierig auf so ein »Autodafé«, wie die Franzosen gleich den Spaniern so ein tödliches Spektakel nannten …

KAPITEL 85

EINE RIESIGE, schier unübersehbare Menschenmenge hatte sich bereits im Morgengrauen an der Hinrichtungsstätte eingefunden. Nicht nur aus der nahe gelegenen Stadt Auxerre waren die Massen herbeigeeilt, viele hatten auch einen Weg über mehrere Tagesreisen nicht gescheut.

Zu diesen gehörte auch der Comte de Grandbois – wenn dessen Anwesenheit auch auf das Konto Richelieus ging und nicht seiner eigenen Sensationsgier zuzuschreiben war.

In seiner Begleitung befanden sich zwei tief verschleierte Damen in schwarzen Trauerkleidern, welche er an den grässlichen Ort geleitete, wo alle drei auf extra für illustre Zuschauer aufgestellten Klappstühlen Platz nehmen mussten.

Der Comte hatte vorsichtshalber das Gerücht ausstreuen lassen, die Damen trauerten um eine nahe Verwandte in der Schweiz, welche vor Kurzem in die Ewigkeit eingegangen wäre …

Zu Adelaides Entsetzen befanden sie sich in einer Sitzreihe mit der Ehrwürdigen Mutter, Madame Angélique des Anges, sowie dem allmächtigen Kardinal de Richelieu.

Als sie sich vorsichtig umschaute, wäre sie am liebsten davongelaufen: Der Chevalier Louis de Grenelles saß schräg hinter ihr in der zweiten Sitzreihe – neben sich seine ahnungslose Gattin – und heftete den Blick seiner leicht vortretenden Augen auf die verschleierte Dame.

Zum Glück ist der Stoff meines Gesichtsschleiers ziemlich dicht; der Kerl wird mich kaum erkennen können, dachte die Comtesse und richtete ihren Blick sofort nach vorne. Neben einer großen Anzahl von hoher und niedriger Geistlichkeit und zahlreichen Mönchen und Nonnen aus verschiedenen Klöstern der Umgebung, die alle auf Stühlen sitzen durften, hatte sich eine Unmenge von »niederem Volk« eingefunden, für die das bevorstehende Grauen aber nur mehr oder weniger eine kostenlose Volksbelustigung zu bedeuten schien.

Die Leute saßen im verdorrten Gras, lachten und schwatzten, verzehrten mitgebrachte Speisen, tranken Wein aus Lederschläuchen und schlossen Wetten darüber ab, nach wie vielen Minuten des »Röstens« die Hexe zu schreien aufhören werde und in welcher Gestalt der Teufel aus der gleichfalls dem Flammentod geweihten, schwarzen Katze entweichen werde …

Adelaide hörte verschiedene Male, wie der Pöbel den Kardinal hochleben ließ, und es machte sie schaudern; wusste sie doch von ihrem Liebsten, dass vor einigen Wochen noch große Unruhen in Paris geherrscht hatten, der unsinnig hohen Steuern und des schier unerschwinglichen Brotpreises wegen.

Als Hauptschuldigen betrachteten die Pariser Richelieu und seine Politik erbarmungsloser Ausbeutung der Bürger. Deshalb hatte man in der Hauptstadt Scheiterhaufen errichtet, worauf man in Purpurfetzen gekleidete Strohpuppen verbrannte, die den verhassten Ersten Minister darstellten.

»Nieder mit Richelieu! Verbrennt den Teufelskardinal!«, hatte der Mob dabei geschrien und nun, da er dem Volk das

Schauspiel einer echten Hexenverbrennung »schenkte«, ließ es ihn hochleben …

Und »echt« würde die Hinrichtung dieses Mal gewiss sein. Da die Hexe nicht geständig gewesen war – der Teufel hatte ihr demnach bis zuletzt beigestanden –, hatte man ihr die Gnade verwehrt, vor dem Flammentod vom Henker erdrosselt zu werden.

Nach dem Rechtsverständnis deutscher Hexenrichter hätte man sie laufen lassen müssen, da das Geständnis einer Hexe der Dreh- und Angelpunkt einer Verurteilung war. Die Zigeunerin würde demnach die gleichen, entsetzlichen Qualen zu erleiden haben wie vor Kurzem der unglückliche Abbé Canfort.

Adelaide schauderte trotz der an diesem Vormittag bereits brütenden Hitze. Wie es aussah, würde auch dieser Tag wie die vierundsiebzig vorausgegangenen ohne einen einzigen Tropfen Regen zu Ende gehen.

Wenn sie den hoch aufgeschichteten Scheiterhaufen, der sich nur in geringer Entfernung von den aufgestellten Stühlen für die vornehmen Zuschauer erhob, betrachtete, graute ihr zusätzlich vor der ungeheuren Glut, welche dessen Flammen abstrahlen würden.

›Hoffentlich ist alles bald vorbei‹, dachte sie verzweifelt, ›ohne dass ich ohnmächtig werde oder mich sonst irgendwie auffällig benehme.‹

Mit ihrem Liebsten Bernard war ausgemacht, dass sie so gut wie nicht sprechen würde; wenn es unbedingt nötig war, würde sie nur flüstern, da sowohl Jean-Armand de Plessis, Herzog de Richelieu, wie die Äbtissin von Sainte Cathérine – vom Chevalier de Grenelles ganz zu schweigen – ihre Stimme erkennen würden.

Auf der zwei Tage sich hinziehenden Kutschfahrt zu dem traurigen Schauspiel hatte Adelaide sich mit dem Comte über den Kardinal unterhalten.

»Ich habe Richelieu als charmanten und intelligenten Mann kennengelernt, der mir nicht den Eindruck machte, ein Anhänger finstersten Aberglaubens zu sein. Im Gegenteil, ich glaube mich erinnern zu können, dass er sich sogar lustig machte über jene, die in der Tat annehmen, Frauen könnten mit dem Teufel in Gestalt eines Tieres geschlechtlichen Umgang haben, auf einem Besenstiel durch die Luft zu ihm auf einen Berg reiten und dort großes Gelage halten.

Und die angeblichen ›zauberischen Werke‹, als da sind Hagelmachen, das Erzeugen von Mäusen und Ratten, das Verhexen der Kühe eines missliebigen Nachbarn, dass sie keine Milch mehr geben und was dergleichen Unsinn noch mehr ist – darüber vermochte der hohe Geistliche nur müde zu lächeln.

›Diesen Unsinn soll das dumme Volk ruhig glauben. Einem intelligenten Mann vermag dieser abergläubische Unfug nur Verachtung abzugewinnen.‹

Genau dies hat der Kardinal anlässlich einer Diskussion im Kloster Sainte Cathérine geäußert.«

»Das glaube ich Euch gerne, Madame, aber bitte denkt daran, dass der Kardinal auch Staatsmann und ein eiskalter Rechner ist. Wenn es für ihn nützlich ist, wird er jederzeit ins Horn der Einfältigen stoßen. Wenn es ihm und seiner Politik den geringsten Nutzen brächte, würde der geistliche Herr nicht zögern, ganze Heerscharen als Hexen und Zauberer verbrennen zu lassen.«

»Ja, das verstehe ich durchaus. Richelieu ist ein reiner Machtmensch und trotz seines geistlichen Standes scheint brüderliche Nächstenliebe für ihn ein Fremdwort zu sein; wenn er Gutes tut, erwartet er sich gewiss irgendeinen Nutzen davon. Aber dennoch: Welchen Vorteil hat er davon, eine x-beliebige Zigeunerin als Hexe verbrennen zu lassen?«

»Diese Frau – sie soll übrigens jung und sehr reizvoll sein – gehört zu einer Minderheit, die in Frankreich nicht übermäßig beliebt ist. Zigeuner gelten seit jeher als verdächtig, da sie sich mit Wahrsagerei beschäftigen und allerlei Kräuterzauber beherrschen. Trotzdem lässt man sie üblicherweise gewähren. Warum das so ist, kann ich nur vermuten. Jedenfalls ist kein Fall bekannt, dass ein Zigeuner bisher wegen Hexerei oder Ketzerei zum Scheiterhaufen verurteilt worden wäre. Wegen Mord und Totschlag dagegen sind schon etliche mit dem Richtschwert oder dem Strang hingerichtet worden.

Aber noch jedes Mal, wenn ein Angehöriger dieses Volkes von der Obrigkeit verurteilt und hingerichtet worden ist, haben Stammesgenossen blutige Rache am Verursacher beziehungsweise Vollstrecker dieses Urteils geübt. Kein einziges Mal ist es aber bisher gelungen, den Stammesbrüdern und -schwestern etwas nachzuweisen.

›Zigeuner sind überall und nirgends‹, sagt man bei uns. Und da ist etwas Wahres daran. Die Wenigen, die man mit ihren bunten Wägen durch das Land ziehen sieht, bilden bloß einen Bruchteil des Fahrenden Volkes. Sein weitaus größerer Teil lebt verborgen in den Wäldern.«

»Interessant, Monsieur. Aber wie darf ich dann die Tatsache verstehen, dass man in Auxerre offenbar keine Scheu davor hat, eine Angehörige des Fahrenden Volkes als Hexe auf den Scheiterhaufen zu bringen? Gibt es niemanden, der sie rächen könnte?«

»Nein, Madame. Maria Yolanda ist eine von ihrem eigenen Volk Ausgestoßene. Sie hat den großen Fehler begangen, sich einem hiesigen Adeligen nicht nur als Geliebte hinzugeben – das tun viele Zigeunermädchen mit der Erlaubnis ihrer Sippenältesten, um eine Menge Geld zu verdienen, wovon alle Mitglieder ihrer Familie etwas haben. Nein, Maria Yolanda hat sich erlaubt, aus Liebe mit diesem Nichtzigeuner zu schlafen, und den geschenkten Schmuck hat sie auch nicht zu Hause abgeliefert. Sie betrachtete sich gar als Braut dieses französischen Herrn und hat den von ihrem Vater für sie ausgewählten Zigeunerbräutigam verschmäht. Und dafür hat ihre Sippe sie ausgestoßen aus dem Clanverband.

Das war nach Zigeunerverständnis eine heilige Zeremonie, und keiner würde von nun an mehr einen Finger für sie krumm machen, wenn sie in irgendwelche Schwierigkeiten geriete. Sogar ihr eigener Vater und ihre Mutter haben sich von ihr für alle Zeiten abgewandt. Und wenn ihr Bruder sie irgendwo auf der Straße träfe, dürfte er sie töten als Abtrünnige und Verräterin am eigenen Volk.«

KAPITEL 86

»Das sind aber sehr harte Sitten«, murmelte die Gräfin leise.

»Nicht nur Sitten, Madame, so lautet das Zigeunergesetz, und Maria Yolanda hat dieses Gesetz genau gekannt, als sie sich so widerspenstig zeigte. Sie vertraute gutgläubig den Gefühlen des Edelmannes, der sie aber nur als exotisches Spielzeug betrachtete. Der Herr dachte natürlich nicht im Traum daran, sie zu seiner Frau zu machen. Als sich ihm die Gelegenheit zu einer standesgemäßen Ehe bot, ergriff er diese umgehend und warf die glutäugige Schöne aus seinem Bett und vor die Tür seines Schlosses.

Da die junge, verliebte Zigeunerin nicht freiwillig weichen wollte, hetzte er erst die Hunde auf sie. Aber mit irgendwelchen Zaubersprüchen soll sie die Tiere ruhig gestellt haben. Nach ihrem erneuten Versuch, mit ihm Kontakt aufzunehmen, beauftragte der feine Kavalier seinen Majordomus, sie zur Strafe mit einer Ochsenpeitsche zu züchtigen. Da verfluchte das schöne Kind den untreuen Liebhaber und ihren Peiniger, ehe es sich in den Wald zurückzog.

Die Zigeunerin hatte dies wohlgemerkt in ihrer Sprache getan, die keiner der Umstehenden zu verstehen imstande gewesen war; aber es mussten wohl ›Zaubersprüche‹ gewesen sein, denn kurz darauf befiel den jungen, bisher vor Gesundheit geradezu strotzenden, adeligen Liebhaber eine höchst merkwürdige und schmerzhafte Krankheit, woran er völlig überraschend binnen dreier Tage verstarb.

Den Majordomus aber traf gleich danach der Schlag.

Und schon hatte man die Verursacherin dieser Tragödie gefasst und vor ein Malefizgericht gestellt. Alles Leugnen hat der jungen Frau nichts geholfen.

Dass man allerdings auch ihren alten, schwarzen Kater, der immer auf ihrer Schulter saß, als Dämon zum Feuertod verurteilt hat, ist seit dem Mittelalter, in dem Tierverurteilungen gar nicht selten waren, nicht mehr vorgekommen.«

Stumm vor Entsetzen hatten daraufhin die Comtesse und ihre Zofe im Wagen gesessen. Hier gab es in der Tat nichts mehr zu sagen …

Schier unerträgliche Spannung hatte sich aller Anwesenden bemächtigt. Wann würde man die Hexe zu Gesicht bekommen? Über ihr Aussehen gingen die unterschiedlichsten Gerüchte um.

Sie sei von solcher Schönheit, dass man sie kaum anschauen könne, sagten die einen und verwetteten ihre Seligkeit darauf, dass ein so maßloser Liebreiz nur vom Teufel selbst stammen könne. Andere hingegen behaupteten das Gegenteil. Jetzt, da sie der Teufel im Stich gelassen habe, zeige sie ihr wahres Gesicht. Hässlich wie die Sünde sei das Weib und jung könne man sie auch nicht nennen. Graue Strähnen hingen ihr angeblich über das faltige Gesicht, und ihrem bösen Blick solle man am besten ausweichen, damit er einen nicht traf. Dazu wäre sie noch bucklig und hinke jämmerlich.

»Yo-lan-da, He-xe, Yo-lan-da, He-xe«, skandierte die unruhig gewordene Menge und endlich führte man das bedauernswerte Opfer herbei.

Alle reckten die Köpfe. Einige der vornehmen Teilnehmer der Urteilsvollstreckung hatten sich sogar von ihren Sitzen erhoben, um sich ja nichts entgehen zu lassen.

Adelaide ertappte sich dabei, wie auch sie gebannt auf die Delinquentin blickte. Tatsächlich: Die Frau war wunderschön.

Selbst jetzt, nach wochenlangen Folterqualen und menschenunwürdiger Unterbringung im Gefängnis sah die junge Zigeunerin hinreißend aus.

Das graue, sackartige Gewand, das man ihr übergezogen hatte, war ein wenig zu kurz und ließ ihre nackten, schlanken Waden sowie ihre von den Torturen verletzten, blutenden Füße sehen. Ihr hüftlanges, pechschwarzes Haar, das seit Monaten nicht mehr gewaschen worden war, hing zwar in Strähnen herab, aber es war so dicht und kräftig, dass es sich nach wie vor in prachtvoller Fülle um das Gesicht des Opfers wand.

Bei ihrem Anblick war die vom langen Warten unwillige Menge unisono in ein hundertfaches »Oh« ausgebrochen, dann war Stille.

Als die beiden Gerichtsdiener das exotische Geschöpf näher

heranführten, sah man auch den Kater, dessen schwarzes Fell sich kaum von ihrem ungepflegten Haarwust abhob, auf ihrer linken Schulter sitzen.

Das ziemlich große Tier schien das Unheil zu ahnen. Es fauchte und sandte Zorn sprühende Blicke aus grün leuchtenden Augen in die Umgebung. Mehrmals hieb es mit einer blutigen Tatze nach einem der Bewacher seiner Herrin. Man konnte sehen, dass die Henkersknechte wohl mittels einer Zange der Teufelskatze die Krallen ausgerissen hatten …

Die verurteilte Zigeunerin, welche sich kaum auf den Beinen zu halten vermochte, hielt in Händen, denen offensichtlich das Gleiche wie ihrem Lieblingstier widerfahren war, eine dicke weiße Kerze, die nun einer der beiden Männer entzündete. Um den Hals hatte man ihr ein Stück Seil geschlungen.

So wie man sie hier den wohlig erregt gaffenden Zuschauern präsentierte, sah sie genauso aus wie Tausende anderer Todeskandidatinnen vor ihr – mit Ausnahme ihrer ebenso unbestreitbaren wie jetzt vollkommen nutzlosen Schönheit.

Unter den ungeduldigen Zuschauern war inzwischen erneut Unruhe aufgekommen, und so konnte man nicht verstehen, was das Zigeunermädchen sagte.

Aber einer der Büttel hatte sie offenbar verstanden. Nach einem Blick auf den mitmarschierenden Priester nahm er der Frau die Kerze ab und drückte ihr stattdessen ein kleines, hölzernes Kreuz, welches der Geistliche aus der Tasche seiner Soutane gezogen hatte, in die Hand.

Die Volksmenge murrte unwillig, und als Maria Yolanda dieses Symbol des Christentums gar an ihre Lippen führte und inbrünstig küsste, wurde der zornige Protest der Menge unüberhörbar.

»Seht, was die schändliche Hexe tut!« – »Die Ketzerin wagt es, das heilige Kreuz zu entweihen.« – »Nehmt der Ungläubigen das Kreuz Christi weg«, ertönte es aus der Schar der Zuschauer. Ein paar schickten sich sogar an, auf die Unholdin zuzustürmen, um ihren unwürdigen Händen das Kruzifix zu entreißen.

Auf einen lässigen Wink des Kardinals baute sich aber blitzschnell eine Phalanx von Bewaffneten rund um die Verurteilte auf, und der Aufruhr hatte ein Ende, ehe er recht begonnen hatte.

»Hockt euch nieder, Gesindel!«, hörte Adelaide einen Hauptmann der Wachmannschaft schnarren, und brav kauerten sich wieder alle auf dem heißen, sandigen Boden nieder.

Ein alter Herr mit Perücke, schwarzem Talar und einem weißen Stab unter dem linken Arm – wie es schien, der Richter dieses elenden Verfahrens – verlas laut der um eine stolze Haltung Bemühten ihr Urteil, welches sie schon längst kannte.

Noch einmal, und jetzt zum letzten Mal, stellte der Herr im schwarzen Umhang die Frage an sie: »Gesteht Ihr, Angehörige des Stammes der Tziganes aus der Sippe der Manouches, genannt Yolanda« – den Namen Maria hatte man ihr als einer »Unwürdigen« aberkannt –, »den Ehrenwerten Monsieur Antoine de … sowie dessen Haushofmeister Pellegrin mit einem teuflischen Fluch belegt zu haben, dergestalt, dass beide Herren anschließend des Todes waren? Gesteht Ihr ferner, dass Ihr eine Hexe seid, die sich die Zuneigung des Ehrenwerten Monsieur de … nur mittels zauberischer Kräfte erworben hat? Und als jener Eure wahre Natur erkannt hatte und nichts mehr mit Euch zu schaffen haben wollte, da habt Ihr ihn verflucht und ihm die todbringende Krankheit angehext – gebt Ihr das endlich zu im Angesicht des Todes, welchen Ihr nunmehr erleiden werdet?«

Mit laut schallender und weit tragender Stimme hatte der Richter dies von einem Blatt verlesen. Das Folgende fügte er mit einer um vieles leiseren Stimme hinzu: »Seid Ihr aber, ausgestoßene Tochter des Volkes der Tziganes, geständig, könnte es möglich sein, dass man Euch die Gnade erweist, dass Euch der Henker vor dem Verbrennen das Genick bricht.«

Bei der Erwähnung ihres Volkes hatte das Mädchen sich rasch umgeblickt, aber keine der pittoresken Gestalten mit den dunklen Gesichtern, gekleidet in die bunten, meist zerlumpten Gewänder, hatte sich zu diesem Anlass eingefunden; ihr Stamm sowie ihre Sippe, die Manouches, hatten ihr Andenken in der Tat ausgelöscht …

»Ich schwöre bei GOTT und der allerheiligsten Jungfrau Maria, dass ich keine Hexe bin und daher auch keine teuflischen Flüche und keine Zaubersprüche gegen meinen guten und lieben Herrn und seinen ersten Diener ausgesprochen habe.

Ich liebe meinen guten Herrn noch immer und könnte ihm nie etwas Böses antun. Dass er tot ist, schmerzt meine Seele zutiefst. Mehr habe ich dazu nicht zu sagen«, gab die junge Frau halblaut zur Antwort.

»So sei es denn!«

Der Richter zerbrach den weißen Stab, warf angeekelt die Teile zu Boden und fügte ein lautes: »Henker, waltet Eures Amtes« hinzu.

Der Priester, der die Zigeunerin auf ihrem letzten Weg begleiten sollte, bekreuzigte sich hastig und blieb zurück, als ein Scherge des Nachrichters die Delinquentin grob am Arm packte und in Richtung des Scheiterhaufens zog, in dessen Mitte die Henkersknechte bereits die Pfähle aufgestellt hatten, an welche die unglücklichen Opfer mit derben Stricken gebunden würden.

Den Kater hatte ein Henkersknecht blitzschnell von der Schulter des Mädchens gerissen und ihn flink wie ein Paket verschnürt, ehe er das zornig fauchende Tier an den Pfahl band.

Sobald die Stricke verbrannt waren, fiel in aller Regel die bereits tote oder zumindest bewusstlose »Hexe« um, und ihr Leichnam verkohlte in der Glut des Holzhaufens vollständig …

KAPITEL 87

Nachdem Yolanda und ihr armer Kater an den Pflöcken festgebunden worden waren und der Henker die Fackel an den Scheiterhaufen gehalten hatte, der alsbald infolge der völligen Windstille lichterloh mit kerzengerade zum Himmel aufstrebenden Flammen brannte, hatte die Comtesse Adelaide die Augen geschlossen, um das Furchtbare nicht sehen zu müssen.

Sie war dankbar, dass sie dem Rat des Helen gefolgt war und ihr Gesicht dicht verschleiert hatte. Ohne diesen Schutz hätte sie es nicht wagen dürfen, ihre Augen vor dieser Vollstreckung eines »heiligen« Urteils zu verschließen. Man hätte sofort zu Recht geargwöhnt, sie hätte Vorbehalte dagegen.

»Ich bedauere aufrichtig, dass ich meine Ohren nicht ebenfalls für die grässlichen Geräusche habe unempfänglich machen können«, beklagte sie sich auf der Heimfahrt, »ich dachte wirklich, dieses Grauen ginge niemals zu Ende. Ich hoffe nur, dass ich nie mehr etwas so Entsetzliches miterleben muss. Und daran zu denken, dass man meinem geliebten Helen so eine ebenso brutale wie sinnlose Grausamkeit zugedacht hatte, bringt mich schier um den Verstand. Ich werde jahrelang noch Alpträume haben.«

»Das Verhalten der Menge war schrecklich«, kam es leise von Anne, welche gleichfalls zutiefst entsetzt war über diese Art der

Hinrichtung. Bereits nach dem ersten gequälten Aufschrei des Opfers war es vorbei gewesen mit Annes Sensationsgier; wenn sie nur gekonnt hätte, wäre sie davongerannt.

Aber das durfte niemand – und die meisten wollten es auch gar nicht. Im Gegenteil: Die abgestumpften Sinne des Pöbels, an Grausamkeiten aller Art gewöhnt, wurden auf das Angenehmste gekitzelt durch diese brutale Zurschaustellung von Gewalt und unvorstellbarer Rohheit.

Mitleidlos stierten die Männer und Frauen – selbst kleine Kinder hatte man mitgebracht, um ihnen frühzeitig vor Augen zu führen, wie man in Frankreich mit Hexen verfuhr – auf das unselige Opfer.

Und als dicker, fettiger Qualm ihnen schließlich die Sicht nahm, waren Laute des Unwillens hörbar geworden. Bis zuletzt wollte man der verfluchten Hexe ins längst zerstörte Gesicht sehen.

Während der gesamten Vorbereitungshandlungen hatten alle Zuschauer den Henker scharf im Auge behalten, dass er nicht etwa noch im letzten Augenblick der Delinquentin den Garaus machte und damit das Volk um seine Genugtuung brächte, die Satansbraut jammern und schreien zu hören.

Aber da niemand den Scharfrichter für diese Tat der Barmherzigkeit bezahlt hatte, machte dieser gar keine Anstalten, sie zu erwürgen oder ihr den Hals zu brechen, ehe die Flammen sie bei lebendigem Leibe verzehrten.

Sogar der »Teufelskater« hatte ordentlich gekreischt, als die roten Feuerzungen nach seinem schwarzen Pelz leckten.

Diese Hexenverbrennung war ein voller Erfolg gewesen: Das Volk war auf seine Rechnung gekommen und der Gerechtigkeit war Genüge getan worden. Jeder der gierig Gaffenden durfte das Gefühl haben, auf der Seite der »Guten« zu stehen.

Und, was das Allerbeste daran war: Nach langer Zeit hatten

die Massen den ungeliebten, ja verhassten Kardinal wieder einmal hochleben lassen.

»Vive Richelieu!« »Vive le Cardinal!« »Vive le Roi!« »Vive le Premier Ministre!«, hatte der Mob gebrüllt und der eiskalte Staatsmann hatte daraufhin mit dünnem Lächeln die Huldigungen der enthusiastischen Massen entgegengenommen und sie gnädig winkend erwidert.

Nur wenige konnten sich ausmalen, wie der Kardinal in seinem Innersten tatsächlich empfand. Auch ihn hatte das abartige Spektakel zutiefst angewidert, zumal er es auf keinerlei Weise gerechtfertigt sah – glaubte er selbst doch nicht an Hexen –, aber um dem Volk zu beweisen, dass die Obrigkeit keine Ketzerei durchgehen ließ, sie im Gegenteil mit aller Schärfe ahndete, waren diese schauerlichen Exzesse hin und wieder notwendig.

Darüber hinaus boten sie Unterhaltung, befriedigten die voyeuristische Lust der Menschen am Grausamen und hielten den unterernährten Pöbel insgesamt bei Laune.

Die Heimfahrt des Comte und seiner beiden Begleiterinnen war eine sehr stille gewesen. Jeder hing seinen Gedanken nach und versuchte, mit dem Geschehenen auf seine ureigenste Weise fertig zu werden.

»Zum Glück konnten wir uns gleich nach dem Ende der Verbrennung, ehe noch der Mob sich auf die kleinsten, dem Feuer entgangenen Knöchelchen stürzen konnte, davonmachen«, meinte Bernard de Grandbois nach einer langen Weile des Schweigens.

»Diese Art der schaurigen Souvenirjagd gehört wohl mit zum Schlimmsten«, war die Gräfin überzeugt; auch ihre Zofe, welche ihre Rolle als »Schwester« ihrer Herrin gut gespielt hatte, blickte angewidert drein.

»Das machen die Leute überall«, sagte Anne leise. »Auch bei uns stürzen sich die Zuschauer nach einer Hinrichtung auf irgendwelche Überreste des Opfers, weil das angeblich Glück bringen soll.«

Danach herrschte wieder lange Zeit Stille in der gräflichen Kutsche, ehe man haltmachte, um in einem gut beleumundeten Gasthof zu übernachten. Auf ein Abendessen hatte niemand mehr Appetit …

Auf Château Beauregard angekommen, waren die beiden Frauen am übernächsten Tag noch immer sehr einsilbig. Der Schock über das hautnah Erlebte saß noch zu tief, und selbst die Plaudertasche Anne fand nur mühsam Worte, um der daheim gebliebenen Hélène wenigstens in groben Zügen von dem Vorgefallenen zu berichten.

Sie waren nach eingehender Beratung zu dem Entschluss gekommen, ihr von der Hexenverbrennung zu erzählen.

Adelaide hatte erst gemeint, das sollten sie besser sein lassen, aber Bernard konnte sie vom Gegenteil überzeugen.

»Erfahren wird sie es nämlich – Dienstboten sind leider viel zu schwatzhaft. Selbst wenn ich ihnen ein striktes Schweigegelöbnis auferlegte, würde dennoch irgendwer damit herausplatzen. Besser, Eure Freundin erfährt es von Euch als durch das Gesinde.«

Erstaunlich gefasst hatte diese es aufgenommen. »Gut, dass ihr es mir erzählt habt. Ich weiß doch, dass so etwas laufend in ganz Europa geschieht. Und mich deshalb wie ein rohes Ei zu behandeln, weil ich selbst beinahe diesem gefährlichen Wahn zum Opfer gefallen wäre, das hielte ich für völlig falsch. Ich muss mich in dieser Welt, so wie sie ist, zurechtfinden. Aber ich danke Anne dafür, dass sie es mir erspart hat, dabei sein zu müssen. Ich glaube, das hätte ich nicht ertragen.«

Adelheid bewunderte im Stillen das Einfühlungsvermögen ihres Geliebten. Diese Seiten an ihm förderten ihre Zuneigung zu ihm noch mehr, und wieder einmal ertappte sie sich bei dem Gedanken, für immer bei ihm zu bleiben.

Aber genauso umgehend verwarf sie diese Überlegungen wieder, sobald sie an ihren kränklichen Vater Ferfried dachte.

KAPITEL 88

Die Briefe von Pater Ambrosius waren nicht dazu angetan, der Comtesse eine Rückkehr nach Ruhfeld nahezulegen.

Wie es schien, hatten sich die Schweden erst einmal zurückgezogen, dafür hatten nun wiederum die Kaiserlichen das Sagen.

Der Schwedenkönig schien von einer unheimlichen Unruhe befallen zu sein. Wie ein Irrender zog er seit zwei Jahren durch Deutschland. Von Danzig bis München war sein Weg verlaufen, und er hatte sowohl Pommern als auch Mecklenburg erobert. Doch nun war Albrecht von Wallenstein wieder da, und dem war es gelungen, den »Löwen aus Mitternacht« zum Rückzug nach Norden zu zwingen.

Ambrosius Feyerling hatte seine aktuellen Neuigkeiten aus einem Schreiben des guten Heinrich von Garsbach erfahren, der noch immer am herzoglich-kurfürstlichen Hof in München lebte, während sein hoher Herr sich bekanntlich beim Herannahen des Feindes nach Regensburg aus dem Staub gemacht hatte.

»Nunmehr dass der Schwedenkönig itzo nach Norden abzieht, wie es den Anscheyn hat, rechnet der Hof zu München mit der baldigen Rückkunft Unseres Hochedlen Hochfürstlichen Herrn Herzog Maximilian«, hatte sich der alte Herr ein wenig umständlich ausgedrückt.

Gustav Adolf hatte sich in Nürnberg mit seinem Kanzler Axel Oxenstierna getroffen und bestätigte diesen als seinen Stellvertreter in Süddeutschland. »Das Vertrauen, welches der schwedische Herrscher in seinen Kanzler hat, ist ein ganz außergewöhnliches«, hatte der Benediktiner hinzugefügt und zum Beweis dafür die Worte Gustav Adolfs angeführt, die bereits vor über zwanzig Jahren das Amt dieses ungewöhnlichen Kanzlers definiert hatten: »Da es unmöglich ist, seine Aufgaben in dieser Stellung genau zu umschreiben, überlassen Wir es seinem eigenen Urteil und Verstand, so vorzugehen, wie er es für richtig halten mag. Er soll GOTT und Uns und jedem guten Schweden in Verantwortung dienen.

Das ist der Beginn einer lebenslangen Freundschaft und eine der vorzüglichsten, politischen Partnerschaften in der Geschichte gewesen«, behauptete Vater Ambrosius.

»Da dem König bewusst ist, dass es zu einer großen Auseinandersetzung zwischen ihm und Wallenstein kommen wird, wenngleich er den Beginn vielleicht noch etwas hinauszögern könnte, gab Gustav Adolf seinem Kanzler auch genaue Instruktionen über die Erziehung seiner Tochter für den Fall seines Todes, solange die Prinzessin noch minderjährig ist«, hatte der Benediktiner in seinem Brief geschrieben und in einem Nachsatz hinzugefügt: »In den ersten Novembertagen wird der schwedische König nach Erfurt reisen, um sich mit seiner Gemahlin zu treffen, weil er ihr Lebewohl sagen will. Königin Maria Eleonora weilt seit dem vergangenen Winter in Deutschland.«

Die Comtesse Adelaide wusste nicht so recht, wie sie diese Neuigkeiten einordnen sollte. Was scherte es sie, ob der schwedische Teufel sich mit seinem Kanzler traf und ihm Anweisungen betreffs seiner Tochter erteilte oder ob er sich von seiner protestantischen, deutschen Frau verabschiedete?

Nun ja, wenn man wollte, konnte man vielleicht so etwas wie eine leichte Todesahnung bei dem nordischen Monarchen in all den Vorbereitungen erblicken – aber was nützte ihr das?

Nachdem die Kaiserlichen wieder ordentlich Fuß gefasst hatten in ihrer Heimat, bedeutete dies doch nichts anderes, als dass ihre Rückkehr in weiterer Ferne lag denn je, oder?

›Eigentlich ist es verrückt, aber dennoch ist es die Wahrheit: Die Anwesenheit des Feindes garantierte mir und meinem Helen ein Leben in der Heimat ohne Belästigungen durch Menschen, wie beispielsweise Bertold Munzinger‹, dachte sie bedrückt. Das Einzige, womit sie etwas anzufangen wusste, war die Nachricht, dass Georg Hagenbusch wie geplant mit einem Freund nach Ungarn gezogen sei, um dort Militärpferde für die Armeen des Kaisers zu kaufen, und dass es ihrem Vater Ferfried sehr viel besser gehe, schrieb der freundliche Mönch ihr. Kein Wort hingegen über Hasso oder seine junge Frau …

Die Gräfin faltete seufzend das Schreiben des Paters zusammen. Sie würde es heute Abend ihrem Geliebten zeigen.

Nicht nur in Paris, auch in den Provinzen Frankreichs kam es immer wieder zu Hungeraufständen des geknebelten und von Richelieu ausgebeuteten Volks.

Magere, verzweifelte Gestalten griffen immer öfter staatliche Einrichtungen an und hängten Beamte des Königs in den Städten an Laternenpfählen auf und auf dem Land an den nächstbesten Bäumen. Selbst der Kardinal hatte schon verschiedene Anschläge auf seine Person mit knapper Not überlebt.

Und obwohl König Ludwig XIII. diesen Frevel jeweils aufs Grausamste zu ahnden pflegte, fand sich immer wieder ein kühner Attentäter, der versuchte, das Land von »dieser Pest im Kardinalsrock« zu befreien. Mittlerweile wagte sich Richelieu nur noch mit einer Schar schwer bewaffneter Soldaten aus seinem Palais. Die Schmährufe allerdings, die das Volk seiner nur allzu bekannten Karosse hinterherrief, musste er hinnehmen.

Auch in Burgund rührte sich Widerstand auf breiter Front. Das Volk war es leid, für einen Dauerkrieg gegen Spanien und Frankreichs Einmischung in die endlose kriegerische Auseinandersetzung in Deutschland bluten zu müssen.

Die Franzosen hatten kein Verständnis für die Animositäten ihres Herrschers gegenüber dem Haus Habsburg, aber sie wandten sich nicht etwa gegen ihren gesalbten König, sondern gegen dessen zutiefst verhassten Ersten Minister. Ihm, Richelieu, verdankte das Volk sein Elend. Und damit sollte endlich Schluss sein.

Weil der große Mann selbst nicht zu fassen war, hielt sich der Pöbel an andere Vertreter der Regierung und, weil man gerade dabei war, die Fackel des Aufruhrs an Altgewohntes zu halten, vergriff man sich gleich auch an verschiedenen Adelssitzen, denen man im Morgengrauen den »Roten Hahn« aufs Dach setzte, oder man überfiel, Strauchdieben gleich, Kutschen von Edelleuten und massakrierte und beraubte deren Insassen.

Keine Frage, dass Richelieu auf diese Herausforderungen mit größter Schärfe reagierte. Soldaten wurden in Marsch gesetzt, um zusammen mit den jüngeren Adeligen der betroffenen Gegenden als Streitmacht innerhalb kürzester Zeit Schluss mit dem renitenten Pack zu machen.

Auch Bernard de Grandbois sah sich gezwungen, sein idyllisches Refugium sowie seine Geliebte für eine Weile zu verlassen. »Ängstigt Euch nicht, Chérie, in Bälde kehre ich zurück. Ihr werdet sehen, mit dem Spuk haben wir im Nu aufgeräumt.«

Der Herr von Château Beauregard selbst war von den Aufständischen noch nicht angegriffen worden – er galt nicht als harter und ungerechter Patron –, trotzdem verlangte die Solidarität mit seinen Standesgenossen von ihm die Teilnahme bei der Niederschlagung des Aufruhrs.

Adelaide war über die Ereignisse sehr betroffen, und sie bangte außerdem um das Leben ihres Geliebten.

»Zum ersten Mal in meinem Leben fühle ich mich glücklich und geborgen bei einem Mann, welcher nicht nur mir ein guter Freund ist, sondern auch meiner Schwester. Und was geschieht? Unser selbstloser Beschützer muss in den Krieg ziehen und sein Leben für den ungeliebten Ersten Minister Frankreichs wagen.«

»Na, na«, protestierte Helene, »du übertreibst aber maßlos. Das ist kein ›Krieg‹, wie du es auszudrücken beliebst, sondern lediglich ein kleines Scharmützel gegen völlig ungenügend ausgerüstete, halb verhungerte und im Kampf unerfahrene Männer, die reihenweise bei den Attacken der königlichen Soldaten fallen werden, sofern sie es nicht klugerweise vorziehen, rechtzeitig das Weite zu suchen. Es werden sich zwei vollkommen ungleiche Lager gegenüberstehen.«

»Das klingt ja gerade so, als hättest du Verständnis für diese aufrührerischen Wirrköpfe, Leni«, sagte die Gräfin verblüfft.

»Hunger tut weh, Frau Gräfin. Und nur weil ich das große Glück habe, trotz meiner niederen Herkunft die Gefährtin einer hochgeborenen Edeldame zu sein, habe ich keineswegs vergessen, in welchem Elend das sogenannte ›Volk‹ im Allgemeinen – in Deutschland genauso wie in Frankreich – zu vegetieren pflegt.«

Das sonst so sanfte Helen hatte diese Worte laut und deutlich ausgesprochen und die überraschte Adelaide war schmerzlich zusammengezuckt; vor allem die kalte Anrede hatte ihr wehgetan.

Schweigend hatte die Comtesse das Gemach verlassen und war in den weitläufigen Hof hinuntergestiegen, wo ihr Liebster sich eben anschickte, sich aufs Pferd zu schwingen, um zusammen mit einigen aufs Beste gerüsteten Freunden innerhalb kürzester Zeit reinen Tisch zu machen.

KAPITEL 89

DER TAG DER GROSSEN SCHLACHT schien unmittelbar bevorzustehen.

Hasso hatte seinen Vater wissen lassen, dass er nun, Anfang November 1632, mit dem Heer der Katholischen nach Norden ziehen werde, weil General Albrecht von Wallenstein in Sachsen die Entscheidung zwischen sich und dem schwedischen Monarchen suchen wolle.

»In den ersten Novembertagen ist Gustav Adolf nach Erfurt gereist, um seiner Gemahlin Lebewohl zu sagen«, berichtete er seinem Vater Ferfried. »Von dort aus hat sich der König zu seiner bereits wartenden Armee begeben.«

Endlich war es so weit.

Obwohl alle zitterten vor diesem Kampf, den man mit aller Erbitterung führen würde, war man doch insgeheim erleichtert, dass sich nun so etwas wie ein Ende dieses schrecklichen Krieges abzuzeichnen begann. Mochte er nun ausgehen, wie er wollte: In Deutschland würde er nur Besiegte hinterlassen. Jahrzehnte mochte es dauern, ehe wieder so etwas wie Normalität in deutschen Städten und auf dem genauso arg gebeutelten Land Einzug hielte. Mit am schlimmsten war der Aderlass an

Menschenleben; mittlerweile waren bereits ganze Landstriche entvölkert.

Wer jetzt eine Beschreibung vom Äußeren des schwedischen Königs erhielt, hörte nichts mehr von einem »strahlend jungen, blonden, nordischen Kriegsgott«. Die Rede war nun von einem »Mann in mittleren Jahren, korpulent, ein wenig müde und erschöpft, voll düsterer Todesahnungen«.

Von seinem Feldkaplan Fabricius war später zu hören gewesen, der König habe sich vor »einem eifersüchtigen Gott« gefürchtet, der ihm seine Beliebtheit übel nehmen könnte …

In der Düsternis eines unfreundlichen Novembermorgens hatte die Schlacht bei einem Ort namens Lützen begonnen, einer Stadt südwestlich von Leipzig. Man schrieb den 16. November 1632.

Bereits um fünf Uhr morgens hatte Gustav Adolf die Führung übernommen. Das Kriegsglück schien ihm zunächst hold zu sein. Das sollte sich jedoch ändern, als sich dichter Nebel über das Schlachtfeld legte.

Von dem, was sich danach ereignete, gab es keinen einzigen Augenzeugenbericht, aber man nahm an, dass Gustav Adolf im allgemeinen Getümmel zwischen die feindliche Kavallerie geraten war.

Nicht nur der König, auch sein mächtiges Schlachtross wurde verwundet. Den Herrscher selbst hatte ein Schuss in den Rücken getroffen, sodass er vom Pferd fiel, das ihn ein Stück weit mitschleifte. Verzweifelt versuchte er daraufhin, sich aus den Steigbügeln zu befreien – was ihm auch gelang –, aber, noch am Boden liegend, traf ihn ein tödlicher Kopfschuss.

Wie ein Lauffeuer verbreitete sich die Nachricht von seinem Tod. Und damit schien die schwedische Niederlage besiegelt.

Aber die Gegenseite hatte sich zu früh gefreut. Bernhard von

Sachsen-Weimar und die tapferen schwedischen Soldaten retteten den Sieg. Aufs Äußerste erbittert über den Fall ihres Königs, fochten sie wie die Berserker. Bei Einbruch der Nacht waren beide Armeen erschöpft.

Wallenstein hatte das Schlachtfeld verlassen, aber Bernhard von Sachsen-Weimar und die Schweden hatten die gesamte kaiserliche Artillerie in ihrer Hand. Beide Seiten beanspruchten zwar den Sieg für sich, jedoch Gustav Adolfs Armee war Herr über das Schlachtfeld, wenn auch mehr als fünftausend Schweden gefallen waren.

Unter ihnen fand man auch den Leichnam des Königs. Der erst neununddreißig Jahre alte Herrscher war bis aufs Hemd ausgeplündert und lag mit dem Gesicht im blutigen Schlamm.

Die Protestanten erfüllte die Nachricht von seinem Tod mit ungläubigem Entsetzen. Man wollte erst gar nicht daran glauben, und noch Tage später wettete man in London, das Gerücht wäre falsch.

Es wurde sogar behauptet, Papst Urban VIII. hätte über Gustav Adolfs Tod getrauert – aber dies durfte man getrost ins Reich der Fabel versetzen, obwohl gerade dieser Heilige Vater des Öfteren durch höchst unorthodoxe Bemerkungen Aufsehen erregt hat.

Fest stand in Kürze nur eines: Wer etwa geglaubt hatte, mit dem Ableben des »Löwen aus Mitternacht« wäre nun Frieden eingekehrt in deutschen Landen, der sah sich bitter getäuscht.

»Jetzt erst recht«, schien die Devise des Wahnsinns zu lauten; der elende Krieg ging weiter.

Über Schloss Ruhfeld und Graf Ferfried hatte sich Unheil zusammengebraut. Der merkwürdige »Heiler«, Rutengänger und angebliche Entdecker von ergiebigen Silberbergwerken, den ihm sein Schlossvogt Anselm von Waldnau präsentiert hatte, entpuppte sich als ein entlaufener Söldner.

Das war an sich sein gutes Recht. Niemand konnte einen Mann zwingen, in ein Heer einzutreten, wenn er nicht wollte. Der Gute hatte nur eine Kleinigkeit vergessen: Er hatte erst Handgeld von den Kaiserlichen genommen und sich dann in die Büsche geschlagen. Den Sold aber hatte er behalten.

In seiner Naivität hatte der Bursche geglaubt, man würde ihn nicht suchen, aber da hatte er sich verkalkuliert: Auf Ruhfeld'schem Boden hatte man den Schlauberger gesehen und zwei Offiziere Seiner kaiserlichen Majestät hatten sich eines Tages bei Graf Ferfried melden lassen, um »Dringliches« mit ihm zu besprechen.

Der alte Graf war furchtbar erschrocken – vermutete er doch eine schlimme Nachricht seinen Sohn Hasso betreffend, der nach der Schlacht bei Lützen – die er zwar heil überstanden hatte, wie Ferfried inzwischen wusste – noch nicht nach Hause zurückgekehrt war.

Er war daher sehr erleichtert, dass es sich bloß um diesen Wirrkopf handelte, den er längst über alle Berge wähnte. Sein Vogt hatte große Stücke auf den Burschen gehalten, weil der es immerhin geschafft hatte, nach langem Hin und Her festzustellen, dass die bewusste Silbermine doch ein erneutes Ausbeuten wert wäre.

Man müsste bloß einen kurzen Seitenstollen durchbrechen, um an das wertvolle Silber zu gelangen, welches dort angeblich »in reichlichem Maße« vorhanden wäre ... So lange einem allerdings die Schweden als Besatzer auf der Pelle saßen, kamen Arbeiten in dem Bergwerk »Silbergründle« natürlich nicht infrage.

Graf Ferfried hatte in der Tat geglaubt, der Mann hätte sein Geld kassiert und wäre längst weitergezogen. Indessen hielt der sich aber nach wie vor im Dorf Reschenbach auf und verdrehte den Leuten mit allerlei Unfug die Köpfe. Er hantierte mit Vorliebe mit Gebeinen von Toten und behauptete, diese wären ein probates Mittel, um jegliches Unheil abzuwehren und um Glück zu erlangen. Und wer wollte das nicht? Der Bursche lebte nicht schlecht als Wünschelrutengänger, Handaufleger, Gesundbeter und Wahrsager. Auf sein Geheiß gaben viele Bauern die zerriebenen Knochen von Toten in den Schweinetrank, um dadurch besonders große und fette Säue heranzuziehen.

Die nötigen Gebeine besorgte der »Heiler«, welcher sie sich teuer bezahlen ließ, indem er den Leuten von den Gefahren vorschwindelte, denen er sich aussetzte, um an dieselben zu gelangen. Dass es sich um Tierknochen handelte, die er im Wald gefunden oder bei Schlachtungen »erbeutet« hatte, das brauchte er ja keinem auf die Nase zu binden …

Irgendjemand hatte ihn nun bei den Behörden angezeigt, und man jagte ihn seitdem als gottlosen Übeltäter. Er hatte jedoch rechtzeitig davon Wind bekommen und sich umgehend auf Ruhfeld'schen Grund und Boden verzogen, nämlich in eine halb verfallene Schäferhütte auf der gräflichen Schafweide, wo man ihn aber alsbald aufstöberte.

Ferfried, der sich vor den beiden kaiserlichen Offizieren verantworten sollte, wieso er diesen ketzerischen Burschen nicht dem Gericht gemeldet hätte, bei dem es sich doch offensichtlich um einen gottlosen Zauberer und abtrünnigen Soldaten dazu handelte, war aus allen Wolken gefallen. »Von Zaubereien ist mir nichts bekannt«, behauptete er stur. »Ich weiß nur, dass dieser Mann mit Hilfe einer Haselrute Wasser im Boden zu finden vermag. Das aber können viele, und das Rutengehen ist meines Wissens nicht verboten. Da wir auf Ruhfeld aber keinen Bedarf an zusätzlichen Brunnen haben, habe ich ihn wegschicken lassen.

Dass er sich noch in der Gegend aufhält, habe ich nicht gewusst und genauso wenig von seinen sonstigen Unternehmungen. Und dass er Handgeld von den Kaiserlichen genommen hat – woher, in Gottes Namen, hätte ich davon wissen sollen?«

Ferfried blieb bei seiner Aussage, und die Kaiserlichen konnten ihm das Gegenteil nicht beweisen, obwohl der Graf gemerkt hatte, dass sie ihm kein Wort glaubten.

Vor allem der jüngere der beiden österreichischen Offiziere reagierte mit Spott. Er hakte mehrmals nach, und als er dann noch eine unziemliche und zugleich hämische Bemerkung über die »merkwürdige« Freundschaft der Grafentochter mit einer »überführten Hex« fallen ließ, reichte es Ferfried endgültig.

»Ich werde mich bei Kaiser Ferdinand persönlich beschweren über diese Inkommodiererei durch zwei seiner Subalternen«, schrie er unbeherrscht und so laut, dass Salome ängstlich herbeieilte, um nachzusehen, was ihren lieben Herrn so in Rage brachte.

Als die Bürgi den Grund erfuhr, lief sie zu Hochform auf: Ganz in der Manier einer großen Dame ließ sie den Herren durch Ferfrieds Kammerdiener die Tür weisen, obwohl der Ältere noch versuchte, sich für seinen übereifrigen Kameraden zu entschuldigen.

»Wenn sich Seine gräflichen Gnaden der unverschämten Unterstellungen wegen so erregt haben sollten, dass Seine Gnaden wieder einen gesundheitlichen Rückschlag erleiden, dann können die Herren aber was erleben«, rief die Gute den schleunigst den Rückzug antretenden Offizieren noch nach.

Der arme Teufel allerdings, der auf seine Weise versucht hatte, sich die Unwissenheit des Volkes zunutze zu machen, ging schweren Zeiten entgegen. Es wurde Anklage gegen ihn erhoben wegen Betrug und Leichenschändung, aber das Hauptverbrechen lag in seiner Hexerei, die er mit den Knochen und den Sargnägeln betrieben habe.

Bertold Munzinger, der Oberste Richter, hatte wieder ein Opfer – und dieses Mal eines, nach dem kein Hahn krähte und für das mit Sicherheit niemand die Hilfe der Gelehrten in Straßburg in Anspruch nahm oder die der Richter vom Reichskammergericht in Wetzlar – und Fridolin Ganzer, Martin Scheibles Nachfolger, hätte in Kürze wieder Arbeit …

Graf Ferfried aber war sich sicher, dass man ihn und die Seinen von nun an wieder ganz genau im Auge behalten würde.

KAPITEL 90

Jakob Hagenbusch und der Graf von Ruhfeld trennten sich mit einem Handschlag. Die Männer hatten sich darauf geeinigt, die Mine auszubauen und erneut in Betrieb zu nehmen.

»Mal schauen, ob uns das ›Silbergründle‹ dieses Mal mehr Glück bringt«, meinte der ehemalige Schultheiß, und sein Gegenüber wusste schon, was er damit sagen wollte.

Eigentlich sollte Jakob längst wieder im Amt sein, denn ein Heimburger, wie man die Schultheißen auch nannte, wurde im Allgemeinen auf Lebenszeit ernannt; aber Helenes Vater wollte nach dem ganzen schaurigen Geschehen mit seiner Tochter und den Vorbehalten, die einige Dorfbewohner immer noch gegen seine Sippe hegten, nichts mehr von einem Dienst für die Allgemeinheit wissen.

Er, Jakob Hagenbusch, wollte bloß noch für sich und seine Restfamilie da sein. Nach dem Weggang des Georg war das nur noch sein Eheweib Walburga, welches man neulich nach einer äußerst kurzen Haft aus dem Hänsele-Turm hatte entlassen müssen. Nach dem kurzen Zwischenspiel von Andreas Sütterlin war es nun der Schmied von Reschenbach, Wolfgang Eberle, der die Geschicke des Ortes lenkte. Der Jakob war's zufrieden.

»Ich habe mir gedacht, Jakob, dass wir beide uns den eventuellen Gewinn aus der Erzmine hälftig teilen. Deinen Anteil könnte ich mir als Mitgift für deine Tochter Helene vorstellen, sobald sie wieder da ist. Und meine Hälfte muss ich wohl dem Kaiser abtreten – wegen eines Gelöbnisses, das ich vor Jahren ein wenig voreilig gemacht habe.«

Hagenbusch merkte wohl, dass seinen alten Freund das schlechte Gewissen immer noch plagte – was er aber völlig in Ordnung fand.

Das Geld, welches diese vermaledeite Silbergrube hoffentlich erbrachte, könnte er gut gebrauchen, um seinem Helen die Ehe mit einem Mann von Stand zu ermöglichen. Seine Tochter war keine dumme Bauerntrine, sondern ein gebildetes Mädchen, das man nicht sein Lebtag lang in eine Küche und einen Kuhstall verbannen konnte.

Er hoffte, dass sie inzwischen wieder an Leib und Seele gesund war und keinen allzu großen Schaden davongetragen hatte – womöglich einen, der ihr eine Heirat unmöglich machte.

Das war auch Walburgas größte Sorge, dass der Scheible und seine Gesellen sie womöglich »ruiniert« hätten …

Außerdem durfte man nicht vergessen, dass dem Helen immer der Geruch der Hexerei anhaften würde. Umso wichtiger erschien dem Bauern daher eine ansehnliche Mitgift, womit er einen potenziell geeigneten Schwiegersohn ködern konnte.

Er selbst war zwar nicht arm, aber zusätzliches Vermögen aus der Silbermine wäre nicht zu verachten, zumal er einen guten

Ehemann für sein Kind ja möglichst weit entfernt erst einmal suchen und sich daher auf eine weite Reise begeben müsste …

›Das alles wird erst möglich, wenn dieser gottverdammte Krieg zu Ende ist‹, dachte er voll Ingrimm.

Das Herz war beiden Männern schwer. Der Graf war unglücklich über die Abwesenheit seines Sohnes. Seit der Nachricht, dass Hasso die Schlacht bei Lützen heil überstanden hatte, hatte er nichts mehr von ihm gehört. Und das war immerhin bald zwei Monate her.

Von der Schwiegertochter wusste er nur, dass ihre Niederkunft unmittelbar bevorstand – was immer das heißen mochte. Er hatte jedenfalls seit zwei Wochen nichts über die Geburt eines Enkelkindes erfahren.

Was mit Adelheid war, vermochte er ebenfalls nur zu ahnen. Wie es den Anschein hatte, hatte sie sich in einen französischen Edelmann verliebt – etwas, was dem alten Ferfried nicht unbedingt schmeckte. Er traute den Franzosen nicht. Und seitdem Ludwig XIII., »Seine allerkatholischste Majestät«, gemeinsame Sache mit den Protestanten machte, verstand er die Welt sowieso nicht mehr: Wieso ihn der Papst deshalb nicht exkommunizierte, würde ihm immer ein Rätsel bleiben …

›Hoffentlich verrennt sich meine schöne und kluge Tochter nicht in eine Sache, die sie später bitter bereuen wird‹, dachte er und seufzte.

Jakob Hagenbusch machte sich um seinen Sohn Georg große Sorgen: Immerhin waren die kaiserlichen Behörden hinter ihm her. Als Mörder wurde er gesucht, und er hatte sich dem behördlichen Zugriff durch Flucht entzogen. ›Irgendwann muss er nach Hause kommen und dann wird man ihn schnappen‹, vermutete sein Vater. ›Ob ihm dann sein Einsatz in Ungarn für die kaiserliche Armee von Nutzen sein wird, ist mehr als fraglich. Die Herren werden sich wegen ein paar ungarischen Gäulen wohl kaum umstimmen lassen und einen des Mordes an österreichischen Wachsoldaten Verdächtigen einfach laufen lassen. Im Gegenteil: Foltern wird man ihn, um die Mittäter herauszufinden.‹

Es bestand für die beiden alternden Männer in der Tat kein Grund, hoffnungsfroh in die Zukunft zu blicken.

Das nächste Schreiben von Pater Ambrosius Feyerling ins Château Beauregard erfüllte die Comtesse Adelaide teils mit unbändiger Freude und teils mit großer Trauer.

Hasso war Vater eines kleinen Sohnes geworden. Der Junge war groß, kräftig und gesund und berechtigte zu den schönsten Hoffnungen, das Säuglingsalter zu überstehen – etwas, was keineswegs selbstverständlich war.

Auch die Kinder der Vornehmen starben in großer Anzahl bereits im Kleinkindalter, aber Ferfrieds Enkel schien gesund zu sein.

Leider hatte des Knaben Eintritt ins Leben dasjenige seiner Mutter gekostet: Gisela von Württemberg war bei der Geburt gestorben. Adelaide war wie vor den Kopf geschlagen. Sie fühlte unendliches Mitleid mit der Ärmsten, deren Leben viel zu kurz gedauert hatte, ja, die eigentlich erst begonnen hatte, ihr eigenes Leben als Frau zu führen – das einer jungen Mutter war ihr nicht vergönnt gewesen.

Ferfrieds Tochter empfand die drückende Last des schlechten Gewissens, weil sie viele Vorbehalte gegen die Gemahlin ihres Bruders gehegt hatte, ohne diese überhaupt zu kennen. Ohne groß nachzudenken, hatte sie die junge Frau mit ihrem arroganten Bruder in einen Topf geworfen – etwas, das ihr nun schwer auf der Seele lag.

Der nichts ahnende, mutterlose Säugling lebte noch bei seinen Großeltern in Stuttgart, aber irgendwann würde Hasso seinen Sohn nach Hause holen. Welche Frau war dann auf Ruhfeld, die sich um den Kleinen kümmern konnte?

Der junge Witwer würde nicht rechtzeitig eine zweite Gemahlin finden, und einer Salome Bürgi würde man wohl kaum die Aufzucht und Erziehung des Erben von Ruhfeld überlassen.

Ganz abgesehen davon, dass diese Frau ihr Bestes versuchen würde, wären der Herzog und die Herzogin von Württemberg sicher nicht damit einverstanden, den Sohn ihrer Tochter einer ehemaligen »Hübschlerin« anzuvertrauen …

Adelaide überlegte hin und her, aber das Ergebnis ihrer Überlegungen war stets das Gleiche: Sie musste irgendwie nach Hause gelangen.

KAPITEL 91

Die Unruhen im Burgundischen waren beendet, kaum dass sie ausgebrochen waren. Die Aufständischen hatten sich blutige Nasen geholt; viele waren draufgegangen bei den Kämpfen mit ungleichen Mitteln – ganz so, wie Helene es vorhergesagt hatte.

»Für die kommende Zeit wird Ruhe einkehren – bis zum nächsten Mal«, prophezeite der Comte de Grandbois, welcher gut gelaunt nach zwei Wochen wieder in den Hof von Schloss »Beauregard« geritten kam.

Adelaide begrüßte ihn mit überschwänglicher Freude; gottlob war ihrem Liebsten nichts geschehen.

Dass die Angelegenheit nicht ganz so einfach gewesen war, erfuhr sie beim anschließenden Freudenmahl in der Großen Halle des gräflichen Palais. Graf Bernard bemühte sich zwar, das Scharmützel als Bagatelle hinzustellen, musste aber nach einer Weile doch mit der Wahrheit herausrücken; und die besagte, dass immerhin etliche Adelige den Tod bei den blutigen Auseinandersetzungen gefunden hatten.

»Das ist ja entsetzlich«, entfuhr es Adelaide. Aber ehe sie sich weiter aufregen konnte, ließ der Comte sie etwas wissen, was ihr nicht gerade das Herz bluten ließ.

»Den Chevalier de Grenelles, Herrn von Chastenay, haben, wie es den Anschein hatte, seine eigenen Leute umgebracht. Er pflegte sie nämlich mit ausgesuchter Brutalität zu behandeln; und dass er bei der Schändung seines weiblichen Personals nicht einmal vor Kindern zurückschreckte, das haben sich die Leute lange Zeit gefallen lassen«, berichtete Bernard de Grandbois.

»Aber irgendwann ist jede Geduld erschöpft. Man hat den Chevalier, zusammen mit seinem Diener, Pierre Augustin, erschlagen in den Grotten von d'Arcy gefunden, unweit des Flüsschens Cure, ganz in der Nähe seines Herrensitzes.«

Adelaide war sprachlos. Erst nach einer kleinen Weile fand sie Worte – aber keine des Bedauerns. »›Der liebe GOTT schaut oft lange zu, ehe er straft‹, pflegte daheim auf Ruhfeld unser guter Vater Ambrosius zu behaupten. ›Wenn wir Menschen, die wir stets so ungeduldig sind, schon längst nicht mehr mit Gerechtigkeit rechnen und glauben, der HERRGOTT hätte uns vergessen, dann auf einmal zeigt uns der HERR, dass er niemals etwas vergisst – weder Gutes, noch Böses‹, das hat der Pater oft gesagt.«

»Das ist wohl so«, erwiderte der Graf, »unser Schlosskaplan führt immer die Worte: ›Die Rache ist mein, spricht der

HERR‹, im Munde. Damit meint er wohl im Grunde das Gleiche.«

Dann sprach man über andere Dinge.

An diesem Abend sah der Comte, wenn auch äußerst ungern, ein, dass er sich mit dem Gedanken vertraut machen musste, seine Geliebte in Kürze zu verlieren. Das hieß, sofern er nicht etwas dagegen unternahm …

Seit Gustav Adolfs Tod in der Schlacht bei Lützen hatten die Kriegsgräuel um ein Vielfaches zugenommen. Keiner war mehr da, der mäßigend auf die Männer einwirkte. Schluss war mit gemeinsamen Gebeten jeden Morgen und Abend, und die jetzt zumeist bloß noch sporadisch abgehaltenen Feldgottesdienste besuchten nur noch wenige.

Die Männer im schwedischen Heer kämpften wie die Besessenen, und gegen die Zivilbevölkerung gingen sie vor, als wären es lästige Fliegen, die man erschlug, wenn sie einen behelligten.

Die Angst vor dem »Schwedentrunk« ging allgemein um, obwohl keiner mehr zu sagen vermochte, ob diese Perversität tatsächlich eine Erfindung der Schweden gewesen war.

Dass man widerspenstigen Bauern, die sich weigerten, ihr letztes Schaf zu opfern oder ihr allerletztes Huhn herzugeben, gewaltsam den Mund öffnete und mittels eines Trichters Jauche in den Schlund goss, war mittlerweile allgemein übliche Praxis.

Viele der entsetzlichen Verstümmelungen gingen nicht auf das Konto von »ehrlichen« Kampfhandlungen, sondern wurden den Leuten durch marodierende Krieger beigefügt.

Weiber und Männer, Kinder und Greise, Junge und Alte gleichermaßen wurden zu Opfern dieses großen Krieges, der sich anschickte, noch weitere Jahrzehnte in Deutschland zu wüten.

Ferfried schrieb seiner Tochter einen Brief, in dem er ihr ausdrücklich verbot, in die Heimat zurückzukehren.

»Es ist viel zu gefährlich. Eine derartige Reise würden drei Frauen kaum unbeschadet überleben. Und in der Ortenau ist keineswegs das Paradies. Man hat uns im Visier«, schrieb er und erging sich in vagen Andeutungen.

Aber seine Tochter wurde sehr wohl schlau daraus. Nach wie vor war man hinter »Unholdinnen« her, und es ging sogar das Gerücht um, dass auf habsburgischem Territorium demnächst die HEILIGE INQUISITION Fuß fassen sollte.

Das wäre allerdings ein herber Schlag: Bedeutete es doch, dass die Gerichte nicht mehr angewiesen waren auf angebliche »Zeugen« einer zauberischen Untat, sondern dass ein herumschnüffelnder »Inquisitor« von sich aus Anklage erhob gegen Personen, denen er misstraute oder welche der Regierung missliebig waren. Daraufhin würde eine »Säuberungswelle« durchs Land gehen, die ihresgleichen suchte.

Das waren keine guten Neuigkeiten. Regelrecht erschrocken war die junge Frau und wollte anfangs nicht darüber sprechen, aber Helene gelang es, sie zum Reden zu bringen.

»Solange es so ist, bleiben wir natürlich hier. Es wäre doch ausgesprochen töricht, uns unaufgefordert in die Höhle des Löwen zu begeben«, sagte die Tochter von Jakob Hagenbusch.

»Und Hassos kleiner Sohn?«, wagte die Gräfin einzuwerfen, aber die Freundin winkte ab.

»Solange dein Bruder keine neue Gemahlin hat, ist das Kind bei seinen Großeltern gut aufgehoben. Und sollte er nicht mehr heiraten, findet sich eine andere Lösung. Der Kleine wäre nicht das erste Kind, das mutterlos aufwächst. Wozu gibt es Gouvernanten und Erzieher? Schon manchmal habe ich mir gedacht, dass die Mutter bei der Erziehung von adeligen Sprösslingen am unwichtigsten ist. Du selbst, Adelheid, sowie dein Bruder, ihr habt eure Mutter doch gleichfalls verloren, als ihr noch kleine Kinder gewesen seid.«

Dagegen konnte die Comtesse nichts sagen. Vorerst würde also alles beim Alten bleiben.

Die Liebesnacht, welche das Paar Adelaide und Bernard nach seiner ersten Trennung verbrachte, war traumhaft schön. Mit aller Leidenschaft, wozu der junge, verliebte Edelmann fähig war, bewies er seiner schönen Geliebten, wie sehr er sie liebte und begehrte.

Während einer kleinen Pause in ihrem »Liebeskampf«, als beide wohlig erschöpft nebeneinander lagen, begann der Comte, ihr seine Pläne bezüglich einer gemeinsamen Zukunft zu erläutern.

»Ich hatte jetzt Zeit und den nötigen Abstand, um mir darüber gewiss zu werden, dass ich Euch auf keinen Fall verlieren möchte, Chérie. Und weil es nicht angeht, dass Ihr als unverheiratete Frau auf Dauer mit mir, einem Junggesellen, unter einem Dach lebt, werden wir in Kürze heiraten. Das heißt, wenn Ihr mich als Euren Gemahl haben wollt.«

Dieser Vorschlag kam für Adelaide gar nicht so unerwartet; längst hatte sie bemerkt, wie viel sie Bernard bedeutete. Sie war über seinen Antrag hocherfreut und nahm ihn umgehend an.

»Natürlich will ich Euch, Bernard, zum Mann. Nur habe ich mir meine Hochzeit immer ganz anders vorgestellt. Mein Vater sollte mich Euch als Braut übergeben und meinen Bruder und alle unsere Freunde hätte ich mir als Zeugen und Gratulanten gewünscht. Aber ich sehe ein, dass ich darauf wohl verzichten muss.«

»Ja, Liebste, das tut mir wirklich leid. Doch wie es aussieht, werden wir uns mit meiner Großmutter Charlotte und meiner kleinen Schwester, Marie-Madeleine, begnügen müssen – sollte sie Urlaub von der Ehrwürdigen Mutter bekommen. Aber ich verspreche Euch, noch einige Verwandte dazu einzuladen, um Euch nicht das Gefühl zu geben, dass das Geschlecht der de Grandbois nur noch aus mir, einer Greisin und einer Nonne besteht.«

Danach hatten sich die beiden wieder dem uralten und dennoch ewig neuen und aufregenden Spiel der Liebe hingegeben. Erst als in der Ferne die ersten Hähne krähten, sanken beide ermattet in den wohlverdienten Schlaf.

Gleich am folgenden Tag würden Adelaide und Bernard ihren Vater Ferfried um seine Erlaubnis zur Heirat bitten.

Alles, angefangen von der Brautwerbung, über die Zeit ihrer Verlobung bis hin zur Hochzeit ohne Anwesenheit von Eltern und Geschwistern – nicht zu vergessen den Wegfall der üblichen Verhandlungen betreffs der Mitgift der Braut – war eigentlich ein Schlag ins Gesicht der guten Sitten. Aber die Zeiten waren nicht danach, alles den alten Gebräuchen gemäß abzuwickeln. Manchmal musste man eben andere Wege gehen …

KAPITEL 92

Graf Ferfried von Ruhfeld machte es sich nicht leicht. Ehe er der Heirat seiner Tochter mit einem Unbekannten zustimmte, zog er allerhand Erkundigungen über den französischen Edelmann ein, der sich anschickte, sein Schwiegersohn zu werden.

Er ließ dabei wieder alte Verbindungen zur erlauchten Familie der Visconti – einem Nebenzweig, die Hauptlinie war bereits im 15. Jahrhundert erloschen – seiner verstorbenen Gemahlin Sybilla in Mailand aufleben. Die Habsburger behelligte er lieber nicht damit …

Erst als von dort nach einiger Zeit ermutigende Nachrichten bezüglich des aufrechten Charakters des Comte Bernard und seiner glänzenden Vermögensverhältnisse sowie der untadeligen Familienehre der Grandbois ganz allgemein eintrafen, war der Adelige aus der Ortenau bereit, sein Plazet zu erteilen.

Im Grunde war der Ruhfelder erleichtert, seine geliebte Adelheid versorgt zu sehen. Dank der Pflege von Salome fühlte Ferfried sich zwar wieder »so gut wie neu«, aber ewiges Leben war auch ihm nicht vergönnt. Da war es schon besser, wenn seine Tochter eine eigene Familie gegründet hatte und nicht auf das Wohlwollen ihres Bruders angewiesen war.

Wer konnte schon sagen, wen er sich als nächste Gemahlin aussuchen würde? Und zwei junge Frauen unter einem Dach, von denen jede das Regiment führen wollte – das würde auf die Dauer nicht gut gehen.

Man war übereingekommen, Adelheids Mitgift vorerst auf Ruhfeld zu belassen. Die Verkehrswege waren viel zu unsicher, um Bargeld, Schmuck und anderes wertvolles Gut der Beförderung durch Postkutschen zu überlassen. Sie wurden ständig überfallen und ausgeraubt, und bald würde man den Betrieb wohl völlig einstellen.

»Irgendwann, in weniger gefahrvollen Zeiten, werden wir, mein Gemahl und ich, Euch, liebster Vater, aufsuchen, und dann können wir alles Weitere regeln. Grüßt ganz herzlich

Frau Salome und meinen Bruder Hasso, sobald er wieder bei Euch ist. Es tut uns sehr leid um seine Gemahlin Gisela, die der HERR zu sich genommen hat, und wir wünschen ihm desto mehr Freude an seinem Söhnchen, dem kleinen Fritz.«

Hasso hatte seinen Sohn nach seinem Vater benannt und nach seinem schwäbischen Schwiegervater Friedrich Ulrich: Ferfried Ulrich Friedrich. Gerufen wurde der Kleine »Fritz«, und für sein leibliches Wohl sorgten eine Kinderpflegerin, eine eigene Dienerin und eine Gouvernante – alles Frauen, die sein Großvater Ferfried höchstpersönlich für seinen ersten Enkel ausgesucht hatte, nachdem sein Sohn Hasso seinen Sprössling aus Württemberg mitgebracht hatte.

Im Alter von sechs Jahren würde der kleine Graf einen Mann als Erzieher erhalten, der die »männlichen Tugenden« in dem Knaben zur Entfaltung bringen sollte, als da waren Jagen und Kämpfen. Aber bis dahin war noch viel Zeit.

Adelheids Eheschließung mit einem Franzosen hatte neben vielen anderen noch einen unschätzbaren Vorteil: Geschützt durch ihren adligen Gemahl, war sie kein »Flüchtling« mehr und hatte es nicht mehr nötig, falsche Papiere zu benützen. Sie hatte daher beschlossen, endgültig zu ihrem richtigen Namen zurückzukehren, ebenso wie ihre Freundin Helene und die Zofe Ursula, die sich nie recht mit dem Vornamen Anne hatte anfreunden können. Lediglich der Comte würde bei Adelaide bleiben, weil er das deutsche Adelheid nicht aussprechen konnte und bei Helene ließ er das H einfach weg.

Sollte sie ihren Vater in Deutschland besuchen, konnte sie niemand mehr unter dem Vorwand festnehmen, vor Jahren einer Hexe geholfen zu haben. Als Ehefrau eines französischen Grafen unterstand sie nicht mehr der Jurisdiktion ihres Heimatortes, und in Frankreich interessierte sich niemand für ihre Vergangenheit in der Ortenau.

Adelheids Sorge galt nunmehr nur ihrem lieben Helen, welches nach wie vor gewärtig sein musste, beim Grenzübertritt gefasst und erneut vor Gericht gestellt zu werden.

»Ist Euch der Name Oudewater ein Begriff, Madame?«, fragte der Comte seine Frau eines Abends, als sie gemütlich am prasselnden Kaminfeuer in der Halle von Schloss Beauregard beieinandersaßen.

Die Damen stickten, und der Hausherr hatte sich eben eine mit fein geschnittenen Tabaksblättern gestopfte Pfeife angezündet – ein Laster, welches aus den überseeischen Kolonien stammte und in Europa seinen Einzug gehalten hatte, zum Leidwesen der weiblichen Schlossbewohner, welche das für ihre Begriffe eklig stinkende Kraut hassten wie die Pest.

»Nein, bedaure, Monsieur. Was hat es damit auf sich?«, erkundigte sich Adelheid und versuchte dabei unauffällig, die grässlichen Qualmwolken von sich wegzupusten.

»Es ist eine niederländische Stadt, und wir werden demnächst nach Holland reisen, Chérie; dabei werden wir auch Oudewater einen Besuch abstatten.« Der Comte lächelte dabei still in sich hinein, aber er verweigerte alle weiteren Auskünfte, wozu er gerade diese Reise plante.

Obwohl Adelheid viel lieber geritten wäre, nahm man auf Anraten des Comte doch die Kutsche für die Damen mit.

»Wer weiß, ob Hélène imstande wäre, weite Strecken im Sattel zu schaffen, ma chère Adelaide?«, sagte er, nach wie vor die gewohnten Namen benützend, da die deutschen für ihn zu zungenbrecherisch waren. Seine Frau musste ihm beschämt beipflichten.

Eigentlich wäre es ihre Obliegenheit gewesen, auf solche Dinge, welche ihre Herzensfreundin direkt betrafen, zu achten. Sie rechnete es ihrem Mann hoch an, dass er so einfühlsam war.

Ursula aber freute sich ganz offen, denn sie konnte nicht gut reiten und mochte Pferde überhaupt nicht, weil sie Angst vor ihnen hatte. Der einzige Wermutstropfen für sie war, dass sie sich von ihrem Jules für eine Weile trennen musste.

Auch die Zofe und ihr Geliebter Jules Ravin hatten ihre Verbindung inzwischen mit der Erlaubnis des Comte einsegnen lassen und das verliebte Mädchen war ein wenig verzagt. »Ob mein Mann mich während der Zeit meiner Abwesenheit wohl vergessen wird?«

Aber Adelheid tröstete sie: »Mach dir keine Gedanken, Ursula«, tröstete Adelheid sie. »So eine wie dich vergisst kein Kerl so leicht.«

Daraufhin hatte die Zofe herzhaft lachen müssen. »In den letzten Nächten habe ich mein Möglichstes getan, Madame la Comtesse; zumindest in nächster Zeit wird er keine andere anschauen – darauf möchte ich schwören«, hatte die Zofe geantwortet und gelacht.

So wie Bernard de Grandbois die Reiseroute geplant hatte, war sie die reinste Erholung. Kleine Tagesetappen überanstrengten niemanden, und abends waren die Damen nicht so kaputt, wie sie es normalerweise bei einer Reise über die miserablen Landstraßen Frankreichs gewesen wären.

Der Comte hatte auf ihrem Weg durch Frankreich Besuche bei entfernten Verwandten oder bei alten Bekannten eingeplant, denen er auf diese Weise seine strahlendschöne Gemahlin vorstellen konnte. Seit ihrer Hochzeit schien Adelheid noch attraktiver geworden zu sein.

Die frischgebackene Ehefrau fühlte sich rundum glücklich. Angst vor Überfällen brauchte sie nicht zu haben, wurden sie doch von einem ganzen Trupp gut bewaffneter Knappen und Knechte bewacht. Im Verlauf der Reise hatten sich ihnen noch junge Edelleute angeschlossen, welche dem neu vermählten Paar das Geleit gaben.

Unweit der niederländischen Grenze kam es für Adelheid und ihre beiden Damen sogar zu einem ganz besonderen Wiedersehen: »Doktor Weinlaub, mon Dieu; welch eine freudige Überraschung! Was führt Euch denn nur in diese Gegend, Monsieur?«, rief die Comtesse erstaunt aus.

Auch Aaron Weinlaub war sichtlich gerührt, als er die Damen erkannte. Die Gräfin konnte nicht anders, sie umarmte den alten Mann, dem sie immerhin Wesentliches zu verdanken hatten.

Hocherfreut stellte sie den alten, jüdischen Medicus ihrem Gatten vor. Man unterhielt sich angeregt, wobei der Arzt Adelheids Mann scharf ins Auge fasste.

Die Prüfung schien aber günstig auszufallen, denn die Miene des erfahrenen, betagten Mannes erhellte sich gleich darauf. Er gratulierte dem jungen Paar, erzählte dann eine ganze Menge von sich, vermied es aber, Adelheids anfängliche Frage zu beantworten.

Bald würde er nach Straßburg zurückkehren und seinen Dienst wieder bei Bischof Leopold antreten, ließ er die Comtesse wissen. Kardinal Richelieu sei wieder so weit hergestellt, dass man die Behandlung ruhig anderen Ärzten überlassen könne.

Als er hörte, dass man in den Niederlanden die Stadt Oudewater aufsuchen wollte, nickte er verständnisvoll. »Das ist sehr gut«, lobte er. Dann nahm er Adelheid beiseite und beglückwünschte sie zu ihrem Ehemann, welcher ein Mann der Vernunft, der Vorausschau und der Fürsorglichkeit zu sein scheine und obendrein ein gutes Herz besäße – was er auf den ersten Blick hätte sehen können …

Man wünschte sich gegenseitig GOTTES Segen, ehe man wieder voneinanderschied.

»Wenn ich nicht bald erfahre, was es mit diesem seltsamen Oudewater auf sich hat, platze ich noch vor Neugier«, rief die schöne Gräfin temperamentvoll aus, aber ihr Gemahl lächelte bloß.

»Geduld, mein Schatz, bald wirst du es wissen.«

Jemanden von der Eskorte auszufragen, hatte Adelheid aufgegeben – alle waren sie von Monsieur Bernard zum Schweigen verdonnert worden.

KAPITEL 93

Auf der anderen Seite des Rheines lebten die Menschen mehr schlecht als recht. Seit September 1632 hatten sich die Schweden in der reichsfreien Stadt Offenburg eingenistet, und niemand wusste, ob oder wann sie das gesamte Badener Land einnehmen würden.

Besser, man war vorbereitet. Das bedeutete auch für die Gerichte eine gewisse Zurückhaltung bei den schauerlichen Hexenprozessen – was Leuten wie Munzinger und anderen allerdings gar nicht passte.

Nur ein Gutes hatte die Besatzung: Ein Inquisitor würde sich nicht in Feindesland wagen.

Auch Fridolin Ganzer sah schlechteren Zeiten entgegen – waren die Malefizprozesse gegen die Teufelsbräute doch ein einträgliches Geschäft für ihn gewesen. Jeder wusste, dass er bei den Angehörigen der Angeklagten stets eine sehr offene Hand gehabt hatte.

Meistens versuchten die Ehemänner der Unglücklichen den Henker wegen kleiner Vergünstigungen zu bestechen.

Einer wahren Verhaftungs- und Prozesswelle in der Ortenau zum Trotz blieb es niemandem verborgen, dass sich der Wind gedreht hatte, denn die Stimmung im Volk war eine andere geworden. Es gab zunehmend massiven Widerstand bei den Festnahmen, wütende Proteste während der Verhandlungen und nicht zuletzt ständige Eingaben bei übergeordneten Behörden. Schmährufe und sogar Steinwürfe hatte Bertold Munzinger schon über sich ergehen lassen müssen …

»Und alles nur, weil ich meine Pflicht gewissenhaft zu erfüllen suche«, hatte er sich erst neulich vor dem kaiserlichen Landvogt beklagt. Aber Herr Maximilian Veigt hatte ihm kaum noch zugehört. Der hatte neuerdings anderes im Sinn: Er fiel sozusagen die Treppe hinauf, indem er einen höher dotierten Posten in der Stadt Innsbruck antreten sollte; persönlicher Berater des dort regierenden habsburgischen Erzherzogs würde er werden. Was scherte ihn da noch die Ortenau, diese kleingeistige Provinz?

Und noch etwas hatte sich verändert: Das Verhalten der Frauen, die man der Hexerei bezichtigte. Zum ersten Mal *widerstanden* tapfere Frauen der grausamen Folter.

»Die Erste, welche den bewunderungswürdigen Mut und die Stärke beweisen sollte, war Magdalena Holdermann, und die Zweite hieß Agnes Gotter, genannt die Gotter Neß. Beide wurden nach zwei hintereinander vorgenommenen, peinlichen Verhören, bei denen sie standhaft leugneten, auf den ›Hacker'schen Stuhl‹ gesetzt. Kein Mann hatte bis jetzt dieser Qual widerstanden, die Gotter Neß und die Magdalena Holdermann aber haben es vermocht. Nur in der ärgsten Qual haben sie gestanden, um nachher umgehend ihr Geständnis zu widerrufen – trotz der Drohung, man würde sie erneut dem Schrecklichen unterwerfen!«

Diese Aufzeichnungen hatte Pater Ambrosius Feyerling gemacht. Sie wurden sorgfältig auf Schloss Ruhfeld aufbewahrt.

»Als der Rat vom Gericht diesen unerwarteten Bericht erhielt, war er offenbar sehr verlegen«, fuhr der Benediktinermönch in seinem Tagebuch fort. »Man stellte die Wiederholung dieser furchtbaren Tortur dem Ermessen des Obersten Richters anheim. Der Gotter Neß ließ man ausrichten, wenn sie gestehen wolle, so könne ihr mit drei anderen Angeklagten gemeinsam der Gerichtstag gehalten werden und sie könnte mitgehen.«

Mit Letzterem meinte man, sie könnte zugleich mit den anderen auf dem Scheiterhaufen verbrannt werden. Nach dem Motto »geteiltes Leid ist halbes Leid« schienen es die Delinquenten im Allgemeinen vorzuziehen, mit anderen Personen zusammen hingerichtet zu werden.

Der Henker wandte in der Tat noch einmal den »Stuhl« an, aber die Gotter Neß wollte durchaus nicht »mitgehen«. Sie beharrte im Gegenteil standhaft auf ihrer Unschuld.

Der Beweis, den dieses heldenmütige Weib dafür geliefert hatte, dass die »Zeugenaussagen« auf Hirngespinsten beruhen konnten und dass man auch Unschuldige den furchtbarsten Schmerzen der Tortur bloß zur Erzwingung eines Geständnisses unterwarf, machte auf die Bevölkerung einen erschütternden Eindruck.

»Es kam zu Krawallen«, notierte der Pater, »aber dessen ungeachtet wurden dennoch die Magdalena Holdermann und Maria, die Tochter der Gotter Neß, und eine gewisse Ursula auf ihre Geständnisse hin, welche sie in den peinlichen Verhören abgelegt hatten, von Bertold Munzinger zum Tode verurteilt. Am anderen Tag allerdings erfolgte prompt der Widerruf der Frauen, und dabei blieben sie nun. Vor wenigen Wochen noch hätte der ›Stuhl‹ die zweifelhafte Ehre des Schandurteils gerettet, jetzt aber wagte man dessen erneute Anwendung nicht mehr, weil man einen Volksaufstand befürchtete. Im Gegenteil, man war froh, dass man in der Bereitschaft des Pfarrherrn, Ingo Hasenauer, er wolle in einer heiligen Messe GOTT um Beistand und Gerechtigkeit bitten, eine goldene Brücke gebaut sah: Möglicherweise hätte einer der Verantwortlichen eine göttliche Eingebung, welche ihm sagte, was jetzt mit den Weibern zu geschehen hätte.

Man ließ die Gefangenen noch eine Weile im Hänsele-Turm schmachten. Als sie aber auch noch vier Wochen später auf der Behauptung ihrer Unschuld beharrten, hat man sie entlassen«, schrieb Vater Ambrosius mit großer Genugtuung.

Ferfrieds Beichtvater Ambrosius Feyerling tat noch ein Übriges: Er nahm die mühevolle Arbeit auf sich, aus den zahlreichen Gerichtsprotokollen sämtliche Namen der als Hexen oder Hexenmeister in der Ortenau verurteilten Frauen und Männer für die Nachwelt festzuhalten, sowie die genauen Umstände ihrer Prozesse und ihrer Verurteilungen.

»Es wird ein ansehnlicher Band werden, den der Graf nach ein paar Jahren in seiner Schlossbibliothek in einem besonderen Schrank wird verwahren können«, prophezeite der Mönch in einem späteren Schreiben an Adelheid.

Im Großen und Ganzen war es also vorbei mit den verfluchten Hexenprozessen in der Ortenau. Ein paar Nachwehen zeigten sich dennoch.

Ein armer, junger, offenbar geisteskranker Mensch mit Namen Moritz Mendlin, wurde gefoltert, worauf er umgehend das Verbrechen der Zauberei eingestand und mit dem Schwert hingerichtet wurde. Einen Scheiterhaufen errichtete man nicht mehr.

Die Landvogteibeamten hätten zwar gerne noch einmal das Feuer geschürt, und sie bemühten sich, dementsprechende »Zeugenaussagen« zu sammeln, aber die Räte behaupteten, allzu sehr »von den Kriegsentbehrungen in Anspruch genommen« zu sein, als dass man Verfolgungen einleiten könnte.

»Eines hat sich jedenfalls klar gezeigt«, meinte Graf Ferfried zu seinem Sohn, »die allen menschlichen Gefühlen und aller menschlichen Vernunft hohnsprechenden und der allgemeinen Unbildung des Volkes geschuldeten Hexenprozesse lassen erkennen, dass der Satz ›Vox populi, vox Dei‹ (Volkesstimme ist GOTTES Stimme) glatter Unsinn ist.«

Da blieb dem Pater nur noch, ein aus tiefstem Herzen kommendes »Amen« zu sagen.

KAPITEL 94

Kaum war die gräfliche Reisegesellschaft in der kleinen holländischen Stadt Oudewater angekommen, begab sich der Comte mit seiner Frau und seinem ansehnlichen Gefolge ins Rathaus der Gemeinde, um sich dem dortigen Schultheißen und dessen Räten vorzustellen.

Der Schultheiß, ein dicker Holländer mittleren Alters, fühlte sich sehr geschmeichelt von der Anwesenheit der edlen Gäste aus dem Nachbarland Frankreich (nur derjenige Teil der Niederlande, welcher von den Spaniern besetzt war, war den Franzosen feindlich gesinnt) und fragte nach dem Begehr des Comte de Grandbois. Sein Französisch war nicht das Allerbeste, aber man konnte ihn zur Not verstehen.

Nicht nur Adelheid spitzte die Ohren, alle waren gespannt, was der Comte jetzt antworten würde.

Denn nun war es an Monsieur Bernard, das »Geheimnis« zu lüften. Im Mittelpunkt stand diesmal Helene Hagenbusch.

»Nach altem Aberglauben gelten Hexen als schwerelos, was ihnen auch den angeblichen Hexenflug auf einem Besenstiel durch die Luft ermöglicht. Das geringe Gewicht gilt als Beweis ihrer Schuld, und daher manipulieren sämtliche Stadtväter in ganz Europa die städtischen Waagen«, ließ sich Monsieur de Grandbois vernehmen, und das Helen wurde blutrot.

»Eine einzige Stadt nur«, fuhr der Graf fort, »das niederländische Oudewater nämlich, zeigt das wirkliche Gewicht der Frauen an, worauf man sie freisprechen muss vom Vorwurf, eine Hexe zu sein. Die Zertifikate, die der ehrenwerte Schultheiß dieser Stadt ausstellt, werden seltsamerweise überall in Europa anerkannt. Sie sind oft zum allerletzten Rettungsanker für die armen Frauen geworden, die man zu Unrecht angeklagt hat.«

»Das kann ich Euch erklären, Minheer«, fiel dem Comte der erste der Stadträte von Oudewater, von Beruf ein Magister für Latein und Französisch, ins Wort. »Das hängt damit zusammen, dass unsere Stadt vor langer Zeit von Kaiser Karl V. persönlich die Allerhöchste Genehmigung erhalten hat, auf Grund ihrer sorgfältig geeichten Stadtwaage, diese Zertifikate in allen Zweifelsfällen betreffs strittiger Gewichte auszustellen.«

»Nun denn. Begeben wir uns zu dieser wunderbaren Waage und lassen das Gewicht dieser Dame« – der Comte nahm das tödlich verlegene Helen an der Hand – »bis aufs Gramm genau bestimmen.«

Adelheid klatschte vor Freude in die Hände, und alle anderen taten es ihr gleich. Der Graf war ein wahrer Freund, und seine Frau und ihre Freundin würden ihm das niemals vergessen …

Im Untergeschoss des Rathauses befand sich das begehrte Stück, welches normalerweise Schlachtvieh sowie Kornsäcke, Brotlaibe und Körbe mit Kraut und Rüben abzuwiegen hatte.

Umgehend machten sich zwei Stadtknechte daran, im Beisein zahlreicher Zuschauer die Demoiselle Hagenbusch zu wiegen.

»Einhundert und sechs Pfund und dreihundert Gramm wiegt die Demoiselle«, verkündete dann laut und sich die Hände reibend der behäbige Schultheiß. Im Geiste hatte der geschäftstüchtige Ortsvorsteher bereits die ansehnliche Summe überschlagen, die er dem vornehmen Herrn aufbrummen konnte …

Nun musste man nur noch auf die Ausfertigung der Urkunde abwarten, welche anschließend – mit den notwendigen Unterschriften und Siegeln versehen – dem Comte feierlich überreicht würde, der diese aber sogleich Helene Hagenbusch zu treuen Händen überließ.

Die junge Frau sank tränenüberströmt vor Rührung dem Ehemann ihrer Freundin zu Füßen und versuchte, den Saum seines Mantels zu küssen. Aber Bernard de Grandbois hatte das kommen sehen und rechtzeitig das hübsche, junge Ding aufgehoben und brüderlich in seine Arme genommen.

»Dankt nicht mir, sondern meiner lieben Frau«, wehrte er alle Dankesbezeugungen ab. »Sie wäre ohne dieses Papier niemals bereit gewesen, mit Euch auch nur einen Schritt weit die Grenze zu Eurer Heimat zu überschreiten, aus Angst, man könnte Euch wieder festnehmen.«

»Das brauche ich jetzt gottlob nicht mehr zu befürchten.« Und mit tränenfeuchten Augen küsste das Helen jenes Zertifikat, das der Graf sich einiges hatte kosten lassen.

Helene war wie verwandelt. Sie schien wieder so jung und unbeschwert wie früher zu sein. Nur wer die junge Frau genau kannte, konnte den neuen Ausdruck in ihren blauen Augen richtig deuten. Das Kindlich-Gutgläubige war endgültig verschwunden und würde auch nicht wiederkehren – dazu war zu vieles geschehen. Die Tochter von Jakob und Walburga Hagenbusch stand in der Blüte ihrer Jugend und jeder, der sie ansah, empfand sie als ein schönes Mädchen mit biegsamer Figur, ansprechenden Bewegungen und einem Engelsgesicht, mit feiner Nase und einem verlockenden Mund, umrahmt von der Fülle ihres längst nachgewachsenen, blonden Haares.

»Wer sie wohl einmal als seine Frau heimführen wird?«, fragte Adelheid ihren Gemahl, als sie sich wieder auf Beauregard in der Intimität ihres Schlafgemaches befanden.

Monsieur Bernard zuckte die Achseln.

»Ihres angenehmen und verständigen Wesens sowie ihrer Schönheit wegen, verdiente sie es weiß Gott, dass ein Edelmann um sie anhielte«, meinte er dann mit Überzeugung.

Die Comtesse ließ es sich angelegen sein, umgehend von ihrer Reise nach Oudewater nach Ruhfeld zu berichten. Sie bat darum, dass man Helenes Eltern vom Erwerb jenes Zertifikates in Kenntnis setze, um Jakob und Walburga auch einmal eine Freude machen zu können.

Außerdem schilderte sie das Äußere Helenes in so glühenden Farben, dass jedem deutlich werden musste, dass nichts mehr im Aussehen der ehemaligen, der Hexerei beschuldigten Inhaftierten an die erlittenen Verletzungen durch die grausamen Folterungen erinnerte.

Graf Bernard, dem seine Frau den Brief zu lesen gab, ehe sie ihn abschickte, lachte: »Man könnte glauben, Ihr seid in sie verliebt, Chérie, so wie Ihr Hélènes Vorzüge betont habt.«

Adelheid lachte ebenfalls.

»Nun ja, etwas habe ich mir dabei schon gedacht«, gab sie vergnügt zu. »Diesen Brief wird auch mein Bruder lesen. Und er soll ruhig wissen, dass mein Helen nicht mehr so aussieht, wie er sie zuletzt gesehen hat: Zerschunden und zerschlagen, blutend und entstellt.

Ihr müsst nämlich wissen, Monsieur, dass Hasso früher in Helene sehr verliebt war, doch dann hat er sich von ihr abgewandt, als es ihr so elend ging. Und das habe ich ihm nie so recht verziehen – obwohl ich es heute nachvollziehen kann.

Aber jetzt soll er sie sich wieder so vorstellen, wie sie früher war. Obwohl sie jetzt noch viel besser aussieht, gereift und erwachsen.« »Was habt Ihr bloß vor, Geliebte?« Ein wenig war der Comte jetzt beunruhigt. Glaubte seine Frau etwa, ihr Bruder – immerhin ein Graf Ruhfeld mit einer, allerdings weitschichtigen Verwandtschaft zu den stolzen Habsburgern sowie den nicht minder hochfahrenden Visconti – würde ein bürgerliches Mädchen heiraten? Und als bloße Mätresse mochte er sich Demoiselle Hélène nicht vorstellen.

Dann allerdings verbannte er den Gedanken an die Freundin seiner begehrenswerten Frau und widmete sich angenehmeren Dingen, zu denen er auf der Reise viel zu selten gekommen war …

Zum ersten Mal kam dem Comte der Gedanke, wie schön es wäre, ein Kind zu haben. Ja, eine kleine Tochter mit dem Aussehen seiner angebeteten Adelaide, das wäre wunderbar.

Obwohl, ein Junge als Stammhalter wäre natürlich auch höchst willkommen. Er musste mit seiner Schönen unbedingt darüber sprechen – wusste er doch, dass sie bisher mit Hilfe der Freundin eine Empfängnis verhütet hatte. Wenn das sein Schlosskaplan erfuhr …

Vielleicht sind ja meine Adelaide und ihre Hélène doch Hexen, grinste er dann in sich hinein, ehe er sich seiner Frau in ihrem reizvollen, durchsichtigen Nachtgewand zuwandte.

KAPITEL 95

KURZ VOR OSTERN DES JAHRES 1633 brachte Adelheid mit Hilfe des Helen ein Zwillingspärchen zur Welt, einen Knaben und ein Mädchen. Sie und ihr Mann wählten die Namen Philippe-André und Sybilla-Charlotte für ihre Kinder. Bereits eine Woche nach der ziemlich schweren Geburt der Kleinen war die Comtesse wieder wohlauf.

Ihr Gemahl war beinahe verrückt vor Freude und Stolz. Er überschüttete seine Gemahlin, seine vor Mutterglück strahlende Adelaide, mit kostbarem Schmuck und schwor ihr seine immerwährende Liebe. Umgehend schickte man Botschaft nach Deutschland, und jenseits des Rheins nahm man die freudige Nachricht mit Begeisterung auf. Es gab ja so wenig, worüber man sich in diesen Jahren freuen konnte …

Vor Kurzem hatte ein Erdbeben, dessen Auswirkungen bis Basel und Straßburg zu spüren waren, die Gegend am Oberrhein erschüttert.

Diese Erdstöße im Rheingraben zwischen Schwarzwald und

dem Wasgenwald – die Franzosen sagten »Les Vosges« (Vogesen) dazu – ereigneten sich nicht selten, aber die letzten waren von solcher Wucht gewesen, dass im Gebiet der Grafschaft Ruhfeld gewaltige Schäden an vielen Gebäuden zu verzeichnen waren. Auf Schloss Ruhfeld hatte das Beben sogar einen Teil der kürzlich verstärkten und erhöhten Schlossmauer sowie die alte Schlosskapelle zum Einsturz gebracht.

Insgesamt waren im Ort Reschenbach durch entwurzelte Bäume, auseinanderbrechende Mauern und herabfallende Dachziegel sieben Menschen, zwölf Stück Großvieh sowie allerhand Kleingetier, wie Hühner und Stallhasen, ums Leben gekommen.

Das abergläubische Volk sah darin ein Vorzeichen weiteren und noch größeren Unheils, das auf das ohnehin ausblutende Deutschland noch zukommen würde. »Die Menschen benehmen sich, als wären sie toll geworden«, schrieb besorgt Vater Ambrosius Feyerling in seinem nächsten Brief an die Gräfin Adelheid, nachdem er der jungen Mutter zu ihren offenbar kerngesunden Sprösslingen gratuliert hatte.

»Habt wohl Acht bei der Auswahl der Ammen für Eure Kleinen«, hatte er geschrieben, und Adelheid war tief gerührt gewesen über die Anteilnahme des alten Mönchs.

Das Folgende aber hatte sie beunruhigt. Alarmiert las sie weiter. »Das unwissende, zutiefst geängstigte Volk sucht nach Erklärungen für das Unheil, das der Himmel so unvermittelt über sie gebracht hat, und zu welchen Ergebnissen kommt es? Es müssen böse Mächte sein, die das zu verantworten haben, und die Werkzeuge des Bösen können nur – Hexen sein. So schleicht sich durch die Hintertür wieder der alte Unsinn ein, und den ungebildeten Leuten ist der Blödsinn nicht auszureden«, beklagte Ambrosius. »Es ist beinahe so schlimm wie in den Jahren 1607 und 1618, wo jeweils im Herbst ein großer Komet mit flammendem Schweif am nächtlichen Himmel erschienen war. Damals fürchtete sich das Volk vor der Ankündigung von Hunger, Pest und Krieg. Leider bewahrheitete sich dieses und dient jetzt den Massen als Bestätigung ihres Wahns.

Männer und Frauen nehmen zwar wahr, was um sie herum vorgeht, sie verstehen es aber nicht und ziehen die falschen Schlüsse daraus, indem sie sich als Opfer göttlicher Züchtigung begreifen und über die scheinbar Schuldigen herfallen.«

Das waren in der Tat keine guten Nachrichten. Man konnte nur hoffen, dass dieses letzte Aufflammen des Hexenwahns rasch wieder in sich zusammenfiel, ehe neuerdings die Verfolgung Unschuldiger sowie das schreckliche Hexenmorden aufkamen.

Der Sommer des Jahres 1633 kündigte sich an, und auf Schloss Beauregard, gewissermaßen einer »Insel der Seligen«, lebten die Menschen wie in einem eigenen Kosmos. Draußen existierte gleichsam die böse Welt mit Seuchen – es waren Fälle von Pocken und Rachenbräune (Diphtherie) aufgetreten –, mit Hungersnöten und Überfällen durch Landstreicher, die der quälende Hunger aus den Städten vertrieben hatte.

Umso mehr genossen die Bewohner die behagliche und komfortable Zuflucht im gräflichen Schloss, wo weder an Nahrungsmitteln noch an Luxusgütern aller Art ein Mangel herrschte.

Die Kinder gediehen prächtig, die wieder gertenschlanke Adelheid war schöner und strahlender denn je, ihr Mann liebte sie über alles und: Frankreich blieb vom großen Krieg verschont, der in Deutschland jetzt bereits im fünfzehnten Jahr wütete. Eine Tatsache, die sich Kardinal Richelieu stets als großen Erfolg seiner klugen Politik an seine Fahnen heftete.

Nach wie vor verfolgte der Kirchenmann drei Hauptziele:

Erstens die Beseitigung der Sonderstellung der Hugenotten, zweitens die Entmachtung des Hochadels zugunsten der Königsgewalt und drittens die Befreiung Frankreichs aus der spanisch-habsburgischen Umklammerung.

Der schlaue kluge Kardinal setzte den Absolutismus in Frankreich durch, dessen unbedingten Höhepunkt er allerdings nicht mehr erlebte – dies sollte erst Ludwig XIV. vorbehalten sein –, und er schuf die Académie Française, welche die Grundlage für die kulturelle Vormachtstellung Frankreichs schaffen sollte – wenn auch ebenfalls erst unter dem nächsten König.

Sein Leben lang hatte sich der Kardinal mit Aufständen des Adels und Verschwörungen herumzuschlagen, mit dem neuen Amt eines »Intendanten« sicherte er jedoch die Verwaltung im Sinne der Krone.

Alles in allem ließ es sich in Frankreich gut leben – falls man zur gehobenen Schicht gehörte, und Adelheid dankte dem Schicksal, das es schließlich doch noch gut mit ihr und den beiden Frauen, für die sie sich verantwortlich fühlte, gemeint hatte.

Ursula, ihre Zofe, hatte um die gleiche Zeit wie sie einem Mädchen das Leben geschenkt. Ihre Herrin ernannte sie, die über jede Menge an Muttermilch verfügte, umgehend zur Amme für ihren kleinen Sohn, Philippe-André, während sie eigentlich vorhatte, das Stillen ihres Töchterchens, Sybilla-Charlotte, selbst zu übernehmen.

Bernard legte umgehend seinen Protest ein und auch das Helen riet ihr dringend davon ab.

»Du bist schließlich keine Bäuerin oder eine kleine Handwerkersfrau, sondern eine Edeldame; willst du dir deine gute Figur ruinieren? Lass dir sagen, Heidi, bei einem schlaffen Busen wird der beste und treueste Ehemann der Sache bald überdrüssig. Willst du den Comte aus deinem Bett verjagen?«

»Ich wusste nicht, dass du neuerdings auch Beraterin in Eheangelegenheiten bist«, bemerkte daraufhin spitz die Gräfin, aber sie ließ sich doch überzeugen und nahm eine junge Frau aus dem Dorf, die eben geboren hatte und über einen Überschuss an Milch verfügte, zur Amme.

Anfang Mai war Bernards Großmutter gestorben. Ohne krank gewesen zu sein, lag die alte Gräfin eines Morgens tot in ihrem Bett. Sie hatte das hohe Alter von vierundachtzig Jahren erreicht, hatte aber schon seit Langem nicht mehr am Leben im Schloss Anteil genommen.

Bernard, der aufrichtig um die alte Dame trauerte – gehörte Charlotte de Grandbois doch zu seiner glücklichen Kindheit –, glaubte sogar, sie habe die Geburt ihrer Urenkel nicht mehr bewusst wahrgenommen.

KAPITEL 96

MADAME CHARLOTTE SOPHIE AGNÈS DE GRANDBOIS, geborene Comtesse de Montmorency, wurde in der Familiengruft beigesetzt, neben dem Sarkophag ihres Ehegatten, welcher ihr schon vor über einem Vierteljahrhundert in die Ewigkeit vorausgegangen war.

»An Grandpère Clémant Bernard kann ich mich gar nicht mehr erinnern«, bekannte der Comte. »Als er starb, war ich erst zwei Jahre alt.«

»Es ist das erste Mal, dass ich bewusst und direkt mit dem

Tod eines Familienmitgliedes konfrontiert worden bin«, entgegnete Adelheid. Sie saß gedankenschwer beim Trauermahl in der großen, heute so düsteren Halle. Alle Fenster und sämtliche Spiegel im Schloss hatte die Dienerschaft zum Zeichen der Trauer mit schwarzem Kreppstoff verhängt.

»Meine Mutter verstarb bei meiner Geburt. Ich habe sie nicht vermisst, weil ich sie niemals kennengelernt hatte. Was ich ab und an verspürte, war ein vages Sehnen nach mütterlicher Wärme und Fürsorge – wobei ich nicht sagen kann, ob die Gräfin Sybilla dem hätte gerecht zu werden vermocht. Sie war wohl eine wunderschöne Frau, aber ob sie auch Herz besaß, das kann nur mein Vater wissen – und ich habe nie gewagt, ihn danach zu fragen.«

»Ihr, Madame, seid nicht nur ebenfalls über alle Maßen schön, sondern dazu noch eine anbetungswürdige Frau, voller Güte und Großherzigkeit«, rief der Comte leidenschaftlich aus, beugte sich über die Hand seiner Gemahlin und küsste sie innig.

Nach vier Wochen der Trauer wollten Graf Bernard, seine Frau Adelheid und Helene Hagenbusch mit zahlreicher Dienerschaft und einer stattlichen, gut bewaffneten Begleitmannschaft nach Ruhfeld reisen.

Es dauerte dann doch sechs Wochen, ehe alle Vorbereitungen getroffen waren und man die beschwerliche Reise nach Deutschland antreten konnte.

Da es aus naheliegenden Gründen nicht möglich war, den direkten Weg ins Badener Land einzuschlagen, sondern man zahlreiche Umwege in Kauf nehmen musste, war eine Planung der Route gar nicht so einfach gewesen.

Adelheid aber hatte große Schwierigkeiten, sich von ihren geliebten Kindern zu trennen. Die putzigen Säuglinge hätte sie am liebsten mitgenommen, aber da sprach ihr Gemahl ein Machtwort. »Die Kleinen einer wie immer gearteten Gefahr auszusetzen wäre unverantwortlich. Die Kinder bleiben zu Hause.«

Auch Helene hatte ganz in Bernards Sinn gesprochen: »Du bist wohl nicht recht gescheit, Heidi«, hatte sie geschimpft. »Was denkst du dir denn? Das ist kein Spazierritt, den wir da vorhaben, sondern eine ziemlich gefährliche Angelegenheit, auch wenn wir gut ausgerüstet und bewaffnet sind. Wer sagt dir denn, was den Schweden alles einfällt?«

»Pah, die Schweden. Sie sind doch Frankreichs Verbündete«, trumpfte die Comtesse auf.

»Umso gefährlicher wird es mit den Kaiserlichen sein. Dein Gemahl hat sich nicht ohne Grund für viel Geld um Passierscheine bemüht, die ihm den Durchzug durch deutsches Gebiet erlauben sollen zum Zwecke des Besuchs bei seinem Schwiegervater.«

Doch Adelheid hatte insgeheim längst resigniert und eingesehen, dass sie ihre Kinder Philippe-André und Sybilla-Charlotte auf Schloss Beauregard lassen musste.

In der dritten Juniwoche 1633 ging die Reise in aller Herrgottsfrühe los. Die Gräfin, die sich unsagbar freute, ihren Vater und den Bruder wiederzusehen, bedauerte nur, dass sie diesmal seit langer Zeit ohne die Dienste ihrer treuen Zofe Ursula auskommen musste. Denn die hatte man daheim gelassen, um den kleinen Grafen, der mächtigen Appetit hatte, zu stillen.

Aus irgendeinem Grund, den Adelheid nicht recht nachvollziehen konnte, hatte ihr Gemahl den Weg über die Schweiz und den Bodensee gewählt. Das Wetter war den Reisenden, die diesmal alle zu Pferde saßen, wohlgesonnen. Die ansehnliche

Gruppe, die beinahe vierzig Personen umfasste, kam ordentlich voran.

Nur in Bern geschah ein höchst unliebsamer Zwischenfall. Die Stadtväter luden sie nämlich ein, bei der Hinrichtung einer der Hexerei Überführten, Geständigen und Verurteilten anwesend zu sein. Der Scheiterhaufen wartete schon …

Obwohl der Comte deutlich zu machen versuchte, dass man es eilig habe und keinesfalls die liebenswürdige Einladung annehmen könne, ließen die Berner nicht nach.

Im Gegenteil, man fragte pikiert und mit durchaus drohendem Unterton, ob die Reisenden vielleicht etwas gegen die Verbrennung überführter Hexen einzuwenden hätten – im Gegensatz zur heiligen Mutter Kirche, die, wie man wisse, voll hinter dieser Art der Gerichtsbarkeit stünde?

Bernard de Grandbois hatte alle Mühe, den Eidgenossen klarzumachen, dass es ihm egal sei, was sie mit ihren Frauen anstellten, aber er und seine Reisegenossen hätten damit nichts zu tun – und wollten es auch auf gar keinen Fall.

Um seinen guten Willen zu bekunden, bot er schließlich dem Stadtrat eine erkleckliche Summe Geldes an, um sich quasi freizukaufen. Und siehe da, diese verfehlte ihre Wirkung nicht. Man ließ die französisch-deutsche Reisegruppe widerspruchslos weiterziehen.

»Noch einmal hätte ich das nicht durchgestanden.«

Die Gräfin Adelheid war erleichtert und umarmte ihre liebe Schwester, die ihr Zertifikat von Oudewater, sorgsam verpackt, mit sich führte.

In der Gegend des Bodensees, dessen Gemeinden mehr oder weniger alle in Schutt und Asche lagen, so sehr hatten die Schweden dort gehaust, machten sie die »Bekanntschaft« eines Marodeurs.

Ein Knecht des Comte hatte den Mann nachts dabei überrascht, als er sich im Hof eines der wenigen, einigermaßen erhaltenen Gasthöfe an den Packpferden der gräflichen Gesellschaft zu schaffen machen wollte. Ehe der Kerl es sich versah, hatte der Franzose ihm seinen Dolch an die Gurgel gesetzt und ihn außer Gefecht gesetzt.

Am nächsten Morgen führte man ihn vor den Grafen, aber der verstand kein Wort von dem Gestammel des gefesselten Mannes. Man holte Adelheid, die mit dem Dialekt des Diebes zwar ihre liebe Not hatte – es handelte sich um Bayerisch –, aber gleichwohl gelang es ihr, das Wesentliche zu erfahren.

Ein desertierter Landsknecht aus der Armee des Kurfürsten Maximilian war er. Gemächlich schilderte der verwahrloste Bursche seinen Zug kreuz und quer durch deutsche Lande. Vom Winterquartier in Pforzheim wären sie nach Tübingen gezogen, danach ins Hohenzollersche, um schließlich von Löffingen durch den Schwarzwald bis nach Freiburg zu marschieren.

Daraufhin ging's nach Donaueschingen, wo die Donau entspringt, danach nach Neustadt im Schwarzwald. Von da aus liefen wir ins »Himmelreich« danach in die »Hölle«. Das war ein furchtbar wildes Land, er meinte das wildromantische »Höllental«, »lauter Berg und Tal und alles Wald und viel frisches Wasser mit schönen Forellen drin«.

Nachdem er sich so blumig über die durchstreifte Natur ausgelassen hatte, kam er zum Wesentlichen: »Haben den Bewohnern von Colmar« – sie waren also auch ins Elsässische hinübergekommen –, »das ganze Getreide um die Stadt herum verdorben durch Schneiden für uns selber, durch Hin- und Herreiten und durch Brennen. Da aber haben sie aus der Stadt mit Kanonen brav auf uns herausgeschossen. Was soll ich sagen? Sie haben mir mein Weib dabei erschossen, denn die und mein Bub haben auch Korn geschnitten.«

So erfuhren Adelheid und Helene, dass die Söldner ihre Familien mitführten. Der Comte bestätigte das. »Weiber und Kinder der Söldner leben mit im Tross. Die Frauen versorgen ihre Männer mit Essen und pflegen sie bei Krankheiten und bei Verwundungen. Eine jede dieser gewöhnlich nicht vor einem Priester geschlossenen Ehen sind im Grunde nur Beutegemeinschaften.«

Anschließend beriet man, was mit dem Gefangenen zu geschehen habe. Monsieur de Grandbois meinte schließlich: »Sicher, der Kerl ist ein Dieb und wahrscheinlich ein Halsabschneider obendrein, wenn er die Gelegenheit dazu hat. Aber mein Knecht hat ihn bereits in der Nacht ordentlich vertrimmt. Das soll als Strafe genügen. Lassen wir ihn laufen – im Grunde ist er ein armes Schwein, allein, ohne Familie, ohne jeden Halt. Wenn ihm nicht irgendwann einer den Garaus macht, wird ihm wohl nichts anderes übrig bleiben, als sich erneut beim Heer anwerben zu lassen.«

Die Frauen waren erleichtert. Nichts wäre für sie schlimmer gewesen, als wenn sie hätten zusehen müssen, wie die Diener des Comte den Übeltäter am nächsten Baum aufgeknüpft hätten – wie es in diesem Fall ihr gutes Recht gewesen wäre.

KAPITEL 97

Die Reise neigte sich allmählich ihrem Ende entgegen. Anfang Juli war man in der Stadt Freiburg angelangt.

Obwohl besonders Adelheid und Helene darauf drängten, möglichst schnell in die Ortenau zu gelangen, hielt es der Comte für besser, erst einmal in der Stadt eine zweitägige Rast einzulegen, um nicht »wie die Landstreicher abgehetzt und derangiert« in Ruhfeld anzukommen.

Man mietete sich im besten Gasthof der Stadt ein, im *Roten Bären*, der bereits Kaiser Maximilian zu seinen erlauchten Gästen gezählt haben sollte. Weil aber nicht alle unterkommen konnten, suchte der Rest der Gruppe andere, in der Nähe liegende Herbergen auf.

Man genoss die Annehmlichkeiten eines Bades, einer gepflegten Tafel mit vorzüglichen Speisen und hervorragenden Weinen, die in den ausgedehnten Kellergewölben des *Roten Bären* lagerten, ebenso wie die Bequemlichkeit der hübsch und zweckmäßig eingerichteten Räume. Adelheid musste zugeben, dass ihr Gemahl wieder einmal recht gehabt hatte, diesen letzten Aufenthalt vor dem Ziel einzulegen.

Sie und Helene genossen einen Spaziergang durch die einigermaßen vertraute Stadt, lauschten mit Vergnügen der heimischen Sprache und beide freuten sich, am nächsten Tag, einem Sonntag, die Messe im herrlichen Freiburger Münster besuchen zu können.

Hätten sie allerdings gewusst, was sie dort erwartete, hätten sie wohl davon Abstand genommen und Messe Messe sein lassen …

Madame de Grandbois betrat am Arm ihres Gemahls, beide nobel gekleidet, wie es sich für Edelleute beim Kirchgang gehörte – mit Zobelfellstreifen an Gewandsäumen und Ärmeln trotz der sommerlichen Hitze, geschmückt mit Ringen und Ketten –, den ehrwürdigen, gotischen Bau.

Dicht dahinter schritt Helene Hagenbusch, auch sie ein wunderschöner Anblick in einem kostbar bestickten Gewand aus himmelblauer Seide, welches mit dem Blau ihrer großen, strahlenden Augen korrespondierte.

Als unverheiratete Frau trug sie ihr goldenes Haar offen über die Schultern fallend, während Adelheid ihre glänzend schwarzen Flechten unter eine hohe, spitze und rote, zum Kleid passende Haube gesteckt hatte. Monsieur Bernard hatte seinen schwarzen, breitkrempigen Hut mit den weißen Reiherfedern unter den Arm geklemmt.

Den dreien folgten die herausgeputzten Pagen, die Knappen sowie die Edelknechte und schließlich noch die Dienerschaft. Die wenigen Schritte vom Gasthof zum Münster war man zu Fuß gegangen, und der glänzende Zug erregte einiges Aufsehen bei der Freiburger Bevölkerung.

Eilends war ein Kirchendiener herbeigewieselt, der die Aufgabe hatte, die erlauchten Herrschaften katzbuckelnd in die vorderste Reihe der wenigen Sitzbänke im Münster, zu dirigieren. Die übrigen Plätze waren bereits mit den Honoratioren der Stadt besetzt, die sich die Hälse nach den Neuankömmlingen verrenkten.

Kaum hatten Bernard, Adelheid und Helene Platz genommen, verstummte das Geläut der Glocken und erwartungsvolle Stille breitete sich im Kirchenschiff aus, das mit einfachem Volk angefüllt war, das, wie üblich, im Münster stehend der Messe beiwohnte.

Plötzlich war Schellenklang zu hören. Er stammte von vier jungen Ministranten, die aus der seitlichen Sakristeitür traten und ihre kleinen, silbernen Klanginstrumente in der Hand bewegten.

Ihnen folgte ein in ein prächtiges Messgewand gehüllter Priester, der den vergoldeten, reich mit Edelsteinen verzierten Abendmahlskelch in Brusthöhe hielt. Gemessen schritt der hagere, etwa mittelgroße, grauhaarige Mann mit gesenktem Blick zum Hauptaltar. Von den Gläubigen konnte nur sein Profil gesehen werden. Aber das genügte.

Wie von einem giftigen Skorpion gestochen sprang Helene Hagenbusch auf und schrie mit sich überschlagender Stimme »Teufel!«

Dann sank sie besinnungslos zu Boden.

Der Geistliche hatte beim Aufschrei der jungen Frau erschreckt sein Gesicht den Gemeindemitgliedern im Kirchenschiff zugewandt – wobei die Distanz beträchtlich war, denn der Altarraum des Münsters war nur für die Geistlichkeit und die Mönche und Nonnen der Stadt bestimmt, während die Laien im Kirchenschiff der Messe beiwohnten.

So konnte auch nur den geweihten Personen auffallen, dass der Dompropst, Monsignore Damian Rothaus, leichenblass geworden war, ehe er sich erneut umwandte und zum Altar weiterschritt, als wäre nichts geschehen. Die heilige Zeremonie begann.

Helene verfügte über scharfe Augen, und diesen Menschen hätte sie unter Tausenden wiedererkannt und wäre er noch so weit von ihr entfernt gewesen: Sein Schritt, seine Körperhaltung, die Neigung seines Kopfes – alles an diesem Ungeheuer war ihr vertraut.

Wie sehr hatte sie GOTT angefleht, diesem Unmenschen nie mehr in ihrem Leben begegnen zu müssen! Und nun, kaum hatte sie ihren Fuß in die alte, vertraute Heimat gesetzt, wurde sie mit diesem Satan in Menschengestalt konfrontiert.

Jules Ravin, Ursulas Mann, und noch ein Diener des Comte hatten die junge Frau aufgehoben und die bereits wieder aus ihrer Ohnmacht Erwachte nach draußen getragen.

Adelheid und eine Dame ihres Gefolges eilten hinterdrein, um sich um Helene zu bemühen. Die Männer hatten die bleiche, junge Frau auf einen umgestülpten Wasserkübel gesetzt. Ein Halbwüchsiger hatte ihn – gefüllt mit Spülwasser – aus einem Wohnhaus nahe dem Münster geschleppt, um ihn in eines der zahlreichen »Bächle« zu leeren, welche die Stadt durchflossen.

Nun diente der Eimer diesem nobel gekleideten Fräulein als Sitzgelegenheit, und der Bursche, dem einer der Diener auf einen Wink der Gräfin hin, eine kleine Münze in die Hand gedrückt hatte, grinste zufrieden.

»Leni, was machst du nur für Sachen?«, fragte Adelheid besorgt, kniete sich vor der Kauernden nieder und umarmte sie.

»Heidi, ich muss dir etwas Furchtbares sagen«, flüsterte ihre Freundin, und Adelheid brachte ihr Gesicht ganz nah an das des Helen. Und was Helene der Gräfin mitzuteilen hatte, ließ auch die junge Edeldame erbleichen. Sie schluckte schwer.

»Es hat den Anschein, Heidi, dass einen die Vergangenheit niemals loslässt – auch wenn man es sich von ganzem Herzen wünscht«, sagte das Helen kleinlaut, aber die Gräfin hatte sich inzwischen wieder gefangen und protestierte energisch: »Unsinn. Wir lassen uns davon nicht unterkriegen. Im Gegenteil, mir will scheinen, dass wir mit unserem Wissen eher eine Trumpfkarte gegen *ihn* in der Hand haben als umgekehrt.«

Auf den fragenden Blick der Freundin, die sich sichtlich unter dem neugierigen Gegaffe der immer noch zum Münster strömenden Kirchgänger unwohl fühlte, erklärte Adelheid: »Denk doch einmal nach, Liebe: *Wer* hat sich denn gegen eine wehrlose Gefangene in übelster Weise vergangen? Was dieses scheinheilige Schwein sich damals im Hänsele-Turm erlaubt hat, hatte nichts mehr mit dem *Hexenhammer* zu tun, nicht wahr? Und das ist der springende Punkt: Der schreckliche Klosterbruder Damian handelte damals nicht im Auftrag des Obersten Richters Bertold Munzinger. Und dass er mit seinen Scheußlichkeiten noch den Scheible übertroffen hat, wird man ihm heute wohl kaum noch als Verdienst anrechnen. Wie wir wissen, hat sich der Wind hier, was die sogenannten Hexen betrifft, ziemlich gedreht. Dieser Damian Rothaus hat es offenbar verstanden, sich bei seinen kirchlichen Oberen lieb Kind zu machen und ist somit unverdientermaßen zum Propst befördert worden.

Glaub mir, liebstes Helen, mein Mann, mein Vater und mein Bruder werden alles unternehmen, um ihn die Treppe wieder herunterfallen zu lassen – und zwar sehr schnell und ganz, ganz tief. Er wird sich noch wünschen, niemals geboren worden zu sein, das schwöre ich dir.«

Adelheid schickte die beiden Diener wieder zurück in die Kirche. Sie sollten dem Grafen ausrichten, es gehe Helene wieder gut, aber die Damen zögen es vor, ihren Gasthof aufzusuchen und die Messe nicht weiter mitzufeiern. Damit zog die Gräfin ihre Freundin hoch von der doch auf die Dauer recht unbequemen Sitzgelegenheit, und mit der Zofe im Schlepptau spazierten die beiden in Richtung des *Roten Bären.*

Der Empfang auf Ruhfeld war geradezu pompös. Adelheid konnte sich nicht erinnern, jemals solche Festlichkeiten auf dem Schloss erlebt zu haben. Der von außen eher schlichte Bau war frisch verputzt und um Fenster und Türen waren nun zweifarbige, ineinander verschlungene Farbbänder aufgetragen worden. Alles strahlte und funkelte in neuem Glanz, und kein Grashälmchen lugte zwischen den Steinplatten im Schlosshof hervor.

Sogar das große, steinerne Wappen der Familie über dem Tor – das im oberen Teil einen zu Dreivierteln vollen Mond auf blauem Grund als Symbol der Ruhe und im unteren drei Ähren auf grünem Feld zeigte – hatte Graf Ferfried erneuern lassen.

Der alte Graf war der glücklichste Vater der Welt. Nicht nur seinen Sohn hatte er wieder bei sich, auch die geliebte Tochter weilte unter dem väterlichen Dach und hatte ihm zusätzlich einen verständigen, schmucken und, wie es schien, auch recht vermögenden Schwiegersohn mitgebracht.

Auf Anhieb hatten sich die drei Männer Ferfried, Hasso und Bernard verstanden, wenn sie sich abwechselnd auf Deutsch und Französisch bestens unterhielten.

Adelheid hatte ihre Augen gar nicht abwenden können von ihrem hochgewachsenen, breitschultrigen Bruder, so gut sah er nach ihren Begriffen aus. Natürlich nicht so gut wie ihr geliebter Bernard … Aber immerhin, der junge Herr von Ruhfeld hatte an Männlichkeit und Reife gewonnen, und die Blicke sämtlicher heiratsfähiger Damen der Umgebung verschlangen den attraktiven Witwer geradezu.

Und noch etwas war Adelheid nicht verborgen geblieben: Hasso wurde geradezu magnetisch von Helene angezogen. Die anderen herausgeputzten Schönen beachtete er überhaupt nicht; für ihn schien nur die Tochter des Jakob zu existieren – ganz so, wie es früher schon einmal gewesen war.

Nur einen vermisste Adelheid: Pechvogel Wilhelm von Kirchhofen. Der unglückliche Verehrer der Gräfin und schuldbeladene Duellant hatte kürzlich um Entlassung aus Ferfrieds Diensten gebeten und war nach Ungarn geritten. Er habe eine wichtige Nachricht zu überbringen und anschließend wolle er dort bleiben. Kurz darauf erfuhr sie den Grund dafür.

Man feierte, man tafelte, man ging zur Jagd, woran auch Graf Ferfried und seine Freunde, die mittlerweile ergrauten Haudegen Graf Rüdiger von Hohlfeld, Ritter Moritz von Glarus sowie Herr Bruno, Edler von Steinberg, mit ihrem jeweiligen Anhang teilnahmen.

Adelheid und Bernard hatten dem stolzen Großvater ein Gemälde als Geschenk mitgebracht, das seine Tochter mit den beiden Zwillingen Philippe-André und Sybilla-Charlotte auf dem Schoß zeigte, eine Gabe, die den alten Grafen zu Tränen gerührt hatte. Er würde das Bild neben das andere, das Adelheid als junges Mädchen zeigte, hängen lassen.

Um seine grenzenlose Freude über den Besuch seiner »verlorenen Tochter« zu bezeugen, ließ es der ansonsten recht sparsame Hausherr an nichts fehlen. Er übersah dabei sogar geflissentlich die finstere Miene seines Schlossvogts Anselm von Waldnau, der seinen Herrn besorgt vor zu großen Ausgaben gewarnt hatte.

»Ganz egal, was mich das kostet«, hatte Ferfried gebrummt, »die anderen können ruhig wissen, wie sehr mich die Anwesenheit meiner Tochter und meines Schwiegersohnes freut.«

Mit den »anderen« meinte er die Bewohner der umliegenden Schlösser, so auch den jungen Grafen von Schloss Ortenberg, der mit seiner ältlichen, wenig hübschen, schwäbischen Gemahlin, die ein reichlich verbittertes Gesicht zur Schau trug, angereist kam.

Und der Schultheiß von Offenburg zählte genauso zu Ruhfelds Gästen, wie hohe, schwedische Offiziere, mit denen man es sich nicht verderben wollte.

»Ja, unser Vater entpuppt sich immer mehr als Fuchs, je älter er wird«, lachte Hasso, als er sich in einer Fensternische des prächtig geschmückten Festsaales endlich allein mit seiner Schwester unterhalten konnte. Beide Geschwister waren glücklich, Ferfried bei so guter Gesundheit zu erleben.

»Mein Sohn, sein Enkel, hat ihn wieder ganz gesund gemacht«, vermutete der junge Graf, »und dazu die liebevolle Pflege von Frau Bürgi.«

Die bescheidene Frau Salome hatte Ferfried geradezu zwingen müssen, dass sie überhaupt an den Festivitäten teilnahm.

»Ich gehör doch nicht zur erlauchten Familie«, hatte sie schüchtern abgewehrt, aber der alte Graf hatte diese Ausrede nicht gelten lassen und ihr vehement widersprochen. »Ohne dich wär ich gar nicht mehr da, Sali.«

Hasso nahm seine Schwester am Arm und zog sie in einen noch stilleren Winkel.

»Ich verrate dir jetzt zwei Geheimnisse, Adelheid. Das erste behalte bitte für dich. Außer zu deinem Gatten sprich zu niemanden darüber, denn es betrifft nur unseren Vater. Und das zweite wird in Kürze allen sowieso offenbar werden; dann gibt es auf Ruhfeld ein weiteres Fest, von dem die ganze Ortenau noch lange sprechen wird.«

Adelheid de Grandbois lauschte aufmerksam, ohne ein einziges Mal den älteren Bruder zu unterbrechen. Als Hasso geendet hatte, fiel sie ihm um den Hals, weinte vor Freude und drückte ihn fest an sich.

Dann begaben sich die beiden wieder in den Ballsaal, wo die schöne Gräfin schon sehnsüchtig von den übrigen Kavalieren erwartet wurde – und vor allem ihr Bruder von den jungen Damen, die auf der Suche nach einem standesgemäßen Bräutigam waren.

KAPITEL 98

Bei der ersten Begegnung Helenes mit ihren Eltern Jakob und Walburga hatte Adelheid die Freundin allein gelassen.

»Dieser Augenblick nach der langen, schweren Zeit gehört euch ganz allein«, hatte die Comtesse gemeint, und obwohl Helene lebhaft protestierte, war sie doch insgeheim froh gewesen über das Feingefühl ihres geliebten Heidi.

Minutenlang waren sich die drei vom Schicksal so hart geschlagenen Menschen weinend in den Armen gelegen, ehe sie sich halb lachend, halb schluchzend ihrer gegenseitigen Liebe versicherten.

Nach einer Weile war das jetzt fünfzehnjährige Jaköble still hinzugetreten und hatte die »verlorene Tochter« des Hauses scheu begrüßt.

»Himmel«, entfuhr es der jungen Frau, »was bist du bloß gewachsen, Bub.«

Sie umarmte den höchst verlegenen Halbwüchsigen, der bereits einen Kopf größer war als sie. Dann betrachtete sie ihn schärfer und warf schließlich den Eltern einen fragenden Blick zu.

»Ja, ja, du siehst schon richtig, Tochter«, brummte Jakob. »Der Bub ist dein Halbbruder und wird einmal den Hof und das ganze Sach hier übernehmen.«

Helene war perplex.

»Aber, Vater«, wollte sie beginnen, doch da mischte sich das Walburga ein.

»Lass nur gut sein, Helen, das hat schon alles seine Richtigkeit. Das Jaköble ist ein braver Sohn und wenn er auch nicht mein eigen Fleisch und Blut ist, lieb ich ihn doch genauso wie den Georg.«

»Aber, wo, um Himmels willen, ist mein Bruder? Er kann doch nicht mehr in Ungarn sein, um Pferde für den Krieg einzuhandeln. Ich war schon ganz beleidigt, dass mich der Georg noch nicht begrüßt hat. Seine Freunde haben mir gesagt, er hätte was ganz Wichtiges zu erledigen.«

»Setzen wir uns erst einmal alle«, bat das Walburga und führte die Tochter in die Wohnstube.

»Gut siehst du aus, Mutter«, flüsterte dabei das Mädchen und drückte den Arm der Älteren. »Viel jünger und gesünder als zu der Zeit, als ich fliehen musste.«

Jakob hatte es gehört und lachte. »Ja, wir alle, nicht nur mein Weib, fühlen uns auch viel wohler, und das hat auch einen ganz besonderen Grund, Tochter.«

An jenem Nachmittag redeten die Familienmitglieder stundenlang über Altes und Neues, über sehr Schlimmes aus der Vergangenheit und über das hoffentlich Gute, das auf die Hagenbuschs in naher Zukunft zukommen würde.

Besonders ihr Zertifikat aus der holländischen Stadt Oudewater machte auf alle einen enormen Eindruck.

»Davon hab ich vorher noch nie etwas gehört«, staunte kopfschüttelnd der Bauer, und ihr Halbbruder, das Jaköble, fasste die Urkunde ganz vorsichtig mit spitzen Fingern an und bewunderte die vielen Wachssiegel, die darauf angebracht waren.

»Ich kann es einfach noch nicht fassen, was sich in der kurzen Zeit hier im Land alles ereignet hat, wovon ich überhaupt nichts wusste«, staunte Helene am Schluss, aber sie strahlte dabei vor Zufriedenheit.

»Dass sich Georg entschlossen hat, in Ungarn zu bleiben und dort Schlachtrösser, Ackergäule sowie Rennpferde zu züchten, davon haben wir auch erst neulich erfahren«, sagte Jakob.

»Sein Freund, unser ehemaliger Knecht Matthis, ein äußerst zuverlässiger und kluger Mann, übernimmt die Überführung der Tiere ins Deutsche Reich und kümmert sich um den Verkauf. Und Georg hat sich inzwischen mit geliehenem Geld eine eigene Pferdezucht nördlich der Stadt Ofen errichtet, außerhalb des türkischen Einflussbereichs. Er beschäftigt bereits an die einhundert Leute auf seinem Gut, und es geht ihm prächtig. Der Bedarf an Pferden für den Krieg ist nach wie vor enorm.«

»Es war sein Vorschlag, das Jaköble an seine Stelle auf den

Hof zu setzen, und ich bin damit einverstanden, denn der Bub zeichnet sich aus durch Fleiß, Verantwortungsgefühl und Liebe zur Bauernarbeit«, warf die Mutter ein und lächelte stolz und liebevoll zugleich ihren Stiefsohn an.

Helene wunderte sich erneut über die Selbstsicherheit und Gelassenheit dieser früher so scheuen Frau, die so gar kein Selbstbewusstsein besessen hatte. Auch Walburga war gereift: Hatte sie doch ohne kleinliches Murren den »Bankert« ihres Mannes und einer Magd als Sohn und Erben anerkannt.

Vom eigentlichen Paukenschlag aber hatten die Hagenbuschs noch eisern geschwiegen …

Diese Nacht hatte das Helen nach Jahren wieder in ihrer kleinen Kammer in ihrem alten Bett geschlafen, und obwohl die Decken rau und die Matratze bloß mit Stroh gefüllt war und durch den groben Leinenstoff des Kopfkissens die Federkiele ganz erbärmlich stachen, kam es ihr so vor, als hätte sie noch nie so selig geschlummert.

Am Morgen erschien Adelheid auf Bella, ihrer Lieblingsstute, die ihre junge Herrin mit freudigem Wiehern begrüßt hatte, um die Eltern ihrer Leni zu begrüßen. Vor allem Walburga war ganz gerührt, als sie endlich dazukam, der Lebensretterin ihres Kindes die Hand zu küssen.

»Sie weiß noch nix«, wisperte die ältliche Bäuerin der Comtesse heimlich ins Ohr, und diese nickte zufrieden.

So war es recht: Alles musste erst tatsächlich seine Ordnung haben, ehe man mit der großen Neuigkeit herausrücken konnte. Es gab noch so vieles, was erledigt werden musste, ehe man mit der leidigen Vergangenheit endgültig abschließen konnte.

Und dazu gehörte auch ein Besuch des Grafen Ferfried in der Stadt Freiburg, wo er den hochwürdigen, geistlichen Herrn,

Propst des ehrwürdigen Münsters, Damian Rothaus, aufzusuchen gedachte. Allein.

Er würde ihm in Ruhe alles aufzählen, was er von ihm wusste – und anschließend hätte der Geistliche die Wahl …

Adelheid inspizierte das Schloss von oben bis unten. Ihren scharfen Augen entging nicht die kleinste Veränderung.

Die verstärkte und erhöhte Schutzmauer war ihr sofort aufgefallen, und der begonnene Neubau der beim Erdbeben eingefallenen Kapelle fand ihr spezielles Interesse. Auch der Gesindeküche stattete sie einen Besuch ab – genauso, wie sie es früher getan hatte, um sich nach den Sorgen und Nöten der Dienstleute zu erkundigen.

Als Erstes fiel ihr das Bärbeli auf, eine Magd, die einst als ganz junges Mädchen ebenfalls von Andreas Sütterlin geschändet worden war. Sie war unter Frau Salome zur Ersten Köchin aufgestiegen, wurde »Frau Barbara« genannt und fühlte sich offenbar in ihrer herausgehobenen Position sehr wohl.

Beflissen erkundigte sich die Frau, ob alles nach dem Geschmack der Herrschaften aus Frankreich gewesen wäre; Adelheid lobte sie, und das Bärbeli küsste der schönen Dame erfreut die Hand.

»Ei, wen haben wir denn da?«, fragte die Comtesse plötzlich, als ihr Blick auf eine der Küchenmägde fiel, die auf einem Hocker vor dem Spülstein saß und in fließendem Wasser Gelbe Rüben schälte.

Es war in der Tat die jetzt uralte Agnes Mürfelder, die zweite der »Hexen«, die seinerzeit bei Helenes Befreiung überlebt hatte.

»Ja, unsere gute Nessi«, sagte Frau Barbara und strich der Alten liebevoll über das dünn gewordene, schlohweiße Haar. »Gehen und stehen kann sie nimmer recht, aber im Sitzen taugt sie noch allemal zum Helfen in der Küche, nicht wahr, Nessi?«

Das alte Weiblein nickte eifrig, lächelte die Gräfin an mit zahnlosem Mund und nahm dann geschickt die Arbeit des Gemüseputzens wieder auf.

›Nie werden wir die Vergangenheit loswerden – sie ist und bleibt ein Teil von uns‹, dachte Adelheid, aber der Gedanke hatte in diesem Falle nichts Erschreckendes – ganz im Gegenteil.

KAPITEL 99

Die Schar der Gäste war vor Kurzem abgereist, und die Familie saß zum ersten Mal seit Adelheids Ankunft alleine am Tisch im sogenannten »Kleinen Speisesaal«. Dieser Raum war gemütlicher, weil intimer. Die »Große Halle« wurde inzwischen gereinigt und hergerichtet für das nächste, größere Familienfest.

Adelheid amüsierte sich im Stillen über das »savoir vivre«, die »feine, französische Lebensart«, die mittlerweile auch auf dem immer etwas hinterwäldlerischen Ruhfeld ihren Einzug gehalten hatte. Den Anstoß dazu hatte sicher die arme, bei der Geburt ihres Söhnchens verstorbene Gisela von Württemberg gegeben, vermutete die Comtesse.

Es war wiederum ein Brief von Heinrich von Garsbach, des Höflings vom kurfürstlichen Hof zu München, eingetroffen. Nach der schlichten Mahlzeit – nach dem üppigen Tafeln der vergangenen Tage und Wochen musste dringend eine Pause eingelegt werden – verlas Graf Ferfried das Schreiben seines alten Freundes.

Zuerst ließ sich von Garsbach mit Wohlgefallen darüber aus, dass Wallenstein die Schweden aus Bayern vertrieben und sich nach der Schlacht bei Lützen nach Böhmen zurückgezogen hatte. So weit, so gut. Aber der Generalissimus wartete dort offenbar nicht darauf, dass ihn sein Herr, der Kaiser, aufs Neue berief, sondern glaubte, selbst Politik machen zu müssen.

»Er versuchte, durch Friedensgespräche mit den Sachsen und Schweden die Basis eines allgemeinen Reichsfriedens zu schaffen«, schrieb der Herr aus München, worauf Ferfrieds Zuhörerschaft erleichtert aufatmete.

»GOTT geb's, dass ihm endlich gelingt, was andere seit Jahrzehnten nicht geschafft haben«, rief Hasso mit Inbrunst aus, aber sein Vater winkte ab und las weiter.

»Die eigenmächtigen Machenschaften des stolzen Böhmen erregten den Unwillen der übrigen Reichsfürsten und endlich auch Seiner Kaiserlichen Majestät und führten letztlich dazu, dass Kaiser Ferdinand seinen Heerführer erneut absetzte und ihn wegen angeblicher Verschwörungspläne gegen die kaiserliche Majestät des Hochverrates bezichtigte. Seitdem sind viele Offiziere und Truppen, ihrem geleisteten Eid zum Trotz, von Albrecht von Wallenstein abgefallen. Man macht dem stolzen Böhmen erneut seine Sternengläubigkeit zum Vorwurf und bezichtigt ihn des finstersten Aberglaubens und des Bundes mit satanischen Mächten.«

Das waren bei GOTT ganz schlechte Nachrichten.

Graf Ferfried und die Seinen glaubten keinen Augenblick daran, dass Wallenstein sich gegen die Majestät des Kaisers hatte auflehnen wollen. Er versuchte lediglich Frieden zu schließen, weil er einsah, dass dieser schreckliche Krieg von den deutschen, katholischen Fürsten niemals zu gewinnen wäre.

»Die Hoffnung auf einen baldigen Frieden ist damit wohl endgültig gestorben«, bemerkte Graf Hasso trocken.

»Ja, wie es aussieht, wird der Wahnsinn weitergehen«, war auch Ferfrieds Ansicht.

»Zur Freude und Genugtuung meines Königs und seines Ersten Ministers Richelieu«, fügte Bernard de Grandbois sarkastisch auf Deutsch mit starkem französischem Akzent hinzu. »Beide begrüßen die Schwächung Habsburgs auf das Lebhafteste – ganz gleich, wie viele Menschen dabei noch sterben werden.«

»Schon allein der Vorwurf, Wallenstein wäre von der Sterndeutung abhängig und von daher bereits verdächtig, zeigt die ganze Scheinheiligkeit seiner Kritiker«, befand Hasso ärgerlich.

»Das ist richtig. Obwohl von der Kirche offiziell verboten, setzen sich selbst hohe kirchliche Würdenträger, wie etwa Kardinal Richelieu, darüber hinweg und lassen sich vor allen wichtigen Entscheidungen von ihren Astrologen beraten«, mischte sich der Comte ins erregt geführte Gespräch.

»Niemand bedauert es mehr als gewisse hohe Kirchenmänner, dass der kaiserliche Hofmathematiker Johannes Kepler bereits verstorben ist. Er genoss den besten Ruf als Astronom und Astrologe seiner Zeit. Dass er ein überzeugter Protestant gewesen ist, schreckte seine katholischen Arbeitgeber keineswegs ab«, wusste Ferfried.

Und sein Schwiegersohn fügte lebhaft hinzu: »Monsieur Kepler hat sich einmal spöttisch geäußert: ›Mutter Astronomie würde gewiss verhungern, wenn nicht ihre Tochter Astrologie das Brot für sie beide verdienen würde.‹ Trotz aller Kritik an der Astrologie übte er die Sterndeuterei mit wissenschaftlicher Akribie und größter Sachkenntnis aus.«

Von Wallenstein war allgemein bekannt, dass er immer stärker in eine Abhängigkeit von seinem Astrologen Senno geriet. Ihm machte man das zum Vorwurf, obwohl eigentlich alle führenden Männer dieser Zeit Rat bei Sterndeutern suchten.

Diese Herren waren zumeist Dilettanten, die mit allerlei »Hokuspokus« von ihrem Unvermögen abzulenken suchten. Dieser erst zu Anfang des 17. Jahrhunderts entstandene Begriff, diente als Zauberwort und ging auf die Verballhornung des lateinischen Satzes bei der Verwandlung des Brotes in den Leib des Herrn zurück: »Hoc est enim corpus – Dies ist mein Leib«. Geistliche waren über den Gebrauch dieses Wortes höchst erbost, aber nichtsdestotrotz hatte sich »Hokuspokus« bereits in der Bevölkerung durchgesetzt als die Ausübung verquerer Praktiken, geeignet, den Leuten Sand in die Augen zu streuen.

Es folgten stille Tage auf Ruhfeld. War es die Ruhe vor dem Sturm? Niemand konnte sagen, wann und wo der Krieg erneut unmittelbar mit seinen Gräueln zuschlagen würde.

Mitten in diese Stille schlug eine Nachricht ein wie eine Bombe: Der Dompropst, Monsignore Damian Rothaus, nach dem Bischof der höchste Geistliche im Bistum Straßburg, war vom Turm des Freiburger Münsters gestürzt …

In aller Herrgottsfrühe, noch bei Dunkelheit gegen vier Uhr morgens hatten ihn – einen grässlichen Schrei ausstoßend – die ersten Marktfrauen auf dem Münsterplatz herunterfallen sehen. Wie »eine große schwarze Krähe« wäre er herniedergeflattert und vor dem Eingangsportal auf dem Steinpflaster mit zerschmettertem Kopf und zerbrochenen Gliedmaßen zu liegen gekommen.

Wie eine weggeworfene Puppe im schwarzen Talar hatte er

in einer riesigen Blutlache dagelegen, den Mund noch wie in einem letzten, entsetzten Schrei geöffnet.

Die herbeigeeilten Marktleute, beschäftigt mit dem Aufbauen ihrer Stände, seien wie gelähmt gewesen. Stumm und vor Entsetzen starr hatten sie glotzend neben der Leiche verharrt, ehe schließlich ein beherzter Krämer die Stadtwache alarmierte.

Wie war es dazu gekommen? Selbstmord schlossen die kirchlichen Behörden umgehend aus. Sich selbst zu töten war eine Todsünde, und diese beging kein Kirchenmann, versuchte man dem Volk weiszumachen – außerdem wäre kein Abschiedsbrief des Geistlichen gefunden worden.

Gestoßen hatte ihn aber auch mit Sicherheit keiner; es war außer ihm niemand auf dem Turm gewesen – außer dem Türmer. Dieser aber war ein alter Mann, der nachts schlecht schlief und daher für ein geringes Entgelt freiwillig den Ausguck nach Feinden übernommen hatte. Er wäre körperlich gar nicht in der Lage gewesen, den hochgewachsenen Propst gegen dessen Willen über die Brüstung des steinernen Balkons zu stoßen.

Also? Es müsste ein tragischer Unglücksfall gewesen sein, lautete die offizielle Erklärung des spektakulären Geschehens. Wobei allerdings eine nicht unwesentliche Frage unbeantwortet blieb: Was hatte der Dompropst mitten in der Nacht – es war bereits Anfang Oktober und zu dieser Zeit noch stockdunkel –, auf dem Turm des Münsters gesucht?

Trotz aller Versuche von Seiten der Kirche abzuwiegeln, schossen Spekulationen wild ins Kraut.

»Der Teufel hat den Propst geholt«, lautete schließlich die meistverbreitete Ansicht. Bestärkung fand diese Erklärung in der Behauptung einiger Marktweiber aus dem Breisgau, sie hätten, als der Geistliche herunterfiel, oben hinter der Steinbrüstung eine teuflisch grinsende Gestalt gesehen, die Hörner auf der Stirn gehabt hätte und der eine lange Zunge »gleich einem Ochsen« aus dem Maul gehangen wäre …

Auf Schloss Ruhfeld hörte man sich die Nachricht an, ließ das Gesinde und die Leute in der Ortenau schwatzen und kommentierte im Übrigen das Ganze überhaupt nicht.

So schlief das Gerede bald wieder ein, und niemand war imstande, einen eventuellen Zusammenhang zwischen dem gewaltsamen Tod des Geistlichen Damian Rothaus und einer ansehnlichen Spende des Grafen Ferfried für die Erweiterung und Verschönerung des Münsters zu sehen.

Nur mit seinem Beichtvater, dem Mönch Ambrosius, hatte der alte Graf vorher wieder einmal ein längeres Bußgespräch geführt. Und diesem Gespräch war es nebenbei bemerkt auch zu verdanken, dass Ferfrieds Spende etwa doppelt so hoch ausgefallen war, als es der Edelmann ursprünglich beabsichtigt hatte …

KAPITEL 100

Gespannte Erwartung machte sich neuerdings sowohl auf Schloss Ruhfeld als auch auf dem Hof des Jakob Hagenbusch breit. Jeder, mit Ausnahme von Helene, die auf dem Hof ihres Vaters ruhig ihrer selbst gewählten Tätigkeit als Heilerin nachging, schien in Erwartung eines ganz besonderen Ereignisses zu sein.

Die umfangreichen, medizinischen Kenntnisse der jungen

Frau hatten sich in Windeseile in der gesamten Ortenau sowie im Markgräfler Land herumgesprochen. Es kamen sogar Kranke aus den Städten Offenbach und Freiburg, ja, bis aus dem Elsass ließen sich wohlhabende Bürger über den Rhein bringen, um sich diverser Leiden wegen, den Händen der Bauerntochter anzuvertrauen.

Das Helen empfing ihre Patienten jeweils in einem blitzsauberen Zimmer, unmittelbar neben der Wohnstube, hörte sich deren Krankengeschichte an, untersuchte sie, stellte ihre Diagnose und entschied danach über die passende Behandlung.

Aus ihrer Vergangenheit machte sie keinerlei Hehl – im Gegenteil: An einer gut sichtbaren Stelle der Wand ihres kleinen »Behandlungsraumes« hatte sie das kostbare Zertifikat von Oudewater angebracht und dazu eine von ihr selbst angefertigte Tuschezeichnung der berühmten »Hexenwaage«.

Als eines Tages zwei kaiserliche Beamte auf dem Hof erschienen, ließ sie die Herren so lange warten, bis sie mit der Rückenmassage eines älteren Patienten fertig war. Erst danach erlaubte sie dem Jaköble, die beiden zu ihr zu führen.

Sie begrüßte die Männer zwar höflich, konnte sich eine ein klein wenig spöttische Bemerkung allerdings nicht verkneifen, welche sich auf den ständigen Wechsel zwischen schwedischen und österreichischen Herren im Lande bezog.

Was es denn seinerzeit mit ihrer merkwürdigen »Befreiung« auf sich gehabt habe, wollten die Beamten wissen. Aber Helene ließ sich auf nichts ein.

»Tut mir leid, werte Herren. Von der ebenso grausamen wie ungerechten Behandlung im Gefängnis war ich während des Transportes auf diesem Karren nicht bei Bewusstsein. Ich weiß deshalb nicht, was geschehen ist. Ich war damals dem Tode näher als dem Leben und kam erst wieder auf elsässischem Boden zu mir.«

Auch auf hartnäckiges Befragen blieb die junge Frau bei ihrer Aussage, und als die Beamten schließlich versuchten, sie wegen ihrer medizinischen Tätigkeit aufs Glatteis zu führen und anfingen, bei ihren Heilerfolgen von »Zauberei« zu reden, deutete sie nur stumm, aber mit bedeutungsvollem Lächeln auf das Schreiben der Stadtoberen von Oudewater und ließ sich im Übrigen entschuldigen – sie habe viel zu tun und könne daher den Herren leider nicht länger zur Verfügung stehen. Dabei öffnete sie weit die Tür.

»Jakob«, rief sie ihrem Halbbruder zu, »sei so freundlich, die Herren hinauszubegleiten.«

Und ehe es sich »die Kaiserlichen« versahen, standen sie draußen im Hof, umgeben von scharrenden Hühnern und schnatternden Gänsen. Eine Schar grimmig aussehender Knechte, die wie zufällig alle entweder eine Sense oder einen Dreschflegel in der Hand hielten, ließ es ihnen geraten scheinen, das Hagenbusch-Anwesen schleunigst zu verlassen.

Auch der hünenhafte Hausherr und sein Weib waren jetzt noch zusätzlich auf der Bildfläche erschienen.

»Möglicherweise kommen wir schon bald wieder – und dann vielleicht sogar zu mehreren«, ließ es sich einer der beiden Herren nicht nehmen, abschließend laut und drohend anzukündigen, wobei er seinen ärgerlichen Blick über die Anwesenden schweifen ließ.

»Stets zu Euren Diensten, Ihr werten Herren«, sagte Jakob gleichmütig, während das früher so eingeschüchterte Walburga seelenruhig neben ihm stand. Er verbeugte sich knapp und schloss hinter den Kaiserlichen betont nachdrücklich das Hoftor.

Dass Helene so gelassen geblieben war, lag an ihrer Wesensart und an ihrem Engagement für alle Leidenden, denen sonst keiner half. Sie hatte für nichts anderes mehr Interesse.

Aber dass Jakob und selbst seine ehedem so ängstliche Ehefrau Walburga neuerdings so selbstsicher gegenüber der Obrigkeit auftraten, das hatte seinen besonderen Grund …

Adelheid kannte sich mit ihrer Freundin nicht mehr recht aus. Stets war deren Gefühlswelt für sie wie ein offenes Buch gewesen, aber seit sie sich in der alten Heimat befand, erschien Helene ihr verschlossen wie eine Auster.

Beide jungen Frauen befanden sich in Adelheids Gemach und machten Handarbeiten. Selten genug kam das vor, war Helene doch meistens mit ihren Kranken beschäftigt.

»Jetzt sag mir doch, Leni, wie findest du meinen Bruder? Dir muss doch auffallen, wie Hasso wieder um dich wirbt. Was alle Welt weiß, das kann ausgerechnet dir doch nicht verborgen geblieben sein.«

»Der junge Herr Graf war sehr liebenswürdig zu mir, das habe ich schon bemerkt, aber Herr Hasso ist ein Kavalier und zu allen Damen freundlich, nicht wahr? Ich bilde da gewiss keine Ausnahme.«

»Dass ich nicht lache«, rief Adelheid temperamentvoll aus. »Sobald du im Raum bist, sieht er überhaupt keine andere mehr an. Das ist die Wahrheit – und du weißt das auch. Also: Wie stehst du zu ihm?«

»Ich mag ihn sehr, das ist bekannt. Aber damit hat es sein Bewenden. Mir Hoffnungen auf mehr zu machen, wäre Unsinn. Er ist ein Graf, und ich bin ein Bauernmädchen – da hilft auch meine ganze Bildung nichts. Die Herkunft macht bei uns den Menschen und nicht das, was er wirklich ist.«

Sie hatte das ganz ruhig, wenn auch ein wenig bitter gesagt, und fürs Erste war Adelheid verstummt. Aber nach einer Weile fing sie erneut an.

»Früher warst du doch in ihn sehr verliebt, und auch er hat behauptet, für dich sogar auf sein Erbe verzichten zu wollen. Erinnerst du dich nicht mehr daran?«

»Natürlich, Heidi, aber das waren Kindereien. Und eines darfst du auch nicht vergessen, meine liebe Schwester: Trotz der zeitweiligen Ohnmachten nach meiner Rettung habe ich genau gespürt, dass Hasso sich angeekelt von mir abgewandt hat.«

»Das darfst du ihm nicht mehr übel nehmen, Leni«, bat Adelheid. »Bedenke, er war damals noch sehr jung. Und Männer sind überhaupt länger unreif als wir Frauen. Er hat sein Zurückschrecken vor dir inzwischen tausendmal bereut – das darfst du mir ruhig glauben.«

Helene sah ihre Freundin eindringlich an. »Was willst du mir eigentlich damit sagen, Heidi?«, fragte sie leise.

Da war die Gräfin auf ihre liebe Schwester zugegangen, hatte sie ganz fest in die Arme geschlossen und nur gesagt: »Vergiss bitte nie, dass ich dich über alles liebe – was immer auch geschehen mag.«

Danach hatte sich Adelheid umgedreht und schnell den Raum verlassen.

So oft ein Bote mit Neuigkeiten auf Ruhfeld erschien, bemächtigte sich aller Bewohner des Schlosses eine spürbare Unruhe. Einem Fremden wäre das vermutlich nur natürlich erschienen. Man lebte schließlich nicht im Frieden, und wer konnte sagen, welche Gräuel sich mittlerweile ereignet hatten?

Aber das war es nicht. Der mittlerweile »ganz normale Wahnsinn« des Krieges hatte alle Bewohner der betroffenen Landstriche gegenüber Horrormeldungen abgestumpft.

So seltsam es klingen mochte, aber die Menschen hatten sich mit dieser Art von Bedrohung arrangiert. Sie taten so, als wäre alles in Ordnung und versuchten, das Leben zu genießen, solange es währte. Manche suchten Halt im Glauben, andere fielen ganz von ihm ab.

Bildungsstand und Herkunft spielten dabei keine Rolle. In jeder Bevölkerungsschicht gab es Tiefgläubige, ja Bigotte, und daneben vollkommene Atheisten. Was hingegen blühte, war der Aberglauben einerseits und auf der anderen Seite der unbändige Wunsch nach Erkenntnis und das Streben nach Wissen aller Art.

Von Hexenwahn und Aberglauben Besessene lebten quasi Tür an Tür mit großen Entdeckern, Erfindern und Philosophen, wobei besonders Frankreich sich im positiven Sinne hervortat.

Französische Sprache und französische Lebensart hatten sich inzwischen an allen Höfen, auf allen Adelssitzen sowie beim wohlhabenden Bürgertum als allein selig machend durchgesetzt.

Das galt auch für Ruhfeld, sodass sich Bernard de Grandbois bei seinem Schwiegervater und bei seinem Schwager sehr wohlfühlte; dennoch begann er allmählich darauf zu drängen, die Heimreise nach »Beauregard« anzutreten.

»Mein Verwalter ist zwar ein guter und verlässlicher Mann, aber immerhin gehört der Herr ins Haus, n'est-ce pas, Chérie«, meinte er, und Adelheid hatte dem nichts Vernünftiges entgegenzusetzen. Aber sie wartete doch so sehnsüchtig auf die große Überraschung …

Inzwischen hatte sie durch beständiges Bohren aus dem Helen herausgebracht, dass die junge Heilerin noch immer starke Gefühle für ihren Bruder Hasso hegte, aber ihr Stolz würde es niemals zulassen, nur die Mätresse eines Adeligen zu sein.

Adelheid rieb sich im Geist die Hände. Hoffentlich konnte sie noch, solange sie auf Ruhfeld weilte, die Riesenüberraschung miterleben, welche dem Helen bevorstand.

Der kleine Fritz kränkelte ein wenig und sofort war Helene zur Stelle, um ihn zu behandeln. Ein Getränk war wohl zu kalt gewesen und das Knäblein hatte Magenbeschwerden und Durchfall.

Helene versorgte den Kleinen liebevoll, trug ihn stundenlang auf dem Arm spazieren und päppelte ihn mit Haferbrei und Kamillentee wieder auf, wobei sie ihm lustige Kinderlieder im heimischen Dialekt vorsang.

Sogar der alte Graf war gerührt, als er das hübsche Mädchen mit seinem Enkel auf dem Schoß im Park sitzen sah und beobachtete, wie sie das Kind liebkoste und zum Lachen brachte.

»Gäb eine prächtige Stiefmutter ab, die junge Frau«, brummte er, und Madame Salome, die nicht von seiner Seite wich, lächelte vielsagend.

Für gewisse Zeit schien so etwas wie eine Art Waffenstillstand in Deutschland zwischen dem katholischen und dem protestantischen Lager zu herrschen, aber zum Aufatmen war es viel zu früh.

Die kleine Pause verdankte man den Verhandlungen, die Albrecht von Wallenstein immer noch eigenmächtig und zum großen Missvergnügen des Kaisers mit der Gegenpartei führte. Insgeheim unterstützten ihn viele der Habsburganhänger, aber laut wagte fast niemand seine Partei zu ergreifen.

Die meisten fürchteten den nach wie vor mächtigen Bayernherzog und Kurfürsten Maximilian, der auch »nicht zögern würde, gegen die eigenen Leute das Schwert zu ergreifen«, wie er neulich in seiner Residenzstadt München, in die er im Triumphzug wieder eingezogen war, vollmundig verkündigt hatte.

KAPITEL 101

HASSOS SOHN WAR BALD WIEDER GESUND und munter, und sein Großvater Ferfried lud ein zum großen Fest auf Ruhfeld. Alle Freunde und Bekannten wurden wiederum geladen und jedermann wunderte sich, dass so kurz nach dem letzten rauschenden Fest erneut ein solches stattfinden sollte.

»Aus gegebenem Anlasse« hatte auf der Einladungskarte gestanden, und damit konnte niemand etwas anfangen. Obwohl: Merkwürdiger- und ganz unüblicherweise war nicht nur Ferfried als Gastgeber genannt, sondern auch seine bewährte und ansehnliche Wirtschafterin, Madame Salome Bürgi.

Von einer bevorstehenden Hochzeit war nicht die Rede, gestorben war auch keiner und eine Geburt hatte ebenfalls nicht stattgefunden.

»Dass du dich erneut so bald in Unkosten stürzen willst, verwundert mich sehr«, sagte sein alter Freund, Graf Rüdiger von Hohlfeld, nachdem er schwerfällig von seinem Pferd gestiegen war.

»Sag schon, alter Fuchs, was ist es denn diesmal, was dich so erfreut, dass du uns unbedingt daran teilhaben lassen willst?«

»Wartet ab, meine Freunde«, wehrte der Graf alle neugierigen Fragen ab. Sein Sohn Hasso aber lächelte nur stillvergnügt in sich hinein.

Der auf das Prächtigste herausgeputzte und geschmückte Große Saal war voller erlauchter Gäste, die Musikanten standen im Hintergrund bereit, und alle warteten gespannt auf den Beginn des Festes. Aber noch ließ sich der Hausherr nicht sehen.

Endlich erschien der Gastgeber mit seinem Sohn und Madame Salome; hinterdrein schlurfte die Amme mit dem schlafenden Enkel auf dem Arm. Aber nachdem Ferfried seine Gäste freundlich begrüßt hatte, wobei er den Zweck des Festes immer noch nicht preisgab, trat wiederum eine Pause ein. Ganz offensichtlich erwartete man noch jemanden …

Inzwischen hatten die Musiker auf ein Zeichen von Hasso leise zu spielen begonnen, und Ferfried und sein Sohn wollten sich eben unter die Anwesenden mischen, da öffnete sich die Saaltür, und der Majordomus, den man seit Neuestem beschäftigte – vor Kurzem noch hatten die Dienste des Ersten Kammerherrn genügt –, kündigte die allerletzten Besucher an.

»Erschienen sind der hochedle Herr Martinus Schleiermann, seines Zeichens kaiserlich-königlicher Oberministerialrat aus Innsbruck, sowie Monsieur Jakobus de Hagenbusch mit seiner edlen Gemahlin, Madame Walburga, nebst Tochter, Demoiselle Helene!«

Wäre eine Stecknadel aufs Parkett gefallen, hätte man das Geräusch deutlich gehört, so mäuschenstill war es auf einmal im Saal. Was sollte das jetzt, bitte schön?

Erstens einmal, was wollte der alte Graf Ferfried mit diesem habsburgischen Beamten, der in seinem schwarzem Anzug und ebensolcher Perücke aussah wie eine traurige Krähe? Jeder seiner Bekannten wusste doch, dass die Kaiserlichen – trotz seiner unbedingten Loyalität zu Ferdinand – nicht unbedingt seine Busenfreunde waren.

Des Weiteren, was sollte die feierliche Ankündigung (»Monsieur de« und »Madame« und »Demoiselle« hatte der Majordomus sie genannt, und zu »edler Gemahlin« hatte er sich gar verstiegen) einer zwar recht vermögenden, aber immerhin gesellschaftlich weit unterhalb rangierenden Bauernfamilie? Weshalb wurden *solche* Leute überhaupt eingeladen?

Diese Frage stellte sich auch Helene, der alles andere als

wohl zumute war. Schon das elegante Kleid, das ihre Mutter ihr zum Anziehen aufgedrängt hatte, hatte sie beinahe verstört.

»Aber, Mutter, ich bitte doch sehr. Was soll ich mit diesem Gewand einer feinen Dame? Auslachen wird man mich oder vielleicht sogar wegen Anmaßung hinausjagen.«

»Niemand wird dich verjagen, Tochter, im Gegenteil. Glaub mir, du bist eine Dame«, hatte Walburga kurz angebunden gesagt. Ohne zu widersprechen hatte die junge Frau der Mutter zwar gehorcht, sich aber ihre Gedanken gemacht …

Jetzt war für Ferfried und Hasso der Zeitpunkt gekommen, die Katze aus dem Sack zu lassen. Der alte Graf setzte sich in einen bequemen Sessel und nötigte seine Gäste, es ihm gleichzutun. Sein Sohn aber blieb stehen: »Verehrte Verwandte und liebe Freunde«, begann er und dann – löste er das Rätsel.

So vieler Worte der Klärung bedurfte es eigentlich gar nicht, aber die Wirkung des Gesagten war ungeheuer.

Erst hielt die Stille an. Die Zuhörer mussten die unerhörte Neuigkeit offenbar erst einmal verdauen. Dann aber setzte, zuerst zaghaft, dann lauter und zuletzt stürmisch, jubelnder Beifall ein.

»Das ist ja wie im Märchen.« – »Dass es so etwas Wunderbares gibt.« – »Bravo, Graf Ferfried!« – »Hoch lebe Graf Hasso!«

Und nach einer Weile: »Hoch lebe Ritter Jakob von Hagenbusch.« – »Ein Hoch auf die Edelfrau Walburga.«

»Jawohl«, verschaffte sich mit seiner alles übertönenden Stimme der junge Graf Gehör: »Und ein Hoch auf das schöne und edle Fräulein Helene von Hagenbusch, dem ich hiermit mein Herz zu Füßen legen und zugleich die Frage an die Dame stellen möchte, ob sie mich zum Gatten nehmen will.«

Dieser Antrag war nun allerdings für die meisten Gäste die nächste Überraschung. Nur, wer die zufriedenen Gesichter von Jakob und Walburga aufmerksam betrachtete, wusste, dass zumindest die künftigen Schwiegereltern Hassos von dessen Antrag nicht überrumpelt worden waren.

Adelheid brach gar in Tränen aus, als sie ihren Bruder vor dem Helen knien und um deren Hand anhalten sah. Ihre liebe Schwester wusste nicht, ob sie lachen oder weinen sollte.

»Diese Überraschung ist Euch allen wohl gelungen«, flüsterte sie nach einer Weile mit erstickter Stimme und reichte ihrem Bräutigam die rechte Hand, welcher diese über und über mit Küssen bedeckte, ehe er ihr einen wundervollen Ring an den Finger steckte, ein Familienerbstück, das von seiner Mutter Sybilla stammte.

»Ehe wir uns zum Verlobungsmahl begeben, meine Lieben«, verkündete Graf Ferfried, nachdem auch er die strahlende Braut geküsst hatte, »wollen wir uns noch anhören, was die Urkunden sagen, welche der hochedle Herr Martinus Schleiermann uns liebenswürdigerweise aus der kaiserlich-erzherzoglichen Stadt Innsbruck mitgebracht hat.«

Für alle, die es etwa noch nicht verstanden haben sollten: Hasso hatte sich darum bemüht, die alten, ehemaligen Adelsrechte der Hagenbuschs wieder aufleben zu lassen.

Jakob hatte auf Hassos Veranlassung auf dem staubigen Dachboden seines Hauses gekramt und in Weidenkörben und wurmstichigen Schränken alte Urkunden und Adelsbriefe gefunden, die eindeutig bewiesen, dass das Geschlecht derer von Hagenbusch genauso alt und beinahe so ehrwürdig wie jenes der von Ruhfeld war …

Während die Ersteren Pech gehabt hatten und schließlich »nur« noch freie Bauern gewesen waren, hatten es die Letzteren zu einer Grafschaft und beträchtlichem Ansehen gebracht.

Mit den gefundenen Papieren hatte sich Hasso aufgemacht – Jakob hätte sich niemals getraut – und war bei den amtlichen Stellen vorstellig geworden. Behörden arbeiteten gemächlich, und in so einer Sache eilte es ihnen erst recht nicht besonders, aber mit der nötigen Menge an Druck und Schmiergeld für die verantwortlichen Leute hatte es dann doch noch rechtzeitig vor Adelheids Abreise geklappt.

»Georg wird sich gefreut haben, als ihm Wilhelm von Kirchhofen die Neuigkeit überbracht hat«, lachte seine Mutter Walburga, »der Junge kommt sich mit seinem Gutshof und den vielen Pferden eh schon wie ein ungarischer Gutsherr vor.«

»Für seine Geschäfte wird es ihm gewiss nicht schaden, sich von jetzt an ›Ritter Georg von Hagenbusch‹ nennen zu dürfen«, vermutete sein Vater Jakob und lehnte sich behaglich in einem zierlich gedrechselten Lehnstuhl zurück. »Auch wird man ihn jetzt sicher wegen des Verdachtes auf Totschlag in Ruhe lassen«, fügte er dann ganz leise hinzu.

Oh, ja, das war ein nicht zu verachtender Aspekt …

»Für mein Weib Walburga und mich hätte ich die Sache auf sich beruhen lassen«, raunte der frischgebackene Ritter nach einer Weile Adelheid zu. »Aber als Euer Bruder Hasso mit der Idee ankam, alte Adelsprivilegien wieder aufleben zu lassen und uns klarmachte, dass dann das Helen keine Ausrede mehr hätte, ihn wegen des Standesunterschiedes nicht heiraten zu können, da haben wir uns entschlossen, diesen Weg zu gehen. Auch wenn's eine Stange Geld gekostet hat.«

Helene von Hagenbusch konnte man es ansehen, dass sie von Herzen glücklich war, und auch Graf Ferfried war sich sicher, dass die künftige, bildhübsche Schwiegertochter, die bereits so viel in ihrem kurzen Leben an Leid, aber auch an Gutem erfahren hatte, nicht in Hochmut verfallen würde, sondern ein liebenswürdiges und besonnenes Menschenkind bliebe.

»Willkommen in meiner Familie, Tochter«, hatte er sie daher nach dem Verlobungskuss begrüßt. »Wie man sieht, habt Ihr, nachdem Ihr das Herz meines Sohnes erobert habt, auch dasjenige meines kleinen Enkels gewonnen.«

»Ja, Fritzchen ist mein kleiner Schatz, und ich werde ihn hüten wie meinen Augapfel, wie mein eigen Fleisch und Blut, geliebter Schwiegervater. Aber ich bitte Euch ganz herzlich, mich weiter zu duzen – so wie früher auch, als ich noch als kleines Mädchen mit Zöpfen mit Eurer Heidi im Schloss herumgetobt bin.«

Ferfried schmunzelte und griff dann nach der Hand der neben ihm stehenden Salome. Der alte Mann sah sie bedeutungsvoll an und die in mittlerem Alter Stehende lächelte schüchtern zurück.

»Wollt Ihr wirklich, Herr?«, fragte sie zaghaft.

»Unbedingt. Ich bitte noch einmal um Euer Gehör, meine Lieben!«, rief er dann. »Auch ich habe eine Überraschung zu bieten. Ich möchte Euch allen heute meine mir zur linken Hand angetraute, liebe Gemahlin, die Edelfrau Salome von Wolfenweiler, vorstellen.«

Das war in der Tat eine verblüffende Wendung. In der Zwischenzeit hatten sich alle an Frau Bürgi gewöhnt als die treu sorgende Haushälterin und Geliebte des lange verwitweten Hausherrn, aber dass der Edelmann sie nun geheiratet hatte?

Immerhin gab es mehr als höflichen Applaus für Herrn Ferfrieds Neuigkeit.

»Das muss echte Liebe sein«, bemerkten die einen, und »das hat die Gute ja geschickt eingefädelt«, mutmaßten die anderen hinter vorgehaltener Hand.

Nur die schwäbische Gräfin von Ortenberg konnte sich die Bosheit: »Typisch für eine ehemalige Hure«, nicht verkneifen. Ihr Gemahl warf ihr umgehend einen drohenden Blick zu, und sie verstummte, wobei ihr unhübsches, verkniffenes Gesicht vor Ärger rot anlief.

Die von Hagenbuschs verstanden offenbar nicht so recht, wovon eben die Rede gewesen war, und Hasso übernahm es gern, ihnen die »morganatische« oder »Ehe zur linken Hand« zu erklären.

»So nennt man beim höheren Adel eine standesungleiche Ehe, deren vermögens- und erbrechtliche Auswirkungen durch einen Ehevertrag ausdrücklich festgeschrieben werden. Die Lage der unebenbürtigen Frau und der eventuell aus der Ehe hervorgehenden Kinder wird hierbei durch Verleihung eines Titels und Ranges sowie durch vermögensrechtliche Vorteile verbessert – im Gegensatz zu einer einfachen Missheirat.

Nun, ob noch Nachwuchs zu erwarten ist, das kann nur GOTT entscheiden, aber mein Vater wollte unbedingt seiner ›Lebensretterin‹, wie er Frau Salome zu nennen pflegt, etwas Gutes zum Dank und als Anerkennung tun. Und was gäbe es Besseres für sie als eine Heirat?«

»Vraiment, une idée généreuse, digne d'un veritable gentilhomme!« (»Ein wahrhaft großherziger Gedanke, würdig eines echten Edelmannes!«), lobte der Comte Bernard de Grandbois, der die taktlose Bemerkung der »Schwäbin« sehr wohl gehört hatte, diesen Entschluss seines Schwiegervaters.

»Nun ja, was kann man von einer Familie anderes erwarten, die feindliche Franzosen und einfaches Bauernvolk zu den Ihren zählt?«, bemerkte die Edelfrau von Ortenberg mit einem sogenannten »Bühnenflüstern«, das noch im Umkreis von sechs Metern verstanden werden konnte.

Auf einen Wink des erbosten Hausherrn hin begab sich der Majordomus zum Grafen von Ortenberg und ersuchte diesen diskret im Namen seines Herrn, sich mit seiner Gemahlin zu entfernen.

»Madame la Comtesse scheint sich nicht wohlzufühlen.

Bringt Eure Gattin besser nach Hause, Monsieur, damit höchstdero schwache Nerven sich beruhigen können«, bat der Haushofmeister mit undurchdringlicher Miene, worauf der Ortenberger mit vor Scham puterrotem Kopf grob den Arm seines bissigen Eheweibes ergriff und sich schleunigst, irgendwelche Entschuldigungen murmelnd, mit der zänkischen Megäre aus dem Staub machte.

Das Fest nahm daraufhin seinen Fortgang, als wäre nichts geschehen.

KAPITEL 102

AM NÄCHSTEN TAG BEREITS sollte die Trauung von Hasso und Helene stattfinden.

»Weshalb diese Eile, Bruder? Um eine Heirat vorzubereiten, braucht es seine Zeit«, protestierte Adelheid, aber Vater Ambrosius ergriff die Partei des jungen Grafen und behauptete das Gegenteil.

»Wir glauben, je mehr Zeit Helene zum Überlegen hat, desto mehr könnte sie in Nervosität und Angst vor den ›ehelichen Pflichten‹ einer verheirateten Frau verfallen. Womöglich würde sich ihrer gar eine Panik bemächtigen, je länger sich die Wartezeit bis zur Hochzeitsnacht hinzieht. Glaubt mir, Frau Adelheid, so ist es am besten.«

»Ach? Sie soll demnach also überrumpelt werden? Meint Ihr, das wäre der richtige Weg, ihr die Furcht vor der körperlichen Liebe zu nehmen? Das wage ich aber sehr zu bezweifeln«, widersprach Adelheid kriegerisch.

»Von ›Überrumpelung‹ kann wirklich nicht die Rede sein, Schwester.« Hasso war sichtlich empört.

»Was hältst du eigentlich von mir? Bin ich etwa ein Vieh, das sich auf seine Beute stürzt? So viel Feingefühl darfst du mir schon zutrauen, dass ich mich nur mit aller Behutsamkeit meiner Liebsten nähern werde, um sie nicht zu erschrecken.«

Daraufhin umarmte Adelheid beruhigt ihren Bruder. »Ich danke dir, Lieber. Verzeih meine Zweifel. Ich glaube, du hast völlig recht, aber ich wollte doch nur …«

Hasso und der Benediktinerpater lachten.

»Auch wenn Ihr es nicht für möglich haltet, mein Kind, auch Männer sind sehr sensible Wesen«, lächelte der Mönch, »vor allem, wenn sie aufrichtig lieben.«

Kein anderer als Vater Ambrosius Feyerling vollzog die Trauung am nächsten Tag, und es war dem alten Benediktiner eine große Genugtuung, gerade diesem Paar seinen Segen zu geben.

Den überraschten Gästen hatte man Folgendes klargemacht:

Dass die Heirat so schnell ohne die übliche Verlobungszeit vonstatten gehe, sei einesteils den kriegerischen Zeiten geschuldet, in denen man nicht vorhersagen könne, ob und wann die Anwesenden die Anreise nach Ruhfeld erneut wagen könnten. Und nun seien sie bereits alle da …

Zum Zweiten sei eine längere Phase der Überlegung und des gegenseitigen Kennenlernens in diesem Fall unnötig – kenne das Paar sich doch von Kindheit an und jeder wisse, was er vom Partner erwarten dürfe.

Fritzchen, auf dem Arm seiner Amme, wohnte der Eheschließung seines Vaters und seiner Stiefmutter bei, die in ihrem von Sybilla stammenden, aus zarter, blauer, mit Gold bestickter Seide gearbeiteten Hochzeitskleid mit dem alten Brautschmuck aus Ruhfeld'schem Familienbesitz wunderschön aussah.

Dazu gehörten ein wertvolles Collier sowie eine alte, kostbare Brautkrone mit zahlreichen in Gold gefassten Juwelen. Die junge Frau strahlte förmlich mit den Edelsteinen um die Wette, sodass niemand an ihrem Glück zweifeln konnte. Es war nur zu deutlich sichtbar:

Für das Helen war ein lange Jahre gehegter Traum endlich in Erfüllung gegangen.

Die gräfliche Hauskapelle, noch immer im Zustand einer Bauruine, hatte man notdürftig hergerichtet. Auch störte es niemanden, dass unter anderem das Dach noch fehlte. Während der Trauung hatte sich eine Amsel auf dem Haupt der Statue des heiligen Johannes des Täufers niedergelassen und schmetterte ihr Liebeslied, ohne sich um die vielen Menschen zu bekümmern.

»Das bringt Glück«, wussten die Damen und wischten sich gerührt über die nach französischer Mode geschminkten Augen, sodass nachher ihre blütenweißen Taschentücher aussahen, als kämen sie aus der Kohlenkiste.

Das anschließende Hochzeitsmahl fand des wunderschönen Wetters wegen im Schlosspark statt, wozu der alte Graf auch alle übrigen Bewohner seines kleinen Reiches eingeladen hatte.

Wer wollte, durfte kommen und sich ungeniert an den Leckerbissen satt essen und Wein trinken, so viel er vertrug – aber keinen Schluck mehr; darauf achteten die gräflichen Diener genau.

»Wir wollen keine betrunkenen Randalierer«, sagte Ferfried, und tatsächlich hielten sich alle daran – auch die zahlreich aus der Stadt Offenburg erschienenen Schweden, die von Hasso und seinem Vater aufs Freundlichste begrüßt wurden.

Der ebenfalls zur Hochzeit eingeladene kaiserlich-erzherzogliche Beamte, der die so überaus wichtigen Urkunden der erneut geadelten Hagenbuschs überbracht hatte, zog zwar ein saures Gesicht, aber dadurch ließen sich die Ruhfelder nicht irritieren.

»Mit dem Feind müssen *wir* hier vor Ort zurechtkommen«, hatte Graf Ferfried ihm kühl erklärt.

Je weiter der Abend voranschritt – Graf Ferfried hatte in der Großen Halle sogar ein kleines, heiteres Theaterstück zur Erbauung der Gäste aufführen lassen; Thema: Ein junges Adelspärchen, getroffen von den Pfeilen des Liebesgottes Amor, verstrickt in die zahlreichen Irrungen und Wirrungen des Schicksals, bis es sich endlich in die Arme sinken durfte – und je näher der Augenblick rückte, wo das frischvermählte Paar das Brautgemach mit dem riesigen Bett betreten würde, desto nervöser und fahriger wurde die junge Ehefrau.

Ganz gegen die herkömmliche Sitte, die vorschrieb, dass die Neuvermählten von den Damen und Herren zu Bett gebracht, ausgezogen und in Nachtgewänder gekleidet wurden, verschwand das Paar heimlich, und Ferfried behauptete, ohne rot zu werden, sein Sohn und seine Schwiegertochter hätten das Schloss verlassen, um sich an einem unbekannten Ort »auszuruhen« …

Da mochten zwar manche enttäuscht sein, des entgangenen Spektakels wegen, aber der Graf von Hohlfeld machte unüberhörbar seine Unterstützung deutlich:

»Daran haben die jungen Leute sehr wohlgetan. Ich habe diese Art von Indiskretion in der Hochzeitsnacht niemals weder verstanden noch goûtiert. Das Ende des Trubels sei den beiden von Herzen gegönnt.«

Die Braut war in der Tat starr vor Angst. Obwohl sie sich um Gelassenheit bemühte, indem sie sich ständig vorsagte, dass ihr Ehemann weder Martin Scheible noch Damian Rothaus heiße, gelang es ihr nicht, ihre flatternden Nerven zu beruhigen.

Kaum lag sie, in ein Spitzennachthemd aus rosafarbenem Seidenbatist gekleidet, unter der Daunendecke des Ehebettes, um ihren Gatten zu erwarten, erfasste sie ein Schüttelfrost, der ihre

Zähne förmlich aufeinanderschlagen ließ. Totenbleich war sie vor Entsetzen, und übel war ihr außerdem.

›Lieber Gott, warum habe ich bloß ›ja‹ gesagt?‹, fragte sie sich verzweifelt und wäre vor Panik am liebsten aus dem Fenster gesprungen. Wie zur Abwehr hatte Helene die Zudecke bis zur Nasenspitze hochgezogen. Alles hätte sie darum gegeben, wenn diese schreckliche Nacht schon vorbei gewesen wäre …

Um wenigstens nichts sehen zu müssen – die Zofen hatten den Leuchter mit den sieben brennenden Kerzen auf eine Truhe gestellt, und Hasso machte keinerlei Anstalten, die Flammen auszupusten, obwohl er bereits im Morgenrock dastand –, schloss die junge Frau ihre Augen.

Jetzt näherte sich ihr Ehemann dem Himmelbett. Im nächsten Augenblick würde er sich zu seiner Frau legen und sein Recht als Gatte fordern …

Ehe Helene schwarz vor Augen wurde, hörte sie Hasso hüsteln und darauf seine bescheidene Frage: »Ist es dir recht, mein Schatz, wenn ich mich noch eine Weile zu dir aufs Bett setze?«

Verblüfft öffnete die Braut die Augen und sah ihren angetrauten Gemahl neben sich auf der Bettkante sitzen. Er lächelte sie beruhigend an.

»Du brauchst keine Angst vor mir zu haben, Geliebte. Ich würde dir niemals Gewalt antun. Ich werde auch nichts von dir verlangen, was du mir nicht freiwillig zu geben bereit bist. *Du* wirst bestimmen, wann wir die Ehe vollziehen. Ich werde dich keinesfalls zu etwas drängen, Liebste. Wir haben noch so viel Zeit für unsere Liebe – unser gesamtes Leben liegt noch vor uns. Weshalb sollten wir etwas überstürzen? Ich kann dein Zögern durchaus verstehen. Die Hochzeit kam für dich ein wenig überraschend, nicht wahr?«

Und Hasso beugte sich über seine Helene und küsste sie

zärtlich. »Schlaf gut, mein Schatz. Ich wünsche dir eine gute Nacht.«

Darauf ging der frischgebackene Ehemann zu seiner Bettseite hinüber, schlug die Daunendecke zurück und schlüpfte darunter, nachdem er den Morgenmantel abgestreift hatte.

Die von ganzem Herzen erleichterte und zutiefst von seiner Sensibilität gerührte Helene sah gerade noch, dass ihr Gatte darunter nackt gewesen war: Er besaß einen schönen, schlanken und durchtrainierten Körper.

Aber seine Nacktheit vermochte ihr nun keine Angst mehr einzuflößen: Dieser Mann war kein wildes Tier, sondern ein Mensch voll Respekt und mit zärtlichen Gefühlen für sie. Von ihm hätte sie gewiss keinerlei Kränkungen zu befürchten.

Vertrauensvoll wandte sie sich ihm zu …

Drei Wochen nach den Hochzeitsfeierlichkeiten, die Ferfried sich eine Menge Geld hatte kosten lassen, zu denen aber auch Helenes Eltern ihren Teil beigetragen hatten, sollte eigentlich der endgültige Abschied von Adelheid und den Ihren stattfinden.

Aber es trat ein Ereignis ein, das die Abreise um etliche Tage verzögerte.

Matthis, Georgs Freund und Teilhaber an der Pferdezucht in Ungarn, hatte den am Boden zerstörten Eltern in einem Schreiben mitgeteilt, dass ihr Sohn bei einem Duell mit einem ungarischen Edelmann ums Leben gekommen war.

Helenes Bruder hatte seit Langem die hübsche Tochter eines Magnaten geliebt, seines niederen Standes wegen aber nicht gewagt, dem hochgeborenen Fräulein seine Zuneigung zu gestehen.

Nach der ebenso freudigen wie überraschenden Neuigkeit durch Wilhelm von Kirchhofen, dass auch er, Georg, von Adel sei, hatte er dem Mädchen sein Herz geöffnet. Weil die Schöne seine Gefühle erwiderte und auch deren Vater gegen eine Heirat nichts mehr einzuwenden hatte, forderte ihn ein ungarischer Baron aus Eifersucht zum Duell; und zwar auf Pistolen, eine Waffengattung, die Georg überhaupt nicht lag.

Gleich der erste Schuss des Gegners hatte ihn mitten ins Herz getroffen.

Sein Freund Matthis wollte nun wissen, was mit dem Gestüt, beziehungsweise mit Georgs Anteil an demselben, zu geschehen habe …

Die unglückliche Mutter weinte eine ganze Nacht lang. Aber ihre Nerven widerstanden dieses Mal einem Zusammenbruch; Walburga war mittlerweile in sich gefestigt, und sie vermochte sich nach diesem erneuten Schlag, den das Schicksal ihr versetzt hatte, von alleine wieder aufzurichten.

»Was der Tochter zum Glück gereichte – der Aufstieg unserer Familie in den Adelsstand –, hat unserem Sohn den Tod gebracht«, sagte sie todtraurig, aber bemerkenswert gefasst.

»Dieses Mal hat es beinahe den Anschein, dass mein Weib besser mit dem Schmerz umzugehen versteht als ich«, vertraute Jakob dem besorgten Vater Ambrosius an. »Mein Herz ist voller Wut gegen einen GOTT, der mit der einen Hand gibt, um mit der anderen zu nehmen.«

Der Mönch konnte ihn nur damit trösten, dass er, Ambrosius, für ihn beten werde. Aber er wusste genau, dass es wohl langer Zeit bedürfte, bis Jakob dieses Mal seinen Frieden mit dem HERRGOTT gemacht hatte.

Der Comte Bernard de Grandbois konnte nun wirklich nicht länger seinem Besitz fernbleiben, und seine Gemahlin versuchte auch gar nicht mehr, ihn zu weiterem Verbleiben zu animieren.

Adelheid wusste die bewiesene Geduld ihres ebenso gut aussehenden wie charmanten Gatten sehr zu schätzen – darüber hinaus fühlte sie sich erneut schwanger und wollte daher selbst möglichst rasch in ihre »moderne« und bequeme Umgebung auf Schloss Beauregard.

»Deine Hilfe werde ich bei der Geburt diesmal schmerzlich vermissen, liebste Leni«, ahnte Adelheid beim tränenreichen Abschied von der Freundin, diese aber tröstete sie schnell.

»Bis es so weit ist, ist noch lange Zeit hin. Wer weiß, vielleicht herrscht dann ja endlich Frieden, und ich kann zu dir kommen und dich entbinden, geliebte Schwester. Keine Sorge, ich werde bis dahin nichts verlernt haben – dein Bruder hat mir erlaubt, auch nach der Hochzeit weiterhin als Heilerin tätig zu sein.«

»Schau, Liebe, ich schenke dir etwas«, hatte Adelheid zu Helene gesagt und ihr ein in einen grünen Seidenschal gehülltes Paket überreicht.

»Was ist das?«, wollte Helen neugierig wissen, aber ihre Freundin und zugleich Schwägerin wehrte ab: »Du darfst es erst öffnen, wenn ich fort bin. Versprich es mir.«

Notgedrungen, wenn auch höchst ungern gab ihr Hassos Frau die Hand darauf. Mit dem Versprechen, sich so oft wie möglich zu schreiben, nahmen die beiden jungen Frauen voneinander Abschied.

Der Comte hatte sich entschlossen, die Heimreise über das Elsass anzutreten. Er und die Seinen würden mit einer Fähre über den Rhein setzen, um anschließend Bischof Leopold in Straßburg eine kurze Visite abzustatten.

»Trotz seiner Freundschaft mit Kardinal Richelieu wird er über das Zusammentreffen mit einem Franzosen zwar nicht sehr erbaut sein«, vermutete Monsieur Bernard, »aber Euch, ma Chère, die Ihr seine Cousine seid, wird er sicher gerne empfangen.«

»Der Bischof ist ein großherziger Mann und wird auch Euch, mein Liebster, freundlich aufnehmen«, entgegnete Adelheid lächelnd.

Um ihr den Abschied von der Heimat etwas zu erleichtern, hatte ihr Graf Ferfried erlaubt, ihre Lieblingsstute Bella für immer in ihre neue Heimat mitzunehmen, und Adelheid brannte darauf, das wunderschöne Tier zu besteigen.

Seine Eminenz empfing »die Verwandtschaft« sogar mit ausnehmender Liebenswürdigkeit. Es war ein wenig einsam um den Kirchenfürsten geworden. Mit seinem erlauchten Bruder, dem Kaiser, nicht im allerbesten Einvernehmen, stand es mit seiner Beziehung zu Kardinal Richelieu gleichfalls nicht zum Besten. Über kurz oder lang würde Frankreich seine Krallen nach dem Elsass ausstrecken. Und was sollte dann aus ihm werden?

Sein Protegé, Immo von Werhahn, war unlängst in den Vatikan abberufen worden …

So freute sich der Bischof aufrichtig, als die schöne Gräfin ihn aufsuchte, und dieses Mal nicht als verzweifelter Flüchtling, sondern als glückliche Ehefrau und Mutter.

»Ich habe oft an Euch denken müssen, ma chère Cousine. Und wir haben des Öfteren über Euch gesprochen, wie es Euch wohl ergangen sein mochte. Dass Ihr verheiratet seid, wussten wir jedoch.«

Wen Seine Eminenz mit »wir« meinte, wurde alsbald deutlich, als zur Abendmahlzeit ein weißhaariger, gebückt gehender Mann im schwarzen Talar an der bischöflichen Tafel erschien.

»Mon Dieu, Doktor Weinlaub, welch eine wundervolle Überraschung.«

Adelheid freute sich aufrichtig, den jüdischen Arzt hier anzutreffen. »Es ist großartig, dass Ihr wieder in Straßburg seid. Ich denke, hier ist Euer wahres Zuhause, Monsieur le Docteur.«

»Ich hoffe, dass ich in meinem Alter die beschwerliche Reise nach Paris nicht mehr zu machen brauche«, entgegnete der betagte Gelehrte lächelnd. »Und Ihr, Madame la Comtesse, seid gewiss ebenfalls erleichtert, wenn Ihr die Strapazen der Reise in Eure neue Heimat überstanden habt – in Eurem Zustand.«

Auf den ersten Blick hatte sein geschultes Auge die Schwangerschaft Adelheids erkannt. Die junge Frau war verblüfft – wusste sie doch selbst erst seit wenigen Tagen davon.

Es war ein recht vergnügter Abend, den der Comte, seine Gemahlin sowie der Bischof samt seinem Leibarzt verbrachten. Man ging – der werdenden Mutter wegen – nicht allzu spät ins Bett, um am kommenden Morgen frühzeitig aufstehen und sich erneut auf die Reise machen zu können.

Aaron Weinlaub hatte ihr in diesem frühen Stadium der Schwangerschaft noch zu reiten erlaubt. In einem Monat ginge es nicht mehr, obwohl das Durchgeschütteltwerden in einer Kutsche fast genauso schädlich gewesen wäre.

Ohne Zwischenfälle erreichten der Comte und seine Frau samt Gefolge in einigen Tagen Schloss Beauregard, wo sie zu ihrer Erleichterung alles in relativ guter Ordnung vorfanden – von den üblichen, kleinen Misslichkeiten einmal abgesehen.

Am meisten freute sich Ursula, die schon nicht mehr daran geglaubt hatte, ihren Jules jemals wiederzusehen …

Die Zwillinge Philippe-André und Sybilla-Charlotte waren groß geworden und strotzten förmlich vor Gesundheit – ein wahres Geschenk GOTTES.

»Ich bin gespannt, wie sich die beiden zu einem neuen Geschwisterchen stellen werden«, murmelte Adelheid, als sie nachts im Bett im Arm ihres Gatten lag. »Die zwei kleben förmlich aneinander. Ob sie da wohl ein Drittes in ihren Bund aufnehmen werden?«

»Wenn nicht, kommt bald ein viertes Bébé dazu, ma Belle«, grinste der Graf, »dann steht es zwei zu zwei«, und er wickelte sich zum Spaß eine dicke Strähne von Adelheids langen, glänzend schwarzen Haaren gleich einem Schal um den Hals.

KAPITEL 103

Auch das Jahr 1633 war ohne Friedensschluss zu Ende gegangen. Albrecht von Wallenstein war immer noch von Kaiser Ferdinand als General der kaiserlichen Armee abgesetzt. Und da beging der Böhme, der sich zunehmend isoliert sah, einen Riesenfehler: Er forderte von seinen Offizieren – weshalb auch immer – eine persönliche Treueerklärung, den sogenannten Pilsener Revers.

Als man in Wien davon Wind bekam, bezichtigte man ihn des Hochverrats wegen angeblicher Verschwörungspläne gegen den Kaiser und verhängte die Acht über ihn im Geheimpatent vom 22. Februar 1634.

Darauf fielen beinahe alle Offiziere und Truppen von dem geächteten Wallenstein ab. Mit seinen letzten paar Getreuen Ilow, Terzky und Kinsky wurde er von kaiserlichen Offizieren in der Stadt Eger drei Tage später, am 25. Februar 1634, ermordet.

Für manche war damit die letzte Hoffnung auf einen Frieden in absehbarer Zeit gestorben.

Als Adelheid und Monsieur Bernard davon erfuhren, war es nicht nur die Comtesse, die plötzlich fröstelte, obwohl das Gemach beinahe überheizt war.

»Wallenstein, dem viele zugetraut haben, für Frieden zu sorgen, ist genau an jenem Tag eines gewaltsamen Todes gestorben, an dem unser zweiter Sohn Fernand-François das Licht der Welt erblickt hat«, sagte sie leise.

Ihr Gemahl nahm die junge Mutter, die durch die Geburt noch schöner geworden war, daraufhin in die Arme und meinte tröstend: »An diesem Tag sind viele Kinder geboren worden, mein Schatz. Und jedes dieser kleinen Lebewesen ist ein Zeichen dafür, dass der Tod eines Einzelnen nicht das Ende der Menschheit bedeutet, sondern immer einen Neuanfang.«

Frau Helene, die junge Gräfin von Ruhfeld, hatte eben den letzten ihrer Patienten, eine alte Frau, die seit Jahren an schweren, geschwollenen Beinen und starken Krampfadern litt, mit einer Salbe aus Rosskastanien und rotem Weinlaub entlassen, als ihr der alte Leibdiener ihres Schwiegervaters, Herr Raimund, überraschenden Besuch anmeldete.

Sie klappte das Kräuterbuch zu, das Adelheid ihr als Abschiedsgeschenk dagelassen hatte. Gemeinsam hatten die jungen Frauen dieses Werk einst auf Ruhfeld begonnen, und in Frankreich hatten sie es zu zweit weitergeführt, wenn auch der weitaus größere Anteil an Einträgen und Zeichnungen von Helene stammte. Zum Glück hatten sie es nicht im Kloster Sainte Cathérine zurücklassen müssen.

Als sie es nach Adelheids Wegritt aus dem Seidentuch gewickelt hatte, war sie vor Freude in Tränen ausgebrochen.

Auf einen beiliegenden Zettel hatte die Comtesse geschrieben: »Dieses Buch kann nur derjenigen gehören, die das meiste dazu beigetragen hat. Ich denke, du kannst es besser verwenden als ich, liebste Schwester.«

Sie steckte ihr schimmerndes, blondes Haar ordentlich unter die weiße Frauenhaube, versperrte die Tür des kleinen Häuschens, das ihr Hasso als Behandlungszimmer im Park hatte bauen lassen, und eilte mit dem alten Mann die kurze Strecke ins Schloss zurück, wo es sich Hartwig von Bohlen, ein guter Freund Hassos, bereits in der Kleinen Halle bequem gemacht hatte.

»Herr Hartwig, welch schöne und freudige Überraschung in diesen tristen Zeiten!«, rief Helene und beauftragte eine blutjunge Magd, heißen, gewürzten Wein zu bringen, denn draußen herrschte garstiges, nasskaltes Oktoberwetter. Den ganzen Tag hatte sich die Sonne hinter dicken, grauen Wolken versteckt, und es war selbst zu Mittag nicht richtig hell geworden.

Das ganze Jahr 1634 über hatte überwiegend kaltes, feuchtes und unfreundliches Wetter geherrscht, und auch der Spätherbst verhieß keine Änderung.

»Die Witterung passt zur Stimmung im Land«, sagten die Leute.

»Es ist wahrlich ein Tag, scheußlich genug, um sich von einer Brücke zu stürzen«, sagte der im Allgemeinen stets gut gelaunte Edelmann und lachte. »Da habe ich mir gedacht, ich besuche meinen lieben Freund, Euren Gemahl, und Euch, schöne Dame. Dann würden mir die trüben Gedanken schon vergehen.«

»Da habt Ihr recht daran getan, Herr Hartwig, wenngleich ich Euch nicht sagen kann, wann mein Gemahl nach Hause kommt. Er ist mit unserem Knecht Frieder in die Wälder geritten, um nach dem Wild zu schauen.«

»Umso lieber leiste ich Euch Gesellschaft, Frau Helene.«

In diesem Augenblick aber erschien die kleine Magd mit einem Krug dampfenden Glühweins und drei Silberbechern.

Auf den fragenden Blick ihrer Herrin gab das Mädchen Bescheid: »Eben ist der junge Herr in den Hof geritten, Madame. Ich dachte mir, Herr Hasso wird über einen Trunk Würzwein gleichfalls sehr froh sein. Im Wald ist es so kalt.«

»Das war sehr klug von dir, Kleine«, lobte Helene das etwa vierzehnjährige Kind, welches sich sichtlich über die Anerkennung freute.

Und in der Tat, es dauerte keine fünf Minuten, und der junge Graf betrat die Kleine Halle, in der die Diener ein prasselndes Feuer in Gang gesetzt hatten, um die Abendmahlzeit der Herrschaften angenehm zu gestalten.

Besonders Graf Ferfried und sein ältlicher Beichtvater Ambrosius Feyerling litten im Spätherbst unter Gliederreißen.

Heute Abend würde man zu fünft an der Tafel sitzen: Herr Ferfried, Hasso mit Helene sowie der Benediktinerpater und dazu noch Hartwig von Bohlen.

»Wo befindet sich Madame Salome? Die Gnädige Frau fühlt sich doch hoffentlich wohl?«, erkundigte sich der Gast, nachdem alle Platz genommen hatten, indem er sich an den alten Grafen wandte.

Ferfried war nicht imstande zu antworten. Er musste sich abwenden, weil ihm Tränen in die Augen stiegen und der junge Mann, welcher offensichtlich nicht Bescheid gewusst hatte über den erneuten Trauerfall, welchen die Familie innerhalb so kurzer Zeit zu verkraften hatte, hätte sich am liebsten die Zunge abgebissen.

»Meine verehrte Stiefmutter Salome ist vor zehn Tagen ganz unerwartet im Schlaf verschieden«, antwortete ihm Hasso; »so unaufdringlich und bescheiden, wie es auch im Leben ihre Art gewesen ist, hat sie uns verlassen, um in die Ewigkeit einzugehen.«

Es war still im Raum, bis Hartwig von Bohlen eine Entschuldigung stammelte und sein Beileid zum Ausdruck brachte. Auch er hatte diese Frau, die das Herz wahrlich auf dem rechten Fleck gehabt hatte, immer sehr geschätzt.

Ferfried, zum zweiten Mal in seinem Leben Witwer, hatte sich mittlerweile wieder gefangen und blickte dem Gast offen ins Gesicht.

»Was hat Euch nun wirklich hergeführt, junger Freund?«, wollte er wissen und fasste den Kumpan seines Sohnes seit dessen Jünglingstagen scharf ins Auge. »Ihr seid doch hoffentlich nicht alleine hergeritten?«

Nein, das hatte Hartwig wohlweislich nicht getan. Wegen der vielen marodierenden Soldaten und nicht wenigen Bauern, die, ihrer gesamten Habe beraubt, sich unter das Mordgesindel mischten, war es nicht ratsam, ohne entsprechende Begleitung durch die Lande zu ziehen.

»Meine beiden Knechte sind bereits bei den Euren und, wie ich annehme, bestens untergebracht, Herr Ferfried.«

Erst nach dem Essen rückte Hartwig mit seinem eigentlichen Anliegen heraus. In Wahrheit hätte er lieber mit Ferfried und Hasso alleine gesprochen, aber des Letzteren Ehefrau machte keinerlei Anstalten, den Raum zu verlassen; und so legte der Besucher schließlich los.

»Im Bistum Konstanz hat man kürzlich einen Hexenprozess geführt – vielleicht habt Ihr davon gehört?«

Er bemerkte wohl, wie die Gemahlin seines Freundes bei diesen Worten zusammengezuckt war, und er wollte erst nicht weitersprechen.

»Fahrt ruhig fort, Herr von Bohlen«, bat Helene aber gleichmütig, nachdem sie sich blitzschnell gefasst hatte.

»Eine arme Landstreicherin mit Namen Emerenzia Bichler ist zusammen mit ihrer alten, kranken Mutter und ihren vier Kindern von den Konstanzer Richtern zum Tode wegen Hexerei verurteilt worden.«

Alle Anwesenden zogen hörbar den Atem ein. Schon wieder hatte der Wahnsinn zugeschlagen. Aber warum war Hartwig wohl gekommen, um ihnen dies zu berichten? Solche Dinge geschahen, wie sie wussten, immer wieder, und es würde wohl noch lange so sein.

»Das jüngste Kind, ein neunjähriger Junge mit Namen Matthias, musste die Hinrichtung von Mutter, Großmutter und drei Geschwistern auf dem Scheiterhaufen mit ansehen. Danach hat man das ›Hexenkind‹ mit zwanzig Rutenhieben gezüchtigt. Dabei hat der kleine Matthias noch ›Glück‹ gehabt. Wäre der Knabe nur um ein Jahr älter gewesen, hätte man ihn anschließend mit dem Beil hingerichtet. Das macht man so bei Kindern zwischen zehn und vierzehn Jahren. Bei Kindern unter zehn aber wird ein anderes Verfahren angewendet: Sie werden in ein warmes Bad gesetzt und man öffnet ihnen mit einem scharfen Messer die Adern, damit sie verbluten.«

Helene von Ruhfeld wurde blass, und Hartwig von Bohlen verstummte erneut.

»Nun seid Ihr so weit gegangen, Herr Hartwig, dass wir den schrecklichen Rest auch noch hören können«, forderte ihn Graf Ferfried nach einer Weile auf.

»Der kleine Matthias hat diese Tortur jedoch wie durch ein Wunder überlebt«, fuhr der Gast fort, »weil sich seine Adern immer wieder geschlossen haben und er auf diese Weise nicht viel Blut verloren hat.«

»Wo ist das Kind jetzt?«, wollte Helene umgehend wissen.

»Man hat den Buben in ein Kloster am Bodensee bringen wollen, um ihn dort christlich erziehen zu lassen. Aber die Mönche weigerten sich, ›das Hexenkind‹ aufzunehmen. Jetzt wissen die Stadtväter von Konstanz nicht, wohin mit dem Jungen, weil ihn keiner haben will.«

Helene, der längst Tränen in den Augen standen, sagte sofort: »Ich will den armen Kleinen zu mir nehmen. Dieses bedauernswerte Kind hat so Unaussprechliches mitmachen müssen, dass man ihm einfach eine neue Heimstatt bieten muss, wo es sich als Mensch fühlen kann und nicht als Abfall einer Gesellschaft, die ihm das Schlimmste angetan hat, was man einem Kind antun kann.«

»Und alles geschah im Namen des HERRN. Mein GOTT, was für eine Welt!«, rief der alte Mönch voll Verzweiflung. »Und die Verantwortlichen leiden gewiss nicht einmal an Schlaflosigkeit, denn sie fühlen sich im guten Glauben, recht getan zu haben.«

Graf Ferfried sah angewidert die gegenüberliegende Wand an.

»Kaum zu glauben, dass ausgerechnet fromme Klosterbrüder dem Knaben so gar kein Mitleid bezeigen«, murmelte der alte Edelmann schließlich und seufzte schwer.

»Selbstverständlich werden wir das erbarmungswürdige Würmchen bei uns aufnehmen. Gleich morgen in aller Herrgottsfrühe werde ich zwei Boten nach Konstanz schicken, um alles in die Wege zu leiten«, versprach Hasso, der den Gesichtsausdruck seiner Frau wohl verstanden hatte. »Unter deinen Händen, Geliebte, wird der Junge am ehesten das Schlimme vergessen können, was andere an ihm verbrochen haben.«

So war die Gräfin Helene von Ruhfeld, ein Jahr ehe noch ihr eigener Sohn, Harald Ferfried, zur Welt kam, Mutter eines »Hexenkindes« geworden, wie man in der Gegend hinter vorgehaltener Hand tuschelte.

Laut wagte es niemand, den kleinen Matthias zu schmähen, der trotz seiner neun Jahre wie ein Sechsjähriger aussah, mit seiner kleinen, mageren Gestalt und den spindeldürren Ärmchen und Beinchen. Ständig lief das Kind hinter der Gräfin her oder ließ sich von ihr an der Hand führen.

Viele glaubten, der Junge wäre schwachsinnig, weil er nie ein Wort sprach und niemals lachte. Aber, was verstanden die Leute schon?

So menschenfreundlich die Heilerin auf Schloss Ruhfeld war, weil sie die Armen grundsätzlich kostenlos behandelte, so fuchsteufelswild konnte die junge Frau werden, sobald ihr Kränkungen »ihres« Sohnes Matthias zu Ohren kamen.

Dass man sie selbst zeitlebens als »die Hexengräfin der Ortenau« betitelte, störte sie nicht so sehr.

»Wer meiner Heilkunst bedürftig ist, kommt zu mir, und wer nicht will, soll es bleiben lassen. Ich schere mich nicht um die Meinung der anderen. Wozu habe ich mein Zertifikat von Oudewater?«, sagte sie, sooft ihr Gemahl glaubte, sie trösten zu müssen, wenn wieder einmal ehrabschneiderische Äußerungen gegen sie im Badischen die Runde machten. »Gegen die menschliche Dummheit ist nun einmal kein Kraut gewachsen.«

EPILOG

MAXIMILIAN VEIGTS TRÄUME sollten sich nicht erfüllen. Seine Beförderung bereits in der Tasche und quasi »auf dem Sprung« nach Innsbruck, streckte ihn die Pest nieder, jene Geißel der Menschheit, die üblicherweise im Gefolge des Krieges aufzutauchen pflegte.

Es war dieses Mal keine große Epidemie. Nur relativ wenige Personen steckten sich an und erlagen ihr. So rasch wie das Gespenst des Schwarzen Todes aufgetaucht war, so schnell war es auch wieder verschwunden.

Bertold Munzinger, der zwielichtige Oberste Richter, aber starb durch einen Jagdunfall – so sagte man.

Ein betrunkener Treiber sowie ein unaufmerksamer Jagdgehilfe im Verein mit einem senilen, adeligen Jagdherrn aus dem Elsass zeichneten für sein Ableben verantwortlich. Eine Ladung Schrot hatte ihn mitten ins Gesicht getroffen – versehentlich.

Fridolin Ganzer starb gleichfalls keines natürlichen Todes. In der Silvesternacht des 31. Dezember 1634 zum 1. Januar 1635 war er in angetrunkenem Zustand auf dem Nachhauseweg von einem Wirtshaus vom rechten Weg abgekommen und in einem Tümpel jämmerlich ersoffen.

Alkoholisierte Männer erlitten dieses Schicksal nicht allzu selten. Merkwürdig war in seinem Falle jedoch, dass erst ein Loch ins Eis des Teichs hatte geschlagen werden müssen …

Der Henkersknecht Morhart Enderle, beinahe so grausam wie sein Freund, der Fridolin, überlebte den Ganzer gerade mal um zwei Monate, ehe auch er das Zeitliche auf nicht gerade übliche Art und Weise segnete.

Ihn fanden Holzknechte im Wald bei Appenweier, wo er einen Vetter aufgesucht hatte. Irgendeiner musste ihm den Schädel eingeschlagen haben – soweit man das an der bereits weitgehend verwesten, von wilden Tieren angenagten Leiche noch erkennen konnte …

Betrauert wurde keiner der vier Männer – nicht einmal ihre Geliebten oder Ehefrauen nahmen sich den Verlust sehr zu Herzen.

Pater Ambrosius Feyerling soll, als er die Kunde vom Ableben dieser Herren erhielt, »GOTTES Mühlen mahlen langsam, aber sicher«, vor sich hingemurmelt haben.

Im Stillen nahm er sich vor, diesmal den jungen Grafen von Ruhfeld scharf ins Gebet zu nehmen. Das Münster in Freiburg könnte eine weitere Glocke gebrauchen; möglicherweise müsste er wieder einmal jemandem eine saftige Buße auferlegen …

FINIS

In Deutschland wurde noch im Jahr 1749 ein spektakulärer Hexenprozess in Würzburg abgehalten. Angeklagt war eine Nonne vom Orden der Norbertinerinnen, die im Alter von neunundsechzig Jahren als Hexe verbrannt wurde.

Der allerletzte Schandprozess dieser Art fand allerdings in Kempten im Jahr 1775 statt.

Im Vergleich dazu geschahen die letzten Hinrichtungen von Hexen – meistens Verbrennung bei lebendigem Leibe – in den Niederlanden bereits im Jahr 1610, in England anno 1684 und in Frankreich im Jahre des Herrn 1745.

Besonders lange wütete der Hexenwahn in der Schweiz. Dort wurde im Kanton Glarus die letzte dieser armen Frauen im Jahr 1782 dem Feuer übergeben, während es in der polnischen Stadt Posen erst 1793 zu der letzten derartigen, amtlich sanktionierten Gräueltat kam.

DANKSAGUNG

An Herrn Dr. Hans-Martin Pillin aus Ottenhöfen, der sich freundlicherweise der Mühe unterzog, mein Manuskript hinsichtlich der historischen Wahrhaftigkeit durchzusehen und mich auf etwaige Irrtümer aufmerksam zu machen.